LA TEORÍA DE KIM

JAY SANDOVAL

TOMO II

CROSS BOOKS

Obra editada en colaboración con Editorial Planeta – Perú

La teoría de Kim. Tomo II

Corrección de estilo: Jorge Giraldo
Diseño de interiores: Departamento de Arte y Diseño
de Editorial Planeta Perú
Ilustración de portada: Dae @kkoowii_
Diseño de portada: Moisés Díaz Bruno @moe_diaz

Bajo el sello editorial CROSSBOOKS M.R.
Avenida Presidente Masarik núm. 111,
Piso 2, Polanco V Sección, Miguel Hidalgo
C.P. 11560, Ciudad de México
www.planetadelibros.com.mx

Primera edición impresa en Perú: febrero de 2024
ISBN: 978-612-4414-41-1

Primera edición impresa en México: febrero de 2024
Tercera reimpresión en México: septiembre de 2024
ISBN: 978-607-39-1172-6

Impreso en los talleres de Impregráfica Digital, S.A. de C.V.
Av. Coyoacán 100-D, Valle Norte, Benito Juárez
Ciudad de México, C.P. 03103
Impreso en México – *Printed in Mexico*

NINGÚN FUTURO
ES REAL SI ELIJO
QUEDARME EN
EL PRESENTE.

17.

CALIFORNIA, CONDADO MARIPOSA
1 DE AGOSTO DE 1984.

Todas las realidades coexisten unas con otras al mismo tiempo. Los pasos y decisiones que tomamos cambian todo a nuestro alrededor a cada segundo. Pero ¿qué es un segundo? Después de todo, el tiempo no existe.

El sol se colaba entre los verdes follajes de California, marcando el final de las vacaciones de verano. El sonido de una guitarra acompañaba la luz que resplandecía en el jardín trasero de la casa de April Augustus Moon.

—Creí que esto sería divertido, pero veo que me equivoqué —dijo Sean Grace Kim, pasando los dedos por las cuerdas mientras veía a April escarbar la tierra.

—No actúes como bebé. Deja esa guitarra y ven a ayudarme.

—No tienes que ser grosero conmigo.

—Entonces, apresúrate. El abuelo volverá pronto y nos castigará si nos ve holgazaneando.

Hacía muchos años que Sean Grace había visitado, junto a su familia, la sala de su casa. En esos años, April no había vuelto a necesitar de nadie más para llenar sus tardes. Como cada final de estación desde que tenía memoria, se encargaba de cuidar el jardín que con tanto esmero había construido en compañía de su abuelo y en el que, obviamente, no podía faltar la ayuda del mayor de los chicos Kim.

Habían comenzado podando la maleza y haciendo nuevos injertos de flores en los alrededores de la casa. Ahora se encargaban de colocar tierra abonada en las macetas que adornaban las ventanas y de recortar las hojas de la frondosa copa del árbol que caían hacia la ventana de la cocina.

—Como sea, debemos darnos prisa. Mañana es el inicio de nuestra gran vida como chicos de preparatoria.

April rodó los ojos. Recién había cumplido diecisiete años y realmente no le entusiasmaba la idea de la preparatoria. Pero Sean Grace estaba demasiado emocionado. Era de lo único que había hablado durante todo el verano, y justo en ese momento estaba a punto de ser aplastado por las ansias de que la mañana siguiente llegase.

—No es la gran cosa, relájate. Volveremos a la escuela, ¿qué más da?

—Serán los mejores años de nuestra vida, lo sé. Seré popular, las chicas me amarán y luego iré a la universidad para lograr salir de este pueblo.

—Ajá, y, según tú, ¿cómo vas a lograr todo eso?

—Entraré al equipo de béisbol. Ya verás, seré el capitán del equipo para cuando estemos en último año.

—Eres bastante ambicioso para alguien que debería estar ayudándome con las rosas —dijo April con tono alegre.

Sean Grace abrió los ojos, emocionado. Tenía poco más de diecisiete años y estaba en la cima del optimismo. Soñaba lúcidamente con un futuro prometedor, pero poco de eso le importaba cuando veía a su amigo sostener frente a él, con delicadeza, los tallos verdes para injertarlos en la tierra. Y es que Sean Grace amaba las rosas casi tanto como amaba el béisbol.

Su época favorita del año era aquella en la que los rosales comenzaban a florecer, pero, para que ello sucediera, primero debían plantarlos. Dejó su guitarra de lado y corrió hacia April para verlo colocar con lentitud los tallos entre la tierra, alrededor del gran árbol en el centro del jardín. Sean Grace sonrió cuando el otro lo hizo. En un par de meses, podría ver los rosales completamente llenos de color, y eso lo emocionaba más que cualquier cosa. Colocó sus manos en los hombros del muchacho con satisfacción. «Sí, definitivamente será un buen año», pensó.

Levantó su vista hacia el tronco del árbol; entonces, las viejas marcas en la corteza llamaron su atención.

—Oye, April. ¿Qué significan estos símbolos? —le preguntó mientras tocaba el tronco con suavidad.

Su amigo respondió con una sonrisa.

—Es mi nombre. Mi abuelo lo talló hace años, se supone que los símbolos significan 'primavera' y mi paso por la vida, pero me sorprende que aún se entienda.

—Luce increíble —le dijo. Su fascinación por el mundo era real cuando estaba en ese jardín. Se trataba de un Sean Grace capaz de amar hasta la brisa del verano.

April se puso de pie y cogió una pequeña navaja de jardinería.

—¿Quieres que escriba el tuyo? —le preguntó.

—¿Lo harás?

—Claro. —Clavó su navaja en la corteza—. Será el símbolo de tu paso por el mundo —dijo, imitando las palabras de su abuelo.

Sean Grace se sentó en la tierra mientras lo veía tallando. Siempre fue más alto que su amigo, pero se sintió pequeño en ese momento porque tenía miedo del futuro. Cuando terminó, April se acomodó a su lado dejando caer su espalda entre la grama. Sean Grace lo imitó y quedaron ambos viendo hacia el último cielo de su utopía.

—¿No estás asustado?

—¿De qué?

April volteó a verlo. Sean Grace estaba enfocado en el cielo mientras que él solo podía ver el perfil de su rostro. Nunca supo por qué le gustaba tanto verlo. Quizás era algo tan simple como lo bien que se sentía su compañía.

—Ya sabes, de nuestro futuro.

Sean Grace volteó su cuerpo hacia él, haciendo que se sobresaltara un poco. Estaban cerca, cara a cara. Le sonrió y extendió su brazo para colocar su mano sobre el pecho de April, quien, sin apartar los ojos, rogó al cielo que el chico no fuera capaz de sentir la forma en la que sus latidos aumentaron.

—No —dijo con serenidad viendo los ojos de Sean Grace, grandes por el miedo—, y tú… ¿estás asustado?

Tragó saliva con fuerza.

—Mucho —le contestó.

Una línea con una intersección a punto de convertirse en dos líneas en ángulos totalmente diferentes.

49 DÍAS ANTES DE...

Los humanos son masoquistas por defecto. Es genuinamente humano sentir atracción por las cosas que parecen difíciles y, más que eso, imposibles. Taylor nunca había sentido tanta urgencia por hallar una solución. Mientras Dakho dormía plácidamente abrazado a él, su mente no dejaba de pensar en aquello que le había contado en la noche de Halloween. Sus ojos no se despegaban del techo y el sonido del reloj en la oscuridad amenazaba con acabar con su paciencia.

Se pasó la mano por la frente, cansado. Estaba llegando a su límite. Por más que se hubiese pasado la última semana dándole vueltas a la situación, todos los caminos terminaban con alguno de los dos con pulso cero. En el futuro, Taylor estaba muerto. No sabía cómo ni dónde sucedería ni cuándo exactamente, pero, si la información que tenía Dakho era cierta, entonces no le quedaba mucho tiempo. «Mi hermano falleció cuando él tenía dieciocho años» eran las palabras que Sean Grace le había dicho a Dakho treinta y tres años en el futuro.

«¿Y si todo esto ya había pasado una vez?», se preguntó Taylor. ¿Qué tal si estaban atrapados en un ciclo que iba a repetirse sin descanso hasta causar el colapso de todas las líneas temporales? ¿Qué tal si era Dakho lo que estaba haciéndole daño, o peor, si era él mismo el propio detonante de su muerte? Se sentó en la orilla de la cama. No, no podía ser solo una cosa, era un conjunto de factores. «Quizás tuve un accidente —se dijo a sí mismo—, o enfermé. Tal vez me deprimí tanto que llegué a lastimarme a mí mismo o...

alguien más me mató. Alguien podría haberme llevado a hacerlo. Dakho podría ser incluso su propio antagonista».

No podía más con sus pensamientos, lo estaban asfixiando. Se puso de pie y caminó hacia el baño en medio de la oscuridad. Encendió el tenue foco en su interior antes de abrir la llave del lavabo y mojarse el rostro y el cabello, pensando en que no había solución aparente para él. Se observó en el espejo. Si estaban atrapados en bucle, esto significaba que este se repetiría sin descanso hasta que lograra hacer que Dakho volviera al punto de inicio. Pero ¿cuál era exactamente ese punto? Porque, si sus conclusiones eran correctas, terminar con su experimento era el equivalente de aceptar su propio destino.

Pensó en su hermano, en su pierna lastimada. Podría lesionarse en algún partido, bajando las escaleras o pisando mal en medio de la calle. Sean había podido haber perseguido tan desesperadamente sus sueños que se había quedado a medio camino.

¿Es la primera vez que pasa?

Se pasó una mano por el cuello. Su cabello estaba bastante largo. Abrió el buró bajo el lavabo y sacó de él unas tijeras para cortarse un poco el mechón que se escondía detrás de sus orejas. Pero, al hacerlo, comenzó a angustiarse. No tenía certeza de si ya estaba loco o no cuando comenzó a cortarse el cabello hacia los lados. Agitó la cabeza, como poseído. Dejó la tijera solo para detenerse ante el espejo y volverse a echar agua en la cara. ¿Qué tal si todo esto estaba en su imaginación y este mundo no era real? ¿O si era parte de la imaginación de alguien más y, entonces, él no era real? Tomando de nuevo la tijera, se cortó un trozo del mechón del frente sin dejar de ver su reflejo. O, peor, ¿qué pasaba si era real y no podía cambiar absolutamente nada? ¿Si al querer cambiar el destino solo caían en su juego, dejando que moldee la historia a su antojo? Sus teorías iban a aplastarlo por dentro.

Dakho despertó con el sonido del agua cayendo. Se movió inquieto entre las sábanas cuando notó la ausencia de Taylor y más aún cuando empezó a escuchar los jadeos que venían del baño. Fue velozmente hacia allá y se encontró con trozos de cabello en el piso. Taylor, que ahora había decidido bañarse con ropa, estaba parado dentro de la bañera y con el grifo de la ducha encendido. Aún tenía la tijera en la mano y los ojos abiertos mientras el agua caía sobre su cuerpo.

Era el comienzo de la locura.

—¡Taylor! —llamó Dakho—. ¿Qué te sucede?

Estaba a mitad de un colapso mental. Ni siquiera le contestó, apenas volteó a verlo. A Dakho no le importó, tomó una toalla del perchero y se aproximó a él para hacerlo salir de allí.

—Me dolía la cabeza —dijo con voz baja.

—¿Qué te hiciste? —le preguntó, preocupado, quitándole la tijera de las manos.

—No puedo pensar correctamente —respondió entre dientes, con voz temblorosa.

Dakho comenzó a revisarle el rostro, el cuello y las orejas para asegurarse de que no se hubiese lastimado, pero todo parecía en orden.

—Respira, vamos. Taylor, eres más fuerte que esto —le dijo.

—Dakho, mi cerebro se está volviendo inútil —sollozó. Su poca inteligencia emocional no aguantaba ese golpe a su intelecto—. No he podido avanzar con el experimento en estas dos últimas semanas.

—Claro que no… No te preocupes por eso. —Dakho le quitó el cabello del rostro para poder mirarlo—. Has dado mucho de ti mismo, te estás esforzando al máximo.

—No quiero estancarme para siempre.

—No lo harás, mírame bien. —Lo tomó del rostro—. No te esfuerces más, ¿sí? Tienes que descansar de esto.

—Pero necesitamos…

—Las respuestas están en mi cabeza, solo tenemos que sacarlas. ¿Está bien? Ahora, vas a regresar a la habitación, te pondrás ropa seca e irás a la cama, ¿entendido?

Taylor quiso contradecirlo, pero no pudo. Tenía razón, estaba exhausto. Así que asintió y, temblando, salió lentamente del baño. Dakho tomó otra toalla para secarle el cabello mientras el otro se cambiaba la ropa con parsimonia. Lo arropó en la cama antes de acostarse a su lado. Pero, aunque quisiera, Taylor seguía sin poder conciliar el sueño. A diferencia de él, Dakho tenía el sueño pesado.

Últimamente entrenaba muy duro en el equipo, lo que hacía que cayera rendido apenas tocaba la almohada. Taylor no se equivocó al suponer que volvería a caer rendido poco después. Así que esperó a que sucediera mientras debatía mentalmente con la idea estúpida que se había clavado en su cabeza.

Dakho no podía acercarse al punto de origen, pero él sí.

La madrugada se asomó y él pudo contemplarla antes que todos.

Extrañamente, Sean había dejado de salir a correr. No le había preguntado aún la razón. Bajó al primer nivel de la casa y con su mochila al hombro caminó hacia la carretera.

¿Hasta dónde era capaz de llegar por obtener el conocimiento? No lo sabía y tenía miedo de averiguarlo.

Para cuando la mañana siguiente llegó y Dakho volvió a abrir los ojos, se topó nuevamente con la ausencia de Taylor.

Sus crisis eran menos frecuentes durante el día. Eso lo sabía. Se fijó en que no estaban ni su mochila ni los anteojos en el escritorio. Pero, como la escuela estaba abierta de nuevo, pensó que quizás querría llegar temprano. Lo único malo fue que ni se molestó en despertarlo. Y ya era tarde.

Se levantó apurado, tenía que ir a entrenar. El capitán Sean Grace les había avisado que el entrenamiento empezaría antes. Habían pasado dos semanas desde la noche en que la ciudad completa se vio sumida en la oscuridad. En algunas partes del pueblo no fue nada más que un apagón que duró unas cuantas horas; para los residentes de las zonas limítrofes, había significado tener que reparar fusibles y el cableado entero de varias casas.

Y la escuela, que había estado cerrada, finalmente había logrado ser habilitada. Estaban a casi nada de la final y debían recuperar todo el tiempo que habían perdido las últimas semanas. No quería sentirse culpable, pero quizás lo era. Incluso las personas del ayuntamiento tuvieron que salir a recolectar fondos para reparar los daños de la central eléctrica del condado. Pero bien, él creía que, si los políticos no se robaran el dinero de los pobladores, estarían preparados para emergencias como esta.

A quién quería engañar. Sí, la habían jodido, y mucho. Les tomó días reparar las luces de la casa, mientras que en el centro algunas calles seguían cerradas por la falta de electricidad. Se abofeteó mentalmente, porque o aprendía a dominar sus impulsos eléctricos o vivía en abstinencia lo que le quedaba de existencia. Y lo segundo no era una opción.

El entrenamiento inició de manera rigurosa. Sean Grace los había hecho pasar de trotar a correr por veinte minutos sin descanso solo como calentamiento. Pero entendía el trasfondo. Dakho comenzaba a creer que podía tener un buen futuro como jugador universitario. En su época, aún le faltaban seis meses para aplicar a alguna universidad. Sean Grace, el del futuro, le había dicho que podía quedarse a estudiar en California, pero hasta el momento solo tenía una oferta en Boston. Ahora podía ver el deporte como una oportunidad. Así que, si lograba regresar, no dudaría ni por un segundo en marcharse hacia el norte.

En fin, él y el resto de los jugadores se dirigieron hacia el vestidor de camino a las duchas. No se sentía particularmente incómodo, pero le parecía irónico el ambiente de no homosexualidad que intentaban proyectar todos mientras se cambiaban. Eran un montón de hombres charlando en ropa interior y cubiertos por toallas. Y, bueno, a él le parecía un escenario conocido. #NOHOMO :)

Se duchó rápidamente. Contó dos minutos exactos y apagó la llave. No es que no le gustara bañarse, es que tenía miedo de que su cuerpo tuviera una reacción con el agua. Según Taylor —y de acuerdo con los apuntes que había leído sin permiso—, la última vez se había tardado cuatro minutos exactos en colapsar dentro del agua, así que prefería no arriesgarse.

Salió del cubículo con la toalla en su cintura. Fue hasta su casillero para vestirse y echarse un poco del desodorante que le había robado a Sean Grace, pero escuchó voces y tuvo el presentimiento de que estaban hablando de él.

—Vaya, vaya… —dijo Tom, uno de los mejores bateadores—. Alguien se ha vuelto popular.

Otro de los chicos rio.

—Parece que a Han le gusta lo rudo.

Dakho se dio la vuelta observándolos con una ceja alzada mientras tomaba su pantalón para comenzar a vestirse.

—¿Qué insinúan? —les preguntó, sonriente. Los chicos de último año eran las personas con las que más tiempo pasaba entre entrenamiento y clases. No podía evitar hablarles.

—Vamos, amigo. Tienes la espalda llena de arañazos. ¿Qué clase de chica te hizo eso?

—Una con manos de oso —bromeó alguien, y todos echaron a reír.

Dakho rodó los ojos. No podía mentir, aunque habían pasado dos semanas, todavía tenía marcas rojas sobre sus omóplatos, innegablemente causadas por uñas.

—Ya que les importa tanto, confesaré que tengo gustos muy específicos.

Todos abuchearon, emocionados.

—Debe ser cosa de asiáticos —dijo otro, riendo.

—Por favor, que haya logrado en un par de meses lo que tú no has conseguido en años no me hace un bicho raro —respondió Dakho, y los abucheos incrementaron.

Ajeno al escándalo, Sean Grace apareció detrás de ellos con el cabello aún húmedo.

—¿A ver, de qué hablan, payasos? —preguntó uniéndose a la conversación.

—Que Dakho tiene una chica y no quiere hablar de ella.

—Ah, ¿sí? ¿Un par de meses y has conseguido liarte con alguien? —Sean Grace lo miró, inquieto. A él también le resultaba curiosa su misteriosa pareja—. ¿Qué clase de persona se fijaría en ti, en primer lugar? —se burló y los demás rieron.

—Tú sabes quién —dijo, y se jactó mentalmente. Sabía hacia dónde iban las palabras acusadoras de Sean Grace, así que no dudó en perturbar su paz—. Pues sí, mis gustos son *bastante* específicos.

Nunca he podido resistirme a alguien castaño, de piernas largas y sonrisa bonita.

Se formó un alboroto.

—¡Detalles, detalles! —clamó otro de los muchachos, y los demás lo siguieron.

—Sin comentarios. La privacidad es importante para mí, no soy un degenerado como ustedes —dijo Dakho, sellándose con un gesto los labios.

Sean Grace se quedó callado. Habían pasado cosas muy extrañas y eso incluía que en la única persona en quien podía confiar era Augustus Moon. Primero, tenía que resolver el problema de que hubiese dos lunáticos intentando capturarlo. Segundo, tenía que cambiar de estrategia si quería recuperar a su chica. Tercero, ganar la final y entrar a la maldita universidad. Y cuarto, pero no menos importante, sacar de su cabeza la idea de que Taylor se había desviado. Porque no existía manera de que su hermanito se estuviera tirando a Han, ¿cierto?

Agitó la cabeza. Tenía que ir un paso a la vez y poner en marcha su plan para conseguir la información que quería. Para comenzar, apelar al lado amable de su eslabón débil.

—Muchachos —interrumpió—, en lugar de estar holgazaneando, deberían terminar de vestirse, tenemos muchas cosas que hacer.

Todos voltearon a verlo confundidos.

—Dijiste que el entrenamiento terminaría temprano —cuestionó uno de los reclutas más jóvenes.

—Yo nunca dije que había terminado —respondió Sean Grace, y sonrió de lado.

—¿Y entonces por qué salimos del campo?

Sean Grace había encontrado la forma de ya no ser burlado. Y no dejaría que su orgullo le arrebatara una gran oportunidad.

—Hoy haremos algo diferente.

El tiempo pasaba, y ya nadie estaba dispuesto a seguir el guion del destino.

Romeo y Taylor tenían el mismo dilema: buscaban poseer algo que parecía remotamente imposible. Ya sea un amor o un conocimiento prohibido. En el caso particular de Taylor, buscaba ambos. Se había acercado al área cercada del bosque, pero se acobardó a medio camino. Entrar allí, sabiendo todo lo que sabía, era definitivamente un suicidio.

Así que ahí estaba, de regreso a la escuela, a tiempo para su ensayo con el club de teatro. Tranquilo, como quien no tuvo una crisis existencial a las tres de la mañana.

Le gustaba estar en el teatro porque, mientras más leía la historia, más fácil le resultaba asimilar sus propias emociones. Las emociones irracionales de sus protagonistas lo hacían sentirse menos exagerado. Y se sorprendía a sí mismo enlazando acciones y diálogos que jamás creyó que funcionarían juntos. Nunca se había interesado en las lecturas de ficción tanto como ahora.

Lograba tranquilizarse un poco con la lectura, aunque todavía estaba inquieto. Las cosas en su interior no habían sanado, y su vida en peligro definitivamente no desaparecería de su cabeza con tanta facilidad.

Aprovechó para practicar en soledad en el escenario vacío. Llevaba el cabello esponjado, y no importaban las veces que había intentado planchar su ropa, su camisa estaba arrugada y sus pantalones, rotos. Había perdido la compostura. Estaba tan enfrascado en su lectura que no notó que Haru llegó al auditorio tranquilamente, sonriendo feliz de verlo. Se había encomendado para una tarea y encontrar a solas al menor de los Kim hacía más fácil su trabajo.

Se acercó sin hacer ruido y le tocó la espalda. Cuando Taylor volteó a verlo, quiso saludarlo, pero la boca de Haru fue más rápida que su filtro moral.

—¡¿Qué diablos te pasó?! —dijo, aturdido por su presencia.

«¿Este niño se unió a una secta o a una banda de rock?», pensó Haru.

—Tuve un colapso mental. ¿Por qué?

—No, por nada… Te queda bien.

—No mientas.

—¿Por qué mentiría?

—Porque sé que me veo asqueroso. —Taylor volteó la cara y se presionó los ojos con los dedos.

—No, no. Te ves bien, lo digo en serio, pero podría ser mejor. —Haru abrió su mochila y sacó una lata de fijador para el cabello—. Un poco de *spray*, la camisa más abierta y quedarás listo para la conquista.

Taylor quiso reírse, pero no pudo. Esto de tener hada madrina le gustaba mucho. Volvió a mirar a Haru y se inclinó hacia el frente para quedar a su altura. Las manos de Haru sobre su cabello lo relajaron. Le roció un poco de fijador y le acomodó el flequillo. El recorrido de sus dedos le despertó un escalofrío que parecía no pertenecer a ese tiempo.

Otros estudiantes comenzaron a entrar por la parte posterior y Taylor levantó una mirada de duda hacia a su amigo.

—No sabía que tendríamos compañía hoy.

—No creerías que montaría un musical con un solo actor, ¿o sí?

—¿De dónde sacaste más actores?

—Convencí a la profesora de música para incluir chicos de secundaria, así que… —Volteó hacia la entrada y reconoció a SunHee entrando tímidamente—. Ahí viene tu coestrella —le susurró, inclinándose hacia su oreja.

Taylor se sintió avergonzado. Era la persona por quien había tenido un amor platónico secreto, o ya no tanto. Haru la había estado visitando en su casa para practicar a escondidas.

—¿Qué? No le tengas miedo a tu suegra, Taylor.

—No es mi suegra, y no le tengo miedo.

—Entonces, no hay ningún problema. —Sonrió y terminó de revolverle el cabello.

—A veces te detesto tanto.

—¡Ah, por cierto! —le recordó Haru antes de marcharse—. Ten. Te lo envía tu novio Dakho.

—¡No es mi novio! —contestó exaltado.

—A ver, amiguito. —Suspiró—. Vives con él, lo besas, le pides su opinión sobre tu ropa, le compras comida, le cepillas el cabello... Hasta donde yo veo, adoptaste un novio salvaje del bosque.

—Eso no lo hace... —soltó Taylor, titubeando.

—Te acostaste con él —dijo Haru directamente, y el otro se ahogó con su saliva—. Ponle la etiqueta que quieras a lo que sea que tengan.

—No debí contarte eso.

—Siéntete feliz. No todos tenemos la suerte de encontrar un novio en medio de la nada y llevarlo a casa para que nos cocine y nos diga que somos bonitos. ¿O sí..., «Pastelito»?

Taylor iba a gritarle cuando repentinamente el bullicio cesó. Las puertas principales del auditorio se abrieron, causando un gran estruendo. Los estudiantes de primer año que la maestra de música había obligado a que ayudaran con la obra alzaron la vista deteniendo sus labores. Taylor ladeó la cabeza. O estaba más ciego que de costumbre o todos estaban enloqueciendo a su ritmo. Ni Haru se esperaba que la puerta se abriera para dejar entrar al equipo completo de béisbol, incluyendo a Dakho y Sean Grace con ellos.

—¿Pero qué mierda sucede? —masculló mientras los veía acercarse. Volteó a ver a Taylor—. Tú ve a practicar, yo tengo que encargarme de una plaga.

Saltó del escenario y caminó rápidamente hacia Sean Grace.

—¡Sorpresa! —le dijo el mayor de los Kim, en tono sarcástico, al ver la confusión en su rostro—. Llegó la verdadera ayuda.

—¡Chicos...! Qué alegría verlos aquí... —respondió, fingiendo sonreír—. ¿Nos darían un segundo? ¿Sí? Bueno, gracias. —Jaló a Sean Grace del brazo arrastrándolo cerca del telón para luego murmurar—: ¿Qué mierda crees que haces?

—Dijiste que querías uno o dos chicos fuertes que te ayudaran con el auditorio. Así que, bueno, traje nueve.

—¡Estaba bromeando contigo!

—Pero yo no. Así que… —Sonrió levemente, y Haru se estremeció—. Me debes una.

Al parecer, Sean Grace había convencido a los chicos diciéndoles que firmaría sus hojas de actividad extraescolar solo si cooperaban con la obra. Aunque Haru no sabía si quería cooperar con Sean Grace con aquello de «ayudarlo» con su enamoramiento, le dio gracia el juego estúpido de Kim y aceptó el reto.

—Siete —dijo burlón.

—¿Qué cosa?

—Dakho no cuenta; él ya es mi ayudante oficial. Y tú solo vienes aquí para molestar a Sunny. Así que solo trajiste siete personas.

Sean Grace le sonrió, y Haru no pudo evitar imitarlo.

—¿Y son suficientes para que me dejes estar aquí? —dijo en tono tierno—. Seré bueno, lo prometo.

Haru frunció el ceño. Esto iba de mal en peor para su dignidad.

—Está bien, pero no olvides que te odio mucho por esto —respondió resignado.

—Lo tendré presente.

Ambos caminaron de regreso hacia el equipo. Sean Grace no ocultaba su sonrisa ni Haru, su cara enrojecida.

—Entonces, chicos —empezó Haru—. Ustedes dos, los más altos, ayuden con las luces. —Miró a los demás chicos del equipo—. Ustedes tres, a colgar la luna de la viga de arriba, y tú —dijo señalando al moreno que lo miraba con desagrado—, ayúdame a sacar la utilería de la bodega.

—¿Qué hay de mí? —preguntó Sean Grace.

—Toma un cepillo y quita la pelusa del telón. Ah, y cuando termines, quita la goma de mascar bajo las butacas.

—¡¿Qué clase de tarea es esa?!

—Tú dijiste que venías a ayudar. ¡Cómo lo siento! —le contestó mostrándole su labio inferior—. Así que, si no te molesta, iré a ensayar con mi actriz principal mientras trabajas.

Augustus Moon le dio la espalda y dejó a Sean Grace con una expresión de fastidio, mirando cómo iba en dirección a la chica que lo esperaba feliz de verlo. Sabía que April estaba disfrutando mucho su frustración, y vaya que quería golpearlo por eso.

Mientras tanto, Haru no había tomado en cuenta al jugador faltante. Dakho se alejó de su grupo para colarse detrás del escenario. Taylor aún no era lo suficientemente sociable, y estaba seguro de que lo encontraría allí. Se escabulló detrás de las tramoyas y lo sacudió por los hombros, haciéndolo estremecer.

—Hola, Julieta.

—¡No hagas eso! —Taylor se sobresaltó, y al verlo le dio un pequeño empujón—. Y no me digas Julieta aquí, tarado.

—¿No lo eres?

—No, soy Romeo. Tu madre me ha quitado el papel.

—Oh, no me digas que te decepciona no salir con peluca.

—No me jodas, la peluca es lo de menos. Las líneas son lo importante.

—No seas pesimista, lo haces genial.

—Como sea, no sé por qué sigo haciendo esto si ni siquiera sé si llegaré al final del año escolar.

Taylor lo miró desafiante. Dakho suspiró; sí, la había jodido contándole, pero al menos sentía la conciencia limpia y en paz.

—¿Cómo te sientes? —dijo preocupado, con sus enormes ojos oscuros atentos al chico.

—Naturalmente, cansado de mi vida, pero está bien.

—En lugar de pensar así deberíamos enfocarnos en avanzar con el experimento.

—No puedo, estoy ensayando —le respondió dándole la espalda. Estaba en una clase de acción evasiva para no deprimirse, tratando de mantenerse ocupado para no pensar en nada más.

—Me gusta lo que le hiciste a tu cabello —dijo Dakho al verlo de espaldas.

Se había cortado ligeramente los costados y la capa superior de su cabello, que había quedado algo larga, lo hacía lucir como si tuviera una especie de *mullet* despeinado. Al no recibir respuesta, se acercó hacia su nuca y trazó una línea con su respiración hasta su oreja.

—También me gusta cómo te queda el pantalón que tienes hoy.

—¿Qué te pasa, animal? Hay como quince personas allí afuera. —Taylor se removió para separarse.

—Lo sé, pero, en vista de que te gusta ignorarme, me veo en la necesidad de tomar medidas desesperadas para obtener tu atención —dijo—. Además, tengo la obligación moral de cuestionarme si tus piernas se ven igual de bien sin ellos.

Taylor se volteó para observarlo con una ceja alzada.

—Idiota.

—Ya sé, pero —respondió con gracia para molestarlo— ahora que ya tengo tu atención, quiero saber si recibiste mi nota.

—Ah, eso. Sí. Pero no la he leído. Cuando pienso en ti recuerdo que estoy molesto contigo porque eres un estúpido y me enojo conmigo mismo también.

—Cuánta frialdad. ¿Por eso no has parado de insultarme desde que me has visto?

—Imbécil —sentenció Taylor, entrecerrando los ojos.

—Eso ya lo sabemos; ahora vamos, vamos. Lee mi nota.

Taylor suspiró y sacó el trozo de papel doblado en cuatro. Lo extendió y alzó la vista a Dakho, confundido.

—¿Un anuncio? —preguntó, deteniéndose a leer la nota. Era una publicidad de la nueva exposición de un museo en una ciudad vecina.

—Es una galería sobre la mitología griega —dijo emocionado—. No creo que sean las pinturas originales, pero lo poco que se ve parece prometedor. Es su último día de exhibición, así que espero una respuesta tuya pronto.

—¿Respuesta de qué?

—Dale la vuelta a la hoja, genio.

Taylor obedeció.

—«Tú, yo, cita, hoy» —leyó en voz alta, intentando contener la risa que se le escapó sin querer.

Tú, yo, cita, hoy.
Marca:
Sí ☐ No ☐

—¿Qué es esto, Dakho? —Lo desprolijo de su letra y su petición le causaron más ternura que molestia.

—Es una cita.

—¿Y eso por qué?

—Por ningún motivo en específico. Estuve pensando que técnicamente he estado saliendo contigo los últimos meses y nunca hemos tenido una cita real en donde yo no quiera matarme o alguien quiera hacerlo, así que pensé que sería una buena idea ir.

—¿Te parece correcto salir con un muerto del pasado?

—Vaya, no lo pongas así.

—Sin contar que soy tu tío político y también soy treinta y cuatro años mayor que tú.

—Matas mis ilusiones, Taylor. ¿Qué tienes en contra de hacer a este pobre tonto feliz?

—Bien, en el hipotético caso de que aceptara salir contigo, ¿cómo se supone que llegaríamos a la exposición? Eso está del otro lado del condado y no tenemos el auto. Además, es demasiado tarde.

—Apenas son las diez de la mañana, si nos vamos ahora llegaremos justo a tiempo.

—Ya te dije que estoy ensayando. Creí que tenías examen de Literatura hoy.

—Ay, por favor. Puedes hacer eso después. Y sobre mi examen, es la segunda vez que lo reprograman, mi profesora tuvo problemas con la electricidad de su casa.

Taylor se rascó el cuello. Ellos se habían levantado la primera mañana de noviembre solo para fingir demencia al ver a sus vecinos furiosos y a los pobres electricistas del pueblo intentando resolver la situación. Taylor trataba de no sentirse culpable, es decir, una sobrecarga de energía podría haber sucedido por cualquier motivo y no tenía nada que ver con los niveles de adrenalina de Dakho mientras jadeaba, ¿cierto?

—Como sea, aún te falta resolver el problema del transporte.

—Lo tengo cubierto, relájate. ¿Conoces ese método moderno de transporte llamado… —dijo e hizo una pausa dramática ante la mirada intrigada de Taylor— autobús? Así que dime, pequeño Kim intelectual, ¿nos fugamos o qué?

Taylor sonrió estúpidamente. Volteó y constató que no hubiese nadie a su alrededor para tomarlo de la mano y hacerlo avanzar.

—Vale, pequeño Han buscapleitos. Fuguémonos.

El telón los ocultó cuando salieron detrás de bambalinas hacia la salida de emergencia y trotaron hasta la parada de autobús. Las aulas habían esperado por ellos durante dos semanas, así que podían esperar un día más. Siempre pensó que esto de salir de la escuela antes de tiempo era una estupidez, pero nunca esperó que hubiese cierto encanto en la rebeldía.

Esta vez su viaje no tenía ningún propósito. Solo los acompañaban sus mochilas y un sentimiento que ya no era extraño para ninguno de los dos. Y el tiempo, tan volátil como siempre.

De regreso en el auditorio, Haru había tomado su borrador original para comenzar a repasar las escenas con el resto del elenco. SunHee se había sentado a merendar a su lado a orillas del escenario mientras practicaban juntos.

Era demasiado encantadora, debía admitirlo. Había llevado dos sándwiches para que comieran juntos, y le había pedido su opinión sobre su suéter. Sí, aparentemente Augustus Moon tenía una nueva amiga.

Una vez que terminaron de comer, Haru fue a buscar al menor de los Kim. Se alejó para moverse detrás del escenario, donde a este le gustaba practicar, pero no encontró a nadie. Asomó la cabeza hacia el escenario en busca de Dakho y tampoco lo encontró.

Los maldijo mentalmente y caminó de regreso hacia su amiga.

—¿Recuerdas que te dije que en el mundo del teatro la fama es efímera? —preguntó, y ella asintió—. Pues Taylor acaba de fugarse con mi único suplente.

—¿Qué tal alguno de los chicos de primer año?

—Necesito a alguien que cante… —dijo frustrado mirando a los miembros del equipo cargar la luna para colgarla. Y no supo si la idea que tuvo entonces era buena o mala. Alzó la vista hacia Sean Grace, que luchaba por quitar la pelusa de la cortina y tuvo una idea terrible..., o quizás genial—. Sunny, perdóname por lo que voy a hacer. —Tomó aire y llamó con fuerza—: ¡Oye, cabeza hueca!

Sean Grace volteó. SunHee se veía incómoda: se suponía que estaba allí para evitarlo, pero su nuevo amigo parecía no entender las indirectas. Y aunque sabía que debía explicarle la situación en que se encontraba, aún no podía. Detuvo a Haru antes de que fuera en dirección al nuevo Romeo.

—Haru, con él no puedo —le dijo en voz baja, tímida.

—No te preocupes, será temporal. —Alzó una ceja—. ¿No que salías con él? Aunque sé mejor que nadie que es un idiota, y si te ha hecho algo, seré el primero en echarlo de aquí.

—No, yo... —SunHee no hallaba las palabras—. Es que... quiero alejarme de él. Se lo dije, pero no lo entiende. Yo no soy lo que espera, y no puedo quedarme aquí.

—Me parece que lo estás torturando antes de tiempo. Y a ti también. —Suspiró, ya ni sabía para quién jugaba—. Déjalo ser feliz al menos por hoy, ¿no crees? Sé, además, que quieres estar con él. Incluso obligó al resto de sus idiotas a venir a ayudarme para estar cerca de ti —le dijo mirándola fijamente a los ojos.

—¿Eso hizo?

—Si te contara... —respondió, recordando que le había pedido una rosa para regalársela a ella.

—A veces puede ser muy tierno...

—Lo sé —confesó, y se mordió el labio.

—El problema es que yo... —Se quedó callada. Se había formado un nudo en su garganta, como si no encontrara las palabras para seguir hablando.

Haru sospechaba qué estaba ocurriendo, pero sus teorías eran locuras. No era prudente confrontarla. ¿O quizás sí?

—El problema... —dijo con tenue voz— es que él sepa que estás diferente. ¿No es así?

—¿Cómo lo sabes? —Abrió los ojos, asustada—. ¿Es muy evidente ya?

—No, solo estoy suponiendo cosas —le respondió—. Si es lo que creo, aún falta mucho para eso, y no te preocupes, yo no sé nada. —Le guiñó un ojo en complicidad.

Ella asintió, sonriendo agradecida. «Gracias por cuidarme», pensó, y aceptó cambiar de pareja por esa tarde. Haru bajó del escenario para llegar al lado de Sean Grace, quien los observaba curioso. Parecía que todos eran amigos de todos, excepto de él.

—¿Y ahora qué? —le dijo cansado.

—Es tu día de suerte, campeón. Tengo una vacante y es tuya. Así que trae tu trasero al escenario.

—Alto, alto. No entiendo lo que dices.

—Tu hermano se fugó con el otro idiota que es su suplente, y yo necesito avanzar con el ensayo de hoy. Así que… ¡felicidades! Eres mi nuevo Romeo, al menos por hoy.

—¿Qué te pasa? No haré eso, esto no es *Grease* —dijo, negándose rotundamente.

—Relájate, solo es cantar unas líneas. No actúes como si no te encantara. Además, es tu oportunidad de cantar con tu novia que te ignora.

Sean Grace volteó a ver a SunHee sonreír con su libreto mientras practicaba sus diálogos. Tragó saliva, sus intentos por acercarse a ella sin ser un idiota eran cada vez más desesperados; pero ¿qué podía hacer? Podía verla allí sobre el escenario, con esa falda blanca que a ella le encantaba usar, y que pocas veces vestía porque se sentía insegura de sí misma, con las ondas de su cabello negro suelto batiéndose al mismo tiempo que reía. Y el gran suéter rosa con el que la había visto por primera vez. Ella era su sueño. Carisma y belleza genuinas, más una inteligencia que lo hacía sentirse infinitamente pequeño ante ella.

Se armó de valor. Después de todo, él decía amarla, y ¿no es el amor aquello que da la fuerza de ser capaz de hacer el ridículo?

—Dame ese libreto —ordenó, decidido. Haru asintió feliz entregando su copia: con una voz como la suya podría tener al mejor elenco de todos.

Ambos caminaron de regreso al escenario; Sean Grace subió por las escaleras y Haru se quedó abajo. Lo vio llegar tímidamente hacia ella.

—Bien, chicos. Estamos en la cuarta escena, es la fiesta de los Capuleto y Romeo consigue colarse en ella. Aquí se encuentra con Julieta. Sean Grace, empiezas tú junto a Lucas —dijo señalando a un chico de primer año que tenía el papel del primo de Romeo—. SunHee, tú entras después. ¡Vamos!

Todos se movieron a sus puestos y él los observó mientras ejecutaban sus acciones tal y como estaban plasmadas en su libreto. Sean Grace era un perfecto Romeo. La manera en que se movía coincidía perfectamente con las que había imaginado mientras preparaba el libreto. Él cantó unas cuantas palabras y SunHee no pudo evitar sonrojarse. Tampoco se negó a él cuando lo vio inclinarse para tomar su mano y darle un beso en el dorso, antes de presentarse ante ella siguiendo la escena. Y, cuando el mayor de los Kim sonrió, más de una persona en el auditorio se perdió en lo genuino de su presencia.

No supo si fue la química entre ellos o su ejecución la que se robó su atención, pero mientras más se acercaban Sean Grace y SunHee en el escenario, la brecha que Sean dejó en los recuerdos de Haru se abría abismalmente. Haru retrocedió y se sentó en la primera fila mientras los observaba con atención. Aunque le dolió reconocer que aquello todavía existía en su interior, se sintió agradecido de nunca haberlo dicho en voz alta.

Bueno, al menos su ensayo salió bien.

Si tuviera que construir un puente para llegar a tu ventana, lo haría, aunque perdiera la razón. Chico, dame una oportunidad para demostrarte cuánto vale para mí tu sonrisa. Una oportunidad es todo lo que necesito, y llenaré de rosas tu balcón…

Después de esperar por media hora a que pasara un autobús, Taylor y Dakho habían encontrado uno que los llevase al condado vecino. Estaban en los últimos asientos y Dakho hablaba de cosas que Taylor no entendía.

El invierno había comenzado a hacer estragos y las calles tenían una leve escarcha que provenía de la brisa que empezaba a congelarse. Últimamente, Taylor se sentía incapaz. Había fallado en los estudios y la presión por encontrar una solución lo ahogaba. Estaban encerrados en un círculo, donde a, b, y c eran el detonante uno del otro. Aunque quería ser optimista, el transporte público siempre había tenido la cualidad particular de hacerlo sentir miserable.

Un par de días atrás, bajo su puerta había aparecido un sobre con la información de una universidad. No le importaban las demás solicitudes, esta era la buena. Se trataba del Instituto Tecnológico de Massachusetts, con una tasa de ingreso de aproximadamente el diez por ciento de los aspirantes, y a él lo estaban dejando entrar por la puerta grande y mientras le aplaudían. Así que ese gran fondo universitario que había ahorrado por años ya no era tan necesario, pero estaba tan sumido en su miseria mental que no sabía si comprarse una casa cerca de la universidad o comprarse un féretro. Bueno, ambas eran buenas opciones.

Negó con la cabeza saliendo de sus pensamientos cuando el autobús se detuvo. Les había tomado aproximadamente una hora y media llegar a su destino. Bajaron y caminaron atentos a esas calles desconocidas.

—Esto de la «formalidad» es raro —dijo Dakho. Estaba nervioso, no iba a ocultarlo. Tener una cita formal era extraño para él, y Taylor lo notó.

—¿Nunca habías tenido una cita, acaso? —preguntó Taylor por curiosidad. Dakho negó, un poco avergonzado—. ¿En serio, tú, el de los diez novios?

—No diez, fueron solo dos. ¿Ves cómo exageras?

—Dos novios con los que pudiste tener muchas citas.

—Que no involucraran sexo, no. Aunque bueno… —Meditó—. Una vez salí con Dominic al estreno de una película de superhéroes. Eso califica como cita oficial, creo.

El prime amor Dakh fue Ir Man.

—Ah, cierto, con tu «amigo» Dominic —dijo con molestia rodando los ojos.

A Dakho le divirtió su reacción. Quiso molestarlo solo un poco.

—Fue muy lindo. Iba a disfrazarse de la Bruja Escarlata pero no encontramos un *spandex* a su medida. Una lástima, porque combinaría muy bien con su pelo rojo.

—Seguro, seguro. ¿Sabes? Podría recomendarte un sastre que lo haga a la medida para que te regreses a llevárselo —comentó sin mirarlo a la cara. Dakho sonrió.

—¿En serio estás celoso de un chico que técnicamente ni existe aún?

—¿De tu ex, el teñido ese? No, por favor.

El menos celoso del condado.

—Es pelirrojo natural, por si querías saber.

—Ahhh, y lo defiendes. Ve, vete con él, lánzate al lago y ve a buscarlo.

—Sí, eso confirma que estás celoso, aunque lo niegues.

—Sueñas, Dakho. Sueñas.

Oh, no. Taylor había mutado a esposo celópata.

Después de caminar un par de minutos llegaron al pintoresco museo. Se acercaron a la taquilla del lugar y Dakho compró dos entradas. El lugar era amplio, tan pulcro que los colores de los grandes vitrales se reflejaban como espejos en el piso.

—Tengo una sorpresa para ti —le dijo, y escondió sus manos detrás de él.

—¿Un regalo? De dónde sacaste el dinero para hacer esto, ¿eh? —dijo, con una ceja alzada y cierta curiosidad—. Y para el autobús, la entrada... y la paleta que te compraste allá afuera.

—Eso es información confidencial.

—Dakho... —respondió, mirándolo con severidad.

—Digamos que tengo un empleo. —Alzó ambas manos en su defensa—. ¿Quién no puede sobrevivir por sí solo, eh, madre?

—¡¿Qué?! Tú sabes que no debes relacionarte con más personas —dijo, confundido.

—No me regañes, deja que te explique. Hace unos días me ofrecí a ayudar con el aseo en casa, y, pues, creo que tus padres se sintieron culpables y comenzaron a pagarme.

—Espera... —Ladeó la cabeza—. ¿Eres tú quien ha estado lavando mi ropa?

Dakho asintió feliz.

—También secándola y guardándola. Limpié el horno, el fregadero y dejé a Sean Grace sin calcetines iguales.

Taylor se pasó la mano por el cabello, avergonzado. Sus padres trabajaban mucho y los hermanos ya eran lo suficientemente grandes como para encargarse de la casa por sí mismos. Pero ninguno de los dos lo hacía, y el hecho de que las cosas aparecieran limpias nunca les había importado.

—No puede ser. Creí que mamá se había apiadado de mí desde que encogí toda mi ropa.

—Eres tonto para ser un genio.

—¡Oye! Simplemente hay cosas que no me esfuerzo en ver.

—Tu cerebro es enorme pero tus ojos no sirven. Es una pena.

—Idiota.

Taylor frunció el ceño; Dakho le sonrió porque le gustaba verlo enojado. Se le acercó, lo atrajo de la cintura con una sola mano, con la otra detrás de su espalda, y sacó una pequeña flor de papel que le había tomado medio día hacer.

—¿Origami? —Taylor la tomó con cuidado.

—Un tulipán de papel. Regalar flores reales se ha vuelto algo completamente idílico, pero no en el buen sentido.

—No creo que sepas qué significa esa palabra.

—¡Claro que lo sé! —reprochó a la defensiva—. Puedo usarla en una oración: «Las piernas de Finnian Taylor son idílicas».

—¿Lo ves? Estás perdido. —Se cruzó de brazos—. «Idílico» es algo que está demasiado idealizado o que es visto como perfecto.

—Ya lo sé —dijo, guiñándole un ojo—. Por eso lo dije.

Taylor acomodó sus anteojos, sonrojado. Lo golpeó en la cabeza con suavidad. Dakho aprovechó para tomarlo de las muñecas y le dijo:

—Ahórcame con esas manos, por favor.

Taylor se ahogó con su saliva por lo repentino que fue escuchar eso.

—Oye, oye. Bájale a tus insinuaciones, niño. ¡O tendré que bañarte en agua fría!

Avanzaron un par de metros. Dado que el lugar estaba vacío, a Taylor no le molestó que Dakho tomara su mano y la llevara al bolsillo de su chaqueta para que ninguno de los dos tuviera frío. ¿No es eso lo que hace la gente en las citas? No tenía muchas referencias, pero le parecía bonito intentarlo. Se quedaron de pie frente a una representación de los nueve círculos del infierno según Dante Alighieri.

Taylor tembló. Haber leído *La divina comedia* a los diez años había sido una pésima decisión. Tal vez lo había traumado. Se consideraba un lector sensible y, aunque había libros peores, prefería no leerlos. Dakho miraba interesado la exposición y le extrañó su interés.

—¿Sabes que dicen que *La divina comedia* es el primer *fanfic* de la historia? Dante lo escribió imaginando que conversaba con Virgilio, su maestro.

—¿Eh? ¿Qué es un *fanfic*?

Dakho rio.

—Oh, eso. Es ficción escrita por los fans de algo o alguien, usando a ese famoso como personaje.

—¿Eso es legal?

—Cincuenta-cincuenta. —Estrechó los ojos—. Los *fanfics* que escribí sobre el vocalista de alguna banda emo enamorándose de mí prefieren no opinar sobre eso.

—¿Tú escribes?

—Ya no, no soporté la presión de mis cinco lectores.

Taylor no pudo evitar reírse. Había aprendido algo nuevo de él.

Llegaron al centro del lugar, a la exposición que le interesaba a Dakho. Dejó de ocultar su emoción y corrió hacia donde exhibían pinturas inspiradas en mitos y otras fotografías ordenadas con una estética impresionante.

El museo tenía un aspecto pintoresco. Estaba casi vacío y su piso cerámico era reluciente; a cada paso que daban, el eco se expandía por toda la habitación. Y sobre sus cabezas, un gran tragaluz de vidrio dejaba traslucir los rayos del sol. Taylor observó cuidadosamente a Dakho, que no contenía la felicidad. Su último cambio de actitud no era necesariamente malo, tenía un poco de cada cosa que lo hacía ser quien era: ilusión, ingenio y un toque de romance.

—Taylor —llamó Dakho—. Mira esto.

El menor de los Kim obedeció y una sonrisa enternecida se asomó en su rostro.

—¿Qué cosa? —le preguntó. Le parecía muy lindo ver a un hombre de su tamaño emocionarse hasta los brincos por un par de pinturas.

Dakho le puso el brazo sobre el hombro.

—¿Ves acá? Son pinturas de artistas locales. En esta —dijo señalando la primera y leyendo la descripción; era un cuadro en tonos grises—, se representa a Cronos y a su hijo Zeus. Y en esta —continuó y señaló la otra en tonos rojos y amarillos—, su batalla por el poder. Y si las ves juntas, puedes captar cómo Zeus vence a su padre.

Taylor entrecerró los ojos. Había dejado de leer cosas como esas desde que estaba en segundo año, o tal vez antes. De un tiempo atrás, todo había sido números para él.

—No puede ser que hasta el dios del Olimpo tenga problemas con su padre —comentó; la historia le pareció irónica.

—La paternidad es un asco hasta para los dioses —se burló Dakho.

—Zeus es mal padre porque su padre Cronos intentó comérselo. No lo culpo.

—Mismo camino, pero diferente forma de ser el padre del año —secundó Dakho—. Por eso Zeus tuvo hijos por todos lados.

—Oh, por favor. Dime algo que no sepa.

Dakho rio. Se alejaron de las pinturas y se sentaron en una pequeña banca.

—Según la mitología griega, el nombre de la flor jacinto proviene del romance homosexual del dios Sol y un príncipe mortal —dijo Dakho.

—¿Qué? ¿Qué tiene que ver una cosa con la otra? —preguntó riendo. ¿De dónde sacaba esas cosas?

—Pues, Apolo, el Sol, era cortejado por varios dioses, pero él estaba enamorado de su amante, un humano noble llamado Jacinto, y cuando bajaba a la Tierra, se dedicaban a lanzar discos para entretenerse. Pero como el dios Céfiro estaba inconforme con que Apolo no lo eligiera a él, envió un gran viento para hacer que Apolo golpeara con su disco a Jacinto, causando que muriera. De su sangre creó una flor y, después, la nombró como su amante.

—Es decir que, técnicamente, lo asesinó por celos.

—Sí. Lo curioso es que Eros lo protegió porque fue «un acto en nombre del amor». Céfiro era hijo de un titán, y como Apolo era hijo de Zeus, era algo así como su tío en segundo grado. ¿No es interesante?

—Me estoy perdiendo. ¿Apolo no era el dios de la virginidad?

—No, esa es su hermana, Artemisa. Arquera, cazadora y muy intensa. Es genial, de hecho, restringe su culto solo a mujeres. Ella está en otro nivel. Es como si Apolo fuera el Sol y ella, la Luna. Aunque ahí tendría que meter a Helios en la explicación. Ya es bastante complejo. —Mientras Dakho hablaba, Taylor lo miraba embobado. No podía frenar su sonrisa—. Apolo es el dios de todo lo que me gusta; del arte, la música y demás, ¿sabes?

—No entiendo cómo es que sabes tanto de cosas como esas.

—Hay algo poético en todo esto de la mitología.

—Siento que no soy el único cerebrito aquí.

Dakho negó con una sonrisa.

—¿Sabes? Cuando era pequeño, y mis padres acababan de divorciarse, mamá consiguió un empleo en el que tenía que trabajar todo el día. Recuerdo que solía esperarla en la biblioteca de la escuela, y cuando ella iba a buscarme, dejaba que le contara lo que había aprendido, incluso si yo le repetía la misma historia una y otra vez. Me escuchaba y luego, cuando llegábamos a casa, me preguntaba cómo había estado mi día, antes de hacer la cena.

—Me parece que siempre fueron muy unidos.

—Quizás lo fuimos mientras la necesitaba. Y suena estúpido, pero, después, ella se volvió importante, yo comencé a hablar con gente por internet y a pedirle dinero para comprar comida afuera.

—La mayoría de nosotros no tiene una buena relación con sus padres porque, de alguna forma, cuando empiezas a pensar por ti mismo, una parte de ti que amaban muere. —Hizo una pausa.

Hacía tiempo que no pensaba en eso—. Mamá y yo solíamos cantar en el coro de la iglesia.

—¿Tú? ¿En la iglesia? —preguntó Dakho con gracia.

—Sí, me peinaba como ella quería y practicábamos los salmos por días.

—Me da ternura pensar en ti de pequeño, joven e inocente —dijo con voz suave.

—Oh, sí, soy tan inocente que un par de años después me hice echar de la iglesia para no tener que ir más.

—Creí que esa era una historia graciosa.

—Lo fue, al menos para mí. Pero mamá...; ella lloró cuando le dije que no quería ir más, lloró mucho cuando le dije que no creía en todo eso, y yo me sentí terrible durante meses por lo molesta que estaba, incluso llegó a ignorarme.

—Tu madre... —dijo con miedo de decir algo incorrecto— no parece el tipo de persona que haría algo como eso.

—Lo sé, eso prueba mi punto. Entendí que le dolía saber que el hijo que podía recitar las cuarenta parábolas de memoria y que era excelente con los cánticos había llegado por sí mismo a otra conclusión. Le dolió saber que yo pensaba diferente. Luego —tomó aire—, todo volvió a la normalidad. O bueno, algo así.

Dakho notó que divagaba. Las emociones de Taylor eran aún más complejas que lo que reflejaba con sus palabras.

—¿A qué te refieres con «algo así»?

Taylor se quedó callado un instante y después soltó:

—A veces siento que ella siempre me ha querido menos que a mi hermano.

—No creo que eso sea posible.

—Solo piensa que yo había hecho todo bien durante años y, por una sola cosa que hice diferente, comenzó a tratarme como un extraño. Pero Sean podría hasta dejarla en bancarrota y ella de todas formas se ofrecería a hacerle el desayuno.

Dakho lo miró con pesar. Tenía razón: la relación con sus padres era una pantalla y él era lo suficientemente inteligente como para no tocarla y dejarla como estaba.

—Quisiera decirte algo que te anime. Pero lo que acabas de decir es cierto. De todas formas, estoy seguro de que ella te ama.

—Ya no me importa —murmuró—. La familia no siempre es lo que necesitas.

—Taylor...

Se levantó y avanzó un par de metros. Se detuvo frente a un cuadro que representaba a una mujer hermosa y una caja. Taylor no quiso seguir hablando sobre su familia; el espacio de sinceridad se había cerrado.

—Ella es Pandora, ¿cierto? —dijo en su lugar, señalando al frente.

—¿Quién? —Notando el cambio de tema, lo dejó pasar.

—La mujer de la pintura; ya sabes, la historia de Pandora, su maldad y la caja.

—Creo que estás equivocado.

Taylor parpadeó confundido. ¿De cuándo a acá alguien tenía la solvencia intelectual para decirle eso?

—¿Qué?

—Esta es mi zona, Taylor. No puedes contradecirme aquí.

—Entonces, cuéntame cómo fue —le pidió riendo, antes de recargarse en el paral de cemento a su lado—, oh, sabio Dakho.

Quería molestarlo, pero logró hacer que Dakho volviera a emocionarse por hablar.

—Pandora fue enviada por los dioses a Epimeteo como regalo luego de que su hermano robara el fuego y se lo diera a los hombres. Pero, hasta donde recuerdo, no era mala.

—Se supone que ella causó los males del mundo, ¿no?

—No a propósito —explicó Dakho—. Se supone que los dioses la dotaron de todos los dones y belleza que podían obsequiarle. Era perfecta, así que Epimeteo no dudó en aceptarla como su compañera. Incluso cuando su hermano Prometeo, quien podía ver el futuro, le dijo que los dioses no eran de fiar. Es un poco confuso, no sé si es información exacta, pero Prometeo se roba el fuego y por eso envían a Pandora con su hermano. Algo así, creo —dijo, esperando no estar errado.

—¿Era una trampa? —Taylor parpadeó, y Dakho asintió ante sus dudas. Ambos se sentaron en la pequeña banca que estaba frente a la pintura.

—Le entregaron un jarrón cerrado o una caja, depende de la versión, que no debía abrirse bajo ninguna circunstancia. Pero Pandora era tan curiosa que una noche le robó la llave a su esposo para saber qué era lo que había adentro.

Taylor recargó su mejilla contra su mano mientras el codo sostenía su cabeza. La forma en la que los ojos del otro brillaban cuando hablaba de algo que lo apasionaba hacía temblar su pecho.

—¿Y qué pasó después? —le preguntó, interesado por escucharlo.

—Se decepcionó al ver que no había nada adentro; pero lo que no sabía es que en ese momento escaparon todos los males del universo. Y la tristeza, las guerras y enfermedades se extendieron sobre el mundo afectando a los hombres. Cuando lo notó, cerró la caja rápidamente dejando atrapada a la esperanza.

—Ahora lo recuerdo…, de allí viene aquella frase: «La esperanza es lo último que se pierde».

—Eso creo —secundó, apoyando su cabeza en el hombro de su compañero.

Parecía un buen momento para regresar a casa; era poco más de mediodía y sabía que no era pertinente pasar tanto tiempo fuera. Pero, en el fondo, no quería irse de aquellos lugares en los que se llenaba de paz.

—¿Qué sucede? —preguntó Taylor, mirándolo de reojo—. Te quedaste callado de pronto.

—Solo estoy pensando.

—¿En qué piensas?

—En si salió bien la cita. Quería hacerla muy especial, pero también soy nuevo en esto. Nunca había salido con nadie así antes.

Un alma cuya dulzura infinita había rasgado la superficie.

—Oye… —dijo en voz baja—, perdón si he sido pesado contigo. Es solo que no me siento bien con todo esto de saber la verdad, y si pienso demasiado sé que solo lograré deprimirme.

—Lo sé, no puedo obligarte a actuar como siempre cuando sé que es imposible. Tampoco puedo presionarte a avanzar con el experimento o a encontrar una solución cuando ni yo mismo he podido hacerlo en meses.

Taylor sonrió.

—Tú, por otra parte, actúas como un gran algodón de azúcar cuando quieres.

—Es involuntario, lo siento. —Taylor lo miró incrédulo—. Soy el tipo de chico que quiere ser rudo para aparentar que no le importa nada; pero, al final del día, sé que terminaré preguntándote si ya comiste, si necesitas mi suéter y a llorar si no me haces cariñito.

—Oh, pobrecito —dijo Taylor, y lo rodeó con su brazo para acariciarle el cabello—. ¿Y qué podemos hacer para que te sientas mejor?

—¿Puedo darte un beso?

—No, las pinturas nos miran —respondió en son de broma.

—No creo que les importe.

Dakho levantó la cabeza para tocar sus labios y lo vio sonreír. Le dio varios besos en la comisura de la boca, que se extendieron hacia el centro y finalmente llegaron hasta su mejilla. A Taylor le causó cosquillas su respiración. Era preciso decir que el arte a su alrededor había estado celoso de ellos desde que entraron, y más ahora, cuando el roce de sus narices pareció opacarlo.

—Ya, ya, tonto —le dijo, separándose solo un par de centímetros—. ¿Vamos a casa?

Dakho asintió; era tan cálido escucharlo que su razón y sus recuerdos parecían mezclarse.

Cuando salieron a la calle la temperatura había descendido. Pronto comenzaría el atardecer. Corrieron un par de calles para alcanzar el último autobús, donde Taylor se sentó junto a la ventana y Dakho se recostó en su hombro, cansado. Sí, quizás su mente había logrado sentirse menos perturbada.

Le gustaba salir de la ciudad y saber que equivocarse no significaba que había algo mal en él, y que las arrugas de su camisa no lo hacían menos interesante. Una extraña paz, con toques de incertidumbre, lo envolvió en un trance del que no quería salir.

No era suficiente con sentir que amaba a alguien más: ese era un sentimiento que había llegado sin proponérselo. No, a él le encantaba entender que además de eso, había comenzado a amarse a sí mismo como nunca creyó. Amaba lo que había más allá de las colinas, pero, sobre todo, amaba cada parte de aquellas cosas que descubría en sí mismo. Desde los pájaros emigrando, seguidos de las mariposas que dejaban el pueblo debido al invierno, hasta el celeste manto que podía ver desde la ventana del autobús. Y aunque todo estaba mal, había momentos en los que la vida se sentía diferente, como aquellos tiempos en los que su hermano lo abrazaba en la parte trasera del auto mientras esperaban en el semáforo, quizás la sonrisa de su padre cuando él se disfrazó de león en sexto grado, o simplemente la vez que conducía mientras tenía al chico que le gustaba como copiloto cantando a todo pulmón por el puente de San Francisco.

Odiaba romantizar cada pequeño detalle, porque era algo que usualmente no haría; pero mientras veía los árboles al avanzar, y con el brazo de Dakho sobre sus hombros para abrazarlo, ocultos en los últimos asientos del autobús, sintió que tenía un lugar al cual pertenecer.

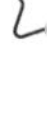

Y todo lo que representaba ser él estaba bien, siempre lo estuvo. Pero ya no era lo que quería.

Cuando bajaron del autobús, ya había comenzado a oscurecer. Caminaron juntos, ya sin tomarse de las manos, intentando que el frío no calara en sus cuerpos. Cuando entraron a casa, los señores Kim estaban en la sala leyendo tranquilamente. Ni siquiera se inmutaron al verlos llegar. Fueron hacia la cocina y Dakho le preguntó si quería algo para cenar, mientras tomaba el mandil de cocina del perchero.

—Estás muy consentidor, ¿no te parece?

—¿Con mi chico favorito? Claro que sí.

—Voy a darte un poco de crédito por eso.

Taylor se apoyó en el gabinete y Dakho se acercó a él para tomarlo de la cintura.

—Lo he estado haciendo los últimos meses, gracias por notarlo.

Taylor sonrió, y Dakho no pudo evitar acercarse un par de centímetros para robarle un corto beso en los labios. Bajó la cabeza con una sonrisa verdadera. ¿Por qué las cosas simples tenían la capacidad de hacerle sentir tanto?

—Iré a dejar mis cosas arriba —dijo tímidamente—. Bajo a ayudarte en cinco.

Se dispuso a salir de la cocina mientras intentaba ocultar su sonrojo. No le importó escuchar a Dakho riéndose de él a la distancia, ni tampoco chocarse con Sean Grace, que recién regresaba a casa. Subió a su habitación y dejó su mochila en el suelo.

La ventana estaba abierta. Al tratar de cerrarla, notó que la tela de la cortina ya no estaba rota. La tocó con suavidad; había sido perfectamente remendada, a tal punto que las nuevas costuras apenas se veían. Dakho había desarrollado un complejo de héroe tan grande que, lejos de reconfortarlo, lo llenaba de miedo.

En el fondo no quería salvarse para seguir con el plan que había ideado para sí mismo. Quería salvarse para dejar ese pueblo, perderse, lejos..., tan lejos y escoger la pintura de su nueva habitación. Nunca supo que existía tanta vulnerabilidad en él y ahora lo único que intentaba era subsistir. Pero luego estaba este chico, Dakho, quien se empeñaba en reparar las viejas cortinas con hilo y aguja mientras quería creerse todopoderoso con respecto al futuro.

Alguien que lo hacía correr en dirección al acantilado y que sabía nunca le correspondió conocer. Pero incluso sabiendo que no podía quedarse con él, se sentía tan suyo que dudó querer conocer una realidad en la que no tuviera esas manos y esa piel. Caminó hasta su escritorio, se sentó mientras quitaba todos los papeles que tenía regados sobre este para poner su libreta. La abrió seguro de que nada podía joderse más dentro de su cabeza y comenzó a escribir:

★ Han Dakho y su primera cita: ★

Nuestro intento fallido de primera cita.
Estoy seguro de que no conoce el significado de la palabra «idílico» porque se empeña en describirme con ella.
Sus ojos brillan cuando habla de algo que lo apasiona.
Nunca creí que pudiera aprender tanto con alguien.
Poniendo en síntesis la hipótesis planteada anteriormente; si salgo con él, vivo con él y duermo con él, ¿eso lo convertiría en mi novio? Abro espacio a formulación de nuevas preguntas.
Estado del proyecto de campo actual: satisfactorio.
Adjunto documentos de respaldo.

Tomó un pequeño trozo de cinta y lo cortó para pegar las esquinas de la nota que le había regalado, fijándola en la página en blanco. Había mantenido la flor de papel en su mano todo este tiempo para cuidarla. Después sonrió con pena mientras la veía, ahora un poco más arrugada, y suspiró, dejándose caer en la cama con la flor en su pecho.

Pero no esperaba que la puerta se abriera de golpe ni que detrás de ella su hermano lo mirara con expresión dura.

—Taylor, tenemos que hablar.

Tragó saliva pesadamente. ¿Qué habría en el fondo de su caja?

18.

46 DÍAS ANTES DE...

Las manecillas del reloj se mueven constantemente. Si corrieran hacia atrás, ¿significaría que el tiempo retrocede o simplemente que el reloj está roto? Después de todo, el tiempo es un concepto abstracto.

Los pobladores del condado Mariposa dormían, completamente ajenos a los agentes del Gobierno que comenzaban a desplegarse en camionetas de vidrios oscuros desde el estacionamiento del colegio. Puede que hubiese mucho en juego o que no tuvieran las pistas claras. Pero las personas que habían robado su experimento estaban cometiendo un gran error con ellos. Después de todo, un hombre humillado nunca debe subestimarse.

El profesor Kim Anzu bajó de la primera camioneta con anteojos oscuros y cubrebocas. En lugar de llevar su usual bata, estaba vestido completamente de negro, y sí, había tomado una ducha. Su cuerpo podría estar sobrio por primera vez en mucho tiempo, pero su alma estaba ebria de conocimiento.

—Tienen dos horas, muchachos —dijo a su equipo—. Quiero ojos por todo el maldito lugar.

Los hombres asintieron, antes de extenderse por todo el terreno de la escuela. Tenían vía libre para colocar cámaras que cubrieran cada centímetro del edificio, el estacionamiento y sus alrededores.

—Profesor —lo llamó Lee Jaewon a sus espaldas. Llevaba los planos de la escuela. Esto de tener acceso a tanta información era reconfortante.

—Justo a tiempo.

—¿Para qué necesitamos esto? —cuestionó. Kim Anzu tenía la idea de colocar un duplicado del radar del bosque en lo alto de la escuela. Así podría tener una imagen de la energía del fugitivo dentro de ambos perímetros.

Ya habían identificado al infractor principal; este chico, Taylor, había estado ayudando a su experimento a mezclarse entre las personas. Y gracias a ese talento innato para la falsificación, no podían confiar en los expedientes que tenían.

—Nos será útil en un par de días. —El profesor tomó los planos, complacido—. Y tú, deberías ir a descansar. Es tarde.

—Profesor, no soy un niño —le contestó molesto.

—Sí, eres un niño, ¿recuerdas? —Volteó a ver su reloj—. Ve a prepararte, tienes clases en un par de horas, hijo —le dijo fingiendo una sonrisa.

No era suficiente con las cámaras y el radar —cuyo duplicado ya empezaba a trabajar—; necesitaba ojos entre ellos. A este paso, o lograba recuperar a su mascota o le conseguía un esmoquin para ir al baile. Jaewon suspiró. Se habían estancado, pero ya no más. Este nuevo generador era la visión de un inestable mental.

El tiempo, aunque retroceda, ¿sigue siendo real?

Taylor se levantó ese día con el propósito de avanzar en su investigación, aunque fuera un poco. Era demasiado temprano y el cielo aún estaba oscuro. Puso ambos pies sobre la alfombra y suspiró con fuerza antes de tomar sus anteojos del buró junto a su cama. Encendió la lámpara de escritorio que había reemplazado como cien veces ya y tomó su libreta antes de comenzar a escribir.

Una explicación.

Taylor había aplicado correctamente el método científico y justo ahora estaba en la etapa de la experimentación, pero debía replantearse su teoría. Dakho había atravesado la barrera del espacio-tiempo. Entonces, si sus hipótesis eran correctas, de alguna manera las corrientes eléctricas debido al viaje temporal se habían adherido a sus ondas cerebrales. En primer lugar, asumió que se trataba de las ondas *theta,* las cuales le permiten ponerse en contacto con su subconsciente, pero había una posibilidad de que todas sus ondas cerebrales se hubieran alterado: las alfa, que le permitían manipular sus recuerdos, las beta, para poder estar consciente de su espacio, y las delta, quizás solo para mantenerlo a salvo o cuerdo. En conjunto, estas ondas permitían que su cerebro absorbiera la energía y la canalizara, al ser él mismo un conductor natural. Esto era casi posible, pero se sumaba a la lista de cosas que no podía verificar por falta de equipo. Taylor se pasó la mano por la frente; se estaba cansando de eso.

Si los recuerdos de Dakho se podían manipular a través de estas ondas, a lo mejor no era necesario volver al lago. Tenía sentido: el lago y Dakho tenían la misma energía, y eso hacía que se repelieran. Por eso era imposible acercarse físicamente al punto de origen. Pero ¿qué tal si lo hacía a través de sus recuerdos?

Taylor levantó la cabeza, se sentía mareado. La carga mental cada vez era más grande, pero no podía darse el lujo de flaquear. No ahora. Se quitó los anteojos y se desperezó. Luego, se echó en la alfombra a hacer flexiones. El dolor físico era lo único que podía despejar la bruma de conocimiento que nublaba su mente. Su abdomen y su espalda se tensaron mientras seguía pensando.

¿Qué tan manipulables eran los recuerdos de Dakho? Porque su Dakho era el Dakho del futuro y a la vez del presente, y este sentía cuando las cosas del Dakho del pasado cambiaban. Agitó la cabeza; había empezado a sudar. Eso no estaba bien planteado. Recapitulando, su Dakho en 1986 podría sentir las cosas que cambiaban del Dakho de 2019, incluso, aquellas que le hacían daño de la infancia de ese Dakho.

Eso significaba que este era capaz de permanecer en contacto con otras versiones de él. Y siendo él su versión del «presente», tenía acceso a manipular la historia del Dakho del futuro y el del pasado.

Si lograba mantenerlo estable al momento de entrar en su subconsciente, ¿podría hacer que hablara con las personas a su alrededor? Porque Dakho cambiaba la versión de sus recuerdos cada vez que un mínimo detalle se movía de lugar. Como un dominó existencial, el pasado, el presente y el futuro ocurrirían al mismo tiempo, cada uno siendo consecuente del otro.

Plantear una teoría no sirve de nada si no se comprueba a través de la hipótesis. Y si resulta falsa, entonces la teoría debe reformularse con nueva información. El problema era cómo conseguirla. Si hacía entrar a Dakho en la piscina y lograba contener su energía, era posible manipular su conciencia futura hasta hacer que Sean le explicara qué había sucedido con su pierna y supiera al fin la causa de su muerte.

La muerte de una persona tan joven como él lo hacía inclinarse a dos probabilidades. No parecía ser un tema de salud; entonces, o bien se accidentó o se suicidó. Así que mientras se mantuviera cuerdo, y no se dañara a sí mismo, podía mantener en punto y aparte la idea del suicidio.

La situación con su hermano también lo extrañaba. Sean se había aparecido en su habitación a chantajearlo para obtener su papel en la obra. Aparentemente, había vuelto a encontrarse con los lunáticos del bosque. Y sí, seguían buscándolo. Pero sus cuestionamientos tocaron un punto muy sensible y testarudo en Taylor: Sean quería su papel en la obra.

Pero realmente podía joderse, porque, si había algo que quería, era ser Romeo.

Cuando Dakho sintió su ausencia en la cama, despertó; lo primero que encontró fue a Taylor en el suelo de la habitación, haciendo flexiones con la espalda recta. Tenía el cabello mal cortado desordenado y la camiseta pegada al cuerpo por el sudor. Aún no había terminado de amanecer. Entrecerró los ojos y fingió que dormía.

Taylor ni lo notó. Dejó caer su pecho en la alfombra y gruñó ligeramente adolorido al mover los músculos de su espalda: sus deltoides se tornaron rígidos. Se levantó y comenzó a buscar una toalla en la habitación, mientras se despojaba de su camiseta y sus pantalones.

Dakho fisgoneaba con la esperanza de que también se sacara la ropa interior, pero Taylor avanzó hasta el baño y cerró la puerta.

Ya estando solo, se levantó por fin de la cama. Escuchaba los jadeos de Taylor llegar desde la ducha; el viento frío se había vuelto voraz y el agua helada en aquella casa se sentía como cuchillos sobre la piel. Que se demorara tanto lo preocupaba. Parecía que hacía del dolor su ancla con la realidad. Estaba enloqueciendo.

Se puso de pie para buscar su propia ropa, y le llamó la atención su libreta abierta. Vio los dibujos que tenía y la caligrafía desesperada llena de tachones y de marcas. A lo mejor, si le decía que no quería irse, todo el estrés de Taylor desaparecería. ¿No era egoísta también decidir quedarse? Ni siquiera sabía si realmente deseaba volver.

Taylor salió del baño más tranquilo, secándose el cabello con una toalla pequeña y con otra atada a su cintura. Dakho se sobresaltó al verlo, y no pudo evitar observarlo de arriba a abajo.

—Deja de husmear en mis cosas —dijo Taylor. Dakho tragó saliva.

—Buenos días a ti también.

—Buenos días, superestrella. —Su toalla se deslizó por accidente hasta caerse, pero a Taylor ya no le incomodaba—. Deja de husmear en mis cosas —repitió.

Dakho clavó sus ojos en el rostro molesto del chico; deseaba bajar la vista hacia su desnudez, pero no quería parecer desesperado.

Taylor lo notó y alzó una ceja. Dakho era todo un maestro del autocontrol ahora, ¿eh?

—¿Qué haces, Taylor?

—¿Yo? Nada. Tú deberías estar desvistiéndote.

—¿Que yo qué?

Taylor se sentó sobre la cama, secándose el torso con cuidado sin dejar de verlo. Su mente estaba tan despejada que comenzaba a actuar como el Han Dakho que era, ese que calentaba la situación pero que en el fondo no intentaba avanzar.

—Sí, dúchate o llegaremos tarde a la escuela —dijo sonriendo. El rostro de Dakho estaba completamente rojo mientras lo veía secar sus piernas. «Ya no eres tan valiente, ¿cierto, Han?», pensó.

—Tienes razón —le contestó Dakho antes de tomar una toalla seca y correr a refugiarse hacia el interior del baño.

«¿Y a este qué le pasó?», pensó casi tan decepcionado como enternecido de que Dakho no cayera ante sus provocaciones. Negó con la cabeza y sonrió. Estaba muy cansado mentalmente, pero le causaba mucha gracia que Dakho se cohibiera ante su confianza.

Terminó de vestirse y se colocó un poco de fijador para el cabello. Después, se roció un poco de su nueva colonia. La vida en casa era bastante tranquila; sus padres tenían el turno nocturno en la fábrica. Así que cuando bajaron a la primera planta todo estaba en silencio. Al salir, pasaron por la casa de los Moon. Allí se les unió Haru, que vestía ligero sin preocuparse por el clima.

Taylor pensó que, a lo mejor, él era el único con tanta aversión al frío. La chaqueta que Dakho había traído del futuro no serviría en esa temporada. Se hizo una nota mental para comprarle ropa de invierno. Por su parte, Dakho, al notar que Taylor temblaba, pensó que, si hubiera podido colocar su brazo sobre sus hombros para atraerlo, lo habría hecho.

Las hojas del suelo y la tierra estaban húmedas, como consecuencia de la leve llovizna que caía sobre ellos mientras caminaban hacia la escuela.

—¡Oigan! —gritó alguien detrás de ellos—. Esperen.

Los tres voltearon hacia Sean Grace, quien se acercaba corriendo con su mochila y su bolsa de entrenamiento colgadas en el hombro. Taylor siguió caminando, pero se vio forzado a parar cuando los otros dos lo hicieron.

Realmente, no quería estar cerca de su hermano.

Sean Grace llegó al lado de Dakho y Haru, y los saludó con el puño antes de empezar a caminar junto a ellos. Un grupo en discordia, pero una gran escena digna de contemplar, sobre todo desde el auto de Daniel, que pasó al lado de ellos con el resto de los antiguos amigos de Sean Grace adentro. Caminaron casi todo el trayecto en silencio, quizás debido al frío o porque su eslabón común, Taylor, había decidido permanecer callado.

Se separaron al llegar a la escuela. Taylor avanzó hacia el laboratorio, se puso su bata y tomó asiento. Luego de unos minutos, SunHee entró y, saludándolo con un gesto, se sentó a su lado. La maestra explicaba algo sobre partículas y materia que él no tenía ganas de escuchar otra vez. Así que tomó una hoja en blanco y su libreta y se dispuso a escribir.

«Supongamos que el detonante de mi muerte estuvo en nuestro entorno —pensó mientras hacía tres círculos en la hoja—. Es decir, todo afecta; por ejemplo, si compro carne hoy y me enfermo. Entonces todos dicen: "Ah, este idiota no cocinó bien su carne". Pero no piensan en los factores: A. Carnicero, B. Carne, o C. Cocción. Puede que solo uno de los tres me enfermara, ese sería el detonante; pero, al ser desconocido, los tres me conducen al final».

La puerta de la clase se abrió; todos los alumnos vieron a la secretaria del director entrar, y a la profesora acercarse a ella. Esta le dijo algo en voz baja y la otra asintió.

«Entonces, si la carne estaba mal, el carnicero no la limpió y yo no la cociné bien, todos somos culpables en igual medida…».

—¿Finnian Taylor Kim? —dijo en voz alta la maestra—. ¿Finnian Taylor está en este salón? —repitió dando un paso al frente.

Todas las personas del salón voltearon a ver al chico de cabello castaño, que ni siquiera se había preocupado en prestar atención a lo que pasaba a su alrededor.

«Pero si todo es circunstancial, estaba destinado a enfermarme, porque yo la compré», seguía pensando.

Cuando el silencio se hizo demasiado grande, SunHee le dio un empujón para que levantara la cabeza.

—¡Oye! —le dijo, saliendo de sus pensamientos abruptamente. Ella señaló con la cabeza hacia el frente, y Taylor alzó la mirada.

—Kim —lo llamó su profesora—, tome sus cosas, lo esperan afuera.

Taylor volteó a ver a tus compañeros. Estaba tan absorto en sus propios asuntos que por un momento dudó en si se trataba de algo malo. Sin pensarlo mucho, se levantó con sus cosas y avanzó a la salida. Todos lo miraban. Si así se sentía ser popular, entonces no quería serlo.

La secretaria lo saludó y le pidió que la acompañara hasta la oficina del director. Era extraño, pues con frecuencia era Taylor quien se presentaba allí por su voluntad.

Cuando llegaron a la dirección, Taylor vio al viejo director en su escritorio y, frente a él, a una mujer de aspecto prolijo y vestida con ropa que gritaba «costoso» a los cuatro vientos.

Taylor saludó con timidez a la señorita, que lo miró de arriba abajo y luego le extendió la mano con una sonrisa satisfecha.

—Encantada, Taylor. Soy Emma Salas, del Instituto Tecnológico de Massachusetts. Me encargo del programa de becas de excelencia.

Taylor tomó asiento a su lado, frente al director, algo confundido. ¿Programa de becas?

El director, con voz calmada, le explicó que habían evaluado su desempeño en las pasantías el año pasado y estaban interesados en entrevistarlo para el ingreso a su universidad. Habían enviado dos cartas a su casa, que Taylor aún ni se había preocupado por leer.

—Esto es un honor para mí. Lamento que haya tenido que venir hasta acá... —dijo, nervioso. No se lo esperaba.

Ella le sonrió y empezó la entrevista. Era un chico especial: calificaciones excelentes, talleres de escritura, manejo del coreano, inglés, francés y español, y un gran interés por las artes y la cultura. Taylor le comentó que había comenzado a participar en el club de teatro y la señorita Salas pareció satisfecha: era cierto que le preocupaban un poco sus habilidades sociales en lo que era, en todo caso, un expediente excepcional de un estudiante de honor.

Le preguntó por su relación con su familia y por sus intenciones de mudarse a Boston. Por supuesto, contestó con generalidades y una sonrisa. No le mencionaría sus traumas maternales ni su complejo con su hermano, ¿cierto? Taylor dudó un poco ante la pregunta de si tenía alguna relación amorosa que lo atara a la ciudad, pero, la verdad, lo que más nervios le causaba era tener que mudarse en abril del año siguiente. Eso quería decir que perdería las clases de abril a junio, y, además, no sabía si seguiría vivo para entonces.

Al terminar la entrevista, la señorita le extendió una pesada carpeta de color carmín. Ahí estaba contenida toda esa vida ejemplar que Taylor siempre quiso tener. La vida que debía ser antes de que empezaran los extraños experimentos.

—Muchas gracias, Taylor. —Se puso de pie—. Me encantaría que fueras a visitarnos durante las próximas semanas para poder orientarte un poco sobre el campus. Así que, ¿puedo estar segura de tener noticias tuyas pronto?

Tragó saliva y la imitó cuando la señorita se puso de pie.

—Cuente con ello —le dijo con determinación.

Si alguien en el mundo se merecía estar allí, era él. Definitivamente él.

Los alumnos de último año se encontraban reunidos en el salón de una de las pocas clases que debían tomar todos juntos: la clase de Salud.

Había un gran cartel con imágenes muy gráficas pegado en la pizarra que todos evitaban mirar. Dakho estaba sentado junto a Haru, mientras veía con desagrado hacia el frente. Era consciente de que la pandemia del sida había iniciado en los ochenta, pero la manera como enseñaban el tema era ridícula. Además, el profesor la llamaba «la enfermedad de los homosexuales». Lo recalcó varias veces, haciendo énfasis en que las prácticas inmorales conducían a enfermedades como esa. Habló sobre jeringas y condones, pero, sobre todo, de las consecuencias de desviarse. Más allá de salud, era una especie de propaganda loca.

Y él, que venía de un futuro donde esos estigmas estaban desmentidos, se sentía bastante incómodo. Además, odiaba que los maestros mezclaran su religión con la enseñanza.

Los estudiantes de cursos avanzados entraron en silencio. Vio a su madre entrar, ella los saludó y no dudó en acomodarse en el lugar vacío junto a Haru. Todos entraron, excepto Taylor.

Dakho se inclinó hacia un lado para chistar, llamando a SunHee.

—Oye, ¿dónde está Taylor? —le preguntó, murmurando.

—Lo enviaron a dirección —respondió en el mismo tono.

—¿Y ahora qué hizo?

—Nada malo. Según los chicos del salón, un reclutador universitario vino a hablar con él. Se fue desde el tercer periodo.

—¡¿Qué?! —dijo demasiado fuerte, de modo que todos voltearon a verlo. El maestro se cruzó de brazos y aclaró la garganta.

—Señor Han, ¿tiene algo que compartir con el resto de la clase?

—Eh..., no. Lo siento.

El profesor lo observó con desagrado.

—Por favor, adelante. Explique a sus compañeros la clase, si es que sabe tanto como para interrumpirme.

Dakho no pudo evitar soltar una carcajada. No iba a decir nada, pero ya que lo estaban retando, no iba a contenerse más. Ese señor estaba pidiendo a gritos que dijera algo imprudente, y Dakho iba a complacerlo.

—En resumen, muchachos, no se olviden de usar condón, y consigan sus drogas de fuentes confiables —dijo en voz alta, y todos comenzaron a reír.

El maestro lo miró con severidad.

—Está a un paso de tener un reporte. ¿Algo más que agregar?

—Sí... —Se puso de pie—. De hecho, pienso que toda esta charla debería enfocarse en prevenir en vez de asustar, y que usted está desinformando a los compañeros. —Dakho llevaba un tiempo midiendo sus palabras, pero no podía quedarse callado. Levantó la vista y dijo con firmeza—: Solo quiero que todos sepan que ser homosexual no es sinónimo de tener sida. Y que usted es un fanático extremista.

Un gran silencio se clavó en el salón, en medio del tabú y la prepotencia. El miedo se alimenta de la ignorancia, pero Dakho no tenía miedo de personas como él.

—¡Fuera de mi clase! —le dijo, molesto—. Irá a Detención.

—¡Amén! —resopló aliviado. Realmente, ya no aguantaba estar ahí.

Tomó sus cosas y caminó hacia la salida, alegre, sin importarle la tensión del ambiente.

Sean Grace lo observó con curiosidad, mientras Haru y SunHee se miraban entre ellos, preocupados.

Dakho abrió la puerta con total tranquilidad y el maestro le entregó su ficha para ir a detención. Finalmente, se había librado de esa clase.

Cada vez que pisaba ese salón le daban náuseas. Ese tipo se la pasaba marginando a todos y haciendo sentir inferiores a las chicas. ¿Pero qué podía esperar? Eran los jodidos ochenta; la música era genial, pero la sociedad, un asco. Aunque eso no había cambiado mucho.

Caminó hacia la dirección. Saludó a Doris, la secretaria, y le entregó su ficha para que la sellara. Ya sabía cómo funcionaba esto, así que se sentó en una de las sillas de espera. Pero al asomarse a la oficina, no esperaba ver a Taylor a través de la puerta entreabierta llenando unos formularios sobre el escritorio mientras charlaba con el director.

—Si todo sale bien, te veré en Boston en abril —escuchó decir a la señorita.

Dakho abrió la boca; quería seguir escuchando, pero vio a Taylor entregar unas hojas y comenzar a guardar sus cosas.

Sabía lo que eso representaba. Se llenó de orgullo.

Tomó el reporte de mala conducta que le había hecho la secretaria y salió rápido hacia el pasillo. Minutos después, Taylor salió, absorto en sus pensamientos; tanto, que no notó a Dakho hasta que este lo jaló del brazo.

—¡Oye! ¿Qué haces aquí? —le dijo feliz de verlo—. Creí que tenías clase.

—Se supone que estoy castigado. ¿Y tú?

Dakho le sonrió, ya quería escuchar la buena noticia.

—Lo de siempre, ayudando al director con sus impuestos —dijo, y la sonrisa de Dakho se desvaneció.

—Ah... Ya veo. ¿En serio? ¿Solo eso?

Taylor asintió con calma. Sí que sabía mentir. Dakho frunció el ceño, pero eligió no presionarlo. El otro pareció notar su cambio de actitud.

—¿Qué sucede? —preguntó, justo cuando el timbre del almuerzo sonaba.

—Nada… Es hora de almuerzo, y honestamente no estoy de humor para ver a tanta gente en la cafetería —dijo Dakho, desganado ante la posibilidad de que Taylor le ocultara cosas.

—¿Quieres que te muestre algo secreto? —le sugirió. Estaba de muy buen ánimo.

—¿Secreto? —cuestionó alzando una ceja. Taylor asintió tomándolo del brazo.

—Sígueme.

Taylor, aunque sabía que no había muchas posibilidades de que llegara a la universidad, no podía evitar emocionarse. Y esos sentimientos, por mucho que quisiera a Dakho, eran algo que quería atesorar solo para él.

Caminaron hasta la salida de emergencia de la escuela. Justo al lado de la puerta, Taylor empujó otra con un cartel que decía «No pasar» que él mismo había puesto allí y llevó a Dakho por unas escaleras de cerámica hasta el final de los escalones. Dakho veía su espalda y era incapaz de preguntar por qué le mentía. Ya había hecho suficiente para dañarlo. Y, genuinamente, Dakho no quería hacerlo más. Llegaron hasta otra puerta; pero esta vez, estaba cerrada.

—Oh, mierda —dijo Taylor decepcionado.

—¿Qué es este lugar?

Volteó hacia él, Taylor se veía más alto. Estaba parado un escalón más arriba.

—Estas son las escaleras antiguas hacia la terraza —le explicó—. Nadie sabe que aún existen; arriba es muy lindo, puedes ver todo el centro desde allí. Es uno de mis lugares secretos.

—Creo que ya te descubrieron —bromeó ante la puerta cerrada.

—No lo creo, antes venía a almorzar aquí. Siempre está vacío.

—Podemos quedarnos aquí si quieres. —Dakho lo sujetó de la cintura y Taylor aceptó mientras se acercaba. Ambos estaban conscientes de que las multitudes no eran lo suyo.

Se sentaron en los escalones. El frío comenzó a calar en ellos, pero Dakho se sacó la chaqueta y la colgó del barandal para evitar ensuciarla. Comenzó a contarle su día entero a Taylor.

—¿En serio le dijiste eso?

—Sí, se puso morado de la vergüenza —le respondió, contándole la razón por la que lo habían echado de clase.

—Eso quedará grabado en la historia de tu vida, y las cosas imprudentes que nunca te arrepentirás de haber dicho.

—Oh, no. No planeo quedar como el bufón de mi propia historia.

—¿Y entonces quién serías?

—Si estuviera escribiendo la historia de mi vida, me daría el papel más importante —dijo, con los puños en la cintura.

—¿El galán? —se burló Taylor. Pero Dakho lo miró con determinación.

★ —El héroe —afirmó. ★

—No, claro que no.

—¡Tengo todo para ser un héroe!

—No eres un héroe, Dakho. Solo eres un niño traumatizado.

—Auch. Esta relación no va a funcionar si sigues siendo malo conmigo.

Taylor recordó las cosas que su otro amigo le había estado insinuando. Quizás, solo quizás, podía animarse a aclarar sus dudas.

—Sobre eso... Augustus me dijo algo gracioso el otro día, y hoy lo recordé —dijo, soltando una pequeña risa.

—¿Qué cosa?

—Bueno, en el hipotético caso de que Augustus tuviera razón, tú serías algo así como mi novio. —Se rascó el cuello, apenado.

—Soy muchas cosas: un gran jugador, un artista y hasta viajero en el tiempo. Pero no recuerdo haber aceptado ser tu novio.

—Sí, lo sé. Solo... me pareció una conclusión irónica.

Dakho reprimió una sonrisa. Su pequeño Kim intelectual nunca se atrevería a decir cosas como esa, y estaba bien, él podía hacer esa parte. Avanzar lo que hiciera falta con tal de llegar a él y hacerlo sentir la persona más afortunada del mundo. Y si tenía que dar el noventa y nueve por ciento faltante, él lo haría.

—Digo, en el hipotético caso de que yo te pidiera justo ahora que fueras mi novio, ¿de cuánto sería la probabilidad de que dijeras que sí?

—Uhm… ¿de uno a cien? —Dakho asintió—. Apenas del uno por ciento. Claro, en un caso hipotético.

—¿Y bajo qué circunstancias se da esa única probabilidad?

Taylor sonrió cuando el otro le colocó la mano en la rodilla.

—Uhm… no lo sé. Quizás si me lo preguntaras directamente…

Se mordió el labio apenado. Y lo vio expectante con sus ojos enormes y oscuros.

—¿Necesitas que te pregunte si quieres ser mi novio? —le dijo sin dejar de verlo.

—Sí. —Taylor no pudo evitar apenarse—. Hipotéticamente, claro está.

Entre tantas probabilidades en el universo, ¿cuánto representaba dejar que el pecho de Han Dakho latiera con tanta intensidad? Porque él podría ser ajeno a esa época, sí, pero el alma del hombre frente a él le pertenecía. Estaba seguro de eso. Sonrió y quiso inclinarse a besarlo. Pero el sonido del timbre que marcaba el cambio de periodo hizo que se contuviera de hacerlo.

—Me tengo que ir.

—Es el último periodo, déjalo —le pidió Taylor.

—Tengo que ir a entrenar. Y no sé a qué hora termine.

—¿Te veo más tarde en casa, entonces? Haré chocolate caliente si llegas temprano —dijo Taylor para animarlo.

—Joder, sí —respondió robándole un beso en la mejilla—. Haría lo que sea por una taza de tu chocolate caliente.

Ambos se pusieron de pie con sus cosas sobre el hombro. Dakho asomó la cabeza para constatar que no hubiera nadie, antes de que salieran de la entrada que llevaba a las escaleras de la azotea. Estaba muy emocionado por el partido de la final, tenía que entrenar duro si quería sobresalir.

Cuando las clases terminaron, Taylor caminó de regreso a casa, revisando los panfletos de los programas que estaban interesados en él. Al llegar, en lugar de sumirse en su libreta como solía hacer, abrió el paquete que le habían entregado. Ellos estaban seguros de que Taylor no rechazaría la oportunidad, ya que lo habían incluido hasta en la lista de dormitorios. Sonrió a medias; su nombre estaba allí, incluso su talla de camiseta. Tenía un número de habitación y una carta de bienvenida.

No pudo evitar esconder su rostro entre los brazos mientras luchaba por no llorar sobre sus papeles. Para un caso como el suyo, el junio del próximo año nunca se vio tan lejano y, a la vez, tan lleno de esperanza.

April Augustus Moon era un hombre de pocas palabras y muchas lentejuelas.

Faltaba poco para estrenar su obra, y la presión de que todo saliera bien era cada vez más fuerte. Salió tarde de la escuela después de probar las luces con una misión en mente. Había escondido varios de los trajes que había confeccionado en la bodega de su familia. Entre la utilería del auditorio podrían dañarse, y a su padre no le gustaba la idea de ver un montón de vestidos en el perchero de su habitación. Por eso el viejo aserradero fue su última opción. Para ser honesto, no se había acercado allí en semanas. Intentaba vivir su vida de la manera más normal posible, pero lo asustaba bastante la idea de que lo siguieran o se lo llevaran. *Trauma.*

Pero hoy definitivamente tenía que ir. Estaba decidido. O bueno, ese era el plan hasta que le pusieron un brazo encima.

—Oye, April, ¿a dónde crees que vas? —le preguntó la única persona que lo llamaba así.

—¿Y a ti qué te importa?

—Oh, qué tierno. Gracias por esperarme —le dijo sonriente. Estaba genuinamente feliz.

—Suéltame, cretino. Apestas —le reprochó. Era obvio que había estado entrenando.

—No mientas, me acabo de duchar.

El entrenamiento terminó y dejó a todos los chicos exhaustos, pero él había logrado salir un poco antes; intentaba no caminar solo cuando estaba oscuro. Esos eran sus privilegios como capitán..., y también su paranoia.

—Quítate de encima. Apestas a tarado.

—No seas grosero. ¿No te parece que te estás arriesgando mucho? Podrían encontrarte.

—¿Los lunáticos del bosque? Ya te dije que no les tengo miedo. Además, tengo algo que ir a buscar.

—¿Tan cerca del límite? ¿Qué perdiste entre los árboles?

—Mi familia tiene un aserradero, ¿recuerdas?

Sean Grace suspiró, tomando su bolsa de entrenamiento con fuerza y su bate antes de caminar a su lado.

—Está bien, vamos —le dijo con tranquilidad.

—Eh, alto ahí. ¿Cómo que «vamos»?

—No voy a dejarte vagar solo por el bosque, April.

—¿Eres mi guardaespaldas ahora o qué?

—Sí, soy tu barda humana de protección. Así que cállate.

—Es un poco escalofriante que te la pases siguiéndome. Siempre te pareces de la nada donde sea que me encuentre.

—Eres la única persona que no intenta hacerme quedar como idiota. ¿Qué esperas que haga?

—Yo no necesito hacerte quedar como un idiota porque ya sé que lo eres.

Sean Grace le dio un pequeño empujón con su bolsa.

—Eres cruel.

—Lo sé. —Rio sin proponérselo—. Adelante, nada te detiene, vete.

—¡Basta de atacarme!

—Lo siento, es que es viernes de molestar a Sean Grace.

Sean Grace se echó a reír. Se sentía tan bien cuando lo insultaba. Al menos sabía que eso sí era real.

—Oye, fenómeno, ¿ya almorzaste? —Haru lo miró extrañado—. Me estoy muriendo por una hamburguesa. ¿Qué tal si compramos comida y después vamos a buscar tus cosas?

—¿Cómo es que te incluiste en mi ruta?

—Vamos. Es comida gratis.

—Eh…, no. Tengo cosas que hacer, así que vete por tu lado y yo por el mío. ¿Está bien?

—Pero…

—¡Pero nada! Tengo cosas mejores que hacer que almorzar contigo.

Un parpadeo y Augustus Moon estaba perdiendo el control de su vida.

La campanilla de la puerta del local de comida rápida del centro resonó cuando entraron. ¿Cómo había caído tan bajo? Ni él lo entendía. Sin embargo, estaba ahí, frente al mostrador del restaurante, esperando a que Sean Grace se dignara a ordenar.

—Quiero una hamburguesa con doble carne, extra tocino y pan blanco con mayonesa. Aros de cebolla tamaño familiar para acompañar y un refresco de uva. —Volteó a ver a Haru—. ¿Y tú qué quieres?

Tragó pesadamente; era uno de esos momentos en los que su mente hacía que se le quitara el hambre. Además de que no traía dinero.

—Uhm… ¿un helado?

Sean Grace negó con la cabeza. Su amigo estaba mejorando, no dejaría que recayera. Miró al cajero y dijo:

—Lo mismo para él, por favor. —Haru lo empujó—. ¿Qué?

—No me voy a terminar todo eso.

—Entonces, que sea un menú infantil de *nuggets*… —dijo mientras alzaba la vista hacia la lista de precios— con un helado de fresa. ¿Está mejor? —Buscó aprobación en los ojos de Haru, quien aceptó apenado.

Sean Grace sacó su billetera para pagar, mientras el cajero le entregaba a Haru un pequeño gato de peluche que venía con la compra de su comida.

¿Qué clase de historia era esta?

A Haru le estaban sudando las manos. Había llegado a la conclusión de que cada vez que se mareaba era porque estaba a punto de hacer algo fuera de la línea de tiempo original.

Sí, él también había estado estudiando.

Se sentaron en una mesa cerca de la ventana, Sean Grace cargó la comida hasta ella con una mano mientras se negaba a soltar sus cosas con la otra. Haru no alcanzaba a entender su amabilidad. Lo vio empezar a comer mientras meditaba.

—Vamos, Agosto. Cómete tus papas —dijo robándole una para molestarlo.

—No me llames así, imbécil.

—Agosto, Augustus, ¿cuál es la diferencia? Tienes todo el calendario en tu nombre.

Haru abrió con cuidado el empaque de su comida y empezó a comer.

—Técnicamente, yo debería llamarme August, pero papá escribió mal mi nombre en el hospital. Y el otro… —respondió apenado.

—¡Ya sé! Yo recuerdo esa historia. «April», porque creyeron que serías niña, y que nacerías en abril.

—Si le dices a alguien mi nombre, voy a matarte.

—Nada sale de aquí —le advirtió sellándose los labios con los dedos. Luego, los abrió para darle un gran mordisco a su hamburguesa. Haru sonrió por lo bajo mientras lo veía mancharse de salsa.

—Oh, Dios. Eres tan desordenado para comer —le dijo extendiéndole una servilleta—. Límpiate, ¿quieres?

—¿Desordenado? —articuló con la boca llena para molestarlo.

—Y desagradable también. —Le lanzó una papa frita a la cara para que se atragantara.

Sean Grace comenzó a reír sin darse cuenta. Había pasado algún tiempo desde la última vez que no le importó encajar con sus amigos.

—Ahora que lo pienso, ¿dónde dejaste a mi hermano? Dakho estaba entrenando, creí que él estaría contigo.

—No lo sé, se fue a medio día. Quizás tenía una cita.

Sean Grace se removió inseguro sobre su asiento. Había convencido al entrenador de hacer correr a Dakho el doble para retrasarlo, así que podía calcular el tiempo durante el que estarían separados.

—¿Puedes ser honesto conmigo? —dijo Sean Grace con seriedad, lo que agarró a Haru desprevenido—. Taylor... tiene novia, ¿cierto?

Quiso reírse, pero pensó que no era el momento.

—¿Por qué me lo preguntas a mí?

—Tú eres su amigo.

—¡Y tú su hermano!

—Lo sé. ¡Lo intenté! ¿Está bien? Pero me acobardé. Además, estamos en sentidos diferentes justo ahora.

—¿Por qué te asusta tanto? Escucha, grandote. Ambos sabemos que no es eso lo que quieres saber.

—Taylor ni siquiera se animó a hablarme de sus cosas raras del bosque. ¿Qué te hace pensar que va a decirme algo de las cosas raras que hace en su habitación?

—Que la pelota que te golpeó el otro día te haya removido el cerebro, y que ahora seas casi tolerable, no significa que Taylor vaya a confiar en ti. Has sido un idiota con él los últimos diez años de su vida. ¿Qué esperabas?

—Yo...

—Podrías preguntarle a Dakho, digo, se la pasa siempre con él. Debe saber algo —le dijo porque ya no aguantaba las ganas de burlarse de Sean Grace.

El otro rodó los ojos. Sus comentarios solo le hacían sentir que todos sabían cosas que él no.

Bien. ¿Podía dejar de mentirse? Su casa tenía una habitación para huéspedes, su madre se la había ofrecido a Han y aun así él seguía durmiendo en el colchón del piso de la habitación de su hermano. Sean Grace era crédulo, pero no tanto. Pero mientras no tuviera una prueba real, no iba poder colgar a Dakho en paz.

Apretó los ojos con fuerza y pegó su frente a la mesa.

—No sé cómo lidiar con esto. Dispárame, April. Hazlo en el pecho para no dañar mi rostro.

—Vamos, deja de pensar en el matrimonio de tu hermano, eso es algo que no te incumbe. —Haru le dio un ligero golpe en la cabeza para que el resto de su rostro chocara con la mesa—. En lugar de lloriquear, cuéntame cómo te fue con la chica.

—¿Ahora sí te interesa la telenovela de mi vida?

—Claro, no me pierdo ningún capítulo. A ver, ¿cómo te ha ido?

—Después de que se acabó el ensayo, salimos un rato. Me dijo que se va a finales de noviembre, ya le compraron su boleto de regreso.

—Eres un mal narrador. ¿Dónde están las emociones?

—¿Qué quieres que te diga? Es la persona más hermosa del mundo, te lo juro, y ya decidió que no hay nada que yo pueda hacer.

—Ella es increíble... Al menos lograste hacer que dejara de ignorarte —dijo April, un poco incómodo.

—Eso creo. Iré a cenar con ella hoy.

Sean Grace sonrió apenas. A veces pensaba que estaba maldito porque, de alguna forma, la vida parecía empeñarse en quitarle cosas que eran importantes para él. Al terminar de comer, se levantó, limpió cuidadosamente la mesa y ordenó la basura. Haru miró con curiosidad la delicadeza de sus acciones.

Caminaron hacia la salida. Quizás era mala idea pasearse por el pueblo sin otra protección más que el bate de Sean Grace, pero ¿qué podían hacer? La paranoia nunca ha ayudado a nadie.

Caminaron tranquilamente por las calles del centro. Augustus debería enfocarse en el experimento, pero no podía. Era adolescente y estúpido, bueno, si es que eso no fuera casi lo mismo. Tampoco pudo evitar estornudar.

—¿Tú también tienes alergias de temporada? —preguntó Sean Grace.

—Llevo semanas sintiéndome mal, creo que la gripe va a matarme.

—Oh, dios. ¿Y aun así sales con ropa ligera? Ya veo por qué te llevas con mi hermano, no te preocupas por ti mismo. Aquí hace un frío de mierda.

—Y se pondrá peor. —Rio, antes de volver a estornudar.

Sean Grace abrió su bolsa deportiva y tomó un suéter que había sacado de su casillero esa mañana.

—Ten, imbécil. Póntelo antes de que te mueras.

—¿Qué piensas? No soy el reemplazo de tu hermano.

—No es eso. Detesto el frío, me causa escalofríos ver a la gente desabrigada. Úsalo y cállate.

Haru lo tomó con desconfianza. Para ser honesto, el frío lo estaba molestando mucho. Pero no le parecía normal ese giro de los acontecimientos. Quizás debía aceptarlo. Pero, si se dejaba llevar, solo el cielo sabría qué tantos males eso podría detonar. Disimular nunca le había parecido tan difícil.

—Sean —lo llamó—, no entiendo. ¿Por qué estás aquí conmigo?

—Por nada en particular. ¿No puedo caminar con un amigo?

—No. ¿Qué es lo que quieres? —le preguntó; las cosas no podían ser así de buenas.

Sean Grace suspiró y se quedó parado en medio de la acera.

—Oye, sé que últimamente te pido demasiados favores. Pero... —Haru endureció la mirada—. ¿Podría quedarme un poco más en tu obra?

Haru sintió cómo la saliva llegó de golpe a su garganta.

—Me gustó mucho lo del otro día —explicó con timidez, mientras se rascaba el cuello—. Quisiera intentarlo.

—Y no tiene nada que ver con el hecho de que Sunny volvió a hablarte, ¿cierto?

—No... Por favor, te lo suplico. Si aún te agrado aunque sea un poco...

—Amigo, perdón por romper tu burbuja. Me consta que eres muy genial actuando, pero no puedes estar en el elenco. Estrenamos en menos de dos semanas, no hay tiempo.

—Podría balancear mis horarios.

—Grace... —le dijo, mirándolo con seriedad—, tú no coordinas ni tus horarios para dormir.

—No me subestimes, sé que puedo. En serio me emociona.

—Puedes ser un árbol si quieres.

—¡Necesito ser Romeo!

—Y supongo que tampoco tiene nada que ver con que el papel que quieres sea de tu hermano, ¿no? —reprochó Haru frunciendo el ceño.

—¿Qué dices? No tiene nada que ver con él.

—Escucha. —Sean Grace lo exasperaba—. En serio quisiera dejarte el papel, pero no puedo, Taylor ha practicado muchísimo. Y no hay manera de volver a ensayar todo, hacer el vestuario... Olvídalo.

—¡Sé que puedo hacerlo mejor que él! —gritó. En verdad, Haru también estaba seguro de eso.

—¡Pero tú no te lo mereces! —vociferó, rompiendo con su voz el ambiente de superioridad que había creado. Suspiró y se pasó una mano por la frente—. Lo siento...

—¿Sabes qué? Olvídalo, fue patético pensarlo de todas formas.

Algo se removió en él haciéndolo sentir culpable. Sean Grace salió por completo de la zona comercial y comenzó a alejarse.

—Grace, espera... —dijo intentando tomarlo del brazo, pero este lo empujó con fuerza.

Los ojos de Haru se llenaron de miedo ante su impulso, y el otro fue incapaz de ver el trauma en ellos. Había comenzado a oscurecer, y se supone que no estarían separados.

—¡No! Taylor siempre puede hacer lo que quiera. ¿Por qué no puedo tener eso?

—¿Qué? Estás hablando de tu hermano. ¿Qué te pasa?

—Es demasiado despreocupado, y aun así todo le sale bien.

—Deja tus estúpidos celos de mierda y entiende la gravedad de lo que dices.

—¿Y eso qué? ¿Vas a decirme que Taylor no puede actuar como le dé la gana sin que lo jodan? ¿Y yo no tengo que competir contra él todo el tiempo? Dime que no es él quien no tiene que esforzarse por absolutamente nada. Que todas las cosas importantes salen de él como si tuviera un talento superespecial y que su cabeza funciona el doble sin proponérselo. —Apretó los ojos y negó con la cabeza—. ¡No! No es justo que él pueda entender las cosas a su alrededor. Yo veo borrosas las páginas de los libros y las letras se desordenan en mi cabeza hasta el punto de hacer que me maree. ¿Y Taylor es la persona más sobresaliente de la promoción? ¡No es justo!

—Taylor ha estado solo desde que lo conozco. Comenzaron a molestarlo por tu culpa, ¿y vienes con esa mierda?

—¡¿De qué lado estás?!

—¡Del suyo!

Un silencio incómodo se clavó entre ellos.

—Grace, no te lo tomes a mal. —Suspiró frustrado—. Él hasta dejó de jugar béisbol por ti.

—¿Qué? Taylor tiene demasiadas cosas a su favor.

—Ambos sabemos que él pudo haber entrado en la audición, pero ni siquiera lo intentó. Por ti.

—¿Y ahora debería estar agradecido con él?

—Deberías ser un buen hermano por una vez.

—¡Lo soy!

—¡No! ¡Solo intentas manipular las cosas como lo haces con todo siempre! ¡Porque solo te interesas por ti mismo!

Las musas pueden romper tu corazón.

Sean Grace se quedó callado, abrió la boca, ofendido, y volteó a mirar hacia otro lado.

—No sé por qué pensé que podía funcionar —masculló. Al parecer, aunque intentara cambiar, todos lo odiaban.

—Grace… —Su expresión lo lastimó—. Perdón, no quise decir eso. Yo…

—Jódete —le dijo dándose la vuelta.

Haru bajó la cabeza cuando lo vio alejarse. Quizás quería ir detrás de él y darle todo lo que quería, pero no lo haría. Le había tomado años recuperar su dignidad, y si Sean Grace iba a dejar de hablarle por algo tan estúpido como eso, estaba bien. Ya había pasado demasiado tiempo sin él.

Caminó hacia el lado contrario; después de todo, las calles que llevaban de regreso a casa siempre habían estado de su lado.

Dakho exhaló aliviado cuando el entrenador finalmente lo dejó salir del campo.

Estaba demasiado exhausto; había pasado toda la tarde pensando en la receta de pastelillos que Taylor ya había aprendido a hacer sin quemar la cocina y, sumado a eso, al entrenador se le ocurrió hacerle pulir bates después del entrenamiento.

Corrió hacia los vestidores para arreglarse un poco y tomar el resto de sus cosas, pero al hacerlo, notó que su chaqueta ya no estaba con él. Frunció el ceño; ni en broma saldría así. Trató de pensar en dónde podría haberla dejado, hasta que recordó el lugar secreto de Taylor. Al verla, respiró aliviado. Había traído esa chaqueta con él desde el futuro, y no podía perderla.

Cuando se acercó a tomarla, notó que la puerta que daba hacia la terraza, y que momentos antes los había detenido, estaba entreabierta, así que decidió avanzar los escalones que faltaban para llegar a lo más alto de la escuela y subió a la azotea.

Se sorprendió con la vista. Podía ver las montañas, en contraste con el centro. Eran luz y naturaleza en infinita armonía. Pero no esperaba encontrarse con alguien más allí.

—SunHee —le dijo, sorprendido. Ella estaba de espaldas y volteó al escucharlo acercarse—. No esperaba verte aquí.

Al parecer, Taylor no era el único que sabía cómo colarse ahí arriba.

—Me gusta la vista. Es hermosa —sentenció tranquilamente.

Dakho se acercó nervioso. Estar tan cerca de ella lo hacía temblar, pero no de una mala forma, sino por las ansias de querer decirle tantas cosas. Vio que sostenía un cuaderno de dibujo y algunos lápices de colores.

—Es un gran lugar para practicar —comentó Dakho viendo su trabajo—. No sabía que te gustaba dibujar.

—Hay mucho que no sabes de mí, Han Dakho —dijo SunHee, sonriendo—. Sé cantar, dibujar y hasta tejer, creo.

—Señorita polímata, eso me gusta —dijo con gracia. Verse tan similar a ella lo llenó.

—Ahora que lo pienso, ¿qué haces tú aquí?

—Taylor me echó de casa —respondió, y ante su expresión confundida, agregó—: Es broma, vine a recoger algo y me desvié un poco del camino.

¿Cuál era el detonante de su existencia? Porque si tenía uno, también significaba corregir las cosas en su vida sin dañar a nadie más. Y es que había comenzado a tenerle aprecio al pueblo.

—Creo que es muy lindo que seas su amigo —confesó ella. El viento despeinaba su cabello oscuro, tan similar al suyo.

—¿Por qué lo dices?

—Cuando llegué acá, Taylor realmente no hablaba con nadie, y no es que no lo intentara.

Dakho ladeó la cabeza.

—¿A qué te refieres con eso?

—Las chicas lo veían como a un extraño y los chicos lo molestaban mucho.

—Él siempre ha dicho que le gusta estar lejos de la gente.

—Dakho —lo llamó con seriedad—, cuando yo lo conocí almorzaba con la secretaria del director porque sabía que nadie podía molestarlo allí.

—No puede ser… —dijo. Antes le había parecido cómico, pero ahora que lo entendía le resultaba triste.

Se preguntó cómo había sido ese 1986 que no conocía, ese en el que su madre vivió un romance de verano con el mayor de los Kim y su amado Taylor dormía oculto en la parte de atrás del auditorio. Quizás porque el alma de Taylor era demasiado pura, y se deslumbró por alguien que nunca le mostró miedo. Y es que de qué le servía toda esa inteligencia, cuando al final de ese noviembre había terminado con la certeza de que, a lo mejor, él estaba destinado a estar solo, y que la vida real no era como las novelas de romance que le gustaba leer a escondidas de su hermano mayor.

Lee SunHee intentaba no hacer suposiciones de nada. Su familia le había enseñado a creer en muchas cosas que nunca se cuestionó hasta que pisó ese pueblo, así que justo allí, y con los ojos brillantes del chico, supo que a lo mejor todos esos prejuicios que le habían inculcado estaban equivocados.

—Pero luego apareciste tú —dijo ella con una sonrisa—. Y no sé qué le hiciste, pero te juro que jamás imaginé que Taylor fuera esa clase de persona.

—¿Qué clase de persona?

—La que sonríe de repente cuando cree que nadie lo ve —respondió con un suspiro—. Como si algo bonito pasara por su mente.

Dakho sonrió al escucharla.

—Creo que encontré algo increíble aquí —confesó.

La chica le palmeó la espalda. El cuaderno del que Taylor nunca se separaba tenía el nombre «Han Dakho» escrito por todos lados. Ella sabía lo que significaba, pero las limitantes de la época la hicieron censurar sus palabras.

No iba a decirlo, pero estaba implícito.

Volteó a ver a Dakho y, de alguna forma, la sonrisa de este hizo que el pecho se le llenara de orgullo. Había algo en ese chico que la hacía sentirse cercana a él. SunHee no sabía que su alma estaba ligada a la suya porque era una parte de sí misma.

Al universo le gustan las bromas, y aún faltaba mucho para que ellos se encontraran. Y, aun así, sentía que lo quería sin saber la razón. Dakho sería el hijo que criaría sola, el chico que lloró de la felicidad cuando ella lo dejó usar su barniz de uñas favorito y al que llevó en su auto al concierto de ese cantante que a ella le asustaba pero que él amaba demasiado. Y, aunque todo ese tiempo las personas supieran poco de su historia y la juzgaran llamándola «mala madre», lo único de lo que alguna vez estaría segura era de que, aun sin saber el camino, hizo todo lo que estuvo a su alcance para darle felicidad. Y en su momento sabría que Dakho era el hombre cuyo amor hacia ella era tan incondicional que sería capaz de cualquier cosa por hacerla feliz.

Dakho sería *su niño*, y ella iba a amarlo *tanto.*

—Hay algo especial en este pueblo —le dijo con la mirada puesta en las hojas de la calle.

—¿Por qué lo dices? —preguntó Dakho, con curiosidad.

—Las personas y la vida aquí son más interesantes de lo que podría haber imaginado.

—Es bastante extraño que lo digas. Apenas y te he visto en estos meses.

—Pasaron muchas cosas.

—¿Ah, sí? ¿Cuáles?

—Pues… estuve saliendo con un chico cuando se supone que no debía y supe que soy alérgica a las fresas —dijo SunHee, sonriendo—. También comencé a practicar danza y descubrí que la cerveza no sabe tan mal. Mis tutores y mis padres piensan que he enloquecido. Sobre todo mis padres. Son extremadamente correctos.

Dakho contuvo una pequeña risa. Vaya que los conocía, sus abuelos casi lo habían echado de la última cena de Año Nuevo por llegar con la cabeza rosada. No lo hicieron porque, después de increíbles treinta años, eran más «abiertos», pero sí lo miraron con incomodidad toda la noche y le dijeron que no se acercara a la caja fuerte. Por eso su madre había decidido irse; no toleraría que marginaran a Dakho de esa forma.

—Son bastante tradicionales, ¿eh? —dijo, y ella asintió—. Además de importantes, ¿no es así?

—Uhm… Papá inició una empresa con un amigo suyo hace años, a la que le ha ido bien. Así que, sí, digamos que son importantes.

En esa época, casi no había mujeres en el programa de intercambio y si SunHee estaba allí era, seguramente, por influencia de su familia. Sus abuelos vivían en una casa enorme, muy diferente al pequeño apartamento que rentaban cuando decidieron cortar lazos con ellos.

—Tu plan es regresar a dirigir la empresa algún día, ¿cierto?

Pero ella pareció burlarse en su cara.

—No creo que tenga que explicarte esto, tú también vienes de allá. Pero el socio de papá tiene un hijo, un hijo varón. Entre él y yo, ¿a quién crees que le darán ese privilegio?

A Dakho se le revolvió el estómago.

—Se nota que no te agrada.

—Es mi amigo de alguna forma, crecimos juntos. Antes éramos muy unidos, pero es un tonto. Te juro que, si fuera por él, apostaría todo el dinero de sus padres —respondió SunHee y soltó un suspiro—. Quizás en el futuro sea menos tonto y volvamos a ser los mejores amigos del mundo. Pero justo ahora, por mí, Han Yugyeom puede joderse.

Se mareó un poco; escuchar el nombre de su padre le hacía doler la cabeza.

—Además, técnicamente salgo con él. —Hizo una pausa—. ¿Entiendes? Hace tiempo pensé que podía quedarme, pero ya no más. Hay cosas que es mejor dejar acorde al plan.

—Lo dices como si aceptarlo fuera fácil.

—La templanza es una virtud, Dakho. ¿Y qué hay de ti? Siento que te he contado muchas cosas pero apenas sé de ti.

—Pues… —Se rascó el cuello—. Solía vivir con mi madre en Seúl. Y ella estaba tan loca que me hizo entrenar béisbol cuando era pequeño. Al llegar aquí, me di cuenta de que podía ser bueno para eso.

Recibió un pequeño golpe en el hombro.

—Oye, respeta a tu madre, niño.

Él comenzó a reírse. Si hubiese podido decirle quién era él en realidad, lo hubiera hecho.

—Está bien, está bien. Pero eso es lo que he estado haciendo aquí, cuando no estoy siendo usado como maniquí humano, juego béisbol y también le enseño a Taylor a cocinar. Hago un arroz excelente.

—Parece que son muy cercanos —dijo ella cuando lo vio sonreír inconscientemente.

—Taylor es la mejor persona que he conocido en mi vida entera, ¿sabes?

El chico suspiró al ver los ojos oscuros de ella clavarse en los suyos. Eran los mismos ojos, una conexión innegable y muchos recuerdos en la cabeza de Dakho que lo hacían querer llorar. Era su madre, aquella cuyo cariño siempre temió perder. Y estaba ofreciendo su más genuina amistad.

Pensó en que nunca hubo alguien lo suficientemente importante como para presentarse en casa o alguna de esas mierdas que él se empeñaba en rechazar. Y, de alguna forma, se sentía como un niño pequeño cuando ella le prestaba atención como lo estaba haciendo en ese momento.

Le sudaron las manos. Si alguna vez hubiera llevado a alguien como Taylor a su casa, sabía que Sean Grace y su madre lo habrían adorado. Era el tipo de chico con el cual habría podido entrar del brazo por la puerta principal e invitarlo a cenar con su familia; ese que llevaría a su graduación de la universidad y con quien podría elegir el color de las cortinas de su apartamento antes de mudarse juntos.

—Lo sé —dijo casi enternecida—. Es por personas como él por las que digo que este lugar es especial.

—No sé qué pasará cuando me vaya... Me gusta estar aquí.

—Quizás no sea el lugar. Tal vez te gusta lo que encontraste aquí. Digo, el cambio de estación nunca me pareció tan bonito en Seúl como aquí —comentó ella con los ojos cerrados.

—Oye, parece que tenemos más en común de lo que creí.

La ventana de su antiguo apartamento nunca tuvo una vista tan hermosa como esta. Ambos lo sentían, y quizás era el destino burlándose de ellos al mostrarles cosas que no podían tener.

—Más de lo que crees. —Volteó a mirarlo—. Dakho, creo que encontraste lo mismo que yo aquí.

—¿Eh? —respondió nervioso.

—La historia del chico nuevo que llega a la escuela y se fija en otra persona totalmente diferente a él, descubriendo que quedan muy bien juntos, no me suena muy lejana.

Probablemente, había estado tan absorto en lo que estaba viviendo con Taylor y con sus rencores a su padrastro que se había desviado de su propósito original. Pero eran pocos los momentos que el mundo conocía sobre ellos. Al igual que Dakho, el mundo nunca presenció a Sean Grace y su madre en la feria, o cuando él se quedó colgado de la ventana tratando de huir de su casa. O las historias que ella le leyó mientras le acariciaba el cabello porque había descubierto que no veía bien. Tampoco de la noche que decidió que quería entregarse a él, mucho antes de que septiembre llegara, ni a las que siguieron de esa.

En una historia que inició antes, y que nadie se detuvo a apreciar hasta que todo comenzó a parecer lazos rotos y peleas.

—¿Estás hablando de mí o sobre ti?

—De ambos, creo. Pienso que he visto un par de cosas que hacen que saque conclusiones extrañas.

«Ella lo sabe, ¿cierto? —pensó Dakho—. No me hagas salir del clóset contigo otra vez, madre».

—No intentes hacerme hablar, eso nunca te ha funcionado —dijo sin pensar—. Si quieres obtener algo de mí, va a costarte.

—No lo haré, pero si la respuesta es sí, me gustaría que sepas que no tienes que preocuparte por mí.

Dakho levantó la cabeza y llenó de aire sus pulmones. El frío se sintió tan bien en su pecho que lo hizo reflexionar. Nunca se imaginó que podría decirle a su madre algo como esto.

—Quisiera saber que seré incapaz de dañarlo —susurró con miedo—. Quisiera poder ser la persona que se quede con él por siempre.

«Estoy bien, mamá», «Mamá, quiero quedarme aquí».

—Dakho...

—Yo lo quiero —confesó—. Lo quiero más de lo que debería.

Más allá de su humanidad, su instinto la hizo rodear al chico con sus brazos, intentando hacer que la herida que él mismo se había abierto en el pecho doliera menos. Hacía mucho tiempo que los cambios en su entorno no ocurrían; pero cuando la tocó, juraría haberla visto con su cabello platinado y las arrugas bajo sus ojos. Dakho tembló; no había abrazado a su madre en años. Y aunque no hubiera cambiado mucho físicamente, le quemó sentirla tan pequeña. Después de todo, sus manos alguna vez fueron más grandes que las suyas. Y cuando las tomaba, Dakho siempre se sentía seguro.

—Lo sé —murmuró ella.

Siempre lo quiso como era; se sacrificó por él, y Dakho se sintió como una mierda por intentar quitarle lo que tenía ahora.

Su cambio lo había llenado de remordimiento y de una madurez que no conocía. Quizás quedaban solo un par de semanas para que ella regresara, pero, al menos en ese tiempo, Dakho se prometió no interferir en lo que sea que pasara entre ella y Sean Grace. Y cuando volvieran a verse en el futuro, él prometía no cerrarle la puerta de su vida.

Lo único que le hubiera gustado era borrar el recuerdo de la boda de ambos, para no odiar a Sean Grace adulto por las cosas que dijo. No se dio cuenta, pero sus ojos se habían cristalizado.

—No se lo digas a nadie, ¿está bien? Ni a sus padres o a los maestros, yo qué sé —pidió tragando saliva—. No quiero que le suceda nada. La vista es bonita, pero los prejuicios son muchos aquí.

—Sean Grace no lo sabe, ¿cierto?

—No debe saberlo. No creo que se tome bien la idea de que su hermano se volvió marica.

—No digas esas cosas, Dakho. Usar esa palabra está mal.

—Sí, mamá. Lo siento —dijo, burlándose.

—Como sea, hiciste que Taylor intentara hacerte un pastel. Si fuera mi hermano, yo te daría un premio.

—¿Cómo es que estás tan bien con esto?

—No soy nadie para juzgar a las personas. Además, se ven bonitos juntos.

—Eres demasiado buena. —Ella sonrió—. Oye, SunHee. ¿Puedes prometerme algo? Si alguna vez tienes hijos, no los dejes salir solos cuando esté nevando.

—¿Qué clase de promesa es esa?

—Nada…, olvídalo, es solo algo que se me ocurrió.

—Eres un tonto, Dakho. Pero, bien, lo prometo.

Dakho sonrió; esperaba que, si su teoría era correcta, sus recuerdos cambiarían en alguna línea. Aunque supo que debía anotarlo, no lo hizo porque realmente quería borrar cualquier rastro de ese día. Y, si no, al menos lo habría intentado.

—Es un poco tarde. ¿Quieres que te acompañe a casa?

SunHee asintió; él le ofreció su brazo para que pudiera entrelazarlo con el suyo y ella sonrió al aceptarlo.

Han Dakho definitivamente era un hombre bastante encantador.

Finalmente oscureció; ambos pasaron por el supermercado, donde Dakho compró unos cuantos vegetales para la cena, y ella lo regañó por no saber elegir entre especias. Él hizo bromas en doble sentido que ella no pudo evitar reprenderle, y le dijo que su cabello necesitaba un corte. Su egoísmo se volvía menos denso cuando los demás le daban un poco de empatía. Y experimentar la juventud junto a ella le hizo saber que nunca dejaría de quererlo. La acompañó hasta su casa y se despidió con la mano antes de verla entrar.

Después, continuó caminando por las calles del condado Mariposa, con la tranquilidad que solo podía poseer un completo desconocido en los planes del Gobierno que lo observaba mientras avanzaba.

Atravesó varios jardines mientras jugaba con las líneas de la acera y silbaba. ¿Qué tenía San Francisco que no podía tener aquí? Se regañó mentalmente. ¿Qué tuvo Seúl para hacerlo querer aferrarse con tanta fuerza a ese lugar? Quizás eso representaba su temor al cambio.

Llegó a su calle y avanzó con tranquilidad hasta que una silueta recargada en el paral del pórtico de la casa de los Moon llamó su atención.

—¿Haru? —dijo cuando reconoció a su amigo.

Se acercó lentamente y vio al chico sentado en la entrada jugando con un pequeño muñeco en medio de la oscuridad.

—Hola… —le respondió con voz tenue, aclarando su garganta.

—¿Qué haces aquí afuera?

—Olvidé las llaves de mi casa adentro.

—Ven a la mía, bueno, no mía, pero tú me entiendes. Hace frío.

—No, no…, estoy bien así —dijo, y ocultó su rostro en un intento de limpiarse las lágrimas con el gran suéter que tenía puesto.

—¿Qué te sucedió?

—No es nada, son solo las alergias. —Haru se puso de pie e intentó avanzar—. Creo que intentaré entrar por atrás.

Dakho lo detuvo.

—¿Cómo esperas que crea que no es nada? Estás llorando.

—Dakho, por favor, déjalo así.

—No. —Lo tomó del hombro—. Augustus Moon, vas a decirme justo ahora qué es lo que pasa contigo.

—Ya te dije que no es nada. Dakho, déjame solo, por favor.

—Augustus. No voy a dejarte así. Dime qué pasa. Me estás asustando.

—Es… —dudó— solo que llevo un tiempo sintiéndome mal.

—¿Estás enfermo?

—No… Es más sobre mi historia aquí, no sé qué cambió, pero ahora no puedo dejar de sentirme harto. ¿Ves? Es algo estúpido.

No le habían contado a Haru sobre la muerte de Taylor; ya era suficiente carga mental para ambos.

—Nunca me había importado estar solo, pero los últimos meses siento como si el universo me estuviera castigando por algo que ni siquiera hice —dijo con voz queda.

—¿Sientes, quizás, que algo te falta? —lo interrogó Dakho. «¿Los cambios también lo afectan?», pensó. Pero Dakho estaba equivocado, no siempre se trataba de sus experimentos, a veces era más sobre sus deslices humanos.

—Creo que sí, pero no es algo que no supiera desde mucho antes. Incluso desde antes de que tú llegaras aquí.

—¿Por qué lo dices? —preguntó mientras lo veía dudar.

Haru estaba tartamudeando y por más que intentara sonreír, no podía. Se estaba quebrando frente a él. Alzó la vista y se limpió de la mejilla esa lágrima traidora que escapó de él. Había pasado tanto tiempo en segundo plano, admirando toda la belleza que emanaba la presencia de Taylor cuando resplandecía en los brazos de Dakho y de esas sonrisas de complicidad que lo llenaron de envidia.

Si tan solo él hubiese sido capaz de hacer lo mismo en la otra historia, la vida para él habría sido diferente. Pero esto no lo sabía, y tampoco era lo que quería. Si tan solo hubiera encontrado un poco de clemencia no habría tenido que llorar tanto.

Dakho era lo más cercano a un amigo que tenía, así que, cuando no pudo resistirse más, se decidió a contarle.

—Resulta que… hay un chico que vive a dos casas de la mía, que siempre ha tenido problemas para ver y que… es todo un personaje desde que lo conozco.

Dakho sintió una carga en la boca del estómago. ¿Era por eso que Augustus nunca lo había juzgado? ¿Porque era como él?

—Intenté mantenerme lejos de él todo lo que pude, me reprimí, quise estar al margen —continuó, ahogándose con sus palabras—, pero sin querer terminé caminando de regreso a casa con él y contándole mis historias.

—¿Haru…? —murmuró con el ceño fruncido cuando creyó saber hacia dónde se dirigían sus palabras.

—Quise demostrarme a mí mismo que todo estaba bien, pero ya no puedo. Sé cómo termina esto, Dakho. Ya lo viví una vez, y no quiero, maldición, no quiero que se repita. —Ahogó un sollozo—. Sé que hará hasta lo imposible por quedar bien. Y él ya tiene a alguien. Sé que, aunque esa persona no pertenece aquí, aunque sé que tiene que irse, también sé que no hay nada que pueda hacer para reemplazarla. Yo…

—Haru, ¿de quién estás hablando? Desde que te conozco actúas como si nada te importara, y ahora resulta que eres…

—No —respondió en voz alta—. Yo no soy así. ¡Yo no puedo ser así! Estaba feliz con mis flores y mis canciones estúpidas hasta que él apareció, con su gran ego de sabelotodo y esa capacidad de hacerme dudar de mí mismo.

—Cómo pudiste… —dijo, cuando creyó entender de quién hablaba.

—Solo era un niño. ¿Está bien? Y no sé qué fue lo que hizo que mi cabeza se confundiera de esa forma antes. Creí que lo había superado, pero no, aquí estoy, llorando mientras espera cenar con alguien más.

—Basta. Debiste decírmelo, pude haberme limitado, alejado de él o yo qué sé.

—¿Qué? —Haru parpadeó confundido, y un silencio se clavó entre ambos—. ¿De qué demonios estás hablando?

—De que estás enamorado de Taylor —replicó con fuerza y a la defensiva.

—No, eso no fue lo que dije.

—Todo este tiempo sentí que había algo extraño entre nosotros tres, y resulta que te quité al chico que querías. ¿Es eso?

—Oh, por Dios. ¡Dakho, eres un gran idiota!

—¿Ah sí?

—¡Sí! —respondió con cierta frustración, pasándose las manos por el rostro—. ¡No reconocerías la verdad ni aunque estuviera frente a ti! ¿Pero sabes qué? Esto es una pérdida de tiempo. No sé por qué creí que podía confiar en ti.

Haru quiso alejarse de allí, pero Dakho volvió a impedírselo.

—¿Confiesas que estás enamorado de él y ahora solo te vas?

—¡Por un demonio, Dakho! Escucha bien lo que te voy a decir. —Lo tomó del cuello de la camisa con enojo y espetó—: Yo no estoy y nunca he estado enamorado del maldito Taylor Kim. En mi puta vida podría verlo de esa forma.

Lo soltó y Dakho quedó perplejo. Entonces...

—¿Y sabes por qué? —Tomó aire por la boca—. Porque de entre todas las personas de este estúpido pueblo me fijé en su maldito hermano. Porque, si tú no hubieras aparecido, la persona más viable para mí habría sido él y de todas formas yo no lo habría aceptado. ¡Porque soy un crédulo! ¡Soy un iluso imbécil que cree que alguien podría quererlo, porque soy un masoquista de mierda!

—Haru, tú...

—Soy la única persona que ha intentado con todas sus fuerzas ayudarlos a estar juntos, y me vienes con esto. No es justo que me trates así, Dakho. No es justo, no es justo.

—No puede ser —dijo Dakho mirándolo con pena. Y es que ese dolor en sus ojos debía tener un trasfondo muy grande para que sus manos temblaran de tal forma.

—¡¿Qué, Dakho, qué?! ¡¿Seguirás reclamándome ahora?! ¿Seguirás viéndome como amenaza? ¿Inventarás excusas para que los deje solos otra vez?

—Él y tú... —murmuró entristecido.

Apenas pronunciaron frente a él esas palabras, su pecho colapsó. Sentía que en cualquier momento se desmayaría, su rostro estaba rojo y sus labios, llenos de verdades que no podía callar más.

—No lo digas, por favor —musitó bajando la cabeza—. No lo hagas real.

—Te enamoraste de Sean Grace.

—No lo digas —rogó de nuevo, con voz cansada y débil.

—¿Qué fue lo que pasó? ¿Qué te hizo? —preguntó llevando su mano al rostro de Haru para que volteara a verlo.

—¿Por qué tendría que haberme hecho algo?

—Haru, no soy idiota. Nadie se convierte en un extraño de la noche a la mañana.

¿Por dónde podía comenzar a contarle? ¿Desde que conoció a un niño castaño que le prometió que sería su amigo por siempre? ¿O hasta el asco con el que decidió alejarse?

—Sean Grace creció los centímetros que le hacían falta y yo me quedé igual. Cuando entramos a preparatoria, él consiguió nuevos amigos y comenzó a alejarse.

—¿Te cambió por el equipo?

—Digamos que sí. Pero lo entiendo, es decir, él tenía todo para ser alguien y yo siempre he sido un fenómeno.

—Augustus, sabes que eso no es cierto.

—Todo estuvo bien hasta que el equipo comenzó a meterse conmigo. Ellos... —Se quedó callado, como si tuviera miedo de recordar.

—¿Ellos qué?

—Dakho, ya no más. No puedo seguir pensando en eso, se supone que lo había superado ya.

Su respiración estaba agitada. Temía recordar la madera dura contra su piel, el dolor punzante por los golpes en las costillas, las fracturas; todo eso que no podía borrarse de sus traumas. Porque esos chicos se graduaron al semestre siguiente, sin ninguna clase de remordimientos, y él aún los veía en sus pesadillas.

Incluso a plena luz del día, nadie intentó ayudarlo, su nariz estuvo sangrando al igual que sus labios y él apenas pudo abrir los ojos. Porque recordaba su camisa manchada de rojo y las luces de la ambulancia antes de desmayarse por completo. Su padre estaba lejos y su abuelo descubrió las razones, aquellas que nunca quiso contarle pero siempre supo.

Porque no comió bien en meses, y porque su alma no alcanzaba a entender qué había hecho para merecer eso.

—Vieron lo que hice, vieron el apellido Kim en mis estúpidas canciones. —Haru tragó saliva—. Cuestionaron a Sean Grace. Dijeron que habíamos estado juntos toda la secundaria porque había algo raro entre nosotros, le mostraron todo, lo hicieron dudar, y él fue tan cobarde que nos usó de excusa. Dijo que... —continuó, pero voz se cortó—, que yo estaba intentando propasarme con su hermano, que siempre lo miraba de una manera extraña, y que estaba arrepentido de haberme dejado entrar en su casa.

—Usó... ¿Usó a Taylor de excusa?

—Lo que vino después...; aún tengo las cicatrices. Él solo me dejó ahí. Luego de eso no recuerdo nada. Desperté en el hospital, vi a mi abuelo llorando, y mi padre prefirió no opinar.

—Ven acá —le dijo Dakho sin debatirse en abrazarlo o no. Sintió su camisa mojada y supo que el chico había comenzado a llorar entre sus brazos—. Él debió quedarse, ese imbécil debió hacer algo.

—No pudo, tenía demasiado miedo.

—¿Eso qué? ¡Era tu amigo!

—¿Sabes qué es lo peor? —Dakho negó—. Que aún con todo eso, estos últimos meses volví a sentir que había algo bueno dentro de él otra vez. No de la forma en la que creí que pasaría. Por alguna extraña razón volvió a acercarse a mí sin que yo lo buscara. Volvió a hablarme como si el arrepentimiento existiera.

—Él te hizo daño.

—Ya lo sé, esa es la cuestión. Y es que, yo... Aun así, quiero ayudarlo. Aun así, le curé el brazo y lo ayudé con su poema. Le di una rosa para su novia y quiero creer que es alguien diferente. Ya no sé si es mi amigo. Pero cuando lo vi con la nariz hinchada, cuando lo vi en prisión, cuando recordé a qué olía su ropa... Estos últimos meses lo he visto reír y jugar como lo hacía antes. Ha dejado de tener miedo. —Sonrió con nostalgia—. Era como un sueño. Como si mi amigo estuviera allí todavía. Como si nunca hubiera dejado de ser él.

—Decidiste perdonarlo, es eso lo que te duele.

—No. Yo lo perdoné hace tiempo, eso es algo que se me da casi involuntariamente con él. El problema es que yo... siento cosas. Pero ya no quiero sentir esto. Y no sé por qué, pero creo que es tu culpa.

Dakho no entendía qué quería decirle.

—Sí, porque yo nunca habría vuelto a acercarme a él de no ser por ustedes. O quién sabe, quizás lo habría hecho para joderle la existencia, pero no para escucharlo y desear que todo pudiera mejorar.

—Augustus, te prometo que yo no hice nada.

—¿Cómo lo sabes? —le dijo con seriedad—. Cambiaste muchas cosas intencionalmente. ¿Qué hay de las que no notaste?

—Yo… —Parpadeó confundido. Augustus entendía las cosas mejor que él.

—No sé qué fue lo que hiciste, pero algo cambió dentro de Sean Grace. Y quiero odiarlo, en serio lo intento, pero no puedo.

—No me hagas sentir culpable.

—Entonces ayúdame, Dakho, te lo suplico. Ya no quiero sentir esto, por favor. Quiero ser normal, quiero poder enamorarme de una chica linda y tener una familia. No quiero ser esto.

—Temo que… —le dijo muy a su pesar— no es algo que podamos elegir. Lo único que te queda es sobrevivir. Eres fuerte, sé que puedes con esto.

—Fuerte… —se jactó—. Creo que al final tomaré la salida fácil. Voy a largarme y a pretender que ni él ni este lugar existen. Si no entro a la universidad, me enlistaré en el ejército. Así quizás podré vivir un tiempo en Nueva York.

Las luces del auto del señor Moon alumbraron todo el pórtico, haciendo que ambos entrecerraran los ojos. Augustus miró a Dakho con expresión cansada. Sabía que no se atrevería a decirle nada a Taylor, así que retrocedió un par de pasos para limpiarse el rostro.

—¿Te veo mañana? —preguntó, mirando al padre de los Kim bajar del auto.

—Te veo mañana, Dakho.

Saludó al hombre con la mano y se despidió de ambos; luego salió del jardín delantero de la casa de los Moon. Pudo verlo regañar a su amigo por dejar las llaves y la expresión lastimera del otro mientras apretaba algo entre sus manos.

Dakho volvió a casa sintiendo que los pies se le quedaban pegados al asfalto lleno de escarcha. El invierno había llegado con fuerza. Se quedó de pie frente a la puerta de entrada antes de cruzarla, y sintió un fuerte remordimiento mientras el aire cálido de su interior lo envolvía.

Al ir hacia la cocina, se fijó en el sofá lleno de mantas y en los pastelitos que había sobre la pequeña mesa del centro. Taylor lavaba los platos de espaldas.

—Oye, ¿dónde estabas? —le dijo con tranquilidad.

Dakho le sonrió, pero su cabeza tenía demasiado que asimilar.

—Estuve charlando con mi madre, así que me desvié un poco del camino.

Taylor se secó las manos, luego fue hacia la estufa y tomó un jarro del que comenzó a servir chocolate caliente en dos tazas.

Los papeles de su beca estaban guardados bajo llave en la gaveta de su escritorio. Se había lavado el rostro para ocultar que estuvo llorando, y cocinaba para distraerse.

—¿Y todo en orden? —preguntó al notarlo un poco callado. Dakho asintió con la cabeza—. Bien, ayúdame a llevar esto a la sala.

—¿No crees que es un poco riesgoso ser tan cercanos aquí? —cuestionó, pensando en que las personas de ese lugar quizás no eran todas tan maravillosas como había creído.

—Mis padres se han ido a dormir, Sean Grace llamó para decir que se quedaría en casa de Tom y yo quiero ver televisión. Así que… no.

Taylor tomó una charola donde había colocado dulces y galletas, y salió de la cocina.

A Dakho, el concepto de *merecer* le parecía un poco ambiguo. Porque mientras estaba allí, pensó en todo el amor a su alrededor corriendo en direcciones distintas, a veces hacia personas que no eran dignas de este, y otros amores que, aunque lo intentaran, jamás podrían serlo.

Y luego estaba él, mirando a Taylor encender la televisión y envolverse con un montón de mantas mientras intentaba no derramar su taza de chocolate.

—Oye, Dakho —volvió a decir Taylor—. ¿Vas a venir o qué?

Dakho asintió y fue hasta el sillón para sentarse a su lado. Las casas de madera eran más frías de lo que había imaginado.

Taylor estaba recargado en un extremo del sillón y él, en el otro. Desdobló la cobija con la que se estaba cubriendo y la extendió de tal forma que pudiera cubrirlos a ambos.

—¿No te parece que desperdicias mucho espacio así? —le preguntó Dakho.

—¿Por qué?

Dakho sonrió; al final del día, él también necesitaba afecto. Así que se movió para acortar la distancia entre ellos, arrodillándose sobre el sillón para darle un pequeño beso en el mentón antes de sentarse muy cerca de él.

—Porque, si estamos cerca, tendremos menos frío. ¿No te parece?

El otro negó divertido; entonces Dakho no pudo evitar acomodarse contra su cuerpo, dejando su espalda recaer en el pecho del otro. Tampoco esperaba que Taylor soltara una pequeña risa contra su oído y lo envolviera en sus brazos colocando su mentón sobre la cabeza de Dakho.

¿Dakho era digno de esto? No quería saberlo porque él siempre creyó que para ser amado debían hacerse méritos, y no estaba seguro de haberse ganado este amor. Taylor tenía un pequeño tazón de palomitas de maíz, que colocó en el regazo de Dakho. Y él, con los brazos libres, tomó varias de estas y las llevó hasta su boca mientras disfrutaba la película. Todo se sentía pleno entre el calor de la chimenea y los brazos de Taylor Kim. Nunca creyó que hubiese negado la existencia de algo tan hermoso y que esto, además, fuera tan complicado.

—Taylor —lo llamó con voz suave—. ¿Qué haces cuando te enamoras de alguien que no se lo merece?

—Creo que el amor no es algo que deba ganarse.

—¿Tú crees que enamorarse pueda ser un castigo?

Taylor lo meditó demasiado tiempo para luego contestar con un simple «sí».

—Las personas se enamoran contra su voluntad de personas que jamás pidieron ese amor. Nadie elige de quién enamorarse. Y, es más, las personas tampoco eligen quién se enamora de ellas. El amor es una condena, Dakho. Es terco e infinitamente incomprensible.

—¿Incluso con los errores?

—Especialmente con los errores.

—¿Desde cuándo piensas así?

Taylor suspiró. ¿Se había vuelto menos racional o simplemente más humano?

—Todos merecen amor, Dakho. Y no hay nada que puedas decir para refutar eso.

Se quedó callado unos segundos antes de preguntar con miedo.

—¿Tú me quieres?

Taylor suspiró.

—Yo te quiero —confirmó, aunque sabía que ese cariño lo quemaba.

—Y, si yo no estuviera, ¿serías capaz de querer a alguien más?

—No.

—¿Y si yo te lo pidiera?

—¿Por qué preguntas eso?

—Taylor…

—¿Sabes qué? Cállate, ¿quieres? Es mejor que no me lo digas.

Dakho pensó en la vida que Taylor podría tener si salía de allí.

—Sé por qué te fuiste antes de clase hoy —le confesó dejando el tazón de palomitas sobre el suelo—. La universidad…; quieres irte.

Taylor suspiró. Estaba atado de manos.

—Iba a decírtelo, pero no era nada concreto aún. Pensé que, si logramos salvarme, sería una gran oportunidad.

—¿Estarás bien allí solo?

—Sí —dijo sin temor—, podría ser mi puerta de escape de este pueblo. Además, allá tendría más equipo, herramientas y un gran programa de estudios. Todo un sueño.

—Tu lugar soñado está lleno de cerebritos —bromeó.

—Oh, ni me lo recuerdes. Los chicos listos pueden ser muy pretenciosos a veces.

—Tú eres uno de ellos.

—No me molestes, yo no soy tan irritante.

—Ah, ¿no?

—No, soy puro encanto y personalidad.

Dakho se rio enternecido entre sus brazos y se dio la vuelta, colocando una mano en el pecho de Taylor para mirarlo de frente.

—Sí, lo eres —le dijo—, eres completamente encantador.

Taylor le pasó una mano por el cabello antes de inclinarse a besarlo lentamente, en un instante en el que con su boca entreabierta sintió su lengua rozar ligeramente sus dientes.

Dakho abrió un poco los ojos y vio que Taylor tenía los suyos cerrados mientras buscaba regresar a sus labios.

Sonrió en medio del beso y pidió perdón al cielo por las cosas que quería hacerle. Su exhalación fue inocente, pero estaba salpicada por ese algo tan excitante que había exclusivamente entre ellos.

Era demasiado afortunado, no iba a negarlo. Sin embargo, un nuevo dilema moral se había clavado en su cabeza: «merecer».

Al final, todos obtienen lo que merecen. ¿Cierto?

19.

1984

Mientras más pasa el tiempo, la esencia humana se vuelve más peligrosa. Es el destino de todo ser humano ser corrupto; al final la inocencia es una virtud que muy pocos logran mantener.

—No estoy seguro de que se vea bien.

—¿Bromeas? El rojo es tu color.

Era la noche previa a su gran día en la preparatoria. Sean Grace y Augustus Moon habían terminado de trabajar en el jardín y se habían dirigido a la casa de los Kim a merendar. El hermano de Sean Grace siempre estaba encerrado en su habitación, al igual que ellos, quienes se habían encerrado en la del mayor.

Sean Grace quería dar una buena impresión. Por ello, le había pedido su opinión a Augustus sobre su ropa. Su amigo aceptó con gusto, pero no esperaba que fuera tan difícil.

Era la tercera vez que Sean Grace se cambiaba, y su ansiedad no parecía calmarse.

—¿No crees que me veo ridículo?

Augustus lo miró con molestia, iba a golpearlo si seguía diciendo tonterías.

—Grace, te prometo… —Aclaró la garganta—. Te juro que te ves bien.

—Pero…

—Pero nada, cállate.

Suspiró; habían pasado muchas cosas en las vacaciones. Por ejemplo, Sean Grace había llegado a esa edad en la que los muchachos se volvían *hombres*.

Siempre fue un chico alto y un poco llenito, pero ahora sentía que la pubertad le había dado una patada. Es decir, era mucho más alto que antes, y la masa corporal de su cuerpo parecía haber crecido en su espalda, por lo grande y fornida que se veía. Aún no tenía marcado el abdomen, pero unos cuantos meses más de ejercicio y sabía que lo tendría.

—No seas grosero conmigo.

—¡Me estresas, tarado! ¿Cómo es que estás preocupado por eso? Yo soy quien debería estar acomplejado, no tú.

—Tú estás bien así, no me jodas.

—Grace —le dijo con seriedad—, parezco una marioneta a tu lado.

Quiso decir algo que lo animara, pero no pudo. Una fuerte carcajada salió de su boca, sin proponérselo. Era gracioso, de hecho; su hermanito y Augustus eran de la misma altura pese a que era mayor que él. Augustus se cruzó de brazos.

—¡Lo siento! —intentó disculparse mientras su fuerte risa resonaba por toda la casa—. Eres April, la marioneta.

—Justo cuando creí que no podías ser más idiota, sales con esto.

—¿Qué tiene de malo? Vamos. No entiendo por qué no te gusta tu nombre. ¡Es genial! Es bastante ingenioso en realidad.

Sean Grace negó con la cabeza, quitándose la camisa que se estaba probando. Augustus volteó a ver hacia otro lado casi instantáneamente, y Sean Grace sonrió apenado.

—No digas cosas así.

—¡¿Por qué no?!

—Me siento tonto.

—Oye, no puedes culparme, tú eres mi abril de agosto.

—¿Y eso qué significa?

—Primavera en otoño.

En otra vida, Augustus Moon habría deseado no voltear a mirarlo y notar la mano en su cuello, no divagar entre su pecho descubierto y esa sonrisa tan ligera que, sin saberlo, le estaba regalando.

Quizás si hubiera nacido en un cuerpo diferente, él no se sentiría tan culpable.

—Es un poco tarde —le dijo poniéndose de pie.

—No —contestó confundido—. ¿Qué pasa? Lo siento, no quise decir nada malo.

—No, no…, es solo que aún tengo cosas que arreglar en casa.

Augustus tomó su chaqueta y se dirigió hacia la puerta, pero Sean Grace lo tomó del brazo.

—Solo estaba jugando. Dime que no estás enojado conmigo.

No podía estarlo, aunque quisiera.

—No lo estoy —confesó—. Descansa, grandote —le dijo antes de salir de su habitación.

Cuando la mañana siguiente llegó, Sean Grace se vistió con la ropa que habían elegido para él y emprendió el camino hacia la escuela, emocionado. Aún no tenía permiso de sus padres para utilizar el auto, así que esperó a Augustus con su bicicleta en la parada del autobús. Su amigo apareció un rato después en su patineta y vestido con la ropa ancha que solía utilizar.

Augustus nunca se había preocupado por lo que las demás personas pensaran sobre él, al menos no hasta el momento en el que puso un pie dentro de esa aula. Las miradas se clavaron sobre ellos más que sobre cualquier otra persona, lo que le resultó incómodo; quizás por la manera tan extraña en la que se vestía o por el apuesto y sonriente chico de cabello castaño, pulcro y de masculina imagen que permaneció detrás de él todo el tiempo. Y es que era imposible no ver el contraste entre ambos, tan opuestos y, a la vez, tan cercanos.

Los días comenzaron a pasar, y a diferencia de las expectativas de Sean Grace, no había ocurrido nada emocionante. No hasta que el inicio de la temporada llegó.

Una mañana, mientras caminaba hacia su salón, Augustus se detuvo frente a la cartelera de avisos de la escuela. Frente a esta también estaba Taylor, el menor de los Kim; ambos parecían estar leyendo el mismo aviso sobre el reclutamiento de nuevos jugadores para el equipo de la escuela. A Augustus no le importó su presencia; emocionado, arrancó la hoja del tablero para doblarla y llevársela consigo.

La preparatoria no era tan genial como Sean Grace esperaba. Las clases iban a matarlo y, aunque no lo dijera en voz alta, realmente deseaba ser tan inteligente como su hermano o su amigo. Esa tarde estaba sentado afuera de la escuela mientras luchaba por resolver el problema de matemáticas en su libro; o al menos así fue hasta que otro papel cubrió su visión.

—¡Oye! ¿Qué te sucede? —le reprochó a su amigo.

Augustus le dio un golpe en la cabeza.

—Es tu momento de brillar, Grace —le dijo alzando las cejas.

—¿Qué dice? —le preguntó apenado.

—Léelo por ti mismo.

Sean Grace volteó hacia ambos lados para constatar que nadie los estuviera observando y se colocó sus anteojos para poder leer con claridad.

Entonces, abrió la boca, emocionado, y luego sonrió a su amigo. La luz reflejada en los cristales, junto con su rostro lleno de esperanza, se clavaron en Augustus Moon de una forma en la que fue incapaz de entender que estaba caminando hacia el matadero.

—¡Es nuestra oportunidad! —exclamó Sean Grace fijándose en los detalles de la hoja—. Esta tarde iremos al campo y entraremos al equipo.

—Ah, no. A mí ni me veas. —Negó con ambas manos—. Soy terrible jugando, ve tú y, ya sabes, rómpete una pierna.

—No empieces con tus cosas de teatro —se burló, abrazándolo para agradecerle. Augustus lo alejó.

—No me molestes y ve a entrenar un poco, ¿quieres?

—Lo haré.

Sean Grace asintió, guardó sus cosas en la mochila y se quitó los anteojos para despedirse de su amigo.

Augustus Moon no hizo más que verlo alejarse creyendo haber hecho lo correcto. Al volver su vista a la mesa notó que el chico había olvidado sus anteojos. Se los guardó pensando en lo descuidado que era Sean Grace.

No lo vio en la tarde ni a la mañana siguiente ni la que siguió de esa. Lo que supo después fue que su amigo había retado al actual capitán del equipo y que además había roto su récord. Estaba de sobra decir que había ingresado exitosamente al equipo, pero su credibilidad aún estaba a prueba, ya que, como parte de la élite, sus habilidades deportivas no eran lo único que interesaba, sino también sus habilidades sociales.

Estaba tan absorto en su nueva popularidad que todo lo demás parecía haber pasado a segundo plano cuando estaba rodeado de los chicos haciendo preguntas y elogiándolo.

Era claro que Augustus no encajaba con su nueva imagen y él no tenía el corazón para arruinarle eso a su amigo. Así que se conformó con verlo un par de minutos en el almuerzo, y a esperar la salida de la escuela para que le contara su día y así poder tenerlo solo para él, aunque sea unos instantes. Pero, al pasar las semanas, Augustus comenzó a cansarse de esperarlo para regresar a casa y de guardarle su lugar en la cafetería. Los nuevos amigos de Sean Grace tenían un auto y preferían comer afuera. Lo entendía. Él ya no era necesario.

Sean Grace tuvo una novia tras otra en poco tiempo. Fue a su primer partido, ganó un par de trofeos y su nombre era conocido por los corredores, incluso en el pueblo.

Los rosales que cuidó con tanto esmero florecieron, y no hubo nadie para apreciarlos. Augustus se quedó junto a ellos mientras los meses transcurrían y el vacío de su pecho crecía pensando en el motivo de su tristeza. Sean Grace estaba cumpliendo su sueño. Debería estar feliz por él, pero no podía. Lo veía con una chica diferente cada semana y sabía que hacía bromas estúpidas en clase porque era incapaz de leer lo que estaba escrito en la pizarra.

A veces lo saludaba en el pasillo; otras, en clase cuando lo escuchaba luchar por esconder su risa y él solo podía pensar en lo mucho que amaba ese sonido y que ninguno de sus nuevos amigos lo apreciarían tanto como él. Miles de cosas pasaban por su cabeza, tantas, que esos pensamientos comenzaron a asustarlo.

La guitarra de Sean Grace se había quedado en su casa desde la última vez que estuvo allí, así que la dejó junto a su cama mientras descubría cómo tocarla. Le gustaba cantar y oír la suave melodía de esas cuerdas al rozarlas, al igual que su cuerpo, pensando en él. Encontró un nuevo pasatiempo escribiendo; no tenía a nadie con quién hablar, así que ese papel, la guitarra y esas letras se convirtieron en su única compañía por algún tiempo.

Él está

Pero, mientras más escribía, más le quemaban las historias sobre las tardes en las que se sentó afuera del campo para ver a Sean Grace entrenar y el aroma de su perfume impregnado en su nariz; su ausencia lo llenó de sentimientos que se hicieron cada vez más reales para él.

No pudo evitar escribir sobre eso. Escribir sobre él y sobre aquello que no estaba listo para decir en voz alta y que probablemente nunca diría era su forma de sanarse a sí mismo.

El tiempo pasó; la maestra de música lo descubrió hurgando en el auditorio y lo vio tocando el piano en secreto, por lo que decidió darle la llave luego de verlo sentado comiendo solo en un rincón de la cafetería. Sí, había encontrado su lugar.

Los idiotas no se metían con él. Sean Grace parecía mantenerlos a raya, y eso estaba bien. Todo marchaba bien dentro de lo posible.

Una tarde, el timbre que marcaba el cambio de periodos resonó mientras él almorzaba en el auditorio. Tomó sus cosas para guardarlas tan rápido como pudo y corrió hacia la salida con su cuaderno de dibujos bajo el brazo.

Le costó trabajo abrir la puerta, por lo que no notó cuando un par de hojas se deslizaron de su cuaderno y cayeron al suelo. Corrió hacia su salón sin darle importancia a su alrededor.

Un chico lo observó a la distancia y, por curiosidad, se agachó a recoger los papeles.

Era uno de los tipos del equipo, que en ese entonces estaba en último año, quien descubrió un torso masculino semidibujado, y que luego se llenó de intriga cuando notó el nombre de una persona conocida a medio borrar.

Y fue peor cuando el chico le dio la vuelta a la hoja y encontró un poema escrito en ella que solo confirmaba sus sospechas. Aún más cuando se lo mostró al resto del equipo y el morbo los invadió por completo. Para ellos era normal que los chicos pensaran en mujeres desnudas, pero… ¿hombres? Joder. Esto era todo un escándalo.

La tarde que acabó con su fe llegó a finales de noviembre. Augustus salía del auditorio como cualquier otro día, ignorando a

hasta el fondo.

todos a su alrededor. Atravesó la puerta principal, pero cuando llegó al estacionamiento una pelota lo golpeó en la cabeza.

—¡Lo siento! —dijo sarcástico uno de los muchachos.

—¡¿Cuál es tu jodido problema?! —le reprochó al voltear, molesto.

Los tipos se acercaron, casi rodeándolo.

—Oh, vaya. Parece que la mariposa tiene agallas.

En el momento en el que todos rieron supo que algo estaba mal. Tragó con fuerza y retrocedió reconociendo el pedazo de papel en sus manos.

—Jódanse —les dijo intentando alejarse, pero cuando quiso huir otro tipo lo tomó por la espalda sujetándolo y quitándole su bolso para luego lanzarlo al líder del equipo.

—Veamos, ¿qué tenemos por aquí?

—¡Deja mis cosas! —gritó Augustus intentando zafarse.

El chico buscó el cuaderno dueño de esa hoja revolviendo el resto de sus cosas entre la grama. Varias fotografías también cayeron al suelo y Augustus comenzó a temblar de desesperación.

—Yo no sería tan grosero si estuviera en tu posición, Moon —le dijo—. Es más, ni siquiera deberías estar en este país.

—¿Qué mierdas dices?

El tipo se burló; finalmente encontró lo que estaba buscando. Le dio una rápida ojeada y luego lo tomó del cabello para obligarlo a mirar.

—Esa obsesión que tienes por espiarnos es extraña. ¿No te parece? Pero claro, ahora tengo una idea de por qué lo haces. Eres un degenerado, ¿cierto? Uno con dotes de artista.

—¿Qué...?

—La forma en la que siempre estás merodeando por el campo de béisbol. ¿Te excita vernos entrenar acaso? ¿Ver hombres sudar hace que se te ponga dura?

—Yo no... —No pudo contestar, recibió una patada en el estómago que lo hizo tambalear. Otras dos personas lo sujetaron.

—Esto será bueno —dijo el muchacho, y aclaró la garganta—: «Sé que ella es un juego para ti, y aun así la envidio, porque, aunque sea mentira, te tiene, mientras yo vivo en un recuerdo tardío» —leyó y se puso una mano en el pecho fingiendo dolor—. Es devastador.

—¡Basta! Devuélvemelo… —musitó Augustus casi llorando, mientras luchaba por zafarse del resto de los chicos.

—Sabía que eras raro, pero no creí que en realidad fueras un marica. —El otro le dio un fuerte golpe en el estómago que lo dejó sin aliento.

Estaba siendo sometido entre seis personas que no solo lo superaban en fuerza, sino también en altura y estupidez.

Se armó un gran revuelo después del primer golpe.

Sean Grace había salido de sus clases antes para recoger a su hermano en las aulas de secundaria. Taylor ya tenía catorce años, en un mes tendría quince y le resultaba fastidioso tener que cuidarlo tanto.

Ambos salieron por la parte posterior de la escuela; el mayor, que escuchó el bullicio seguido de risas y gritos, alcanzó a ver las chaquetas del equipo a la distancia, esas que él estaba intentando ganarse.

—Quédate aquí —le dijo a Taylor, indicándole que se sentara en el graderío de la salida—, y cuida mis cosas.

Se quitó la mochila y se acercó velozmente hacia el montón de personas que parecía haberse hecho más grande. Realmente creyó que se trataba de una pelea, pero nunca se imaginó tener que presenciar aquella escena.

—Es solo… una estupidez sin importancia, nada de eso es verdad —masculló Moon en voz baja. El siguiente golpe fue directo a su mandíbula, escupió la sangre de su boca en un intento de respirar mientras sollozaba.

—¡¿Qué demonios les pasa?! —gritó Sean Grace, tratando de intervenir y abriéndose paso en medio de las personas.

—Oh, Kim. ¿Vienes al rescate de tu novio?

—¡¿Qué te pasa, idiota?! —gruñó, pero cuando quiso avanzar, otro chico de último año lo sujetó del brazo.

El capitán observó a Augustus con cinismo; él había leído su cuaderno entero y no había que ser demasiado inteligente para concluir que el hombre sobre el que hablaba era exactamente el único amigo que tenía.

—Ya que estás aquí, deberíamos seguir leyendo. Veamos qué más dice. —Aclaró la garganta y declamó—: «En mi jardín planté un rosal, alrededor del árbol en el que tallé tu nombre junto al mío. Tus manos en mis hombros y una leve respiración; admito que me gusta soñar que me perteneces, que eres solo mío...». Oh, vaya. Creo que alguien está enamorado.

Sean Grace volteó a ver a Augustus. Él sabía exactamente que era su nombre el que estaba en ese árbol.

—¿Qué pasa, Kim? Te has quedado mudo. ¿Es que acaso no sabías que él era un fenómeno?

Estaba quieto. No podía moverse ni tampoco despegar la vista de su amigo. ¿Realmente hablaba sobre él? ¿Por qué? No, no podía ser real.

Su pecho se llenó de dolor. Tenía sentimientos que nunca entendió y que había omitido por miedo a ser juzgado, y ahora resultaba que no era el único confundido. Él era un hombre, así que nunca podría ser más que eso: confusión.

No, su amigo de la infancia no podía estar enamorado de él.

—Yo... no, no lo sabía —dijo Sean Grace, desconcertado.

—«El ámbar de tus ojos esconde miles de secretos que soy incapaz de ignorar. Necesito que me entregues lo que hay más allá de tu piel, quiero acariciar tu alma». —Mientras más leían, las risas aumentaban, y con ellas el llanto desesperado de Augustus—. ¡Quién diría que eres todo un poeta!

El sabor a óxido que provenía de su labio sangrante lo llenó de rabia y de una impotencia que sabía no le serviría de nada.

—Basta..., por favor —suplicó luego de recibir otro golpe en el estómago. Se sentía demasiado asustado porque sabía exactamente cómo terminaba ese poema. Él había escrito su nombre, y aunque había decidido borrarlo, el manchón y la letra marcada en el papel seguían ahí.

—Oh, oh. ¿Qué dice acá? —dijo rebuscando entre las hojas—. ¿Kim? ¿Eres tú? Oh, no. ¿Estás enamorado de él? Me haces reír.

—¿Qué? ¡Yo no soy un desviado! ¿Qué les pasa?

—«Aunque finjas ser uno de ellos, aún tengo tus anteojos en mi bolsillo, por si algún día deseas ver un mundo en el que eres libre».

—Alto, alto, alto —intervino otro de ellos—. Vamos, Kim. Respóndele al chico. ¿También te gusta? —se burló.

—No sé de qué hablas...

—¿Cuántas personas de apellido Kim crees que hay en la escuela?

—Solo yo y... —dijo con voz casi inaudible. Taylor estaba sentado a la distancia, Sean Grace volteó a verlo casi por inercia y el resto del equipo también lo hizo.

—Oh, mierda. Entonces, ¿habla de tu hermano? Con que aparte de marica salió «asalta cunas» —respondió mirando a Augustus, y todos rieron.

—¿April? —le preguntó mirándolo tirado en el suelo. La luz lo cegaba, pero, aun así, le fue imposible no grabar la expresión de dolor en el rostro de Sean Grace.

—No los escuches, no es lo que piensas. Es solo un malentendido.

Sus latidos se aceleraron. Sean Grace debía ser valiente, debía empujar al capitán y tomar el cuaderno de Augustus. Tenía que hacer algo, pero no pudo, su cuerpo parecía de cemento. Lo entendió todo y a su vez encontró la salida para desvincularse de este problema. Solo quería jugar béisbol para ser una estrella, y si este era el camino para lograrlo, lo tomaría.

—¿Es por eso que te gusta merodear por mi casa?

—¿Grace? No...

—¿Has estado acosando a mi hermano? ¿Qué te sucede? Es un niño. ¿Qué clase de enfermo eres?

—¿Qué? —dijo Augustus sin entender lo que estaba pasando—. Tú sabes que no es así. —Estiró su brazo para tocarlo, pero Sean Grace lo apartó.

—¡No me toques! Te dejé entrar en mi casa y tú... Maldición. —Sean Grace tragó con fuerza cerrando los ojos antes de empujarlo para evitar que pudiera levantarse del suelo—. Te juro que si te atreves a tocar a mi hermano te arrepentirás.

Las miradas de todos estaban sobre Sean Grace, quien, preso del miedo, había elegido el camino de la cobardía por sobre el de su amistad. Dio un paso hacia atrás y miró a Augustus casi con asco.

—¡No lo entiendes! Yo nunca le haría daño a tu hermano. Yo...

—Aléjate de mí, fenómeno... —dijo negando con la cabeza. Le dio la espalda sin atreverse siquiera a mirarlo.

—No, no me dejes —suplicó arrastrándose en el asfalto—. ¡Sean, ayúdame! ¡Sean! ¡Ayuda! Alguien, por favor..., ayuda. ¡Grace!

El sonido del golpe cuando la madera del bate impactó contra su torso se quedó en el aire junto a su voz desesperada. Aunque pudo escuchar las risas del grupo de chicos a sus espaldas y los gritos desesperados de su amigo, Sean Grace no se detuvo; avanzó y contuvo las lágrimas hasta regresar junto a su hermano.

No dijo nada, no quiso opinar. Él estaba completamente convencido de saber quién era la persona sobre la que Augustus escribía, pero aun así decidió vincular a su hermano antes que a sí mismo. Estaba temblando. Quería regresar, quería salvarlo, quería decirle que jamás pensaría en lastimarlo; pero hacerlo era condenarse, y su frágil alma se llenó de culpa, aún más cuando los sentimientos que escondió le gritaron *traidor.*

Taylor caminó hacia él cuando lo vio acercarse. Sean Grace ladeó la cabeza para hacerlo moverse a su lado y así alejarse de los gritos en el estacionamiento.

—Sean, ¿estás bien? —le preguntó el menor—. ¿Por qué estás llorando?

—Sí, estoy bien —dijo sin dejar de mirar hacia el frente—, es solo que me arden un poco los ojos, es todo.

Un Taylor completamente ajeno terminó por destrozar su pecho.

—Deberías decirle a mamá que perdiste tus anteojos, así podrías tener unos nuevos —le dijo con inocencia.

Sean Grace Kim se quedó parado en medio de la carretera; los árboles lo juzgaron en silencio en una tarde de noviembre.

Entonces lloró.

Lloró al saber que había perdido toda una vida por aceptación que ni siquiera valió la pena, aun cuando a la semana siguiente le entregaron su preciada chaqueta del equipo y lo incluyeron en el grupo. Esa chaqueta que le costó dos meses en el hospital a la primera persona que hizo su pecho temblar, esa que le hacía pensar que la primavera era para siempre, su confidente, su mejor amigo. Esa chaqueta que, al usarla todos los días, le quemaba la piel cuando entraba en el salón y el asiento de su lado se encontraba vacío.

Lloró cada noche de diciembre por los mensajes que dejó escritos en la nieve del jardín de Augustus para que el chico los viera desde su ventana y supiera que estaba arrepentido. Por las veces que tocó el timbre de esa casa sin poder verlo, por la vez que el abuelo del chico lo golpeó en la cara antes de echarlo, y por el montón de pastillas que se metió a la boca cuando quiso acabar con la culpa que lo consumía.

Lloró porque era cobarde.

Para cuando Augustus Moon regresó en febrero, ambos eran dos completos desconocidos. Y Sean Grace no volvió a sonreírles a las rosas.

Oh, Sean Grace Kim creyó que nunca iba a sonreír de nuevo, hasta que ella apareció.

39 DÍAS ANTES DE...

—¿Que te irás a dónde?

Todos en la mesa voltearon a ver a Taylor, quien había tenido el descaro de sorprender a su familia con una noticia así de importante abruptamente en el desayuno.

Taylor suspiró. Odiaba el dramatismo familiar, pero aparentemente no había una manera fácil de hacer esto. Dakho lo miraba atento, al igual que los demás. Todos querían una explicación.

—Una reclutadora universitaria vino a buscarme hace una semana, me ofreció una visita y yo la llamé el mismo día. Así que me voy por tres días a Boston.

Su padre pareció confundido, pero no sorprendido. Es decir, Taylor siempre fue el más independiente de esa casa.

—Eso es… increíble. ¿Cierto, cielo? —dijo volteando a ver a su esposa, quien no parecía conforme con la situación.

—¿Confirmaste tu asistencia sin siquiera comentarnos nada? —reprochó, ofendida.

—De hecho lo menciono ahora porque necesito que firmen un par de documentos.

—¿Cuándo se supone que te irás?

—Sobre eso…

—Taylor —lo llamó su padre con dureza.

Sean Grace parecía impaciente, pasaba su mirada de sus padres a su hermano repetidas veces. Y Dakho tenía los ojos puestos en su plato sin opinar nada. Taylor llevaba un par de días comprando cosas para su viaje, y él, como su mascota, no podía hacer más que callar.

—Me enviaron un boleto, mi vuelo sale mañana.

—¿Y este te parece el momento más oportuno para decirnos eso? —le dijo su madre, molesta.

—Sí, es una gran oportunidad. Entré a una de las mejores universidades del país. ¿Por qué no están felices?

—¡Porque lo dices tan a la ligera! Hijo —dijo su padre mientras negaba con la cabeza—, nos alegra, pero debiste decirnos antes.

—Papá, no me estoy mudando aún. Serán solo tres días.

—No me parece correcto —repuso su madre—, iré contigo. ¿Cómo es posible que te dejen viajar tan lejos solo?

—Mamá —dijo con voz seria—, tengo un solo boleto. Soy casi un adulto, no necesito supervisión.

¿Que si Dakho estaba preocupado? Sí, mucho. Temía que su repentina impulsividad lo lastimara de alguna forma.

—Taylor, no creo que estés listo para esto —negó ella con dureza.

—¿Por qué no?

—Eres un niño. ¿Qué pasará si vas solo a allá? ¡Y en avión! Siempre haces cosas como esta, te encanta alterar mis nervios.

—No soy tan estúpido. ¿Por qué ahora te preocupa?

—Mamá tiene razón, es un lugar totalmente desconocido —intervino Sean Grace. Taylor volteó a verlo.

—Esto ni siquiera tiene que ver contigo —dijo alzando una ceja y luego regresó la vista a su madre. Dakho y el padre de los chicos se miraron entre sí preocupados mientras se pasaban el jugo. La forma en la que Taylor contestaba era bastante agresiva.

—No le hables así a tu hermano. Todos queremos lo mejor para ti.

—Mamá —respondió con seriedad—, esto es lo mejor para mí. Y, créeme, ahora soy perfectamente capaz de ser un adulto funcional.

Ella resopló. Lo amaba, pero le molestaba saber que no tenía control sobre él. Nunca lo tuvo.

—Aun así, no puedes decir cosas como esas así de repente. Debe haber alguna persona que autorice que te acompañemos.

Taylor se inclinó para sacar su carpeta de la mochila y la extendió frente a ellos.

—Solo necesito una firma —aseguró y volteó a ver a su padre.

El hombre leyó su rostro, era esa mirada que el pequeño Taylor solía tener. Esa que, aunque no lo dijera, buscaba aprobación. Tomó el bolígrafo del bolsillo de su camisa y, aún con la mirada pesada de su esposa sobre él, decidió firmar el papel que el más joven de los Kim le estaba entregando.

—Espero que cuando te mudes en julio nos avises al menos unos días antes —le dijo con una sonrisa que trataba de romper el pesado ambiente.

—Bueno…, sobre eso. Si todo sale bien, me iré antes. Abril, creo. Parece que soy importante o algo así.

Sean Grace suspiró en su lugar. Su hermanito hacía todo bien como de costumbre, ¿verdad? Tomó su plato y se levantó de la mesa. Nadie notó su ausencia.

—Tengo muchos créditos, dicen que es un hecho. Estoy al final de la preparatoria.

—Eso es increíble —contestó sin querer tocar más el asunto—. ¿No vas a desayunar nada?

Su cambio de tema decepcionó un poco a Taylor. Honestamente, esperaba una reacción más grande que esa. Pero, bueno, tenía tiempo para lamentarse de su invisibilidad en esa casa.

—No —respondió evasivo—, comeré algo después.

El hecho de que hubiesen despertado tan temprano para desayunar con la familia en un día de escuela no era coincidencia. Tenían pruebas muy importantes que hacer. Taylor había pasado toda la semana intentando encontrar la forma de probar su nueva teoría y Dakho tenía su examen de Literatura, al fin. Salieron juntos a la escuela. Siendo honestos, aunque había pasado mucho tiempo estudiando, no era bueno con las fechas. Sus primeras clases las tomaron juntos siguiendo con el horario. Taylor lo veía concentrado y pensaba en qué tal sería la vida de Dakho en su año. Porque aunque no se consideraba alguien inteligente, vaya que tenía madera para el estudio.

Pensó en la forma en la que escribía y levantaba la cabeza, atento. Una parte de él estaba asustada por el futuro y todos los cambios, pero le gustaba notar que le había crecido el cabello y lo gracioso que era verlo quitárselo de la frente porque le estorbaba para estudiar.

Cuando la hora de separarse llegó, caminaron hacia el salón de Literatura de Dakho mientras ambos se llenaban de valor. Se quedaron frente a la puerta.

—Relájate, todo saldrá bien —dijo Taylor al ver a Dakho, quien parecía batallar por no comerse las uñas.

—Si no gano esta cosa, van a sacarme del equipo.

Taylor rio.

—No van a sacarte, eres su jugador principal. ¿O no, superestrella?

—Sí, pastelito. Si tú lo dices, lo creeré.

—No me digas así… —reprochó dándole un pequeño golpe—. Pero bien, por si acaso, tengo un plan.

Le sonrió extendiéndole una hoja de su libreta doblada por la mitad. Dakho la observó: parecían respuestas de examen. Le explicó que había dado ese mismo examen el año pasado y que era muy probable que la profesora reciclara las preguntas.

—¿No crees que está mal hacer trampa? —dijo Dakho levantando una ceja.

—Es el plan de respaldo solo en caso de que necesites ayuda.

—No me tientes. No quiero sentirme estúpido después.

Taylor negó. Un cambio extraño, madurez y principios que no creyó que tuviera. Abrió su libreta, escribió algo antes de arrancar esa hoja y doblarla de la misma forma.

—Ten. Guárdalas en tu bolsillo, una es una nota y la otra son las respuestas. No estarás tentado a buscar las respuestas si no sabes cuál es cuál. Es una trampa para tontos.

Dakho las tomó escondiéndolas en su bolsillo.

—Lo tendré en mente.

—Ahora, ve allí y demuestra que eres más que una cara bonita.

Dakho le devolvió una sonrisa.

—¿Debería sentirme ofendido o halagado?

—No me hagas caso, no sé hacer cumplidos.

—Está bien, aquí voy. Adiós, pastelito —se burló dándose un beso en la mano para después ponerla en la mejilla del chico.

Finalmente, entró al salón. Observó el lugar cerca de la ventana y lo tomó feliz de haber logrado conseguirlo. Saludó a Augustus, quien se sentó a su lado. Y minutos después, Sean Grace se sentó al lado de este.

Entrecerró los ojos. Le molestaba el cinismo con el que se acercaba a su amigo. En serio, si su madre no lo quisiera tanto, ya le habría desviado el tabique de nuevo. Es más, le habría partido la cara correctamente.

Sean Grace miraba de reojo a Augustus. Estaba jodido en esta clase y tenía la leve ilusión de que no estuviera molesto con él para poder rescatar un poco su examen. Estuvo a punto de hablarle, pero Dakho llamó su atención antes.

—Haru, ¿podemos cambiar de lugar? —Lo miró con seriedad y Haru accedió justo cuando la profesora entró al salón.

—Jóvenes, buenos días —dijo sujetando un paquete de hojas en sus manos—. Tomen una prueba y pasen las demás hacia atrás.

Repartió las pruebas a los primeros de cada fila. Todos obedecieron a su instrucción.

Dakho respiró profundamente cuando tuvo la suya en sus manos y luego observó las preguntas. Eran más sencillas de lo que esperaba. Sonrió feliz al notar que sabía la respuesta a la primera pregunta. Quizás no debía estar tan preocupado.

Comenzó respondiendo las primeras preguntas con emoción, rellenando los círculos y avanzando rápido. Todo marchaba bien hasta que volteó a ver a la derecha y notó la hoja de Sean Grace con solo algunas preguntas contestadas. Él había comenzado a agradarle, pero eso no cambiaba el hecho de que era un cobarde de mierda. Y que estaba molesto con él. Agitó la cabeza y regresó la vista a su propio examen.

La segunda sección de preguntas era fácil. Era sobre el *Quijote.* Cuando estudió ese tema, Taylor le había dado una uva en la boca por cada acierto, y esas respuestas las recordaba muy bien. Le faltaban muy pocas, pero instintivamente volteó a ver de nuevo a Sean Grace en el preciso instante en que este exhaló cansado.

Se veía realmente mal.

Y Dakho tenía unas malditas ganas de azotarle la cara a Sean Grace contra la pared para después bañarlo en jugo de lima. Sin embargo, la reciente madurez que había adquirido le hizo pensar que él era el menos indicado para juzgarlo. Después de todo, el miedo nos hace tomar malas decisiones.

Haru, a su lado, terminó su examen y simplemente se levantó junto con sus cosas antes de acercarse al escritorio de la maestra para dejar su prueba y salir del salón.

Sean Grace lo vio irse y se resignó a joderse en ese curso. No era que él no intentase estudiar; era que, realmente, cuando veía muchas letras su cabeza se confundía. Además, ni siquiera las veía bien.

Dakho cerró los ojos, no quería que su complejo de héroe apareciera justo ahora. Pero lo hizo. Llevó la mano al bolsillo de su chaqueta para tomar la hoja de respuestas, le faltaban solo un par de preguntas, cuyas respuestas sí conocía, pero pensó que quizás ayudar a su némesis no estaría tan mal.

—Psst, Sean Grace —lo llamó por lo bajo—. Oye.

Levantó la cabeza ligeramente y notó que Dakho sostenía un papel en sus dedos. Asintió, quiso estirar el brazo para tomarlo, pero la voz de la profesora lo interrumpió.

—Han, ¿qué tiene en la mano? —preguntó y ambos tragaron saliva pesadamente.

Vio que la profesora se puso de pie y apretó los ojos. Bueno, allá iba su oportunidad de sobresalir.

—No es nada.

—Déjeme ver —le dijo ella. Resopló y le entregó el papel. Ella lo extendió y le dio una mirada desaprobatoria cuando la leyó.

—Yo… —quiso excusarse. Este era un buen momento para recordarse a sí mismo que él no era un estudiante real. La mujer negó con la cabeza.

—Sigue trabajando —replicó devolviéndole la hoja.

Parpadeó desconcertado. Volvió su vista al escritorio para ver la nota sobre este y aguantó las ganas de reír. Era una trampa para tontos, sí, y él era uno muy grande. Había olvidado que tenía dos de esas notas, y le tranquilizaba el hecho de que no se la había entregado a Sean Grace.

Buscó entre sus bolsillos cuando la profesora se dio la vuelta. No lo pensó, lanzó el papel restante hacia el escritorio de Sean Grace, que la recibió tapándola con la mano por inercia. Y después, cuando ella estuvo de nuevo en su lugar, Sean abrió el papel para comenzar a copiar. No se le hizo muy difícil: era la misma letra de la que siempre copiaba, la de su hermano.

Dakho respiró más tranquilo antes de volver la vista a su examen. Contestó la última pregunta y le dio la vuelta; no le gustaba levantarse antes que los demás en los exámenes, prefería ser el último. Luego, volvió a extender la nota con la que se había quedado. Era tan tonta, pero aun así le robó una sonrisa.

Tú puedes, ¡te quiero!

Negó con la cabeza. Eso explicaba la reacción de su profesora y la mala cara con que ahora lo miraba. Solo faltaba que ella creyera que estaba en alguna clase de romance con su padrastro/cuñado/capitán/enemigo. «Kim equivocado, señora», pensó, acomodándose en su asiento.

Mientras tanto, Taylor había salido del edificio para llegar al vestidor de hombres cerca de la piscina. Después de las clases de la mañana, había decidido usar su periodo libre para mentalizarse. Tenía mucho planeado para ese día.

Los de la ferretería lo habían mirado de manera extraña por la cantidad de cable que compró, y los de la farmacia también. Sacó sus herramientas de donde las había ocultado y unió los cables que faltaban. Su intención era conectar los parales y el generador de la piscina a una banca metálica del vestidor. Terminó de hacerlo rápidamente y corrió de regreso hacia el edificio para rodearlo.

Taylor tenía un propósito. Y con una determinación como la suya, era imposible hacerlo flaquear.

Después, fue hasta el auditorio a sacar la bolsa deportiva que había resguardado allí. Cerró los ojos creyendo que estaba loco por lo que iba a hacer. Apretó el tirante de la bolsa mientras caminaba por el pasillo.

Esperó a Dakho fuera del salón de su última clase con nerviosismo. El timbre sonó unos minutos después, marcando la llegada del almuerzo. Cuando lo hizo y todos comenzaron a salir, él tragó saliva con fuerza. Dakho salió del salón con una gran sonrisa que lo tranquilizó, al menos un poco.

—¿Cómo te fue?

—¡Todo en orden, sé que tengo ese examen ganado! —dijo, muy alegre.

Sean Grace salió del salón y vio a Dakho hablar animadamente con su hermano.

—Oye, Han —lo llamó. Taylor no pudo evitar dar un resoplido. Él no estaba molesto de verdad con su hermano mayor, solo que su actitud lo irritaba—. Gracias por la ayuda. No sé qué habría hecho sin ti.

Sean Grace extendió su puño y Dakho aceptó su saludo, chocando los nudillos. Taylor se quedó confundido y Dakho no tuvo más remedio que explicarle que le había entregado la nota…, la que tenía las respuestas, claro, le aclaró con tono burlón ante el sonrojo de Taylor.

—Como sea —interrumpió Sean Grace—, gracias a los dos, en serio —dijo con sinceridad mientras se pasaba la mano por la parte de atrás del cuello.

—No fue nada. —Taylor le sonrió a medias—. Hablamos después —se despidió antes de jalar a Dakho de la chaqueta.

Estaba muy nervioso, y las preguntas de su hermano solo lo inquietaban más. Todo tenía que salir bien, o él se daría un tiro de la vergüenza.

—Oigan, ¿no van a almorzar o qué? —les dijo con cierta intriga apuntando hacia la cafetería que estaba al otro lado.

—Tengo papeles que recoger antes de viajar mañana. Así que te veremos después —respondió con total calma—. Dakho, ¿vienes?

Dakho asintió moviéndose de su lado; Sean Grace no objetó nada, simplemente fue hacia el lado contrario mientras el murmullo en su cabeza crecía más y más.

Dakho decidió hablar mientras seguía a Taylor hacia la salida trasera de la escuela.

—No vamos a recoger papeles, ¿o sí? —preguntó en voz baja.

—Obviamente no —se burló un poco.

—¿Y entonces qué?

—Está empezando a caer escarcha, tengo que mover el generador de la piscina o se dañará.

Dakho volteó a verlo detenidamente. Taylor tenía una maleta deportiva, cuya presencia no se había molestado en cuestionar hasta ese momento.

—¿Qué tienes en esa mochila?

—Algo de ropa para no mojar la nuestra —murmuró, atrapado.

Llegaron a la reja de la piscina y se quedó quieto cuando lo analizó.

—¿No pensarás en hacerme entrar allí de nuevo, cierto?

Taylor suspiró.

—Perdí toda la semana reformulando el experimento, y el viaje es mañana. No tenemos mucho tiempo, y hay que hacer pruebas de campo.

—No a costa de mi integridad física.

—Tranquilo, tengo todo controlado.

—Claro, como tú no eres el Dakho de laboratorio no te preocupas.

—Si te sirve de consuelo, esta parte de mi investigación la tengo que comprobar físicamente yo también. —Abrió su mochila y sacó una toalla—. Ahora, ve a cambiarte mientras yo arreglo esto —le dijo lanzándosela.

Dakho suspiró. Estaba un poco asustado, pero, bien, necesitaban seguir adelante, así que se dirigió hacia el vestidor.

Taylor se pasó las manos por la frente. Quería encontrar una forma menos vergonzosa de explicarle lo que iba a suceder, pero no la había. Su amado generador estaba oculto y protegido; ni siquiera tenía que moverlo. Solo necesitaba una excusa para enviarlo al vestidor. Se agachó para tomar unos cables que le hacía falta conectar, los cuales salían del vestidor hasta su pseudo máquina de energía. Y entonces la encendió. Ahora solo le hacía falta cerrar el circuito. Se dirigió él mismo al vestidor de hombres. Entró tranquilamente; Dakho debía estarse cambiando, así que fue directamente hacia uno de los cubículos y luego cerró la puerta.

Bien, ya estaba ahí y tenía que hacerlo.

Esto era no solo vergonzoso, sino, también, intimidante. Es decir, sería la segunda o tercera vez que hacía algo como esto. Obviamente, no era un experto en la materia, y su ansiedad aumentaba a cada segundo. Había pasado los últimos días haciendo pruebas y cientos de esquemas de riesgo. Después de mucha investigación, tenía una nueva hipótesis que comprobar.

Se quitó la camisa y la dobló perfectamente antes de continuar desvistiéndose. Había hecho un par de compras y se había preparado a sí mismo varias veces. Ya había tomado una ducha, pero, aun así, decidió colocarse solo un poco más de perfume antes de salir. De su bolso tomó una bata de seda que había robado del auditorio unos días antes (luego ensayaría su sorpresa cuando Haru notara su ausencia en los disfraces de utilería), se la colocó y, con toda la valentía que logró encontrar en sus entrañas, salió del cubículo.

Dakho parecía distraído cuando lo vio de espaldas. Tenía sus dudas sobre volver a entrar a la piscina con esa cosa encendida. Pero no esperaba escuchar el sonido del seguro de la puerta sonando detrás de él.

Volteó y se sorprendió al ver a Taylor cubierto con una de las túnicas que usaban para los ensayos de teatro y con su libreta abierta en la mano.

—¿Taylor? —dijo, confundido.

—¿Ya estás listo? —le preguntó. Dakho tenía la camiseta y un pantalón corto de elástico.

Lo vio con curiosidad; el chico tomó su mochila del tirante y la colocó sobre la banca que estaba cerca de Dakho, acercándose lentamente sin dejar de mirarlo.

—Creí que estábamos aquí por el experimento…

Taylor se mordió el labio, apenado. No había forma sencilla de no ridiculizarse a sí mismo haciendo esto.

—Este es el experimento —le aseguró tomando valor.

—Taylor… —murmuró cuando este dio un último vistazo a su libreta y luego la cerró, guardándola dentro de su mochila—. ¿En qué estás pensando?

—Es lo mismo que las otras veces. Charlaremos un poco para indagar en tu mente, pero con un diferente nivel de estrés. Es todo.

—Oye, no necesitas excusas para estar a solas conmigo.

—No es excusa, es coincidencia. Creo que descubrí cómo mantener tu mente y tu cuerpo estables.

Dakho lo observó de pies a cabeza, no tenía zapatos puestos.

—¿Planeas entrar en la piscina conmigo?

—No vamos a usar la piscina, tonto. De hecho, si me lo permites, vamos a probar una nueva forma de subir tu adrenalina.

Dakho no sabía si realmente se le estaba insinuando o si, como siempre, todo era producto de su mente corrupta.

—Esto es lo que va a pasar —le dijo Taylor quitándose los anteojos para colocarlos sobre un casillero—. Vas a sentarte allí e intentarás controlar tu ritmo cardíaco todo lo que puedas.

Estaba confundido. Taylor dio un par de pasos al frente haciéndolo retroceder, y la parte posterior de sus piernas chocó con la banca. Le colocó ambas manos en los hombros haciendo un poco de presión para hacer que se sentara. Dakho lo observó desde abajo, como deseando poder leer sus pensamientos.

Taylor inhaló profundamente antes de colocarse en el espacio entre las piernas de Dakho. Lo tomó del cuello y sujetó su rostro, alzando su mandíbula con la mano en el ángulo perfecto para iniciar un beso.

—Es momento de reformular mi hipótesis. Lo descubrí accidentalmente —le explicó separándose ligeramente de sus labios—. Después de varios intentos, concluí que necesito manipular tu energía y mantenerte consciente a la vez. Pero eso solo se logra cuando tu cerebro está loco de hormonas.

Taylor llevó su mano hacia el borde del pantalón corto de Dakho para jugar con el elástico. Dakho tragó saliva con fuerza. Taylor siempre era muy decidido, y él mismo le había dado el conocimiento que necesitaba para ser totalmente dominante.

—¿Qué intentas hacerme? —dijo sin oponer resistencia.

—Lo que haga falta… —Le sonrió—. ¿Estás dispuesto?

Dakho estaba perdiendo la cabeza y era demasiado débil cuando de la piel trigueña se trataba. Además, esta parte de la investigación sí que le interesaba. Amaba la ciencia.

—Si es completamente necesario… —contestó jugando con él—. Me sacrificaré por el equipo.

—¿Puedes? —preguntó, refiriéndose a su pantalón.

—¿Aquí, ahora? —cuestionó con una ceja alzada.

Taylor se mordió el labio, asintiendo.

—Tiene que ser aquí.

Dakho se "sacrifica" en nombre de la ciencia.

En ese perímetro, el generador contendría la energía lo suficiente como para evitar una sobrecarga. Dakho no evitó que Taylor bajara su pantalón e incluso levantó un poco su cuerpo para que pudiera deslizarlo por sus piernas, dejándolo en ropa interior.

—¿Tu idea para controlarme es excitarme? —le dijo retándolo y llevando sus manos a la cadera de Taylor.

—No solo eso. —Lo miró con una sonrisa desafiante—. Voy a hacer que colapses.

No sabía si era por inteligencia o por fetichismo, pero las palabras de Taylor revolucionaron su interior.

El generador estaba encendido y los cables permanecían conectados a la banca de metal en la que Dakho reposaba. Si la teoría era correcta, podría redireccionar su electricidad corporal. Taylor sonrió con superioridad antes de avanzar hacia su cuerpo, pasando sus piernas por encima, y colocó sus rodillas sobre la banca para poder sentarse sobre su regazo. Dakho no pudo evitar sonrojarse cuando rozó con su mano el muslo de Taylor. Debajo de esa bata no había nada.

¿Hasta dónde Taylor era capaz de llegar por conocimiento? El límite cada vez era más alto.

Aunque a Dakho la situación le gustaba demasiado, temía que todo se volviera a salir de control de nuevo. Sería muy vergonzoso, por decir lo menos, morir así. Pero Taylor se acercó a su oído y le susurró:

—Mantén la mente despejada y déjate llevar.

Una sensación caliente comenzó a extenderse por su cuerpo. Era una mezcla de libido con devoción hacia el chico. Porque lo quería y lo seducía a partes iguales.

—¿Qué se supone que debo hacer? —preguntó ansioso, sin dejar de verlo, deslizando las manos dentro de su bata por encima de sus muslos hasta su cintura.

Pero las acciones de Taylor estaban calculadas para hacerlo enloquecer poco a poco. Movió lentamente su cadera hacia adelante, haciendo que sus entrepiernas chocaran, y sintió cómo Dakho se endurecía, tal como había planeado. Bajó una de sus manos hacia el elástico de la ropa interior de Dakho y la jaló, dejando que su creciente erección quedara al descubierto, sin cohibirse o detenerse a dudar.

—La primera regla de este experimento es hacer todo lo que Taylor diga, así que cierra los ojos.

Dakho acató su pedido; después de todo, los deseos de Taylor siempre fueron como órdenes para sus sentidos. Taylor extendió una mano hasta su mochila y tomó el frasco que había tenido la valentía de ir a comprar a la farmacia. Es decir, no era muy común que alguien como él buscara algo como eso, pero, bueno, ser él también implicaba estar preparado.

Lo abrió y vertió una cantidad de contenido acuoso en su mano para luego llevarla hacia Dakho, acariciando con paciencia su entrepierna. Dakho no pudo evitar estremecerse al sentir el frío que le caló hasta el vientre.

Taylor analizaba sus expresiones, asegurándose de que realmente le estaba permitiendo hacer eso. No quería hacer algo mal. Lo acarició lentamente. Dakho exhalaba con fuerza y eso también lo emocionaba. Acercó el suyo también para tocarse juntos. Claro que Taylor no iba a trabajar en su investigación mientras Dakho disfrutaba él solo, ¿cierto?

—Finn… —intentó hablar Dakho, pero el otro lo interrumpió.

—¿Por qué no te has quitado la camisa? —se burló—. Vamos, hazlo.

Dakho asintió con los ojos cerrados, alzando los brazos para sacarse la camisa con dificultad. El sudor comenzó a descender por su cuello.

—¿Así está mejor? —preguntó tensando la mandíbula. Taylor se sostuvo con una mano de su hombro, y con la otra continuó su labor.

—Mucho mejor… —respondió dándole un pequeño beso en los labios—. Ahora busquemos un recuerdo.

—¿Re-recuerdo? —jadeó.

Taylor apartó sus manos de él al verlo necesitado. No podía permitir que terminara tan rápido. Asintió.

—Uno inofensivo y que podamos manipular. Por ejemplo…, la boda de tu madre.

Quería saber el motivo de su odio a Sean Grace. Dakho se removió debajo de él pidiendo atención, quería bajar las manos, pero Taylor lo retuvo por ambas muñecas.

—No puedes hablarme de mi madre mientras hacemos esto... Harás que se me baje...

Taylor se burló.

—Esa es la idea, genio. Te necesito estable.

Tragó saliva pesadamente, ahora entendía lo que intentaba hacer.

—¿Qué es lo que quieres saber?

—¿Cómo empezó la ceremonia? Tu madre se estaba casando con el tipo que odias. ¿Qué fue lo que pasó?

—Yo... —Taylor movió ligeramente la cadera sobre él—. ¡Mierda! —jadeó—, estaba molesto..., lo escuché hablar por teléfono.

Su corazón estaba acelerado, Taylor lo soltó con suavidad.

—¿Puedes tocarme tú? —pidió con los ojos abiertos. Dakho acercó su mano hacia ambos cuerpos, pero Taylor lo detuvo—. Solo a mí, tú tienes que controlar tus impulsos.

Dakho resopló, conteniéndose. Obedeció pasando su pulgar por Taylor, quien jadeó sin proponérselo. Entonces, Taylor tomó el frasco de lubricante y lo vertió sobre la mano del chico.

—¿De dónde sacaste eso? —dijo con curiosidad.

—Las preguntas las hago yo. —Entonces, se apoyó sobre sus rodillas para que Dakho lo ayudara. Sabía exactamente qué hacer—. Dime, ¿qué fue lo que escuchaste?

—Sean Grace dijo que era una pena que hubieran pasado tantos años...

—¿Por qué? —murmuró abrazándolo con la intención de tentarlo mientras le daba un beso en el cuello.

Entre todos los escenarios posibles, este le gustaba mucho. Dakho acercó el cuerpo de Taylor al suyo para poder prepararlo. Lo tomó cuidadosamente por debajo de la cadera y fue bajando las manos.

El plan original de Taylor era usar la boca para subir su adrenalina, pero eso no daría el mismo resultado. Aquella vez en el auto hacia San Francisco apenas había conseguido una reacción moderada, lo supo por el cambio de frecuencia del radio. Necesitaba una reacción más intensa. Taylor se aferró a su espalda, apretando los ojos y respirando irregularmente.

—Dijo que... de haber encontrado a mi madre quince años antes, no tendría que lidiar con su hijo el marica.

Su pulso cardíaco aumentó, su energía estaba creciendo. Estaba en contacto con el estrés de sus traumas y aunque estaba mareado, seguía consciente. Quizás Taylor tenía razón, oh... el dueño de esas piernas largas siempre la tenía.

Dakho lo presionó un poco más y la espalda de Taylor se tensó.

—Pensé que... —Se removió—. Ah, mierda...; pensé que el Sean Grace adulto era más razonable.

—Planteó la idea de enviarme a un internado. Los primeros meses fueron insoportables... —dijo, mirándolo tan necesitado—. Después... creo que comenzó a sentirse culpable.

—¿Culpable por qué? —murmuró Taylor con los ojos cerrados. Dakho había comenzado a hiperventilar, como si fuera a tener una sobrecarga.

—No lo sé..., él solo pareció ser menos pesado conmigo.

—Eso es... —respondió contra su oído, ese era el punto—. Piensa, ¿de qué color era tu corbata de la boda?

—Roja.

—Cuando tu energía se dispare, tienes que buscar ese recuerdo y elegir otro color —masculló y su cuerpo pareció acostumbrarse al tacto de Dakho.

—¿Eso qué probaría? —preguntó, su visión se estaba nublando.

—Que podemos arreglar el futuro en el presente... ¡ah...!, con tu pasado.

Las clavículas de Taylor Kim y su tersa piel parecían hipnotizarlo. Luchaba por mantener la compostura. Dakho observó la curva que se formaba por su espalda arqueada y lo perfecto de su cintura esbelta en armonía con las caderas.

—¿Y cómo piensas detonar eso? —preguntó alejando su mano de él, con la intención de que Taylor rogara por más, pero no esperaba que este estirara el brazo y tomara un pequeño paquete plateado de su mochila.

—Póntelo —le ordenó a Dakho, entregándole el condón—. Póntelo rápido.

—¿No estás listo para ser padre? —se burló.

—Definitivamente no —le contestó con gracia. Entonces Dakho abrió el paquete con los dientes sin pensarlo—. Eso y que necesito tener un aislante para tu energía. El látex servirá. Bueno..., eso espero.

¡¿Eso espera?!

Taylor sabía que debía mantener el enfoque en su investigación, pero lo vio colocarse el condón, y sintió su cuerpo temblar. A la mierda la compostura: en nombre de la ciencia, él quería sentirlo ya.

—¿Debería castigarte por ser tan agresivo conmigo? —dijo Dakho al notar la desesperación que había surgido en el otro.

Pero no esperaba que Taylor lo besara en los labios, con el rostro caliente y el sudor bajando por su frente mientras su saliva se mezclaba con la suya. Aprovechó su sorpresa para acomodarse correctamente sobre su regazo y terminar lo que habían empezado.

La conexión que tenían era inevitable, quizás el destino se sintió culpable de colocar dos personas, cada una perfecta para la otra, tan lejos en el tiempo, así que decidió dejar que se encuentren para que encajaran en una unión única e irrepetible.

Taylor gimió en medio del beso y comenzó a bajar la cadera, mientras Dakho se introducía por completo en él. Tan profundamente y tan sublime como solo él podía hacerlo.

Enredó sus manos en el cabello oscuro de Dakho y pegó su frente a la suya. Estaba aún acostumbrándose a esa sensación mezcla de dolor y se negaba a admitir en voz alta que le encantaba.

—Necesito que te concentres, Dakho —murmuró Taylor, mientras su cabello se pegaba a su frente—. Encuentra ese... recuerdo —le dijo moviendo la pelvis adelante mientras batallaba por no perder su voz.

Dakho cerró los ojos y llevó ambas manos a la cintura del chico. Este se apoyó sobre él para comenzar a subir y bajar lentamente.

—Lo intento... —dijo fantaseando con esa clavícula y ese perfecto trasero cuyo reflejo necesitaba poder ver en el espejo, pero que la larga túnica ocultaba.

Tenía que hacerlo, necesitaba estar consciente. En el momento en que Taylor dio un pequeño brinco sobre él, Dakho alzó la cadera, y con la fuerza de sus manos lo atrajo hacia abajo, penetrándolo con fuerza, hasta llegar al punto donde Taylor perdía la cabeza.

Taylor no pudo evitarlo, alzó la mirada y clavó sus uñas en la piel de su espalda. Sabía que no debía dejarle más marcas que lo delataran, pero le encantaba oírlo gruñir cuando sentía el ardor en su piel.

En respuesta, y en medio de su desliz mental, Dakho fue más y más hondo. Esto era sobre experimentar, y personalmente, la parte egoísta de Taylor necesitaba saber cuál era el punto exacto en su cuerpo que, al ser tocado, haría que las piernas le temblaran.

Dakho intentaba visualizar el recuerdo de la mañana de la boda. Se sentía mareado, sus pulsos eléctricos estaban envolviéndolo, pero no lo lastimaban.

Cerró los ojos justo cuando encontró lo que necesitaba. Se sentía pesado, como si fuera a desmayarse, pero simplemente no lo hacía, estaba en una línea delgada entre buscar llegar al orgasmo o a la sobrecarga.

Taylor quería usar sus hormonas para equilibrar sus neurotransmisores y sus ondas cerebrales.

Se levantó esa mañana. Dakho se vio en el espejo del baño con profunda resignación, observó sus manos y decidió que quería tomar el pote de champú, así que extendió su brazo para hacerlo.

Él podía moverse en su recuerdo.

Salió del baño; algo se sentía extraño. Parecía que una parte de su confianza estaba de nuevo en él, como si se le hubiera quitado un trauma de encima.

Se acercó al buró de ropa y comenzó a vestirse. Vio la corbata roja que se supone debía usar para combinar con los padrinos de la boda. Y a su lado, otra corbata azul que le perteneció a su padre alguna vez. Su cuerpo se sentía pesado.

Sentía la respiración de Taylor en su cuello, pero aun así era capaz de moverse por la habitación. Y si esto era real, y su teoría correcta, Dakho había conseguido eso que la humanidad buscó por años: un nuevo comienzo.

Tomó la corbata azul, que iba a desentonar, y se la colocó mirándose en el espejo.

¿Qué tanto podía avanzar? No lo sabía y tenía miedo de averiguarlo. Estaba atrapado entre las sensaciones de su cuerpo y la forma en la que conectaba con una versión ¿alterna? de sí mismo.

Su pecho estaba caliente, le mordían el hombro; estaba desvariando, pero aun así avanzó hasta la puerta en el instante en que todos sus músculos se tensaron.

Dakho abrió los ojos repentinamente cuando los gemidos de Taylor en su oído le devolvieron la cordura. No tenía una jodida idea de qué había sido eso, pero se sintió tan real que pensó que se desmayaría. Porque de pronto sus recuerdos eran más claros que antes. Tomó aire con la boca, el peso completo de Taylor recaía sobre sus muslos y cadera, cuyos músculos parecían estar aún rígidos.

Recordaba a Sean Grace hablando por teléfono, y ahora, además, molesto por la forma en la que su traje desentonó con el de los padrinos.

Mierda, sentía que iba a desmayarse en cualquier momento.

Deslizó sus manos por la extensión de la espalda de Taylor hasta llevarlas a su cintura, de donde lo tomó con fuerza. Su visión era borrosa, pero la imagen del chico con la boca abierta y su cabello castaño alborotado sobre él lo mantuvieron consciente. Su vientre se sintió mojado; llevó su vista ligeramente hacia abajo. Taylor estaba perdiendo el control de su propio cuerpo.

Su rostro estaba rojo, su pecho temblaba, pero aun así no se detenía al mover la cadera con velocidad, respirando con dificultad cada vez que llegaba muy profundo en su interior.

Oh, cuánto habría deseado Dakho poder ponerse de pie para cargarlo y empujar su cuerpo contra la pared hasta hacerlo gritar.

Pero estaba muy débil.

Dakho se inclinó hacia el frente para darle un respiro al aroma de la piel bajo su mentón, dejándole un beso en este y subiendo para encontrarse con sus labios, contra los que murmuró cosas que solo las almas perdidas dirían con tanta devoción.

—Creo que tienes razón... —le dijo cuando una punzada lo recorrió desde su espina dorsal hasta la pelvis, a la vez que su energía y su adrenalina alcanzaban su punto máximo.

Taylor terminó sobre su pecho, dejando caer gotas que bajaron por el ombligo de Dakho.

—¿Segunda ronda? —murmuró Taylor.

Ese toque era justo y necesario para alcanzar su preciado conocimiento.

Ajeno a la situación, Sean Grace veía inquieto el reloj de la pared. Había pasado demasiado tiempo y ni su hermano ni Dakho habían regresado aún. Y la ansiedad iba a matarlo. Esa sensación de incertidumbre lo carcomía.

El sonido que marcaba el final del almuerzo sonó y los alumnos comenzaron a levantarse para regresar a sus salones. Todos menos Sean Grace, quien tomó sus cosas y salió de la cafetería con rumbo opuesto. Se acercó al casillero de su hermano, pero estaba cerrado, y no parecía haber nadie dentro de la oficina del director.

Corrió por los pasillos y llegó hasta el auditorio; pero las luces estaban apagadas y el lugar, completamente vacío. Entonces, salió del edificio para buscarlos en el campo. Tampoco los encontró. Iba a volverse loco, si es que no lo estaba ya.

Estuvo a punto de regresar a clase, pero la piscina a la distancia le hizo sentir que algo no estaba bien. Algo le quemaba. Quizás era eso a lo que llamamos destino, o lo estaba atrayendo el campo eléctrico invisible que se extendía desde la piscina hasta el estacionamiento. Como si estuviera cumpliendo el papel escrito para él.

Le pareció extraño que la reja estuviera abierta. Por alguna razón, Sean Grace siempre tuvo el don de la intuición. Volteó su cuerpo hacia el vestidor de hombres y se acercó a la entrada. Abrió la primera reja, después quiso abrir la puerta con lentitud para no hacer ruido, pero esta se encontraba cerrada por dentro.

Escuchó un choque seco acompañado de fuertes jadeos y comenzó a sudar. Cerró los ojos y se dijo a sí mismo que sería mejor dar la vuelta, que debía alejarse; pero ya no soportaba sentirse ignorante.

El vestidor tenía unas pequeñas ventanas que Sean Grace acostumbraba dejar abiertas para fumar tranquilamente, así que caminó hacia la parte trasera del lugar y se trepó en una de las ventanas grandes que estaba cerrada; luego, con miedo, se asomó a ver lo que encontraría.

Estando allí confirmó dos cosas. La primera, su hermano era gay, y la segunda, que la ignorancia estaba infravalorada. Había hecho un gran esfuerzo por dejar de regirse por las cosas que todos le incitaban a creer. Pero no había otra explicación para lo que estaba viendo.

La curiosidad mató al gato (o traumó al hermano metiche)

Taylor estaba de espaldas, tenía puesta una bata larga y gemía mientras se movía inquieto. Su cabello estaba mojado por el sudor, y arqueaba la espalda abriendo la boca.

Ni siquiera podía ver a la otra persona, pero era demasiado obvio. Dakho lo sostenía de la cintura, le estaba besando el cuello. Gruñía, y lo acercaba más a él mientras le murmuraba cosas que no alcanzaba a escuchar.

Era una situación desafortunada tras otra.

En especial, por la luz verde que se encendió en la azotea del edificio de la escuela.

Lee Jaewon estaba sentado, oculto mientras se tomaba un descanso de su doble vida como estudiante en la bodega de la biblioteca que el Gobierno había utilizado para monitorear a los sospechosos de forma remota.

No había pasado nada extraño en días y él creía que esto era una pérdida de tiempo, incluso había comenzado a dudar de que el segundo radar funcionara. Pero el sensor en el tablero comenzó a parpadear, las pantallas de las cámaras fallaron y el circuito cerrado tuvo una interferencia que lo dejó sin imagen del exterior.

Pensó que se trataba de un apagón, pero las luces a su alrededor seguían encendidas. El sensor estaba conectado y funcionaba a la perfección: lo supo por el sonido que marcaba la aparición de una gran concentración de energía en un perímetro de cinco kilómetros. Y crecía.

—Mierda... —masculló intentando triangular la información.

Su experimento fugitivo estaba dando señales de vida.

Revisó los planos. No debía estar muy lejos: la señal venía de la parte de atrás de la escuela, más allá del campo de béisbol. Sabía que lo más prudente era avisarle al profesor Kim, pero no tenía mucho tiempo antes de que la corriente se perdiera. Algo más la estaba absorbiendo. Salió de la bodega y atravesó la biblioteca, corriendo desesperado hasta llegar al pasillo.

Lee Jaewon necesitaba con cada fibra de su cuerpo una respuesta: saber qué era o, mejor dicho, quién era aquel que había soportado viajar en el tiempo. Corrió apresurado empujando las puertas de vaivén de la escuela y miró hacia ambos lados, mientras se movía a zancadas en el llano, desesperado por llegar al campo. Cuando estuvo allí, se aseguró de que no hubiera nada; se movió un par de pasos más hasta la piscina. Frustrado, se recargó en la malla que rodeaba la piscina y sintió un ligero toque proveniente del metal.

Alzó la vista y divisó cuatro parales en perfecta posición y cables muy bien ocultos, trenzados por los tubos para bajar por estos y mezclarse entre el llano. Parecían estar unidos a lo que había en el interior de un bote de basura. No entendía qué clase de generador monstruo *amateur* era eso.

«¿De dónde viene tanta corriente?», pensó, siguiendo con la mirada el cableado.

Se movió siguiendo el camino; la extensión entraba por un hueco pequeño al espacio de concreto que llamaban vestidor. Se trepó de la reja de la puerta para llegar a ella.

Entonces, se asomó a ver. Pero no estaba mentalmente preparado para la escena que encontró. Parpadeó una vez y luego otras dos más para asegurarse de que sus ojos no le mintieran. Su querido sujeto, Taylor Kim, estaba besando descaradamente a otro chico mientras se movía con fuerza y le jalaba el cabello entre jadeos.

—¿Pero qué mierda…? —dijo confundido intentando ver hasta dónde llegaba el cable.

Ladeó la cabeza. La unión terminaba en la banca, y ellos cerraban el circuito. ¿Por qué? Eso no tenía ningún sentido, a menos que… No, eso era humanamente imposible.

Abrió los ojos, sorprendido, pero eso solo significaba que estaba demente. Su mascota, ¿era un adolescente? Y este tipo Kim, un degenerado. Le pareció la cosa más aberrante y desagradable del mundo.

Vio los cables dispuesto a cortar la conexión a como diera lugar. Si el chico colapsaba, esto significaba que la energía provenía de él y que, efectivamente, lo había encontrado. Se inclinó para intentar tomar el cable, pero su pie se deslizó, haciéndolo casi caer.

Por su lado, Sean Grace se alejó de la ventana. Estaba a mitad de una crisis nerviosa cuando, al avanzar un poco, logró ver al tipo rubio que lo seguía, igual de consternado, como si él también hubiese descubierto a su hermano y al estúpido de Han.

Se llenó de temor.

A la mierda que lo fueran a secuestrar de nuevo. Él no podía permitir, bajo ninguna circunstancia, que alguien viera a su hermano en esas condiciones. Sean Grace dio pasos ligeros para rodear el vestidor y llegar por detrás hasta el otro sujeto.

Lee Jaewon estaba intentando romper la unión de dos cables fijados a la malla de la piscina, y no se percató del instante en el que fue tacleado por alguien más. Cayó entre la tierra mientras intentaba resistirse. Podía hacer que los militares llegaran en cuestión de minutos, pero el cuerpo del otro era más grande. Le lanzó un golpe a la cara y el chico se lo devolvió en el estómago dejándolo sin respiración por un segundo.

Intentó ponerse de pie al ver a Kim luchar por recuperar el aliento, pero Jaewon tenía una mala condición física y Sean Grace se había ejercitado toda su vida. Entonces, el adolescente se recompuso y le tomó el tobillo para desestabilizarlo. Lo hizo caer de bruces raspándose el mentón con la grama, dándole al otro el tiempo exacto para arrastrarse hasta él.

—Malnacido, no eres tan valiente sin tus dardos, ¿eh? —le dijo Sean Grace subiéndose sobre él para someterlo.

Lee Jaewon regurgitó y le escupió en la cara en son de burla.

—Estás jodido, imbécil. Todos lo están.

En medio del forcejeo, Sean Grace recordó un viejo truco que le había enseñado su abuelo en caso de emergencias. Sujetó del cuello al tipo rubio y, antes de que pudiera escapar, le dio un golpe en la sien y lo dejó inconsciente bajo su cuerpo.

Respiró agitado. Se pasó las manos por el cabello, desesperado. Quería entrar a ese maldito vestidor y arrancarle la cabeza a Dakho, pero tenía problemas más grandes en ese momento.

Tomó el cuerpo de Lee Jaewon y se lo colocó a cuestas para cargarlo lejos de allí. Corrió hasta el campo de béisbol, abrió la compuerta bajo las escaleras del público y lo dejó caer dentro.

Había unas cuantas cajas que el equipo guardaba. Tomó un par de calcetines que solo el cielo sabía de quién eran, y los usó para amordazarlo. Después, se quitó el cinturón del pantalón y lo ató de ambas manos a los parales de la tribuna.

Suspiró.

Bueno, siempre se puede estar peor, ¿cierto?

Ser un simple mortal dentro de esa escuela tenía un precio. Cualquier persona que tuviera algo diferente y pudiera saltarse esa clase se salvaría de aquella agonía. Pero Haru no era especial en ningún sentido.

Así que estaba con su ropa para la clase de Gimnasia viendo cómo el resto de sus compañeros trepaban por la cuerda que colgaba por el techo. Él nunca fue específicamente atlético. Esto sería toda una tortura para él.

Tragó saliva; él realmente no quería tener que subir esa cuerda. Así que rogó al cielo un poco de benevolencia divina porque, a menos que sucediera un milagro, tendría que hacerlo.

La puerta del gimnasio se abrió.

—Disculpe, entrenador —dijo la persona que había entrado—. ¿Augustus Moon puede salir un momento?

Haru, sorprendido, abrió los ojos; mierda, el cielo sí lo había escuchado.

—Oye, Moon. Ven acá —llamó una voz conocida.

Pero no se trataba de un milagro, sino de una condena. En verdad, no creía que Sean Grace volvería a hablarle. Apretó los ojos; no era lo que esperaba, pero esto podría servir. Así que se acercó.

—¿Qué sucede?

—Tenemos una emergencia familiar. —Sean Grace se veía nervioso, movía las piernas constantemente.

El entrenador le restó importancia y se alejó de ellos. Después de todo, Sean Grace nunca le mentiría.

—¿A qué te refieres con «emergencia familiar»? Ni siquiera somos parientes.

—Tengo una persona secuestrada.

Haru quiso decir algo, reprocharle, burlarse o lo que sea, pero solo quedó boquiabierto. Sean Grace lo jaló del brazo para hacerlo salir por completo del gimnasio y lo miró con seriedad.

—Encontré al tipo rubio que nos estaba persiguiendo, andaba merodeando por la escuela y lo ataqué.

—¡¿Eres imbécil?! ¿Por qué mierda hiciste eso? —murmuró.

—Es que yo… —Tragó saliva pesadamente—. No vine a que me regañaras, necesito ayuda.

—¿Ayuda para qué, idiota?

—¡Para sacar su cuerpo de aquí!

—¡¿Lo mataste?!

—¡No! Solo está inconsciente.

Haru masajeó su nariz con sus dedos índice y pulgar. ¿Qué clase de pecado debía pagar para cargar con una cruz tan grande como Sean Grace Kim?

—¿Dónde está?

—Encerrado debajo de las escaleras del campo de béisbol.

—Solo a ti se te ocurre dejar a un rehén así —le dijo, molesto.

—¡No sabía qué más hacer! Ayúdame, ¿quieres?

—Maldición, veré qué puedo hacer. Esto es malo.

—Ven —le dijo haciendo un movimiento de cabeza para que lo siguiera.

El camino hacia el campo de béisbol nunca se había sentido tan corto como en ese momento. Sean Grace estaba asustado, molesto, confundido. Bueno, eran tantas cosas que no sabía ni qué sentir. Atravesaron medio estacionamiento; Sean Grace abrió la reja y le dio la vía libre a Moon para que entrara primero.

—Oh, mierda —dijo. Le causó impresión ver con tanta claridad a la sombra que lo había estado siguiendo—. No me sorprende que tengas talento natural para ser un psicópata.

—¿Crees que vendrán a buscarlo?

—Obviamente vendrán.

—Necesitamos sacarlo de aquí sin que se den cuenta.

—¿Y llevarlo a dónde? Estamos jodidos, Grace, jodidos.

—Por un demonio, ¿qué hice? —resopló colocándose la mano en la frente.

Haru negó repetidamente con la cabeza. No podían simplemente tener un tipo amordazado como si fuera lo más normal de este mundo. Y él no pensaba empaparse más de los problemas de los Kim.

—No, yo no puedo con esta mierda. Me largo —le dijo, retrocediendo.

—¡¿Qué?! No puedes dejarme así. —Sean Grace se movió rápido para tomarlo del brazo.

—Oh, sí. Puedo y lo haré. No sé por qué crees que tengo la obligación de ayudarte cada vez que metes la pata. —Haru se dio la vuelta—. Mi obra es más importante que lo que sea que te pase. No iré a la cárcel por tu culpa.

—Por favor, te lo pido como amigo. ¡Eres la única persona con la que puedo contar! No puedo poner a mi hermano o a SunHee en riesgo. —Haru sintió un aire frío recorrerlo.

—Ah. O sea que, mientras ellos estén a salvo, yo puedo joderme. —Suspiró—. No sé por qué piensas que puedes tratarme como una mierda y luego simplemente regresar a pedirme ayuda. Esto… Esto me lastima. Estoy harto.

—¿Ayudarme te hace daño?

—Tu presencia me hace daño. Solo me buscas cuando me necesitas. No te importo, y no conoces el arrepentimiento.

—Claro que me importas y sé que te debo un millón de disculpas; pero yo… no soy bueno diciendo cosas así.

—Hay cosas que nunca sanan, Sean Grace.

—Lo sé —murmuró.

—Entonces dilo.

—¿Qué?

—¿Quieres mi ayuda? Discúlpate conmigo entonces. Dilo, di que lo sientes.

Pensó que lo soltaría, que lo dejaría irse, pero no lo hizo: levantó la vista y se tragó su orgullo.

—Lo siento, April —le dijo sin dejar de mirarlo—. Lo siento por todo.

Los ojos que inspiraron tantas noches de piano estaban frente a él, llenos de preocupación, de miedo. Haru sabía que no debía confiar en esa mirada, que de su amigo no había casi nada allí dentro. Aun así, pecó al estar consciente de que lo seguía, no porque fuera el buen samaritano que todos creían que era, sino porque había una parte de él en la que mantenía intacta su devoción hacia Kim.

Sean Grace divagó al soltarlo. El destino cambiante y su mente lúcida lo hacían sentir enfermo. Él estaba seguro de quién era, de a quién amaba y de lo que quería. Lo tenía claro. Sin embargo, la espalda de su amigo, que siempre le había parecido tan frágil, ya no lo era. Ambos habían crecido, y aunque ya no se sentía como antes, ese fragmento que había ocultado de sí mismo le preguntó cuánto tiempo había pasado desde la última vez que su espíritu fue más grande que el de Augustus Moon. Bueno, si es que alguna vez lo fue.

Haru se dio la vuelta. Sean Grace lo observó de arriba abajo, como temeroso de que lo dejara solo.

—Quédate aquí y cuida el cuerpo —le ordenó finalmente.

—¿Qué? ¿A dónde vas?

—A casa, por el auto de papá —dijo, bastante serio—. No creerás que cargaremos a un tipo inconsciente por todo el pueblo.

—Gracias —musitó, y Haru quiso golpearse a sí mismo.

—No me agradezcas. Te juro que, si nos matan por una de tus estupideces, voy a revivirnos a ambos solo para matarte yo mismo otra vez.

Sean Grace sonrió un poco, menos agobiado. Le gustaba saber que todos los insultos que salían de esa boca eran las palabras más sinceras que podría escuchar.

Era imposible negar que eran incondicionalmente mejores amigos desde aquel día hasta el fin de los tiempos.

El tiempo parecía moverse veloz, al igual que el viento que agitaba la cortina. Además de la vergüenza que embargó a Taylor, todo lo demás parecía estar bajo control. No había ningún indicio de sobrecarga. El generador contenía su energía y las hormonas correctas lo mantenían estable. Si en un par de días sus recuerdos cambiaban, significaba que la teoría de poder controlar sus ondas cerebrales tenía más sentido del que esperaba.

Taylor, a pesar del dolor punzante en la parte baja de la espalda, organizó el cableado de la piscina y decidió irse caminando a casa. Todavía debía alistar su equipaje para el viaje a Boston. Y aunque Dakho tenía entrenamiento de béisbol esa tarde, no había manera de que lo dejara ir solo en ese estado, así que decidió acompañarlo.

Avanzaron por la acera de camino al sendero de regreso a su vecindario. Taylor se quejó un poco a su lado y no pudo evitar preguntarle:

—¿Quieres que te cargue?

—¿Parece que quiero que lo hagas? —le respondió molesto.

—De hecho, sí. —No pudo evitar sonreírle en un intento de contener su risa.

—Deja de burlarte de mí, ya pasé por demasiados momentos vergonzosos hoy como para que me lo recuerdes.

—Eso no pareció importante antes. —Taylor lo fulminó con la mirada y Dakho rio—. ¿Al menos lograste comprobar algo de la investigación?

—Sí, en realidad salió mejor de lo que esperaba —dijo después de meditarlo un segundo.

Volvió a reír.

—Vaya, no imagino ser tú: tener que construir una máquina para poder follar a gusto con mi novio sin dejar a medio Estado sin electricidad y luego tener que regresar caminando un kilómetro y medio hasta mi casa.

—¡Ese no es el propósito de mi generador!

—No, pero eso fue lo que hiciste. Además, no negaste que eres mi novio, así que ya está. Eres mío de mí, respetando tu consentimiento, claro está.

Taylor hizo el ademán de dejarlo atrás, pero un fuerte dolor lo detuvo. Dakho lo alcanzó fácilmente y se arrodilló a su lado.

—Vamos, sube. Mi parte traumatizada no puede dejarte así.

Taylor miró a su alrededor para confirmar que no había nadie y suspiró antes de pararse detrás de Dakho y abrazarse a su espalda, pasando ambos brazos por sus hombros. Dakho sonrió complacido, lo tomó de las piernas y se reincorporó para sujetarlo mejor. Taylor colocó su mentón sobre el hombro del chico, quien creyéndose superfuerte siguió avanzando por la vereda.

—¿A qué te refieres con «tu parte traumatizada»?

—A nada en especial.

—No me mientas.

Dakho se quedó callado un momento y después decidió contarle.

—¿Recuerdas que hace un tiempo tenía pesadillas? —Taylor asintió—. Soñaba con un recuerdo de cuando tenía quince años. Era un día nevado; había ido a una fiesta con un chico y en un momento perdí la conciencia…

—¿Dakho? —lo llamó al notar que se había quedado callado.

—Recuerdo que estuve con él; el dolor, la impotencia. Ni siquiera llegué a casa ni le conté a nadie. La culpa me mataba. —Taylor se aferró un poco más a él—. Hace unos días conversé con SunHee, ¿sabes?, para que no me dejara ir a esa fiesta. Bueno, le pedí que no me dejara salir cuando nevara. Quizás así podría quitarme un par de cosas de encima.

—No creo que tus recuerdos funcionen de esa forma, Dakho.

—Lo sé. Al menos lo intenté.

—Lamento que haya sido así —le dijo abrazándolo con fuerza—. Cosas malas siempre les pasan a las personas inocentes. ¿Sabes que no fue tu culpa, verdad?

—Sí, lo sé. Es solo un mal recuerdo, ya no es real —le respondió un poco más tranquilo.

Taylor le prestaba atención con cuidado. Dakho parecía haber dejado expuesta su alma, la exhibía solo para él. Y no sabía si era producto de madurar o si era que realmente confiaba en él. Fuera cual fuera la razón, Taylor sabía que Han Dakho se volvía cada vez más transparente. Había atravesado una línea en la que su lujuria ya no tenía morbo. Sentirlo tan cerca era otra clase de unión.

A unas calles antes de llegar a casa, Dakho lo bajó para no levantar miradas de los vecinos. Llegaron y sus padres ni se inmutaron con su presencia. Sentía que había vivido esta escena mil veces. Subieron al segundo piso y Taylor empezó a alistar las maletas. Había algo que todo el día le había preocupado a Dakho, además de un raro mareo que no parecía irse, pero que no había tenido la oportunidad de preguntarle a Taylor.

—¿Tienes todo listo? —preguntó mirándolo con algo parecido a la nostalgia.

Taylor suspiró, en parte aliviado de que Dakho nunca se callara. Siempre pensaba de más y ahora sus pensamientos parecían dispersos. Tenía la mente en blanco y el silencio en la casa era abrumador, era un silencio que se encargaba de juzgarlo. Quizás le hubiera gustado que alguien le dijera que estaba haciendo lo correcto al irse.

—Sí, solo serán un par de días. Así que creo que tengo todo.

Dakho sonrió; era algo muy suyo organizar hasta los más mínimos detalles.

—¿Llevas tus vitaminas?

—Sí.

—¿Bufanda y guantes?

—Dakho, es Boston, no la Antártida.

—Hace frío, no quiero que te resfríes.

—Por favor, no te preocupes por mí. Todo está bien.

Dakho negó con la cabeza. ¿Cómo es que su familia estaba así de tranquila? Si él tuviera un hijo menor de edad con intenciones de salir solo de la ciudad tendría un ataque de nervios. Le habían firmado el permiso y habían seguido con sus vidas tranquilamente; Sean Grace ni siquiera había aparecido y todo parecía tan normal como siempre.

—Lo que pasó esta mañana… —se animó a decir—, sé que estás molesto por eso. Por lo que dijo tu madre.

—No me sorprende. —Negó con la cabeza—. Es decir, «Taylor hizo algo sin nuestro consentimiento otra vez, qué sorpresa» —dijo imitando su voz—. Es lo que hace siempre, asumir que no puedo ser normal. Ni siquiera debí decirles.

—Hay algo que no entiendo.

—¿Solo «algo»? —se burló.

—Sí, sabelotodo. Digo, te he visto falsificar al menos unas diez firmas desde que llegué. Es irónico que le hayas pedido su firma a ellos, una que has hecho miles de veces…

Taylor suspiró de nuevo, ahora, atrapado.

—Bien, tú ganas. Quería su opinión. Pero ¿qué conseguí? —Se encogió de hombros—. A mi madre tratándome como un bicho raro otra vez. Luego está Sean, con sus estúpidos celos de mierda. ¿Y papá? Por favor, ni siquiera se atreve a opinar cuando se trata de mí.

—No seas duro con ellos.

—Por una vez, siento que puedo llegar a ser algo. Y mi familia actúa como si hubiera hecho algo malo. ¡Solo serán tres días!

—Están asustados.

—¿De qué? A veces quisiera decirles que voy a morir para que me tomen en serio por al menos unos días.

—Taylor… —dijo, mientras lo veía empacar sus cosas—. Pase lo que pase, quiero que sepas que no hay otra persona en el universo que se merezca esto más que tú. Y todos estamos muy orgullosos de ti.

—¿No estás molesto porque decidí ir?

—¿Por qué lo estaría? Es una gran oportunidad para ti, ¿qué clase de novio psicópata crees que soy?

—No puede ser que el lunático del futuro sea la única persona que me entiende.

Dakho se sentó a su lado en la cama y le dio un empujón con el hombro.

—No creo que esté aquí por mucho tiempo, y si lo estoy no me importaría recorrer medio país para verte.

—Vendrás conmigo, ¿cierto? —le dijo, directamente. Su vuelo saldría en la madrugada y estarían allá a mediodía. Ante la confusión del otro, agregó—: Dijeron que puedo llevar a un acompañante a la visita, me dieron dos boletos. Supuse que serías tú.

—Creí que solo tenías uno. ¿Mentiste? Dios, eres un mentiroso compulsivo ahora.

—Soy muy bueno, ¿no? No me juzgues. Lo último que quiero es a mamá subestimándome frente a las personas de la universidad.

—Lo sé, pero no puedo ir. Ni siquiera tengo equipaje, no esperarás que vaya desnudo…

Taylor le lanzó juguetón una bolsa de papel y Dakho la tomó con curiosidad.

—Te compré eso. Y no te preocupes por la maleta.

La abrió: se trataba de un abrigo de color azul y tela suave. Tenía también una bufanda y un gorro que hacía juego.

—Últimamente te veo muy desabrigado, así que pensé que lo necesitarías.

—¿No quieres que tiemble? —le dijo con una sonrisa cálida—. Gracias, es muy lindo.

—Hubiera comprado más cosas, pero necesito ahorrar —le confesó—. Bueno, basta de preguntas tontas. Apresúrate. Tenemos un par de horas para arreglar todo.

—Taylor, ¿realmente esperas que vaya?

—Sí, no te dejaré aquí donde no puedo monitorearte.

—Es una forma muy extraña de decir que quieres que te acompañe.

—Eso y que me acostumbré a usar tu espalda de almohada.

Dakho no pudo evitar reírse. ¿Qué clase de límite había roto? No lo sabía, pero la parte honesta de la confianza de Taylor le fascinaba.

—¿Y cómo harás que me dejen subir al avión? Ni siquiera soy una persona real aquí.

—Te haré un pasaporte. Dame treinta minutos, es lo único que me falta.

—¿No necesitas una foto para eso?

—Son detalles. Ah, seguro te encantará la ciudad. En la mañana estaré en las charlas, pero podremos pasear por la tarde —sonrió melancólico.

—Te dieron un boleto académico gratis y tú quieres usarlo como turista.

—Sé que es una tontería y sé que probablemente ni siquiera esté vivo para cuando tenga que ir a la universidad, pero yo —hizo una pausa— quiero ver lo que hay más allá de este pueblo. Quiero salir de aquí.

—No digas eso, es como si estuvieras aceptando tu muerte.

—¿De qué me sirve ser optimista? Tú te irás y yo...

—Basta, no digas cosas que me hagan sentir mal.

Taylor infló el pecho en medio de los deseos que ya no luchaba por ocultar. Se había despojado de sus límites.

—¿Qué tan malo sería que te quedaras aquí? —le dijo sin darle chance de seguir hablando, directo, sin poder callar más lo que sentía—. Sé que suena egoísta, pero no tienes nada por lo cual regresar.

—Es peligroso. ¿Qué tal si causamos algo peor?

—Hoy avanzamos mucho. Sé que podríamos lograr que el experimento funcione. Pero... tal vez...

Dakho lo tomó la mano para detenerlo.

—Eso puede esperar. ¿Por qué estás tan empeñado en decir cosas como esa?

—Salvarme no es tan importante si de todas formas voy a quedarme en medio de esta mierda.

—Maldición, no. ¿Dónde está el Taylor que no se rinde?

—Es una estupidez, olvídalo... Pero, Dakho, ¿y si yo lograra cruzar? ¡Sería un intento suicida! Pero... si tan solo funcionara...

—Taylor... —lo llamó, observando cómo el otro chico suspiraba. Taylor estaba cansado del misterio y de hablar entre líneas.

—Es que yo..., simplemente no quiero que te vayas.

Inocencia es aquello que se sacrifica para llegar a la madurez. La capacidad de hacer daño es algo por defecto humano, aun así, si se tiene miedo al dolor, y se construyen barreras para evitarlo, solamente se sufre sin recibir nada a cambio. Si el sufrimiento es inevitable, burlarse de la vida sería una buena forma de padecerlo.

Su pecho estaba lleno de sentimientos que nunca alcanzó a comprender. Pero ese chico, es decir, ese hombre a su lado era un sentimiento que nunca escuchó y sobre el que nadie había escrito.

—Deja de lado la investigación, volver a mi año no es tan importante, eso puede esperar. Taylor, tienes que cuidar de ti mismo.

—No intentes manipularme.

—La única forma de evitar tu muerte es dejando de hacer suposiciones locas y enfocarte en ti, en las cosas que te hacen feliz. La única persona que puede salvarte eres tú mismo.

—Las cosas no funcionan así.

—¿Entonces cómo?

—Alguno de nosotros se jode y el resto vive miserablemente.

—El papel del adolescente depresivo en nuestro equipo ya lo tengo yo —dijo y se ganó una mirada desaprobatoria—, así que deja de decir tonterías.

—Revisa el guion, creo que te quité el estelar.

—Escucha —le contestó haciendo que Taylor bajara la cabeza—. Hagamos un trato. Si tú prometes luchar, si cuidas de ti, yo prometo... —Sonrió; sabía que era su mayor anhelo. Taylor se había convertido en su más grande pasión—. Prometo quedarme aquí para verte llegar lejos.

—¿Por hoy? —se burló. No tenía ni la más remota idea de lo que estaba haciendo.

—Por siempre.

Finnian Taylor se dejó caer de espaldas en la cama.

—Lo prometo —confirmó cerrando los ojos por unos segundos.

Dakho sabía mucho de soledad, lo habían ilusionado muchas veces. Por eso era incapaz de abandonarlo. Y si había un camino de regreso a casa, en el fondo, no quería tomarlo. Porque, aunque estaba seguro, no debía buscar refugio en humanos. Ahora conocía unos brazos que lo hacían sentir que tenía un hogar.

Hogar.

Había encontrado uno.

20.

25 DE NOVIEMBRE DE 1986.

En la vida hay cosas que simplemente no necesitan explicarse. Y otras que el tiempo prefiere dejar sin explicación.

Quizás no estaba lo suficientemente perturbado, o no quería sentirse más culpable, pero sentía que colapsaría en cualquier momento. Sean Grace caminaba molesto por los pasillos de la escuela después de terminar el entrenamiento. Estaba frustrado y adolorido; sabía que no debía ser egoísta, pero no podía evitar sentir envidia de su hermano. Se había marchado solo de la ciudad hacía un par de días para conocer su nueva universidad. Y Sean Grace realmente quería estar feliz por él, pero le quemaba demasiado saber que él nunca sería suficiente.

Regresaría a casa por la tarde; últimamente, parecía que peleaba con su hermano todo el tiempo; Taylor incluso le había gritado que se jodiera antes de salir hacia el aeropuerto. Y sabía que a lo mejor debería disculparse con él, decirle que lo sabía todo, pero no estaba mentalmente preparado para eso.

La madrugada del primero de agosto de 1986, después de que la lluvia cesara, Sean Grace Kim, en una de sus tantas noches de insomnio, se había sentado en su balcón para fumar. Lo que no esperaba era ver a Augustus Moon salir de la ventana de la habitación de su hermano y colgarse de la rama del árbol frente a esta para luego salir de la casa, usando la ropa de Taylor y con las manos vendadas.

Moon volteó a verlo y simplemente sonrió con desdén. Sean Grace hubiese querido correr hacia su hermano para decirle que se alejara de gente como él, pero no podía hacerlo sin quedar como un imbécil. Decirle: «Oye, si sigues por ese camino van a joderte la vida como yo se la jodí a él», definitivamente no era una opción.

Los últimos meses había hecho cosas de las que no estaba orgulloso. Lo había amenazado un par de veces y había detonado algo muy malo en el interior de Moon, porque quizás la había jodido más de lo que pensaba.

Incluso le repitió hasta el cansancio que si intentaba ponerle un solo dedo encima a su hermano lo mataría. Lo siguió por días en el camino de regreso a casa e incluso un día lo recargó contra la pared, cuando la tensión física entre ambos se volvió insoportable, y lo encerró en el baño del restaurante mientras le gritaba que estaba enfermo.

Sean Grace siempre fue alguien intuitivo. Su corazonada le hacía sentir que algo no estaba bien. A finales de noviembre, la desesperación y el egoísmo continuaban siendo las cruces que siempre llevaba.

Suspiró y caminó hacia su casillero. Al abrirlo, un sobre se cayó de él, llenándolo de intriga. Ladeó la cabeza y se agachó a recogerlo. Se le revolvió el estómago cuando alcanzó a leer las palabras que tenía enfrente, porque conocía esa letra, y aún con su defectuosa visión entendió lo que significaba. Desesperado, abrió el sobre para sacar su contenido y cuando lo tuvo en sus manos sintió desmayarse. Ahora sí estaba seguro de que vomitaría.

Pegó su espalda al casillero y se deslizó lentamente mientras la rabia se apoderaba de él, haciéndolo llorar de la impotencia mientras negaba con la cabeza. Esto era su culpa.

La primera era una fotografía de Taylor durmiendo, atado; la segunda, una de un poco más lejos donde se podía observar del torso hacia arriba al muchacho, con el pecho desnudo y una marca roja en el cuello.

Y la tercera… Sean Grace ni siquiera tenía corazón para seguir viendo.

Miró de nuevo el sobre y leyó con asco el enunciado:

Adivina quién se atrevió a tocar a tu hermano.

Se le subió la sangre a la cabeza y empezó a respirar con agitación. Aunque su hermano quisiera esconder lo que estaba sucediendo, Sean Grace no era tan estúpido, y si lo había dejado vagar con el más joven de la familia Moon fue porque, en el fondo, sabía que no había nada malo con él. O bueno, eso quiso creer.

Quizás, como en los cómics de ciencia ficción, Sean Grace era el origen del corazón roto del villano.

—Lo mataré —amenazó poniéndose de pie y azotando la puerta de su casillero.

Entonces, corrió desde el estacionamiento hasta su auto. Ni siquiera dejó que el motor calentara bien; arrancó apretando sus manos en el volante, a tal punto que sus nudillos se veían blancos.

Había comenzado a nevar; aunque los neumáticos viejos de su auto no eran muy confiables, no le interesaba. Porque podía estar celoso de Taylor y él mismo podía ser una mierda de persona, pero Taylor seguía siendo su hermanito.

En medio de su miseria mental, frenó de golpe cuando un camión atravesó de forma inesperada la avenida. Respiró agitado y agradeció al señor en secreto de que los frenos defectuosos no lo hubieran traicionado esta vez, como antes solían hacerlo.

Llegó a su calle y se estacionó frente a su casa. Tomó el sobre y su bate del asiento del copiloto y se dirigió a la casa de los Moon, pero no esperaba encontrarlo cómodamente sentado en el pórtico de la suya, junto a su hermano, quien recién regresaba con sus maletas. Pero la sangre se le había subido tanto a la cabeza que ignoró por completo su presencia y se dirigió con pasos firmes hacia Moon.

—Tú —dijo y lo empujó—, hijo de perra.

Pensó en usar su bate para golpearlo, pero, en el fondo, quería utilizar las manos para sentir su dolor. Así que soltó las cosas en la grama para tomarlo del cuello de la camisa y golpearle el rostro con la otra.

—¡Sean, no! —gritó Taylor intentando intervenir—. ¡¿Qué pasa contigo?! ¡Suéltalo!

—¡Tú no te metas! —le respondió golpeando a Moon de nuevo.

A Moon le sangraba la nariz y aun así reía escandalosamente, haciendo que ambos hermanos dudaran. Él sabía lo que había hecho.

Taylor quiso acercarse, pero, al hacerlo, su pie aplastó el sobre. Se inclinó a recogerlo y sacó su contenido dejando de ponerles atención a los otros dos: un escalofrío le recorrió la espalda.

—Ambos sabemos que golpearme no servirá de nada. ¿O sí? Mátame, hazlo. ¿Qué ganas con eso, Gracie?

—Recuperar mi estabilidad mental.

—¿Y cómo recupero yo mi estabilidad?

—Si lo que querías era verme sufrir, está bien, lo lograste. Yo sé que me merezco esta mierda, pero él no.

—Qué ternura. El gran Sean Grace Kim se ha puesto sentimental.

—¡Aléjate de él!

—¡Oh, el héroe! —se burló—. ¿Por qué no le cuentas a tu hermano lo que hiciste? Dile la verdad, que es tu culpa que nadie en la escuela quiera ser su amigo, que es por ti que su madre lo trata diferente. Dile que dejaste que me desangrara en la calle, dile que nosotros…

—¡Cállate! —le gritó sujetándolo con fuerza—. Esto es entre tú y yo. ¿Como no quise saber nada de ti, elegiste tirarte a mi hermano? Estás tan enfermo que te atreviste a jugar con la única persona que me importa. ¿Es eso? ¡¿Es eso?! ¡Contesta! ¡¿Qué es lo que quieres de mí?!

—Quiero que te quedes solo —murmuró, y le lanzó un beso que hizo salpicar un poco de sangre de su labio.

—Sean… —lo llamó Taylor con gélida voz—. ¿Qué…, qué es esto?

—Es lo que pasa cuando te mezclas con fenómenos como él. Sabía que algo extraño pasaba con ustedes y debí detenerlo antes.

Sean volteó a verlo. Las manos de Taylor estaban temblando. Negó desesperado y confundido cuando vio las fotos y las notas que Taylor había escrito una por una. Ni siquiera estaba seguro de haber estado consciente en el momento de las últimas imágenes. Inhaló con fuerza y contuvo sus ganas de llorar tanto como pudo.

—Deja que se vaya —le ordenó a su hermano—. Ya tuvo suficiente.

—¿Qué?

—Suéltalo, no quiero verlo aquí.

—¿Es que no lo entiendes? Él estaba usándote para joderme la existencia a mí, y lo tiene que pagar.

El nudo de su garganta apenas lo dejó hablar.

—Te juro que llamaré a la Policía si no lo dejas ir, Sean, estoy hablando en serio.

Sean Grace respiró exaltado y empujó a Moon.

—Y tú… —Taylor le lanzó el sobre a Augustus—. Lárgate de aquí antes de que sea yo quien te golpee.

Augustus se levantó del pórtico, tomó sus cosas y se alejó mirando a ambos hermanos. Sean Grace estaba destrozado, pero eso no lo hizo sentirse mejor. Y solo lo confirmó cuando volteó a ver a Taylor por un breve instante en el que la venda del odio se le cayó de los ojos.

El frío aire parecía ser más fuerte que el sonido de la respiración de los hermanos Kim. Sean Grace caminó un par de pasos hasta su hermano para ponerle la mano en el hombro. Él realmente no sabía cómo hacer esto. Y quería consolarlo, quería decirle que todo estaría bien, pero era terco y demasiado impulsivo.

—Finn… —intentó hablar, pero el chico se removió incómodo.

—Déjame solo.

—Oh, no. Me debes una explicación. ¿Qué pasa contigo? —dijo Sean Grace a su hermanito, quien lo miró con molestia y entró en la casa.

—¿Qué pasa conmigo? —replicó indignado—. Acabo de descubrir que no hay ni una sola maldita persona en el mundo que me tome en serio. Ah, sí, y que soy más crédulo de lo que pensé.

—Eso no es cierto.

—¿Entonces por qué todos piensan que pueden hacer lo que quieran conmigo como si esa mierda no me afectara? Todos, incluso tú.

—Si me dejaras explicarte...

—¡No! ¡¿Crees que soy imbécil?! Maldición, sé que todos en la escuela piensan que soy una cosa rara por tu culpa, es por ti que Augustus tiene marcas de fracturas en el pecho, sé que se vieron antes de que yo me fuera de viaje. Y sé que... —Se quedó callado—. Yo solo le intereso porque luzco como tú.

—No fui yo quien te obligó a meterte con él.

—¡Es tu culpa!

—¡No es mi culpa que seas un homosexual de mierda! —le gritó sin importarle la presencia de los padres del chico en la sala.

Se armó un gran silencio en la casa; su madre se puso de pie, consternada.

—Taylor —lo llamó—. ¿Qué está sucediendo?

Taylor Kim se quitó los anteojos para limpiarse las lágrimas con el antebrazo. Su primera ilusión se hacía añicos a cada palabra y no podía dejar de sentir que se lo merecía por ser ingenuo.

—Está bien —dijo apenas—. Es mi culpa.

—Si me hubieras escuchado, nada de esto habría pasado.

—Yo... lo siento. Pensé que había algo especial.

No pudo seguir hablando, soltó sus maletas en la sala y corrió hacia las escaleras para buscar refugiarse en su habitación.

—¡Espera! No quise... —dijo Sean Grace en un intento por seguirlo, pero al subir al segundo piso la puerta de la habitación del chico se cerró en su cara.

Taylor se dejó caer en su cama. Aún temblaba. Ir a Boston fue increíble, el lugar era hermoso, pero pensó que a lo mejor le hacía falta algo, y él ya no quería estar solo. Pensó que comenzar de nuevo allí no sería tan malo.

Había una pequeña casa cerca de la universidad que podía comprar usando el fondo que ya no necesitaba ahorrar. Tenía el número del dueño guardado dentro de su billetera y la certeza de que si Sean Grace quería alejarse de ese pueblo con él, podría hacerlo. Pensó que su hermano merecía conocer la gran ciudad, quería disculparse con él. Afuera de su habitación se escuchaban los gritos de Sean Grace y su madre tocando la puerta para que saliera. Pero no valía la pena hacerlo.

En su lugar, se abrazó a sí mismo. Quizás fue su corazón roto o su ego lastimado, jamás estuvo tan seguro de algo hasta que conoció el sentimiento de que nunca debió regresar de Boston. Y que, al final, estaba tan solo como siempre lo había estado.

38 DÍAS ANTES DE...

La madrugada era fría, pero no tanto como la nota de despedida que Dakho y Taylor habían dejado en la mesa del comedor antes de irse.

Apenas comenzaba a amanecer. Esperaban en sala para abordar el avión, tranquilos, como quienes no están por hacer pasar a un indocumentado con pasaporte falso por la barrera de seguridad.

—¿Desde cuándo me llamo Jacob Kim, tengo veintidós años y soy tu «acompañante designado»? —reprochó mirando su pasaporte recién expedido. Era terrorífico de lo real que se veía. Además, le había colocado un sello de migración, y le asustaba preguntar de dónde lo había sacado.

Bye! :)

—Silencio. Hablas demasiado —dijo Taylor, molesto.

—Me hiciste más viejo, no es justo.

—Debía tener un familiar a cargo, así que ahora eres parte de mi familia.

—Ahora además de ser tu sobrino, tu mascota y tu novio, ¿soy tu primo también? Bueno, no enamorarme de un pariente sería muy poco viajero del tiempo de mi parte.

Taylor se pegó en la frente con la palma de la mano.

—Dakho, cierra el pico. Deja de decir tonterías que nos dejan mal.

—¡Perdón! Estoy nervioso…

—Ya lo sé, hablas demasiado cuando eso pasa.

—Uy…

—¿Uy qué, animal?

—Tú también estás nervioso. Siempre te pones a la defensiva y me tratas feo cuando tienes miedo.

—Eso no es cierto. Me duelen tus acusaciones.

Taylor se ofendió mientras avanzaba en la fila. Es decir, ellos habían llegado a Estados Unidos en barco y él era tan pequeño que ni siquiera lo recordaba. Ahora, la idea de subirse en un pájaro gigante metálico y estar encerrado respirando el mismo aire que los demás por horas no lo asustaba ni un poco. Por supuesto que no.

—¡Siguiente! —gritó el guardia mientras le indicaba a Taylor que debía avanzar.

Así que caminó hacia él jalando su equipaje de mano. Al acercarse, colocó este en la banda de rayos antes de entregar su licencia de conducir (la real) y boleto.

El oficial corroboró sus datos y lo observó por unos segundos antes de devolverle sus identificaciones y darle vía libre para seguir. Taylor se adelantó y tomó su mochila que había salido ya del otro lado de la banda, y volteó a ver con nerviosismo el momento en que el oficial hizo señas a Dakho para que se acercara.

Tragó saliva pesadamente. Entregó su boleto y su pasaporte, sus manos temblaban un poco y no pudo evitar sonreírle al oficial, quien se sintió extraño por su quieta expresión.

—¿Qué clase de permiso tienes, muchacho?

—Estudiantil —dijo un poco nervioso. El otro lo observó con curiosidad.

—¿Tienes otra identificación?

«Sí, señor. Déjeme volver a 2019 para traer la tarjeta verde de residente que me dieron por mi padrastro cuando me mudé aquí. Ya vuelvo», pensó mientras le sudaban las manos.

—No creo que sea necesario.

—Si no tiene una, tendré que llamar a Migración.

Taylor abrió los ojos con pánico y volteó a buscar a Dakho.

—¿Qué? Pero mis papeles están en orden. —«Obvio no los hicimos anoche».

—Los controles con las personas de fuera del continente son más estrictos.

—Eso es muy racista. ¡¿Me está llamando ilegal?! Quiero hablar con su superior —reclamó, llamando la atención de los demás.

—Viniendo de su país...

Dakho rodó los ojos en su mente. E hizo uso de uno de los trucos que mejor funcionaba en ese lugar cuando quería evadir algo. Así que comenzó a hablar en su idioma natal.

—*Estúpido, ¿quién te crees que eres?* —preguntó alzando la voz, sabiendo que nadie lo entendería.

—Joven, no comprendo.

—*Arroz, cerdo, pantufla, tres tristes tigres tragan trigo en un trigal* —contestó en coreano—. *Las ruedas del camión girando van, girando van.*

—Esto es solo una formalidad —le respondió el guardia, confundido.

Taylor, un metro más lejos, se mordió la lengua; entendía a medias lo que su amigo restaba diciendo. Dakho hablaba demasiado rápido, sin tomar aire y alzando las manos; al oficial parecían salirle signos de interrogación a su alrededor.

—*¡El señor es mi pastor y nada me faltará, en pastos delicados me hará descansar! Junto a aguas de reposo me pastoreará. ¡Confortará mi alma y me llevará por sendas de justicia!* —vociferó completamente ofuscado y ofendido.

El hombre se dio por vencido, no le pagaban lo suficiente para esto. Cerró el pasaporte de Dakho y se lo devolvió.

—Que tenga buen viaje —le dijo rindiéndose y dándole vía libre para pasar.

—*Thank you* —le respondió con una gran sonrisa antes de seguir caminando.

Caminó victorioso, disimulando el temblor de sus piernas y aún aterrorizado; no quería salir en *Alerta Aeropuerto*, como esa vez en que casi lo encarcelan por un *vape* y dos chicles. Una vez al lado de Taylor, de camino a la pista, ambos comenzaron a reír escandalosamente.

No había muchas personas en su vuelo, así que no les tomó demasiado tiempo en la fila para subir al avión. Taylor suspiró pensando que todo esto era nuevo para él, y Dakho pensó que la última vez que había estado en uno había sido para dejar el país y mudarse a su nueva vida.

Guardaron el equipaje de mano en los compartimientos de arriba de sus asientos y se acomodaron en estos. Pasó algún tiempo y las puertas se cerraron.

«Estimados pasajeros, les habla su capitán, estaremos despegando en breve».

Taylor comenzó a respirar agitado y a inquietarse, aún había chance de arrepentirse, pensaba. Dakho lo notó y le colocó la mano en el muslo, ya que nadie los veía.

—Oye —le dijo con voz suave—, respira conmigo. Uno… —Inhaló profundamente para después soltarlo—. Dos… —Exhaló.

—Dakho, no.

—Uno… —dijo inhalando de nuevo sin dejar de mirarlo. Taylor lo imitó con los ojos cerrados—. Dos…

Cuando el avión comenzó a elevarse, y estuvieron muy cerca de las nubes, Taylor supo que todo estaría bien.

Había malas ideas, pero esta sin duda era la peor de todas.

Sean Grace y Augustus Moon se encontraban en las afueras del bosque, dentro de la bodega del aserradero de la familia de los Moon mientras pensaban qué hacer. Es decir, eran más de las doce del mediodía, técnicamente habían tenido secuestrado a un hombre todo un día. Justo ahora lo tenían atado a una silla en el centro de la bodega.

—Deberíamos cortarle un dedo o algo —dijo Haru. Sean Grace volteó a verlo, perturbado.

—¿Qué pasa contigo? No vamos a hacer eso.

—¿Entonces para qué lo secuestramos?

—¡Para sacarle información! —exclamó. Haru asintió con la cabeza y le soltó un golpe en la cara al tipo de cabello rubio, haciéndolo gemir de dolor—. ¡¿Por qué hiciste eso?! —le reprochó Sean Grace.

—¡Dijiste que querías información!

—¡Pero no así!

—¡Entonces cómo!

—¡No me presiones, es mi primer secuestro!

Lee Jaewon negó con la cabeza mientras los veía discutir.

—Mocosos, puedo escucharlos.

—Tú te callas —dijo Sean Grace dándole otro golpe y haciéndole sangrar la nariz.

—¡No se vale! ¿Por qué tú puedes golpearlo y yo no?

—¡Porque a mí sí me secuestró!

—Tienes un punto.

Ambos se quedaron pensando. Haru se removió inquieto, sabía que en su casa se preocuparían mucho si no aparecía, porque siempre que eso pasaba terminaba colgado de un árbol o en la carceleta de la comisaría. Tomó a Sean Grace del brazo para alejarse del rehén.

—Tengo que ir a casa o será sospechoso —le respondió, poniéndose serio—. Esto es lo que haremos: te dejaré encerrado aquí con él mientras yo voy a casa, le diré a mi abuela que estaré con tu hermano para que no se preocupe, devolveré la camioneta y traeré comida.

—¿Tu padre regresa hoy, cierto? —Uh, había dado justo en el clavo. El padre del chico nunca estaba en casa, pero, cuando lo hacía, Haru prefería evitar problemas.

—Sí. Habrá un escándalo si no me ve.

Sean Grace suspiró.

—Está bien, apresúrate. Ve por mi auto, las llaves están puestas, ya sabes que la puerta del garaje no funciona —le dijo.

—¿No se supone que tu auto no funciona? ¿Tu madre no sospechará?

—Logré repararlo hace unos días, pero ten cuidado, los frenos son algo sensibles. Y si te cruzas a mamá dile que estoy en tu casa y que saldremos por allí, no sé, inventa algo. De todas formas, si esto no empeora, alguien tendrá que llamar a la Policía para que nos ayude.

—Exclamó el secuestrador. —Sean lo observó con desagrado—. Está bien, no me tardo.

Augustus Moon, el angustiado, salió de la bodega y los dejó solos.

—¡Al fin! Creí que nunca se iría —escuchó decir al chico rubio a sus espaldas—. ¿Sabes que están cometiendo un delito federal? ¿No? Dios, tú ni siquiera pareces uno de ellos.

—¿A qué te refieres? —Sus palabras habían llamado la atención de Sean Grace, que maldecía mentalmente.

—Me refiero a que no eres tú quien nos interesa, sino ese chico que se la pasa pegado a tu hermano.

—¿*Nos*? —preguntó con el estómago revuelto—. ¿Quiénes son ustedes y qué hacen acá?

—Operación K. S. T. 100, bajo el seudónimo «Mariposa». Estamos estudiando el flujo del tiempo para el Gobierno. Pero el resto es información clasificada. Aunque veo que no te interesa.

—Estás mintiendo —dijo con seriedad.

—Los hemos dejado vagar tranquilos por el pueblo los últimos meses. Todo lo que digo podría tener sentido para ti si me dejas ir; podrías salir ileso de esto.

—¿Qué te hace pensar que te dejaré salir?

—Yo te dejé salir la otra noche.

—Fue real… —murmuró Sean Grace para sí mismo.

—Claro que fue real, así que me debes una.

Sean Grace bajó la cabeza; quería saber la verdad, pero tal vez estaba cansado de ser un traidor. Así que tomó la mordaza y se la colocó de nuevo al sujeto de cabello rubio para evitar que le siguiera hablando.

—Lo que tú digas, lunático —le contestó antes de sentarse unos cuantos metros lejos de él y recargar su espalda contra la pared.

Suspiró. Ya no sabía ni qué mierda pensar.

Al igual que Haru, que conducía paranoico por las afueras de la bodega.

Ya no era secreto para nadie que estaba mareado, al igual que Sean Grace, y él sabía que las cosas cambiaban constantemente y no podía hacer nada para evitarlo. Mientras se dirigía a casa, pasó frente al supermercado y se detuvo a comprar algunas cosas. Quizás otra soga y algo para que el idiota de Sean Grace no se muriera del hambre.

Entró rápidamente, comenzó a moverse ansioso por los pasillos tomando cosas como pan, jamón y agua embotellada. Esto de la paranoia y el pánico no eran para él.

Estaba tan alterado que no notó la presencia de otra persona y chocó contra ella.

—¡Lo siento! —dijo apenado hasta que la reconoció, e intentó recomponerse.

—Oye, ¿estás siguiéndome? —preguntó con gracia.

—No, hoy no. —Estaba usando la ropa del día anterior, y lucía desaliñado, pero debía actuar natural—. ¿De compras? —preguntó con curiosidad mirando su canasta llena de dulces.

—Sí, algo así. —La muchacha se abrazó a sí misma debido al frío.

—Es demasiado azúcar para una sola persona.

—El doctor dijo que no debería, pero no puedo evitarlo, lo necesito.

—¿Los dulces?

—El chocolate.

Haru bajó la cabeza para mirarle el abdomen. No quería ser indiscreto, pero ya no lo soportaba. Él necesitaba desesperadamente saber si sus conjeturas eran ciertas y no desmayarse en el intento si resultaba que Sean Grace tendría un hijo.

—¿Desde hace cuánto lo sabes? —dijo esperando que ella lo entendiera.

—Dos meses, creo. Debí darme cuenta mucho antes, pero... —negó con la cabeza— no sé qué pasó.

Sintió el rostro caliente y su pecho pesado. Es decir, él no era malo, solamente le dolió un *poco* saberlo. En su alma no existía tal malicia, él era incapaz de decir algo cruel, porque la maldad en su interior jamás se había detonado. Aun con todos sus traumas, quizás la aparición de Dakho sí estaba teniendo un buen efecto colateral.

Le sonrió.

—Debes estar terminando el primer trimestre, entonces —dedujo, y entrecerró los ojos.

—¿Por qué lo dices?

—Los antojos son normales —le dijo, animado.

—Es mi quinta barra de chocolate en todo el día. Y lo curioso es que no solía gustarme, pero ahora no puedo dejar de comerlo, tengo que parar.

—Creo que debes satisfacer tus antojos o tu hijo sufrirá las consecuencias.

—No creo que eso sea algo real.

—Ni yo, pero mi abuela dice que una vez evitó que mi madre comiera un pollo hervido y por eso yo parezco uno ahora.

—No puede ser así de cruel contigo. —Se rio sin proponérselo.

—Oh, mi abuela es un caso serio. El otro día me castigó por quitar su foto de Kennedy del refrigerador. Mamá nunca me habría hecho eso, pero, en fin, es lo que pasa cuando vives solo con ancianos.

—Se nota que extrañas a tu madre…

Se quedó callado.

—No —sentenció con sinceridad—, pienso que no puedes extrañar a alguien a quien apenas recuerdas. Es decir, he pasado catorce años de mi vida sin ella. Sé que suena frío hasta para mí. La quise, sí. Pero no anhelo que regrese.

SunHee apretó las manos y bajó la mirada. No era el mejor momento para hablar de maternidad.

—Tengo miedo, Haru… —confesó—. No sé qué pasará cuando vuelva a casa. ¿Sabes? Mis padres han preferido «salvar» su honor, o como sea. Voy a casarme antes de lo esperado.

—¿Y se lo dirás a Sean Grace?

—No lo haré.

Augustus suspiró, tenía razón. Y no solo porque no sabía cómo reaccionaría Kim, sino porque así estaba escrita la historia.

—Solo haz lo que creas correcto, ¿está bien? —Ella asintió.

—Y tú… —dijo temerosa—, ¿se lo dirás?

—¿Por qué debería?

—Por él… Él es tu amigo.

Volteó a mirarla y le sonrió con un poco de melancolía.

—No me corresponde hacerlo y… no soy aficionado de joderles la vida a los demás. Guardaré tu secreto. Solo intenta mantenerte lejos si lo que quieres es no levantar más sospechas. ¿Está bien? Ahora, tengo que irme, te veré después.

Pasó a su lado para alejarse, pero ella lo detuvo.

—Sé que estás enamorado de él —soltó.

Haru se detuvo en medio del corredor y su mandíbula se tensó.

—Deberías tener cuidado con lo que dices.

—Él es el Romeo de tu libreto, ¿cierto? Cuando lo vi creí que lo estaba imaginando, pero…

—Quiero que entiendas algo —interrumpió—. Yo no me meto con nadie. Pero tampoco dejo que se metan conmigo.

—Lo sé, y está bien —dijo sin llegar a ser maliciosa—. En realidad, me tranquiliza. Sé que vas a cuidarlo por mí, al menos como su amigo, si es lo que quieres.

Haru la examinó. SunHee era más extraña de lo que creía.

—¿Qué pasa contigo, no deberías estar molesta o algo?

—¿Por qué lo estaría?

—¡Porque es tu novio!

Ella volvió a reír.

—¿Y qué esperas que haga? ¿Una escena de celos o que cantemos una canción sobre ser rivales?

Haru no entendía por qué no se inmutaba. Él no estaba confirmando nada, pero si lo hiciera, ella debería repudiarlo y gritarle que se iría al infierno, decirle que estaba enfermo. Pero no, y eso lo llenó de asombro. Tal vez cuando Dakho decía parecerse a su padre estaba equivocado, y se parecía a ella más de lo que pensaba.

—Si íbamos a hacer lo segundo, debiste avisarme, porque así podríamos haber combinado nuestro vestuario.

—Puedes elegir la canción, pero yo no voy a usar tacones —le dijo con tranquilidad, devolviendo la broma.

—¿Cómo puedes estar tan bien con esto?

—Estoy intentando hacerme la idea de que tendrá una vida lejos de nosotros, así que…

Haru hubiera querido decirle que no se preocupara por eso; que, al final de la historia, ella terminaría con una gran casa y el amor de su vida en la sala de esta. Pero no podía fracturar la línea intencionalmente, no debía, no quería dañar a Dakho. Aunque ahora quería saber sobre su hermano, porque si sus cálculos eran correctos, no se trataba de su amigo y nunca se le había ocurrido preguntar eso.

—¿Podré visitarte? —le dijo con sinceridad.

—¡Claro! Me alegra saber que hice un buen amigo aquí.

Quizás de todos los habitantes de la ciudad, la única amistad desinteresada y completamente aleatoria que había resultado de la ruptura de la historia había sido la suya. Al parecer, la señorita perfección y el fenómeno desastre resultaban encajar muy bien juntos. *Juntos.*

Se despidió de SunHee y se apresuró a llegar a casa. Justo a tiempo para dejar la camioneta en su lugar antes de que su padre regresara de viaje.

Tomó un par de minutos para ducharse y cambiarse de ropa, porque aún tenía puesto su uniforme de gimnasia. Cuando su padre entró, lo recibió con total naturalidad. Después, llenó su mochila con comida y tomó su bolsa de dormir para poder ir a la casa de los Kim a buscar el auto de Sean Grace.

Pero apenas se acercó a la puerta, su padre lo llamó molesto.

—April —le dijo con voz dura—. ¿A dónde vas?

Apretó los ojos y se detuvo frente a la puerta.

—Yo… —Se dio la vuelta—. Olvidé decírtelo, tengo un compromiso, saldré de excursión con unos amigos.

—¿No pueden juntarse por la mañana? Es hora de comer, así que verás a tus amigos mañana. Ahora siéntate.

—No tengo ham…

—No me importa. —No fue un grito, era su voz llena de superioridad la que lo hizo temer—. No comiences con tus tonterías de no comer, la cena está servida.

—Pero…

—¡Te he dicho que te sientes! —vociferó golpeando la mesa. Su abuela no dijo nada, se quedó ajena, como siempre.

—Sí, padre —dijo el muchacho acercándose a la mesa.

Le extendieron un plato completamente lleno de arroz, que tuvo que comerse sin chistar para no reñir con el mayor.

Se sintió terrible por dejar solo a Sean Grace, pero tenía miedo de salir de su casa cuando su padre estaba ahí. Por eso no aceptaba salir con los muchachos. Antes de subir a su habitación no pudo evitar vomitar y luego, cuando llegó a la cama, no pudo cerrar los ojos. Se quedó a la espera de que el sol saliera para todos otra vez.

Dakho avanzó contemplando todo a su alrededor. Habían llegado a su destino por la tarde. Las luces de los edificios lucían magníficas en contraste con los árboles de ramas oscuras y congeladas. Las aceras tenían nieve por doquier y la leve escarcha blanca caía sobre todos aquellos que caminaban presurosos por las calles de Boston, en una de las últimas tardes atareadas de noviembre; la blancura pulcra se mezclaba con lo reluciente de la ciudad. Y es que hacía frío, pero la calidez que los envolvía venía de su interior.

—¡Está nevando! —le dijo a Taylor sin poder contener su felicidad.

—Estamos oficialmente en invierno —le contestó jalando de su brazo para hacerlo avanzar.

Taylor suspiró un poco abrumado, había muchos edificios. Sí, definitivamente ya no estaban en el condado. Se movieron entre las personas hasta llegar a la orilla de la calle. Taylor alzó la mano para detener un taxi. Dakho nunca creyó ver uno tan viejo, bueno, al menos para él, y en su cabeza, parecía la escena de una película antigua.

Taylor le abrió la puerta, dejándolo subir primero mientras él acomodaba las maletas en el portaequipaje, para luego sentarse en la parte de atrás. Cuando Taylor cerró la puerta y el motor volvió a encenderse, ambos se removieron ansiosos. Le dio un par de indicaciones al taxista mientras avanzaban y Dakho ni siquiera les prestó atención, pues estaba absorto mirando por la ventana.

De alguna forma, se sentía demasiado ligero. Y no entendía la razón, pero los pequeños copos que golpeaban el vidrio le causaban gracia. Como si tuviera en él una plenitud que no había conocido antes. Es decir, siempre había sido fanático de la playa, pero esto también tenía su encanto. Negó con la cabeza. Quizás si Sean Grace lo hubiese dejado ir a la playa, nada de esto hubiera sucedido.

Cuando llegaron al hotel que les habían designado, entraron animados. Pero Dakho no quería quedarse ni por un minuto dentro de la habitación. El itinerario era el siguiente: hoy tendrían tiempo de descansar, mañana Taylor tenía una reunión con las personas de la universidad y al día siguiente debían alistar sus cosas para regresar.

Era sencillo, y de no ser porque literalmente estaban a más de ocho horas de distancia, les habría gustado quedarse más días. Por eso Dakho sabía que no había tiempo que perder.

—¡Vamos a caminar por la ciudad! —dijo en cuanto Taylor se dispuso a tratar de dormir un rato.

—Dakho, acabamos de llegar.

—¡Lo sé! ¡Ya desperdiciamos mucho tiempo!

—Estás demasiado eufórico, déjame dormir un poco.

—¡Tenemos que ver la ciudad, Taylor! ¡Está nevando!

Taylor ladeó la cabeza, confundido. La última vez que Dakho mencionó la nieve no había sido un recuerdo muy amable.

—¿Desde cuándo tanto entusiasmo por la nieve?

—Mamá nunca me dejó salir cuando nevaba, así que me daré el lujo de desobedecer.

Taylor se levantó de la cama de un salto. El recuerdo, ese mal sueño, ya no estaba.

—Está bien, saldremos —accedió, tomando su abrigo y su paraguas.

—¡Sí, vamos de compras!

Atravesaron el vestíbulo para salir del hotel hacia las calles abarrotadas. Dakho abrió un paraguas para evitar que la nevisca cayera sobre sus cabezas.

Era difícil intentar encontrar una solución, pero a Taylor le pareció increíble la forma en la que los ojos de Dakho brillaron cuando los copos de nieve le tocaron la nariz.

Después de entrar a todas las tiendas que pudieron y de no comprar nada excepto unas cortinas nuevas, ambos pensaron que esta no era una mala vida.

Había anochecido completamente y ambos continuaban vagando por las calles de Boston con total libertad. A Dakho le parecía encantadora la forma en la que Taylor dominaba la calle con su gran abrigo y su mirada seria. Demasiado encantador, de hecho. Cenaron en un pequeño restaurante del sector. Y aunque su ensalada había estado muy buena, una parte del cuerpo de Dakho deseó el filete que Taylor había devorado.

Sus recuerdos eran menos densos, pero aun así no podía evitar recordarse comiendo pavo en Acción de Gracias y almorzando atún en la secundaria.

En fin, sus memorias se estaban mezclando de tal manera que, aunque le dejaban un vacío, ese mismo lo hacía sentir más ligero.

—¿No crees que deberíamos regresar al hotel?

—No, ya fuimos a cenar y de compras, ahora iremos a divertirnos.

—Espera, espera. Detente justo allí. ¿Qué clase de viaje crees que es este?

—Uno sin supervisión de cualquier tipo.

—Dakho, son casi las nueve.

—Lo sé, por eso es hora de buscar algo más fuerte.

Taylor negó y quiso retroceder, pero al hacerlo, chocó con dos personas que pasaban por la calle.

—Lo siento, señoritas —dijo, pero parpadeó al ver que la ropa que usaban lucía diferente a sus rostros y complexión física.

No le contestaron y pasaron de largo, ignorándolo.

Dakho se rio un poco de su expresión. Es decir, Taylor era conservador, y nunca había visto un tipo de metro setenta en vestido.

—¿Por qué pones esa cara?

—¿Ellas son… prostitutas? —murmuró. Dakho no pudo evitar reírse más fuerte ante su desconcierto.

—No —le dijo con gracia mirándoles los zapatos—, son *drags*, creo. Y con un gran estilo, de hecho.

—¿Eso es normal para ti?

—Escucha, Taylor. Es un personaje para ellos; además, es solo ropa, y toda la ropa es unisex cuando te importa una mierda.

Dakho los vio llegar a la otra esquina y el momento exacto en el que les sellaron la mano antes de entrar. Era un club.

—¿Cómo es que no te parece extraño?

—Por favor, si algo logra perturbar un poco la moral convencional, significa que va por buen camino.

—Lo siento, es un poco nuevo para mí —confesó.

Dakho tuvo una idea.

—Venga, hay que seguirlos.

—¿Qué?

—Ven —le dijo tomándolo del brazo—, acerquémonos.

Taylor no entendía por qué seguía cediendo, pero de todas formas terminaron de pie frente al lugar. De hecho, era una tienda de ropa en la que parecía haber una fiesta.

El hombre de la puerta no les impidió la entrada, simplemente, los observó con curiosidad debido a su juventud.

—¿Qué clase de lugar es este? ¿Una discoteca clandestina o algo así?

Dakho sonrió, feliz de haber acertado en sus suposiciones.

—Oh, no, mi querido Kim intelectual. No es una discoteca cualquiera. Esta es una *maricoteca*.

—¿Qué?

—Lo que oíste, así que ahora puedes conocer un poco de tu cultura —le dijo burlándose de él.

—Pero yo no…

—Taylor, no soy quién para decirlo, pero tu clóset de vidrio se quebró hace mucho.

—¿Clóset de vidrio?

—Todos ven que estás dentro de él, pero nadie dice nada. Así que si lo que quieres es alejarte de los pedazos rotos, este es un buen lugar.

Tragó saliva con fuerza. ¿Era peligroso estar en un lugar así en una ciudad desconocida? Sí. ¿Habían hecho suficientes cosas estúpidas ya? No. Y no quería preguntarse más sobre las cosas que sentía. Estaba cansado de buscar una identidad y de negar lo que era. Él ya sabía cuál era la respuesta.

Así que, cuando Dakho lo tomó de la mano para atravesar la segunda entrada, la sujetó con fuerza. Había comenzado a entender que el mundo, y la vida, iban más allá de los prejuicios, y mucho más allá de los papeles que a cada uno se le asigna al nacer.

Había telas de colores que tapaban las ventanas y confeti por todos lados. También muchas personas, adultos a los que no les importaba lo que opinaran de ellos. Nadie los veía, y sus manos entrelazadas ni siquiera levantaron mirada alguna.

La música y las luces eran fuertes. Dakho no quería entrar en el estereotipo, pero conocía la canción que estaba sonando: era ABBA, y no pudo evitar reírse al ver a Taylor tararearla.

Taylor abrió los ojos, sorprendido. Realmente no sabía cómo reaccionar, todos estaban bebiendo; en realidad, nadie parecía tener intención de golpearlo por haberse colado a su fiesta, y eso era nuevo para él. Además, el sujeto a su lado estaba bailando muy bien a pesar de sus tacones de diez centímetros, y eso lo intimidaba un poco.

Dakho lo soltó para ponerle ambos brazos sobre los hombros y abrazarlo por detrás mientras lo hacía caminar hacia la barra. Había leído un poco sobre historia. Al conocer la época, y lo que pasaría después, él estaba convencido de que las personas en ese almacén eran muy valientes.

—¿Algo para beber, chicos? —les dijo un tipo lleno de pintura neón.

—Algo ligero —pidió Dakho.

—Okey, salen dos tequilas —le respondió este.

You can hang out with all the boys.
It's fun to stay at the YMCA.

Taylor frunció el ceño cuando Dakho se separó para tomar su bebida. Arrugó un poco la nariz luego de darle un sorbo al licor. Bueno, debía ambientarse un poco, ¿o no?

—¡Vaya! ¡Alguien tiene sed! —exclamó el que estaba a cargo de la bebida, ofreciéndole más.

—No, no. Así estoy... —Ni siquiera pudo terminar de hablar, y su vaso ya estaba lleno de nuevo.

El ambiente era animado y cálido, y de repente, un reflector se encendió apuntando hacia el improvisado escenario. Ambos esperaban ver a cualquier persona, menos al taxista que los había llevado entrar luciendo un gran vestido. Aunque bueno, sin duda se veía mejor con su peluca roja que con la gorra sucia que tenía en la mañana.

—¡Atención, atención! —dijo tomando un micrófono—. Debido a los recientes acontecimientos, hace unos días, la novia de Sally murió a manos de la Policía en una protesta, y mis amigos Rick y Dan fueron atacados. Al igual que muchos de los nuestros en las calles de esta ciudad, no pudieron lograrlo. Así que, hagamos un minuto de silencio para honrar a los hermanos que perdimos.

La música se detuvo por un momento.

Taylor volteó a ver a su alrededor, la forma en la que todos bajaron la cabeza en señal de respeto lo llenó de miedo, aún más cuando Dakho a su lado hizo lo mismo. Su madre contaba historias; durante los últimos años personas como ellos habían estado saliendo a manifestar a las calles de las ciudades grandes. Taylor siempre se mantenía callado en la cena cuando su familia opinaba que no era correcto, y nunca había entendido el motivo, hasta que comenzó a cuestionarse por qué sentía las cosas de manera diferente a los demás.

Tenía miedo de estar allí y de saber que quienes salían en los titulares como «desaparecidos» eran las personas inocentes de estos lugares, seres que no habían hecho nada más que exigir un trato digno; de saber que la sociedad los rechazaba y creía tener el derecho de juzgarlos. Y, peor aún, saber que era uno de ellos. Saber que él también pertenecía a esa comunidad.

Valentía para enfrentar la realidad es lo que le hace falta al mundo. Y los mártires de cada lucha deberían ser recordados no por su dolor, sino como lo que son: héroes.

La música empezó a sonar de nuevo, y Taylor estaba tan perdido entre sus pensamientos que decidió tomarse el contenido de su vaso de golpe.

—Siguiendo la velada para las reinas de la noche, la primera canción es nada menos que «Dancing Queen». —El bullicio se extendió por el lugar—. ¿Algún voluntario para el karaoke de esta velada?

Dakho abrió los ojos, esta era la oportunidad que necesitaba, y no dudó en levantar la mano.

—¡Aquí! ¡Aquí hay un voluntario! —dijo señalando a Taylor—. ¡Él quiere cantar!

Taylor lo miró incómodo.

—Oye, ¿qué pasa contigo? —murmuró—. Yo no voy a hacer eso.

—¡Pero adoras esa canción!

El reflector los enfocó y todos los observaron fijamente.

—Yo… no, no, ni siquiera conozco la canción.

—Te he escuchado cantarla en la ducha durante meses. Sé que te encanta.

—Pero… —Estaba asustado, su corazón latía muy rápido.

—Taylor, sé qué es lo que te preocupa, pero —le dijo con una sonrisa inocente— adelante, hazlo.

Las luces de colores se encendieron y una de las chicas que bailaba con su novia se atrevió a colocarle a Taylor una bufanda de plumas en el cuello.

—¡Vamos! ¡Canta! —le dijo otra de las mujeres, animándolo a subir al escenario.

Taylor suspiró ante todas las miradas y tomó el micrófono, ganándose varios aplausos de las personas a su alrededor. Sin poder evitarlo, secó el tercer trago de la noche de la vergüenza. Cuando el sonido del piano comenzó y las letras inundaron las bocinas, todas las miradas se clavaron en Taylor, quien subió al escenario sujetando el micrófono con ambas manos.

—Vamos, tú puedes —murmuró Dakho, quien había robado un vaso de una de las mesas y sorbía lentamente el alcohol.

Taylor se mentalizó en que debía cantar, las palabras salieron de su boca lentamente y fueron subiendo de tono. De repente, las personas comenzaron a aplaudir y a silbar para él. Se sonrojó un poco a la vez que se animaba a cantar con más fuerza.

Mientras sonreía al cantar, se acercó a la orilla del escenario para extender su mano hacia Dakho, invitándolo a subir. Dakho la aceptó gustoso, subiendo por los escalones hasta llegar al escenario.

Debajo de todos esos prejuicios sociales, de tantas aspiraciones y normas a seguir, Finnian Taylor solo tenía diecisiete años. Y era, sin duda alguna, la persona que más brillaba en todo el lugar.

—*You are the dancing queen, young and sweet, only seventeen...* —cantó Dakho señalándolo mientras lo hacía dar una vuelta—. *Dancing queen, feel the beat from the tambourine, oh yeah...*

El resto de los fenómenos comenzó a aplaudir y cantar mientras dos muchachos como ellos se movían sin reprimirse. Taylor miró a Dakho y comenzó a reír. Alguien le había dado a Dakho unos collares de perlas que se movían cada vez que el chico lo hacía.

—¡Tenemos al primer rey del karaoke de esta noche! —dijo el presentador, acercándose con una corona de plástico en las manos.

Dakho no dudó en recibirla para colocarla en la cabeza de Taylor, entre sus hebras castañas. Y sin dudarlo, cantaron al mismo tiempo, como si la barrera entre sus épocas no existiera. Como si ambos supieran que estaban completamente hechos el uno para el otro.

Finnian Taylor, quien alguna vez fue la persona más reservada del pueblo entero, se quitó la bufanda de plumas del cuello y la alzó para pasarla alrededor de los hombros de Dakho, tirando de ambos extremos para atraerlo hacia él.

La música era fuerte, y los colores estaban por doquier. Todo estaba bien, y este era el reflejo del universo siendo benevolente con un alma tan pura como la de Taylor.

Dakho se acercó a él, preso entre las plumas con una enorme sonrisa.

—¡¿Qué esperas, niño?! —gritó alguien del público—. ¡Bésalo!

Taylor se sonrojó por completo y la sala se llenó de alaridos.

Han Dakho, quien nunca se había considerado valiente, lo tomó de la cintura y lo pegó a su cuerpo, muy cerca, hasta que sus rostros se encontraron. Sus labios se acariciaron con dulzura frente a todos aquellos marginados que el destino eligió como testigos de un amor tan inocente como el de una juventud que apenas comenzaba.

Y así el tiempo, tergiversado y malévolo, mostró piedad al encontrar algo más grande que él mismo. Porque incluso treinta y cuatro años después, Dakho nunca sería capaz de amar a alguien de esta forma, y Taylor, treinta y cuatro años antes, nunca descubrió esa parte de él que estaba llena de brillo y de un deseo impresionante por aferrarse a esa espalda.

Quizás era cuestión de suerte, pero ambos se desearon aún sin conocer la existencia del otro.

Dakho había conseguido una lata de cerveza porque personalmente le gustaba más, pero cuando quiso darle un trago, su ebrio e impulsivo Taylor lo tiró del brazo para quitarle la lata y se tomó el contenido con velocidad.

Entonces, la música se detuvo abruptamente cuando el sonido de las sirenas de las patrullas comenzó a escucharse a la distancia.

Los sujetos de la entrada llegaron rápidamente y todos parecieron alarmarse.

—¡Viene la Policía! ¡Todos fuera de aquí! —gritó uno de ellos y los dos menores voltearon a verse preocupados. No irían a la cárcel otra vez.

Dakho se bajó rápidamente del escenario; Taylor tambaleó porque la bebida lo golpeaba con mayor fuerza y, a decir verdad, ya estaba mareado.

Era momento de correr, y se empujaron entre la multitud intentando huir del lugar. Lograron salir a la calle justo cuando las patrullas se estacionaron y bajaron con la intención de someterlos a todos. Pero si había algo que sabían hacer juntos, era escapar de los problemas. Oh, eso se les daba muy bien.

Taylor sentía el rostro caliente y su visión estaba borrosa, pero no sabía si era la adrenalina, el alcohol o si necesitaba otros anteojos; cruzó la avenida sin detenerse a mirar, y los pocos autos que aún transitaban frenaron abruptamente.

A pesar de que a lo lejos escuchaban pasos persiguiéndolos, no les importaba. Quizás, ser cómplices era su forma de decirse lo mucho que sentían uno por el otro. Tal vez, prometer cosas que no podían cumplir era su forma de decir que se amaban.

Ninguno de los dos conocía las calles del lugar y aun así lograron llegar hasta un callejón en donde pudieron esconderse del bullicio.

Taylor lo miró, los ojos de Dakho estaban llenos de asombro. Y pensó en aquella vez en que la Policía los atrapó por correr como lunáticos pintando la ciudad, e hizo lo que hubiera querido hacer en ese momento.

Taylor lo tomó del rostro con ambas manos para besarlo de la forma más genuina y pura que conocía. Ese leve toque decía cuán agradecido estaba por haberse cruzado en su camino. Tal vez estaba ebrio o solo enamorado. Pero Han Dakho era el inicio de una historia que nunca creyó que viviría. Y así, lentamente, abrió los ojos y se separó de él; se encontró con unos ojos oscuros y una sonrisa que era tan suya que le quemó saber que Dakho se la había entregado.

Esperaron unos minutos hasta que el ruido de la lejanía se detuviera, entonces salieron del callejón. Taylor agradeció que Dakho no le dijera nada que pudiera avergonzarlo y lo tomara del brazo para entrelazarlo con el suyo mientras caminaban de regreso a su habitación. Estaba bastante mareado, pero su estómago parecía tener mayor resistencia al alcohol, pues no sentía náuseas, aunque estaba claro que la pesadez del resto de su cuerpo iba a ganarle en cualquier momento.

Entraron con mucho sigilo al hotel, intentando no reír al chocar con los muebles del vestíbulo, como si a alguien le importara su presencia allí. Pero al menos en su mundo, nadie debía verlos ni preguntar los motivos por los que dos muchachos tan jóvenes como ellos lucían así de ebrios.

Subieron por el elevador. Dakho estaba conteniendo el peso de ambos para que ninguno se tropezara y Taylor, en su embriaguez, jugaba con Dakho.

—¿Debería comenzar a preocuparme por que no caigas en los vicios? —bromeó Dakho.

—Lo dice quien parece que inhaló dos líneas de cocaína.

—No puedes acusarme de drogadicto mientras te caes de ebrio. Buscaré el número de los bomberos para tenerlo a la vista.

—¡Tranquilo, no hay nada que temer! ¡Yo soy bombero! —Taylor hipó.

La expresión de desconcierto de Dakho lo hizo reír.

—¿No te conté que soy bombero en mis ratos libres? —Dakho negó, incrédulo—. Solo piénsalo. ¿Qué clase de idiota rescata gente moribunda del bosque? La próxima vez hay que ir a la estación. Creo que aún tengo la llave —hablaba divertido tropezando con sus palabras—. Una vez incendié las sábanas del tendedero y mi mamá me llevó a la estación de bomberos. Fue amor a primera vista.

—¿Ah, sí? ¿Y sabes primeros auxilios? —le siguió el juego Dakho, llevándolo del brazo por la habitación hasta la cama.

—Sí, también salí en el calendario de la estación hace dos años.

—Uy, un bombero guapo.

—En realidad era la mascota, me pusieron orejas y un gorrito. —Taylor se llevó los puños a la cabeza imitando un par de orejitas y Dakho se mordió el labio inferior. Vaya que era buena la sinceridad etílica.

—Ahora necesito conseguir una copia de ese calendario.

—Ni lo sueñes. No quiero que veas a mis compañeros. El único bombero guapo que tienes permitido ver soy yo —dijo extendiendo los brazos—. Así que deja de decir tonterías y ven acá, es hora de dormir.

—Me encanta lo cariñoso que eres cuando estás ebrio. —Se acercó—. Solo no intentes manosearme, no estamos en condiciones de hacer nada.

—No lo haré —hipó—, terminaría follando contigo y dejaríamos a medio estado sin electricidad.

Dakho se dejó caer a su lado en la cama soltando una gran carcajada.

—Mañana en los titulares de los periódicos: «¡Boston colapsa!» —dijo alzando los brazos y haciendo reír al otro—. En otras noticias: «Taylor y su latente homosexualidad».

—Eres un imbécil. —Le dio un pequeño golpe en el abdomen—. De todas formas, eso del sexo es algo riesgoso. Y no nos hemos cuidado mucho.

—¿Por qué lo dices?

—Un descuido y ¡puf!... De repente tendríamos que pagar una hipoteca y un montón de porquerías de *Los Picapiedra.*

Dakho comenzó a reír.

—Oh, Jesús. No creo que eso aplique con nosotros.

—¿Por qué? Es una pérdida de tiempo, pero podríamos tener un hijo.

—¿Qué? No, ¿desde cuándo quieres ser papá?

—Desde siempre, pero me da vergüenza admitirlo. Así que, cuando estés embarazado, estaré listo. Pero espero que no sea pronto.

—¿Y por qué tengo que ser yo el embarazado?

—Me conoces, sería un atentado dejarme a mí con un niño adentro.

—Bueno, tienes razón. Pero si nos organizamos podríamos... —Dakho agitó la cabeza—. Espera, espera. Somos hombres, no podemos estar embarazados.

—Ah, cierto.

—Y estás muy ebrio.

—Eso también —dijo, decepcionado.

—Te ofrezco un perro y ya es mucho.

—Bueno, está bien, lo tomo. Pero entonces abrázame para compensar —pidió con los ojos cerrados; el efecto del alcohol comenzó a provocarle demasiada pesadez, haciéndole sentir deseos de dormir—. Tengo frío.

Dakho asintió y lo envolvió entre sus brazos para que no temblara más.

—Ven acá...

—Ahora acaríciame el cabello —demandó—. Y tienes que besarme mucho o lloraré.

—¿Pastelito quiere que lo mime? —se burló malicioso, pero Taylor asintió casi dormido. Dakho extendió su brazo para acariciarle la parte de atrás de la cabeza, tocando con delicadeza las hebras de su cabello.

—Estoy colapsando —le dijo—. Merezco ser feliz, ¿no crees?

—Taylor… —respondió, comenzando a dudar del valor de sí mismo—, te mereces toda la felicidad.

Dakho se quedó callado. «Toda la felicidad que no sé cómo darte», pensó.

—Ya no pienses más —le respondió, como si pudiera leer sus pensamientos, escondiéndose en su pecho—. Recuerdas… ¿Recuerdas lo que te pregunté el día de tu cumpleaños?

—¿Qué cosa? —pareció divagar

—Quiero saber si logré hacerte feliz. —Dakho quiso responder pero no lo dejó hablar—. Porque si lo hice, significa que todo valió la pena. Y eso me hace muy feliz a mí.

—Taylor…

Dakho nunca creyó en nada más allá de su entendimiento y aun así rogó al cielo que le dé fuerzas para no quebrarse, porque su madurez le decía que debía rendirse y soltar ese amor, pero no quería, ya estaba perdido.

Y el futuro ya no prometía esperanza para él.

—¿Logré hacerte feliz? —le preguntó con la voz casi apagada.

—Mucho.

La línea 2 solo puede leerse con un espejo.

21.

NUEVA YORK
15 DE NOVIEMBRE DE 2002.
15 AÑOS Y 335 DÍAS DESPUÉS DE...

Ser un desertor no es algo de lo que alguien pueda enorgullecerse, menos cuando se trata de dejar el ejército.

Los años que pasaron y el entrenamiento al que fue sometido eran cosas que quería dejar atrás por muchas razones. La principal era que había abandonado la base sin autorización alguna. Además, ser parte de las fuerzas armadas de Estados Unidos durante el inicio de la década de los 2000 no era algo que lo hiciera apostar por seguridad.

El conflicto en Medio Oriente se había extendido desde el 11 de septiembre del año anterior y Augustus Moon no tenía ninguna intención de morir como cualquier otro soldado en plena línea de fuego. Así que terminó vagando por las calles de Nueva York en medio del invierno, sin dinero y sin tener idea de a dónde ir después de fugarse. Estaba de más decir que nunca terminó la universidad y que su culpabilidad lo hizo tomar la salida que su padre le había planteado durante años.

Ni siquiera estaba del todo cuerdo, pero el moño negro colocado en una de las casas vecinas y la esquela con la fotografía del hijo menor de los Kim en la entrada de la escuela hacían que quedarse en el condado dejara de ser una opción para él.

Tal vez marcharse fue la forma de castigarse a sí mismo, o quizás solo una cobarde salida. Sin importar la respuesta, eso no cambiaba el hecho de que ya habían pasado muchos años desde que dejó su pueblo, y ahora no tenía un lugar a dónde ir.

Así era en la segunda línea y en todas las que le siguen.

Estaba oscureciendo. Preocupado, se sentó en las escaleras de uno de los tantos edificios viejos de la ciudad mientras pensaba en qué hacer, pero no esperaba que su espalda se empapara por completo de un momento a otro.

—¡Cómo lo siento! —dijo una mujer detrás de él desde la puerta de su casa, pues había lanzado un gran balde con agua para limpiar la entrada. Augustus Moon se puso de pie y volteó a verla molesto. Sin embargo, la expresión de pena en ella disipó su enojo.

—No importa —respondió mirándola de pies a cabeza. Tenía un mandil a cuadros roto y su cabello de tono rojizo hacía lucir más pálido su rostro lleno de pecas.

—No puede ser, lo lamento. ¡No quise arruinar su ropa!

—No es nada, sé que no fue intencional. Además, no es como si esta ropa vieja valiera algo —dijo Augustus con una sonrisa casi lastimera dispuesto a marcharse.

—Espere —lo llamó ella mirándolo con atención. Había notado la bandera bordada en su maleta y sus botas militares—. Puede pasar a limpiarse, si quiere.

—No. No hace falta.

—Le daré ropa seca —habló la mujer con mucha seguridad—. Además, es muy tarde, lloverá pronto.

Augustus Moon vaciló por unos segundos; no tenía un lugar a donde ir y todo lo que tenía en su maleta era ropa sucia. Esta era la oportunidad perfecta para no tener que dormir en la calle.

—Voy a aceptarlo, pero solamente porque hace mucho frío aquí afuera —le dijo siguiendo a la mujer hacia el interior.

El pequeño edificio tenía varios niveles, con miniapartamentos en cada planta. La mujer abrió la puerta del primer apartamento y lo dejó entrar con un poco de pena. Sus últimos inquilinos habían dejado muy sucia la entrada y por eso ella se había dado a la labor de limpiarla.

Lo observó por un segundo, sus botas y su bolsa eran cosas que ella conocía perfectamente bien, por eso le inspiró confianza. Eran iguales a las de su esposo.

—Disculpe mi imprudencia, pero tengo que preguntar... ¿No debería estar en servicio?

Augustus se tensó.

—¿Cómo sabe eso?

—Mi esposo, Dominic, se fue hace un par de días. Lo eligieron para el despliegue de fuerzas —dijo mientras se disponía a buscar ropa para Augustus Moon.

—Yo también debí hacerlo —confesó—. Pero no pude, así que técnicamente, soy un fugitivo, y... —continuó apenado y bajó la cabeza— un vagabundo también, al parecer.

Pensó que lo juzgaría, pero le sonrió y a él le sorprendió su reacción pacífica.

Ella nunca lo diría en voz alta, pero su esposo siempre puso a su país antes que a su familia. En el fondo, su ausencia no le calaba tanto como se supone que debería, y ver un desertor le hizo gracia.

—Parece que usted es alguien con muchos problemas —dijo mientras le entregaba algo de ropa y una toalla—. Puede cambiarse por allá —le indicó, señalando un pequeño cuarto.

Agradeció y se dirigió hacia la habitación para cambiarse. Al entrar notó un par de maniquíes y un mantel a medio bordar en una vieja máquina. Se llenó de nostalgia; no pudo evitar pensar que el hilo estaba mal colocado y que en esa tela sería imposible coser con una aguja de ese número.

Se secó con la toalla y se vistió con lentitud, pensando en lo mal costurera que debía ser ella. Pero no lo diría, no quería ser malagradecido, nadie había sido amable con él en años.

Cuando salió de la habitación, encontró que la mujer había servido dos tazas de café y se movía por la cocina tranquilamente.

—Lamento las molestias, pero yo... —dijo entrando a la cocina— no escuché su nombre.

Ella le sonrió.

—Serenity Heart —respondió extendiendo su brazo para invitarlo a sentarse.

—April Moon, es un placer.

Un romance complejo para alguien complejo.

37 DÍAS ANTES DE...

—Taylor, despierta. —El menor de los Kim se removió molesto e intentó cubrirse con las sábanas.

—No quiero... —respondió aún adormilado. Su voz ronca resonó por la habitación.

Han Dakho volvió a empujarlo.

—¡Levántate, tonto! La universidad, tienes que estar allí a las ocho. Faltan quince minutos, es tarde.

Taylor abrió los ojos con sorpresa y dio un gran brinco para levantarse de la cama.

—Maldición —dijo quitándose la camisa, alterado, en un intento por desvestirse para correr al baño a tomar una ducha.

Dakho lo vio correr y sonrió complacido. Eran las seis y treinta, pero no podía decirle la verdad o no querría levantarse.

Él ya se había bañado y vestido. Su resaca no era tan insoportable. Y con su plan siendo todo un éxito, decidió salir a comprar algo para desayunar. Tomó la billetera de Taylor, su gorro para el frío y se dispuso a salir, no sin antes dejarle una nota al chico para que no se alarmara si no lo veía en la habitación.

Caminó por el pasillo tranquilamente mientras silbaba; envuelto por un abrigo, en aquel clima, se sentía todo un protagonista. Su madre nunca lo había dejado salir mientras nevaba, por lo que estar caminando entre la blanca escarcha le parecía un sueño.

Salió del edificio y observó hacia ambos lados antes de cruzar la calle. No conocía el lugar, pero encontrar una cafetería no debía ser muy difícil. Avanzó por la avenida mirando algunas casas del sector. El vecindario era pintoresco, una atmósfera que mezclaba la urbanización con áreas verdes y hermosas casas de estilo compacto. En la esquina de esa calle alcanzó a ver un dibujo de un bizcocho. Ese debía ser el lugar, así que siguió caminando, pero al avanzar, una persona lo llamó.

—Oye, muchacho. Sí, tú, el del gorro azul —alcanzó a escuchar. Al voltear a mirar, se encontró con un anciano que lo llamaba desde la entrada de una casa—. Ven acá.

Dakho se acercó tranquilamente.

—Buenos días. ¿Está todo bien? —le dijo cuando estuvo cerca.

El anciano se acomodó el chaleco.

—Hola, hola. Disculpa por molestarte, pero he estado quince minutos esperando a que alguien pueda ayudarme y parece que nadie escucha a un viejo como yo. Oh, bueno, tú sí me escuchas, ¿cierto, muchacho?

—Sí, lo escucho —dijo sonriendo con gesto amistoso.

—Gracias a Dios, es que estoy tan viejo que a veces pienso que soy parte de la casa —bromeó haciendo a Dakho reír.

—No se preocupe. ¿En qué puedo ayudarlo?

El hombre se movió despacio para mostrarle un cartel de plástico que estaba recargado en la pared.

—Estoy intentando colocar el anuncio de «En venta» de la casa en la ventana, pero no alcanzo el balcón. —El anciano se quedó pensativo unos instantes—. Bueno, tampoco alcanzo mis pies, pero eso es un problema diferente.

—Claro. Yo puedo ayudarlo con eso —se ofreció Dakho.

—¡Oh, excelente! —contestó, alejándose de la entrada—. Ven, ven. Pasa adelante, sígueme.

Dakho dio un par de pasos dentro de la casa; era pequeña, de no más de unos cuantos metros cuadrados y con un segundo piso. Las paredes eran de madera y sus cortinas la hacían ver más acogedora de lo que era.

—Permiso —dijo respetuosamente. El chico tomó el cartel y lo siguió con paciencia hacia las escaleras de la casa mientras el anciano subía lentamente.

—¿Cómo te llamas?

Dakho lo meditó. Ya la había jodido suficiente diciendo su nombre real.

—Jacob… —Aclaró la garganta—. Jacob Kim.

—Demetrio, mucho gusto —dijo el hombre, presentándose—. Vaya, mi horóscopo del periódico decía que conocería a un Kim hoy, pero creí que sería una Kimberly.

—Lamento la decepción —dijo sumándose a la risa del señor.

—Da igual, no eres de por aquí, ¿cierto, muchacho?

—¿Lo dice porque me veo perdido y desubicado? —bromeó, haciéndolo reír.

—Además de eso, lo digo por tu acento. —Dakho negó, su inglés había mejorado mucho. Ya casi no hablaba en coreano con nadie, ni siquiera con Taylor. Aun así, mantenía un tono de voz característico de su dialecto natal.

—Soy de Seúl, en Corea del Sur. Pero hace medio año que vivo en California.

—Diablos, California —silbó—, eso está del otro lado del país. Pero Corea… uf, del otro lado del charco. ¿Qué haces perdido por aquí? De seguro eres uno de esos chicos que vienen a la universidad de la ciudad.

—Algo así. Mi primo estudiará aquí, vinimos de visita. Yo solo soy el guardaespaldas molesto del viaje.

—Ah, sabía que eras un buen muchacho. —El anciano respiró con fuerza. Habían llegado al último escalón; señaló hacia la ventana y le indicó—: Ese es el lugar.

Dakho le sonrió cargando el cartel. Abrió la ventana y el hielo congelado cayó en la acera; luego se arrodilló en el marco para poder colocar el anuncio.

—¿Está bien así? —preguntó.

—No sé, ya no veo bien. ¿Tú crees que se alcanza a leer desde allí?

—Espero que sí —dijo riendo ligeramente. Si hubiese podido elegir a su abuelo habría escogido a ese señor; quince minutos y le caía mejor que toda su familia.

—Déjalo así. Ojalá alguien lo vea y se venda de una vez por todas. O no, no sé, la verdad no me importa.

Dakho cerró la ventana y preguntó con curiosidad:

—¿Por qué quiere venderla? Es muy linda.

—Mi hija menor tiene un nuevo trabajo y me llevará a vivir con ella.

—¡Eso es genial!

—Sí, no quería irme, pero sin mi esposa aquí no vale la pena soportar todo este frío. La casa no tiene calefacción y ya no puedo encender solo la chimenea.

El hombre comenzó a bajar las escaleras con la misma lentitud del inicio, Dakho lo siguió. Era un poco llenito para su altura, se le veía gracioso con su bigote blanco.

—Al menos estará cerca de su hija.

—Sí, no me quejo. Será interesante conocer otra ciudad y veré a mi nieto. Cuando se venda la casa no me quedará nada más aquí, así que espero que sea pronto.

Dakho se fijó en la linda alfombra.

—Eso depende de cuánto pida por ella.

El señor caminó unos metros hacia la mesa de café de la sala y tomó una hoja que estaba en ella.

—No sé qué número dice ahí —le dijo a Dakho extendiéndole la hoja—. Mi hija fijó ese precio.

El chico la vio casi incrédulo. De donde él venía, hasta las casas más pequeñas representaban vender un riñón y la mitad del otro.

—¿Está seguro de que este es el precio?

—Sí, es una ganga. El agente de bienes raíces le dijo que estaba loca, y yo lo mandé al demonio.

—¿Podría quedarme con este anuncio?

Volteó a verlo.

—¿Te interesa la casa? —Dakho asintió—. ¡Excelente! Llévatelo, el teléfono está anotado. Si te decides, llámame.

—Lo haré —le dijo pensando en muchas cosas.

—Oye, ¿quieres una galleta? Hice unas ayer.

—Disculpe, ¿qué? —preguntó, tratando de poner atención de nuevo.

—No intento sobornarte, es para pagarte tu ayuda.

Dakho negó con una sonrisa.

—No, no. No se preocupe —respondió, y volteó para mirar el reloj de la pared—; de hecho, tengo que irme, se supone que solo saldría a comprar el desayuno.

—Te pondré un poco de café y galletas para llevar entonces. No me tardo.

Dakho asintió y el hombre fue hacia la cocina. Sonrió sin saber lo curioso que era el destino y dobló la hoja con el número antes de sacar la billetera de Taylor y guardarla en ella.

Después de despedirse del amable extraño y tomar la comida que le ofrecía, corrió de regreso al hotel esperando que Taylor no se hubiera marchado sin él. Cuando entró a la habitación se encontró con un muy apuesto Finnian Taylor, con el cabello ordenado, recién afeitado y vestido de forma casual pero encantadora, listo para marchase a su gran día como universitario.

—¿Llego tarde? —dijo respirando agitado.

—Justo a tiempo —le respondió colocándose sus anteojos.

Salieron hacia la universidad y Taylor se encontró con la señorita Salas. El día pasó sin grandes descubrimientos: Taylor paseándose por las aulas y los pasillos que lo recibirían al año siguiente y Dakho siguiéndolo en silencio, entre la brisa fresca y el sol reflejado en los grandes vitrales de colores que cubrían los edificios del campus. El ambiente invernal, aunque helado, llevaba un toque de compañerismo. Quizás era la juventud.

Para Dakho, amar a Taylor también significaba respetar su espacio. Sabía que él quería atesorar ese momento solo para él mismo. Así que todo encajaba justo como debía hacerlo.

36 DÍAS ANTES DE...

Cuando el sonido de la puerta resonó con eco en toda la galera vacía, Sean Grace se despertó aturdido.

Augustus Moon entró al lugar cargando varias bolsas, apenado por haberlo dejado solo tanto tiempo. Estaba oscuro, era la madrugada del tercer día y Sean Grace estaba demasiado cansado; el rehén permanecía atado a unos metros de él.

—Grace… —dijo April con algo de pena.

—¿Por qué tardaste tanto? —lo reprochó—. Dijiste un par de horas y pasó más de un día.

—Lo sé. Es que papá…

—Mejor no me expliques —repuso—, no estoy en condiciones de enojarme más en este momento.

—Tuve que esperar a que saliera. Yo sé que no te agrada papá. Déjalo así, no es cosa tuya.

—Es un odio mutuo, descuida.

April negó y se dirigió hacia la oficina del aserradero, su escondite secreto.

—Ya, ya. Olvida eso y ven a comer algo.

Sean Grace lo siguió, entrando lentamente. El lugar tenía otra cama, disfraces y varias telas tiradas por el lugar.

—¿Vas a decirme que vives aquí? —comentó con gracia.

—Es mi segunda habitación. —April comenzó a sacar la comida de su mochila para colocarla sobre el escritorio. Abrió la gaveta y sacó un par de platos—. Papá cree que vengo aquí con chicas y que me la paso cortando madera.

—¿Escondiste tu máquina de coser aquí, cierto? —Sean Grace conocía muy bien a ese idiota.

—Sí, allá atrás tengo unos maniquíes.

Sean Grace negó con una sonrisa. Echó una mirada a su alrededor, le llamaron la atención las fotografías de animales y plantas que tenía pegadas cerca de la ventana.

—¿Aún sigues haciendo tu álbum de la naturaleza? —Una Navidad pasada April le había pedido a su abuelo una cámara para hacer un álbum.

—Ya no. Comencé a tomar fotos de la gente y luego perdí el interés, bueno, también perdí mi cámara… Corrección, le presté mi cámara a tu hermano y la perdió.

—Ya decía. Imposible que seas descuidado. —Sean Grace notó que había una caja llena de fotografías al lado de la ventana—. ¿Puedo ver?

April asintió. Sean Grace comenzó a buscar entre las imágenes. Había algunas muy antiguas y otras que parecían recientes. Ladeó la cabeza cuando se vio a sí mismo en una de ellas. Era él, con su uniforme de béisbol de los últimos partidos.

—¿Por qué tienes una foto mía aquí? —April levantó la cabeza de golpe.

—Dame eso —le ordenó.

Sean Grace comenzó a reír mientras él se acercaba para quitársela; entonces, alzó ambos brazos para que no pudiera alcanzarla.

—¡Es una buena foto! Voy a quedarme con ella.

—Tarado… —murmuró April.

Él solo sonrió, luego tomó la foto que estaba atrás de esa y la observó frunciendo el ceño.

—Creí que era especial, pero también hay una de Han aquí.

Había olvidado que tenía esa fotografía. La miró; a diferencia de la de Sean Grace, esta parecía borrosa, casi opaca como una mancha.

—Maldición, debió mojarse —dijo restándole importancia, luego tomó los platos del escritorio y se sentó en la vieja cama.

Había muchas formas de decir lo que pasaba en su cabeza, pero Sean Grace nunca supo elegir la mejor. Y lo confirmó cuando en el fondo de tantas fotos volvió a encontrarse a sí mismo. Se sentó a su lado, dejando la caja y su flamante fotografía de beisbolista, y tomó otra.

—¿Qué tan vieja es esta foto? —le dijo llamando su atención. Eran ellos dos, Sean Grace tenía sus anteojos enormes y April se veía muy bajito a su lado.

—Unos tres años, estábamos terminando la secundaria.

—Ya lo recuerdo, fuimos a la playa y le pedimos a un extraño que la tomara…

—Sí —dijo dándole su comida para que dejara de preguntar cosas que lo avergonzaban—. Ahora, deja de ver eso y come.

Sean Grace suspiró tomando su plato y un refresco. Pero en lugar de dejar la fotografía con las demás, la tomó y la guardó en el bolsillo de su pantalón sin que el otro se diera cuenta. Quizás April había significado más para él de lo que quería admitir.

—¿Vas a decirme por qué demonios tenemos a un tipo en la bodega? —preguntó finalmente April. Sean Grace tomó fuerza para hablar.

—Él estaba viendo a mi hermano y tuve que hacerlo.

Su amigo abrió los ojos, preocupado. ¿Sean Grace sabía lo de su hermano y los del Gobierno?

—¿Iba a llevárselo?

—No, de hecho, estaba de fisgón —rio nerviosamente—. Igual que yo. Y ahora tengo un trauma de por vida.

—¿Fisgón?

—Es que... —No sabía cómo explicarle esto—. ¿Has escuchado esa historia de que cuando una abeja y una flor se aman mucho, y ellos...?

—Sé cómo funciona —lo detuvo—, ¿eso qué tiene que ver con el rehén?

—Es que yo... —volteó a ver a otro lado— vi a mi hermano haciéndolo con Han.

April comenzó a ahogarse. Sentía que se le reiniciaba el sistema nervioso.

—Alto —contestó negando repetidamente con la cabeza—. ¿Que tú viste qué?

—Eso. A mi hermano en pleno acto con el imbécil que vive en mi casa.

—Espera un momento, ¿cómo que tirándoselo? ¿Taylor va arriba? —le respondió con incredulidad.

—¡¿Eso es lo que te preocupa?!

—¡Lo siento! Estoy confundido, no era la versión que tenía.

Sean Grace aclaró la garganta, su hermano podía ser muy *gay*, pero antes de eso era un Kim, y los Kim nunca iban abajo.

—Sí —dijo con decisión. Después de todo, técnicamente él estaba arriba. Sean Grace verdaderamente quería golpearse en el rostro, y la risa de April lo hizo frustrarse aún más—. ¿Por qué te ríes?

—¿Por qué? El karma es una perra, y no creo que tú le agrades mucho.

—No me jodas. Cuando salga de esta te prometo que voy a darle la arrastrada de su vida al imbécil de Han.

—Oye, es tu hermano, no tu novio. ¿O no me digas que estás celoso? Eso no sería muy normal de tu parte.

—Taylor es un niño.

—A Taylor le sale más barba que a ti. Cállate, déjalo en paz.

—Está bien, es un hombre. ¿Cómo puede gustarle? No lo entiendo.

—No creo que sea alguien que se deje llevar por algo físico, pero, bien, tú deberías conocer a tu hermano mejor que yo.

—¿Qué significa eso?

—Imagina que estás solo todo el tiempo y, de pronto, aparece una persona que no solo es igual de extraña que tú, sino a la que también le importa lo que piensas, lo que haces o lo que sientes. Creo que eso doblega a cualquiera.

—No creo que sea el caso.

—Él cuida mucho de Taylor.

—Eso no quiere decir que sienta algo por él.

April suspiró.

—Me parece que amar y cuidar son la misma cosa —dijo sonriente.

Sean Grace se pasó la lengua por los labios de manera inconsciente y volteó a ver a Augustus Moon, que tenía la piel lechosa de su rostro sonrojada. Sean Grace terminó su jugo con un par de tragos y April no pudo evitar sonreír al notar cuán hambriento estaba su amigo.

—No sé qué pensar de todo esto. Mi hermanito tiene novio. Es algo enfermo.

—No —se burló—. Es tu parte de hermano celoso sobreprotector lo que te hace sentir así.

—¿Por qué lo dices?

—No lo sé, creo que ya lo sabías, y eso de que sea «hombre» no te perturba tanto como saber que quedaste como crédulo.

—Déjame. El otro día podría jurar que los vi besarse en la cocina, subí a la habitación de Taylor y estuve a punto de decírselo, pero elegí decirle que me diera su papel en la obra.

—¿Por qué?

—Fue lo primero que se me ocurrió.

—No me refiero a eso, sino a por qué no dijiste nada.

—Han estaba sonriendo como estúpido mientras le hacía la cena y no pude…

—Ya, grandote —le dijo Haru palmeando su pierna—. Sé que fue difícil para ti, pero hiciste lo correcto.

—Esto es ridículo, pero Taylor me obligó a acompañarlo a comprar un perfume y pensé: «Oh, qué alivio. Finn es normal, quiere gustarle a alguien». Pero ahora entiendo que lo usa para gustarle a Han.

—No le digas que sabes eso. —Haru rio—. No seas malo con el niño. ¿Nunca has hecho algo estúpido por alguien más?

—Muchas cosas, pero ese no es el caso.

—¿Como qué?

—Confieso que salía a regar las rosas de tu jardín a escondidas para asegurarme de que tuvieran suficiente agua. —Sean Grace sonrió de lado.

—Lo sé —le dijo con total tranquilidad.

—¿Eh? ¿Cómo que lo sabes?

—Tú eres el único que sabe cómo abrir la llave de agua del jardín —explicó, mirando hacia otro lado—. Ni siquiera mi padre sabe.

—Todo este tiempo… ¿Por qué no me dijiste nada?

—No lo sé. También te escuché cantarles a mis flores.

—Maldición… —dijo Sean Grace empujando su cabeza hacia atrás—. Es solo que las plantas son felices cuando las personas hablan con ellas, y yo no quería que tus rosas pensaran que… Olvídalo, es una tontería que solía creer.

—Nunca entendí por qué hacías eso.

—Ni siquiera yo lo entiendo. Ni entonces ni ahora.

—Oh, qué ternura. El gran Sean Grace Kim se ha puesto sentimental.

—Últimamente me siento muy sentimental.

—¿Y eso por qué?

—Supongo que es la nostalgia, el clima… tú. —Se pasó la mano por el cuello—. No lo sé.

—Grace... —Hizo una pequeña pausa—. Las flores. ¿Por qué hacías eso? —le preguntó directamente.

—Yo... supongo que quería sentirme cerca de ti.

Augustus Moon se sentía mareado. Dentro de él había una bomba que durante años amenazó con explotar dañando a todos a su alrededor, pero justo ahí, y en esa línea de tiempo, parecía que la cuenta regresiva de su destrucción se había detenido.

Quizás desde el momento en el que prestó su cámara y esta nunca regresó, su capacidad de hacerle daño a Taylor había sido destruida. Ese era el objetivo que perdió, pero ahora ya no estaba ni tenía motivos. Al igual que la pelota de Sean, ambos objetos se encontraban perdidos en algún lugar del condado Mariposa, y las historias que estos detonaron jamás se escribieron en esa línea.

Finnian Taylor Kim era como las hojas secas del otoño. Necesitaba a alguien que lo tratara como si estuviese a punto de quebrarse. Alguien como Dakho, cuya alma fría podía sentirse acogida solo cerca de él, habría sido capaz de contenerlo. En cambio, Augustus Moon, con esa personalidad fuerte e inestable que siempre lo caracterizó, estaba destinado a consumir el alma del joven Kim. Era como las flores de primavera: delicadas a simple vista, pero llenas de espinas encubiertas, dispuestas a lastimar a quien se atreviera a tocarlas. Por eso se había ensañado con aquel que nunca tuvo miedo de tocarlo sin guantes. Y es que, al final, las flores no necesitan tocarse. Viven para esperar la llegada del verano. Para Augustus Moon, ese había sido el verano en el que Sean Grace lo abandonó, del cual todavía anhelaba su recuerdo.

Quizás, solo quizás, el otoño estaba hecho para dejarse envolver por el invierno. Y la primavera, para anhelar la llegada de la brisa del verano.

—¿Sabes? Todo esto de la historia y las cosas que se supone debimos ser hacen que piense demasiado.

Sean Grace soltó una risa y dejó su plato en el suelo.

—Dímelo a mí —dijo con sorna—. Siento que tengo agua en el cerebro.

El otro volteó a verlo, y en medio del amanecer, sus ojos se reflejaron en los suyos. Sean Grace no pudo evitar acercar su rostro un poco hacia él, temblando confundido.

—¿Por qué lo dices?

Quiso responderle a April, pero soltó un suspiro ante sus sentimientos encontrados. No había dejado de tener miedo. Pero tal vez romper con la tensión que tenían no sería tan malo, quizás así dejaría de pensar tonterías.

—Porque me siento como si hubiese vuelto a tener diecisiete —dijo al fin.

—Grace, tengo algo que decirte. —Tragó saliva pesadamente.

Sabía que estaba mal decirlo y que a él no le correspondía, pero en ese momento de sinceridad quiso con todas sus fuerzas decirle lo que había descubierto. Decirle que probablemente a su hijo le gusten las cosas dulces porque a su madre la tranquilizaba comer chocolate, como a Sean Grace cuando era un niño y April le obsequiaba chocolate para hacerlo sentir mejor. Decirle que ella quería alejarse porque no quería ser un estorbo para él.

La parte egoísta del chico quería hacer que Sean Grace se quedara a su lado, pero el problema era que el verano se había enamorado del sol, y, juntos, verían la llegada del atardecer en la playa.

Así que su verano ya no tenía aquel sentimiento por las flores.

—SunHee está... —Se quedó en silencio.

Fueron segundos en los que un estruendo resonó desde la ventana de la bodega haciendo que ambos se sobresaltaran.

Sean Grace se puso de pie velozmente.

—Maldición —dijo—, está huyendo.

La ventana estaba rota, y Lee Jaewon se había lanzado con todo y silla a través de esta para romper el vidrio y la silla a su paso.

Se encontraba afuera del aserradero, retorciéndose del dolor.

—Síguelo por el bosque, yo iré por el auto —le ordenó Moon con las llaves en la mano.

Fue el tiempo exacto para que Lee Jaewon se antepusiera a su dolor y se levantara para huir entre los árboles del bosque.

Sean Grace salió por la entrada y lo siguió. Alcanzó a verlo correr a la distancia. Estaba nevando y todo estaba mojado, los músculos de Sean Grace se contrajeron por el frío, al igual que su mandíbula, tensa por el enojo.

Lee Jaewon solo debía encontrar la cerca del lago para esconderse allí, de regreso en su base de experimentos. O toparse con alguno de los militares que rondaban por el bosque para poder quebrarle el cuello al atleta que parecía mover el suelo con sus pies mientras corría.

No sabía qué tan lejos estaba, pero sin duda alguna, no llegaría lejos a este paso. Así que, como siempre, cerebro mata fuerza: tomó un tronco del suelo y corrió hacia la carretera.

El otro lo siguió. Estaban a la orilla, Lee Jaewon volteó a ver hacia todos lados. Era el kilómetro veinticinco, así que no estaba lejos del lago; esperó a que Sean Grace se acercara para voltearse y darle un golpe con la madera que había recogido.

Sean Grace no lo vio venir y se retorció al recibir el golpe en el pecho.

—Hijo de... —masculló adolorido, quitándole el tronco y devolviéndole el golpe con el puño.

Fue mucho para él: trastabilló y cayó al suelo.

Lee Jaewon corrió hacia el bosque y en cuestión de minutos desapareció entre los troncos de los árboles.

Sean Grace apretó los ojos, derrotado. Ahora sí estaban muchísimo más jodidos que antes.

Su auto se detuvo cerca de él después de haber intentado alcanzar al hombre de cabello rubio.

—¡Grace! —gritó April, bajando del auto y corriendo hacia él para levantarlo de la nieve.

—¡Alcánzalo! Se fue por allá.

—Ya no está. Levántate, no puedes quedarte aquí.

Resignado, Sean Grace hizo un esfuerzo por levantarse. Augustus Moon lo dejó recargarse en su hombro para ayudarlo a llegar al auto.

De todas formas, estaban en peligro. Sean Grace se acomodó en el asiento del copiloto y suspiró. Augustus Moon rodeó el auto antes de entrar en este y resoplar contra el volante.

—¿Y ahora?

—Voy a curarte, iremos a mi casa.

—Ellos saben quiénes somos, saben todo de nosotros. —Sean Grace se removió.

—Lo sé, pero quedarnos aquí y ser un blanco fácil no es una opción. Ya veremos qué hacer mañana. ¿Está bien? —le dijo con fuerza, y el mayor de los Kim se quedó en silencio.

—Si es que hay un «mañana».

¿Qué más daba?

Iban de una gran impotencia a una caída en picada.

En California había comenzado a nevar, pero, aun así, no se comparaba con el hielo que cubría toda la ciudad de Boston.

Cuando regresaron a la ciudad, Dakho pensó que era malo que hubiese helado tan pronto, estaban a una semana de la final y todo este clima parecía que iba a afectarles. Taylor estaba despeinado y sus anteojos empañados cuando salieron del aeropuerto.

No lo sorprendió que no hubiese nadie esperándolos cuando regresaron, pero no le importaba. Tenía lo único que necesitaba: unos billetes, un buen abrigo y a Dakho intentando hacer que un taxi se detuviera.

Lo vio sacar un bizcocho de chocolate de su bolsillo y lo miró con extrañeza.

—¿Dakho? ¿Por qué estás comiendo eso?

—¿A qué te refieres?

—El pastel tiene huevos y leche.

—¿Eso qué? —dijo Dakho restándole importancia y Taylor abrió la boca, sorprendido.

«¿Es posible que haya cambiado algo?», pensó.

—Nada…, me pareció curioso. —Sonrió como quien encuentra una respuesta. Y luego negó con la cabeza—. Oye, nunca me contaste cómo era tu traje de la boda.

Dakho rio.

—Era negro, con corbata y pañuelo rojos. Pero me puse una azul para hacer enojar a Sean Grace, y también me aparecí con un *piercing* en la nariz. Fue inmaduro de mi parte, pero admito que fue gracioso.

Taylor se quedó de pie en medio de la acera. ¿Había cambiado más de una cosa?

—Lo logramos —le dijo feliz.

—¿Qué cosa?

Quiso explicárselo, pero no quería hacer que recordara cosas malas. Así que dejó su posible descubrimiento sin explicar.

—Ignórame. Son tonterías mías.

Un taxi paró frente a ellos y Dakho solo negó con la cabeza pensando que a Taylor se le había zafado un tornillo. Había olvidado el motivo de su experimento en el vestidor. Para él, simplemente habían sido ellos impulsados por la adrenalina. Llevó las maletas al baúl antes de que ambos subieran al vehículo.

No tenía náuseas, y ahora se sentía realmente libre, sin el par de cadenas que lo habían perturbado por algún tiempo. Lo sabía, Dakho comprendía que había cambiado algo, solo que ahora no le importaba buscar qué era.

El camino de regreso a casa fue más corto de lo que esperaban. Dakho suspiró: se sentía acogedor poder decir que esa era su casa, aunque no le correspondía. Al llegar frente a la entrada, Dakho detuvo a Taylor.

—Alto —le dijo, tomándolo del hombro.

—¿Qué pasa?

—¿Puedo cargarte?

—¿Qué?

—Sí, regresar a casa como en las películas.

—No tuvimos una luna de miel, Dakho.

—Pues en mi cabeza es así como se vio.

Taylor le dio un pequeño empujón y sonrió por lo estúpido que sonaba. Así que tomó la manija de su maleta y la lanzó hacia el interior de la casa, al igual que la de Dakho.

—Está bien, tú ganas.

Dakho pensó que Taylor era más fácil de convencer cada vez, y luego se acercó a él para alzarlo en brazos. Por la hora, esperaban que no hubiera nadie en casa.

Taylor se sujetó de su cuello como en su película favorita y entraron tranquilamente a la casa. Su pecho se estremeció cuando Dakho le dio un suave empujón con el pie a la puerta para cerrarla, y luego dar una pequeña vuelta con él en brazos antes de dejarse caer en el sofá.

—Ahora eres un Kim —le dijo Taylor.

—Gracias por el apellido.

—¿Ya estás feliz? —le preguntó Taylor.

—No me culpes, soy muy romántico en el fondo.

—Lo sé —murmuró.

—¿Qué piensas hacer ahora?

—Voy a dormir aquí. Luego, cuando despierte, empezaré a desempacar y a actualizar mi libreta.

—Oh ¿Y qué colocarás en ella? ¿Tu viaje al otro lado del país o que me sedujiste en propiedad pública?

—No me molestes —dijo Taylor, sonriendo. Dakho no recordaba el motivo.

—Es que eso no fue muy pastelito de tu parte.

—¡Dakho!

—Ya, ya. Lo siento, me callo, te dejaré dormir.

Taylor rodó los ojos sin malicia, antes de acomodarse entre los cojines. Ojalá estuviera mintiendo con eso de dormir, pero realmente estaba cansado, y sí, tenía que ordenar sus ideas, pero no en ese preciso momento.

No muy lejos de allí, Sean Grace se estacionó en la parte de atrás de la casa para guardar el auto. Estaba cansado, asustado y muy estresado.

Tomó su bate de béisbol del asiento del copiloto y bajó del vehículo mientras intentaba encontrar una explicación coherente para todo.

Entró por la puerta trasera pensando que estaba solo, pero no esperaba encontrar a los dos muchachos en la sala.

Gruñó molesto. Después de todo lo jodido que estaba, ¿cómo se atrevía Han a pasearse por su casa después de haberse metido con su hermano? Y peor, ahora sabía que todo esto quizás no era culpa de Taylor, sino de él. Y los lunáticos secuestradores lo querían a él.

Ninguno de los dos lo escuchó llegar, las maletas estaban regadas por la estancia y Taylor parecía estar completamente cansado. Apretó su bate con fuerza y se acercó con la intención de confrontarlos; sin embargo, como todos los demás y con la historia rota, se detuvo cuando Han sonrió quitándole los anteojos a su hermano para dejarlos sobre la mesa del centro.

Taylor tenía los ojos cerrados y roncaba ligeramente. Siempre fue un mal viajero, Sean lo sabía. Estaba dormido en el sofá, Han permanecía sentado a su lado y lo miraba con tanta fascinación que el pecho de Sean Grace se retorció.

Lo vio extender esa pequeña manta que siempre permanecía en el sofá para cobijarlo y pasar una mano por su cabello para descubrir su rostro, y sonreír antes de inclinarse sobre él para darle un pequeño beso en la frente.

El chico que siempre fue tan independiente necesitaba delicadeza para conocer la paz. Sean Grace sabía que su hermano era la persona más especial en el universo y, ahora, parecía ser ese algo de alguien más.

—Idiota, siempre tienes frío —escuchó decir al héroe, mientras veía a su ángel temblar.

El mayor de los Kim tragó saliva, pues las palabras de su amigo resonaron dentro de la cabeza: «Me parece que amar y cuidar son la misma cosa».

Han Dakho se puso de pie para levantar las maletas e ir hacia la chimenea, esto hizo que Sean Grace diera un par de pasos hacia atrás sin hacer ruido. Ni siquiera prestaba atención a su alrededor.

Se arrodilló frente a la chimenea, dándole la espalda al entrometido, mientras intentaba encontrar la forma de acomodar las escasas ramas que permanecían allí. Suspiró, le hacían falta leños. Pensó que era buen momento para ir a buscar unos al garaje.

Justo cuando se dispuso a voltearse, Sean Grace se ocultó tras la puerta de la cocina. Dakho sintió que alguien lo observaba, pero, como no vio a nadie, fue hasta el garaje. Sean Grace suspiró. La línea de la historia se había difuminado porque había elegido no ser un mal hermano. Soltó su bate y apretó los ojos, mareado; se sentía incapaz de arruinar el momento.

Entonces, con el corazón en la mano, se armó de valor y con pasos pesados avanzó hasta el garaje donde se encontró a Han recogiendo los leños. Y pese a que quería preguntar por qué había acompañado él a su hermano, aunque quería saber qué sucedía más allá del lago, aunque estaba sucio y herido, se paró en el marco de la puerta, diciendo:

—Oye, Han. ¿Qué tal el viaje?

Dakho lo notó y lo saludó apenas.

—Increíble, Boston es realmente hermoso —le respondió, feliz.

—¿Qué buscas aquí?

—Oh, hace frío. Quería encender la chimenea…

Ladeó la cabeza; cuando eran tan solo unos niños, él solía ser quien encendía la chimenea para que Taylor no temblara. Porque era cierto, su hermano nunca fue fanático del hielo. Y ahora su papel de guardián del chico estaba en peligro porque alguien lo llenaba mejor que él.

—¿Necesitas ayuda con eso? —dijo refiriéndose a los troncos. Han asintió y él se acercó.

Sean Grace tenía cien problemas, pero, por un momento, saber que Han era totalmente sincero le restaba pesadez a su cuerpo.

Sí, noventa y nueve problemas eran mejores que cien.

Lee Jaewon golpeó la puerta del laboratorio con desesperación. Cuando esta se abrió y él corrió directamente hacia la oficina de Anzu, todos lo vieron asustados.

—¡¿Qué demonios te pasó?! —le preguntó el profesor al verlo. Su nariz estaba sangrando, tenía tierra en el cuerpo y temblaba.

—Lo tengo, profesor Kim. Sé quién es —respondió riendo como desquiciado—. Sé dónde está el sujeto. Sé qué es lo que están intentando hacer.

—Jaewon, tienes que sentarte —le dijo. Tenía el rostro hinchado y una marca violeta que se extendía más allá de su cuello—. ¡Primeros auxilios, ya! —ordenó, preocupado, y el personal de enfermería que los acompañaba salió en defensa.

—¡Estoy bien! —gritó con agresividad—. Señor, tiene que escucharme. Es el chico Kim, está replicando sus torres. ¡Hizo otro generador! Está controlando la energía del experimento. Lo he visto, he visto al chico.

—¿Chico? —dijo el profesor. Lee Jaewon puso resistencia cuando quisieron limpiarle la sangre de la cara.

Anzu se quedó consternado. ¿Cómo habían logrado hacer otro generador? Quizás no le intrigó tanto eso como la persona detrás del mismo. Kim era una amenaza más grande de lo que pensaba. O bien, una herramienta muy poderosa.

—¡Estoy bien! ¡Lo estoy, no me toquen! —Se sacudió, agresivo—. ¡Señor, tenemos que ir por ellos, tengo la ubicación!

—Esto que tienes se llama estado de *shock*, así que vamos a esperar a que mejores.

—¡Pero señor!

—Duérmanlo —ordenó, ayudando a sujetarlo mientras el enfermero le colocaba un suero en el cuello para hacer que su cuerpo perdiera fuerza. Lee Jaewon se resistió, pero sus ojos se cerraron.

—Profesor Kim —intervino uno de sus asistentes—. Su pulso es demasiado inestable, la hipotermia va a matarlo si no entra en calor.

—Yo me encargaré de eso —dijo—. Lo quiero con suero y en observación las próximas cuarenta y ocho horas. Estuvo tres días desaparecido, debe estar deshidratado, necesito una radiografía de su tórax y que alguien le contenga la hemorragia de la nariz.

Dentro del edificio compacto había una pequeña enfermería, Lee Jaewon terminó en una camilla de esta mientras permanecía dormido.

Kim Anzu regresó hasta su propia oficina para buscar un poco de la ropa que Jaewon guardaba allí. No quería exponer que de alguna forma había cruzado la línea profesional con el chico, no era algo de lo que estaba orgulloso; sin embargo, era precisamente eso lo que le daba la autoridad para hacer lo que debía.

Regresó a la enfermería y cerró la puerta para que nadie más entrara. Luego tomó una toalla limpia y comenzó a secarle el cuerpo a Lee Jaewon, retirándole primero la camisa, después los zapatos y el resto de su ropa para colocarle una nueva. Lo miró desde arriba con el pecho descubierto; estaba golpeado, pero no parecía haber contusiones. Su cabeza no necesitaba suturas, por lo que creyó que a lo mejor no estaba delirando, pero no podía arriesgarse.

Le apartó el cabello de la frente y colocó otra toalla seca debajo de su cabeza para que su cabello mojado no le produjera un resfrío. Terminó de vestirlo y solo entonces dejó entrar al encargado de la enfermería para que le colocara el suero y le curara el rostro.

El profesor Kim Anzu se sentó al lado de la camilla pensando que esto se le estaba saliendo de las manos.

Quizás encontrar a su hermana no valía todo este sacrificio.

ACERCÁNDOSE AL FINAL DE NOVIEMBRE.
35 DÍAS ANTES DE...

22.

SEÚL
15 DE ENERO DE 2019.

El tiempo crea y destruye a su antojo, como los humanos, quienes creen tener el control de todo.

Cuando Sean Grace bajó del avión y se instaló en su nueva habitación temporal, nunca esperó sentirse tan abrumado. Le había tomado algo de tiempo resurgir, pero allí estaba, finalmente, haciendo de relacionista público con otra franquicia de la compañía a la que representaba. Lo eligieron por su dominio del idioma y el carisma que complementaba sus estudios de Economía.

Corea del Sur había cambiado mucho desde que era un niño, y esas calles le resultaban ajenas. El edificio de la compañía era muy grande, y él sentía que era una oportunidad para comenzar de nuevo. Tenía su gran presentación al día siguiente, así que había elegido ese día para conocer un poco el lugar.

Se paseó por los pasillos observando a todos correr para realizar sus labores, como si intentaran tener todo a la perfección para la junta del próximo día. Cuando se cansó, porque su pierna no lo dejaba moverse tanto como quería, se acercó a la cafetería del lugar para pasar algo de tiempo fuera del hotel. Pero al entrar, notó que todas las mesas estaban ocupadas, a excepción de un pequeño lugar en la barra.

Se acercó. Había una mujer de espaldas. No quería incomodar, pero estaba solo en una nueva ciudad para él, y necesitaba algo de contacto humano para sentirse menos nervioso.

Aclaró la garganta, llamando su atención.

—¿Puedo sentarme? —preguntó. Ella miraba un video de música antigua en su celular; puso pausa.

—Adelante —le dijo asintiendo con la cabeza.

Se acomodó la ropa y se sentó a su lado. El olor peculiar de su bebida le llamó la atención. Aparentemente, era *whisky* mezclado con café.

El teléfono de la mujer comenzó a sonar y contestó sin darle importancia al extraño que estaba a su lado. La escuchó hablar mientras él ordenaba un café; su curiosidad aumentó al mismo tiempo que su tono de voz. Algo en ella le resultaba inquietante.

—¡Ya te dije que no, Dakho! ¡Ni se te ocurra aparecer en casa con un tatuaje porque juro que voy a castigarte! —No supo qué respondió la otra persona, pero la escuchó a ella—. Quedamos que en la oreja sí, pero en la nariz no. Y no puedes usar el auto, no me importa lo que diga tu padre, aún no tienes permiso de conducir. ¡Dakho! ¿Dakho?

Maldijo por lo bajo, al parecer le habían cortado. Sean Grace sonrió de lado por su frustración casi cómica.

—Oye… ¿Estás bien? —le dijo al ver que ella golpeaba su celular con la barra.

—Lo lamento —agitó la cabeza—, mi hijo. Está intentando encontrar su propio estilo. Y es, ya sabes, agotador.

—Adolescentes, ¿eh?

—Adolescentes. —Ella suspiró—. ¿También tienes hijos?

—No, en realidad no. Pero sé lo que es lidiar con un divorcio.

—¿Es tan evidente? —dijo entre apenada y sorprendida por ese comentario tan acertado.

—Estás bebiendo sola en la cafetería del edificio a las seis de la tarde mientras escuchas música de los ochenta y discutes por teléfono. Es solamente un poco… —respondió con una ligera sonrisa—, muy evidente.

Ella le devolvió la sonrisa.

—¿Quién eres tú? ¿Eres de mantenimiento o algo así? ¿Qué pasó con Eunwoo?

Sean Grace dudó. La situación le parecía extraña, pero más que eso, graciosa. Además, su coreano ya no era tan fluido como antes.

—¿Intentas decir que has estado bebiendo con el personal de mantenimiento aquí antes?

—Eso no tendría nada de malo. Solo —hipó sin negar que estaba ebria— no se lo digas a nadie de Administración. Enloquecerán si se enteran de que hago esto.

—No lo haré si haces algo por mí.

—¿Qué cosa? —le preguntó con curiosidad al misterioso sujeto.

—Dame un poco de lo que le pusiste a eso —le dijo, señalando el café adulterado a su lado.

No tenía nada que esconder, así que sacó una botella pequeña de su bolso y se la entregó.

Sean Grace la tomó con tranquilidad y dejó caer un poco de alcohol dentro de su café. Se sentía desorientado en ese lugar; había vivido toda su vida en América, y ahora, estar de regreso en Corea era demasiado para él. En el fondo, sentía que nunca perteneció allí. Ni siquiera había asumido su nuevo cargo y todo el estrés se había triplicado. No, él no debería estar así; pero definitivamente necesitaba ese trago.

—¿Trabajas aquí? —preguntó ella, y él asintió. Una cara nueva dentro de sus odiosos compañeros no era tan mala.

—Es una locura allá arriba, ¿cierto? —dijo, refiriéndose a los preparativos de la junta del próximo día.

—Es la presión del nuevo delegado. Todos están estresados y me hacen perder la cabeza a mí también.

—No puede ser tan malo.

—El cambio de administración es un chiste. Estoy segura de que será un idiota más al que tenemos que acostumbrarnos.

—¿Por qué lo dices?

Ella suspiró.

—He esperado un ascenso por años, tengo toda la preparación necesaria y lo único que sé es que el nuevo administrador apareció de la nada.

—Oh... —Sean Grace se sintió inquieto, no pensaba que le tuvieran tanto resentimiento.

—Como sea. ¿Qué hay de ti? ¿Qué te trae por aquí?

—Tengo un buen negocio aquí, así que decidí regresar a mi país. Aunque te confieso que ya nada es como lo recuerdo.

—¿Cuánto tiempo estuviste fuera?

—Casi toda mi vida.

—Vaya, es mucho tiempo. —Ella sonrió y llevó sus manos a su cabello para atarlo con una coleta.

—Lo sé, pero es algo que no puedo recuperar —dijo dándole un gran trago a su bebida. No pudo evitar recordar algo importante sobre Seúl, y la forma en la que ella se recogió el cabello lo hizo dudar.

—¿Todo en orden? —preguntó al verlo quedarse callado de pronto.

Sean Grace se acomodó los anteojos: la nostalgia lo golpeó, y es que no era posible, pero sus ojos eran iguales.

—Sí —murmuró lleno de intriga—. ¿Alguna vez has deseado irte lejos y no volver?

Ella asintió.

—Si te contara, no me creerías —dijo sin entender la actitud del otro.

Él se pasó una mano por el rostro antes de seguir pensando tonterías. Se puso de pie.

—Parece que tenemos algo en común.

—¿Cómo te llamas? —le preguntó cuando lo vio poner un billete sobre la barra con intenciones de marcharse.

Pero Sean Grace no le dijo quién era, en cambio, le contestó con algo que no escuchaba hace años.

—Fue un placer verte, Sunny —dijo, dejándola confundida.

Luego de que el extraño la dejara, decidió que era momento de no beber más. Así que se dirigió a casa para esperar que un nuevo día de trabajo comenzara.

Cuando la mañana siguiente llegó, se levantó con total resignación en medio de la monotonía de su vida. Obligó a su hijo a salir de la cama y a desayunar aunque sea un poco de avena para luego dejarlo en la escuela. Todos habían esperado por meses ese día. La compañía se expandía por América y el representante llegaba ese día para presentarse ante a todos.

Llegó tarde al lugar y se sentó junto a sus compañeros de Administración en la junta directiva; los dueños comenzaron a hablar sobre los planes a futuro que tenían. Pasaron un par de horas, pero ella no lograba concentrarse. Mucho menos cuando su celular vibró con un mensaje de la escuela, diciendo que Dakho había sido suspendido por mal comportamiento y que debía ir por él.

Maldijo mentalmente por milésima vez en la semana mientras tomaba sus cosas para salir. En ese momento, le dieron la bienvenida al nuevo relacionista y todos se pusieron de pie para recibirlo, excepto ella. Cuando levantó la cabeza, abrió los ojos sorprendida. La suerte no era lo suyo, y la última persona que esperaba ver frente a ellos era la misma con la que estuvo bebiendo la tarde anterior.

Joder. Había dicho que su nuevo jefe era un chiste frente a su nuevo jefe. Tragó saliva pesadamente y bajó la cabeza para ocultar su vergüenza. Todo empeoró al oír las palabras que brotaron de la boca de aquel sujeto, pensó que se desmayaría:

—Antes que nada, quiero decir que me alegra muchísimo estar aquí con ustedes. Mi nombre es Sean Grace Kim y estaré a cargo del departamento de Relaciones Internacionales. Espero que los cambios durante mi gestión sean tan prósperos para ustedes como para mí.

Los latidos de su corazón se volvieron más fuertes; cientos de recuerdos la golpearon hasta enmudecer el lugar. Después de tantos años y tantos errores, de mantenerse en silencio por guardar la compostura, era imposible que se tratara de aquel a quien dejó en la más completa ignorancia acerca de lo que había en ella. Mientras los aplausos retumbaban en la sala, ella perdía la concentración. De repente su teléfono comenzó a vibrar incesantemente y vio la foto de su hijo brillando en la pantalla. Dakho debía estar en la dirección, esperándola, mientras ella sentía que el aire le faltaba.

Necesitaba salir, pero no quería verse poco profesional. Intentó contenerse, pero la presión era demasiado grande. Todos voltearon a verla: la habían llamado y ella no contestaba. Levantó la cabeza para ver con curiosidad a su nuevo jefe, con su traje pulcro, anteojos y el cabello peinado hacia atrás.

—Es la encargada del sector legal de la compañía. Como te comentaba, se ocupará de todo el papeleo a partir de tu llegada.

Sean Grace intentó acercarse a ella. La había reconocido desde la noche anterior en la cafetería, pero simplemente su mente se negó a creer que se tratara de ella realmente hasta el momento en el que le dijeron su nombre. Entonces, entendió que no estaba alucinando.

Él extendió su mano.

—Es una gran sorpresa —dijo, sonriendo, como no lo había hecho en años—, todo un gusto.

Ella no supo cómo reaccionar; su teléfono seguía sonando y tenía las miradas de todos sobre ella. Era incapaz de permanecer ahí.

—Me tengo que ir —respondió, desconcertando a todos a su alrededor y saliendo rápidamente de la sala. Con sus acciones, parecía darle a entender a Sean Grace que aún se acordaba de él.

Comenzó a correr por el pasillo. Era una jodida mujer adulta y acaba de tirar al carajo su profesionalismo, pero no le importaba. Realmente necesitaba alejarse, no quería revivir los tormentosos años que pasó cuando regresó a Corea.

Presionó los botones del elevador muchas veces cuando llegó a este.

—¡Oye, espera! —escuchó a la distancia. Este tipo, el supuesto Kim, venía detrás de ella intentando correr, pero era evidente lo mucho que se le dificultaba.

La vio salir del edificio y aunque quiso disculparse por aparecer de repente, no pudo. Otra vez no había logrado alcanzarla. Se dio media vuelta y regresó a la reunión para disculparse por su comportamiento.

Los días pasaron y no la vio en la oficina. Su secretaria le informó que se había reportado enferma y que tenía licencia de un par de días para ausentarse. ¿Acaso lo estaba evitando? Quería mantener la profesionalidad, pero no era capaz de dejarlo pasar. Le pidió a su secretaria su dirección y se enrumbó hacia su vecindario.

Pero no esperaba que un chico atendiera a su visita.

Vestía completamente de negro, usaba un abrigo de piel y sus botas lucían demasiado grandes. Quizás no se fijó bien, pero podía jurar que el chico tenía la parte inferior de los ojos pintada con lápiz negro. Además, llevaba una pequeña cadena que colgaba entre las dos perforaciones de su oreja, sumada al cubrebocas negro que ocultaba la mitad de su rostro.

Era extraño, y las letras de su camiseta decían «Aléjate», literalmente.

—¿Lee SunHee vive aquí?

—Eso depende —le respondió el muchacho con voz dura—. ¿Quién eres tú? —preguntó observándolo de pies a cabeza.

—Un… viejo amigo.

Sean Grace tragó pesadamente. No sabía qué había sido de SunHee en los últimos treinta años, pero algo era seguro: ese chico lucía como todo un obstáculo.

En uno de tantos inicios, el adulto frustrado conoció al chico problema.

CALIFORNIA, CONDADO MARIPOSA
24 DÍAS ANTES DE…

—¡Es hora de despertar!

Sean Grace se desperezó incómodo cuando las cortinas de su habitación se abrieron, dejando entrar los primeros rayos de luz, y aún más cuando fue aplastado por los dos idiotas que se lanzaron sobre él.

—Dakho, ¿adivina quién es el cumpleañero de hoy? —le dijo Taylor a su cómplice, esforzándose en molestar a Sean Grace.

—Oh, no lo sé. Taylor, ¿quién es? —le contestó Dakho en medio de risas.

—¡Vamos, Sean! ¡Arriba! No olvides que los viejos siempre se despiertan temprano.

—Ya basta, par de idiotas —les dijo recomponiéndose—. Fuera de mi cama.

Los menores se miraron entre sí sin dejar de reír.

—No seas aguafiestas, Sean. —Taylor se levantó de su cama—. Estamos aquí para ser los primeros en presenciar cómo ingresas a una nueva etapa de tu vida.

—¿Etapa?

—Sí, una en donde se te empieza a caer el cabello —declaró su hermano menor. Sean Grace frunció el ceño y Dakho estalló en risas.

Sean Grace Kim cumplía años. A diferencia de sus compañeros, él había tenido que nivelarse en el idioma antes de adaptarse a la escuela, por eso daba la impresión de haberse retrasado un par de grados. Pero eso no era importante, al fin podría salir de la estúpida escuela.

—Muy gracioso, espero que no intentes dedicarte a ser comediante, Taylor.

—A mí sí me causó gracia —dijo Dakho.

—Qué sorpresa. Tu opinión no cuenta, Han. Ambos sabemos que siempre vas a seguirle la corriente a este tonto.

—Anda, Sean, solo venimos a traerte el desayuno. No seas malagradecido —dijo Taylor.

Volteó a ver hacia la mesa de noche sobre la que reposaba una pequeña charola con unos panqueques apilados, con mucho maple y mantequilla como a él le gustaban. Además, había un vaso de jugo de naranja y un intento de rostro sonriente conformado por dos huevos con una boca de tocino.

Sonrió de lado. No estaba molesto; sencillamente estaba estresado porque desde que había dejado ir al lunático de los secuestros no había podido dormir bien. Ya había pasado una semana y seguía con miedo. Además, esa no era su única preocupación; en contra de lo previsto, el final de la temporada coincidía con el día de su cumpleaños.

—Gracias, chicos —dijo en tono sincero—. Ahora, sean unos buenos hermanos menores y lárguense de aquí.

Taylor sonrió acatando su petición, al igual que Dakho, quien se levantó detrás de él. Con todo esto del partido y el último año, Sean Grace estaba seguro de que no recibiría una fiesta como siempre acostumbraba a tener. Y el otro Kim también lo sabía, pero quería hacerle saber a su hermano que le importaba su cumpleaños.

Y es que, una de las cosas que más le emocionaba a Finnian Taylor Kim eran los cumpleaños. Lo había demostrado ya antes.

—Como quieras, viejito. —Taylor lo vio con ojos entrecerrados—. Hoy tenemos mucho que hacer, pero te prometo que comeremos pastel más tarde.

—No es necesario, en serio.

—No te estoy preguntando si quieres o no. Te estoy diciendo que vamos a comer pastel y punto.

El aire era frío, aun así, en casa se respiraba un ambiente de compañerismo que difícilmente habían experimentado antes. Sean Grace asintió y los dos menores salieron de su habitación para dejarlo arreglarse tranquilamente.

Se sentó en la cama y suspiró viendo de nuevo su desayuno. El pan un poco quemado era indiscutiblemente obra de su hermano, y la nota con caligrafía adornada pertenecía a Dakho.

Bueno, siempre era buen momento para comenzar algo diferente.

Dakho también estaba listo para el gran día; las vacaciones de invierno llegarían pronto y estaba emocionado por eso, pero antes de que las evaluaciones del final de semestre se intensificaran como el hielo de las calles, esa semana debían culminar con las actividades extracurriculares. Además, habían limpiado la escarcha que se formó en el campo de béisbol, y según la predicción del clima, esa sería la noche perfecta para jugar.

Se había aprendido todas las jugadas y eso mantenía a raya sus nervios por el partido, a diferencia de Taylor, que leía atentamente su libreto para no fallar en ninguna frase. Había pasado todo el asueto del Día de Acción de Gracias ensayando. En otras palabras: su padre decía que como extranjeros no tenían nada que celebrar, así que cenaron un poco de pavo que le regalaron a su madre en el trabajo y luego todos volvieron a sus respectivas ocupaciones.

Taylor siguió batiendo la mezcla para hacerse un *omelette* de desayuno mientras repetía sus líneas. Su padre leía el periódico y su madre parecía sumamente impresionada con las nuevas habilidades culinarias de su hijo. Dakho, en la mesa, comía tranquilo un plato de avena con maple y manzana mientras tarareaba feliz la canción de un comercial de dulces que se le había quedado pegada.

A los señores Kim siempre les había intrigado por qué Dakho no comía carne y justo habían elegido ese día para preguntarle la razón. Taylor observó atento sus reacciones y se sorprendió al ver que Dakho divagaba, despreocupado, con una respuesta genérica como cualquier otra.

—Simplemente, no me parece lo correcto. A papá no le hizo mucha gracia, pero mi madre me apoya mucho en eso, ella siempre dice que hay que respetar a los animales. Justo ahora yo intento mantenerme lejos de la carne y quizás en el futuro pueda hacerlo de sus derivados.

«Un retroceso», pensó. Dakho había pasado de vegano a vegetariano, y ya no por su trauma, sino por los principios que eran parte de él. Si algo había borrado su trauma, otra cosa lo dejó conservar su esencia. Pero era demasiado inexacto saber qué efecto colateral podría tener que sus memorias cambiaran con tanta frecuencia.

—No entiendo la diferencia —dijo el padre con ignorancia.

—Son acciones sencillas. Por ejemplo, el maple —señaló la botella a su lado— proviene de la savia y la miel de las abejas. Podríamos usar uno como reemplazo parcial del otro. Las abejas son importantes para nuestro ecosistema. Si cuidamos de los integrantes más pequeños desde ahora, podremos lograr grandes cosas.

Sonaba animado, Taylor exhaló.

—¿De dónde sacaste esas ideas? —le preguntó, pero todo en Dakho emanaba con calidez.

—¿No te lo mencioné? Fui niño explorador por años.

—¿Desde cuándo?

—Finales de secundaria, me uní a un club de conciencia por el ambiente. Y he estado cambiando poco a poco mi estilo de vida.

—Ahora ya sé a quién no dejar a cargo de la cena de Navidad —bromeó el padre de Taylor haciendo que su esposa y Dakho rieran.

Taylor frunció el ceño: ese era un recuerdo lúcido. El nuevo cambio había hecho que Dakho se convirtiera en un «chico de la naturaleza», y aunque no sabía qué lo había causado, no le importaba tampoco. Tenía demasiadas cosas en su libreta y no sabía qué problema resolver primero. Si bien su enunciado actual era «Han Dakho y sus cambios en la realidad», a veces tenía deseos de escribir en su libreta algo como «Han Dakho y la forma en la que sujeta el tenedor» o «Han Dakho y el botón abierto de su camisa». Pero no lo haría, se conformaba con verlo.

Sean Grace apareció por la puerta de la cocina. Al hacerlo, sus padres se pusieron de pie para felicitarlo por su cumpleaños. El cuarto día de diciembre siempre había sido muy importante para ellos, así que ese día estaría lleno de elogios y felicitaciones hacia Sean Grace.

Por primera vez en mucho tiempo, Taylor no se sentía incómodo por la atención que recibía su hermano. Era lo más lógico, y le alegraba saber que tenía un año más con él. Sonrió terminando con su desayuno mientras todos en la cocina hablaban sobre el partido de la noche. No les había dicho a sus padres lo de la obra. Prefirió evitarse los comentarios.

Y estaba bien con eso, al final aparecería en el campo de béisbol cuando terminara, y todo encajaría como debía hacerlo.

Los tres se despidieron de sus padres antes de dirigirse juntos a la escuela. Sean Grace tenía pánico de caminar solo, y esto le daba un extraño sentimiento de paz. ¿Que si había paranoia? Sí, bastante. April y Sean Grace habían hecho un pacto de silencio para no causar más temor. Pero April simplemente no podía. Así que al menos para los dos adolescentes que eran completamente ajenos a lo que sucedía, todo parecía marchar bien.

—Oye, ¿a qué hora es lo tuyo? —dijo Sean Grace a Taylor cuando estuvieron lejos de casa.

—¿Qué? —respondió incrédulo.

—Tu cosa del teatro. ¿Vas a invitarme, cierto?

—Yo no… no pensé que te interesara.

—No quisiste darme tu papel, más te vale hacerlo bien. ¿O no puedes?

—Mejor que tú, imbécil.

Dakho negó con la cabeza. A veces quería golpear a los hermanos «no sabemos comunicarnos y siempre la jodemos» por tener la misma actitud.

—Es a las cinco —intervino Dakho—. Llega a tiempo.

Sean Grace asintió después de obtener la información que quería. Por primera vez en muchas semanas, no sentía náuseas o dolor alguno, y sentía que sería un día increíble.

Cuando llegaron a la escuela, no le sorprendió ver a sus amigos del equipo esperándolo para darle la respectiva felicitación. Se separaron para dirigirse a sus clases, Taylor aún tenía que validar su asistencia, aunque ya hubiese completado sus créditos. Sean Grace y Dakho presentaron la exposición oral para su clase de Economía, ya que habían reprobado la última evaluación. Se equivocaron un par de veces y el menor rompió por accidente el cartel que obligaron hacer a Haru, pero su maestro les puso un siete de calificación, y eso era suficiente para ambos.

Porque eso no era lo importante de ese día, sino estar listos para el partido. Ambos salieron al campo después de un par de periodos y se encontraron con un bullicio alrededor del campo. Debían realizar el último entrenamiento antes del partido y era tradición escolar que las aficionadas fueran a verlos. Por eso, y a pesar del frío, varios de sus compañeros de equipo abrieron sus chaquetas para dejar al descubierto las camisetas ligeras que tenían debajo. Las chicas gritaban y Dakho entendía que hasta la actitud que parecía más vana tenía un propósito.

El baile de fin de invierno estaba cerca, y sería muy humillante para ellos que las chicas de su escuela aparecieran del brazo con algún sujeto del equipo rival. Así que parte de la tradición también era conseguir pareja para el baile antes de la noche de la final; se hacía cada año, y nadie estaba a salvo. Al principio, Dakho no creyó que fuera en serio; se burló en silencio, pensando que no había forma de que eso realmente funcionara. Sin embargo, la cantidad de chicas afuera del campo terminó por convencerlo.

Comenzaron calentando alrededor del campo. A Sean Grace se le mojó un poco la camiseta al beber agua en medio del trote y todas lo aplaudían cuando lograba hacer un buen lanzamiento.

Dakho rodó los ojos. A Sean Grace ni siquiera le interesaba ninguna de las personas allí, solo se exhibía porque amaba la atención que le daban. Y Dakho no podía culparlo, él era igual.

Cuando el entrenador lo envió como lanzador, no dudó en moverse hacia el centro. Se pasó las manos por el cabello, era demasiado largo y le estorbaba. De seguir así, pronto tendría que atarlo.

No estaba lo suficientemente atento como para percatarse de que era observado por varias personas desde la malla. Para quienes no lo conocían, Dakho parecía un tipo alto y misterioso, que no hablaba mucho y que tenía ideas extrañas, pero lo suficientemente apuesto, atlético y carismático para que algunas chicas desarrollaran un amor platónico por él. Al menos una de ellas esperaba ser la elegida para su cita. Para su mala suerte, aunque gritaran su nombre cada vez que lograba sacar a un bateador, él no podía enfocarse en ellas.

Cuando volteó en su dirección, se escandalizaron a medias, pero él solo se había fijado en la mata de cabello castaño despeinado que caminaba en dirección a las escaleras de la tribuna. Taylor ya no tenía mucho que hacer en su salón de clases, así que salió del edificio. Probablemente, debería ir al auditorio para ayudar a Haru con su obra de la tarde, pero aún no estaba seguro de sus líneas y prefería practicar un poco más antes de aparecerse allí y ser enjuiciado por el dictador que tenían por director de escena.

—«Tus labios son más peligrosos que treinta soldados desafiándome» —murmuró leyendo su libreto—. «Un solo beso me dará el coraje para enfrentarme a todos con temeridad. ¿Me lo concedes?».

El fuerte alarido de sus compañeras rompió su concentración. Alzó la vista, su hermano bateaba contra su Dakho y eso las emocionaba mucho.

Sí, sí, gran espectáculo. Como si él no los hubiera visto hacer eso antes.

Taylor divagó alejado de la multitud mientras veía a Dakho lanzar la pelota desde el montículo central del campo. Se fijó en cómo el conjunto deportivo gris que le compró se marcaba cuando alzaba ligeramente la pierna antes de tomar impulso para marcarle *strike* a Sean. No quería parecer inmaduro y volteó a ver solo un poco a las porristas gritándole a Dakho. Si se emocionaban así por un simple calentamiento, no quería ni pensar en cómo sería en el partido.

Se removió un poco, incómodo, cuando alguien junto a él gritó de nuevo el nombre de Dakho, y su parte inmadura no pudo evitar burlarse cuando, al hacer un movimiento con sus brazos, a Dakho se le alzó la sudadera y mostró el abdomen, causando cierta conmoción entre el público.

«Si verlo las emociona, imagínense dormir sobre él», pensó con una ceja alzada.

Dakho sintió su mirada sobre él y volteó a mirar en su dirección. Le sonrió de lado y guiñó el ojo, justo cuando sonó el silbato que marcaba el final del entrenamiento. El autobús del equipo rival había llegado al estacionamiento y era momento de que despejaran el campo para que ellos pudieran entrenar.

Sean Grace saludó a un par de personas que se acercaron a felicitarlo mientras veía llegar al otro equipo, y luego quiso seguir a Han, porque, con SunHee y April ocupados, no tenía otro amigo de confianza. Tomaron sus cosas para salir y comenzaron a caminar fuera del campo. Sean Grace alzó la vista entre la multitud para buscar a SunHee, pero no la encontró en ningún lugar. Y era extraño porque tampoco la había visto en la mañana cuando se suponía que debía ayudarla a ensayar. Debía pedirle que fuera su cita para el baile, o bueno, su última cita con ella allí. No quería ponerla en riesgo.

No encontró a SunHee; en su lugar, vio a Han de pie en medio de todos mientras observaba la tribuna. Taylor caminaba hacia él, pero fue detenido por una chica que lo tomó del brazo. Sean se acercó un par de pasos hacia Han y se quedó detrás de él mientras ambos observaban la escena. La chica de cabellos negros le sonrió con pena y le dijo algo que causó que sus mejillas se tornaran rojas. Taylor se pasó el brazo tras su cabeza cuando le respondió; parecía dudoso.

Dakho frunció el ceño, no estaba celoso, sentía más bien una clase de impotencia. Los observó pensando en cómo sería si pudiera darle a Taylor esa vida normal que quería. Sean Grace lo juzgó con la mirada; entendía perfectamente qué pasaba por su cabeza con solo mirar sus ojos. Al parecer no era el único que odiaba la idea de compartir a su hermano.

—Han, ¿vienes? —le dijo, intentando que reaccionara.

Dakho agitó la cabeza saliendo de sus pensamientos.

—Creo que alcanzaré al equipo después —soltó con voz queda.

La chica negó con la cabeza y le dio un abrazo corto a Taylor. Se separaron y él se acercó a su hermano y a Dakho con una expresión avergonzada. Juntos, los tres caminaron de regreso al edificio de la escuela. Dakho estaba en silencio. Quería preguntarle, pero no quería verse desesperado.

El mayor de los Kim decidió que debía tomar el control de la situación, como parte de su código de honor de compañeros.

—¿Qué fue eso? —le preguntó a su hermanito.

—Es algo extraño —sonrió un poco—, me invitaron al baile.

—¿Y tú qué le dijiste? Digo, si puedo saber.

—La verdad, que no me interesa eso de los bailes.

Dakho volvió a respirar tranquilo. Algo no se sentía correcto desde que despertó, estaba más ligero, pero, aun así, tenía una mancha en su interior. «De nada, Han», pensó Sean Grace. El timbre del almuerzo sonó y el mayor recordó que tenía algo muy importante que hacer antes de que llegara la hora del partido.

—Eso suena a algo que tú dirías, no me sorprende —dijo despidiéndose con la mano—, los veo luego.

Los chicos caminaron hacia la parte trasera de la escuela. Eligieron la mesa más lejana para almorzar. Taylor se sentía feliz preparando el almuerzo para ambos porque lo hacía sentirse no tan inútil para la vida. Le dejó a Dakho su recipiente para que pudiera comer mientras él, cuyo apetito era leve, sacaba nuevamente su guion. No tenía en el olvido su libreta, pero abrirla era recordar que esa no era la vida que le correspondía, y le dolía pensarlo. Comenzó a declamar y Dakho almorzaba viendo ese *show* hecho especialmente para él.

La ansiedad le provocaba hambre. Se había comido su almuerzo y la mitad del de Taylor. En unas horas Taylor iría a alistarse para debutar, pero no quería hacerlo sin estar verdaderamente seguro.

Pero mientras hablaba, Dakho se perdió en su imagen. No era secreto para nadie que el menor de los Kim era un hombre atractivo.

—¿Me estás escuchando?

En plena flor de la juventud, superando su adolescencia, su porte y esa forma tan espectacular de moverse lo hacían destacar mucho. A Dakho no le sorprendería que todos estuvieran enamorados de Finnian Taylor en secreto.

—Perdón, ¿qué? —dijo cuando cayó en cuenta de que hablan con él.

—¿Todo en orden? Luces un poco distraído.

—No es nada, solo estoy algo preocupado. Los demás comienzan a notar que eres maravilloso, y eso me deja mucho en qué pensar.

Taylor cerró su libreto para acercarse a robarle un poco de su ensalada.

—Es por la chica, ¿cierto? Vamos, no me digas que estás celoso.

—No estoy celoso, me gusta que todos lo sepan, me gusta que te vean como lo que eres.

—No es momento para ser cursi, Dakho —se burló.

—Lo siento, solo estoy mínimamente celoso de que ella pueda tener la capacidad de invitarte y eso.

—¿Qué hay de ti?

—¿De mí?

—Sí, había al menos diez chicas esperando a que las invitaras.

—No lo noté, tenía a alguien más en mente.

Taylor alzó una ceja.

—Ah, ¿sí? Es una pena.

—Oye..., no sé si debería hacer esto, pero los muchachos dijeron que es una tradición y pensé que...

—Dakho —lo detuvo—, estás tratando de invitarme al baile, ¿cierto?

—Sí —dijo con algo de pena—. No estaba celoso... Bueno, tal vez un poco.

—Cuando dije que no creía en esas cosas no estaba mintiendo.

Parpadeó incrédulo.

—¿Me..., me estás rechazando?

—Lo siento, superestrella. Pero sí, me temo que nunca me ha gustado eso de las tradiciones de la escuela, siempre salí lastimado de ellas. —Se sentó a su lado y dejó caer su cabeza en el hombro del muchacho.

Dakho sonrió por lo bajo; muy en el fondo todo esto de la escuela y la extraña vida adolescente que nunca vivió le hacían querer ponerse un traje y tomarse la foto en la entrada de la escuela como todos los demás. Pero Taylor tenía razón, y él respetaba su decisión de negarse. Así que asintió un poco decepcionado. Esa decepción se desvaneció cuando Taylor le dio un beso en la mejilla.

—¿Y eso por qué fue? —le dijo recibiendo en respuesta una pequeña sonrisa.

—No quiero que te desanimes; dije que no quiero ir al baile, no que no quiero estar contigo.

—¿Y eso significa que...?

—Mientras todos ellos fingen que saben bailar, hay muchas cosas que podríamos hacer. Por ejemplo, el cine siempre está vacío la noche del baile.

—¿Cómo sabes eso?

—Eso no es relevante. —Taylor aclaró la garganta.

Muchas cosas suceden en la espera de un gran amor. Pero ¿cuánto tiempo se supone que se debc esperar? Dakho sonrió pensando que incluso si retrocedía, no le importaba perder el tiempo.

—Hablando de estar solos, pásame tu billetera.

Taylor lo miró extrañado, pero accedió. Dakho la tomó y sacó de ella una hoja doblada.

—Había guardado esto acá. ¡Ta-da! Es una gran oferta si lo piensas bien.

—¿Qué es esto? —le preguntó viendo el volante.

—Oh, solo una tontería que pensé en Boston.

Taylor la abrió y vio la foto de la casa acompañada de sus descripciones.

—¿Por qué guardaste esto?

—Creo que estoy atrapado aquí. Cuando vayas a la universidad, será muy difícil estudiarme si me quedo en el pueblo. Así que vivir allá me pareció una buena opción.

(Quiero que se quede).

Quiere quedarse.

—¿Quieres que vivamos lejos..., juntos y lejos? —Dakho asintió y él sonrió—. ¿Y de dónde planeas sacar dinero para eso?

—Eso te lo dejo a ti —se burló y Taylor lo miró con severidad—. Ni siquiera tengo papeles, pero, no lo sé, puedo trabajar; soy bueno en la cocina. Podría conseguir empleo de mesero o yo qué sé.

—No creo que eso sea suficiente.

—Pues entonces tendré doble turno.

—Bueno, ya que lo pones así, puedo hacerte un préstamo, si quieres.

—¿Ah, sí? ¿Qué clase de préstamo?

—Podría ayudarte con el pago inicial y después podrías devolverlo poco a poco.

—¿Y eso a cambio de qué?

—Puedes ayudarme a mantener ordenada mi vida y dejarme vivir contigo, claro está.

—¿Qué hay de los dormitorios de la universidad?

—Voy a enloquecer si estoy demasiado tiempo solo. Hace mucho que dejé de estar acostumbrado a la soledad, y me parece un trato razonable.

—Sí, sí, es un trato justo.

—Y Dakho... —dijo en voz baja—. Si muero, quiero que seas tú el que se encargue de todo, ¿está bien?

—Ya te dije que eso no sucederá.

—Lo hará. Ya sea en un par de meses o en quince años, pero si sigues aquí, necesito que seas tú.

—Está bien, no te preocupes por eso.

Tenía razón. No debían temerle a la muerte, al final es lo único seguro en la vida. Ya no se sentía perturbado por los acontecimientos. En su lugar, le robó un pequeño beso en los labios a Dakho antes de levantarse.

—Ahora, a ensayar —le dijo con una sonrisa leve.

Aclaró su garganta antes de comenzar a hablar y Dakho observó cómo recitaba sus frases, atento para no fallar en ninguna. Se puso de pie para llegar al muchacho sin preocuparse por ser visto y, pasándose la lengua por los labios, lo besó, en una muestra de agradecimiento infinito.

Oh, Taylor era perfecto ante la vista de todos, pero nadie podría apreciarlo tanto como Dakho. Sin embargo, para algunos, verlo era suficiente para despertar su intriga.

Si lunático es sinónimo de genio, una pizca de astucia es lo que marca la diferencia entre ambos. Quizás Taylor era inigualable, pero para su equivalente intelectual, representaba más un misterio que una amenaza.

Kim Anzu apagó su cigarrillo en el cenicero mientras entrecerraba los ojos viendo las cámaras.

—Déjame ver si entiendo —dijo poniéndose de pie—. Ellos... replicaron las torres.

Había redirigido el circuito de cámaras hacia donde se encontraban su experimento y Kim. Era increíble el descaro que tenía para pasearse con su experimento por toda la ciudad sin temor alguno. Y de besarlo como si no entendiera con lo que estaba jugando, de lo que ponía en riesgo.

A Kim Anzu le gustaba pensar que la ciencia y la música tenían cierta relación; para él, encontrar un cabo suelto era tan preciso como un compás de violín en el que es imposible no ligar una pasada del arco por las corcheas. Ahora, desde su cuarto de control del laboratorio, recapitulaba lo que había ocurrido en los últimos meses.

El sonido de los violines siempre fue su favorito porque le gustaba asociarlo con el sentimentalismo y la adrenalina. Como en el Titanic cuando comenzó a hundirse, o Tartini con el diablo, creía que marcaba el inicio del final. Para un huérfano en medio de tiempos de guerra, como él, la vida no era nada favorable. Menos si se trata de dos hermanos incapaces de controlar el destino.

Quizás por eso Anzu intentó mantener a Haruka a su lado todo lo que pudo y asegurarse de que nada la dañara.

No sabía qué tanto del expediente del tal «Han Dakho» era real —o incluso si su nombre lo era—, pero sí tenía la certeza de que se había mezclado bastante bien entre los pobladores. Había aparecido en los registros de la escuela el tres de agosto. Y revisando el carrete de grabación de las últimas semanas, tenía no una, sino cientos de tomas del muchacho; algunas al lado de los sospechosos que habían estado persiguiendo, otras con el infractor principal y un par de ellas en el campo de béisbol.

Anzu suspiró. ¿Qué había del otro lado? Si era real, efectivamente había logrado fracturar la línea de la realidad temporal, y el pasado estaba a su alcance. Pero Han Dakho ya no era su experimento; alguien más se lo había robado.

Ese chico Kim había creado un generador de energía, y nadie lo notaba, pero permanecía conectado al cableado de la ciudad, por lo que el condado Mariposa por completo estaba atado a la energía que provenía de Han. Lo supo después de que su radar no funcionara como debía, estaba colapsando, pero era porque la energía de Han se había regado por la ciudad a través del alumbrado público.

—Tienen un generador de energía lo suficientemente fuerte como para contener al experimento —le dijo su pupilo.

—Más de veinte años de trabajo e investigación y logré hacer que un humano fuera capaz de sobrevivir entre dos puntos. Y este chico estaba intentando revertirlo.

Lee Jaewon estaba a su lado; después de permanecer un par de días en observación, el profesor finalmente se dignaba a escucharlo.

—¿Por qué lo dice?

—El apagón de hace unas semanas destruyó dos fuentes de energía de la central eléctrica, pero la zona sur aún tiene electricidad. El chico está alimentando todo y ni siquiera parece darse cuenta. No creo que Kim busque llevarse mi trabajo. Él quiere aislarlo.

—¿A qué se refiere?

—Te lo dije antes: si el experimento atravesó la brecha, el agujero formó una gran coraza de corriente alrededor de él para protegerlo. Pero al niño no le interesa, quiere separarlo de ella, quiere volver a Han «normal».

Taylor Kim parecía inestable. Pero para Kim Anzu el niño no intentaba controlar la energía del experimento, sino que buscaba extraerla, y si lo estaba intentando, significaba que sabía muchas cosas que ellos no.

—¿Qué gana él con eso?

—Volverlo *invisible.*

—Él sabe que viene del otro lado, pero… —Lee Jaewon negó con la cabeza cuando lo entendió—. ¿No está intentando enviarlo de regreso, cierto?

—Maldición, Han es el único humano conocido capaz de soportar tanta electricidad. Tanta inteligencia, y Kim está jugando a ser su novio.

—Es un adolescente. ¿Qué esperaba que hiciera? Encontró la oportunidad de vivir su propia película de ciencia ficción y la tomó.

—Se topó con el equivalente a un superhumano, Jaewon. ¡Un viajero del tiempo! Y logró camuflarlo.

—Eso no lo hace brillante.

—Replicó los elementos del vórtice a escala y con chatarra, por un demonio, lo hace un genio.

—¡Es un niño!

—¿Recuerdas que una vez te dije que solo se necesitaba una mente brillante para cambiar el mundo? —Lee Jaewon asintió—. Pues me temo que esa mente no es ni la tuya ni la mía. —Se quitó los anteojos, volteó a ver hacia la pantalla y dijo—: Es la suya.

¿Qué motivaba a Taylor a desafiar la realidad? Porque Anzu sabía que debía existir un propósito, así como el suyo.

Veinte años en el pasado, Kim Anzu había recibido una carta de una mujer desconocida contándole que estaba bien, que había logrado llegar a América, diciendo que había sido acogida por un viejo bondadoso y que se había enamorado del hijo de este. Le dijo que estaba casada y que pronto tendrían una hija. Después de que contestó la primera carta, esta se convirtió en miles. Ella comenzó contándole lo feliz que era y poco a poco el color de sus letras cambió. Le dijo que se sentía atrapada, que ya no soportaba a su esposo, que soñaba todas las noches con desaparecer, pero que no era lo suficientemente valiente para terminar con su vida.

Él no conocía ese nombre, pero la forma en la que las letras de su carta parecían hablarle por lo doloroso de su escritura le hicieron sentir la necesidad de tener una familia por primera vez en mucho tiempo. Un joven Kim Anzu tomó todo lo que estuvo a su alcance para intentar llegar a América cuando leyó el final de la última carta.

Incluso cuando pudo hacerlo meses atrás, eligió el peor momento para hacerlo y llegó tarde. Ni siquiera pudo encontrar su tumba; nunca supo el apellido de la mujer que le escribía, pero no le importaba. Más allá de cualquier nombre, ella era una Kim.

Era su hermana.

No haber llegado a tiempo le hizo desear ser capaz de retrocederlo. De volver a la última vez que pudo verla o al momento de su primera carta. Así que ahora estaba loco y sediento de redención.

Kim Anzu aprovechó su descubrimiento para avanzar sin vacilar y encender las cuatro torres de energía que abrían el vórtice. Incluso a la distancia y con ese violín mental que siempre lo acompañaba, la música no se detendría hasta que no hubiera algo más que cambiar.

Los reflectores se encendieron en el auditorio y parpadearon por la corriente, luego de que abriera sus puertas principales después de mucho tiempo. Si esto fuera la escena de una película, definitivamente tendría el sonido de un capricho de violín de fondo, acompañado de un reloj que perseguía a los infractores del tiempo.

Quizás era un efecto colateral, pero muchas personas en el pueblo estaban interesadas en la obra de teatro, hacía frío afuera, y era más fácil esperar dentro de la escuela el inicio del partido que en la tribuna donde el viento azotaba.

April Augustus Moon tenía su traje de gala puesto mientras organizaba a los demás. Las luces y el brillo del espectáculo son solo la parte fácil del arte. Existe mucho más allá de eso. Comenzaba el atardecer y todos los actores corrían en los vestidores del auditorio.

Había luces, color y telas finas por todo el vestidor.

Haru iba a impresionar a la reclutadora de la escuela de arte de Nueva York a como diera lugar, así que no había lugar para errores.

El tiempo corre veloz cuando nadie le presta atención. Dakho y Taylor se acercaron a él después de casi llegar tarde.

—¿Ustedes dónde estaban? —les preguntó ansioso al verlos.

—Lo siento, es mi culpa —dijo Dakho.

Les había tomado demasiado tiempo conseguir monedas. Y es que, para hacer llamadas de larga distancia era necesario tener mucho cambio o una línea telefónica. Dakho insistía en que debían conseguir esa casa antes de que alguien más decidiera comprarla. Logró negociar el pago y parecía absurdo, pero el dueño confió en él desde el momento en que supo de quién se trataba.

Ajeno a esto, Haru suspiró y le indicó a Taylor que fuera a cambiarse cuanto antes. Dakho les deseó suerte con una sonrisa antes de dirigirse él mismo hacia el vestidor del exterior para tomar su uniforme; debía estar listo y sabía que si quería ver la obra completa no le daría tiempo de cambiarse para la final.

Así que entró velozmente y comenzó a vestirse. Pero, por cada prenda que se quitaba, la pesadez de su cabeza se volvía más grande. Su campo magnético estaba expandiéndose por todo el pueblo. Él no lo entendía, pero el sabor a óxido de su boca apareció en el momento en que empezó a desprenderse de su propia realidad.

Se sentó en la banca, mareado, y negó con la cabeza al darse cuenta de que estaba empezando a tener nuevos recuerdos. Su último verano en Seúl, su llegada a San Francisco y el inicio de las grandes ligas aparecieron en su cabeza. Estaba cambiando, pero no lo comprendía.

Simultáneamente, Sean Grace caminaba por los pasillos de la escuela. Todo el día, ese sentimiento de buscar a Sunny se había mantenido con él. Estaba muy paranoico. Así que fue hasta su casillero a dejar sus libros antes de ir al vestidor, pero no esperaba que al abrirlo se cayera de este un sobre. Se agachó a recogerlo y sonrió a medias cuando reconoció la letra que decía: «Para el cumpleañero. —A. A.».

Lo abrió para hurgar en su contenido y se encontró con varias fotografías. La primera era de él jugando béisbol, la misma que había visto en la caja de fotografías de Augustus, y la segunda, una mucho más antigua, de cuando era más joven, durmiendo entre la grama del jardín. En la parte inferior de la fotografía decía: «Para que nunca olvides quién eres, quién fuiste y quién quieres llegar a ser». Sonrió, luego notó que tenía algo escrito en la parte de atrás: «P. D.: Puedes poner estas fotos junto con la que te robaste».

Apretó los ojos y ahogó una sonrisa. No podía negarlo. Pegó ambas fotografías en la parte interior de la puerta de su casillero, justo donde había colocado la que había robado. Allí también tenía una de su novia y otra de cuando Taylor era pequeño. Así que entre todas las fotografías se podría decir que tenía todo lo que le importaba.

Sean Grace no tenía idea de que su benevolencia hacía tambalear toda la historia.

Cerró la puerta del casillero y se encaminó a buscar a SunHee antes de que terminara el atardecer, pero supuso que la vería en el auditorio, así que caminó directo al vestidor para cambiarse y ver un poco de la obra de los chicos.

Pero cuando entró, se encontró con Dakho tosiendo y con el rostro rojo.

—¡Dakho! —le gritó—. ¿Qué sucede?

—Algo no está bien, no, no, no está bien.

Quizás el problema de esto fue tratar la nueva historia como una línea paralela.

El rostro confundido y preocupado de Sean Grace le hizo sentir a Dakho como si sus rencores se borraran, pero esa parte de él que lo odiaba era la misma que lo había enviado aquí. El viejo Sean Grace alguna vez le dijo que odiaba las despedidas por teléfono, y cuando el joven le puso la mano en el hombro descubrió la razón.

—¿Han? —dijo para hacerlo reaccionar.

—¿Dónde está el auto? —le preguntó cuando el circuito de las historias de su cerebro comenzó a conectarse.

—En casa. ¿Por qué?

Dakho negó con la cabeza; era hoy, y no podía permitirlo. Se levantó de la banca y corrió de regreso al auditorio mientras Sean Grace lo perseguía.

—Oye, ¡espera!

Cual títeres del destino, ambos en el mismo papel: un segundo y una carretera cerrada, siempre lamentando no llegar a tiempo.

Cuando entró exhaló con fuerza. Haru parecía alterado, pero Dakho no se detuvo a preguntar; corrió hacia Taylor.

—Tienes que ayudarme —le contestó a Taylor casi llorando—, todas mis memorias se están mezclando.

—¿Qué?, ¿cómo lo sabes?

—Porque estoy seguro de que uno de ustedes va a accidentarse hoy. Y no sé quién, pero es malo, muy malo.

Taylor se pasó la mano por el rostro, preocupado: a su lado, Haru le preguntaba algo a su hermano, y este le contestó igual de preocupado:

—La he buscado durante todo el día, no está aquí.

—Llama a su casa, tendría que haber estado aquí hace media hora —dijo Augustus Moon a Sean Grace—. Hay una cabina de teléfono en el estacionamiento, tiene que estar aquí pronto.

—¿Qué sucede? —le preguntó Dakho a Taylor.

—SunHee no está por ningún lado, la necesitamos para empezar —le respondió preocupado—. La hemos intentado localizar durante una hora.

Ser un espectador puede hacerte sentir impotente ante la vida y las decisiones de los otros.

Antes no existía una historia en la que Lee SunHee fuera la protagonista de una obra escolar, ni en la que Taylor fuera su pareja en el escenario; sin embargo, estos acontecimientos nunca se interpondrían a aquellos que provenían de sus decisiones.

Han Dakho no era más que el espectador de la vida de ellos cuatro, porque, por mucho que influyera, la historia no estaba atada a sus acciones, sino a las de ellos.

Vio a Haru darle unas monedas a Sean Grace y luego este salió corriendo.

—Si ustedes tres están aquí, y alguien debe accidentarse por la nieve, eso significa que… —Se quedó callado cuando Taylor volteó a verlo.

—SunHee —murmuraron ambos al mismo tiempo.

—No puedo dejar que eso pase —dijo Dakho, ansioso por salir—. Tengo que asegurarme de que llegue al aeropuerto.

—Dakho —le pidió Taylor tomándolo del brazo antes de que se fuera—, podría no ser real.

—Son mis recuerdos, todo está aquí. Si alguien no encaja en medio de todo esto somos ella y yo, si algo le sucede…

—Te sucede a ti también —murmuró asustado. Dakho asintió.

—No dejes que Sean Grace me siga.

—¿Por qué lo haría?

—Va a decirle que se marchará. Y él intentará alcanzarla, ha estado en mi cabeza todo el tiempo. Él… —tragó saliva— podría morir.

—No lo entiendo, Dakho. ¿Por qué de pronto te importa tanto Sean Grace?

Respiraba agitado. Sus recuerdos saliendo de compras en pijama con su padrastro y de las noches jugando béisbol eran parte de él. La bondad del joven Sean Grace y el cariño del viejo le estaban abriendo el pecho. Si Sean Grace cambiaba su forma de pensar, los errores que cometió con Dakho tampoco existirían.

—No lo sé, no tengo un recuerdo claro; pero no quiero que nada le suceda —dijo antes de soltarse de las manos de Taylor y salir corriendo del auditorio.

En el momento en el que este se alejó, Sean Grace regresó por el otro lado del escenario corriendo hacia ellos.

—¡¿La encontraste?! —dijo Haru, poniéndose de pie al verlo llegar.

—No vendrá —le respondió recuperando el aliento—. Su vuelo sale en dos horas.

—Hay trescientas personas allá afuera —dijo Haru, asustado. Todo se estaba yendo a la mierda.

—Chicos —murmuró Sean—, lo siento, tengo que alcanzarla. Si me voy ahora podré verla antes de que salga de la ciudad.

Taylor negó con la cabeza. No podía ser, Dakho tenía razón.

—No puedes irte, te necesitamos aquí —le dijo su hermano acercándose a él.

—Taylor, no dejaré que se vaya.

—Aunque lo intentes, no servirá de nada. Lo mejor que puedes hacer es esperar, la encontrarás en el futuro.

—¿Qué?

—Todo esto de la vida y las cosas que debimos hacer. Sean Grace, no deberías saberlo, pero si te vas ahora, serás miserable los próximos treinta años.

—¿Cómo estás tan seguro de eso?

—Yo… te mentí. Y sé más de lo que debería saber sobre tu vida.

Sean Grace negó más indignado que molesto. Pero si el lunático del laboratorio le había dicho la verdad, eso significaba que Taylor también sabía algo sobre el futuro y los extraños experimentos, así que lo más inteligente que podía hacer era no meterse con los problemas del tiempo. Y funcionaba, porque, a diferencia del gran cerebro de su hermano, la inteligencia de Sean Grace era a fuerza de sobrevivencia.

—Vas a decirme toda la verdad después de que esto acabe. ¿Lo prometes?

—Lo prometo.

Sean Grace resopló en contra de todos sus principios. Iba a arrepentirse de esto.

—Bien. ¿Qué se supone que tengo que hacer?

—Necesito reemplazar a Sunny. —Los dos hermanos lo veían enloquecer buscando una respuesta. Cuando la encontró, los vio esperanzado—. Taylor, ¿qué talla eres de vestido?

—¿Qué? —preguntó confundido.

—Dale tu ropa a Sean. Tú serás Romeo —respondió mirando a Sean Grace—. Y tú, Julieta —le dijo al hermano menor.

—No voy a hacer eso.

—Yo tampoco —secundó su hermano.

—Son los papeles que querían, ¿o no? Sean, estuviste ayudando a Sunny a ensayar, así que conoces la obra. Y Taylor se sabe de memoria los diálogos de Julieta.

—Pero —intervino Sean—, somos hermanos. ¿Qué pasará en la última escena, vamos a cerrar el círculo incestuoso de nuestra familia?

—Eso no tiene que ser un romance. Será una comedia.

—Se volvió loco, ¿cierto?

Augustus Moon inhaló con fuerza.

—Dame el libreto, tengo arreglos que hacer —le dijo a Taylor, empuñando su bolígrafo.

A veces es preciso considerar las dimensiones del deseo y la responsabilidad que conlleva el deseo. Todo humano es egoísta; es parte de la esencia misma anhelar para sí mismo, ya sea algo o a alguien, pero la capacidad de anteponerse a esos impulsos es la que nos mantiene a salvo. Incluso desear una realidad diferente es un intento por protegerse de las cosas que nunca debieron doler.

Dakho siempre lo supo, y por irracional o incluso cómico que pudiera llegar a parecer, siempre quiso alterar ese camino. Pero ahora no sabía por qué lo había querido hacer. Una parte de su egoísmo se había desprendido de él mientras olvidaba los motivos de su rencor.

El sol de la tarde que comenzó a esconderse le hizo saber que no le quedaba mucho tiempo. Corrió hacia la casa de huéspedes donde su madre se alojaba, pero las cortinas estaban cerradas, y aunque tocó el timbre muchas veces, nadie le respondió.

Algo estaba mal. Lo sabía, lo sentía.

Corrió en sentido opuesto, hacia la casa de los Kim. El aeropuerto estaba muy lejos y él debía asegurarse de que ella subiera a ese avión. Quizás sus motivos eran distintos, pero sus acciones eran iguales a los de aquel cuyo propósito redireccionó.

Llegó hasta el garaje de la casa y entró por la puerta trasera. Las llaves del auto estaban puestas como siempre, y él tembló un poco cuando abrió la puerta para sacarlo.

Dakho ya no recordaba haber tenido intenciones de arruinar la cita de Sean Grace y su madre; en su lugar, solo recordaba haber vagado con Taylor por el bosque. Recordaba ser rescatado y haber visto esos ojos ámbar cuando despertó. Han Dakho no supo por qué acompañó a Taylor ese día a la escuela, no encontró un motivo más allá de los deseos puros en su cabeza. Sentía que lo acompañó porque no quería estar solo, y todo lo que hizo fue genuinamente porque nació de él. Dakho sabía que lo besaba porque su pecho temblaba cuando estaba con él, eso lo tenía claro, pero de lo demás ya no estaba tan seguro.

Había muchos destinos, millones de realidades, y cada acción creando una nueva. Si el pasado, el presente y el futuro coexisten, significa que todo ocurre en el mismo momento.

Por eso, el momento en el que Lee SunHee se despidió de sus tutores en el centro de la ciudad para tomar un taxi, y el momento cuando Han Dakho arrancó el motor del auto, fueron el mismo. Y estos dos fueron simultáneos a cuando Taylor Kim le entregó su traje a su hermano para que este cambiarse.

Sean Grace tenía náuseas, pero pensó que quizás solo se trataba de los nervios por salir al escenario. Veía constantemente el reloj; tenía el tiempo demasiado exacto para pasar de la obra a salir al campo. Dejó su uniforme doblado y comenzó a colocarse el traje de aspecto antiguo que se suponía que debía utilizar Romeo.

Augustus Moon lo vio batallar un poco mientras se vestía, así que se acercó a él.

—¿Necesitas ayuda, cumpleañero? —le dijo con una sonrisa. En el fondo, había satisfecho ese deseo egoísta de que Grace estuviera con él.

Sean Grace se burló un poco de sí mismo, con todo esto del partido hasta él mismo había olvidado que era su cumpleaños.

Asintió.

—Gracias por tu obsequio, por cierto.

—Meh, no es nada. Tengo que deshacerme de esas viejas fotos, y parece que te gustan más que a mí.

Sean Grace titubeó.

—No sé cómo hacer esto —confesó mirando su corbatín.

Augustus se acercó para colocárselo correctamente. Levantó la cabeza un par de segundos solo para notar que Sean Grace lo observaba y que sus largas pestañas estaban mojadas. Había llorado mucho desde que habló con SunHee por teléfono.

—¿Cómo te sientes? —le dijo, porque no soportaba verlo así de mal.

Sean Grace tragó saliva cuando las manos Augustus se acercaron a su cuello.

—Son muchas cosas, no-no... Yo no..., no sé cómo explicarlo.

—Vamos, grandote. Si quieres que te ayude, tienes que intentar expresarte.

—Es que yo... —negó confundido, como si no pudiera hilar sus palabras.

—Tú puedes —respondió con delicadeza mientras ajustaba los botones de su camisa—. Un sentimiento a la vez, ¿de acuerdo?

Sean Grace suspiró, su suave voz aún tenía ese extraño efecto tranquilizador sobre él.

—Estoy preocupado por el juego y nervioso porque nunca había hecho algo como esto.

—Grace, eres el mejor jugador que conozco, y para mi mala suerte, también un gran actor. Estarás bien —le dijo, atando la pañoleta por encima de su cuello para complementarla con su corbatín.

—Ella se fue... —murmuró con los ojos cristalizados—. Y yo soy una mierda por sentirme así.

—¿Qué sucede contigo? No digas eso, es normal estar triste, y está bien.

—No... —le dijo con total sinceridad—. No estoy triste, estoy confundido.

—¿Por qué?

—Si no hubiera sido un imbécil antes, no habría conocido a SunHee, y ahora no está. Yo no la merezco, pero siento que la necesito. Quiero que se quede conmigo, tener una maldita casa de campo con ella y un montón de estúpidos niños.

Augustus le quitó la mirada de encima. Le quemaba lo que sabía.

—Pero me confundo porque otra aparte de mí… —Augustus intentó intervenir, pero Sean Grace no lo dejó hablar, llevó con su mano el mentón del chico para hacer que lo mirara— quisiera saber cómo sería todo si no me hubiera equivocado.

Sonrió cansado al tenerlo cerca y notar que aún olía a suave jazmín.

—¿Equivocado con qué?

—Contigo.

Nadie tiene por qué ser una opción. Cuando amas a alguien, lo eliges sin dudarlo. Sean Grace lo entendía, por eso estaba convencido de que no merecía a ninguno de los dos.

Lo que sea que se hubiera quebrado dentro del alma de Sean Grace Kim estaba lleno de sentimientos que Augustus podía ver en cámara lenta. Porque, aunque él no le perteneciera, seguía siendo el motivo de todas sus canciones y el dueño de sus lágrimas.

Taylor se acercó en silencio desde la otra parte del escenario y se detuvo con curiosidad al verlos así de cerca.

Augustus sonrió a medias porque sus heridas habían comenzado a sanar, ahora era incapaz de aprovecharse de la vulnerabilidad de Sean Grace, y unos centímetros serían suficientes para crear otra línea de tiempo.

Acercó su cuerpo a él por unos instantes en los que deseó saber si su corazón se aceleraría al tocarlo y acomodarle la solapa del saco.

—Quizás en otra historia… pudimos ser los protagonistas —le dijo tocando su pecho.

Sonrió y, en contra de sus deseos, se alejó de él. Augustus siempre tuvo más autocontrol que cualquiera de los otros. Se dio la vuelta, pero se detuvo al ver a Taylor de pie frente a ellos. El chico carraspeó y le sonrió.

—¿Me ayudan con el vestido? —preguntó con pena, a lo que Augustus asintió. Sean se escondió de la mirada de su hermano.

Estaban a poco tiempo de empezar, y aún faltaba arreglar el cabello de Taylor y su maquillaje. Haru se colocó detrás de él para tirar de los listones del corsé y ajustarlos a la silueta de Taylor, que cerró los ojos cuando le apretó el cuerpo. Afortunadamente, era un chico alto, porque de otra forma, al no ponerse los tacones, habría arrastrado más el vestido. Lo maquilló con destreza y buscó la peluca adecuada. Al verse en el espejo, Taylor se sorprendió con su transformación, aunque no era la forma en la que creyó que terminaría este día.

Haru dejó solos a los dos hermanos mientras terminaba de alistar lo demás.

—Oye, bonita. No sé si decirte esto, pero tengo un hermano muy parecido a ti.

Taylor volteó a ver, Sean Grace le sonrió.

—No me molestes, no estoy en mi mejor momento.

—Solo bromeaba, de hecho, luces mejor de lo que esperaba. Nunca he usado un vestido, pero debe de ser difícil usar uno así de largo y ajustado.

—No puedo respirar —bromeó Taylor. Sean Grace extendió una mano hacía él y Taylor la tomó para apoyarse, porque aun con su calzado deportivo sus piernas se enredaban en las capas de la tela.

Cuando se puso de pie, Sean Grace entrelazó su brazo con el suyo, y a su vez, sujetó un extremo del vestido para levantarlo un poco y evitar que se le dificultara caminar.

Juntos, los Kim avanzaron hacia la parte de atrás del telón, donde se escondía el escenario. Afuera había muchas personas esperando a que comenzara la obra; era la primera vez en mucho tiempo que ese auditorio volvía a ser usado, y ambos estaban nerviosos.

—Finn… —le dijo Sean rompiendo el silencio—. ¿Dónde está Dakho?

—No lo sé —respondió con preocupación—. Espero que regrese a tiempo para verme actuar.

Sean sintió temblar a su hermano pequeño y pensó que era buen momento para hacer algo que nunca creyó que haría.

—¿Sabes? Hace algún tiempo que tú y yo no hablamos.

—¿A qué viene eso?

—Oh… nada. Es solo que con todo esto de la universidad pensé que en un par de meses ya no te veré tanto como antes.

Taylor rio.

—¿Vas a extrañarme?

—Por supuesto, te conozco desde que mamá entró contigo por la puerta. Y llámame sentimental, pero después de tenerte tantos años en la habitación de al lado, será difícil acostumbrarme a estar sin ti.

Al hermano menor se le formó un nudo en la garganta.

—Fui tu primer amigo a la fuerza, ¿eh?

—Algo así, pero no es eso de lo que quiero hablar contigo.

—¿Entonces de qué?

—Pues, no sé si papá ya tuvo esta conversación contigo, pero cuando una abeja y una flor se aman mucho... O bueno, una abeja y otra abeja o...

—¿Qué?

Sean Grace suspiró. No tenía ni idea de cómo hacer esto. Así que dejó de intentar elegir las palabras correctas y comenzó a hablar con lo que le salía del pecho.

—¿Recuerdas cuando tuve mi primer beso? —Taylor asintió sin entenderlo—. Estaba asustado, y... ¡emocionado! Corrí a casa a contarte, nos encerramos en el ático porque no quería que nadie nos escuchara, fuiste el primero en saberlo.

—Sí, tenías como doce años —dijo Taylor cuando esas memorias lo abrazaron—. Creíste que mamá te castigaría o algo así. Me hiciste jurar que no diría nada.

—Estás olvidando algo —mencionó con temor.

—¿Qué cosa?

—También juraste que yo sería el primero en saber cuando dieras el tuyo.

—No sé por qué de pronto te interesa, hace años que me ignoras.

—Me convertí en un idiota, lo reconozco, pero eso no cambia el hecho de que rompiste tu promesa.

—Sean...

—¿O vas a decirme que mi encantador hermanito no ha besado a nadie?

El menor titubeó nervioso.

—Yo... no sé qué esperas que te diga.

—No intento presionarte, pero quiero que sepas que estoy aquí si quieres contarme.

Taylor respiró profundamente sin saber qué sucedía. Su pulso se había acelerado, tenía miedo, pero quizás podía permitirse ser sincero. Además, conocía tan bien a su hermano que estaba seguro de que, si era capaz de preguntarle eso de frente, era porque ya lo sabía.

—Pues, resulta que hay alguien que me gusta y… —sonrió apenado— creo que yo también le gusto.

—Eso es muy tierno —dijo casi incrédulo de que confiara en él—. Pero no deberías dudar, eres un Kim, conquistarías a una roca si quisieras. —Le dio un pequeño empujón.

—Es bueno saber que piensas eso —dijo en voz baja.

—Y la persona que te gusta, ¿cómo es?

—Diferente. Es diferente a cualquiera que haya conocido, es inteligente, también algo extraño cuando habla, pero muy cuidadoso con todo lo demás.

Tragó saliva.

—Te gusta alguien diferente. Porque tú también te sientes así, ¿cierto? —Sean Grace lo vio de reojo, como temiendo que lo rechazara.

—Sí, lo soy —contestó con total seguridad, lleno de esa valentía que lo caracterizaba aun si sentía sus manos sudar.

Esperaba cualquier reacción, pero no que Sean Grace negara con una sonrisa.

—En realidad, no esperaba menos de ti. Siempre has sido alguien peculiar.

—¿Sí entiendes lo que trato de decirte, cierto?

Le dio un leve golpe en la cabeza, sonriendo.

—Oye, niño. No soy tan idiota como parezco. ¿Sí?

—Lo siento, no soy bueno para estas cosas.

—Tampoco yo, me están temblando las piernas.

Había algo que no cambiaba en ninguna línea temporal, y era el amor que los hermanos Kim tenían el uno por el otro. Taylor se pasó la mano por la parte de atrás del cuello.

—Mi primer beso fue en el bosque —le confesó con un poco de gracia, intentando no faltar a su palabra— y fue por accidente. En realidad, nunca se lo dije a nadie.

—¿Entonces sí soy el primero en saber?

—Sí, así que estamos a mano. Fue muy extraño para mí, no lo había sentido antes.

—Descuida, la vida es extraña. Estás viviendo tu primer amor. Disfrútalo. Si tienes suerte, también podría ser el único.

—¿Qué tal el tuyo? —dijo acusador.

—¿Mi primer amor? Oh, señor. Lo dejé muy lejos de aquí, así que prefiero no hablar de eso.

—Al menos ahora sabemos que no somos tan insensibles como pensábamos.

Sean Grace respiró profundamente.

—Y tú, ¿crees que esa persona te quiere?

—Me quiere —murmuró apenas.

Su hermano estaba enamorado, lo sabía. Lo supo porque su egoísmo fue incapaz de sobreponerse ante el brillo de los ojos del muchacho; porque, aun con todos sus perjuicios, esa parte de él en la que su bondad se escondía le llenó el pecho con un sentimiento parecido al orgullo. Entendió que aquel pequeño al que había acompañado por tantos años ya no lo necesitaba porque había encontrado a alguien que lo amaba. Su hermanito era más valiente de lo que él alguna vez pudo ser.

—Taylor —dijo con suave voz—, y eso, ¿te hace feliz?

—Sí. Pero no sé si sea correcto. No quiero decepcionar a nadie —dijo, tartamudeando un poco.

—¿A quién podrías decepcionar?

—A mamá, a papá...

—No voy a mentirte, tendrás que ser muy fuerte, las personas son crueles. Y este camino no será nada fácil.

—Sean... —musitó—, lamento haberte decepcionado.

Sean Grace creía firmemente en que su hermano tenía el alma más pura de todas. Necesitaba encontrar las palabras adecuadas mientras lo veía a su lado con la cabeza gacha. Le colocó la mano en la espalda y le regaló la más cálida de sus sonrisas mientras sus ojos se llenaron de lágrimas.

—Mírame —lo llamó, quería evitar llorar, pero aun así lo hizo—, quiero que sepas que no hay nada en este mundo que haga que me decepciones. Eres mi hermano. ¿Lo entiendes, Taylor?

—¿Tú? —dijo desconcertado con el rostro rojo.

—Yo te quiero, eres más que mi sangre; y ni la sociedad ni un montón de reglas absurdas harán que deje de hacerlo. Por mi parte, eres libre de amar a quien quieras.

Taylor se lanzó a abrazarlo, recargando su frente sobre el hombro del mayor. Sean Grace lo rodeó con sus brazos; alguna vez, su hermano lució tan frágil a su lado y ahora incluso lo superaba en altura.

Un leve susurro hizo que se le erizara la piel cuando lo escuchó decirle «gracias».

Taylor tenía un nuevo héroe, y él podía retirarse. Sí, su hermanito estaba enamorado, lo supo por la forma en la que sonreía.

Las luces del exterior se encendieron acompañadas de una oleada de aplausos, el *show* estaba por comenzar.

Augustus Moon llegó corriendo detrás de ellos.

—¡Chicos! ¿Están listos para comenzar?

Ambos se recompusieron. Después de todo, si algo caracterizaba a los Kim era esa capacidad de sobresalir en todo lo que hacían. Asintieron dándole la pauta al otro para comenzar. Y así, con sus manos entrelazadas, en medio de un amor filial que nunca se esforzaron por rescatar, rasgaron aún más la línea del destino.

Dakho conducía a gran velocidad. El aeropuerto estaba en la ciudad vecina, y él necesitaba asegurarse de que su madre se marchara ilesa. Su existencia completa dependía de ese momento. Pero sus manos comenzaron a ponerse rígidas mientras las memorias en su cabeza se revolvían golpeándolo cada vez que Taylor se movía sobre el escenario.

En medio de ellas, se encontró viendo a Sean Grace echar a su novio por ser un cretino con él, se encontró a sí mismo charlando afuera de la nueva casa y comiendo palomitas de maíz mientras veían una película de terror y criticaban a los actores.

Dakho negó con la cabeza sin entenderlo; quería odiarlo, pero de pronto ya no tenía motivo para hacerlo.

Pensó en la boda, pensó en lo que dijo, pero no podía encontrar las palabras en su memoria. Pensó que Sean Grace fue quien le enseñó a andar en bicicleta en una tarde de julio y, por alguna razón, la versión de cómo se había reencontrado con su madre se cambió por completo, al igual que su vida entera.

Las luces de la carretera comenzaron a cegarlo. Se sentía mareado y de pronto comprendió la forma en que su realidad se había adherido a la nueva línea temporal.

En el cruce de la carretera, su cuerpo entero se llenó de dolor y sus piernas se tensaron. Él no lo sabía, pero había comenzado la tercera escena de la obra de teatro. Y el público se reía por lo ridículos que se veían los hermanos Kim declarándose su amor el uno al otro. Incluso los compañeros del equipo los vieron y aplaudieron cuando uno de ellos empezó a cantar.

Dakho tenía ambas manos en el volante e intentó con todas sus fuerzas que sus recuerdos no se mezclaran para preguntarle a su padrastro qué era eso tan malo que le había pasado a su hermano.

Cuando el último acto llegó, en lugar de inclinarse a besar a Julieta en la boca, Romeo le dio un beso en la frente y las memorias de Dakho se reescribieron casi por completo.

Frente a él, un camión intentó cruzar la avenida sin mucho éxito. Era casi un hecho que chocaría con los árboles. Aunque Dakho estaba lo suficientemente lejos como para detenerse, sus manos no fueron capaces de maniobrar el volante. Y los frenos, aunque hizo el intento de presionarlos, no cedieron.

—Lo salvé —murmuró, cuando la última de sus nuevas memorias se separó.

Justo después, un gran estruendo resonó por todo el lugar. Fueron segundos en los que el furgón del camión derrapó sobre el asfalto, chocando contra los árboles. Y el auto, diminuto en comparación, salió disparado después de un fuerte impacto. Retazos de vidrio volaron alrededor, confundiéndose con la escarcha helada del ambiente.

Del otro lado, los aplausos retumbaron dando fin a la obra.

Había sido todo un éxito.

Sean Grace corrió a los vestuarios y se cambió con rapidez. No volvería a tener una oportunidad como esa, y el tiempo apremiaba. Esquivando a las personas que se acercaban a felicitarlo, salió disparado hacia donde se jugaría el partido.

Su hermano y Haru también se apresuraron para alistarse y llegar antes de que sonara el *playball.* Ninguno podía contener la emoción y la felicidad: todo había salido increíble, e incluso la reclutadora de Nueva York parecía satisfecha con el desempeño de Moon.

Durante el partido, Sean Grace corrió majestuosamente, como nunca, y la afición lo alentaba. Sin duda alguna, era el tipo de persona que, a pesar de cualquier presagio, encontraría la forma de brillar. Aun si a todos les había extrañado que la nueva promesa, Han Dakho, se hubiese ausentado de improviso de la final.

En la línea original, cuando Sean Grace se accidentó, le tomó meses ponerse de pie de nuevo. Y su depresión después del funeral de su hermano solo logró hundirlo aún más en sus adicciones. Sean Grace, a sus treinta años, había deseado como nadie dejar de respirar, pero se levantó, trabajó duro por volver a la universidad siendo un viejo y luchó por dejar de beber para hacer algo con su patética vida. Porque, de una u otra forma, Sean Grace Kim encontraría el camino de regreso a ella.

Todos veían el juego, animados, incluyendo a Taylor, quien se distrajo por un momento cuando el sonido de las ambulancias en la calle fue un poco más fuerte que el de la afición. Quizás era el destino o esa curiosidad que lo impulsaba a hacer cosas que no debía, pero se alejó de la valla del campo para caminar hacia el estacionamiento.

Veía personas que negaban y hablaban entre ellas en medio de la calle.

—Taylor, ¿a dónde vas? —le dijo Haru, que tenía intenciones de regresar a ver el partido.

—Algo no está bien —contestó caminando hasta unos hombres mayores que comentaban.

—¡Taylor, espera!

Taylor tocó el hombro a uno de ellos que miraba los autos haciendo fila.

—¿Qué sucedió? —preguntó desconcertado.

—Un accidente en la carretera —respondió el hombre—. El clima nunca es amable con los autos viejos.

—¿En dónde exactamente?

El otro pareció dudar ante su insistencia.

—La avenida principal, casi saliendo del pueblo.

—¿Hace cuánto? —preguntó Haru. Sabía qué era lo que Taylor pensaba.

—Quince minutos.

Taylor volteó a ver a Haru.

—Taylor, no... —dijo preocupado intentando detenerlo.

—Me tengo que ir.

Los latidos de su corazón se aceleraron, la fila de autos se extendía por toda la carretera y continuaba por kilómetros. Le dolía el pecho y estaba demasiado mareado, pero no podía detenerse. Tenía un mal presentimiento.

Comenzó a correr por la carretera. Allí se topó con un grupo de personas que veían a la distancia con gran curiosidad mientras se lamentaban. La nieve se hizo presente, los copos comenzaron a golpearle el rostro con rudeza. Jadeó, tomaba aire por la boca, mientras las luces de los autos le alumbraban la espalda y sus pies se mojaban debido a la nieve que atravesaba la tela de sus tenis blancos.

Taylor sabía que muchas cosas estaban mal. Su instinto le dijo que debía avanzar sin detenerse. ¿Y el destino? Ese hipócrita contempló la forma en la que levantaba la escarcha con sus pies cuando sus mejillas se tornaron rojas por el frío y el sudor descendía por su frente. Correr hasta que sus pulmones reventaran de aire helado. Correr como si no existiese un mañana. Correr luchando contra ese deseo de desfallecer.

Correr intentando alcanzar el tiempo, buscando un mañana.

Si había un final, Taylor no quería que fuera este. Se negaba a aceptarlo. Y como el ángel que era, los kilómetros en la carretera no fueron nada para él: deseaba poder volar.

Llegó a un lugar donde había mucha gente reunida. Los guardabosques y la Policía intentaban alejar a los curiosos mientras cerraban el lugar. Taylor apenas alzó la vista y dejó escapar un poco de su aliento, el vaho caliente se hizo visible por las luces de las ambulancias.

Había un camión atravesado a mitad del camino, y bajo este, el auto de su familia casi aplastado. Negó con la cabeza sin poder ver bien; el chofer del camión estaba siendo atendido por los paramédicos, estaba consciente mientras le limpiaban la herida de la frente.

Se acercó un poco más. Era de noche, pero la luz de la calle le permitió ver la sangre que goteaba sobre la nieve y que provenía del asiento del piloto del auto. Una nueva unidad de paramédicos llegó del otro lado de la calle y se acercó hasta el auto. Un médico se introdujo en la cabina.

—¡Tiene pulso! Hay que trasladarlo —gritó—. ¡Una camilla, pronto! ¡Hemorragia externa en la pierna derecha!

Cuando era niño, Taylor siempre creyó que amar a alguien era la cosa más estúpida que podía hacer. Porque hacerlo significaba dejar que todo tu ser se entregara devotamente a otra persona. Era darle el control para destruirlo.

Y, en muchos aspectos, Taylor no se equivocaba. Solo que ahora entendía que ese control que creyó existía no estaba ni en sus manos ni en las del otro. Porque, como humanos, somos insignificantes ante la realidad. Así que sentir amor por lo vano era estar condicionado a sufrir.

Lo supo cuando entre dos paramédicos arrastraron a Dakho fuera del auto mientras luchaban por mantenerlo respirando.

La chaqueta que trajo con él del futuro, esa que cuidaba con su vida, estaba totalmente manchada de sangre.

Taylor no pudo soportarlo más. Avanzó los metros que le hacían falta empujando a las personas para llegar hasta donde estaba el cordón policial. Intentó atravesarlo, pero uno de los oficiales lo detuvo.

—Perímetro cerrado. Atrás —le dijo con fuerza.

—¡Por favor! —sollozó—. Tengo que ayudarlo.

—¡Atrás, no puedes pasar de aquí! —dijo el oficial deteniendo a Taylor, quien luchaba por avanzar.

—¡Usted no lo entiende! —exclamó desesperado, no estaba llorando. Su voz rasgada despertó lástima entre las personas de su alrededor.

Dakho era su gran amor, y, aun así, tuvo que mentir para acercarse.

—¡Es mi hermano! —gritó, sin saber que en alguna otra realidad había gritado exactamente lo mismo—. ¡Déjeme pasar, se lo suplico, es mi maldito hermano!

El oficial que lo retenía lo soltó y Taylor corrió hasta donde los paramédicos intentaban contener la herida a Dakho. Ya le habían hecho un torniquete, y entre tres personas levantaron al chico después de ponerlo sobre la camilla para trasladarlo. El maquillaje corrió por su rostro debido a las lágrimas, y su cuerpo se paralizó sin saber qué hacer.

Caminó hasta la ambulancia mientras la nieve comenzó a caer más intensamente.

Había demasiado revuelo y fue apenas capaz de llegar hasta el vehículo. Una persona podía ir con Dakho en la ambulancia, pero según los médicos se encontraba bastante mal debido al *shock.*

Las personas de la estación vieron a Taylor y no se inmutaron cuando se subió en la parte trasera; él sabía qué hacer, pero estaba demasiado asustado. Así que solo cerró las puertas de la ambulancia por dentro mientras veía a los otros dos bomberos intentar mantener estable a Dakho.

Su padre solía decirle que, cuando llegara el momento, él también acompañaría al amor de su vida al hospital. Que tenía que crecer y ser un hombre fuerte para que cuando su esposa lo necesitara, él estuviera allí a su lado para tomarle la mano y decirle que no la dejaría. Papá le dijo que, cuando se convirtiera en padre, tendría que subir a la ambulancia y sonreírle a su esposa. Pero Dakho no era una mujer, y sus manos estaban llenas de sangre.

Dakho estaba desmayado. Los paramédicos utilizaron una compresa para intentar limpiarle el rostro en busca de otra herida. Pero el chico no había impactado contra el vidrio, parecía haberse movido del lugar antes de que algún vidrio lo atravesara. Tenía algunos cortes en los brazos, pero, sin duda, la herida más crítica estaba en la pierna.

Al ser un pueblo tan pequeño, llegaron al hospital en cuestión de minutos.

Los médicos de urgencias se movieron veloces cuando vieron llegar la ambulancia y abrieron las puertas para ayudar a la unidad de auxilio a bajar a Dakho.

Taylor bajó consternado, temblando al ver a todos actuar tan fríamente en sus labores. Él jamás lo entendió porque nunca le había importado nadie realmente. Pero allí, cuando la camilla que llevaba a Dakho fue empujada más allá de la unidad intensiva de emergencias, supo lo que era la impotencia.

Tenía miedo de que descubrieran que Dakho era diferente y que no supieran cómo controlarlo. Porque si el mundo se enteraba de quién era Han Dakho, estaba seguro de que querrían hacerle daño. Y no sabían nada, pues, para Taylor Kim, existía algo que hacía más especial a Dakho que el hecho de venir del futuro. Más allá de la electricidad de su cuerpo, de su realidad cambiante o de esa capacidad que tenía para resistir como ningún otro humano antes, Han Dakho era único por la forma en la que pensaba y por las cosas que le hizo sentir.

No, nadie nunca lo entendería, pero Dakho era especial porque era el amor de su vida. Una vida que nunca debió tener, y que ahora no sabía cómo sobrellevar.

Kilómetros al norte, en una escuela que no tenía mucho presupuesto, el sonido del bate golpeando la pelota en una jugada ganadora resonó por todo el lugar, haciendo que las personas se levantaran emocionadas.

El reclutador universitario se puso de pie para aplaudir; el equipo local de la preparatoria del condado Mariposa se coronó campeón de la temporada gracias a su capitán, Sean Grace Kim. Lleno de gloria, fue envuelto por sus compañeros, ya que a pesar del mal clima habían logrado vencer a sus últimos rivales.

Sean Grace estaba feliz, miró hacia las escaleras y notó que Augustus Moon se acercó a los señores Kim para decirles algo que no alcanzó a escuchar. Vio a su madre taparse la boca con ambas manos y voltear a ver a su padre, quien se pasó la mano por el cabello y negó un par de veces. Los vio comenzar a bajar las escaleras siguiendo a Augustus para salir de la tribuna del campo.

El chico parpadeó confundido, sintió que el pecho le dolía, esa corazonada que siempre tenía cuando algo no estaba bien. Así que se alejó de sus compañeros en un intento por seguir a su familia.

—¡April! —gritó cuando los vio en el estacionamiento. Corrió hacia ellos, pero de pronto sintió que su cabeza se hacía más pesada.

—Grace... —dijo al verlo, y fue testigo del momento exacto en el que perdió la estabilidad y cayó al suelo, inconsciente—. ¡Grace! —gritó al verlo desfallecer; los padres del chico se alarmaron.

Quiso ir a levantarlo, pero el hilo de la realidad también tiró de su cabeza. Sin poder respirar, se tambaleó hasta caer y tocar al muchacho que estaba a su lado. En medio de la fría acera, eran incapaces de saber lo que sucedía o la manera casi obscena en la que el universo enloquecía sin control.

Tampoco tenían idea de que Finnian Taylor, en ese mismo momento, estaba entrando por la puerta del hospital con un sabor a hiel en la boca. Caminó con pasos lentos por el pasillo mientras los enfermeros lo miraban con desconcierto. Su destino se evaporaba, y su cuerpo no podría aguantar por mucho tiempo.

Estaba mareado; más que eso, aturdido. Sintió asfixiarse y se arrodilló, como queriendo pedir perdón; luego puso la mano en el pecho y alzó la vista, luchando contra las fuerzas del destino.

Entonces, colapsó frente a todos en la entrada. Era la primera vez que se desmayaba.

Finnian Taylor supo cómo se sentía perder una parte de su propio destino.

Cinco de cinco destinos finalmente alterados.

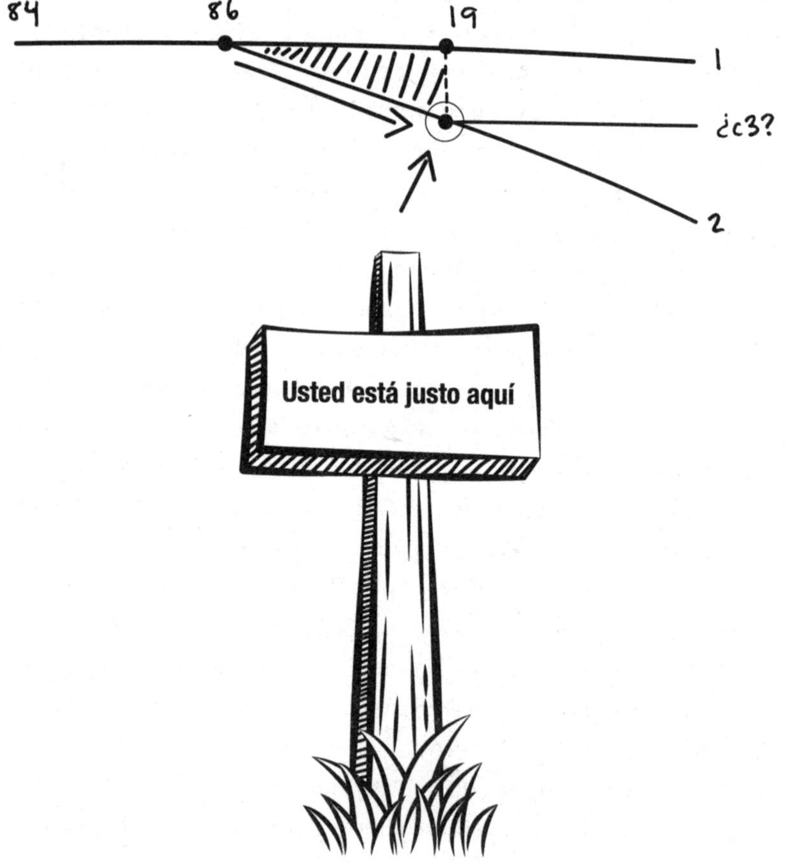
84
86
19
1
¿c3?
2
Usted está justo aquí

23.

LÍNEA TRES

Cuando no hay tiempo ni espacio solo queda la nada. Un vacío infinito en el que la consciencia y las ataduras físicas no son reales.

Lee SunHee, quien había sido la encargada del sector legal de su compañía en Seúl, había recibido una gran noticia. Pronto expandirían sus operaciones a Estados Unidos y necesitaban una representante allá. ¿Quién mejor que su empleada estrella, la viva imagen del carisma y la resiliencia? Había dejado a un esposo ludópata y maltratador cuando su hijo era apenas un niño, y a pesar de ser madre soltera, ascendió con éxito en la escala corporativa.

Han Dakho aún recordaba cómo abrazaba aquel conejo en el jardín de su casa cuando su madre echó a su padre de esta. Apenas tenía memoria de aquel hombre.

Vivió allí con su madre en Seúl; jamás se mudaron al pequeño apartamento de invierno, lleno de frío y soledad. Se mudaron a Estados Unidos cuando el niño cumplió dieciséis años. Había algo en los otros chicos que siempre había llamado su atención. Sabía que era diferente.

Su madre se sentía culpable por dejarlo todo el día solo en la casa en San Francisco y decidió que enseñarle un pasatiempo no sería tan malo. Una tarde de abril, después de ver un anuncio, decidió conducir hasta la jaula de bateo para inscribirlo en el equipo de béisbol de ligas menores. Dakho estaba nervioso y asistió con algo de pena, pero ninguno de los dos se imaginaba que encontrarían al complemento que le hizo falta a su familia por años.

—Bienvenido al equipo, Dakho —le dijo sonriendo el entrenador, un hombre alto de cabello castaño y rasgos asiáticos.

Lee SunHee sintió que colapsaba. Tal vez tener un reencuentro en cámara lenta y con laureles de fondo era algo a lo que estaban destinados.

El amor entre el entrenador Kim y su madre resurgió tan rápido como si nunca se hubiese ido. Dakho se llenó de celos, pero estos solo desaparecieron cuando descubrió que no era una amenaza, sino alguien a quien podía ver como un ejemplo a seguir.

Él era un tipo relajado y bastante liberal. Se apareció en su cumpleaños diecisiete con un pastel de zanahoria sin gluten y globos para adornar la sala de su casa. Hizo un montón de bromas malas que no le dieron risa a nadie más que a su madre, y le obsequió un viejo casete de uno de sus cantantes favoritos. Le agradaba.

Pues el Sean Grace Kim producto de esa línea nunca logró ser tan famoso o adinerado como esperaba; se había deprimido por mucho tiempo y había tomado malas decisiones, pero los años lo habían premiado.

Dakho nunca tuvo una familia feliz, y en el fondo, era todo lo que quería. Por eso, cuando su padrastro comenzó a vivir con ellos, pasaban las tardes jugando béisbol y de vez en cuando su madre les teñía juntos el cabello. Vivía una paz inexplicable, llena de brillo y deseos por ser mejor. Ellos eran el tipo de padres que cerraban su ventana por la noche y apagaban la luz cuando dormía antes de arroparlo. Y Dakho comenzó a dormir tan a gusto en su habitación con la calefacción encendida, que dejó de preocuparse por lo demás.

Algunas personas se empeñan en decir que la felicidad es una decisión personal, y tal vez haya algo de verdad en eso. Pero, sin duda alguna, es más fácil ser feliz cuando sabes lo que es ser amado. Sin embargo, como en toda telaraña, había puntos en los que las líneas volvían a tocarse.

En uno de sus entrenamientos, los ojos de Dakho se posaron en un joven de cabello pelirrojo, de mirada fija y sonrisa penetrante. Era el niño problema que su madre jamás aprobaría. Aun así, algo lo atrajo hasta él, y el día que se decidió a hablarle tuvo la sensación de que ya había tenido esa conversación antes.

Fue esa necesidad de buscar algo que lo atara a la otra realidad la que lo hizo seguirlo esa noche por las calles de San Francisco hasta llegar a un mal barrio, donde terminó siendo golpeado, pero él apareció para salvarlo, o bueno, para que los golpearan a ambos. Ese chico era Dominic Heart, y tal fue la causalidad de su existencia.

El tal Heart era el chico que les desagradaba a todos, al que pasaban por alto. Algunos hasta parecían hartos de oírlo mencionar, pero él no era más que un efecto colateral de todo eso. Era inocente y ajeno a cualquier historia porque no conocía de dónde venía ni quiénes eran los suyos ni sabía de la pelota perdida que causó su existencia.

Quizás era necesario preguntarse cuál de todos los sucesos detonó su existencia, o por qué apareció únicamente para encontrarse con Dakho, pero era difícil saberlo. Porque no era una constante en la línea original; y de pronto, en la segunda y tercera se volvió importante.

Dakho nunca entendió por qué Dominic terminó enamorado de él, pero así fue. Y aunque se veía con él, su corazón no terminaba de pertenecerle. Era tan fácil como decir que Dakho amaba a alguien que todavía no conocía.

Aun así, le enseñó a preparar ramen y lo dejó dormir en su cama, a pesar de que Sean Grace enloqueció cuando lo vio salir por la ventana y por las perforaciones que Dakho comenzó a hacerse o por las clases que se saltó para vagar con él por la ciudad mientras fumaban.

En ese agosto de 2019, Sean Grace no lo dejó salir por la mañana y en su lugar decidió llevarlo a pescar a la ciudad de su juventud para pedirle que se alejara de esas amistades, pero solo logró hacer que Dakho se molestara con él. Heredó lo peor, y eso no cambiaría. Por eso, cuando *Shon Greis* le dijo que si seguía por ese camino terminaría igual de jodido que su padre, Dakho volvió a ponerse de pie en el bote y a caer en las profundidades del lago. Así, rompió con la tercera línea para regresar a la segunda.

Y fuera la segunda, la tercera o cuantas más líneas surgiesen, Dominic Heart siempre se quedaría llorando solo en la playa por un Dakho que jamás aparecería.

20 DÍAS ANTES DE...

Han Dakho había caído al vacío.

Estar en contacto con múltiples versiones de su realidad lo hizo colapsar de una forma que no había conocido antes. Era ajeno a las personas alrededor de su cuerpo en el hospital; ignorante ante la destreza de los médicos que le inmovilizaron una pierna para poder salvarla y a la piel morada de su rostro que era iluminada por la fuerte luz de la sala de operaciones.

Fueron varias horas de trabajo y varios días de incertidumbre hasta que finalmente lo trasladaron a otra habitación. Hubo algo de desconcierto entre los médicos por la forma en la que sus heridas cicatrizaban. Pero Dakho no tenía idea de nada. Lo que para algunos fueron días, fue una vida entera para él. Ese camino a través de la nada se convirtió en algo cuando su mente se esforzó por organizar sus memorias de una forma lógica en el espacio y en el tiempo.

La vida entera es incierta, y Dakho nunca lo entendió, pero su existencia se reprodujo una y otra vez, a partir de pequeños instantes que vivía como una película.

Era momento de decir que los cambios que hizo causaron que cayera en un bucle; pero no siempre fue así, sino que este apareció sin que lo notara cuando el catalizador de su historia empezó a cuestionarse su rumbo. El efecto mariposa y un bucle son opuestos en varios aspectos, porque uno implicaría cambios divergentes y caóticos cada vez más incontrolables, y el otro, un ciclo que se repite. Así que estaba bastante jodido, en uno o en el otro.

Y es que quizás ahora estaba atrapado en una especie de ciclo, pero en medio de este encontró algo que no pareció ser tan malo.

Estando sedado, aunque no del todo inconsciente, podría mantenerse tranquilo mientras sus memorias mutaban. Las cosas habían cambiado de nuevo hasta colapsar en un punto que hacía posible su existencia en 1986. Era una especie de bucle recientemente creado por los cambios más grandes y un espacio entre las líneas temporales que comenzó a gustarle mucho.

Si no odiaba a Sean Grace, nunca caería al lago; pero si él no caía, nada cambiaba y volvía a odiarlo. Quizás él cayó o el lago lo jaló hacia su interior, nadie nunca lo sabría, pero allí estaba, conviviendo en una realidad que había creado tras fracturar la segunda línea; sedado y con suero, pero profundamente tranquilo.

Afuera, en la sala de espera del hospital, Taylor recargaba sus codos en sus piernas y se mordía las uñas, nervioso. Su aspecto era terrible: tenía el cabello alborotado y sucio, como su ropa. Unos días atrás había despertado en una camilla. Le dijeron que se había desmayado, pero ahora estaba estable, que todo debió haber sido a causa del *shock* que le provocó ver un accidente tan de cerca. Dijeron que se fuera a casa, pero no hizo caso. Mientras tanto, esperaba en la sala contigua a las habitaciones mientras pensaba en cómo salir de eso.

Tenía miedo. Mucho miedo.

No había nada que hacer, Dakho estaba mal y él no podía curarlo como las otras veces.

Le habría gustado tener su libreta para actualizarla mientras esperaba. A esas alturas, se había convertido en algo así como su diario, y él necesitaba desahogarse. Pero la había guardado en la escuela antes de la obra y, desde entonces, no había vuelto por ella. No sabía en qué pensar o cómo actuar. Nunca había experimentado tantos sentimientos, y deseaba abrazarse a sí mismo. Dakho permanecía estable, pero no lo dejaban verlo.

Taylor Kim necesitaba estar allí para controlar su ritmo cardíaco y para evitar que la electricidad se disparara. Pero estaba atado de manos. Sus padres, preocupados por el estado de Dakho, se habían encargado del papeleo en el hospital. Taylor sabía que él debía hacerlo, pero no tenía cabeza para nada. Estaba bloqueado. Para alguien con un intelecto como el suyo, esa sensación era desesperante. Pero no lloraría. Así no arreglaría nada.

No prestaba atención hasta que sintió una suave tela que caía sobre sus hombros. Alzó su vista y se encontró con su hermano con una manta, sonriéndole para animarlo.

—Finn, ¿cómo te sientes? —le dijo con suave voz, sentándose a su lado. Dejó la bolsa de entrenamiento en el piso. Sean había ido a la escuela en la mañana, como debía hacerlo, y ahora por la tarde se encargaría de cuidar a su hermano.

—Estoy bien…

—Has estado aquí por mucho tiempo, te ves muy cansado.

—No importa, necesito que me dejen entrar a verlo. ¡Han pasado días!

—Lo sé, pero es así como funcionan los hospitales. Solo espera un poco, ¿sí?

—Es que no lo entiendo… Algo no cuadra…

—¿Qué fue lo que te dijeron? —Suspiró, los enfermeros estaban nerviosos y lo evitaban. Quizás los había hostigado mucho.

—Está mejor pero sedado. Perdió mucha sangre y no puede esforzarse mucho por ahora.

Los anteojos de Taylor colgaban de su camisa. Cuando estaba estresado, solía ponerlos ahí; Sean lo reconoció y aprovechó para acunar en sus brazos a su hermano. Taylor cerró los ojos y se acurrucó contra él. Siempre había sido muy reservado, pero sentía que ahora podía contar con su hermano mayor.

—Él es fuerte, estará bien —le dijo Sean, intentando ayudar.

La ausencia de SunHee lo había golpeado, pero no era nada comparado con lo que Taylor debía de estar sintiendo. Su instinto protector, que era tan distintivo de él, se compungió al ver a su hermanito mal, así que no lo dejaría evidenciar su tristeza. Deprimido pero siempre rudo.

—Ahora, tú deberías ir a descansar. No lo sé, comer algo. Te traje ropa para que te cambies.

Taylor negó cerrando los ojos. El sueño y el calor de su hermano comenzaron a ganarle.

—No, me quedaré aquí. El doctor podría decir algo y… —sugirió bostezando—, tengo que estar aquí.

El mayor de los Kim siempre tuvo un arma secreta contra su hermano. Cuando eran pequeños y el Sean de ocho años quería un poco de tiempo a solas, la mejor forma de librarse del pequeño era hacerlo tomar una siesta.

Así que le pasó la mano por el cabello peinándolo poco a poco para que se relajara y cerrara por completo los ojos. Para alguien que llevaba días sin conciliar el sueño, caer rendido fue bastante fácil.

Sean Grace se sentía extraño. Se plantea que existen millones de universos y realidades diferentes creándose a cada momento. Pero esto de estar en contacto con ellas y de alguna forma ser consciente de que eran reales lo enfermaba.

—¿Tampoco quiso irse hoy de nuevo? —dijo una voz familiar.

Volteó a ver a Haru, quien se acercaba con un largo abrigo.

—No sé cómo lo hizo, pero convenció a una enfermera de dejarlo ducharse aquí, y ordenó todas las revistas de la sala de espera por año de publicación y tipo de papel. Ya está loco.

Haru se sentó junto a Taylor y quedó a un asiento de distancia de Sean Grace. De pronto, todo parecía extraño.

Días antes, ambos habían sentido la misma presión que Dakho sentía en el pecho todo el tiempo al desmayarse. Todas las personas que estaban en el partido se alarmaron, y ellos terminaron en las camillas de la enfermería de la escuela. Cuando Haru despertó, lo primero que encontró fue el rostro de Sean Grace dormido frente a él.

La enfermera lo regañó cuando lo vio levantarse, al igual que su abuela. Ambas supusieron que el chico había pasado demasiado tiempo sin comer. Y de hecho era verdad, no había estado comiendo mucho; pero eso no explicaba por qué Sean Grace también se había desmayado.

—Su novio se estaba desangrando, yo también me habría vuelto loco ya.

—Aún no me acostumbro a eso del «novio». —Suspiró—. El otro día hice una broma en doble sentido y Taylor la entendió. Es muy raro para mí.

—¿Y qué esperabas? No podía ser casto e inmaculado toda su vida.

—Ahora no sé cómo procesar esa información.

—Mira el lado positivo, al parecer ustedes son igual de sucios —dijo con algo de gracia—. ¿Vas a decirle que lo viste?

—Estoy intentando olvidarme de eso.

—No seas anticuado, grandote. Creí que ya lo habías asimilado.

—¡Eso intento! Aunque saberlo solo hace que se active el modo asesino en mi interior.

Haru negó con la cabeza. La situación le causaba un poco de gracia.

—Por favor. ¿Vas a empezar con eso?

—Lo siento, me preocupa mi niño. Los hombres son idiotas.

—Te recuerdo que eres hombre.

—¡Por eso lo digo!

—Me encanta cuando te insultas a ti mismo, me ahorras trabajo.

No ahogó la sonrisa y Sean Grace lo imitó. Por un momento, sus miradas se cruzaron con complicidad.

Taylor abrió los ojos debido a la risa y al movimiento de Sean Grace. Había cosas que siempre observó, pero nunca preguntó por simple respeto a sus secretos. Pero ahora, si sus hipótesis eran correctas, no podía ser así de condescendiente.

Se movió inquieto y se sentó correctamente, mientras restregaba sus ojos.

—¿Cuánto tiempo me fui? —intervino—. ¿Dijeron algo?

—Hola. Solo fueron quince minutos —dijo Haru, aclarando la garganta—. Y no, todo sin novedad.

Asintió con la cabeza, pero el sonido de su estómago fue tan fuerte que incluso los otros dos pudieron escucharlo. Llevaba más días sin comer de los que podía afirmar. Sean Grace se levantó con gesto severo y reprendió al chico.

—Ya, ya, mamá. Lo siento, comeré unos dulces después —dijo Taylor—. No es tan malo, una gaseosa y estaré bien de nuevo —se excusó.

—Dios, quiero golpearte —dijo—. Iré a buscar algo para cenar. April, quedas a cargo. —Hizo una pausa y luego agregó—: ¿Quieres algo tú también?

—No, no. No te preocupes —respondió, algo apenado.

Sean Grace negó rodando los ojos.

—Entonces, chocolate caliente para el otro irresponsable, lo tengo —dijo antes de darse la vuelta y alejarse por el pasillo.

Haru bajó la cabeza. Sabía que estaba mal darle importancia a Sean Grace, pero sí que se sentía bien. Sonrió apenas, como perdido en sus pensamientos cuando la voz de Taylor lo devolvió a la realidad.

—¿«April»? —dijo con una ceja alzada.

—Es mi primer nombre, una tontería de mi madre. No me gusta, no lo uso mucho.

—Es lindo.

—Ni se te ocurra decirme así porque voy a golpearte.

—Claro, y dejas que Sean Grace lo haga.

—Es una broma entre nosotros, no es algo que te interese.

El silencio que se formó entre ellos fue acusador, al igual que la voz de Taylor.

—Escucha, sé lo que pasa y no voy a reprocharte nada, pero no lo hagas, por favor.

—¿A qué te refieres con eso? —respondió ladeando la cabeza.

—Escucha, entiendo que quieras estar cerca de él y que pretendes ser maduro. Pero sé que en el fondo te estás encariñando con Sean, y mi hermano… —suspiró—; esto no va a terminar bien.

—Creí que te gustaba que fuéramos amigos.

Taylor se quedó en silencio un momento y después se atrevió a enfrentarlo.

—¿Recuerdas que hace unos años Sean Grace tenía un cachorro? —le preguntó de pronto, a lo que el otro asintió confundido—. Se perdió en el bosque y mamá le compró un hámster para consolarlo.

—¿Cuál es el punto?

—El punto es que su cachorro regresó y él dejó morir al hámster.

—No entiendo tu afán por acusarme. Taylor, yo no… —Intentó negarlo, pero la mirada cansada de Taylor impidió que siguiera mintiendo.

—Espero que lo entiendas. —Lo miró con dureza—. Él está deprimido e inconscientemente se está aferrando a ti, pero si lo permites, te hundirá.

Haru se pasó una mano por el cuello. Después de todo, a SunHee le había dicho que lo cuidaría, aunque no aceptara que solo se trataba de una excusa.

—De alguna manera todos terminaremos en el fondo, ¿no? —dijo y se levantó. No había sentido ningún malestar los últimos días y eso quizás le había dado más seguridad de la que debería tener.

—¿A dónde vas? —le preguntó cuando lo vio alejarse.

—Ya vuelvo —respondió en voz baja, alcanzándole la bolsa deportiva de Sean Grace—. Ve a cambiarte, hace frío.

Taylor estaba muy cansado como para lidiar con él. La tomó y asintió, retrocediendo para caminar en dirección opuesta al chico.

¿Qué tanto influía él en la historia? Tal vez era preciso preguntárselo, pero era una casualidad. Haru caminó por los pasillos del hospital en silencio hasta llegar a la cafetería del lugar, pero se quedó parado en la puerta.

Parecía que era buen momento para contarles a los demás que había entrado a la universidad, pero algo no se sentía correcto.

En el futuro, Augustus Moon había ido a Nueva York, la ciudad de sus sueños. Pero sus deseos como artista fracasaron y había terminado en el ejército, botando su carrera a la basura.

La razón por la que había nacido en el condado Mariposa, en California, se debía a que su familia solía alojar a inmigrantes refugiados que partían de Asia. Había aprendido a ser benevolente desde el vientre de su madre, huérfana coreana que abandonó el país en un buque para no volver. Aunque no se lo propusiera, se sentía atado a aquellos que lo necesitaban.

No podía pensar del todo en Taylor y sus acusaciones. Sabía que le interesaba el Kim que caminaba hacia él con las manos repletas de bolsas de comida y bebidas.

Tragó saliva pesadamente. Era extraño. La persona que le gustaba era un Grace más llenito y con acné que no veía nada de extraño en abrazarlo. Pero el Sean Grace alto y en forma que chocaba su puño con él no era tan malo.

Sin Dakho cerca, la naturaleza de Augustus Moon era conflictiva. Y puede que Sean Grace pensara igual, así que rozaban constantemente la posibilidad de otra línea más.

—¿No se supone que te dejé a cargo? —dijo Sean Grace al verlo.

—Taylor está bien, necesitaba algo de tiempo a solas para cambiarse.

—Bien, entonces ayúdame, ¿quieres? —Sonrió aliviado.

Haru se acercó lentamente a él, como si el universo entero le gritara que no bailara sobre las líneas fracturadas. No notó al hombre en la cafetería que le daba una señal al cajero para luego asentir.

—¿No crees que es demasiada comida? —cuestionó con una ceja alzada.

—Es mi dinero. Así que cállate y ten. —Extendió frente a él un vaso acompañado de una bolsa de papel pequeña—. Algo dulce para el enano amargado.

Quiso sonreír, pero una extraña sensación de que alguien lo observaba le hizo desviar la vista hacia el cajero de la cafetería. Tomó la comida y se movió a su lado con desconfianza mientras regresaban al ala de cuidados.

—Grace… —dijo en voz baja—. ¿Te pidieron identificación para entrar al hospital, cierto?

—Sí, ¿por qué? —A Sean Grace la pregunta le pareció curiosa.

—Nada, solo curiosidad.

Avanzaron por el pasillo; al pasar cerca de la recepción, notó que una chica lo estaba observando. Al llegar, el silencio del área le pareció sospechoso. Cuando regresaron a la sala de espera, les sorprendió que Taylor no hubiese regresado aún, así que se sentaron de nuevo en sus puestos, colocando la comida en la mesita frente a ellos.

Las manecillas del reloj se mueven con un ritmo constante, como si fueran un corazón que late mientras todo avanza.

Mordió el emparedado que Sean Grace le había dado y le dio un sorbo a su vaso, era chocolate con crema, pero el sabor se sentía diferente. Se mordió la lengua ligeramente; al tragar, sintió náuseas. Volteó a ver cómo Sean Grace bebía su refresco y dejaba de masticar poco a poco para voltear a verlo igual de asqueado.

Augustus Moon comenzó a sudar frío y su respiración se sintió pesada de pronto.

Respirar. Un lento respirar.

Frente a ellos, aparecieron por el pasillo otras tres personas vestidas con ropa particular que bloquearon la salida.

Sean Grace soltó su vaso y su contenido se vertió en el suelo. Ni siquiera tuvieron que seguirlos esta vez, estaban demasiado controlados, y, ¡oh, no!, los lunáticos del lago se habían multiplicado.

—Pase lo que pase —le dijo a Augustus Moon, susurrando—, quédate detrás de mí.

Se levantó lentamente, alzando las manos como diciendo que no intentaría nada. Pero ellos habían fracasado al buscar raptar a esos dos, y esta vez no podían fallar.

—Maldición… —respondió Haru, su estómago se retorció—, es la comida.

Puso los ojos en blanco y desfalleció. Uno de los tres desconocidos hizo una señal y de su radio se escuchó una orden: «Avancen».

Se aproximaron velozmente con intenciones de levantar a Haru, pero Sean Grace se interpuso. No era como si pudiera pelear contra los tres, pero si eso querían, eso iban a tener. Lanzó un golpe al rostro de uno de ellos y aprovechó su desconcierto para empujarlo contra los otros dos, haciendo que tambalearan.

Taylor aún no aparecía y, al tratar de tomar a April, empezó a ver doble. Había tomado demasiado somnífero.

«Plan B», sonó de otra radio.

Su visión borrosa no lo dejó prever el momento en un toque eléctrico viajó de su cuello hasta su espalda. Trastabilló y, aunque opuso resistencia, ya no podía moverse.

Lo dejaron caer en el piso y sujetaron sus brazos con esposas. El líder del equipo exhaló con fuerza antes de hablar por su intercomunicador:

—Tango a Bravo, procedemos a trasladar, cambio.

«Adelante, Tango. Tienen diez minutos, cambio y fuera», se oyó.

El hombre rubio que se divertía dirigiendo a todos desde las cámaras soltó una fuerte carcajada después de apretar el botón del radio.

Este tipo Sean Grace y su cómplice le habían dado muchos problemas. Lee Jaewon se peinó hacia atrás antes de levantarse y ver con gracia cómo sus cuerpos eran cargados fuera del hospital. Era tiempo de dejar su tarea remota e ir a acompañar al equipo. La situación era la siguiente: el profesor Kim no dejaría jamás que ningún médico se atreviera a poner las manos en su experimento, así que, por la noche y con los infiltrados que tenían por todos lados, cuando les informaron de la colisión, no les costó nada aparecer con una ambulancia señuelo en medio de la carretera para encargarse de su *querido* Dakho.

Dejaron que los paramédicos hicieran los suyo frente a las personas del pueblo, como una gran obra de teatro. El hospital era grande, y a nadie tenía que importarle lo que pasaba. Cuando la ambulancia se estacionó en la entrada de Emergencias, la camilla con el viajero en el tiempo entró directamente a su custodia.

Se preocupó enormemente cuando lo vio desangrarse, pero se recuperaba rápido. Tras unos días monitoreando descubrió que sus células se movían en un patrón distinto, y eso le daba una noción de por qué la electricidad no lo dañaba físicamente.

Durante los días en que se estabilizaba al chico, se encargó de que todo a su alrededor pareciera normal: desde los policías en la carretera del accidente, los mirones, hasta el papeleo del hospital y el supuesto médico encargado. Cada pieza en su lugar, y el profesor Kim estaba por darle un premio a la actuación del año a su equipo.

Finalmente, tenía a su esperado sujeto en las manos, y eso lo hizo enloquecer de poder.

Bueno, siempre estuvo loco de todas formas.

Taylor se secó el rostro y se miró en el espejo con desdén. Se veía acabado. Salió del baño después de cambiarse y regresó más tranquilo por el corredor, cuando las luces parpadearon ligeramente. Eso no era común. Se colocó sus anteojos y alzó una ceja.

Dobló la esquina a pasos lentos y lo primero que le llamó la atención fue el refresco de naranja derramado en la sala de espera y la comida a medio probar en la mesa. Tragó saliva cuando vio, en el reflejo de una estantería, al guardia del hospital haciendo ronda como siempre.

Siguió caminando como si nada pasara para no lucir sospechoso, mientras su cerebro volvía a enchufarse.

Pensó en que la electricidad fallaba cada vez que el pulso de Dakho se volvía irregular, porque la energía que le extraía era lo que alimentaba a parte del pueblo. Pero, si habían tenido que intervenirlo, debieron haberlo conectado y sus pulsos cardíacos no serían normales. La electricidad debería haber fallado desde hacía días, a menos que…

«Mierda…», pensó apretando los ojos. Su generador debía estar encendido. Supo que algo estaba mal al percatarse de que, en todo el hospital, no había visto a una sola persona, además de ellos tres en horas.

No había nadie en ese pasillo. Era demasiado conveniente para ser bueno. Se acercó a una ventana y vio camionetas negras aparcadas en la parte trasera del hospital. De ellas salían hombres que no tenían pinta de guardias de seguridad convencionales. Estaban acorralados.

Sin importarle nada, corrió por el pasillo hasta la habitación donde tenían a Dakho. No lo detuvieron; es más, lo estaban esperando. Abrió la puerta y su respiración se agitó, pero no esperaba ver a tantas personas adentro; quiso retroceder, pero le bloquearon el paso. La persona de la cafetería y la chica de recepción lo hicieron entrar por completo en la habitación. Le sorprendió ver el montón de cables que había alrededor de Dakho, pero le sorprendió más reconocer su propio generador monstruo a su lado.

Un hombre, notoriamente más alto y mayor que él, volteó a verlo y dio tres pasos en su dirección.

—Vaya, justo a tiempo —le dijo con una sonrisa fija.

—Pero qué demonios…

—Todos, por favor, ¡un aplauso para Taylor Kim, la mente más brillante de la generación! —se burló dando aplausos lentos.

—¿Cómo sabe quién soy?

—Lo sé todo sobre ti, niño. —Volvió a reír—. Finnian. Taylor. Kim. El niño prodigio.

—¿Quién es usted? —dijo dando un paso hacia delante, pero al hacerlo el personal médico que los rodeaba pareció alarmarse y le apuntaron con una especie de arma extraña.

—Soy el dueño del experimento que te robaste.

Volteó a ver a Dakho y la pantalla a la que estaba conectado, que marcaba un gran voltaje.

—No tienen ni idea de lo que hacen. Van a joderlo todo, no pueden contenerlo.

—Nosotros nos encargaremos del experimento de aquí en adelante.

—No es un experimento, ¡es un humano! ¡Y está herido!

—Créeme, ya me he ocupado de eso, aunque tener que intervenirlo quirúrgicamente por tus descuidos no me hizo muy feliz que digamos.

—¿Qué fue lo que le hicieron? —dijo, pero no recibió respuesta.

—¿Sabes cuál es la parte más importante de la experimentación, Taylor? —El chico negó—. La atención al detalle.

—¿Eso qué tiene que ver conmigo?

—Tu mente es muy brillante, pero tu trabajo es desordenado. Como sea, gracias por el estabilizador. Usualmente no doy explicaciones innecesarias, pero necesito saber: ¿de dónde sacaste la información para hacer eso? —le dijo señalando su máquina.

Taylor sentía miedo, pero, aun así, tenía que encontrar una salida. Las piezas en su mente se unieron y entendió a quién pertenecía la carpeta que se había robado.

—Tengo mucha imaginación.

Lo habían dejado vagar por el hospital, a él e incluso a su familia. Estaban esperándolo, pero ¿por qué? Si lo dejaron acercarse tanto era porque les interesaba algo en su cabeza, concluyó. Taylor se acomodó los anteojos. Si cerebro mata fuerza, los dos podían echarse una partida.

Quizás el propósito original de Taylor fue encontrar una forma para enviar a Dakho de regreso a casa. Pero, mientras más entendía las anotaciones del profesor, había descubierto un error técnico. El profesor podría haber pensado que era una falla en los cálculos, pero para alguien como Taylor, que lo veía al revés, se trataba de una salida.

Su amado generador nunca fue capaz de producir nada; en cambio, funcionaba como una radio o una especie de difusor que canalizaba las ondas que recibía y las convertía en electricidad aprovechable.

Dakho era el emisor y la electricidad del pueblo, el receptor.

—Suficiente imaginación como para crear un canal difusor de energía.

—No sé de qué habla —dijo Taylor, tanteando qué tanto sabía.

—No finjas demencia, puedes engañar a todos con tu actitud de niño bueno, pero yo sé exactamente qué es lo que has estado haciendo.

—¿Piensa que puede intimidarme? —se jactó, a pesar de saberse desprotegido.

El otro le sonrió acomodándose la bata y pasándose una mano por el cabello.

—Quizás debí encargarme de ti de la misma forma en que lo hice con los otros dos, pero… me parece que te ganaste una presentación adecuada.

¿Los otros dos?

—¿Dónde está mi hermano? —preguntó agresivamente—. ¡¿Qué hicieron con mi amigo?!

—Oye, oye, tienes mi tolerancia, pero no mi simpatía. —Dos de los enfermeros sujetaron a Taylor y colocaron una aguja cerca de su cuello—. Así que será mejor para ti estar tranquilo a menos que quieras tomar una siesta. Ahora, niño —dijo el profesor alzando una ceja—, ¿comparamos teorías?

—Hijo de...

No pudo terminar de hablar: la aguja que lo amenazaba finalmente se clavó en su cuello. Su espalda se puso rígida y sus piernas cedieron, haciendo que tambaleara. Quiso luchar por contenerse, pero no pudo. Sus ojos se cerraron; había caído sedado en los brazos de sus captores.

—Lo quiero vivo y en una pieza —ordenó el profesor Kim. Su voz sonó fuerte. Miró a Taylor desmayado y alzó una ceja—. Sáquenlo de aquí, yo me encargo de mover al experimento.

Su asistente personal se había mantenido en una esquina, apoyado en la pared como un espectador después de completar su parte del plan exitosamente.

—Profesor... —llamó Jaewon—. Él sigue en observación, es peligroso sacarlo de aquí.

—El chico resiste a cosas que ningún humano podría y no perderé la oportunidad de ver eso. No puedo esperar más tiempo.

—¿Cómo va a sacarlo sin que nos vean?

—Somos diez personas con bata blanca en un hospital: saldremos por la puerta grande.

Nadie sospecharía que las camionetas que salían del hospital y se dirigían a toda velocidad hacia el bosque contenían el descubrimiento del siglo.

Sean Grace se aturdió con el movimiento brusco del vehículo y abrió los ojos con dificultad. El efecto de las drogas pareció disiparse poco a poco y pudo entrever la luz de la ventana.

April estaba cerca de él, pero permanecía inmóvil. ¿Cuánto tiempo había pasado? A juzgar por el cielo naranja de la tarde, solo un par de horas. Vio el vidrio y pensó en qué tan difícil sería atravesarlo, pero no podía dejar a su amigo allí, así que tendría que deshacerse de sus custodios o joderse en el intento.

Sean Grace pateó varias veces a April, que reaccionó después de un rato. A diferencia de sus manos, tenía los pies atados, no esposados. Acercó sus tobillos a las manos de April y rogó a Dios que el chico entendiera el mensaje y lo ayudara a zafarse. Para su suerte, tenía un amigo muy inteligente. Lo desató y él hizo lo mismo con sus ataduras.

Sean Grace tomó impulso para pasarse a los asientos de adelante del auto. Al hacerlo, el conductor y el copiloto se alarmaron. Rápidamente, pateó en la cara a uno de ellos haciendo que su cara se golpeara contra el tablero.

Adelante, la camioneta en la que Jaewon resguardaba a Taylor, reflejó por sus retrovisores cómo el otro auto zigzagueaba en la carretera. Jaewon lo notó y encendió su radio para poder comunicarse.

—Bravo a Tango. ¿Todo en orden? —Soltó el botón, pero no obtuvo respuesta—. Tango, responda.

Sean Grace había logrado sacarle las llaves al más débil y las lanzó hacia atrás, mientras batallaba por mantener el control del vehículo. Augustus, que apenas podía moverse, intentaba encontrar una llave para poder liberar sus brazos, a ciegas, porque estaban esposadas detrás de su espalda.

No faltaba mucho para llegar al laboratorio, solo debían atravesar esa barrera y los rehenes serían trabajo de los militares que aún custodiaban el lugar. Jaewon suspiró porque estaba harto del tal Sean Grace y ordenó a su piloto esperar a la otra unidad. Pero tenían problemas más serios que esos. Su intercomunicador se encendió con un mensaje: «¡Alfa a todas las unidades, avanzar al punto, preparar área de contención! ¡Alfa a Bravo, tenemos una mala reacción, repito, tenemos una mala reacción! Cambio».

Tic, tac, y un poco de energía.

El estruendo fue impresionante. Las luces de los vehículos explotaron en medio de la carretera lanzando pequeños vidrios a su alrededor.

Jaewon estaba atónito. Las luces de la carretera parpadearon incesantemente y estallaron una a una sobre ellos mientras avanzaban.

—¡Bravo a todas las unidades, aléjense de la ambulancia, ya! —gritó Jaewon por el intercomunicador.

Volteó a mirar la parte trasera donde estaba Taylor, maldijo mentalmente y le puso otra inyección para despertarlo. Taylor abrió los ojos, exaltado, y tomó aire por la boca, respirando agitado. Su pulso estaba acelerado y la cabeza le dolía a martillazos.

—¡¿Qué mierda?! —gritó sin tener idea de dónde estaba.

—¡Las luces! ¡¿Qué sucede?! —le dijo Jaewon esperando obtener una explicación.

Peligro de muerte Alto voltaje

Taylor parecía perdido, pero cuando vio a lo lejos cómo explotaban las lámparas de la carretera lo entendió.

—Es la sobrecarga —murmuró—. Es malo, muy malo. Estamos jodidos.

Como dijo Kim Anzu, era importante prestar atención a los detalles. Así que cuando las luces de la ambulancia y la señal de radio se perdieron definitivamente, se inquietaron.

En el auto principal, el monitor conectado a Dakho comenzó a parpadear.

—Esto no… —masculló Kim Anzu poniéndose de pie en el interior de la cabina.

Estaban demasiado cerca del lugar de origen y, como la teoría de Kim decía, la energía del lago comenzó a repeler a Dakho.

«Alfa, tenemos un problema», Anzu escuchó a través de su propio radio, pero la señal era débil y se cortó.

El cuerpo de Dakho se tensaba y convulsionaba, al tiempo que la corriente intentaba rechazarlo. Dentro de su mente, las memorias colapsaban entre ellas, dificultando su respiración. Kim Anzu intentó tocarlo, pero recibió un leve *shock* eléctrico. Su experimento estaba fuera de su control. En ese momento, cuando los autos blindados cruzaron las mallas de seguridad que cercaban el lago, las luces de toda California parpadearon endemoniadamente.

Descargaron primero el auto donde viajaban los dos pasajeros problemáticos, tirándolos al piso y apuntándolos con sus rifles.

Augustus Moon y Sean Grace Kim, arrodillados en la nieve, sintieron que su fin estaba cerca.

Luego, bajó el profesor con su experimento, y detrás de él lo siguieron Lee Jaewon y Finnian Taylor Kim. El más joven de los Kim era su herramienta más preciada. De nada les servía tener a Dakho sin los conocimientos que Taylor tenía sobre él.

Mientras avanzaban hacia el laboratorio, pudo ver a su hermano y a Haru amenazados por armas y con el cuerpo y el rostro golpeados. A su alrededor solo había militares. Ningún científico a la vista. Eso no pintaba nada bien.

El cielo nocturno lucía como una gran pantalla; eran ajenos a saber el colapso que se vivía en la ciudad. Los daños de una sobrecarga de tal magnitud eran casi imposibles de calcular.

—Niño, repite lo que dijiste antes —le ordenó Jaewon a Taylor.

—Causaron una sobrecarga, imbéciles. —El adolescente tenía un privilegio en este lugar, era el único que no estaba inmovilizado, así que no pudo evitar levantar el dedo medio en su dirección—. ¡Nos jodieron!

Casi inmediatamente los militares lo empujaron sobre la nieve para reducirlo, pero al profesor no le importaban sus altanerías.

—Déjenlo hablar —dijo Anzu haciendo que se alejaran de Taylor—. El estabilizador está perdiendo fuerza.

—¿Es que no lo entiende? Solo funciona como un canal, debe estar conectado a algo más que solo Dakho. Además...

—¿Además de qué? —Taylor pensó en si debería decir la verdad, pero estaba seguro del daño que la corriente le hacía a Dakho, y no podía permitir eso.

—Tenemos que aislar a Dakho o su corriente hará colapsar todo el pueblo —dijo con tono serio—. Es como una bomba de efecto expansivo.

Kim Anzu asintió con la cabeza.

—Esos dos, enciérrenlos —dijo señalando a Sean Grace y a Haru—. Niño listo, tú vienes conmigo —dio la orden para que lo soltaran.

Taylor dio un paso incierto al frente, volteó un momento para ver a su hermano y a su amigo ser arrastrados por los militares y ser llevados hacia el interior del laboratorio. Él no era un hombre precisamente libre tampoco. Sabía que lo estaban apuntando por la espalda.

—No intentes salirte con la tuya o ellos pagarán las consecuencias —dijo Jaewon cuando se acercó a él y lo empujó para que se moviera rápido.

El club de los fenómenos se separó. A Sean Grace y a Haru los enviaron a la misma sala en la que tiempo atrás el mayor de los Kim había estado encerrado, y para asegurarse de que no huyeran, les colocaron esposas en las manos y los pies. A Taylor lo enviaron al laboratorio. Avanzaba siguiendo la espalda del desconocido, ese sujeto sin nombre que aparentemente estaba tan desesperado como él.

Llegó hasta una habitación de vidrio desde la cual pudo observar a Dakho en su interior con cables adheridos a la sien y el pecho, además de un tubo en la boca. Se le revolvió el estómago y comenzó a sudar. El vidrio no dejaría salir por completo la energía de Dakho, solo la contenía, seguía en contacto con él.

«Lo está lastimando», pensó con enojo.

Volteó a ver hacia el frente, donde había un pequeño cuarto. Atravesó las cortinas de plástico hasta entrar por completo en el estéril lugar.

—¿Cómo lo detenemos?

—Revirtiendo su corriente.

El profesor asintió, colocándose lo que para Taylor era una especie de casco.

—Profesor —dijo uno de los ayudantes mientras tomaba un traje de caucho bastante extraño para ayudar al hombre a vestirse—, el voltaje sube.

—Lo sé, por eso él está aquí —respondió señalando al chico. Tragó pesadamente; no tenía ni idea de qué esperaban que hiciera—. Denle un traje.

El traje era pesado, los guantes eran ásperos por dentro y la careta le hizo sentir que se asfixiaba. Se armó de valor para dar el primer paso hacia la entrada de la habitación en la que estaba

Dakho. El hombre al que llamaban «profesor» siguió observando sus movimientos con cautela.

—¡Estabilízalo! —le ordenó. Era la misma situación que en la piscina, pero a mayor escala.

—¡Es demasiada energía, es como si algo lo atrapara!

Kim Anzu se quedó callado unos segundos con el ceño fruncido; el lago lo repelía, pero algo volvía a hacerlo entrar en tetanización. Se movió rápidamente hacia el intercomunicador que daba hacia afuera.

—¡Apaguen las torres! —exhortó—. Bobinas fuera de funcionamiento. ¡Ya!

Taylor observó las herramientas que estaban a su lado. Tomó una pinza para poder sujetar unos cables pequeños que estaban adheridos del pecho de Dakho, hasta el generador que solo Taylor sabía cómo utilizar. Lo estresaba el punzante sonido de alerta.

Había comenzado a extraer la energía a Dakho para que pudiera acercarse al lago. Pensaba que, al estar en el punto de origen, regresar a su tiempo sería mucho más fácil, pero después descubrió que, mientras más energía le quitaba, Dakho parecía más feliz allí. No sabría explicar si era por sus recuerdos cambiantes, por el calor humano o por sus turbios experimentos que Dakho deseaba quedarse; pero no le importaba, él quería sentir que era suyo, y estaba completamente entregado a lograrlo.

Después de cientos de intentos, no había encontrado una forma de enviarlo de regreso, o bueno, no quería hacerlo. Así que era igual de culpable que todos aquellos a su alrededor por desear que existiera una realidad diferente.

Taylor encontró la forma de encender el generador entre pantallas y cables. En ese momento, el condado entero se iluminó como si se tratara de un árbol de Navidad. La energía había sido redirigida correctamente.

No entendía mucho sobre el extraño experimento, pero sabía de sobra que algo estaba mal calculado. Respiró agitado, le temblaban las manos y quería llorar. Soltó sus herramientas al ver que la pantalla con el pulso de Dakho se volvía estable. Le puso una mano en el pecho como queriendo pedirle disculpas por no saber cómo salvarlo. Quería decirle que lo amaba, que tenía una solución, pero no podía mentir.

La señal en el radar volvió a ser constante, y Kim Anzu entendió que, efectivamente, el chico sabía controlarlo. Se aproximó al adolescente y le puso la mano en el hombro. Taylor volteó a ver al profesor sin importar que sus ojos estuvieran cristalizados.

—Tenemos mucho por hablar.

El destino es un río, cuya corriente fluye siguiendo su caudal. A veces tranquilo, pero, usualmente, peligroso. A Finnian Taylor siempre le gustó pensar que en la vida había mucho por descubrir. Le parecía tonto, pero, en el fondo, siempre tuvo la esperanza de que su destino fluyera como el de los demás. Y así quizás un día él también tendría lo que todo joven desea: libertad, amor y una oportunidad de descubrir las maravillas del mundo.

Cuando entendió que la libertad empezaba por aceptarse a sí mismo, lo demás comenzó a aparecer en las cosas más simples. Como en las charlas sin sentido y ese sentimiento de ser como un niño llegando al gran mundo adulto. Pero esto no le servía de nada, al menos no en la posición en la que se encontraba. Sentado en la oficina del profesor, pensó en que había subestimado mucho la capacidad de Dakho para dañar a todos a su alrededor.

Había una fotografía suya pegada al tablero, al igual que una de sus amigos. Incluso veía a sus padres y a varias personas del equipo de béisbol. Kim Anzu encendió un cigarrillo mientras caminaba por la oficina; el experimento estaba contenido, y sus asistentes se encargaban de recopilar los daños alrededor del pueblo.

—Entonces, Taylor —le dijo, mostrando cansancio—. ¿Cómo sabías que sucedería la sobrecarga?

—Su cuerpo funciona como una clase de pulso electromagnético, se expande y colapsa las cosas a su alrededor.

—¿En qué condiciones?

—Estrés, contacto con corriente externa. El tamaño de la onda expansiva depende mucho del nivel de electricidad al que se someta.

Kim Anzu se dirigió hacia el pizarrón de la pared y empezó a escribir con un marcador.

—La coraza de electricidad hace que las corrientes externas reboten en sentido contrario —dijo haciendo un círculo y unas flechas—. ¿Qué más?

—¿Qué es eso de «coraza»?

—La electricidad que lo rodea lo protege —respondió.

Taylor abrió los ojos, eso era lo que estaba adherido a su cerebro. Pero se estaban equivocando; no estaba a su alrededor, sino dentro de él.

—Necesito saber de qué se trata todo esto —dijo desafiante, no esperaba que el otro le contestara.

—Lo que ves aquí es el proceso para la creación de un vórtice entre el espacio y el tiempo —le explicó—. Un...

—Agujero de gusano —murmuró. Una de sus teorías se confirmaba.

—Sabemos cómo contenerlo, cómo potenciar su poder y hacer que la brecha se abra a voluntad, pero el problema es que no sabemos qué hay del otro lado ni tampoco cómo controlar al sujeto de prueba.

Dudó por un segundo.

—Pero yo sí —dijo Taylor levantando la cabeza mientras buscaba una salida.

—Decir eso no te deja en una buena posición.

—Están demasiado equivocados —intentó explicar—. Su primer error fue traer a Dakho aquí, casi lo matan; y el segundo, los agujeros de gusano forman una curva, pero esta va en un solo sentido.

Kim Anzu estaba sobrio, y lo intrigaba la forma en la que el chico aseguraba que estaba equivocado.

—Explícate —dijo extendiéndole el marcador.

Esto era irreal, pero ya no tenía mucho que perder. Siempre se preguntó qué tan lejos llegaría por conocimiento, y el límite parecía estar muy lejos ya.

—No es complejo, sino algo más lógico. —Taylor se acercó al pizarrón y dibujó dos puntos en este, para luego trazar una línea entre ambos—. Aquí. —Hizo una curva del segundo al primero—.

¿Ve esta línea? Es el punto de origen. Estamos hablando de viajar en el tiempo.

—¿El origen de qué?

—No del experimento o de la llegada de Dakho, sino de la creación del vórtice. Si lo que dice es verdad, él podría haber caído en el año 3000 en el lago y de todas formas habría terminado aquí. Un agujero de gusano solo puede volver al momento en que fue creado porque su trayectoria está limitada.

—¿Basándote en qué?

—En que debería haber viajado a velocidad de la luz, pero eso lo habría llevado hacia el futuro. —El chico respondía rápido, eso sorprendió a Kim Anzu.

—A menos que... vaya en sentido contrario —murmuró. Ese chico tenía más información de la que pensaba. Eso era algo positivo: había mucho de donde explotar.

—Puede que sea real, pero eso no significa que sepa controlarlo. Jamás podría dirigirlo a su antojo si sigue en esa dirección. Más masa es igual a más peso y por lo tanto necesitaría más energía.

—¿Cómo es que entiendes todo eso? O, bueno, ¿por qué? ¿A dónde intentabas llegar?

Taylor podría comenzar diciendo: «Resulta que conocí a un chico del futuro con problemas familiares que quería cambiar su vida», o podría haberle explicado la forma en la que la realidad se separaba. Quizás por eso no le tenía miedo, o tal vez era porque a Dakho y su padrastro los dejaron entrar a pescar al lago, lo que significaba que ese laboratorio en algún punto de la historia ya no existiría y por consiguiente el experimento había fracasado.

Así que no se lo diría; no iba a explicarle que estaban en una línea temporal diferente. Eso podía esperar. Una de dos cosas: el experimento fracasa y todo seguirá como hasta ahora, o funciona y Dakho nunca viajó en el tiempo.

Eran un sinfín de posibles paradojas que lo atormentaban. Pero eso no le impediría encontrar los detalles técnicos de esa investigación.

—Creo que estamos hablando en círculos. Diga lo que tiene que decir de una vez.

—Pienso que podemos ayudarnos mutuamente. Te permitiré ver al sujeto y dejaré a tus amigos en paz. Yo me quedo con él, y tú y las personas que te importan podrían seguir con su vida tranquilamente. Entraste al MIT, ¿cierto, Taylor?

—¿Quiere mis teorías o no?

La pregunta lo sorprendió un poco. El profesor Kim, quien ya había estudiado todos los movimientos del chico, encontró la forma de manipularlo.

—Te robaste las mías desde el inicio, me parece lo más justo. Además, podría entrar a tu casa y darles la vuelta a todas las cosas hasta encontrar todo lo que descubriste.

—¿Piensa que dejaría por ahí mis apuntes? Yo no soy como usted —se burló—. Ábrame la cabeza si quiere, pero no obtendrá nada.

—Entonces, negociemos tu cerebro. Tú me ayudas, yo te ayudo.

—¿Y para qué necesitaría su ayuda?

—Para enviar a tu querido Han de regreso a donde vino, como si nunca hubiera salido del lago.

Taylor se quedó callado de pronto. Hacer eso crearía un problema más grande, pero tal vez podría salvar a Dakho.

—Miente, no sabe cómo hacer eso.

—Tengo el equipo, y con tus descubrimientos, todo lo necesario para recalcular la trayectoria. Él volvería a casa y yo entendería cómo funciona el vórtice, nadie sale herido.

—No puede prometer eso.

—Incluso si no, estar aquí ya lo ha lastimado mucho. ¿O no? Un colapso más y perderíamos todos nuestros avances, o él podría morir. ¿Qué dices?

—Quiero monitorearlo yo. Me lo llevaré a la zona sur, cerca de la escuela, casi llegando al límite. Es la mejor zona para tenerlo en observación.

—Tu casa —le dijo directo.

—Sí, mi casa. Durante el tiempo que tarde en reformular, yo me encargaré de él. Todo seguirá normal hasta el momento en el que sea seguro que regrese.

Taylor tenía clara una cosa: ellos no tenían ni idea de la gran paradoja en la que estaban metidos. Y eso le gustaba, jugaba a su favor. En realidad, el profesor no sabía cómo regresarlo ni le importaba, pero se jugaría la carta del benevolente.

—Dejarte solo con el experimento no me parece sensato.

—Quiero al menos unos quince días.

—¿Para qué?

—Quiero… —tragó saliva—, quiero despedirme de él.

Taylor no sabía qué tanto habían descubierto, pero él aún tenía mucho que comprobar.

Recordaba un raspón que se hizo el chico cuando apenas lo conocía. Él anotó en su libreta que debía monitorearlo, y, de hecho, lo hizo. Pero nunca tuvo con qué comparar sus datos, hasta ahora. Lo que normalmente debía sanar en cuatro o cinco días, sanó en un día y catorce horas, aproximadamente. Pero no iba a explicarle eso, era su descubrimiento personal.

—Parece que tienes una especie de vínculo codependiente con él… —Le dio la espalda para ver por la ventana—. ¿No te parece que es producto de la radiación?

—¿A qué se refiere?

—¿Y no crees que esa «onda» que mencionaste antes te esté haciendo daño? ¿No has sentido, no sé…, dolor o algo por el estilo?

Taylor se quedó callado. En realidad, no tenía una respuesta para eso.

—No lo sé, pero si lo hiciera, terminaría en el momento que él regrese, ¿cierto?

«O te estaría causando una reacción cancerígena, pero ¿quién soy yo para decirlo?», pensó Kim Anzu.

—Sí, es probable.

—Entonces, no veo ningún problema. Yo me encargo de cuidar de él y ustedes, de su vórtice. Es ganar-ganar.

Kim Anzu lo meditó por unos minutos. A él le servían un par de manos extras y el niño estaba desesperado.

Además, aún le faltaban muchos expedientes por revisar. Estando en el hospital había recabado los datos de todas las personas fallecidas en ese pueblo; si encontraba a lo más cercano que tenía a una familia, no habría desperdiciado millones de dólares en vano.

—Con una condición —dijo antes de darse la vuelta. ¿Cómo confiar en el chico? —. No pueden dejar el pueblo.

—¿Piensa que intentaré escapar?

—Es lo más lógico. Pero, en el momento en que la energía de Han salga del radar del pueblo, le daré a los francotiradores la orden de atacar.

—Oh, claro. Vigilancia en los límites de la ciudad, un clásico.

—De hecho, afuera de tu casa, en la escuela, en la calle. Así que, ustedes huyen, y yo le disparo a tu hermano, a tus padres, ¿quién falta? ¿Tu amigo? No lo sé, quien sea. ¿Te parece justo?

Taylor tragó saliva pesadamente. Solo quería tomar al chico y abrazarlo fuerte, y si este era el camino para hacerlo, lo tomaría.

—Si se atreve a lastimarlos, quien se pondrá una bala en la cabeza seré yo. Y usted, su equipo y toda su investigación de mierda se joden.

—¿Así de valioso crees que eres?

—Así de valioso es lo que sé.

El profesor extendió la mano frente a él. Y Taylor la estrechó, sentándose a la orilla del abismo mental en donde siempre estaba.

—Tienes mi palabra, Kim —dijo el profesor.

La ley del Talión dicta que las cosas deben ser ojo por ojo y diente por diente; así que Jaewon estaba divirtiéndose mucho viendo a los dos chicos colgar de cabeza dentro de la sala de interrogatorio.

Inicialmente estaban en el suelo, pero pensó que le faltaba creatividad a su secuestro.

Así que verlos pendular con los ojos vendados y los pies sujetos al techo mientras lo maldecían le hacía mucha gracia.

—A ver, a ver, niños —dijo envuelto por su traje de seguridad—. En vista de que no tienen nada de experiencia secuestrando, díganme, ¿qué tal les pareció todo?

—Te daría un ocho por tu creatividad —dijo Haru. Ya tenía dormidos los brazos. Lee Jaewon lo empujó para que se balanceara un poco; el dolor de su cuerpo colgante aumentó—. Pero te mereces un cinco por no hacer tu propio trabajo.

—¿Te quieres dormir otra vez?

—Hazlo, por favor, mi boca es la única parte de mi cuerpo que no está entumecida.

Jaewon no entendía por qué no le tenían miedo. Sean Grace llevaba media hora intentando alcanzar con sus brazos la cadena que lo sostenía y el otro hablaba demasiado. Su única tarea por el momento era vigilarlos, y se estaba volviendo tediosa, así que decidió quitarles la venda de los ojos.

—¿Qué hicieron con mi hermano? —preguntó Sean Grace.

La luz de la sala los golpeó, tuvieron que apretar los ojos. Estaban de cabeza y lo primero que vieron fueron las piernas de la sombra que los seguía. El primero en recibir un golpe en el abdomen fue Sean Grace. Ya estaba lo suficientemente golpeado, pero eso no era impedimento para que Jaewon pudiera desquitarse.

—¡¿Qué mierda te pasa?! —gruñó. Ni siquiera podía compungirse de dolor.

—Tenemos algo pendiente —le respondió dándole otro golpe, ahora en el rostro, que le partió el labio.

—¡Déjanos ir! —le gritó Haru, agitándose—. ¡No lo toques!

Jaewon volteó hacia él.

—No te preocupes, también hay para ti —añadió antes de levantar la pierna para patearlo en el estómago—. ¿O crees que debería cortarte un dedo o algo?

Haru entendió a qué se refería. Apenas pudo recobrar el aliento e intentó hablar.

—Oye, amigo. Creo que en el secuestro anterior todos dijimos cosas que no sentíamos.

—¿Estás jodiéndome?

—¿Qué te parece si empezamos de nuevo? Tú nos bajas, nosotros nos disculpamos, nos borran la memoria como en los cómics y nos dejan ir. ¿Te parece?

La sangre de la boca de Sean Grace se le había corrido hacia la frente.

—¿Podrías dejar de hablar con el secuestrador?

—Creo que estoy logrando algo aquí, cállate. —Lee Jaewon rodó los ojos y le dio un golpe en la garganta a Haru para que se ahogara.

Satisfecho y sin soltar palabra sobre dónde estaba Taylor, Lee Jaewon sonrió y los dejó solos. Apagó las luces antes de salir para sumirlos en una profunda oscuridad.

Los dos chicos estaban desconcertados. Sin duda, esta no era la forma en la que esperaban pasar el inicio de la nevada. Sean Grace creía en el destino, siempre lo hizo, pero justo en ese momento pensó que a lo mejor estaba destinado a morir en el anonimato. No sabía si realmente iban a hacerles daño, a matarlos y tirar sus cuerpos lejos. Pero estaba seguro de algo: no moriría siendo un cobarde. Así que aclaró la garganta y cerró los ojos antes de comenzar a hablar:

—Oye, en caso de que nos maten, quiero que sepas que —dijo Sean Grace a sabiendas de que el otro no le contestaría—, yo te quise… más de lo que quisiera admitir.

April cerró los ojos porque deseaba no haber escuchado eso, y hubiera querido contestarle con un: «¿Entonces por qué no me dejaste hacer lo mismo?». Cuando quiso seguir hablando, el sonido de la cadena desenrollándose resonó, seguida por un golpe seco y un quejido de dolor. Habían bajado a Sean Grace.

Tras unos minutos hicieron lo mismo con Moon, cuyo rostro chocó directamente con el suelo. Cuatro personas entraron para levantarlos. ¿Era la hora? ¿Les darían un tiro en la sien? Pero contrario a sus elucubraciones, los estaban dejando ir.

Taylor los miró con pesar desde el pasillo mientras los llevaban a una de las camionetas. Todo era tan extraño que no podían ni detenerse a pensar.

De pie al lado de los lunáticos, la voz de Taylor sonó perdida y desesperanzada.

—Los llevarán a casa, no intenten nada estúpido —dijo Taylor.

Había vendido su alma.

—Dakho..., despertaste.

—¿Dónde estoy? —dijo adolorido. Apenas podía abrir los ojos.

El profesor Kim, muy a pesar de su asistente, había cumplido su palabra. Por supuesto, Taylor también cumplió con devolverle los apuntes robados, cuidándose de no mencionar la existencia de su libreta. Sean Grace y Haru se habían quedado en la casa de los Moon curándose mutuamente las heridas, y a Dakho lo habían trasladado con cuidado a donde pertenecía: la habitación de Taylor.

Al llegar a casa había visto a sus padres tirados en los muebles, completamente sedados, y aquella escena le apretó el corazón. No había medido qué tanto daño les estaba haciendo a las personas que amaba. Los lunáticos se habían encargado de acondicionar la casa para que se conectara al generador, de modo que no volviera a ocurrir una nueva sobrecarga.

Cuando los operadores se marcharon, Taylor se echó en la alfombra de su habitación a llorar mientras la primera gran nevada de diciembre caía como telón de fondo. Entonces fue cuando escuchó la suave voz de Dakho.

—California, 1986, mi cama —le respondió Taylor aún con el rostro humedecido.

—Creí que era una repostería... —su voz se arrastró, le sonrió apenas—, porque eres todo un pastelito.

Taylor le pasó la mano por la cabeza para peinar con delicadeza su cabello. Parecía que estaba cuerdo.

—Parece que alguien se despertó feliz —dijo un poco más aliviado—. ¿Cómo te sientes?

—Me duele... ¿Qué fue lo que sucedió?

—Tuviste un accidente, estuviste en el hospital por días. —Se le hizo un nudo en la garganta—. Te lastimaste la pierna.

Dakho miró su yeso. Al parecer debería llevarlo por unos días más.

—Mi… pierna —dijo confundido—. ¿Cómo? ¿Por qué me accidenté?

—Quisiste salvar a tu madre, el auto no funcionaba.

Dakho parpadeó incrédulo. Estaba perdido entre los recuerdos de la realidad a la que fue, la segunda y la que le había contado a Taylor, es decir, la original.

—¿Salvar a mi madre? ¿De qué?

—El choque, la seguiste al aeropuerto. Sabías que se accidentaría.

—No, no…; yo, no… —Le dolía el estómago. Había un espacio vacío en su cerebro que no podía llenar. Había olvidado la conversación con su padrastro en el pórtico, aquella vez que le contó cómo su pierna se había quedado atrapada entre los fierros del auto cuando salió a perseguir a su madre—. No lo sé…, no lo sé.

El corazón de Taylor se aceleró.

—Sean Grace, en el futuro. Dijiste que su pierna, dijiste que yo… —Se quedó callado. Era incapaz de continuar. Lo vio con los ojos enormes—. Dakho, piensa. ¿Qué pasará después de que yo cumpla dieciocho?

—¿Nos mudaremos?

Su corazón casi se detuvo por la impresión. Y Dakho no entendió por qué comenzó a llorar cuando se aproximó para abrazarlo.

—Jamás sucedió —murmuró contra su cuello.

Dakho se estremeció un poco a causa del dolor. Él no lo sabía, pero había hecho girar la ruleta de papeles en sentido contrario.

—¿Qué cosa?

—Ya no importa —contestó temblando sin saber si era de emoción o de pánico.

En la zona sur del condado Mariposa, casi llegando al límite de la ciudad, en una casa que necesitaba pintura y en donde nunca había agua caliente, Finnian Taylor, quien ya le había vendido su alma al Gobierno, se inclinó para besar con delicadeza a un confundido viajero del tiempo.

Mientras tanto, en las afueras de la residencia, un equipo encubierto del laboratorio se encargaba de colocar nuevas cámaras en el perímetro y de mantener vigilado el sector entero. Taylor lo sabía, y estaba convencido de que lo que había en el techo de una casa vecina no era un mirón, sino un francotirador. Pero no le interesaba.

Estaba jodido, sí, pero al menos podía dar por cancelada su muerte.

19 DÍAS ANTES DE...

24.

SAN FRANCISCO
29 DE JULIO DE 2019.
32 AÑOS, 6 MESES Y 27 DÍAS
DESPUÉS DE...

El juicio humano nunca es del todo confiable; tampoco lo es el tiempo, pues nunca ha tenido sentido más allá del que los humanos le han otorgado.

Dakho observaba el reloj de la pared del salón de clases; sus agujas se movían demasiado lento. Por eso, cuando el timbre finalmente marcó el final de ese curso sintió un gran alivio. Se levantó y salió en silencio entre el montón de alumnos de la preparatoria. No hablaba mucho con nadie realmente, todos pensaban que era raro porque difícilmente opinaba igual que los otros, su mirada era seria y escondía las manos en las mangas de su sudadera.

Al menos así era como se veía Dakho en la segunda línea de tiempo.

Ni de broma aguantaría otras dos horas de Historia de los Estados Unidos. De todas formas, tenía tarea de Química, pero no le gustaba estar solo en casa, así que salió hacia las mesas del área verde de la escuela. Siguió avanzando. Lo primero que encontró fueron unas Converse blancas sucias entre la grama, que pertenecían al chico que miraba hacia el cielo sin preocupación alguna.

Bueno, quizás esta línea no era tan perfecta como la tercera ni tan nefasta como la primera, porque al menos en esta tenía un amigo.

Se acercó a Dominic proyectando sombra en su rostro.

—¿No deberías estar en clase? —le dijo mirándolo desde arriba.

—Si no te molesta, Dakho, estás estorbando mi vista —le respondió con gracia.

—Niño, saltarte clases no es bueno para ti.

—¿Por qué me dices «niño»? —Dominic se recompuso sobre el suelo y lo observó molesto—. Solo eres dos años mayor que yo.

—Pero soy más maduro que tú y voy un grado adelante.

—Pura mierda.

—Oye, cuida tu lenguaje o tendré que llamarte la atención con tu nombre completo como si fuera tu madre.

—Hazlo; llámame así y te corto la lengua.

—Oh, qué rudo. Me gusta más tu otro nombre, voy a usarlo.

—Pero a mí no. ¿Podríamos dejar de hablar de eso, por favor?

Dakho contuvo sus deseos de reír.

—Está bien. —Se sentó a su lado en la grama, apuntando sus ojos hacia el cielo—. Pero ya que estás aquí desocupado, deberías ayudarme con mi tarea. —Buscó entre sus cosas y sacó un libro.

—Creí que dijiste que tú eras el mayor. —El chico pelirrojo se burló y alzó una ceja—. ¿Y vienes aquí por ayuda?

—Estoy desesperado, así que sí. Odio la química.

Rodó los ojos y le quitó el libro de la mano. Lo abrió donde un lápiz hacía de separador y revisó su tarea unos minutos.

—Ella también te odia. Creo que tendrás que tomar escuela de verano —le dijo sonriente—. Todas las respuestas están mal.

—¿Qué? ¡Eso no es posible!

—Acá. —Señaló su libro—. ¿Cuál es la antecesora de la química?

—¿La biología? —dijo inseguro.

—Es la alquimia —respondió con obviedad.

—Vamos, estuve cerca.

—Ni un poco. —Negó con la cabeza—. Pregunta cuatro: ¿quién es el padre de la química moderna?

—No lo sé. ¿Newton?

—Oh, Jesús. —Se dio un golpe en la frente.

—¿Jesús es el padre de la química?

—¡No! Lavoisier, él es el padre de la química. Fue él quien planteó los cambios de la materia.

—Explícate bien, me confundes. ¿Y eso qué es?

Han Dakho sabía que algo estaba mal; siempre lo sentía, y de todas formas no podía hacer nada para descubrir qué era, más que dejar que todo encontrara su rumbo de regreso.

—Eres un cabeza hueca, Dakho.

—Lo siento, pero me la debes; yo te hice tu tarea de Lenguaje.

—Saqué seis.

—Aún no escribo bien en inglés, hablarlo es diferente. Hice lo que pude.

—Tú ganas, pero no te daré las respuestas. —Dominic suspiró antes de comenzar a explicarle—. Uno de los principios de la química dice que los átomos no desaparecen, sino que se ordenan de distinta manera…

—Por ejemplo…

—Las nubes, la lluvia, el cielo. —Lo miró como intentando que el chico conectara los cables—. ¿Nada?

—¿Es alguna clase de metáfora?

—Es algo lógico de la vida. —Suspiró—. Todo sigue su curso, cumpliendo su función específica.

—¿Te parece que es buen momento para decir cosas profundas?

—Escuche, señor Han. Siempre es buen momento para decir cosas profundas. —Le encantaba burlarse de las cosas que eran obvias para él—. Solo porque ya no veas la nube no significa que no esté allí. Puede estar en forma de lluvia, esa lluvia cae a la tierra como gotas de agua, y regresa en forma de vapor al cielo, para volver a ser nube. Es su ciclo.

—Pero, al caer, el agua ya no está.

—Estás muy equivocado en ese punto —le dijo con una sonrisa, dibujando un círculo en su libro para resaltar la pregunta que le estaba dando problemas.

—¿Por qué lo dices?

—La materia no se crea ni se destruye, solo se transforma.

—Es la ley de…

—La ley de la conservación de la materia. —Dominic asintió con la cabeza—. Parece que alguien reprobará su clase.

—No me molestes. ¿Cómo es que sabes eso y yo no?

—Es algo básico. Además…

—¿Además…?

—En una de las casas hogar en donde estuve hace un año había muchos libros, y creo que los leí todos. Algo se me debió haber quedado.

Dakho le dio un pequeño empujón, y el suspiro del otro lo llenó de curiosidad.

—Nunca entendí cómo funciona eso de…

—¿Ser huérfano? —se burló. Dakho asintió, apenado—. Pues te envían a alguna casa hogar con otros niños. Intentan encontrar parientes tuyos o a alguna pareja que quiera adoptarte. Es largo, y si eres como yo, tedioso. Luego te llevan con familias que cuidan de ti por lapsos de tiempo, a cambio de dinero del Gobierno.

—¿Como tú?

—Como yo —repitió—. Las parejas solo quieren bebés, y yo ya era muy grande. Hasta el momento, he tenido cinco familias temporales.

—Lamento haber preguntado.

—Nah. No es la gran cosa, me falta poco para los dieciocho, y seré libre.

—¿Puedo preguntar qué pasó con…? —La forma en la que el chico volteó la cabeza hizo a Dakho detener sus palabras—. Lo siento.

—¿Mis padres? Mamá enfermó cuando yo era pequeño y papá… A la fecha no tengo ni una maldita idea de quién era en realidad.

—¿Por qué lo dices?

—Mi papá era militar, o bueno, eso creo. Hice muchas cosas para obtener información de él. Siempre supe que teníamos el mismo nombre, intenté buscarlo y, cuando lo encontré, resultó que llevaba unos diecisiete años muerto.

—Lo siento mucho…

—¿Sabes qué es lo peor, Dakho? Que yo aún no cumplo dieciséis.

—Eso significa que él no…

—Nunca fue él. Era la única esperanza que tenía.

—Eso no es cierto. Podríamos encontrar al verdadero y…

—Dakho —le dijo mirándolo con seriedad—, si las cosas son como creo, en algún lado tengo una familia que nunca se interesó en mí. Y ya no importa, ya no la quiero.

—Escucha. —Dakho tragó saliva pesadamente. No tenía recuerdos muy claros, pero en cualquier aspecto o línea, él también estaba decepcionado del hombre que lo engendró—. No todos deberían ser padres.

—Ya lo sé. De todas formas, nadie sabe cómo serlo, ¿cierto?

—¿Estás excusando a tu mal padre?

—No, le estoy dando el beneficio de la duda. Así es la vida.

—Es tonto, pero a veces quisiera tener una guía para ella.

—La tienes y no te das cuenta.

—¿De qué hablas?

—Tu familia. Sé que odias a tu padrastro, pero él no parece ser tan malo.

—No lo conoces bien. Ni a él ni a mamá. Siento que… —Dakho se quedó callado, tenía una vida común y aún sentía que algo no cuadraba.

—Nunca he tenido a alguien que se preocupe por mí. Y el otro día cuando fue por nosotros a la comisaría yo… —Dominic volteó a verlo cansado—. Olvídalo.

—Dilo, está bien.

—Pensé que eras un idiota —le dijo serio—. Incluso con todo, hay personas que te aman. No lo sé, él me pareció alguien genuino y tú, un tonto.

—Lo soy. —Bajó la cabeza—. Tienes razón, supongo que algunas personas tienen más problemas que yo.

—No se trata de eso.

—¿Entonces de qué? —Dominic negó con la cabeza y sonrió levemente pensando en lo perdido que estaba Dakho. Pero que, de alguna forma, su miseria mental era algo que le gustaría haber arreglado.

—¿Sabes? Todas las noches durante años he rezado por alguien, quien sea, alguien que me dijera que la vida no era tan mala. Quería encontrar el camino de regreso, pero ahora ya ni siquiera sé qué es lo que he estado buscando.

La forma en la que se pasó la mano por el cabello, sonrió y miró al cielo causó una sensación de desconcierto y náusea que le quemó el pecho a Dakho.

—¿Y qué es lo que quieres ahora? —preguntó.

—Quisiera que esto termine pronto.

—¿Qué cosa? —Volteó a verlo. Sus ojos le suplicaron ayuda.

—Mi vida.

Un espejo, y la expiación de sus culpas al transformarse.

CALIFORNIA, CONDADO MARIPOSA
12 DÍAS ANTES DE...

Cuando se tiene atención al detalle, es fácil armar una historia. Paso a paso y en silencio. Las líneas actuales eran tres: el origen, el producto y la fractura. Una obra tríptica en donde cada cosa encaja a su manera.

Cada versión de ellos tenía únicamente acceso al conocimiento de las acciones de su propia realidad. Por eso Taylor estaba comenzando a pensar que no podía arreglarlo, lo cual lo llevaba a cuestionarse: ¿era el mismo Dakho en ambas líneas?, ¿o era producto de algún error entre ellas?

Él seguía hablando de las líneas como si fueran solo dos, porque eran esas a las que su conocimiento tenía acceso. Pero había muchas cosas que desconocía. Divagaba constantemente pensando en cómo avanzar, rayando en la posibilidad de que ya estaba loco.

—La vista no es muy placentera a esta hora —escuchó detrás de él.

Quitó la mirada de la ventana para enfocarse en el hombre en la puerta. Este no era un lugar en el que le gustara estar, pero sí el único en el que podía lograr algo.

Durante las últimas noches, Taylor había cruzado una línea que nunca creyó que atravesaría. Terminó en el laboratorio, frente al radar de monitoreo, para contemplar las ondas que se movían por toda la ciudad. Era increíble la forma en la que toda esa energía se movía a su alrededor. Casi hipnotizante para una mente como la suya: las marcas aparecían como pulsos en el registro porque, sin saberlo, había hecho algo bien.

—Estoy intentando meditar un poco —respondió acomodándose la bata de trabajo que le habían entregado.

Kim Anzu pensaba que era una pena tener que amenazar al chico, pero era igual de trágico dejar que se desperdiciaran sus conocimientos por algo tan vano como sus impulsos. Ambos sabían que era inútil pelear. Ninguno llegaría a nada, pero su tregua se sentía algo oscura porque entendían el trasfondo; y es que no sabían cómo lograr su cometido. Eso les quemaba; peor que eso, iba a terminar de enloquecerlos.

Existe algo muy deprimente en la inteligencia. Una persona inteligente tiene acceso a tantas cosas, a tantos caminos y posibilidades que es difícil tomar solo uno. Hacerlo significa desperdiciar su potencial en otra cosa. O quizás lo llevaría a ser consciente de lo asquerosa que es la realidad. Cuando alguien utiliza su intelecto para escalar en la vida, muchas veces encuentra junto al éxito, la desolación o, en su defecto, la miseria y la impotencia.

Al final, cuando se es demasiado inteligente no se vive en paz.

Kim Anzu sabía de sobra que la existencia de múltiples versiones de la historia era posible; pero a diferencia de Taylor, a él no le importaba el desenlace del futuro, sino el pasado trayecto que le había tomado muchos años.

Taylor fue hacia la puerta; a juzgar por la hora, pronto tendría que regresar a casa. Aun así, no podía dejar de pensar que algo fallaría con el experimento, pero no encontraba qué.

—Necesito saber qué tanto conoces del otro lado —le dijo el profesor mientras caminaban por el pasillo metálico de regreso a la sala de control.

—Pues, no mucho en realidad. El sujeto viene del futuro, pero su conocimiento es limitado.

—El simple hecho de tener noción de lo que pasará, ya es un gran acontecimiento.

—Pero saberlo crea otros sucesos que eliminan los que ya conocía.

Taylor entró primero a la sala. No podía explicar a ciencia cierta cómo lo sabía. Es decir, era una gran paradoja. Además, siempre tuvo la idea de que esto era un bucle infinito, pero no podía romperlo si no lo entendía.

—He recalculado el nivel de energía para abrir y estabilizar el vórtice en sentido contrario.

—Un agujero de gusano no puede..., no puede manipularse.

—Los cálculos son correctos. Cuando vuelva a anochecer comenzaremos con las pruebas.

No había mucho que pudiera hacer. Su cerebro los estaba manteniendo vivos a todos, pero solo hacía de Taylor un rehén que se veía obligado a medir riesgos con el voltímetro cuando el circuito se encendía. Y él esperaba que sus propias predicciones fueran ciertas. Porque, de otra forma, lo único que podría hacer era dejar que se repitiera hasta el colapso de todas las líneas.

Otra persona apareció detrás de él, mirándolo con desdén, hastiado.

Ya conocía al profesor Kim Anzu, el líder del operativo, y quien acababa de llegar era Lee Jaewon, su subordinado. El Gobierno los controlaba.

En algún punto de su vida, Taylor hubiera peleado por tener una oportunidad así de grande. Pero en ese momento, lo veía como un gran bache en el camino. Las últimas semanas, cuando salía del laboratorio de madrugada, tenía la sensación de que le dispararían por la espalda.

Lee Jaewon lo acompañó hasta la salida, donde lo revisó para asegurarse de que no se llevara nada, y después lo hizo subirse a la camioneta para llevarlo a casa.

Amanecía, el violeta oscuro del cielo pronto se transformaría en rosa y él no quería ver salir el sol. El trayecto se sentía largo e incómodo. Más aún cuando el tipo lo examinaba por el retrovisor.

—Oye, Kim —le dijo con dureza—. Vas a ayudarme.

—Eso depende de si gano algo —carraspeó.

—Podrías… —Detuvo lentamente el auto en medio de la carretera—. ¿Cuánto tiempo has estado en este pueblo?

—Poco más de diez años —respondió curioso ante su actitud.

—Necesito confirmar algo. He perdido demasiado tiempo buscando a una chica.

Lee Jaewon siempre supo más de lo que debería. Después de años conviviendo con el profesor, había entendido un par de sus motivos. Y tenía la idea de que, si satisfacía ese deseo, podría evitar el colapso total del experimento.

Con el transcurrir de los meses, Jaewon había tenido el tiempo suficiente para conocer las historias detrás de muchos de los habitantes del lugar, incluyendo la de los tres Kim cuya vida le interesaba. Quizás todos en el cuartel creían que pasar tanto tiempo como encubierto en la escuela había sido inútil, pero Jaewon los observó a todos con cautela mientras intentaba descifrar sus intenciones.

El profesor nunca habló sobre sus propósitos personales, eso fue algo que él descubrió por su propia cuenta al hurgar entre sus cosas, por esas cartas hechas a mano que narraban historias y casi parecían darle instrucciones para actuar.

Era una mujer que hablaba de las teorías que tenía sobre cómo hacer funcionar el experimento y su futura hija. Pero después de revisar por centésima vez los expedientes de las personas nacidas en ese pueblo supo que le faltaban cosas.

Observó a Sean Grace tras dejarlo salir y lo siguió por días; encontró a su lado a una señorita de buen nombre y cabellos oscuros que se sentaba en las afueras de los campos, así que la siguió pensando que era la mujer que buscaba. Sin embargo, sus suposiciones cayeron en saco roto cuando descubrió su nombre: Lee SunHee.

Ambos tenían el mismo apellido, solo que ella representaba con recato y orgullo a la imponente familia Lee. Ella había vivido en aquella gran casa a la que a él nunca le habían dado acceso. Pero eso poco le importaba.

Lo que llamaba su atención era que había alguien más que sí coincidía con las descripciones físicas que tenía. Quien podría ser la supuesta hija de la hermana del profesor Kim solo tenía un detalle: era hombre.

Siguió a Augustus Moon durante meses y descubrió el nombre grabado en la lápida que el chico siempre visitaba: «Haruka». Si tenía razón, Augustus también era un Kim; al menos de una extraña forma.

—¿Yo gano algo con ayudarte? —repitió Taylor. Había muchas cosas que el chico no entendía. Por eso a Lee Jaewon no le parecía un genio como todos decían. Para él, era un niño que no sabía lo que era estar verdaderamente jodido. Pero no se lo diría hasta que supiera cómo sacarle provecho.

—Pude ahorrarme muchos problemas de haber confirmado que se trataba de tu amigo. Si decides dejar de ser infantil, avísame, podrías librarte de esto —dijo, ganándose una mirada de desconcierto antes de encender de nuevo el motor—. Sería un trato entre nosotros dos.

Taylor parpadeó confundido; no tenía idea de lo que quería decir, al menos no del todo.

Se despidieron sin más cuando llegó a casa. Estaba cansado y tenía frío. Entró por la puerta de atrás sin hacer ruido. Subió las escaleras sin muchas ganas hasta quedar de pie frente a su habitación; tragó saliva, pero no entró. Siguió moviéndose hasta el cuarto de su hermano. Parecía que el tiempo se había detenido, y mientras más pensaba, más se hundía. Suspiró; era momento de descansar de su doble vida de científico.

Vaya que tenían razón al decir que se debe tener cuidado con lo que se desea. Se quitó los zapatos y luego se sentó en la orilla de la cama de Sean Grace, que se removió un poco al verlo. No le dijo nada cuando se recostó a su lado; le extendió un poco de la cobija antes de volver a cerrar los ojos. Y Taylor lo imitó, durmiendo con facilidad.

La madrugada hacía que sus pensamientos se volvieran oscuros; por suerte para él, cuando cerró los ojos terminó de amanecer.

Al menos la última semana todo había estado bien, y el profesor mantenía su palabra. Sean Grace estaba bien, sus padres estaban a salvo, incluso Augustus estaba más tranquilo ahora que todo parecía haber vuelto a la normalidad para ellos. Todos estaban ilesos por el módico costo de la fatiga mental y pérdida de cordura de Taylor.

¿Qué podía hacer? ¿Buscar a la Policía? ¿Ir la iglesia? Realmente quería correr hacia el noticiero para decir que lo estaban obligando a hacer cosas; decirle al mundo que el Gobierno les ocultaba la verdad. O quizás simplemente lanzarse a llorar en brazos de su madre, pero esa tampoco era una opción. Así que optó por algo similar cuando se sintió menos expuesto al lado de Sean Grace.

Pasadas unas pocas horas de sueño, que para Taylor se sintieron como minutos, abrió los ojos: alguien le hablaba.

Después de que comenzaran las vacaciones de invierno, a nadie en esa casa le importaba dormir hasta casi las diez de la mañana, quizás más, pues, con la luz del sol, su presente se veía menos sombrío.

—Sabes que en realidad no me importa —le dijo su hermano—, pero tus ronquidos en mi oído me están incomodando mucho.

—No seas llorón. —Se escondió entre la sábana.

—Taylor… —Sean Grace aclaró su garganta—. Estás ocupando la mitad de mi cama.

—Déjame dormir, tarado. —Su hermano mayor negó con la cabeza antes de empujarlo para que se alejara.

—Antes no te quejabas cuando venía a dormir aquí. —Taylor intentaba cubrirse con una almohada, ofendido por la interrupción de su sueño—. Hasta me abrazabas.

—Antes no medías un metro ochenta, ¡o invadías mi jodido espacio personal!

—Ay, ya. No seas egoísta —le dijo intentando abrazarlo—. Dame cinco minutos más, hermano.

En resumen, lo único que quería era dormir un poco, pero su madre mantenía cerrada con llave la habitación de huéspedes, y no quería lastimar a Dakho al dormir, así que su habitación no era una opción. Además, desde la última vez que había subido a limpiar el ático, le daba muchísima vergüenza estar allí. Así que sí, se autoinvitó a dormir en la habitación de Sean Grace.

El mayor no le dio mucha importancia la primera noche, pero comenzaba a cansarse de su hermano y sus intentos de usarlo como almohada.

—Tienes un colchón extra en tu habitación, Taylor. Úsalo y lárgate de aquí.

—Sean Grace… —le dijo—. Tengo que confesarte algo.

—¿Ahora qué?

Se supone que había comenzado a decirle toda la verdad a su hermano. Bueno, a medias, pero ya le había dicho muchas cosas. Le confesó que Dakho no era de intercambio; también le contó que lo había encontrado a la orilla del lago la noche que él osó abandonarlo. Esa parte era cierta. No podía decirle: «Dakho viene del futuro, es tu hijastro y casi te quedas cojo». O, qué tal: «Oye, me acosté con el hijo que tendrá tu novia, que ya no es tu novia, pero va a ser tu esposa».

Sí, definitivamente sonaba mal.

Así que: «Dakho era un espía, pero quiso dejar la organización y no lo tomaron bien. Así que lo ayudé a esconderse y te confundieron conmigo, por eso comenzaron a seguirte» fue más fácil de decir para Taylor y de asimilar para Sean Grace.

Pero bien, Taylor estaba harto de la gente del Gobierno siguiéndolo por todo el pueblo. Ya no tenía energías para decir una mentira más, así que sería demasiado honesto con él en este punto.

—No hay colchón —dijo, el objeto pasó desapercibido mucho tiempo—. Hace unos dos meses que ya no está.

—¿Qué?

—Yo… duermo con Dakho.

Sean Grace intentaba procesar todo; sabía que algo de todo lo que le habían dicho no era verdad, pero al menos ya no estaba tan aislado de la información de los lunáticos que quisieron hacerlo brocheta y de su hermano teniendo una relación más estable de lo que él pudo en años.

Y con respecto a lo último, aún tenía una espina que se clavaba en su pecho cuando su hermano comenzaba a hablar desvergonzadamente. Tenía deseos de llorar viendo fotos de Taylor de bebé y con música instrumental de fondo.

—¿Y crees que eso es excusa para abrazarme a la fuerza?

—Es la costumbre, no me culpes. Literalmente duermo abrazado a él…

—Basta de información innecesaria. Te pedí sinceridad, pero esto ya es mucho para mí.

—Yo te he escuchado hablar sobre tus chicas por años; ahora, aguántate.

—¡Pero no es lo mismo!

—Sí lo es. No seas hipócrita.

—Está bien; me disculpo por las cosas que te dije durante estos años. Pero no quiero saber lo que haces a solas con el Agente 007.

Al menos en esta línea, la repulsión y rechazo de Sean Grace habían sido reemplazados por pena e incomodidad que eran casi cómicas.

—Dramático. —A Taylor le causaba mucha gracia el conflicto que causaba en su hermano—. Después de que lo abrazo le doy besitos en la espalda…

—Taylor, no digas esas cosas cuando estoy en calzoncillos. Por favor, no me atormentes. Haces que quiera ir a confesarme. Sé que he pecado, pero no merezco la condena.

—… Y luego él me f…

Sean Grace abrió los ojos y extendió el brazo para taparle la boca antes de que siguiera hablando.

—¡Finnian Taylor, ya bájale a tus hormonas, te lo suplico!

—¿Ves lo que he sufrido por tu culpa todos estos años? Ahora soy yo el que irrumpe en tu habitación. Déjame ir por tu camisa roja, rociarme fijador para el cabello y podré decir: «Conocí a un chico, es nuevo en la ciudad y es demasiado ardiente» —le dijo imitando la forma de hablar de Sean Grace.

—¿Acabas de citarme?

—Tengo buena memoria, y tú me debes muchas.

—¡Sí, ya entendí la lección! Ahora cállate, por favor. Haces que quiera castrarlo.

—No es justo, le quitarías lo divertido a mi vida.

Sean tomó aire, iba a callarlo por la fuerza.

—Dices otra cosa más y te daré la charla de las abejas de nuevo.

—¿Vas a seguir con eso? Es la peor explicación sexual del mundo.

—Es a prueba de tontos; si la conocieras, la próxima vez que vayas haciendo el «abeja por abeja» al menos te asegurarías de que nadie te vea.

Taylor abrió los ojos, atrapado, él conocía demasiado bien a Sean Grace, sabía que no iba a decírselo de frente, pero si lo insinuaba... Ay, mierda. El sueño desapareció de golpe, y de pronto se había vuelto incómodo y vergonzoso estar ahí.

—Tienes razón, iré a dormir al sofá —dijo dando un brinco de la cama—. O a cortarme el cuello, lo que sea más fácil.

—¡Taylor! ¡No huyas! Sé que no vas a quedar embarazado, pero aún no tenemos esa conversación a fondo. —Oh, no. Taylor no quería llegar al fondo de eso. No era justo, se supone que el avergonzado debía ser Sean, no él.

—Y no vamos a tenerla —le dijo—. Si te tranquiliza, podemos fingir que me diste un buen sermón de hermano mayor y yo entendí el mensaje.

—Me sirve —respondió Sean, alzando el pulgar.

La luz de la mañana iluminaba todo el lugar. Esto de tener «doble turno» no estaba ayudando mucho a la cordura de Taylor.

Salió de la habitación de su hermano y alzó la cabeza intentando recordar el propósito de todo esto; pero cuando abrió los ojos, se fijó en el techo y vio un pequeño cable que sobresalía, supuestamente oculto en la bombilla del corredor. Ladeó la cabeza; lo siguió con la vista, para encontrarse con otro, y otro, que finalmente le hizo caer en cuenta de que tenían cámaras dentro de la casa.

Era la segunda vez en la semana que le ponían esas putas cámaras; él ya no tenía nada de paciencia. Caminó hacia el armario de limpieza y sacó una pequeña escalera para poder alcanzar el techo del pasillo.

Le sacó el dedo de en medio y luego se enfocó en arrancar el pequeño aparato seguido del cable. Se movió molesto por toda la casa buscando otra señal de que lo estaban controlando. Y es que así era, solo faltaba que, al estornudar, las plantas de su jardín le dijeran «salud».

Quizás exageraba, ahora estaba loco y paranoico.

Entró a su habitación; Dakho se había recuperado bastante, aunque claro, aún estaba ese pequeño detalle de tener media pierna inmovilizada.

Había sido atendido por un médico especialista traído de *quién-sabe-dónde,* una silla, muletas y mucha comida. Era extraño, pero no negaría que también era conveniente. Taylor sentía que lo observaban por doquier, y un peluche, de entre el montón que las chicas de la escuela le habían llevado al herido Dakho, le pareció sospechoso. Así que lo tomó para buscar una cámara o micrófono en este, y comenzó a sacudirlo, como queriendo obligar al pequeño muñeco a que le contara todos sus secretos.

Dakho abrió ligeramente los ojos. Se sentó en la cama, ya era casi mediodía y se preguntaba cuánto tiempo tendría que pasar con esa molesta cosa que le mantenía la pierna protegida, pero lo hacía sentir inútil. Lo primero que vio fue a su pequeño Kim intelectual peleando con un peluche. Bueno, ahora era el pequeño Kim desquiciado al parecer.

—¿Taylor? ¿Qué haces? —dijo confundido mientras el otro intentaba quitarle el botón del ojo.

—¿Yo? ¡Nada! —Atrapado, escondió el osito detrás de su espalda.

—Estás ultrajando al pobre muñeco —contestó con una sonrisa e intentando bajarse de la cama.

Taylor soltó al oso y se movió de inmediato hacia él.

—¿Qué crees que haces? ¡No te esfuerces!

—Es mediodía y recién despierto. Eso es un récord de holgazanería. Necesito tomar un baño —le dijo, tratando de alcanzar sus muletas para levantarse.

—Oh, no, señor «Me creo muy fuerte», recuerda que no puedes mojar el yeso.

—Pastelito, relájate. No es la primera vez que me parto una pierna.

Dakho alguna vez le había contado a Taylor sobre cómo fue a esquiar con su padre y terminó con el tobillo torcido en Navidad. Pero lo extraño era que ninguno de los dos podía tener la certeza de a qué línea temporal pertenecía ese recuerdo.

A Dakho no le importaron los regaños. Dolía como el demonio moverse, pero sus brazos eran fuertes y podía avanzar hasta el baño sin más ayuda que sus muletas.

Taylor estuvo a punto de obligarlo a volver a la cama cuando Sean Grace irrumpió como siempre en su habitación. Ya se había bañado y cambiado.

—¿Y ustedes por qué aún no están vestidos? —les dijo, y ambos chicos se miraron con desconcierto—. Pensé que iban a ayudarme.

—¿Ayudarte con qué? —Taylor había estado muy desconectado de los problemas de su familia en los últimos días. Su hermano volteó a ver a Dakho, quien tenía una expresión culpable.

—¿No le dijiste a Taylor? —reprochó indignado de que Dakho faltara a su confianza.

—¡Lo olvidé, lo siento!

Sean Grace negó con la cabeza. De nuevo, de qué le servía tener un hermano extra si no lo ayudaba en nada.

—Como sea, ya fui por mis trajes. Pero aún necesito su opinión.

—¿Trajes? —No, definitivamente, Taylor no estaba en sintonía.

—¡El baile es esta noche, Taylor! —dijo Sean Grace—. Y sabes lo que significa, ¡premios de fin de año! Han también tiene que ir.

Los días que siguieron a que Dakho despertara, se llenó de las atenciones de las personas de la escuela. Le llevaron desde regalos hasta dinero, y él no podía negar que le gustaba la atención. También estaba feliz porque habían ganado el partido e iban a premiarlos como equipo. Y según Sean Grace, él también tenía parte en el premio.

Pero no tenía un traje, y definitivamente no iría al baile.

—Oh, no. Lo siento, pero yo no voy a ir.

—¿Qué? No puedes no ir. Vamos, Bond. Te conviene.

Volteó a mirar a Taylor en busca de ayuda, pero él se divertía viendo a su hermano con toda esa energía. El Sean Grace auténtico era un hombre bastante emocional y eufórico.

—¿Y qué se supone que tendríamos que hacer?

No quería estereotipar a los menores, pero realmente esperaba que tuvieran buen gusto, porque él no iba a escoger su ropa solo.

—Verme modelar —dijo, alegre—. ¡Voy por mis trajes!

Se miraron mutuamente. Había un momento en esa casa al que todos temían, y era cuando Sean Grace pedía una opinión sobre su ropa. Era super indeciso, e incluso había comprado dos trajes caros porque no pudo elegir solo uno. Pasaba horas hablando y se quejaba hasta por el más mínimo detalle.

Así que, cuando el mayor de los Kim se fue, aprovecharon para cerrar con llave la puerta. Pudieron zafarse un rato con la excusa de que Dakho debía tomar un baño y no podía hacerlo solo, lo cual no era del todo mentira. Intentaron guardar silencio mientras los dos se duchaban y se colocaban ropa deportiva, de esa que solían usar para estar en casa. Esperarían a que el mayor se fuera.

Taylor aprovechó el momento para tomar una siesta de una hora en la alfombra, y Dakho, en la cama, se acomodó para terminar su trabajo. Bueno, si es que puede llamarse así al libro de colorear que ya casi terminaba de llenar por completo. Pero cuando el reloj marcó las cinco de la tarde, se vieron forzados a salir del encierro de su habitación por comida. Estaban demasiado hambrientos.

Taylor asomó la cabeza para asegurarse de que el pasillo estuviera vacío, y luego salió con sigilo. Y no supo de dónde salió o cómo, pero Sean Grace lo atrapó.

—¡Justo a tiempo! —le dijo y lo tomó como rehén.

—¡Dakho, ayuda! ¡Me tienen! —gritó mientras era arrastrado por las escaleras.

—¡Noo! ¡Siempre se llevan a los más jóvenes! —exclamó desde la habitación fingiendo llorar.

En fin, así fue como los dos terminaron en la sala de la casa, viendo a Sean Grace cambiarse de corbata por milésima vez.

Sean Grace ayudó (o, mejor dicho, obligó) a Dakho a bajar las escaleras, extorsionado a cambio de unas deliciosas manzanas en cuadritos. El hermano mayor parecía muy empeñado en hacerlo ir al baile. Se hizo el benevolente dándole a Dakho uno de sus trajes, y justo ahora casi lo obligaba a ponérselo. Aunque, siendo sincero, estaba casi convencido de asistir.

Taylor los miraba con algo de celos. Estaba bien que fueran amigos, pero, si su hermano pretendía robarse a su cita, que no era su cita para el baile, estaba muy equivocado.

Por suerte para Sean Grace, que no terminaba de conformarse con una camisa, y Dakho, que odiaba los pantalones cortos, Taylor tenía un plan de contingencia.

—¡Mantengan la calma! La verdadera ayuda está aquí —dijo Augustus desde el marco de la puerta con su metro en el cuello y sus alfileres en una mano. Había llegado la ayuda profesional.

Sean Grace y Dakho parecieron aliviados al verlo llegar. En especial porque el traje de Sean Grace les estaba dando demasiado problemas, pero eso no era suficiente para detener a Moon. Él amaba cuando sus amigos se dejaban usar como maniquíes.

Mientras los tres se movían ansiosos frente al espejo, Taylor parecía perdido en sus pensamientos mientras veía el cielo oscurecer desde la ventana. Su día se había ido volando y realmente quería tener la habilidad de esos tres de fingir que no había pasado nada.

Hace un par de semanas llegó a pensar en que no era tan mala idea aceptar la invitación de Dakho de ir a la fiesta. Incluso compró un par de cosas, solo que ahora no podía pensar en nada más que no fueran luces parpadeando y cables de colores. Aun así, les sonrió cuando finalmente lograron vestir a Dakho, y se dedicó a peinar el cabello de este hacia atrás y de colocarle correctamente su corbata.

La hora llegó, debían irse pronto.

—Oye, Haru, ¿no deberías ir a arreglarte también? —preguntó Dakho sin dejar de fijarse en su ropa de trabajo.

El chico negó.

—No iré solo al baile —dijo restándole importancia mientras terminaba de ayudarlo—. Diviértanse.

Sean Grace regresó ya peinado a la sala; la bocina de un auto se escuchó en el exterior, anunciando que habían llegado por ellos. Dakho lo siguió no sin antes ver a Taylor. Ya le había dicho que no quería ir, y no tenía intenciones de forzarlo. Este solo le sonrió como animándolo. Su hermano le había contado la razón por la que se empeñaba en hacer que Dakho se fuera, y él no pudo objetar nada.

Tuvieron que esquivar las fotos del señor Kim antes de irse. Y así, Taylor contempló desde la entrada a los chicos del equipo moverse dentro del auto para dejar subir al Dakho lastimado.

—Creí que irías con ellos —escuchó decir detrás de él.

—No puedo, tengo cosas que hacer —respondió apenas.

—¿Qué les diste por dejarnos ir? ¿Qué hiciste? —lo confrontó Haru.

—No sé de qué estás hablando.

—Los he visto caminando por el bosque. Podemos dejar que tu hermano se siga drogando para aparentar que no le importa. Fingir que nada pasó por un par de días, aunque a veces esté durmiendo y sueñe que me disparan.

—Lamento haberlos arrastrado a esto —dijo con pena.

Taylor tragó saliva pensando que había sido muy estúpido todo este tiempo. Al parecer todos estaban traumatizados y sabía que era su culpa.

—Amigo, al menos te importó mi vida. Lo que hayas hecho —palmeó su hombro para pasar a su lado y salir de la casa—, gracias, Taylor —le dijo.

—¿Realmente acabas de agradecerme por eso? —dijo. Haru apenas había dado un par de pasos en la nieve cuando volteó a verlo.

—Sí, es lo único que puedo hacer. —No se lo diría; pero incluso si estaban acorralados, Haru sentía más paz en ese momento de la que había tenido en cualquier línea temporal.

—No te vayas, no quiero estar solo.

—¿Entonces qué haces aquí? —lo retó—. Sabes qué es lo que tienes que hacer.

—No esperarás que yo…

Haru solo siguió avanzando.

—Si cambias de opinión, solo toca mi puerta. Tengo algo para ti en mi armario.

A Taylor le hubiera gustado saber cómo las demás personas podían procesar sus emociones de formas que él no entendía.

Sabía que era una estupidez, y que esta no era una película de esas que Dakho le contaba. Pero, quizás, era un buen momento para lanzarse desde las alturas de su temor, hacia el fondo de lo que quería. Haru sacó su llave para entrar a casa. Pero contrario a lo que creyó, los pasos detrás de él le hicieron saber que sus dotes de persuasión eran buenos.

Había comenzado a nevar y era una buena noche para dejar que sus almas encontraran redención.

De entre todos los lugares en la ciudad que se pudieron haber utilizado, la pista de baile y el pseudoescenario para la fiesta estaban allí, en el gimnasio de la escuela.

Dakho pensó que esto pudo haber sido menos común si le hubiesen puesto más empeño.

La mayoría de las chicas usaba vestidos en tonos celestes, al igual que los chicos con sus trajes negros que combinaban con las decoraciones. Y Dakho en realidad no estaba del todo animado para disfrutar del clásico ambiente. El tema era «La última noche del invierno», y él comenzó a pensar que era exactamente como Taylor le dijo que sería.

La primera media hora fue divertida, después todos en el equipo se fueron con sus respectivas citas, y lo habían dejado ahí, con su tonta pierna y algo de ponche. Había alcohol de contrabando también, pero no podía beber si estaba tomando medicamentos para el dolor. Estaba solo, aburrido y ese pastel era más leche que pastel, así que no pensaba comérselo.

Sus muletas no combinaban del todo con su traje, según él, y nada era tan mágico como esperaba. Quizás Taylor tenía razón, debió quedarse en casa. Dakho miró su bebida sin muchas ganas y las parejas comenzaron a ponerse de pie.

Suspiró en su silla, hasta que alguien le colocó la mano en el hombro.

—La decoración podría haber quedado mejor —le dijo Haru a su lado—. No tengo dudas.

Dakho volteó hacia él, no esperaba verlo, ni a sus tirantes blancos que resaltaban sobre su camisa negra.

—Creí que dijiste que no vendrías —contestó desconcertado.

—Dije que no vendría solo —le respondió con una ceja alzada y una sonrisa cómplice antes de voltear hacia la entrada.

—¿Qué?

—Creo que está buscándote… —le dijo antes de inclinarse y decirle en voz baja—. Me debes una.

Dakho ladeó la cabeza y llevó su vista hacia la puerta: encontró a un Taylor que buscaba con la mirada entre las personas, y cuya falta de anteojos parecía hacer que se le dificultara. El sonido de la leve tonada de la canción de fondo hizo que los ojos de Dakho se abrieran, y el brillo que los caracterizaba apareció junto a un suspiro provocado por la imagen de Taylor.

Dakho tragó saliva. Cuando su madre le dijo que tenía que esperar por su príncipe no le creyó, pensó que era una tontería de esas que se les dice a los adolescentes para que dejen de llorar. Tan cliché y tan tierno.

Pero justo en ese momento, Han Dakho admitió que quizás todo eso era real cuando la música y el viento se confabularon para que el encaje de la puerta, al igual que las estrellas y las luces que estaban colgadas en esta se movieran en cámara lenta en el momento en que Taylor cruzó la entrada.

Un joven alto y apuesto, de cabello castaño peinado hacia atrás, del cual un mechón rebelde caía sobre su frente, vestido con un traje blanco a la medida que encajaba perfectamente con los copos de nieve y las luces blancas alrededor del arco de bienvenida.

Brillaba; oh, Taylor siempre brillaba ante la mirada de Dakho.

Los ojos de Taylor se enfocaron en los suyos; finalmente lo encontró sentado a la distancia y sonrió exclusivamente para él. Había brillantina plateada por todos lados, tanta que el corbatín del mismo tono de Taylor combinaba con la decoración del lugar.

Caminó lentamente hacia él con las manos en los bolsillos, sin apartar su mirada hasta llegar frente al chico.

—Hola... —dijo y llevó una mano a su propio cuello, algo avergonzado—. Veo que eres muy guapo y que estás solo, así que pensé en hacerte compañía. ¿Puedo?

Dakho lo meditó unos instantes.

—No lo sé, mi novio es algo celoso —se burló.

—Él no tiene que enterarse —le respondió Taylor pasándole una mano por el cabello para peinarlo.

¿Que si Han Dakho estaba enamorado de él? Efectivamente, así era. Y no podía ni recordar cómo había sido todo antes de estarlo. Todo este tiempo pensó que lo único que quería era encontrar a alguien como Taylor, pero eso no era cierto; siempre quiso encontrarlo a él, específicamente.

El volumen de la música bajó ligeramente y el encargado del sonido comenzó a hablar:

—Les damos la bienvenida a todos. Hace frío y los trajes son caros, pero no se preocupen, pronto será la última noche del invierno.

—Me parece que es un terrible tema para un baile —dijo Dakho con gracia. «La última noche del invierno» en una noche así de fría cuando parecía que el hielo jamás acabaría le resultó irónico.

—Es el mismo tema todos los años, no tienen presupuesto —le aseguró—. No han intentado algo diferente desde que yo estaba en secundaria.

—Bueno, entonces supongo que es la eterna última noche del invierno

Taylor no pudo evitar reír.

—Eres un cabeza hueca, Dakho.

Dakho escondió su sonrisa y volvió a mirar su vaso vacío.

—Al menos esto sabe bien —dijo.

—¿Quieres que te traiga más? —Parpadeó varias veces. Dakho lo observó con curiosidad.

—Estás muy atento, Taylor.

—Vine a ser tu pareja de baile, no me presiones.

—¿Ah, sí? ¿Y eso implica?

—Dakho —dijo mirándolo seriamente—, acabo de peinarme y ponerme un esmoquin. Así que básicamente vine a traerte ponche y a obligarte a usar un ramillete.

—¿Ramillete?

Taylor abrió los ojos y comenzó a buscar en sus bolsillos. Lo último que le faltaba era haber perdido sus florecillas. Finalmente, se tocó el bolsillo del saco y de este tomó una caja de plástico pequeña. Eran pequeñas porque así podían sujetarse perfectamente a la solapa del saco de ambos, como dos prendedores hechos de tela que simulaban una flor con un clip de plata.

—Iba a traerte un ramillete real, con rosas y encaje, pero ninguno de los dos cree en eso de regalar flores —le dijo sonriendo; abrió la caja y tomó uno de ellos para acercarse a Dakho.

Taylor clavó el prendedor en su saco y las luces relucieron en su superficie. Después, con la caja abierta, se la entregó al chico para que hiciera lo mismo. Dakho tomó el otro prendedor y se lo fijó en el traje blanco. Él lo había visto antes, entre el perchero de atuendos de Haru, pero nunca pensó que fuera de la talla de Taylor.

—Creo que así se sienten las personas cuando proponen matrimonio —bromeó y abrió el gancho para atravesar la tela de la solapa.

—Esta no es temporada de matrimonios —meditó—; bueno, al menos no en mi familia.

—¿A qué te refieres?

—No sé si te lo dije antes, pero mi familia tiene la extraña tradición de proponer matrimonio en las bodas o los aniversarios. Por ejemplo, mis padres se comprometieron en la boda de un tío, mis abuelos, en el aniversario de sus padres… Y así por generaciones.

—¿Es alguna clase de superstición?

—Eso creo, son tonterías. Pero según mis ancestros, une a la familia desde sus comienzos.

—O sea que tendrías que comprometerte en…

—En la boda de Sean Grace —afirmó.

—¡No se vale! ¿Y si quisiera proponerte matrimonio justo ahora?

—Te diría que sigas participando y que lo intentes de nuevo en el aniversario de mis padres, o cuando Sean se case. Tal vez entonces te diría que sí.

—¡Eso no tiene sentido! —Se cruzó de brazos.

—¿Y por qué no?

—¡Porque falta mucho para eso!

—Ya nos fuimos de luna de miel, de todas formas. No hace falta la boda —dijo y Dakho lo miró con los ojos entrecerrados.

—Idiota.

Taylor negó con la cabeza. No pretendía darle más cuerda a la imaginación de Dakho, pero le gustaba verlo indignado.

Empezó a sonar una canción más movida y Taylor movió la cabeza al mismo ritmo que «Girls Just Want to Have Fun».

—Dios, esa canción es lo mejor —dijo Taylor. Su padre siempre le había recalcado que esas canciones eran para chicas, pero a Taylor, honestamente, ya no le importaba.

—Parece que lo estás disfrutando. Quién lo diría.

—Oh, cállate, Dakho. Este chico solo quiere divertirse.

—Ah, claro. Cambia de tema.

—¿Yo? ¿Cambiando de tema? Jamás. —Le apretó una mejilla levantándose y tomó el vaso de Dakho—. Ya vuelvo.

Dakho frunció el ceño. El Kim intelectual se estaba aprovechando de sus limitaciones físicas.

No muy lejos de ahí, cerca de la mesa en donde todo el equipo de béisbol estaba reunido, Sean Grace se reía junto con sus amigos mientras hablaban sobre lo felices que estaban con su triunfo. Volteó a ver hacia el otro lado y observó el momento exacto antes de que su hermano se alejara de Dakho. Y se sintió afortunado de que Taylor se decidiera a venir. Él y Han no eran los mejores amigos del mundo, pero aun así le había tomado aprecio.

El maestro de ceremonias se acercó a ellos.

—Oigan, chicos. Después de esta canción les toca —les dijo recordándoles sobre las medallas que iban a darles.

Todos asintieron felices, y él regresó hacia el área de los controles de sonido; pero Sean Grace lo siguió con la mirada.

—Oye, Kim —le dijo uno de sus compañeros—. Es hora del premio.

—Cierto… —respondió dándole una mirada rápida a Dakho y luego volviendo a concentrarse en el equipo.

—¿Le dijiste algo?

—No, no. Es una sorpresa.

Alzó la vista en el momento en que la música se volvió más suave. April discutía con el encargado de la música, supuso, por lo ofuscado que se veía tratando de corregirlo. Sonrió y lo vio negar con la cabeza, aburrido, antes de salir por la puerta del gimnasio. Sean Grace lo meditó un par de segundos antes de ponerse de pie.

—¿A dónde vas? —le preguntó uno de sus amigos.

—Tengo algo que hacer, no me tardo —respondió separándose de su grupo.

Era un momento importante, y todas las personas importantes para él debían estar presentes. Salió a buscarlo y, cuando atravesó la puerta de salida, vio a su amigo sentado en las gradas de la tribuna del campo de béisbol.

Augustus Moon estaba cansado de lo mal que sonaba el estéreo y de que no lo dejaran tocarlo. Además, ya había cumplido con su misión de cupido de la noche, así que estar allí no le hacía mucha ilusión. Suspiró; al exhalar, el vaho de su boca se hizo visible ante las luces del campo.

Entonces, escuchó el sonido de la reja de la entrada. Alzó la cabeza ligeramente y divisó a Sean Grace en la entrada del campo, quien avanzaba a pasos lentos con una sonrisa.

—Oye… Hace demasiado frío esta noche. ¿Qué haces aquí afuera?

—¿Qué haces tú aquí afuera? —le reprochó—. ¿No iban a darte el premio al mejor jugador?

Sean Grace vaciló un poco antes de sentarse a su lado en las gradas.

—Pues no soy el mejor jugador, soy el mejor capitán —le dijo con gracia—. No sé si deba decirlo, pero Dakho entrenó mucho para el juego, horas y horas mientras yo me la pasaba llorando y siendo un idiota. Aun así, no pudo jugar en la final.

—Lo sé, estaba muy emocionado.

—Pienso que motivó a todo el equipo. Y eso lo hace el mejor jugador.

—Tú… ¿Le diste tu premio? —Incrédulo, volteó a ver a Sean Grace y al vaho que brotaba de sus labios. Él asintió.

—Se lo merece más que yo. Se lo propuse al equipo, y todos estuvimos de acuerdo.

—Puedes ser muy noble si lo intentas, ¿o no, grandote?

—Creo que se me da bien, ¿no te parece? —le dijo dándole un pequeño empujón—. Van a dárselo en un rato, así que vine a llamarte para que nos acompañes.

Augustus Moon lo vio sonreír a su lado y su pecho tembló. Todos habían llegado a rozar con la pureza de sus propias almas. Sean Grace le palmeó la espalda antes de levantarse con intenciones de regresar al gimnasio.

April se puso de pie, pero no avanzó. En su lugar, se quedó parado en uno de los escalones.

—Grace… —dijo y el otro se detuvo—. ¿Viniste hasta acá solo por eso?

Un suspiro tan grande que Sean Grace no lo pudo ocultar.

—Sí. —Volteó a verlo, y respondió con una sonrisa sabiendo que no era cierto.

—Sobre lo que dijiste la otra noche…

—Déjalo así —lo detuvo—. Pensé que pasaría algo muy malo. Y yo… No quería morir como un cobarde. ¿Está bien? Es todo.

—Viste cómo nos apuntaban y decidiste que era buen momento para sincerarte. Lo entiendo, pero yo…

—Ya te lo dije, es todo.

—Necesito saberlo. Necesito que me digas por qué.

—No sé a qué te refieres. —Intentó fingir demencia y April lo miró a los ojos. Estaban a la altura perfecta, cara a cara.

—Ese día… ¿Por qué me dejaste? ¿Por qué no me defendiste?

—Olvídate de eso.

—Grace —lo tomó del brazo—, mírame a los ojos y dime. ¿Por qué tuviste que hacerme miserable los últimos dos veranos? ¡¿Qué fue lo que te hice?!

Sean Grace apretó la quijada, molesto. Y resopló antes de comenzar a hablar.

—¿Qué quieres que te diga? ¿Quieres escucharme decir que soy un imbécil? ¡Pues sí, lo soy! —alzó la voz, frustrado—. ¡¿Ya estás feliz?!

Por favor, no.

—¡No me grites!

—¡No te estoy gritando!

No más.

—¡¿Por qué no puedes solo responder?! —vociferó molesto.

—¡Yo hablo como se me da la gana! No me importa lo que digas. —Sean Grace bajó la cabeza y exhaló cansado.

Nunca más.

—¿Lo ves? ¡Sigues siendo un maldito cretino!

—¡Y tú un fenómeno de mierda!

Estamos peleando de nuevo, y ninguno quiere hacerlo.

—Ni siquiera eres capaz de ser honesto… —murmuró, y le fue imposible leer la lástima en sus ojos. Tragó saliva; su respiración estaba pausada y sentía que moriría.

Sean Grace no quería sentir ni temer. Ni decirle lo que a él le había dolido tanto todos estos años.

—¡¿Quieres honestidad?! —Negó con la cabeza y luego levantó la vista, dando un paso al frente.

—¡Sí!

—Me gustaría tener una gran excusa, pero no la tengo. Y lo cierto es… que te extrañé mucho. —Tragó saliva—. Me dejé manipular. Estaba asustado y confundido. ¡¿Está bien?! Y sé que no es la respuesta que esperas, pero no tengo otra.

—Tú… eres increíble. No puedes un día decir que sentías algo por mí y al siguiente actuar como si eso no hubiera pasado. No puedes esperar que simplemente lo olvide.

—Sí. Sí puedo —le respondió encarando al chico.

—No inten… —Sean Grace no lo dejó hablar. Estaba tan cerca que su pecho casi rozó con el suyo. Dio otro paso al frente, tocando el escalón con la punta de su zapato.

—¿Y sabes por qué? Porque yo estuve en la mierda tanto como tú. Pero como el culpable fui yo, tuve que tragarme todo eso solo. Sé que lo merecía, pero eso no hace que duela menos.

—¡Oh, dios! ¿Crees que eso te da derecho? ¡No siempre se trata de ti!

—¡Claro que no! Porque el pobre, pobre April Moon nunca hizo algo malo. —Ese coraje hacia él venía de las cosas que hizo en otra línea—. Y fueron solo él y sus sentimientos lo único que valía la pena.

—¿Qué demonios te pasa?

—¡Me da muchísimo coraje! —Su voz se volvió más débil—. Nunca supe cómo manejarlo. Y tú pretendes que te explique cosas que ni siquiera yo mismo entiendo. No estoy justificando mis errores, pero me merezco aunque sea una gota de compasión.

April chasqueó la lengua, indignado.

—¿Por qué debería tenerte compasión a ti?

—Si no lo haces mínimo por empatía, entonces hazlo porque me colé a tu habitación y dormí a tu lado mientras dejaba que me leyeras tus libretos mal escritos por años.

—No me jo... —April quiso intervenir o alejarse de él, pero no pudo.

—No, cállate. Ahora déjame hablar. —Sean Grace se pasó las manos por el cabello—. Maldición, ahuyenté a tu cita de San Valentín en sexto grado, te seguí por todo el pueblo mientras crecíamos y usaba el suéter que odias porque sabía que me dirías que me lo quitara, y así tendría una excusa para dártelo. Porque incluso ahora sigues teniendo esa estúpida manía de nunca abrigarte, y yo no pude evitar recordar todo eso —dijo, y tragó el nudo que se formó en su garganta—. April... ¿es que no lo ves?

Sus palabras sonaban heridas, llenas de indignación y melancolía.

—Grace...

—Imagina lo que fue, para alguien como yo, darse cuenta de que estuvo enamorado de su mejor amigo por años. Obviamente me asusté, no supe cómo reaccionar, y hui. Yo no debí haber hecho todas esas cosas, tampoco tendría que haber sido tan cobarde y haberte lastimado, pero así fue, y me odio mucho por eso. Me odio. ¡Me odio!

—Yo también te odio —murmuró con los ojos llorosos.

—No te culpo… —La forma en la que su voz se quebró terminó de romper el escepticismo de April.

—Maldición, Grace, te odio. —Se pasó la mano por el rostro—. Me odio a mí mismo y sé que vas a odiarme por lo que voy a hacer —le dijo cuando estuvo lo suficientemente cerca para sentir su aliento—. Pero ya no puedo más.

Necesitaba besarlo. Iba a hacerlo, no había punto medio. Solo temor, mucho temor.

Su condena fue romper con el espacio entre ellos, en un roce fugaz en el que por unos instantes logró tocar los labios del mayor de los Kim. Buscó alejarse rápidamente pero no esperaba que la mano de Sean Grace subiera a su cuello, atrayéndolo hacia él. En ese segundo pudo verlo, antes de que tirase de él para besarlo con deseo, aunque quietos, solo temblando suavemente. El pecho de Sean Grace se sintió cálido contra el suyo en medio de la nevisca que comenzó a caer.

Con miedo, April le puso las manos sobre los hombros casi por inercia y Grace lo jaló por la cintura con su mano libre. Con la otra, vagó ligeramente de su nuca a su mentón para acariciarle la mejilla con el pulgar.

Sean Grace siempre tuvo miedo de entender qué lo motivaba, aun sabiendo que se trataba de aquella boca que por tantos años clamó su nombre.

Ninguno de los habitantes del condado Mariposa, ni mucho menos ellos, estaban cerca de saber que esa culpa y esa desesperación que invadían a Augustus Moon provenían de la forma en la que se había aprovechado de la soledad de Finnian Taylor en la línea original. De cómo traicionó ese amor entre sus manos al elegir a un Sean Grace que no le correspondería.

En alguna línea de tiempo, Sean Grace lo había encontrado en medio de la carretera y lo había seguido a un pequeño restaurante del centro. Decidido a enfrentarlo, lo acorraló en el cubículo del baño y sus miradas, llenas de odio, por un momento confundieron la rabia con el deseo. Se besaron con resentimiento. Más que amor, lo que ellos sentían por el otro era nostalgia ante la impotencia de un amor que había muerto en silencio.

Pero, en esta historia, en la que ninguno tuvo que conocer ese lado del otro, April no era más que aquel artista asustado que tembló inocente cuando su musa decidió morderlo. Y para Sean Grace el chico sabía a primavera, a miles de recuerdos juntos. Sus labios eran suaves, al igual que el resto de su piel, tan pálida y tersa como aquellas por las que tenía debilidad. Le acarició la espalda baja y sintió su cuerpo temblar.

Olía a jazmín, a menta fresca, y tenía una cintura tan perfectamente definida que, al rozarla, le hizo pensar en qué tan mal estaría si decidiera tocarlo así.

A Sean Grace nunca le atrajo nadie fácilmente; lo suyo siempre estuvo más ligado a lo emocional. Porque, debajo de toda esa fachada que proyectaba, en la que se jactaba de ser un galán, nunca fue el tipo desbordante de testosterona que todos creían. Él era intuitivo, sensitivo y emocional. Podía haber tocado a muchas personas antes, pero solo lo llenaban cuando podía asociar los besos con las bromas y la piel con la compañía.

Sabía que, si deslizaba las manos por su espalda y le quitaba la camisa, podía encontrar eso que los mortales llaman «milagro» y todas las constelaciones de las que el universo estaba perdiéndose ocultas en los lunares que alguna vez conoció, entre las cicatrices que cubrían su cuerpo.

Esos labios parecían haberlo esperado por tanto tiempo; como si las pocas personas que tuvieron la oportunidad de sentirlos hubiesen sido vanas, como si hubiera imaginado a Grace en cada uno de ellos, y que, de no haber cambiado el pasado, los habría imaginado en el pobre ángel de cabello castaño que tuvo el error de compadecerse de un ser tan encantador y vengativo como lo era Augustus Moon.

Tomó aire, se separó un poco y su lengua se topó con la de April en un desesperado intento por encontrar algo que lo hiciera ser valiente, jadeando ligeramente en el acto cuando el menor se animó a tocar su cabello; pero sus ojos se sintieron pesados y fue incapaz de continuar.

Lastimosamente, incluso con todas esas cualidades, hacía falta algo. Se sentía diferente.

La calidez que provocaba en su interior ya no era lo suficientemente fuerte como para hacerlo seguir adelante con esta idea suicida que por un momento se le cruzó en la cabeza.

El breve instante en el que pensó que podían estar destinados se desvaneció cuando su racionalidad, y el curso de la historia, se encontraron cómplices de lo que ambas fuerzas querían.

Él era su primer amor, pero jamás sería el amor de su vida.

—April —llamó Sean Grace colocando una mano sobre su pecho para detenerlo—, yo no puedo. Yo nunca podré.

April parpadeó confundido; su rostro estaba húmedo. Pero no eran sus lágrimas, eran las de Sean Grace. Se separó de él de inmediato.

—Soy un hombre, y tú también. No sé en qué estaba pensando, maldición. Lo siento, yo…

—No se trata de eso… —le dijo Sean Grace a un April que se estremecía con excusas—. Escucha, necesito que entiendas esto. No importa el tiempo o lo estúpido que he sido, eres mi mejor amigo. No soy bueno para expresarme, pero te quiero tanto que ya no puedo negarlo, creo que eres la primera persona que he querido en el mundo entero, y sé que quizás de haber sido un poco más valiente en el pasado habría podido corresponderte, pero yo…

—Es sobre ella, ¿cierto? Yo soy tu amigo. Y nunca seré más que eso…

—Yo la amo. Estoy total y completamente enamorado de ella. Sé que no la veré más, y aun así tengo la necesidad de buscarla en todo el mundo si es necesario para decirle que pienso todo el día en su rostro, que me falta su presencia. Y que su risa —respondió negando con la cabeza—, su extraña risa me fascina.

—Ahora entiendes cómo me siento yo —le dijo sin dejar de mirarlo mientras le limpiaba una lágrima de la mejilla—. Lo que he sentido los últimos años.

—Eso significa…

—Que, aunque fuiste un idiota todo este tiempo, soy tan patético que no he dejado de amarte ni por un segundo. Ni siquiera ahora. Y créeme, ella tampoco lo hará, estoy seguro de eso. Tienes ese algo que hace perder la razón y la paciencia. En el futuro, sé que estarán juntos otra vez. Solo tienes que esperarla.

—¿Acabas de confesar que me amas y me pides que la espere?

—Sí —dijo con pesar, con la madurez que lo caracterizaba—, hazlo. Soy tu amigo después de todo, y quiero que seas feliz. Además, creeré que eres un cobarde si no lo haces.

Sus ojos oscuros habían comenzado a cristalizarse; recordar todas las palizas que recibió y las humillaciones a las que lo sometió no lo hacían quererlo menos, no lo hacían dejar de tener la necesidad de acariciar su cabello, de probar del brillo de sus labios. Y al sentirlo así, vulnerable y genuino como siempre había sido, sus recuerdos solo consiguieron hacerlo llorar. Asintió con una sonrisa y las lágrimas comenzaron a caer.

—Intentaré encontrarla, pero quizás algún día —prometió Sean Grace pasando un brazo por encima de sus hombros para atraerlo hacia él, abrazándolo y dándole un pequeño beso en la frente. April se recargó en su hombro, sintiéndose envuelto por sus brazos, e intentó no mojarle la camisa con sus lágrimas, pero fue imposible.

—Deberías irte. Deben de estar esperándote para la premiación —jadeó con la voz áspera.

—No creo que mi presencia sea indispensable. Y si lo fuera, me esperarán —murmuró contra su oído. Lo abrazaba delicadamente, con temor a lastimarlo.

—Vete, podría ser tarde. Tengo el rostro rojo, te alcanzaré luego.

—No puedo irme sabiendo lo que sientes. Sabiendo que llorarás toda la noche por mi culpa y que aun así fui capaz de dejarte. No lo haré otra vez.

—Sean Grace, no, por favor. No quiero tu lástima.

—Yo también estoy cansado de esto.

—Grace… —murmuró apenas—. Me iré a Nueva York.

—Y yo a San Francisco —confesó el otro.

Sean Grace sintió cómo se le atravesaba el pecho. La idea de la soledad lo destrozaba, y la fragilidad del amor joven es igual de grande que la desesperación de lo que pudo haber sido.

—Ni siquiera te atrevas a irte sin despedirte de mí, Grace.

—Te prometo que voy a joderte hasta el último minuto que esté aquí. No vas a deshacerte de mí tan fácilmente.

—Eso me temía —dijo con gracia.

El mayor de los Kim bajó la cabeza, oliendo su cabello.

—No olvides que lo prometiste.

—No lo haré —respondió. Había encontrado la paz que buscaba en medio de su redención.

Sean Grace para él era las rosas de la vista desde su ventana. Y quizás era momento de que dejara de intentar tocarlas, para simplemente admirar su valor. Cerró los ojos y en silencio comenzó a llorar, desahogándose ambos en el hombro del otro.

Esto era exactamente lo que Sean Grace deseó hacer cuando eran tan solo unos niños. Así que lo abrazó con dolor, después de haberlo rechazado. Tal vez así sus heridas dolerían un poco menos. Después de todo era una cadena; hizo sufrir a alguien, y alguien más lo haría sufrir a él.

Las estaciones del año pasan, de la misma forma que la vida. Y el verano de un joven Grace que siempre quiso quedarse dormido entre las flores de la primavera de su abril en agosto.

Quizás nunca debieron quererse, y hacer lo correcto significaba cumplir con su promesa. Pues ambos habían prometido ser mejores amigos el uno del otro.

Desde aquel día, por siempre.

Porque, al final, Sean Grace Kim nunca le perteneció a April Augustus Moon, aunque este siempre fue todo suyo.

«En mi jardín planté un rosal, alrededor del árbol en el que tallé tu nombre junto al mío. Tus manos en mis hombros y una leve respiración; admito que me gusta soñar que me perteneces, que eres solo mío».

Tal vez la vida es como las nubes: cambiante y lejana. A veces sombría, pero usualmente despejada.

Para el final de la noche, los reflectores del escenario se habían encendido. El director había tomado el micrófono para dar los anuncios.

Taylor tenía pastel en el saco y había estado criticando los trajes toda la noche, mientras Dakho se divertía con sus expresiones. En general, Dakho se sentía bien; después de su accidente había una especie de mancha blanca en su cabeza. Una laguna mental en la que sus memorias se mezclaban entre ellas, y no sabía qué era real y hasta qué punto. Por eso la idea de burlarse de los demás y de arrasar con el bar de dulces le pareció mejor opción que buscar una respuesta.

—Buenas noches, jóvenes. Es un honor estar aquí. —El director comenzó a hablar—. Este año hemos vivido muchísimas cosas. El próximo semestre muchos de ustedes estarán demasiado estresados como para detenerse a respirar un segundo.

—Oh, no. Es momento de la reflexión motivacional —se burló Taylor, atreviéndose a tomar un poco de dulce del rostro de Dakho, quien sonreía por su chiste.

Estaban sentados en la mesa del fondo y nadie les prestaba atención.

Taylor nunca había salido con nadie, y los sentimientos que brotaban de él eran tan intensos que lo asustaban. Quizás era momento de poner un límite, antes de que Dakho se fuera y se quebrara por haber dependido tanto de él. Había sido su responsabilidad, pero nadie podría culparlo. Ni él mismo.

Dakho estaba ahí, con el traje de su hermano, aplaudiendo feliz cuando el equipo de debate subió a recibir su premio, y silbando como un niño emocionado cuando anunciaron al rey y la reina del baile, con esa alegría que Taylor había descubierto en él antes de que él mismo se diera cuenta.

Taylor sabía que debía hacer lo correcto. Y su balanza moral le estaba dando muchos conflictos. ¿Qué podía hacer? Tenía que actuar con madurez o sería peor; justo ahora ya tenía a un idiota sin documentos de identificación pensando en conseguir empleo y contraer matrimonio.

—Oh, mierda. Creo que es nuestro turno —murmuró Dakho haciéndolo salir de sus pensamientos.

—¿Qué? —dijo volteando a ver cómo Dakho caminaba hacia el escenario.

El director levantó el trofeo de béisbol que el equipo de la escuela había conseguido tras una gran temporada, y todos aplaudieron contentos. Los chicos del equipo se aproximaron en medio de la algarabía. Dakho los observaba feliz desde su lugar, lleno de una pertenencia que nunca conoció en su año. Y es que eran unos idiotas, pero eran un gran equipo de chicos increíbles. Bueno, la mayoría.

Sean Grace se aproximó desde la entrada del gimnasio y los muchachos parecieron aliviados al verlo llegar. Se acomodó el traje y el cabello, y se quedó de pie junto a ellos.

—Es momento de entregarles sus respectivos reconocimientos a los miembros de nuestro amado equipo de béisbol. —El bullicio volvió a crecer—. Y como es tradición, al capitán que los llevó a la victoria le daremos el premio al jugador del año.

El director movió las manos hacia el podio para señalar la medalla reluciente en el centro del escenario.

Sean Grace sonrió; todas las miradas estaban sobre él, y aunque anhelaba ese momento, seguía sin sentir que era suyo. Dio un paso al frente para dar su discurso.

—Creo que hablo por todo el equipo cuando agradezco el apoyo y el cariño que nos han dado como afición estos años —comenzó, la forma en la que todos le sonrieron le hizo sentirse un mejor hombre—. Para los que no me conocen bien, soy Sean Grace, y se supone que debería recibir el premio al jugador del año esta noche. Pero… me temo que ese no soy yo.

Taylor ladeó la cabeza, confundido; notó que a su hermano le temblaban las manos.

—¿Qué está haciendo? —susurró. Sean Grace volteó en su dirección y la confusión aumentó.

—Este año tuve un equipo excelente. Y todos son increíbles jugadores, si fuera por mí le daría un premio a cada uno por lo mucho que he disfrutado ganar y perder al lado de mi equipo. Pero hay alguien que se destacó no solo por su talento, sino también por su compañerismo, disciplina y motivación. Lamentablemente, no pudo jugar en la final, pero sin él no habríamos llegado a ella. Además de ser un gran atleta, es un gran compañero, y eso lo hace el mejor jugador del año.

El micrófono le dio un poco de problema a Sean Grace para tomar la medalla que se suponía era suya.

La respiración de Dakho se ralentizó; sus ojos se abrieron poco a poco, con esas órbitas grandes y oscuras que brillaban siempre llenas de asombro. Y Taylor sintió que se desmayaría cuando la sala pareció quedarse en silencio.

—¡Han! ¡Han! ¡Han! —coreó el equipo en porra cuando un reflector iluminó a Dakho.

La música se volvió fuerte de nuevo y el confeti estalló. Estaba de más decir que las vidas de esos muchachos también se vieron alteradas, ya que sin Sean Grace nunca habrían ganado ese partido. Así que Dakho era algo así como un redentor por accidente.

Los muchachos, acompañados por Sean, se movieron hasta su mesa para abrazar a Dakho y enseñarle sus medallas mientras reían y trataban de no lastimar su pierna herida.

Cuando las luces volvieron a ponerse tenues, el mayor de los Kim, del cual nunca imaginó ser amigo, se acercó a él con una sonrisa de agradecimiento, y con ambas manos le colocó en el cuello una reluciente medalla.

—¿Esto me hace parte oficial del equipo? —dijo con gracia.

—Efectivamente.

—Y… ¿eso significa que me darás una chaqueta? —se burló Dakho.

—Ni lo sueñes —le respondió el otro con tono altanero antes de extender un puño hacia él.

Dakho pensó que había vivido esto antes. Él nunca le devolvió el saludo al Sean Grace adulto. Así que chocó su puño con el Sean Grace frente a él, como diciéndole que, cuando lo encontrara en el futuro, lo haría.

Cuando se quedó solo, buscó a Taylor con la mirada, pero su novio ya había huido. Pensó rápidamente a dónde iría si fuera un Tyler y se sintiera acorralado por un equipo de béisbol, y de pronto su bombillo se encendió.

Caminó con las muletas hasta el baño de hombres y lo primero que se encontró fue a Taylor mirándose en el espejo con el rostro mojado. Eso lo asustó.

—Oye… —dijo apenas—. ¿Todo en orden?

No. Todo estaba mal, y él tenía que irse para probar los malditos experimentos. Estaba harto, desesperado, y no sabía cómo cargar con todo solo.

—Sí —le respondió con una ligera sonrisa, de esas que Dakho sabía que eran falsas.

—Has estado extraño por días. Taylor, no mientas. ¿Qué sucede?

—Es… —exhaló— solo que estoy algo cansado.

—Sigues mintiendo. Creí que todo estaba bien. La casa y la universidad. Yo…

—Dakho, no quiero ser el malo, pero estoy seguro de que ni siquiera recuerdas el trasfondo de la mitad de esas cosas.

—¿Recordar? ¿Por qué no lo haría?

—Dime: ¿qué es lo que hemos estado haciendo todos estos meses? —Dakho se quedó callado—. Exacto, intentando arreglar tu vida. ¿Y sabes por qué? Tú quisiste separar a tu madre y a Sean Grace.

—Yo no…

—Porque idolatrabas a tu padre ciegamente, pero ahora ya no lo haces.

Sus ojos se llenaron de confusión, había estado teniendo sueños bonitos. Y deseaba que esos fueran recuerdos, pero no sabía cuál era uno y cuál no.

—Eso lo sé, sé que él es una mierda de persona... —Volvió a quedarse en silencio. No encontraba el recuerdo en su cabeza.

—Dijiste cosas, Dakho. Hicimos mucho por ellas y no sé cómo seguir.

Dakho entendió lo que sucedía; Taylor tenía razón, pero siguió pensando que exageraba.

—¿Qué es lo que te preocupa realmente? —le preguntó directo.

Pero él apenas pudo mirarlo.

—Cuando viniste aquí, dijiste que yo moriría.

Dakho parpadeó, confundido. Sintió un gran escalofrío recorrer su cuerpo. Todas esas charlas profundas y el deseo de aferrarse a él venían de eso, pero él ya no lo sabía; en su lugar, se había dejado abrazar por la total certeza de lo que sentía por Taylor.

—¿Qué? Eso no es posible, Taylor. Está mal, tenemos que..., tenemos que hacer algo —dijo impactado, como si le hubieran lanzado un balde de agua fría.

Pero Taylor le sonrió con pena y le puso la mano en el pecho, rozando con sus dedos la medalla.

—Yo... creo que ya lo hicimos. —Lo acarició lentamente al responder.

—Pero...

—Dakho, lo olvidaste. Y si mi teoría es real, significa que en esta línea jamás pasó, o pasará..., o como sea que deba decirse.

—Entonces tú estás bien. ¡Todo está bien! Te irás a la universidad en abril, y yo te alcanzaré en un par de meses.

—Escúchame.

—¡Y la casa, Boston y todos nuestros planes vuelven a tener sentido!

—Dakho, necesito que me escuches.

—Y al fin voy a poder elegir el color de la cortina de la habitación.

—¡No quiero que lo hagas! —le pidió serio, y la expresión de Dakho se llenó de miedo.

—¿Por qué de pronto empiezas a actuar así?

—Es que tú… —Las palabras que estaba por decir le quemaron—. No perteneces aquí, y no puedo seguir fantaseando con nosotros.

—¿Taylor?

—Ya no voy a pedirte que te quedes porque sé que eso sería egoísta de mi parte. He sido muy egoísta, yo estaba siendo feliz, pero no necesitas esto.

—Taylor, por favor. No digas eso. ¿De qué estás hablando?

—Prométeme que serás feliz sin mí, y yo haré lo posible por no cruzarme en tu camino. Prométeme que conocerás a alguien y que tendrás una vida. Que serás un buen chico y dejarás de darle problemas a tus padres, prométeme que irás a la universidad y serás alguien importante. Dakho, prométeme que…

—No, yo no puedo hacer eso. Taylor yo te…

—No lo digas —lo interrumpió. Con gran autocontrol se decidió a no llorar—. Cuando seas un adolescente a punto de graduarse, yo seré un viejo desquiciado en su laboratorio. No quiero que me veas así, y tú tampoco te mereces eso. Esta no es tu vida.

—Tampoco la tuya —le respondió—. ¿Por qué pretendes decidir sobre mí, y tomar esas decisiones sobre mi maldita existencia?

—Te dije que te llevaría a casa, y eso haré.

—¡Esta es mi casa ahora, Taylor!

—¡No, no lo es! El experimento…

—El experimento, el experimento. Taylor, ¡¿qué experimento?! Hace meses que dejamos de intentarlo. ¿Y ahora dices eso? Creí que tú…, que nosotros…

—Tienes que saber que… —No continuó de inmediato. Se pasó la mano por el rostro.

—Es sobre lo que haces cuando desapareces por la noche, ¿cierto? Habla, dilo. —Se había molestado—. Me merezco una explicación. ¿O vas a negarlo? Si tanto conflicto te causa que mi cerebro se vuelva agua, explícame lo que sucede, maldita sea.

—La sobrecarga fue tan grande que dudo que lo recuerdes, pero estuviste en el lago.

—¿Qué? —Parpadeó, confundido. Recordaba, a pocas luces, lo que habían sido las últimas semanas.

—Resulta que… —Alzó las cejas y ladeó la cabeza, quizás abatido—. Ya sé qué es lo que está más allá del bosque. Yo tenía razón, es una investigación del Gobierno. El objetivo es moverse a través del tiempo y el espacio. Hacer posibles los…

—Viajes en el tiempo… —murmuró, y Taylor asintió sin dejar de mirarlo.

—Abrieron el vórtice, pero necesitan al sujeto.

—¿Qué sujeto?

—Tú —le respondió con pesar confirmando sus temores. Dakho frunció el ceño y lo miró, incrédulo de lo que le decía, como juzgando sus acciones.

—Yo no soy parte de eso, Taylor. ¡Yo no soy su experimento!

—Ya lo sé. He estado intentando darles otra alternativa.

—Tú… ¿los ayudas? —dijo sintiéndose traicionado.

—Sí. Llevo días intentando encontrarles sentido a sus avances, y lo único que quiero es poder desconectarme la cabeza.

—No saben lo que están haciendo, ¿cierto?

—No tienen ni idea de lo que dicen. Creen que pueden hacer cosas así sin alterar la continuidad. Lo ven todo de forma técnica, pero tuvieron razón en algo.

—¿Vas a darles crédito ahora?

—Dakho —respondió mirándolo serio—, no voy a permitirme que salgas herido.

—¿Te estás escuchando?

—No. He sido demasiado idiota. Dakho, no es la primera vez que sucede.

—¡Podemos arreglarlo! Estamos muy cerca, mi cabeza… ¡Dijiste que logramos cambiar la historia! ¡Lo hicimos antes!

—No, nosotros no cambiamos la historia. Solo arruinamos un recuerdo.

—¡¿Cómo puedes decir eso?! Después de todo lo que hemos logrado, tú…

—Maldición, Dakho. ¡Mírate la pierna! ¡Casi te mueres intentando arreglar las cosas!

—Yo… —Dakho no podía pelear, su cabeza tenía pocos recuerdos y en ninguno podía explicarse por qué corrió hacia el aeropuerto más allá de lo que Taylor le había contado.

—Creo que encontré la forma de lograrlo —dijo resignado.

—¿Cómo? —No le respondió. Dakho frunció el ceño—. Taylor, ¿qué hiciste?

—Le vendí mi alma al diablo —dijo con ironía—. Le ofrecí mis notas a cambio de que te llevaran a tu lugar.

—¡¿A quién?!

—A la gente de las máscaras. Ellos tienen todo el equipo, el profesor… —Se ahogó por el nudo en su garganta—. El profesor dijo que puede enviarte de regreso. —Resopló—. No pienso explicarte eso.

—¿Quién? Maldición, Taylor. No sé de qué hablas. ¿Les crees a esos idiotas?

—No, pero son mi única opción. No puedo seguir con esto, hice un trato con ellos.

—¡¿Por qué hiciste eso?! —La forma en la que le alzaba la voz hizo que Taylor terminara de romperse.

—¡Iban a usarte como sujeto, Dakho! A abrirte y estudiarte como si fueras una maldita rata de laboratorio. Voy a encontrar una solución en la que no salgas lastimado y regreses.

—Me estás lastimando justo ahora… —dijo.

—Para cuando mi enero comience, estarás de regreso en agosto, tu agosto.

—Así tiene que ser entonces… —musitó bajando la cabeza.

Afuera, en el gimnasio, las luces se volvieron tenues y la música suave cuando el maestro de ceremonias en el escenario anunció la última canción de la noche y su voz se escuchó por todo el lugar.

«… Este es el momento para todos los valientes. Si aún no has conseguido hablar con ese alguien especial, no tardes más, esta es la última canción».

Dakho reconoció la tonada incluso cuando se trataba solo del sonido del piano, un poco más solemne al ser la versión original. Empezó a sonar «I Will Always Love You». Él conocía la canción de Whitney Houston, pero esta parecía ser una versión más antigua. De todas formas, le gustaba mucho.

Era una de esas canciones que aparecían en las películas que le gustaba ver con su madre, en las que la protagonista atravesaría el salón de baile para extender su mano frente al dueño de sus deseos; era uno de sus clichés favoritos.

Se burló un poco de las lágrimas que amenazaban por salir y estiró con dificultad su brazo para apagar la luz del baño. A través de las pequeñas ventanas del exterior, la luz azul, mezclada con un suave tono violeta, fue lo único que los iluminó cuando le puso seguro a la puerta.

No tenían un espacio; incluso si él ya no creía en el tiempo, atesoró ese presente que no era suyo, y deseó que todo aquello que causara dolor, se perdiera en los ayeres de las historias que ahora estaban escritas.

—Dakho, ¿qué haces? —le preguntó un tanto confundido cuando lo vio erguir la espalda—. Estoy intentando decirte algo importante.

—Sé que nadie debe vernos, pero necesito bailar esta canción contigo —le dijo acercándose a él.

Taylor negó con la cabeza.

—Dakho, tu pierna…

La sonrisa de Dakho hizo que todos sus esfuerzos por crear una barrera se debilitaran. Apenas logró pararse correctamente, soltó ambas muletas para sujetarse de los hombros de Taylor, quien no dudó en abrazarlo para evitar que se cayera.

Se tragó sus palabras para sujetar al tonto, tonto Dakho, que nunca consideraba lo mucho que sus acciones inocentes le hacían sentir, y de lo difícil que estaban haciendo esto para él.

—Quizás no lo sepas, pero durante los próximos treinta años las películas tendrán muchas escenas románticas con esa canción de fondo.

—¿Y eso qué tiene que ver con nosotros? —preguntó y lo abrazó con fuerza, sabiendo que Dakho necesitaba apoyarse en él.

—Podemos tener la nuestra —murmuró con los ojos cerrados, aun si le dolía moverse—. Así podré recordarlo tiempo después, una y otra vez.

Las manos de Taylor se encontraron alrededor de la cintura de Dakho. Se permitió dejar caer su frente sobre el hombro de este, respirando su esencia al mismo tiempo que resonaban los violines.

Nadie nunca lo sabría, pero, en alguna otra vida, Finnian Taylor observó con desdén el cielo de su habitación la noche del baile del invierno. Su hermano estaba en la habitación de al lado, sedado y completamente ajeno a lo que había estado sucediendo los últimos días en su casa. Su madre estaba al pendiente del herido Sean Grace; y eso era bueno, porque de esa forma se aseguraba de que estuviera bien, y no tenía que soportar gritándole que se iría al infierno desde la puerta. Taylor ya sabía que estaba enfermo, no tenían que recordárselo.

Así que, con la radio encendida y escuchando la lista de canciones románticas en silencio, se abrazó a sí mismo mientras pensaba en lo rápido que su vida se iba en picada. Hacía frío, un frío que le caló tan profundo que ni siquiera se sintió capaz de seguir llorando. Temblaba.

Esa noche de soledad y confusión, de ese sentimiento de represión que lo invadió, ya no era más que un destino de tantos que había desaparecido. Porque, en lugar de hundirse en su miseria, y de tragarse sus lágrimas hasta el amanecer, su pecho se sentía cálido al ver lo bien que la flor del saco de Dakho combinaba con la suya y resaltaba más que la medalla.

Ahora, y justo en el momento en el que Dakho temblaba por mantenerse de pie, sintió que cada segundo había valido la pena. Él, que nunca se imaginó a sí mismo aferrado a alguien con una canción que por años fingió que no le gustaba porque era demasiado sentimental.

Negó con la cabeza y se separó un poco de él para sonreírle con algo en mente, antes de hacer un esfuerzo por intentar cargar a Dakho para que no presionara su pierna.

—¿Crees poder levantarme? —bromeó Dakho ante su intento.

Taylor frunció el ceño.

—Soy un chico fuerte —le dijo con gracia y lo ayudó cargándolo un poco para que se sentara en el borde de los lavamanos de concreto frente al espejo.

Dakho se quejó un poco, pero de todas formas sonrió ante sus acciones. Inclinó su rostro para recibirlo: sabía que lo besaría. Pudo sentir el cabello castaño y siempre esponjado de Taylor contra la piel de su mejilla cuando él le plantó un beso suave en la parte inferior de la mandíbula antes de regresar a sus labios.

El reloj seguía corriendo. Hasta el toque más inocente era justo para que los recuerdos de las noches que pasaron juntos reaparecieran. Sus pieles, incluso con ropa, se conocían bien.

Dakho le pasó la lengua por los labios mientras lo besaba, sonriendo amargamente cuando la canción terminó y los aplausos de las personas afuera se escucharon.

Colocó su mano sobre el pecho de Taylor y sintió un bulto en el bolsillo de su camisa.

—¿Llaves? —preguntó curioso.

Taylor aclaró su garganta, colocando sus manos sobre los muslos del chico por un momento.

—Tengo secuestrada la camioneta de Haru —le confesó con gracia.

—Estás pensando lo mismo que yo, ¿cierto? —dijo Dakho con una ceja alzada.

—Por supuesto que vamos a fugarnos —respondió antes de acercarse a darle un beso corto en los labios.

Las luces permanecían tenues y salieron discretamente del gimnasio, donde las parejas de chicos se abrazaban con el ritmo instrumental de la canción que continuó por algunos minutos más.

Y aunque a Dakho le costaba trabajo caminar, eso no fue ningún impedimento para que salieran al estacionamiento mientras reían. Y cuando estuvieron lejos de las miradas de otros, Taylor lo cargó por el estacionamiento feliz de tenerlo cerca.

Sabía que debía ponerle un alto a esto, y lo intentaba, realmente lo hacía. También sabía que en cualquier momento podrían aparecer sus amigos militares para joderlo por no haber aparecido esa noche. Pero no quería hacerlo, y sabía que probablemente lo estaban observando. Así que, una vez en el auto, alzó los brazos en medio de la nieve que caía tenue, como diciendo: «Véanme, no tengo nada que perder». El tiempo se movía más lento cuando estaban juntos, y le hacía pensar que podía disfrutar, aunque sea unos segundos que serían suyos eternamente.

Atravesaron la nieve, la ventisca fuerte de la noche y el frío hasta llegar a casa en el auto de los Moon. Del otro lado, Sean Grace y April estaban sentados en el piso del gimnasio, contándose todas las historias que habían deseado contarle al otro por años.

Taylor había logrado ser él mismo, sin reprimirse ni juzgarse, gracias a Dakho. Ese chico del futuro que siempre inspiraba a las personas con esa alegría que él mismo nunca supo cómo encontrar.

Cuando llegaron a la casa, Taylor ayudó a Dakho a subir las escaleras y lo trató con delicadeza y atención hasta dejarlo reposando sobre la cama. Colocó un muñeco de felpa bastante mullido debajo de la pierna a Dakho antes de sentarse en la orilla de esta para ayudarlo a quitarse el saco y abrirle un poco los botones de la camisa.

Era suave y delicado. Porque nada debía dañar a Dakho. Su Han Dakho.

—¿Puedo confesarte algo? —murmuró cuando Dakho parpadeó debido al cansancio.

—¿Qué cosa?

—Quisiera hacerte mío.

—Ya lo soy —le respondió como si supiera toda la historia detrás de la línea original. Como si supiera que las manos que tocaron a Taylor lo hicieron con recelo y morbo.

Finnian Taylor era bastante ingenuo, nunca tuvo ninguna relación personal más allá de su familia. Se deslumbraba con facilidad ante lo enorme de la vida. Siempre hubo algo precioso en su interior; tanto, que cuando fue descubierto por Augustus Moon, fue explotado en lugar de atesorado. Así que al destruido Taylor de la primera línea no le importó ni por un segundo la noche en que él se marchó al enlistarse. Y la vida no le alcanzó para ver a los cadetes que tocaron la puerta para entregarle la bandera a la familia Moon para los honores fúnebres del recluta.

Han Dakho necesitaba entender cómo cerrar el ciclo. Aunque ahora, más allá de una familia feliz y la vida perfecta que siempre quiso y por un momento tenía, estaba seguro de que Taylor era todo lo que quería.

Se acomodó entre las sábanas; Taylor le apartó el cabello de la frente y apelmazó su almohada para que no lo molestara al dormir.

—Prométeme que van a quitarme esa cosa de la pierna pronto.

—Si mis cálculos son correctos, te la quitarán antes de Navidad —dijo sonriéndole para arroparlo—. Te pondré una férula, será más fácil para ti moverte.

Dakho lo miró desde abajo y parpadeó un par de veces; las líneas se mezclaban unas con otras. Se confundía; sus recuerdos no eran claros y no sabía a qué correspondía este momento, si a alguna línea secundaria, la primera siendo destruida o la tercera que era casi un sueño.

—Navidad... Nunca he tenido una cena de Navidad —soltó Dakho en un hilo de voz.

No sabía qué era real; si él esquiando con su padre, la película navideña que veía solo porque su madre estaba en el trabajo o Sean Grace adulto quemando las galletas. Lo que entendía era que Taylor estaba enloqueciendo, y tenía miedo de que todo se desmoronase antes de lo esperado.

—¿Ahora sí le dirás a tus padres que trajiste a tu esposo a vivir a casa? —le preguntó burlón Dakho. Pero no se esperaba la respuesta:

—A ellos no, pero... Ya Sean Grace sabe que somos... algo.

—¿Algo? —dijo con la ceja alzada y sonriendo de lado.

—Algo —afirmó.

Taylor se puso de pie; sabía que en un par de horas tendría que seguir trabajando en su experimento y, aunque no lo hiciera, de todas formas no quería incomodar a Dakho. Estuvo a punto de despedirse cuando Dakho lo detuvo.

—¿En serio vas a dejarme? —le preguntó con voz lastimera, tomándolo de la muñeca. Taylor tragó saliva.

—Te dejaré descansar.

—No puedo dormir bien sin ti —confesó—. Nunca he podido.

—Dakho, no me hagas esto más difícil.

—¿Difícil? Solo tienes que quedarte conmigo por...

—¿Por siempre? —se burló, sabiendo que Dakho decía cosas como esa todo el tiempo.

—Por hoy —dijo en voz baja, sin dejar de mirarlo.

Quizás las noches de insomnio, y esa manía por abrazar la almohada contra su pecho que Dakho tenía eran parte del bucle. Porque siempre necesitó a Taylor, aunque no lo conocía. Y al igual que Taylor, que se aflojó la corbata antes de llegar de nuevo a la cama, donde intentó acomodarse con sumo cuidado de no lastimarlo. Cerró los ojos y llevó su rostro al pecho de Dakho, y se escondió en este cuando él lo rodeó con sus brazos.

Los latidos de su corazón y la respiración leve de Dakho al dormir lo calmaban. No debió haberse acostumbrado a ello, pero ya era demasiado tarde.

Esa noche nevó con tanta fuerza que parecía que el invierno estaba en su punto más alto. Los trozos de hielo en el lago ya eran visibles, y la capa de nieve en las aceras ahora ya era muy difícil de quitar. Y el amor de invierno, a diferencia de los demás, era un amor estático, que batallaba por preservar el calor.

«*Je t'aime…, idiot*», pensó Taylor, tratando de ocultar las cosas cursis que quería decirle. Eso a lo que llamamos «amor» era demasiado corto para definirlos. Aun si eran un amor inocente, o uno muy peculiar.

La voz de Dakho volvió a llamarlo y él cerró los ojos. Era cuestión de tiempo. Solo tenía que esperar.

Quizás eran muy jóvenes para decir que se amaban.

—Taylor… —murmuró—, estás intentando despedirte de mí, ¿cierto?

—Sí.

Pero siempre lo harían.

11 DÍAS ANTES DE…

25.

COREA
1950

No existe un solo humano en el mundo que no haya deseado con todas sus fuerzas saber su destino. La capacidad de razonar hizo a los humanos incapaces de afrontar la incertidumbre del futuro.

—No te vayas. ¡Quiero seguir aprendiendo! —lloriqueó la pequeña tomándolo del brazo.

Anzu, como lo habían nombrado sus cuidadoras, negó con la cabeza cuando ella hizo una nueva línea en el papel. Su hermana era menor por tan solo unas horas y aun así él sentía una gran necesidad de protegerla. Pero, aunque fingiera y su altura lo hiciera ver mucho mayor, él también era solo un niño.

—Si no voy a la escuela, no podré enseñarte más cosas —le dijo él poniéndose de pie.

Por las secuelas de la guerra, y en un país como el suyo, eran pocos los que podían estudiar. Estaba claro que una niña pobre no estaba dentro de ese grupo. Y Anzu, de entre todos los niños del orfanato, tenía una particular habilidad para los números, cosa que había llamado la atención de las directoras, por eso le habían dado permiso de ir a la escuela.

—No vayas hoy y enséñame tus otros libros —rogó.

—Prometo que seguiré con la clase cuando regrese.

—Está bien —dijo haciendo un mohín—. Pero tendrás que compensarme o no te perdonaré por dejarme. Harás algo por mí —le dijo cruzada de brazos, con ese suéter sucio y roto que usaba.

—¿Yo? —respondió con gracia ante la niña despeinada que le daba órdenes.

Ella se avergonzó un poco, tomó su cuaderno y se lo extendió, abierto. Era la única de todas las niñas que sabía leer y escribir, justamente porque su hermano se había dedicado por completo a educarla. Pero aquella niña tenía, en particular, el don de la curiosidad, la destreza de las letras y de ver más allá de lo que todos creían.

Eran demasiado jóvenes para entenderlo, pero ella era como Pandora y su hermano, Epimeteo a punto de recibir una caja que al abrirla podría causar todos los males del mundo.

—Sé que no debería, pero estuve tomando tus libros y yo... —dijo bajando la mirada— quiero saber si esto es posible.

Anzu tomó el cuaderno y lo observó por unos minutos mientras buscaba encontrarle el sentido a las cosas que había escrito. Era demasiado fantasioso; ciertamente el producto de la mente de una pequeña.

—Niña, ¿qué cosas has estado leyendo? —se burló, pero la expresión de la pequeña hizo que se arrepintiera de inmediato y le diera una segunda mirada al cuaderno.

—Lo siento... —dijo pensando que había molestado a su hermano. Pero para alguien que maduró a la fuerza, darle un poco de alegría para preservar su fe no estaba mal.

—Es decir, viajar en el tiempo, ¿en serio? Suena genial, pero es arriesgado, necesitaríamos una nave y creo que esa es solo la parte inicial. —Ella asintió un tanto abatida hasta que él volvió a hablar—. ¿Podrías encargarte tú de eso? —La pequeña abrió los ojos emocionada.

—¡Haré los planos! —exclamó con incontenible felicidad, mientras daba un pequeño salto. Ella lo adoraba, creía que él era el hombre más inteligente del mundo entero—. ¿Sabes cómo construirla?

—No, tendré que estudiar mucho para hacer eso.

—¡¿Lo prometes?!

—¡Lo prometo! —Alzó la mano para jurar—. ¡Por el espacio y el tiempo, mi bella dama!

—¡Sí, y viajaremos al futuro! ¡Tú serás el mecánico de la nave y yo seré su piloto!

Ella se lanzó a abrazarlo, él le ordenó un poco el cabello y la rodeó con sus brazos.

—Tengo que irme —le respondió con suave voz.

—Anzu —dijo contra su pecho—, ¿tú crees que saldremos de aquí?

—Te prometo que saldremos de aquí.

Kim Anzu entendió que no se debe prometer cosas imposibles cuando se marchó ese día. Porque al regresar por la tarde, la calle del orfanato estaba llena de personas corriendo y de militares. Habían llevado barcos para ayudar a los soldados norteamericanos que se encontraban cerca de la península, y todos, al estar tan cerca de la frontera, estaban intentando huir de Asia.

Él corrió en contra de todos hasta el orfanato. No había nadie allí. Ni en el edificio ni en las calles aledañas. No era la primera vez que las personas huían en esos grandes buques. Quiso llegar a la orilla; deseó con tanta intensidad poder quitar a todas las personas de su camino. Pero no llegó. Solo pudo ver, ya en el barco, a esa niña que lloraba y se resistía en brazos de sus cuidadoras. Quiso entrar, pero la puerta ya estaba cerrada, la caldera encendida y el barco listo para zarpar.

—¡Haruka! —gritó desesperado, su voz apenas fue escuchada en medio del bullicio de la gente—. ¡Haruka…!

De los que se quedaron, a nadie le importó el chico que se arrodilló a llorar en el puerto mientras las aguas que conducían hacia la libertad se llevaban consigo lo único que él tenía.

CALIFORNIA, CONDADO MARIPOSA 6 DÍAS ANTES DE…

Una historia se debe contar; una que quizás se haya entendido ya. O tal vez no, así que poco a poco, se comienza a explicar.

En vísperas de la Navidad, dentro de aquel cuartel militar, el profesor salió a hacer rondas mientras el chico prodigio y su ayudante ejemplar continuaban con los experimentos. Era algo común esos últimos días, así que poco a poco los dos chicos comenzaron a charlar entre ellos.

—¿Esperabas que eso me conmoviera? —dijo Taylor mientras veía el fondo de su bebida.

Taylor no era insensible; era más que todo incrédulo de las intenciones humanas. Al menos, así era en la segunda línea. Porque ser ingenuo en la original le había salido tan caro que su mente apenas pudo recomponerse.

—No, estoy haciéndote entrar en contexto —respondió Lee Jaewon, sentado a su lado mientras se aseguraban de que todo estuviera en orden frente al radar.

—¿Piensas que haciendo lucir vulnerable al profesor yo le tendré alguna clase de estima? —reprochó Taylor—. Me interesa una mierda el profesor y su trágica historia.

Jaewon negó con la cabeza. Taylor era un crío, definitivamente.

Tampoco estaba conforme con todo el trabajo extra que Taylor le había provocado ni con lo mucho que había retrasado su investigación. Y Taylor quería agarrarlo a golpes por haber lastimado a su hermano.

Ellos no se odiaban, pero la presencia de uno no era del todo grata para el otro. Sin embargo, allí estaban, porque de alguna forma extraña, sus mentes e intenciones no parecían estar muy lejos.

Solo en un par de semanas, gracias a Taylor habían avanzado muchísimo en su investigación. Y después de días de ser su niñero dentro del laboratorio, comenzó a pensar en que debería cambiar de credo.

—No se trata de sentir empatía, sino de unir todas las piezas. Lo que acabo de contarte es algo que él me dijo alguna vez. Lo demás lo descubrí por cuenta propia.

—¿Y eso cómo nos afecta?

—La niña. —Taylor no captó la idea—. Ella es la pieza final. Fue quien planteó todo esto de los vórtices y la teorización, no el profesor.

Lee Jaewon, o solo Lee, como Taylor lo conocía, era una de las variables más aleatorias de esta historia. La cuestión estaba en que el afamado experimento siempre funcionó, ellos no se equivocaron en ningún paso, en ninguna línea.

Todos tenían su propia versión de la noche del primero de agosto de 1986. En la línea original, Jaewon vio los pararrayos alrededor del lago colapsar al no poder contener la energía. Aquel intento quedó simplemente como un fracaso total, porque solo registraron la falla. Pero el vórtice había quedado abierto, solo esperando que alguien cayera en él.

En esta línea, sin embargo, encontraron esas ondas de calor que anunciaban el paso de un ser vivo en la orilla del lago. El experimento tenía fallas, eso ya lo sabía, pero lo que lo había hecho dudar era la ejecución de su mentor. Y su actitud errática en las últimas semanas.

Después de separarse de su hermana, Kim Anzu hizo todo lo posible por subsistir y logró ser alguien de bien en la vida, hasta que aquellas cartas comenzaron a llegarle.

En el barco lleno de refugiados, los esposos Moon se compadecieron de la pequeña Kim Haruka. Siempre habían añorado una niña y qué mejor que esa pequeña para hacerle compañía a su único hijo varón.

Una vez en América, y con el paso del tiempo, Haruka se dedicó a estudiar y a aprovechar todas las oportunidades que sus nuevos padres le daban. Era excepcionalmente brillante de nacimiento.

Alguna vez, en el pasado del pasado, la niña se sentó en una piedra a la orilla del lago, en el condado Mariposa, y escribió en su libreta: K'sT. *«La teoría de Kim: hipótesis N.º 001»*.

Con el pasar de las estaciones, mientras ella crecía, esas ideas imposibles dejaron de serlo, cuando más ahondaba en las posibilidades. Viajar en el tiempo rompía con todas las barreras conocidas, pero era su sueño. Aquellos que pudieran controlar el tiempo serían los amos y señores de todo.

Haruka reunió toda la teoría. Pero necesitaba alguien que la pusiera en práctica. Pensó en su hermano, aquel fiel compañero a quien empezó a enviar cartas sin nombre. Los envíos fueron constantes, y cuando pensó que no hallaría respuesta, un día le respondió con una fotografía suya, diciendo que la había extrañado mucho.

Lo que no sabía era que la persona con el intelecto y temple necesarios para comprobar su teoría ni siquiera había nacido aún, y que ella no estaría para conocerlo. Porque la persona más inteligente en todas las líneas era, y siempre sería Finnian Taylor Kim.

—Estuvieron intercambiándose información a través de esas cartas —explicó Jaewon—. Leí todas, pero faltan cosas.

—¿Qué cosas?

—El estabilizador, eso que tú hiciste.

—Solo tomé los apuntes y volví a hacerlos. No tengo idea de qué me hablas —dijo negando con la cabeza.

Jaewon solo tenía las cartas que Kim Anzu había conservado. Las demás las enviaba de regreso con anotaciones. Es posible que Haruka las guardara en algún sitio, pero no sabía en dónde. Con la información que faltaba estaba seguro de que podrían arreglar el vórtice desde su origen.

¿Zenón, Teseo, abuelo, gemelos?

Taylor lo escuchaba con suspicacia. ¿Qué ganaba él con esto? ¿Y cómo podía confiar en que Lee Jaewon decía la verdad?

—¿Crees que puedes persuadirme? —le dijo finalmente.

—No, has visto errores, lo sé. Estoy seguro de que ya dudas por ti mismo. Además, sé que ocultas cosas, más de las que todos ven, y entiendo que lo hagas, pero ¿de qué servirá cuando todo vuelva a ocurrir, cuando todas las líneas colapsen? O peor, cuando no sepas en cuál estás, si es que todo eso no ha pasado ya.

Taylor abrió los ojos, sorprendido. De todas las personas en el pueblo, y por muy inteligente que fuera Anzu, la única que se había detenido a pensar en la contradicción de las líneas, además de Taylor, fue la que menos esperaba: Lee Jaewon.

—¿Qué sabes tú?

—Nada concreto, pero cambiar algo crea paradojas. Y tú lo sabes. Si me ayudas, encontramos ese punto y lo destruimos. —Jaewon se puso serio—. Hay que descubrir qué hizo caer al lago al sujeto. El punto central, el que dividió la línea en dos. Si lo interrumpimos…

Taylor sintió un frío que caló por toda su espalda. ¿Era posible que la pierna de su hermano fuera un detonante? Por un demonio, claro que lo era. ¿Era el único? No podía asegurarlo. Sean Grace estudiando Finanzas jamás existió, por lo tanto, el reencuentro no sucedió y Dakho no cayó, pero…

—Eso…, eso ya pasó —dijo levantando la cabeza y mirándolo desconcertado—. Ya se impidió, pero volvió a suceder.

—¿Por qué?

—La pregunta no es por qué —parpadeó confundido—, la pregunta es cómo.

Taylor nunca se cuestionó si los cambios sobre la segunda crearon otra fractura, y Dakho tampoco se lo dijo. Maldición, por supuesto que se creó otra. Una completamente capaz de autopreservarse.

—¿Lo notas ahora? No tiene ningún sentido. Debe haber otra línea, una que no conoces, que afecta la que nos importa. Es decir, hay tres líneas. Juntas, juegan entre ellas y forman un…

—Un bucle —completó Taylor.

—Te lo diré como yo lo entiendo: la primera lo inicia, y una variable creada en la segunda línea hace que esta se repita o hará que se repita.

—¿Hará?

—Creo que tiene que ver con el futuro. La línea donde todo es diferente se ve interrumpida en el futuro. Si todo está destinado a ser, algo en la segunda hace que en la tercera se empuje la variable hacia el detonante.

Se quedó callado. Jaewon no conocía toda la historia y de todas formas estaba usando la lógica mejor que él.

—Supongamos que tienes razón. ¿Dónde está el catalizador de todo?

—¿Cómo podría saberlo? —bufó—. Eres tú quien ha convivido con el sujeto.

—La única manera de saberlo es… arreglando el vórtice.

—Sí, pero hay un problema. El profesor —tragó saliva—, él no nos dejará actuar solos. Así que, si voy a traicionarlo, necesitaré apoyo para saber qué le falta al experimento.

—¿Cómo? —murmuró comenzando a creer que no era tan mala idea—. Ella…, la niña, ¿dónde está?

—¿Que dónde está? —se burló—. Enterrada en el cementerio del condado. Kim Haruka está muerta.

Taylor parpadeó confundido por la información. Él sabía a dónde iba esto, pero no quería llegar allí.

—No podemos recuperarla, ¿cierto?

—Estoy tan harto de hablar entre líneas, Kim. Sé que eres lo suficientemente inteligente para deducirlo. Pensé que faltaban las cartas que escribió en abril, pero en realidad faltan las que eran para *Abril.* Esa es la parte en la que entras tú. Su hijo, tu amigo…, creí que era un «ella».

Taylor no se sorprendió, en su lugar, lo asustó estar consciente de que, para él, entregar a April por Dakho era un precio razonable.

—Su madre…, nunca la conocí.

—Lo sé, los he estudiado a todos —dijo con voz fría, calculada—. Ella ya no estaba aquí cuando ustedes llegaron.

Kim Haruka era muy inteligente, pero cometió el mismo error que Taylor.

Pese a que creció en la misma casa que el hijo de los Moon, en algún punto de su adolescencia terminó envuelta con él. Porque, más que conocerse, se *descubrieron* y nunca se relacionaron como familia. Para él, ella fue como un huésped en su casa, y para ella, el primer hombre de su edad al que vio diferente.

El hijo de ambos debió nacer en abril, pero nació en marzo, un día 19, y no fue la niña que ella creyó que sería. Y aunque lo amó los primeros años, no amó a la «familia» que no la escuchó sufrir ni al esposo que se transformó en bestia. Quizás por eso April Augustus Moon creció tan apegado a su abuelo, porque él quería cuidarlo como no lo hizo con ella, y sufrió el resentimiento de su padre, quien nunca se perdonó a sí mismo e intentó culpar al pequeño de todo.

A Taylor se le revolvió el estómago por la forma en la que todo se conectaba.

Entre los lagos, los estados y los países que existían en el mundo, ¿por qué específicamente ese pueblo, ese lago? La respuesta era clara: porque fue el elegido por la persona que había abierto el vórtice en primer lugar.

Haruka corrió descalza por el bosque y se lanzó a ese lago para nadar en el atardecer mientras soñaba con un camino diferente para ella y Anzu, en quien aún pensaba. Porque en cualquier generación, o línea de tiempo, los genios Finnian Taylor y Haruka lo único que alguna vez desearon fue lo mejor para sus hermanos. Eran un mismo espíritu, anhelando libertad en un mundo perverso.

Los hermanos Kim estaban malditos por el universo, y entre ambos siempre habría uno tan noble que no podría sobrellevar la vida, y uno que viviría con profunda culpa hasta el final de sus días.

—¿Qué se supone que tendríamos que hacer? —le preguntó a Jaewon.

—Tengo un par de ideas, pero ninguna es segura. Lo más prudente sería que consigas esas cartas o busques algún indicio en esa casa.

Taylor alzó una ceja.

—Tienes una docena de soldados merodeando por mi jardín, ¿y me pides eso?

—No soy yo. El profesor y los militares están cegados, y eso nos está hundiendo. A él ni siquiera le importa su *sobrina.* Solo quiere a su hermana.

Se quedó callado pensando en la forma de beneficiarse.

—Si te ayudo a controlar el vórtice, si acepto, Dakho no tendría que irse, ¿cierto?

—Debe hacerlo, pero no podrá. —Jaewon se puso de pie, esta era la parte más difícil de todo su dilema moral.

—¿A qué te refieres?

—La cuestión es que no puede acercarse al agujero de gusano, tampoco entrar. Kim, el profesor te mintió. Aunque lográramos hacerlo, no nos serviría de nada regresarlo.

—¿Por qué? Él podría... —Jaewon no lo dejó hablar.

—¿Dakho sabe algo sobre viajar en el tiempo? ¿Sabe cómo controlarlo? Yo creo que no. Además, el lago lo haría literalmente pedazos al entrar.

—No puede ser... —murmuró, y se sintió estúpido por haber ignorado los detalles.

—Escucha, necesitamos tres cosas: hacer creer al profesor que tiene la razón, un suicida y esas malditas cartas. Mientras no tengamos eso, será mejor que actuemos como si esta conversación no hubiera sucedido.

—No me malinterpretes, pero yo no he aceptado nada. No me consta que no vayas a matarme cuando logres que funcione el vórtice.

Taylor se puso de pie, imitándolo. El sol no tardaría en salir.

—Kim, ya no me importa el experimento —dijo cansado—. Dakho es inestable y puede dañar todo a su alrededor.

—¿Qué ganas tú con eso? —cuestionó Taylor. Jaewon no tenía nada lejos de ese laboratorio, y ahora estaba harto. Pero claro, nadie escuchó a los búhos advertir con su canto el inminente peligro. Así que ahora debían tomar responsabilidad por sus crímenes contra la realidad.

—Lo único que quiero es prevenir algo peor.

—No es nada que no les haya advertido antes. ¿Acaso comenzarán a escucharme?

—Lamentablemente sí. Yo lo haré. —Taylor no se esperaba esa respuesta—. Por hoy, es todo, te llevaré a casa.

—¿Seguirás con tu historia la próxima madrugada?

—Sí —respondió con total tranquilidad—. Por ahora, ve a descansar. No olvides que el médico revisará al experimento por la mañana.

—Dakho —lo corrigió—. Se llama Dakho, y no es un experimento.

—El médico revisará a..., a Dakho —le respondió en señal de paz.

La puerta de la sala de control se abrió de pronto, y el profesor Kim apareció después de terminar con su ronda.

—Es tarde —le dijo a Jaewon viéndolo con severidad—. El chico ya no debería estar aquí.

—Sí, señor —contestó abnegado—. Estaba por llevarlo.

El chico tragó saliva y asintió siguiendo a Lee por el pasillo.

Kim Anzu era excepcionalmente hábil, pero le faltaba temple y creatividad. Había cruzado la línea de audacia.

Más que un genio, era un lunático.

El silencio hasta casa fue sepulcral entre los dos. Taylor tembló cuando sacó la llave para entrar, temiendo que le dispararan por la espalda mientras Lee lo observaba desde la camioneta, como cada madrugada durante las últimas semanas.

Pero otra vez, no lo hizo.

Entró veloz a su casa, cerrando la puerta con llave para luego recargarse contra esta respirando agitado.

Era demasiado que procesar para él, peor en el día, pues el sol había salido.

Dio algunos pasos cansados. Taylor se dejó caer en el sofá de su casa, abatido y se durmió fácil por la fatiga. Pero no esperaba que minutos después, las luces y la radio se encendieran. Con esa música que las emisoras que su madre escuchaba ponían en vísperas de Navidad, con putas campanas y cascabeles que le martillaron la cabeza.

El cuento de Navidad no empezaba en el cuartel militar, pero sí en la sala familiar del joven científico con doble vida, que lo único que quería era descansar.

—¡Hijo! ¿Qué haces allí en el sofá? ¡Ya sabes que debes ayudar con la decoración! —dijo su madre con ese suéter de cascabeles que Taylor intentó quemar, caminando por toda la sala mientras se escondía entre los cojines.

Había olvidado que tenía una vida normal, y en ella era víspera de Navidad. Maldición. Por supuesto que su familia no lo dejaría dormir. Eran unos desconsiderados.

Oh, sí. Todo lo que quería para Navidad era darse un tiro. Así que se abrazó a sí mismo con su mantita en el sillón después de que su madre perturbara su paz, pero en cuestión de minutos tuvo a Sean Grace y a su padre jodiendo también para que se levantara.

Además, tenía que estar presentable para cuando el doctor llegara. Pero si cerraba los ojos tan solo cinco minutos nadie lo culparía, ¿cierto?

Había mucho bullicio por toda la casa; su familia nunca ponía la decoración semanas antes, tenían esa costumbre horrible de colocarla solamente el día que sería necesaria. Al inicio fue para ahorrar dinero en la energía eléctrica, ahora era porque a nadie le gustaba tener que cuidarla, y se quedaría allí hasta Año Nuevo.

Así que mientras su padre y Sean Grace bajaban el árbol entre muchos estruendos del ático, Taylor intentó volver a dormir. Hasta que sintió cómo le dejaron caer una caja con adornos sobre el pecho. Abrió los ojos, molesto, y encontró a Sean Grace y su suéter navideño riéndose de él. Sí, hasta el reno de ese suéter se burlaba de Taylor.

—Mira la hora, Finn. ¡Y aún no pones las luces de la entrada! Santa Claus no te traerá nada si sigues de holgazán.

—Jo-jo-jódete, Sean Grace.

No hace muchos años, el pequeño Taylor llegó a creer en Santa Claus, cosa que Sean Grace aprovechó para obligar a Taylor a hacer cosas que él quería. Siendo ya dos hombres adultos, aún le causaba mucha gracia recordar los tiempos en que su hermanito fue su sirviente personal patrocinado por Papá Noel.

Todos tenían sus tareas. Sean Grace se encargaría de las decoraciones; papá, de las compras de último minuto; mamá, de la cena y Taylor, como el asistente de su hermano, de las luces de la entrada.

—Lárgate de mi sala, señor Grinch, estoy decorando. Es más, ve por Cindy Lou para que venga a ayudarme a colgar adornos.

Taylor se contuvo la risa porque sí le hizo gracia. Se había ganado ese apodo por dos cosas: él no creía en la Navidad, y el suéter para la ocasión que lo obligaban a usar siempre era verde.

Se levantó estirando sus extremidades.

—A Cindy Lou le quitan el yeso hoy, Rodolfo —lo llamó así por su suéter y el grano en su nariz—. Ni se te ocurra molestarlo.

—¿Y eso qué? ¿Quiere ser parte de esta familia? Bien, le tocan los adornos del árbol, el suéter de caramelos y hacer el puré de papa para la cena.

—¿Y por qué el puré?

—Porque le queda mejor que a mamá.

Taylor se acercó a él para molestarlo, volteó a ver a su alrededor para asegurarse de que ninguno de sus padres lo escuchara, y le murmuró a Sean Grace:

—Es mi novio, no tuyo.

A lo que su hermano le contestó con el ceño fruncido.

—No me importa, si quiere salir contigo tiene que aportar algo a la familia, o lo voy a sacar a la calle. Ni siquiera se ha presentado formalmente conmigo. ¡Terrible! Quiero que venga y me diga: «Señor Kim, me casaré con su hermano».

Taylor se tapó la cara, avergonzado y a la vez con pena ajena. Ojalá el cambio de personalidad de Sean Grace hubiese venido con interruptor de apagado.

—Oh, por favor. ¿No te cansas de ser así de anticuado? No voy a casarme.

—¿Cancelo nuestra boda, entonces? —preguntó Dakho detrás de ellos.

Los dos se sobresaltaron al notarlo allí con su sonrisa burlona y sus muletas. Las escaleras no eran rivales para la dedicación que puso en bajarlas durante casi media hora.

—¡Dakho! —dijo Taylor nervioso y pasándose una mano por el cuello—. No le hagas caso a Sean, está enloqueciendo.

Pero Dakho ya se había metido en el papel:

—Señor Kim, me presento, vengo a cortejar a su hermano.

—No, púdrete —le respondió dándole la espalda, e inmediatamente rompió a reír escandalosamente—. Perdón, perdón. Empecemos otra vez —pidió aclarando su garganta y puso la mirada seria—. ¿A qué has venido, muchacho?

—Vine a pedirle la mano de Taylor en matrimonio.

—¿Piensas que te entregaré a mi más preciado retoño así como así?

Dakho tomó aire profundamente.

—Señor Kim, le ofrezco dos vacas por su hermano —dijo extendiendo su mano a Sean Grace.

—¿Solo valgo dos? —dijo Taylor, ofendido.

Sean Grace observó a su hermano y pensó que valía a lo mucho vaca y media. Y luego estrechó la mano de Dakho complacido.

—Trato, lléveselo.

—¿Acabas de cambiarme por dos vacas imaginarias? —reprochó indignado a su hermano.

—Tu esposo es un buen negociador, era una gran oferta.

—Los dos son unos grandísimos idiotas.

—Sí —contestaron al unísono.

Los dos idiotas de Taylor hacían honor a su título.

Justo entonces el timbre sonó, llamando su atención. Era el médico que venía a retirarle el yeso a Dakho. Un doctor de cuento para niños, literalmente, y Taylor bufó ante la poca originalidad de los secuaces del profesor Kim. El chequeo fue rápido, la fractura era en el área de la tibia, casi llegando a la rodilla, pero afortunadamente sin tocarla. Su pierna se veía bien, incluso de maravilla, dentro de lo posible.

Dakho chilló cuando vio la sierra con que le cortarían el yeso, pero fue lo suficientemente fuerte para no huir. Unos días atrás casi se desmayaba con la inyección; la verdad era pésimo con los doctores, para burla de Sean Grace.

El doctor anotó un par de cosas en una de esas carpetas metálicas que Taylor sabía que provenían del laboratorio e hizo su mayor esfuerzo por no molestarse, pues al menos Dakho estaba bien. Después de recomendaciones básicas, como usar sus muletas o un bastón, le colocó una venda y se despidió. Para ese momento ya era mediodía. Tuvieron que tomar un desayuno/almuerzo por su falta de atención y el tiempo que Taylor se tardó en bañarse.

Sean Grace también había subido a ducharse (por fin había reparado la perilla de su regadera) y aprovechó para organizar un poco su habitación. Tenía mucha ropa que ya no usaba, y pensó que donarla a la caridad podría alegrar las fiestas de alguien más. Separó un par de cosas, entre tenis y chaquetas, cuando escuchó un choque contra la ventana.

Volteó a mirar: el vidrio estaba bien, pero el suceso volvió a repetirse, así que vio el momento justo en el que una bola de nieve impactó contra el marco.

Se asomó a la ventana y sonrió. Alguien había escrito en grande «*Hey, you!*» con una carita sonriente en la nieve.

—¿Vas a venir o no? —le gritó April desde abajo, abrigado correctamente como un oso esponjoso y sin dejar de sonreír.

Sean Grace asintió y no esperó ni un segundo en bajar corriendo por las escaleras hacia la salida. Llegó hasta su amigo y saltó sobre él, empujándolo. Se sentía tan bien; era una amistad real, una con la que ya se habían reivindicado.

¿De dónde sacaban valentía para acercarse? Cualquiera creería que serían incapaces de verse el rostro el uno al otro, pero eran lo suficientemente maduros para dejarse sanar y ayudarse en el proceso.

Tal vez a Sean Grace dejarían de dolerle sus errores y podría aceptar que incluso él, con todas sus debilidades, era capaz de ser un mejor hombre. Y Augustus llegaría a la conclusión de que no estaba enamorado de él, sino de la idea de tenerlo, lo cual le parecía inmaduro, algo impropio de sí mismo, por ello, ahora se sentía libre. Y despojarse de esa cadena hizo que toda su vida fuera más plena.

Se había equivocado, sí; pero sabía que algún día, él encontraría a alguien y eso le daba la fe que un romántico sin remedio buscaba. Porque en ese momento de sus vidas, ninguno de los dos necesitaba más estragos por amor. Pero un amigo definitivamente no les vendría mal.

Aunque la amistad de alguien a quien amaste significaba muchas cosas que ninguno de los dos estaba dispuesto a enfrentar.

—¿Qué haces aquí? —le preguntó Sean Grace, abrazándolo.

—Estoy huyendo de mi casa, mi abuela ya está ebria y quiere hacerme bailar con ella.

Sean Grace soltó una carcajada. Esa mujer era todo un evento cuando bebía.

—Oh, pobre —se burló mirando su gran abrigo—. Ven, esponjosito, pasa. No te hará daño aquí.

April asintió, avanzó un poco y se inclinó para tomar una maceta que había dejado en las gradas de la entrada.

—También traje esto —dijo feliz enseñando su planta—. Una *Euphorbia pulcherrima.*

El mayor de los Kim hizo uso de un conocimiento que muy pocos sabían que tenía:

—¿Una flor de Navidad? —dijo sorprendido viendo las hojas rojas mientras entraban a la casa.

—¡Exacto! Me regalaron unas semillas de Centroamérica la Navidad pasada. ¿Y qué crees? ¡Ya florecieron!

—¿Puedo tocarla? —preguntó intentando agarrarla, pero Augustus negó.

—No, shu, shu. Vine a dársela a Dakho. No a ti.

—¡¿Y por qué a él y no a mí?! —reprochó cruzado de brazos.

—Porque tú no vas a cuidarla, y él es igual de *hippie* que yo.

—¿Estás jodiéndome, cierto?

—Noup. —Dakho apareció desde la cocina y Haru lo llamó, feliz—: ¡Dakho, mira! —le gritó.

Apenas comenzaba a intentar caminar por sí mismo, pero se movió feliz hasta él, igual de asombrado.

—¡Flor de Navidad! —Dakho la tomó emocionado—. ¡Sus hojas se ven hermosas!

—¡Lo sé! ¡Está increíble!

Taylor salió de la cocina poco después. Observó con curiosidad a Haru, pensando en qué tan difícil sería preguntarle por su madre, o si estaba mal querer usarlo para obtener información cuando muy probablemente no supiera nada. Así que caminó cerca del sofá, donde estaba su hermano. Sean Grace no entendía de qué hablaban, así que fingió que sí mientras los observaba comportarse raro en la sala. Entonces, volteó hacia su hermano y vio que estaba completamente vestido.

—Jovencito, ¿a dónde crees que vas? No pienses que te dejaré salir antes de que termines tus tareas navideñas.

—Este..., le prometí al abrazaplantas de allá que jugaríamos en la nieve. —Taylor puso su cara de súplica, pero fue poco efectivo.

—Ni sueñes con que saldrás sin poner las luces del techo.

—¡Pero...!

—Pero nada.

Miró a su hermano mayor con recelo; solo porque era Navidad le haría caso.

—Bien, lo haré porque es mi responsabilidad, no porque tú lo digas. —Tomó su cajita de luces de la mesa, antes de dirigirse afuera.

Justo a tiempo; cuando abrió la puerta, sus padres regresaron con los regalos y otras cosas.

Sean Grace se burló de la seriedad de su hermano, y saludando a sus padres, tomó uno de sus bates de la esquina de la sala.

—Niños de las plantas —llamó a los dos chicos pelinegros—, ¿jugamos al béisbol de nieve?

Los dos se miraron entre sí, antes de dejar su maceta decorando la mesa de café para seguir a Sean Grace hacia afuera.

Taylor no supo en qué momento pasó todo. Él fue por la escalera para alcanzar el borde del techo, y cuando regresó, se encontró a Dakho sobre una silla en la nieve y haciendo bolas de esta para lanzárselas a su hermano.

Haru los veía muy serio porque era el árbitro, y estaba muy enfocado en ver que fuera un juego justo. Sí, claro. En realidad, estaba más enfocado en hacer un muñeco de nieve que moldeaba en silencio.

La tarde resultó muy cálida para ser invierno, y Taylor se divirtió mucho viendo a Dakho enojarse porque no podía lanzar bien estando sentado, con la escarcha volar por doquier cada vez que Sean Grace destruía una bola.

—Al diablo —dijo Dakho levantándose—, no puedo seguir así.

Apretó los ojos al hacer un poco de presión sobre su pierna y tomó otra bola de nieve para lanzarla.

—¡Dakho, no! Tu pierna, idiota —lo regañó Taylor desde la escalera mientras colgaba las luces.

—¡Pero estoy perdiendo! ¡Y me siento bien, ya no me duele!

—No me importa, no seas necio.

Dakho se cruzó de brazos, pero no esperaba sentir una fría bola de nieve impactar contra su rostro. Volteó a ver con una ceja alzada y encontró a Sean Grace fingiendo demencia después de haberle lanzado eso para hacer que se callara.

—¡Oye! —le gritó molesto—. ¿Qué te pasa?

—Siempre dale la razón a Taylor —lo regañó.

—No se vale, ustedes se unen para molestarme. —Frunció el ceño, pero antes de que pudiera seguir hablando, le lanzaron nieve de nuevo a la cara.

—¿Decías? —Sean Grace estaba feliz y se burlaba de verlo ser un mandilón.

Dakho se movió cojeando hacía él y se apoyó un poco en el muñeco de nieve de Augustus hundiéndole la cabeza.

—¡Idiota! ¡Mi muñeco! —le gritó Haru, molesto, justo cuando Dakho chocó contra este destruyendo el progreso del chico.

—No seas dramático —se burló al ver su pálido rostro, con las mejillas rojas por el frío—. Haz otro y listo.

—¡Oye! —Sean Grace se aproximó veloz para defenderlo—. Métete con alguien de tu tamaño, ¿quieres?

—Eso fue más ofensivo que útil… —dijo Haru.

Sean Grace no pudo evitar desviar su mirada hacia él.

—Lo decía por el muñeco de nieve —le aclaró a April con una sonrisa, la cual se quedó estática cuando Han le devolvió el lanzamiento de nieve en el rostro.

—¿Estamos a mano? —intentó decir Dakho.

Sean Grace lo persiguió para vengarse y las bolas de nieve pasaron de un lado a otro, como una batalla campal. Taylor, que recién terminaba su labor, bajó a poner orden, pero terminó uniéndose al equipo Han para vencer por fin a su hermano.

Era lindo sentir que no había barreras entre ellos, aunque fuera por un instante; porque la juventud era así, fugaz, divertida y hermosa.

Esa tarde, por primera vez en mucho tiempo, Finnian Taylor volvió a tomar un bate de béisbol y lo hizo para pedirle la revancha a su hermano y salvar el honor de Dakho. Y Sean Grace, a gusto con la vida que ahora tenía, hizo una y mil bolas de nieve para poder lanzarlas a su hermano, sin que el otro fallara a uno solo de sus lanzamientos.

Al menos ese día, esos lazos rotos o enredados parecieron unirse correctamente, al compás de la nevada más inocente de todo diciembre en 1986 y con esos rayos de sol que incluso en invierno se negaron a desaparecer.

El tiempo pasó rápido. En la entrada quedaron cuatro muñecos de nieve mal hechos, con brazos de ramita seca y piedrecitas como ojos. Tres de ellos grandes: uno con bufanda, uno con gorra y otro con lentes de sol. Y otro un poco más pequeño, con una flor en su cabeza.

Para el final de la tarde, y antes de que se ganaran un resfriado, regresaron a sus casas.

Estaba mal alegrarse por esto, pero el padre de Haru se había quedado atrapado por el clima en otra ciudad; así que fueron solo su abuela y él en casa, felices mientras cocinaban y bebían juntos. Y en la casa de los Kim, los dos hermanos encendieron la chimenea. Dakho se quedó en la mesa de la cocina, ayudando a los señores Kim con la cena mientras pelaba las papas.

Aunque fue un poco perturbador para él porque era vegetariano, los vio rellenando el pavo, y ahora tendría pesadillas. Pero se sintió feliz cuando lo dejaron usar el horno y pudo hacer su *pie* de manzana favorito para todos como merienda.

Dakho se burló de lo irónico de la vida: el olor de su postre atrajo al Sean Grace joven de la misma forma que lo hacía con su padrastro en el futuro, y también recibió las quejas cuando le sirvió un trozo a Taylor antes que a él, de la misma forma que lo hacía cuando le servía antes a su madre. Ahí, entre la canela y el azúcar, Taylor pensó que podría vivir así.

Cuando la noche llegó, la mesa del comedor se vistió de gala, con un hermoso mantel blanco en el que la comida para la ocasión comenzó a colocarse. Se usaron los platos buenos y la cristalería fina; Sean Grace conectó el árbol y la sala entera se llenó de colores. El olor de los alimentos y el vapor hicieron sonreír a Dakho. Por fin dejaba de sentirse como un invitado y se sentaba en el lugar que le correspondía; porque sí, él tenía un lugar en esa mesa.

—Taylor, da las gracias —le dijo su padre cuando estuvieron todos sentados, idea que incomodó un poco al muchacho.

—Uhm…

—Siempre obligan a Taylor, no sean malos —intervino Sean Grace—. ¿Por qué no cambiamos un poco? Puedo hacerlo yo si quieren —sugirió con una sonrisa, pero su madre tuvo otra idea.

—Dakho, ¿por qué no das tú las gracias? —le dijo con una sonrisa.

Taylor carraspeó con la garganta e intentó intervenir.

—Mamá, no creo que sea… —Pero contrario a lo que esperaba, Dakho asintió devolviéndole la sonrisa.

—Sería un placer —contestó, ganándose una mirada de asombro de Taylor.

El mayor de todos los Kim puso las manos sobre la mesa, con las palmas hacia arriba.

—Bien, entonces recemos —dijo. Su esposa y su hijo mayor lo tomaron de las manos. Ella tomó de la mano a Dakho y Sean Grace tomó la de su hermano.

Taylor Kim y Han Dakho se observaron un segundo antes de cerrar el círculo, entrelazando sus dedos sobre la mesa, en un acto puro e inocente frente a toda la familia.

Dakho aclaró la garganta antes de cerrar los ojos e inclinar su rostro. Ciertamente, él no creía en una deidad como tal, pero sabía que, si para los cristianos Dios es amor, pedirle a ese dios por alguien era sinónimo de decirle «me importas».

—Amado padre que moras en las alturas de los cielos, santo y glorificado sea tu nombre —su voz fue lenta y solemne—. Te damos gracias por permitirnos estar aquí reunidos alrededor de esta mesa y por los alimentos que vamos a disfrutar. Te pido que provеas y bendigas las manos que los prepararon, así como también se los concedas a aquellos que no los tienen. Te agradezco por la vida que nos prestas y por esta familia que ha cuidado de mí; te pido que los colmes de bendición, de amor y los lleves con bien, para que puedan ser luz a donde quiera que vayan, y los cuides en todo momento. —Se quedó callado un segundo—. Te suplico por paz para mi alma, y ruego perdón por nuestros pecados, para que nos ayudes a ser mejores cada día. Amén —respiró profundamente—, y amén.

Todos abrieron los ojos y soltaron las manos con tranquilidad, en un silencio que no era incómodo, sino pacífico. Sean Grace se detuvo a mirar a Dakho por un segundo, pensando que este tenía un alma tan pura como la de su hermano, y eso lo llenó de mucha felicidad.

—La pierna del pavo es mía —dijo reclamando su derecho y queriendo aligerar el ambiente.

El papá siempre se comía una pierna del pavo, lo cual solo dejaba una restante para alguno de los dos hermanos y, bueno, no siempre se gana.

—¡No se vale, yo la quería! —reprochó Taylor a su lado—. ¡Papá!

El señor asintió comenzando a servir y le dio la pieza a Sean Grace.

—Te tardaste, hijo. Lo siento.

—Bien, pero esa era mi pieza. Como sea, Dakho, pásame el puré de papa. —No obtuvo respuesta—. ¿Dakho?

Todos voltearon a ver a Dakho, de pronto extrañamente callado, que se había servido casi todo el puré porque era lo único apto para comer para él, además de la salsa y los elotes, comiendo sin prestarles atención hasta que notó que los cuatro lo veían.

Levantó la cabeza.

—¿Ustedes querían? —dijo apenado haciendo que todos estallaran en risas. Sí. Definitivamente, esto de las bromas en la cena le gustaba mucho.

Todos disfrutaron felices la velada, incluso cuando terminaron y a Taylor le tocó lavar los platos, luego de que apostara contra su padre y perdiera. Los tres mayores se sentaron en el sillón grande a ver la tele mientras ellos acomodaban la cocina, y Dakho, al terminar de ayudar, se sentó en las escaleras; su pierna inútil lo tenía un poco agotado.

Parecía simple y vano, pero para alguien como él, que ya ni siquiera sabía qué parte de su vida era real, y que en su historia original nunca conoció la fraternidad, la idea de pensar que era uno de ellos le gustó mucho.

Pero esa comunión tampoco existiría de no ser por Dakho.

En la línea original, la Nochebuena fue muy diferente. Confinado a su habitación, Sean Grace deseaba la muerte viendo todos los trofeos que le gritaban que nunca podría jugar otra vez. Nadie decoró la casa ni ayudó al señor Kim con los adornos del ático. Nadie jugó en la nieve, no hubo regalos y de esa familia, los pedazos al desmoronarse eran cada vez más grandes.

Desde el día que fue gritado a los cuatro vientos que Taylor era diferente, ninguno de sus padres lo veía a los ojos. Parecía que ni se hablaban entre ellos, se los escuchaba pelear por toda la casa. Taylor había descubierto días antes que su padre estaba durmiendo en la habitación de huéspedes.

Mientras todas las familias cenaban, Taylor se escabulló para robarse algo de la cocina; pero le hubiera gustado no hacerlo para no haber escuchado a sus padres hablar sobre separarse y decir su nombre como una de las causas.

Entonces, se sentó en la orilla del balcón metálico de la azotea, pensando en que saltar sería mejor para él, sin el valor de poder hacerlo realmente. Pero en medio de las líneas enredadas del tiempo, la telaraña de la historia lo protegió de ese sentimiento, dándole en su lugar una cena y a su familia unida como cada Navidad.

—Taylor, ven acá —dijo su madre mientras él terminaba de acomodar los platos—. Apresúrate, tu padre está repartiendo los regalos.

Salió de la cocina, secándose las manos con el suéter, y le sonrió a su familia, que reía junto a la chimenea. Dakho los observó de lejos cuando comenzaron a abrazarse. Todo era tan lindo, que Taylor ni siquiera notó cuando él se alejó por las escaleras.

Taylor, envuelto en su alegría, no estaba pensando en las cosas que lo atormentaban. En alguna otra Nochebuena, habría dicho algo sumamente irreverente para estropear el cuento de la familia feliz, pero en esta, simplemente no pudo.

No quiso arruinar el ambiente de armonía, así que cantó un par de alabanzas y leyó varios salmos en voz alta mientras sus padres lo miraban complacidos. Se prometió a sí mismo que sería bueno para no perturbarlos, esperando pacientemente su regalo.

Recibió el suyo; y aunque estaba agradecido, lo dejó debajo junto al árbol pensando en que esperaría a la mañana para abrirlo. Pero notó un paquete azul y la ausencia de Dakho.

Se despidió de sus padres respetuosamente porque él no oraba junto a ellos a la medianoche y tomó la pequeña caja debajo del árbol. Subió a su habitación a pasos ligeros y abrió la puerta lentamente. Se quitó sus anteojos, los dejó en su escritorio y avanzó por la habitación.

Dakho se había acostumbrado tanto a esa casa y a esa rutina que Taylor supo exactamente a dónde iría después de cenar. Y no se equivocó: lo encontró sentado en el marco de la ventana, viendo hacia el cielo, como perdido entre sus pensamientos.

Cerró la puerta y se acercó con una sonrisa tímida hasta él.

—Oye… ¿Qué haces aquí solo?

—No quise interrumpir sus tradiciones —dijo con gracia—. No es la gran cosa.

—¿Entonces por qué te escondes aquí arriba?

—No estaba escondiéndome, las estrellas se ven bien con el cielo despejado, además —respondió sonriendo—, me gusta ver el vecindario. Luce alegre.

Taylor vaciló un poco y se sentó en el otro extremo de la ventana. Era cierto, las luces adornaban las puertas congeladas que protegían aquellos risueños cantos de niños jugando en espera de la medianoche, dándole no solo un toque pintoresco al pueblo, sino también mucho gozo.

—Dakho —lo llamó, sabiendo que era el momento indicado para saber si Lee Jaewon tenía razón—, ¿qué es lo que recuerdas de tu última Navidad?

El chico recostó la cabeza y la espalda en la madera detrás de él.

—No mucho. Parece que tuve cien Navidades diferentes, y ninguna se siente como mía.

—Tus padres no son las personas más hogareñas del mundo, me temo.

—Lo sé, tengo muchos recuerdos y ninguno es una blanca Navidad, o bueno, eso creo —dijo, burlándose de sus desgracias—. En la mitad no tengo mamá, y estoy preparándome una ensalada solo o comiendo en la estación de alguna gasolinera en Nochebuena.

—No me juzgues, pero SunHee adulta no me simpatiza lo suficiente.

—Es humana, Taylor, y tuvo un hijo con alguien que odia. Yo sí la entiendo, pero oye, no todo es malo, siempre trabajó mucho, nunca me quedé sin regalos de Navidad.

Taylor se compadeció de él. Como el resto de la existencia de Dakho, sus recuerdos eran grises; ni buenos ni malos, solo grises.

—Eso me recuerda —agregó Taylor, extendiéndole la caja que era aproximadamente del tamaño de su mano— que no tomaste tu obsequio.

—¿Me compraste un regalo? —A Taylor lo emocionaba tanto dar regalos que las ansias de entregarlo a la otra persona lo carcomían.

—No, tonto. Me lo robé de la tienda —bromeó con obviedad, pero la expresión de Dakho fue la de alguien que sí creería a Taylor capaz de hacer eso—. ¡Oye! No me lo robé.

—No lo sé, Tyler. No confiaría en ti.

—¡Solo estaba jugando, me duelen tus acusaciones!

—Gracias por la aclaración, es que no me gustaría ser cómplice de un crimen.

—No seas payaso, ambos somos convictos. Ahora cállate y abre mi regalo.

Dakho negó con la cabeza mientras reía y aceptaba la cajita para abrirla. Por el tamaño pensó que a lo mejor era una taza navideña, pero parpadeó curioso cuando observó la esfera de cristal en ella. La sacó de la caja; era un globo de nieve, de esos que, al agitarlos, cientos de brillos revolotean en su interior.

—¿Es un conejo con sombrero? —dijo al fijarse en la figurilla del centro.

—Está viendo la nieve. —Taylor sonrió—. Eres tú en Boston —se burló.

—¿Qué? —dijo indignado—. ¿Por qué yo?

—Porque movías la nariz por la nieve, como un conejito. —Era una mala broma, pero la risita que soltó fue tan tierna que Dakho sonrió casi por inercia. Suspiró agitándolo para ver cómo se revolvían los brillos y pensó que tenía el lugar ideal para el globo de nieve en la repisa de su habitación. Un espacio que nunca supo con qué llenar; donde la pelota debería haber estado.

—Yo… no te compré ningún regalo —confesó con pena—. Lo siento.

—No importa, me gustó verte convivir con mi familia. Me obsequio a mí mismo esa escena. —Dakho no respondió, y en su lugar volteó de nuevo hacia la ventana—. Hey… ¿Qué sucede? —dijo confundido.

—Nada, es solo que esto es raro para mí.

—¿Raro? ¿Por qué?

Dakho suspiró con fuerza. Se sentía patético decirlo, pero necesitaba hacerlo en voz alta.

—Sé que suelo ser el más apático en todo esto, pero hoy, todas esas luces y la gente riendo a mi alrededor, me hicieron sentir diferente.

—¿La magia del amor? —inquirió sin ser malicioso y sin desvanecer su sonrisa. Dakho negó, pero eso que dijo después hizo que Taylor sintiera una enorme presión en el pecho.

—Yo… sentí que tenía una familia —murmuró bajando la cabeza y sintió que lloraría.

Las líneas se estaban mezclando. Y a Dakho le dolían todas y cada una a su manera.

Taylor llevó su mano al mentón del chico dándole un pequeño toque para que volviera a verlo. Y es que tal vez ya no era el mismo Dakho, o quizás sí, no lo sabía. Pero tener la certeza de que había logrado darle toda esa felicidad le hizo pensar que ese era su propósito en el mundo, sin cuestionárselo, porque en ninguna otra línea sería capaz de tener esto.

Le quitó el globo de nieve para ponerlo en el piso antes de tomarlo de ambas manos.

—Oye… —dijo buscando su mirada—. Ya la tienes, ¿sí? No importa dónde estés o a dónde vayas; nosotros siempre seremos tu familia. Lo sabes, ¿cierto?

—Lo sé —respondió bajito. Dakho no pudo evitar que una lágrima se le escapara.

—No, no. No llores, por favor. No quise decir nada malo. —Taylor se asustó un poco, pero luego solo pudo morderse el labio al notar que el chico estaba sonriendo.

Creía que llorar era malo, pero no siempre es así. A veces es necesario llorar de conmoción, de inmensa felicidad cuando se asimila la vida desde otra perspectiva.

Han Dakho, el insolente, el tonto, el irreverente y testarudo había madurado. Contra todo pronóstico, Han Dakho había crecido. Y lo hizo porque encontró lo que jamás tuvo en la línea original: alguien que creyera en él.

—Vine aquí a ver las estrellas, no a lloriquear —se regañó a sí mismo, aclarando su garganta y limpiándose las lágrimas.

—¿Pediste un deseo? —dijo con un poco de gracia, Dakho asintió con la cabeza—. ¿Cuál?

—Es un secreto.

—Oh, vamos, no seas injusto.

Dakho suspiró. La ciudad lucía tan hermosa con las luces de colores y esas casas antiguas que ahora le parecían familiares. Volteó para mirar la forma divina en que las pestañas de Taylor tomaban protagonismo cuando sus anteojos no las ocultaban.

—¿Sabes? No creo para nada en lo que se supone que las fiestas significan; pero si hipotéticamente lo hiciera, y todos esos deseos de Navidad realmente funcionaran, estoy seguro de que usaría cada uno de ellos para pedirle al cielo alguien como tú.

—¿Alguien como yo?

—Bueno, a ti, específicamente.

Taylor suspiró. El reflejo de las luces de colores colgadas por todo el balcón pareció perder intensidad ante el brillo de la sonrisa de Dakho.

No lo dirían, pero se sentían afortunados. Y ninguno de ellos creía más en ser la mitad del otro, porque no estaban incompletos. Eran sus propias personas individuales, independientes, únicos, encantados con el brillo del otro y orgullosos de tenerse. Porque el amor no es buscar ser completado por alguien más, sino quedarse al lado de aquel que se ama, mientras se encuentra a sí mismo.

Y ambos lo sabían.

El viento susurraba que estaba celoso de ellos mientras la cortina se movía, pero las estrellas murmuraban entre ellas que se callara, que el frío que provocaba no era suficiente como para separarlos.

—Tú siempre sabes qué decir.

—No puedes superarme, lo sé. Soy un romántico desesperado.

—Por favor. Por supuesto que puedo ganarte.

—¿Y cómo harás eso, genio? —dijo, jactándose de sus habilidades.

—Mira hacia arriba —respondió mordiéndose el labio.

Dakho alzó la vista ligeramente para encontrarse con el muérdago pegado en el marco de la ventana.

—Beso debajo del muérdago, ¿eh? Chico clásico. —Sonrió sin poder contenerse pensando en que Taylor había aprovechado su tarea navideña para colgarlo—. No me digas que eres fanático de los clichés navideños.

Taylor se levantó y se acercó unos pasos para ponerle los brazos sobre los hombros y darle esa mirada de niño bueno que hacía cada vez que quería obtener algo.

—Casi te estoy rogando que me beses, tonto.

—¿Sí? —le dijo con una ceja alzada, pasando su vista de los ojos a la boca del chico rápidamente—. ¿Por qué no lo haces tú?

—Porque intento alejarme de ti —respondió recordando que debía renunciar a él, aunque su alma entera se negaba.

—Oh, cierto. Finnian Taylor terminó conmigo.

Porque incluso cuando le había anunciado ya el final, seguía despertando abrazado a Dakho, como si no hubiese sido él quien había querido alejarse de él la noche del baile, como si no hubiese sido él quien siguió el juego de su matrimonio ficticio toda esa tarde.

—Sí. Pero si tú me besas, podemos fingir que la fuerza sobrenatural te obligó a hacerlo. Y ninguno de los dos sería culpable.

Dakho se levantó lentamente, pues aún sentía dolor y no podía apoyar del todo bien la pierna.

—Suena como un gran plan —dijo quitándole ese mechón rebelde que siempre se colaba por su frente—, pero hay un problema.

—¿Cuál?

—No puedo fingir, porque realmente necesito hacerlo.

Dakho sonrió un poco y rozó suave su nariz con la de Taylor. Llevó sus manos a la cintura del chico y lo atrajo hacia él, vagando apenas por la extensión de su espalda. Cuando sus rostros estuvieron de cerca, Taylor maldijo internamente porque no esperó a que

Dakho lo hiciera, y se atrevió a robarle un beso, porque esto del autocontrol y la distancia no estaba resultando.

Estaban frente a la ventana, con los copos de nieve de esa blanca noche cayendo y las estrellas que resplandecían de fondo. Era como un sueño del que no quería despertar. Porque era falso, un error de sistema; pero a Taylor le gustaba pensar que era la vida que se merecía.

Miles de destinos, y al menos en uno tenía una familia unida, un gran futuro y al hombre ideal. Un hombre que era digno de toda su pureza, y que era tan especial que añoraba con cada milímetro de su piel tener cerca y robarle el aliento con su presencia.

Porque quería ser necesitado, quería ser único, quería..., lo quería a él.

Y lo confirmaba cuando no se sentía preso de sus labios, sino que voluntariamente se dejaba acariciar por ellos, con los ojos cerrados y un toque tan dócil que buscaba cuidarlo en cada beso.

Besos que incluso cuando la excitación llegaba a su cuerpo no dejaban de erizar su piel por completo, simplemente porque lo hizo suspirar, luego de que las manos del otro se movieran atrevidas desde su cintura hasta su cadera.

Abrió los ojos sorprendido y sonrió contra sus labios.

—Dakho, ¿qué haces? —preguntó con gracia y un tono atrevido—. ¿Quién te crees que eres para manosearme?

—¿Yo? No hago nada que no quieras —respondió igual de cómplice.

Probablemente, debería preocuparse de aquellos que buscaban controlarlos, las cámaras de la casa, los francotiradores o el alumbrado de la ciudad, que parpadeó cuando sintió el aliento de Dakho y su corazón acelerado; sin embargo, si su teoría era cierta, eso era lo de menos, porque lo tenía todo calculado.

¿Así que Taylor iba a arriesgarse a causar otro colapso? Tal vez.

—No lo sé... —Se separó un poco para abrirse los primeros botones de la camisa—. ¿Crees que sea prudente?

—No lo creo, pero ambos deberíamos tomar la responsabilidad.

Taylor exhaló, le dio un pequeño beso cerca de la mandíbula y le susurró al oído:

—No es mi culpa —dijo con delicada voz—. Los botones de mi camisa ceden fácilmente.

Dakho sonrió apenas. El calor de la casa y la magia del ambiente lo habían hecho sumergirse en esa sensación de pertenencia a la que lamentablemente ya se había acostumbrado y de la cual se sentía merecedor. Y Taylor pensó que a lo mejor debería haber esperado a la medianoche junto a su familia para rezar; pero no podía, ya no podía.

—Ponle seguro a la puerta —ordenó Dakho. No podía resistirse más.

Taylor asintió impaciente contra su aliento y acató sus indicaciones. Nada se atrevería a perturbarlos esa noche. Dakho se alejó de la ventana y Taylor la cerró, dejando que solo los iluminara un hilo de luz.

Taylor inclinó su cuerpo sobre el de Dakho y llevó una mano a su cuello para atraerlo. Lo trataba con delicadeza, pues aún lo veía arrugar la nariz cuando hacía alguna presión sobre su pierna herida. Se acercó a sus labios buscando deleitarse con la suavidad de estos al sentirlos contra los suyos.

Dakho se despojó del suéter y la camisa, como una invitación a ser tocado, porque le gustaba la suavidad de esos dedos largos deslizándose por su fuerte pecho. Se recostó ligeramente sobre las almohadas de la cama y las manos de Taylor recorrieron su torso. Estaban un poco frías; se estremeció un poco cuando sus dedos bajaron el elástico de su pantalón.

Taylor quedó arrodillado sobre la cama, con los ojos cerrados y separándose apenas de su boca para jadear. Bajó con los labios por la extensión de su cuello hasta llegar debajo de la clavícula. Desde abajo, Dakho podía ver cómo su camisa abierta dejaba al descubierto ese pecho de piel trigueña que se extendía en su vientre, de donde una línea de ligero vello era visible hasta esconderse por su ropa.

—Alguien está emocionado, ¿eh? —bromeó Dakho, separándose un poco cuando el chico se sentó ligeramente sobre su regazo, con cuidado de no hacer presión en su pierna.

Taylor negó con una sonrisa.

—Me hiciste mucha falta…

—Se más específico, Taylor. ¿Te hice falta yo o…?

Taylor lo miró severo para que se callara y dejara de decir tonterías que lo dejaban en evidencia. Le habría gustado mucho ver esa espalda mientras hacía gemir a Dakho, dejarle muchos besos en esta cuando sus piernas temblaran por la satisfacción y rasguñarle la cadera.

Estaba seguro de que Dakho no se negaría a dejarse poner las muñecas juntas tras su cuerpo, para ahogar sus clamores contra la almohada cual esclavo de sus impulsos como en las noches pasadas en que se dejó tomar, esas que quedarían como un secreto de ambos.

Pero, esta vez, Taylor quería verlo a los ojos y sentirse protegido como solo podía hacerlo cuando Dakho le decía que era su pequeño, al tomarlo con esa destreza que solo él conocía.

—Quiero que me ames hasta que olvide que esto no debería ser real —suplicó.

—Pero lo es, y no hay nada que puedas hacer para negarlo.

Taylor tenía una voz en su cabeza que decía: «Tócame, lo necesito». Sin embargo, existía una más fuerte que le suplicaba: «Ámame. Por favor, solo ámame. Tanto y tan fuerte que sienta que estoy loco. Ámame hasta que llore cuando no te sienta en mí».

Era incapaz de decirlo, pero esa voz quería gritar y desgarrarse los pulmones suplicando:

«Ámame hasta que sepas que yo también te amo».

—Dame tu mano —pidió Taylor, extendiendo la suya frente a él.

Dakho podía verlo desde abajo y tragó saliva cuando levantó la suya con incertidumbre al sentir sus dedos entrelazarse, sin dejar de verlo.

—Esto es lo que somos… ¿Lo ves? —le dijo buscando las palabras correctas para decirle lo que sentía.

—¿Qué cosa?

—Dakho —murmuró, aunque supo que se arrepentiría—. Tú y yo… somos partículas entrelazadas.

—¿Y eso qué significa? —preguntó acariciándole el muslo con la otra mano, sin dejar de mirarlo, debilitado ante su belleza.

—Tendrás que averiguarlo por ti mismo.

Una sonrisa burlona; el Kim intelectual seguía siendo tan él como siempre.

Esas prendas que una por una volaron por la habitación se quedaron regadas en la alfombra como símbolo de rendición ante sus deseos, sus impulsos y sus mentes.

Era un poco torpe la forma desenfrenada en la que se besaban, ya que a veces sus dientes chocaban por accidente, y hasta cómo tuvieron que desvestirse sin que la pierna herida se interpusiera entre ellos. Sin embargo, se sintieron cómodos con la desnudez del otro y no le dieron mucha importancia al quedar expuestos. Porque se buscaban al besarse, como si al separarse fuesen a dejar de respirar.

Taylor se superó a sí mismo cuando le besó los pezones, bajando y besando el hueso de su cadera. No estaban del todo preparados, así que fue lo que se le ocurrió para que el acto no fuera a dolerles tanto después. Le regaló un beso en la ingle, antes de relamerse los labios, buscando valentía para intentar algo que no había hecho antes cuando comenzó a lamer con miedo el miembro de Dakho, quien jadeó sorprendido.

A Dakho le causó un poco de risa la concentración del chico, pero él parecía muy entregado a su labor. Se detuvo a ver su pene por un segundo, antes de animarse a introducirlo en su boca.

Sus labios eran tan finos y pacientes; su lengua cálida recorrió su creciente erección, de la base hasta la punta, para llenarla con su saliva. El calor sobre su cuerpo hizo que Dakho se tensara. Era enloquecedor.

Apenas abrió los ojos para verlo. Su respiración se agitó, sintió el desliz de sus labios en la sensible piel de esa zona y se contuvo de hacer algún sonido fuerte para que no los descubrieran.

Vio a Taylor de reojo y le sorprendió cómo él también se tocaba a sí mismo con rapidez. Sintió celos; él también quería tocarlo. Taylor sintió que en algún momento se ahogaría, e hizo un gran esfuerzo por llenarlo de saliva y alejarse de él, dejándolo expuesto y necesitado.

Cuando sintió el frío del ambiente, Dakho entendió lo que debía hacer y tomó un impulso, sujetó fuertemente al chico y lo hizo caer a su lado, para poder recorrerlo con sus besos a gusto. E incluso si llegaba a parecer grotesco, cuando Taylor dejó caer su espalda entre las almohadas lo besó en la boca antes de buscar acomodarse sobre él.

¿Estaba un poco limitado? Sí. ¿Le dolía la pierna? También. ¿El doctor estaría muy decepcionado de ellos? Definitivamente.

Pero nada de eso importaba.

Se llevó dos dedos a la boca y los succionó unos instantes que a Taylor le parecieron eternos. Pero cuando dejó de hacerlo, y se inclinó para dejarle caer un poco de saliva, no pudo hacer más que avergonzarse.

Su respiración se volvió irregular. Quiso morderse la muñeca para no gemir cuando los dedos se movieron dentro de él. Lo preparó con firmeza, haciendo a Taylor jadear y contraerse de placer. Se sentía impaciente e ingenuo por lo mucho que le gustaba ser así de amado.

Los ojos de Dakho vagaron por su cuerpo, ese cuerpo que ya no le tenía miedo, que no tenía ataduras y que estaba dispuesto a ser tocado como si fuera propio. Al detener sus manos, su amado se retorció inconforme por su ausencia y él decidió que tampoco podía esperar más para tenerlo.

Se deleitaba con el control que Taylor intentaba mantener para no hacer ruido y, después de ponerse en posición, bajó la cadera delicadamente para introducirse en él.

—Da-Dakho… —logró decir apenas cuando su estómago tembló mientras se acostumbraba y su pulso se aceleraba—. Te necesito tanto, Dakho.

—¿Está bien así? —Buscó su bienestar moviéndose lento.

—Sí —gimió—, sí, maldición, sí.

—¿Eso es un sí? —dijo, ganándose un quejido que contestó con una sonrisa, y una fuerte embestida que le robó el aliento al otro.

—Dakho, muévete. Más…

Se burló un poco mentalmente. «Claro, pídeselo al lisiado», pensó; le dolía mover la pierna y aun así se esforzaba por sentirlo cercano.

—Tienes que decir por favor… —le indicó haciendo que Taylor se impacientara—. ¿Dónde están tus modales?

—No voy a… —Abrió los ojos porque Han se detuvo, lo miraba con una ceja alzada y esa expresión dura que casi no mostraba.

—Di por favor —le ordenó, divertido con su desesperación.

—Por favor… —jadeó apenas, siendo embestido por toda respuesta—. ¡Ah!

—Eso está mejor.

Taylor asintió, no tenía intenciones de seguirle la corriente, pero había perdido todas sus defensas, y quería que lo tomara con fuerza hasta que le doliera la espalda.

—Maldición, yaaa… —Se ahogó cuando sintió mucha presión—, por favor, por favor más. Dakho —lloriqueó—, más, más fuerte. Por favor, más.

Esos deseos siempre fueron órdenes para Dakho, que se movió con algo de rudeza cuando empujó su cadera para introducirse por completo, una y otra vez mientras sentía el sudor bajar por su cuello.

Dakho se inclinó, sosteniéndose con sus manos, las cuales estaban a los lados de Taylor y apaciguando su gemir contra sus labios, sin dejar de moverse y buscando llegar tan profundo, tan exacto al punto que sabía que le encantaba.

—Oh…, un pequeño exigente —le dijo al oído sin saber que el chico se moría por sentirse así.

—Dímelo de nuevo… —le ordenó apenas, buscando abrazarse a él—, por favor.

Finnian Taylor era un hombre alto, de labios usualmente rectos, cuya masculina presencia podía llegar a ser intimidante por la forma en la que sus hombros y pulida espalda se movían al caminar. Y era él, justamente, el único cuyo temple era idóneo para enfrentar este enredo con fortaleza; sin embargo, en el fondo, también era joven e iluso. Tenía miedo, tanto miedo que quería llorar y esconderse.

¿Podría ser que la fortaleza también viene en forma de condena?

Quizás era estúpido y vano, pero le gustaba sentir que podía ser vulnerable. Aunque sea por unos minutos contra el pecho de alguien igual a él. Un hombre que nunca quiso crecer, pero que la vida se había encargado de obligarlo.

Al final, tal vez, siempre fueron dos adolescentes tontos asustados que jugaban a tenerse.

Dakho pasó su brazo por el espacio entre la cama y la espalda arqueada del joven al morderle el lóbulo de la oreja. Antes de penetrarlo con tal fuerza que provocó que Taylor temblara de placer, y aún más de amor cuando escuchó gemir a Dakho:

—Mi pequeño… —jadeó con dificultad—, mío, mío, mío. Solo mío.

Ambos entendían que en la vida nadie era capaz de poseer a nadie; aun así, les gustaba sentir que se pertenecían.

No era complejo de explicar, pero pocas personas alcanzan ese punto cúspide en donde la excitación y el erotismo se ven opacados por la respiración agitada de la dulzura que hace doler el pecho con fuerza. Con la cabecera de la cama chocando contra la pared, las luces resplandeciendo en el exterior y sus padres preguntándose cuál de sus vecinos hacia tanto escándalo, mientras Sean Grace les decía que él no escuchaba nada para convencerlos de no subir.

Y el sudor que se escurría por sus cuerpos era la mucstra de que incluso sus sentidos estaban profundamente entregados no solo al placer, sino a lo que ser del otro conllevaba. Esa responsabilidad de ser uno, que recae en ese a quien se da todo.

Porque el sexo por sí solo está bien, siempre lo ha estado. Pero se ha convertido en algo tan común; sentir una piel ajena debería ser un acto de valentía, y no un espectáculo lleno de morbo. Incluso el sexo ocasional debería tener su propio encanto.

Encontrar significados viles para cosas bellas solo demuestra lo corrupto de los individuos, porque el desenfreno es hermoso, rudo y, a la vez, sublime.

La forma en la que sus manos encajaban con esa cintura, antes de acariciar su cadera cuando lo atraía hacia él para sentirlo con fuerza, esas uñas clavadas en sus hombros lo hacían perderse y agradecer estar vivo.

Son sensaciones como esa las que hacen que la humanidad desee más, por las que enloquece en busca de ellas; sin embargo, son incapaces de darle el valor que se merece. Eso de encontrar a la persona correcta parece utópico, quizás ficticio; pero sentir con cada poro del cuerpo y en cada suspiro del alma es algo que muy pocos conocen.

Y a diferencia de otras historias, tocar sus cuerpos no les bastaba, eso era lo de menos. Ellos sentían que habían aprendido cómo acariciarse el alma.

No podían hablar más, no había palabras para explicarlo.

Dakho se estaba conteniendo mucho por no jadear cuando supo que pronto terminaría, y Taylor, que sintió la humedad de este en su interior, soltó un alarido ronco que resonó por toda la casa por lo bien que se sentía.

Dakho le tapó la boca con una mano cuando su propio vientre se sintió caliente por Taylor perdiendo la compostura, cuando comenzó a venirse y cerró los ojos con una extraña pena.

La visión de Taylor se perdió un poco cuando lo soltó y pudo ver su rostro perfecto en uno de sus movimientos, en los que tocaba la cúspide de su placer, derramó su semen en él, causando que abriera los ojos y sonriera, porque Taylor no podía gozar sin sonreír.

Y eso lo estremeció, como solo la pureza de Taylor podía hacerlo.

Retrocedió y los limpió a ambos con una toalla que se encontraba por ahí, antes de recostarse a su lado y darle un beso en la parte de atrás de la oreja. Dakho envolvió a Taylor con sus brazos, y luego dejó que su cabeza reposara en el hombro del muchacho.

Se quedaron quietos unos instantes, respirando cansados y despeinados. Ahora Dakho necesitaría tomar un analgésico para el dolor, pero no les interesaba, era lo de menos.

—Me está matando la pierna —se burló de sí mismo.

—Detalles… ¿Crees que Sean Grace nos haya escuchado? —murmuró Taylor temeroso.

—Me preocupan más tus padres —le reprochó, hablando ambos en voz baja—. ¿Qué tienes en contra de tu hermano?

—Nada, es que ya está lo suficientemente traumado.

Con el estabilizador en el techo de la casa para contenerlo, y Dakho controlando sus emociones, la ciudad no sufrió ningún daño. Es más, los árboles con luces de colores y las hileras de pequeñas bombillas que adornaban las casas resplandecieron espectaculares, robándole protagonismo a la maligna nieve de la noche.

Había paz y fe para esa noche, piel con piel.

Dakho rio escondiendo su nariz entre el cabello del chico, y suspiró.

—Feliz Navidad, pastelito —le susurró, inocente, profundamente agradecido de tenerlo.

Taylor apretó los ojos, solo quería dormir, estaba cansado de su dolor.

Pero no pudo hacerlo.

Supo que Dakho se había dormido porque sentía su suave respiración. Él, por su parte, se quedó con los ojos abiertos hasta que los minutos pasaran y fuera pertinente alejarse de su cuerpo sin que él lo notara.

La vida está llena de matices, así como la esencia humana. Es imposible no cambiar, no crecer; más que eso, no evolucionar sería trágico para un humano. Pero eso implicaba sufrir sus estragos.

Finnian Taylor, al igual que todos, era egoísta, y su alma estaba agonizando.

Y tenía un secreto, que tal vez no era peor que el de todas las demás piezas de dominó a su alrededor, pero que sí era algo que lo hacía cuestionarse si valía la pena. Cuando se levantó de la cama en plena madrugada, arropó a Dakho antes de darle un beso en la frente.

Luego tomó una toalla del perchero y caminó hacia el baño de la habitación. Estaba desnudo, cansado e increíblemente confundido. Se observó en el espejo por un momento y se rio solo al ver esa marca roja en su clavícula que Dakho tenía obsesión con dejarle siempre.

Abrió la llave del agua y se quejó un poco al sentir el frío golpearlo bajo la ducha. Dejó el agua correr por algún tiempo, sabiendo que era momento de que su orgullo fuera útil. Y al salir, se vistió con su mejor ropa; lento, pero sin vacilar.

Caminó hacia el armario y buscó el baúl de disfraces que se encontraba escondido al fondo.

Nadie debería saber tanto de su ~~futuro~~ pasado.

Sí, le había mentido a Dakho en Halloween. Los disfraces que mencionó siempre estuvieron allí, pero él no podía dejar que su tesoro quedara al descubierto.

Taylor había dejado de creer en eso de mentiras «blancas». En su lugar, él veía todas las mentiras como pequeños montones de tierra que eran arrojados lejos mientras cavaba un agujero, que a base de esas mentiras piadosas se hacía más y más peligroso.

No sabía qué tan grande era ya, pero tenía la certeza de que, de ser profundo, el impacto al caer le dolería muchísimo. Así que, si su destino era caer, se ataría a sí mismo para no chocar contra el suelo; haría una red.

Caminó en medio de la oscuridad y se introdujo por completo en el armario de su habitación, sentándose en el piso entre el montón de abrigos para atraer la caja hacia él. Entonces la abrió; de entre las telas y demás juguetes viejos, sacó un aparato negro y rectangular que había estado guardando por mucho tiempo. Lo tomó entre sus manos, presionó la pantalla con suavidad para evitar que se dañara más, y cuando la luz se encendió, sonrió enormemente.

El celular de Dakho se había convertido en una de sus posesiones más preciosas. Le tomó muchísimo tiempo hacerlo encender. La pantalla tenía una mancha negra debido al agua, apenas funcionaba, Taylor lo tocaba con cuidado para evitar que sus reparaciones se estropeasen y el aparato colapsara.

Le tomó semanas abrirlo, secarlo, encontrarle un sentido lógico al interior de este, en un intento de conectarlo a la electricidad luego de descubrir que el aparato tenía algo así como su propia pila. Meses y meses de trabajo duro finalmente dieron frutos.

Así que sonrió con melancolía mientras deslizaba el fondo de bloqueo y colocaba la clave; porque sí, después de intentarlo muchas veces durante todas las noches del otoño, descubrió que la contraseña no era otra que el cumpleaños de Dakho, lo que le dio acceso a todo lo que este contenía.

Había intentado utilizarlo presionando los íconos en el inicio. El ícono de ave y de la cámara de colores, por ejemplo, pero al tocar ambos (y en casi todas los demás) le aparecía el mismo mensaje de que no tenía «conexión».

Lo cual lo llevaba a pensar que treinta años en el futuro, todo sería tan fácil y extraordinario como las historias que Dakho le contaba. Todos habían evolucionado a una versión de sí mismos más cálida y pura, pero ¿en dónde quedaba el ángel? Ese que desde el comienzo tuvo un alma tan pura, dócil y llena de bondad. Quizás una parte de él siempre quiso aprovecharse del conocimiento de Dakho, y mientras más tiempo pasaban juntos, lo hizo.

De a poco, sin que nadie lo supiera. Con pequeños datos y anotando todo lo que decía. Pidiendo indicaciones de la vida, de la ciencia y de la economía de los que pudiera beneficiarse. Pero se equivocó, y ese egoísmo que apenas comenzaba a descubrir en su interior, se topó con el conflicto de que, en realidad, a Taylor nunca le importó la ciencia tanto como creía, sino que era como todo niño acomplejado, alguien aferrado a la única cosa que le dijeron que era para él.

Descubrió algo en ese aparato que lo hizo muy feliz. Después de hurgar en este, vio fotos de Sean Grace, su hermano, treinta años más viejo. Aún no tenía los conocimientos de la informática moderna del siglo XXI, y no alcanzaba a comprender cómo funcionaba del todo, por eso, para Taylor ese aparato era como un espejo reluciente que le mostraba el futuro.

Tuvo que descubrir cómo reproducir videos. Algunos grabados por Dakho desde la ventana del auto mostrando la ciudad. De día, con un azul precioso y de noche, en medio del tráfico, con los edificios que eclipsaban todas las luces reflejadas en los cristales de esos rascacielos. Otros de Dakho hablándole a la cámara, como si estuviera contando su día, una especie de vídeo diario. Y no estaba seguro de a qué línea de tiempo pertenecían. Porque a veces lucía triste en sus fotografías y otras era todo lo contrario.

Pero si Lee Jaewon tenía razón, y había una línea alterna en donde nada había sucedido, tenía que saber cómo usarla. Antes, todo lo que podía hacer era admirar el montón de fotografías; sin embargo, ahora podía actuar.

Así podría entender por qué Dakho tomó fotos de la carretera, y esa última antes de salir de casa. Quería ver a Sean Grace cantando en el cumpleaños de una SunHee adulta mientras reían, y las tardes de café cuando los tres intentaban congeniar juntos.

Dakho era el tipo de chico que grababa las copas de los árboles mientras caminaba bajo estas, con las hojas cayendo sobre su cabeza. También se grababa cocinando, explicando como todo un chef profesional a la cámara.

Taylor encontró fotos de Dakho llorando en el aeropuerto, también fotos en el espejo donde dejaba ver su habitación, decorada con los pósteres de esos cantantes cuyos nombres nunca pudo aprenderse pero que a Dakho le fascinaban. Había fotos de sus discos, de esas botas de suela alta que le contó que encontró gracias al mágico Internet, y cientos de imágenes de su tarea mal hecha que él deseó poder explicarle. *Eso lo corrompió.*

El Dakho que amaba no era solo ese que dormía en su cama, también amaba al idiota que fue cuando llegó a California, pese a sus traumas y a sus bromas malas. Y estaba seguro de eso, porque el Dakho que en esos videos cantaba canciones tristes era el mismo que se esforzó por hacerlo sonreír durante el otoño, incluso si era inútil.

Durante todos esos meses no hizo más que pensar que quizás Dakho no pertenecía allí, pero… ¿qué tal si quien no pertenecía era Taylor?

El egoísmo de todos, ese del que fue víctima en otras líneas, fue lo que repercutió en él y lo llenó de valentía para decidir que no quería estar en un lugar del que no se sentía parte. Así que tomó el teléfono y salió del armario. Vio a Dakho durmiendo en su habitación y se prometió a sí mismo que si tenía que saltar al abismo del fin del mundo para estar con él, lo haría. *Demente.*

Se colocó sus botas para la nieve; esas viejas Converse blancas ya estaban demasiado dañadas como para que protegieran sus pies cuando salió de la casa, dándole una mirada al muñeco de nieve con la bufanda de su hermano que era el único que no se había deshecho en la entrada, como si este quisiera detenerlo.

Pero no desistiría, había tomado su decisión.

Caminó por la acera congelada, solo un par de horas antes de que la luz del nuevo día apareciera para intentar persuadirlo.

Taylor estaba ya muy cansado. De él, del pueblo, de su familia, de todo. Y de todas las líneas contadas, la segunda era la única en la que él había sido verdaderamente feliz. Así que intentaría avanzar sobre esa, balanceándose sobre los conocimientos que tenía.

Ni los árboles desnudos ni esa ventisca que azotó su espalda fueron capaces de hacerlo temer cuando se atrevió a entrar al área cercada del lago. Pero esta vez lo hizo sin tener que entrar como un polizón. Cuando las rejas de la entrada se abrieron para él, avanzó lo que le hizo falta para llegar al laboratorio. Taylor caminó sin flaquear ni por un segundo hasta la oficina del profesor, e irrumpió en ella.

—Tengo una idea para arreglar el vórtice. Pero necesito ayuda, toda la ayuda que pueda darme.

—¿Qué pretendes? —se burló Kim Anzu.

Estaba en su sofá bebiendo con su asistente como de costumbre. La irreverencia del chico les resultó oportuna. Se puso de pie al verlo temblar y le colocó la mano en el hombro como dándole el pésame. Pero Lee Jaewon supo lo que significaba su expresión. Taylor le dio una mirada detrás del profesor, a quien ya había decidido reemplazar, y él asintió sonriendo de lado. Tomó la botella de la mesa.

El pacto estaba sellado.

Mientras las personas cantaban canciones alegres tomadas de las manos en sus casas cuando la Navidad llegó al condado Mariposa, Finnian Taylor Kim eligió cambiar la historia a su manera.

—Para entrar al vórtice —dijo—, me ofrezco como sujeto.

Kim Anzu no previó el momento en que el vidrio de la botella de ron se partió contra su nuca para dejarlo inconsciente. Las campanas plateadas sonaron anunciando con pesar el final de los tiempos.

El inicio del final.

5 DÍAS ANTES DE...

26.

SAN FRANCISCO
13 DE JUNIO DE 2019.
LÍNEA TRES

Actuar a ciegas es difícil y casi inútil, pues la cuestión está en saber cómo encaja todo, de qué forma y en qué momento.

—Hola, yo soy Dakho y hoy es la final de béisbol.

Un chico de cabello negro, bien peinado y con uniforme impecable se dedicaba a grabar su día; quizás porque tenía la vaga ilusión de volverse famoso en el internet como todos los chicos de su edad, o tal vez solo porque en realidad no tenía muchos amigos y le gustaba sentir que no estaba solo.

Han Dakho tenía esa particularidad en casi todas las líneas de tiempo; era poco sociable y bastante reservado sobre lo que él consideraba personal. Estuvo a punto de seguir hablando pero la pantalla de su teléfono parpadeó y se volvió negra.

Se encontraba en el baño de su habitación. Su teléfono reposaba en el marco del espejo frente a él. Lo tomó y resopló frustrado. Era la tercera vez que sucedía. Salió molesto del baño y caminó por su dormitorio dejando su teléfono junto a la cama. Se arrodilló para buscar debajo de esta, y no notó cuando la puerta se abrió lentamente ni al mayor de la casa que lo observaba atento.

—¿Todo en orden? —le preguntó él cuando se asomó por la puerta.

Dakho negó con la cabeza.

—No, creo que perdí la factura, recibo o como se llame.

Dakho se puso de pie, acondicionando el borde de su sudadera hacia abajo. Señaló la caja sobre su mesa de noche, que estaba junto a su teléfono.

Era curioso pensar que la tercera línea era exactamente eso, la factura de la fractura, es decir, el precio a pagar por lo que rompió.

—¿Qué recibo? —Sean Grace entró por completo a la habitación cruzado de brazos.

—De mi celular, no funciona.

—¿Otra vez? —Con curiosidad, avanzó hasta tomar el aparato negro sobre la mesa y lo observó detenidamente.

—Sí, desde hace un par de días que quiero cambiarlo en la tienda. Pero no encuentro el recibo.

—¿Qué es lo que tiene? Yo lo veo bastante bien —dijo mientras lo revisaba. No tenía ninguna muestra de estar dañado.

—No enciende —Dakho repuso molesto.

Ese teléfono era nuevo; ni siquiera había guardado a sus contactos ni recordaba su número. Apenas se lo habían comprado hacía un par de días. La pantalla parpadeaba, luego se volvía completamente negra y, usualmente, después de un rato volvía a funcionar normal, pero esta vez parecía que no sería así. Dakho ya estaba harto de eso.

Sean Grace tocó dos veces la parte inferior de la pantalla, pero para sorpresa de Dakho, esta se encendió sin ningún problema.

—Parece que todo está bien —dijo entregándole el aparato.

—No encendía, lo juro.

—El celular no te quiere, hijo —se burló restándole importancia—. Déjalo, tenemos partido y ya vamos tarde.

Dakho bufó inconforme, pero se guardó el celular en el bolsillo y tomó su bolso deportivo para seguir a su padrastro hasta la entrada de la casa. En la tercera línea ellos finalmente eran como padre e hijo. Sean Grace, su madre y él se dirigieron hacia el campo de béisbol en San Francisco. Durante el trayecto, la canción de moda se repitió unas cinco veces en las bocinas del auto. Dakho era el encargado de la música. Tenían un juego muy importante ese día: después de tanto entrenar juntos, estaban dispuestos a ganar la final.

El entrenador Kim reunió a todo su equipo para la motivación inicial, pero Dakho, apresurado, caminó hacia la banca para dejar sus cosas. Se colocó la gorra y se quitó la chaqueta, pero al tenerla en mano, el celular comenzó a vibrar en el bolsillo.

Estaba por correr hacia su equipo, pero no pudo evitar prestarle atención al ver que se había encendido de nuevo, lo sacó y le pareció extraño notar varios ceros.

—¿Hola? —dijo desconcertado. La línea se quedó en silencio por unos segundos antes de abrirse entrecortada.

—¡¿Eres tú?!

—Disculpe, ¿qué? ¿Con quién desea hablar?

—¡¿Dakho?!

—¿Quién habla? —No obtuvo respuesta—. ¿Hola? ¿Hay alguien ahí?

—¿Eres tú?

Dakho volteó a ver a todos lados, volteó a ver hacia su madre, que estaba sentada charlando con otros padres. Así que ladeó la cabeza para mirar nuevamente la pantalla, y sintió escalofríos.

—Uhm…, número equivocado —respondió cortando la llamada de inmediato.

Parpadeó confundido un par de segundos y se debatió con el celular en la mano, sin saber si dejarlo en la mochila o intentar llamar de nuevo.

Cada línea de tiempo era más extraña que la otra, y la tercera de las conocidas estaba caracterizada por darle una vida pacífica en los suburbios, en la que podía vivir en paz. Pero Han Dakho, en cualquier punto del espacio, de cualquier línea o tiempo, sentía que algo le faltaba.

Tenía atención, la compañía y apoyo de su familia. Solo que sentía que no cuadraba. No podía quitarse esa sensación de que era una realidad *ficticia*. Suspiró pensando en que debía concentrarse en el juego. Y cuando el entrenador Kim lo llamó, dejó sus cosas en la banca para moverse con el resto de sus compañeros.

El juego comenzó y él jugó espléndidamente un par de carreras mientras todos daban vítores a su nombre al verlo correr y derrapar en la tierra.

Más allá de eso, algo volvió a repetirse: la sensación de que alguien lo observaba. Por única vez, volteó a mirar hacia el lugar desde donde se sentía asediado, buscó un rostro familiar entre todos, pero solo encontró uno. Se fijó en la persona que lo veía asombrado por su forma de jugar, un chico pelirrojo que le devolvió una sonrisa. Se sintió aliviado, encontrar a alguien conocido no fue tan malo. Lo había visto un par de veces en la escuela, y la forma en la que lo saludó con la mano, que apenas era visible por el gran suéter que traía, le hizo mucha gracia.

Cuando el juego terminó a favor de los locales, Han Dakho salió del campo y en lugar de dirigirse hacia su madre —como era decisivo que lo hiciera en esa línea—, se detuvo frente al chico para saludarlo. Esto aún no tenía sentido, pero pronto lo tendría. Quien manipulaba la situación tragó saliva casi temblando, a la expectativa pero con alivio al ver que todo salía acorde al plan.

—Oye, tú… Yo te conozco, creo —le dijo cuando estuvo cerca—. Estás en mi clase de Inglés.

El chico bufó.

—Es «Dominic», me siento junto a ti desde el semestre pasado.

—Perdón… —Dakho se pasó la mano por el cuello, apenado; nunca fue bueno con los nombres—. En serio, lo había olvidado.

—No puede ser que seas así de malo con tus fans.

Dakho sonrió. Algo lo hizo sentirse familiarizado con él. Ya lo había encontrado en la siguiente línea, y en muchas más; siempre su presencia era cómoda.

El Dakho de la tercera línea parecía ser un chico de buena familia, algo centrado, intachable; sin embargo, la ropa negra, desaliñada y esas grandes ojeras del muchacho le hicieron pensar que tenían algo en común.

No lo sabía, pero eran muy parecidos, y entre tantas líneas, en alguna eran iguales.

—¿Eres fanático mío, entonces? —le dijo con gracia. A lo que el chico alzó una ceja.

—¿Parezco alguien a quien le interese el deporte? —repuso con ambas manos en los bolsillos de su chaqueta. Era evidentemente más joven que Dakho, y aun así tenía toda esa seguridad.

Alguien carraspeó detrás de ellos.

—Dakho, llevamos rato esperándote —le dijo Sean Grace observando con curiosidad la escena—, tu madre está en el auto, es hora de irnos.

—Sí, sí, yo los alcanzo en un rato —le respondió, como restándole importancia.

—No, ya te dije que no. Vamos al auto, ya. —Sean Grace analizó con desagrado al otro chico, quien no hizo nada más que mirarlo con ese aire de superioridad que tenía.

Dominic era producto de la benevolencia de April a Sean Grace en alguna de las líneas, quizás por eso él y Kim jamás se llevarían bien.

—Hazle caso a tu gorila, Dakho —dijo con ironía—. Te veré después—. Se despidió; Dominic se dio la vuelta y comenzó a caminar hacia el lado contrario ante las miradas de ambos, de Sean Grace, que lo miró con desagrado, y de Dakho, con curiosidad.

—¿Quién era él? —preguntó Sean Grace, molesto.

—Un amigo…, creo.

—Uhm… Deberías tener cuidado con ese tipo de gente.

—¿Por qué dices eso?

—No discutiré contigo. Vámonos. —Se dio la vuelta y, al hacerlo, se chocó con alguien—. Lo siento —dijo, esquivándola, y por un momento creyó que su sentido común fallaba.

Con un dolor en el pecho, volteó a ver para intentar confirmar si estaba enloqueciendo; pero ya no encontró a nadie más que a Dakho.

—No puede ser que digas eso de mi amigo —dijo, indignado.

—¿Por qué? No parece ser alguien confiable.

—Sean, lo viste dos segundos, ¿y automáticamente asumiste que era una mala persona? —reprochó, alzando la voz por primera vez desde que se conocían.

Dakho volteó a ver mientras caminaba. Podía ser su amigo, pero el universo entero sabía que Dakho pretendía que Dominic era alguien más.

Sean Grace y Dakho se habían convertido en confidentes de un tiempo para acá, por eso su reacción lo hizo dudar. Era una línea diferente y especial hasta que pelearon ese día.

Dominic existe solo por y para Dakho.

A partir de allí, las peleas entre ellos ocurrirían en todas las líneas, una y mil veces, sin descanso. En un ciclo interminable.

Interminable.

CALIFORNIA, CONDADO MARIPOSA
3 DÍAS ANTES DE...

La locura obra poco a poco. El tiempo pasa; a cada segundo se pierde una pizca de cordura y, al final, la desesperación se vuelve infinita.

El día después de Navidad se respiraba estrés en cada palabra en la casa de los Kim. Todos en ella habían despertado casi a mediodía, y todo parecía ser completamente normal, de no ser por Dakho, que se despertó solo.

Cuando bajó al primer nivel de la casa y los vio allí pensó en que todo estaba bien, que recibiría una mirada molesta de Sean Grace porque estaba seguro de que los había escuchado y que después del sermón comerían recalentado. Realmente pudo ser así, pero todos se preguntaban lo mismo que Dakho:

—¿Dónde está Taylor? —le dijeron, y él no supo qué contestar.

Las horas pasaron y la angustia fue creciendo. Al llegar la noche, el desespero movía el reloj. Los señores Kim salieron a la calle en busca de una pista y Sean Grace hurgó en los álbumes familiares por una foto para los carteles de «Se busca». De pronto, los padres de Taylor habían despertado la personalidad solapada que se había hecho presente en la línea original.

En aquel 1986, las deudas médicas debido al accidente de Sean Grace, la desesperación por no encontrar a Taylor y la soledad de ser marginados pesaban sobre ellos. Los Moon, con quienes habían tenido una gran amistad por años en una comunidad racista, finalmente les habían cerrado las puertas, y ahora no contaban con ellos ni con nadie, para nada.

Los vecinos murmuraban morbosamente que el chico Moon había sido enviado a enlistarse porque lo encontraron con Taylor; los rumores tenían razón en parte, y ellos se avergonzaron tanto de él que se dejaron consumir por su bilis. Fueron tan ciegos que solo les importó su imagen, y no el hecho de que su hijo despertaba con la nariz sangrando, de que estaba siendo golpeado a diario sin que Sean Grace estuviera para defenderlo, y de que permanecía horas en la nieve hasta recobrar la consciencia para luego correr a refugiarse en su habitación sin decirle a nadie.

Cuando Taylor intentó lanzarse del acantilado y un guardabosques lo llevó a casa al encontrarlo herido en el bosque, lo único que supieron decirle fue que dejara de hacerle más daño a la familia.

No eran irrelevantes; simplemente habían sido parte del detonante y ahora parecían extras de una historia en la que su hijo estaba siendo feliz. Pero en ese momento ambos se movían preocupados por la sala sin saber exactamente qué hacer.

Haru y Sean Grace se miraban entre sí sin poder mencionar siquiera a la gente del laboratorio. Una densa bruma crecía entre ellos. Había sido una Navidad excelente; Sean Grace no podía negarlo. Después de almorzar había ido a la casa vecina a comer malvaviscos asados frente a la televisión nueva de April. Por primera vez en años, salió usando sus anteojos. Estaba casi en éxtasis con esa extraña amistad que en el fondo necesitaba para que la depresión no lo hundiera, siendo feliz contando juntos los días para poder regresar a la escuela, tomar su último semestre por los cuernos para graduarse con honores y partir felices a la universidad.

Ahora estaba serio, en la sala, mientras meditaba qué pudo haber sucedido y solo tenía dos respuestas: se lo habían llevado o Dakho le había hecho algo. En cualquier caso, todo apuntaría a que Dakho tenía la culpa, independientemente de si los lunáticos tenían algo que ver o no. Por eso se sentía intranquilo a su lado.

La Policía no quería recibir la denuncia; le habían dicho al señor Kim que «seguro estaba en casa de un amigo» y que «debían esperar que bajara la tormenta para buscarlo». Sean Grace resopló, indignado. Era cierto que, después de Navidad, un viento atroz había llegado a la ciudad. Las alertas de tormenta se activaron ante el frío que congelaba carreteras, reservas de agua, dañaba la electricidad y los confinaba a todos en sus casas. Pero su hermano estaba allá fuera, y no podía quedarse quieto.

Su madre intentó detenerlo e incluso Dakho se ofreció a acompañarlo. Pero el dolor de su pierna delató que no se encontraba en condiciones para salir de casa y Sean Grace lo único que pudo hacer fue verlo con rabia. Era difícil de explicar; quería confiar en que Dakho no había lastimado a su hermano, que sería incapaz de dañarlo, pero no estaba seguro y eso lo estaba volviendo loco.

—No —le dijo serio—, será mejor que te quedes aquí, alguien debe ayudar a papá a tapar las ventanas.

—Yo necesito ir —declaró Dakho y lo vio con angustia—, Sean, yo…

Al mayor no le importó, y no quería tener que lidiar con él en ese momento.

—Dakho, mírate la pierna. No podrás avanzar en la nieve así. No estorbes y quédate aquí.

Dakho lo miró confundido; tenía el ceño fruncido porque ese tono de voz golpeó contra su voluntad. ¿Que si el padre de los Kim sabía que algo pasaba entre su hijo menor y el extranjero? Sí. Cualquiera con dos dedos de frente en esa casa lo sabría. Pero para un hombre educado con pensamientos conservadores era tan abrumador que prefería fingir demencia suplicando a Dios que fuera solo alguna clase de capricho.

Aunque esperaba profundamente que su esposa no se atreviera a decir nada para no tener que enfrentarse a la realidad. Aclaró la garganta y se acercó para separarlos porque temió que comenzaran a pelear.

—Sean —lo llamó—, ten cuidado. ¿Está bien? Sabes que la gente se altera cuando hay encierro.

—Lo sé, papá. La tormenta los volverá locos a todos. —El chico asintió sin quitar lo recto de sus labios; le dio una mirada rápida a Dakho y luego a April—. ¿Vienes?

Los ojos de Dakho se clavaron de inmediato en él, como esperando que lo rechazara, pero, aunque quiso, no pudo.

Las gotas de agua ahora eran pequeños cristales congelados que el viento elevaba por todo el lugar. Y la niebla era tan profunda, que no se perdonaría perder a sus dos amigos. April se levantó del sillón para seguirlo.

—Iré por el auto —le contestó pasando a su lado mientras el hermano mayor tomaba sus guantes y el abrigo de la entrada.

Ellos salieron con una misión, se sintió como si fueran guerreros después de que atravesaron esa puerta y esta se azotó al cerrarse. El frío era más que intenso y lo mejor que podían hacer era pasar la tormenta a salvo.

Los tres que se quedaron en casa comenzaron con la comida enlatada que tenían en la alacena y llevaron una gran cantidad de ella al sótano. Dakho se aseguró de cubrir los extremos de las ventanas para que el frío no se colara ni se atreviera a perturbarlos durante la noche. Pensó en lo sencillo que habría sido simplemente encender la calefacción de su habitación en su año; pero esa ya no era su vida. Ya no más, y tenía que adaptarse.

No le gustaba usar muletas, aunque sabía que eso podría dañarlo más. Se aseguró de bloquear bien la chimenea mientras la televisión con poca señal continuaba encendida y él veía el noticiero con el temor de ver aparecer a Taylor en ella.

Los señores Kim, con el directorio en mano, hicieron llamadas a cada casa y a cada lugar del pequeño pueblo preguntando por el paradero de su hijo. Ni en la escuela, ni en los locales del centro, ni en ningún otro lugar.

Dakho temía que sus impulsos hicieran a Taylor cometer un error; porque el chico que siempre se jactaba de su inteligencia también era el mismo cuyas emociones inexploradas lo corrompían al punto de quebrarlo.

Mientras los mayores hablaban, él subió al segundo piso para asegurar esas ventanas; se detuvo en el corredor mirando hacia el techo.

—Taylor, ¿estás allí? —dijo guardando en el fondo la esperanza de que le contestara, aunque sabía que el ático estaba vacío. Sabía que muy probablemente estaba dentro del laboratorio del lago, el mismo lugar donde había estado todas las madrugadas desde inicios de diciembre.

Taylor no hacía cosas insensatas; la sensatez de los demás era muy poca para entender sus actos.

En la habitación que compartían, Dakho maldecía esa manía de Taylor de dejar notas escritas a mano. Nunca le había parecido desconsiderado hasta que esa mañana se despertó con una nota en la almohada que rezaba: «¿Podrías esperarme, por hoy? —T.». Tuvo que esconderla para que el resto de la familia no sospechara el motivo de que Taylor huyera y de que en su habitación solo faltaran sus botas, sus anteojos y su libreta.

Alzó la vista y se fijó en las hojas del calendario. Taylor nunca las había arrancado. La primera, la hoja de agosto, tenía un círculo alrededor del día uno. Dakho pensó que Taylor no mentía al decir que era un controlador, porque estuvo contando los días, literalmente. En la casilla del cumpleaños de Dakho, en lugar de un círculo, se había atrevido a hacerle un pequeño corazón. Sonrió con ternura. Hubo días que parecieron ser tan irrelevantes, que se mantuvieron lejos de los ojos de todos, pero que para alguien como Taylor Kim lo fueron todo.

No solo estaban sus aventuras —esas cuyos días Dakho y el universo recordaban fervientemente—, en el calendario también estaba marcado el día en que compraron mucha ropa para hacerlo encajar en la época y el día que encontraron unos patines en el armario, esos que Dakho tuvo que enseñarle cómo usar para que el chico no cayera al suelo. Esto le hizo pensar que, si de otoño a invierno habían sido tan felices, el verano los hubiera hecho sentir dueños del mundo. Deseó con tanta fuerza, con tal intensidad haber nacido cuando él lo hizo, correr hacia Taylor siendo joven y tomarlo de la mano por las veredas verdes del pueblo. Aunque sea a escondidas, aunque sea por un par de estaciones más para descubrir en su infinita sabiduría cómo lidiar con la vida y con todas las adversidades que padecerla conlleva.

Porque ser humano significa razonar sobre cada sentimiento, desde el más puro hasta el más dañino, y saber que si la vida tiene tropiezos, estos no duran eternamente.

Su madre solía decirle que las adversidades no eran para siempre, pero ¿no significaba eso que la felicidad tampoco? No lo sabía. Aun así, le gustaba pensar que eso era lo de menos. Y aunque apenas podía caminar bien, ya estaba harto de ver por la ventana pensando en qué hacer o dónde buscarlo. No le importaba decirlo en voz alta: no quería irse, no quería. Tenía todo lo que alguna vez deseó.

Entonces, ¿cuál era el afán de hacerlo regresar? Ninguno de los dos estaba dispuesto a hacerlo y Dakho asentía con la cabeza cuando pensaba en volver a su año porque era Taylor quien se lo decía, cuando, en realidad, una parte de él quería verlo entrar por la puerta y reprocharle por ser un imbécil y desaparecer así de repente. Otra quería abrazarlo y hacerlo prometer que nunca, nunca se alejaría de él.

Quería decirle que huyeran muy lejos sin saber que estaban condicionados. Pero lo suponía por la forma en la que Taylor temblaba viendo hacia la casa de enfrente.

¿Estaban en peligro y él no se lo dijo? Sí, era obvio que no creía que él fuera capaz de sobrellevar la verdad. Y lo estaba protegiendo, pero ¿a qué costo? Así que aceptar ciegamente las indicaciones de Taylor era parte de su impotencia.

Sí, él aceptaría, tomaría cada indicación para llegar al otro lado como lo hizo durante todos estos meses, pero en el fondo…

Quería que Taylor no lo dejara irse.

Quería que le dijera que quería estar a su lado.

Ya lo sabía, pero necesitaba que se lo dijese para estar en paz.

Han Dakho nunca entendió que el chico se lo dijo una y otra vez, se lo repitió hasta el cansancio, en su humor extraño y con los besos que dejaba sobre su cuello, en las marcas de su piel y también las de su calendario, en el que hizo pequeños círculos en los días donde había sido tan feliz.

Las anotaciones a lápiz le gustaron mucho, lo llenaron de nostalgia hasta que llegó a la última hoja, diciembre, en la que una marca reposaba sobre el día veintisiete del mes.

Era preciso decir que el día que estaba viviendo desde que despertó era uno más desperdiciado; y Dakho, aferrado a la idea de quedarse, sintió los vellos de su cuerpo erizarse con un estremecimiento.

Un par de casillas a la derecha, en el espacio en donde el día treinta del mes debería estar, este se encontraba tachado como si hubiese intentado hacerlo desaparecer.

—¿Hoy? —dijo para sí mismo—. Tres días antes de su cumpleaños. Hoy...

Negó con la cabeza regresando sobre sus pasos, no tenía mucha fuerza para caminar, por lo que cojeó un poco hasta llegar a las escaleras. Bajó tan apresurado que casi cayó por ellas. Sus músculos se tensaron. Sintió demasiado calor, como una fiebre intensa que parecía buscar consumirlo desde adentro.

Los señores Kim lo miraron extrañados cuando avanzó por la sala. Parecía ebrio, se chocó con un par de cosas y apenas tomó su chaqueta del perchero de la entrada para intentar salir. Le dolían las manos, y el deseo de abrirse la cabeza para arreglarla él mismo volvió a aparecer debido al cambio demasiado brusco.

«Este idiota cree que siempre tiene la razón», pensó.

—¿Dakho, a dónde vas? —le dijo el padre cuando lo vio abrir la puerta. Un ventarrón fuerte terminó de chocar con la madera y los copos de nieve se entrometieron a la fuerza golpeando con la nieve su rostro—. ¿Dakho?

No le contestó; estar consciente era difícil cuando sentía que sus sentidos estaban sometidos a fuerzas eminentemente desconocidas.

—Los chicos volverán pronto, es demasiado arriesgado que salgas ahora.

—Tengo que encontrar a Taylor —dijo sin reparar en las consecuencias, sin preocuparse por dejar expuesto lo mucho que lo necesitaba.

—¡Espera!

—No puedo más, no sin él. —Las palabras brotaban de su boca con dificultad.

Apenas avanzó un par de pasos en la entrada, pero sus piernas cedieron. Una náusea intensa lo tomó de improviso, haciéndolo caer de rodillas entre la escarcha del pórtico.

Algo estaba cambiando, sí, él lo entendía. Mas no quería que nada fuera diferente. Le gustaba la casa vieja, y había dejado de necesitar una pantalla para sentirse acompañado.

Se aferró a la idea de que nadie pertenecía a ningún lugar, de que podía elegir a dónde pertenecer. Se lo repitió por meses hasta el cansancio, hasta que se lo creyó. Aun así, la mujer que corrió a ayudarlo asustada no era su madre, y el hombre que intentaba levantarlo no era su padre.

Ambos lucharon para cargarlo, en un intento por hacerlo entrar a la casa. Pero su existencia entera tenía la necesidad de salir corriendo de allí. La brecha se rompió un poco más cuando fue consciente de ello.

Quizás la tempestad crecía acorde a sus temores, porque de pronto comenzó a extrañar mucho el calor del verano cuando finalmente perdió el equilibrio.

Han Dakho desvarió en los brazos de esos que no eran sus padres, en el suelo de la entrada de esa que no era su casa, mientras ese que no era su pueblo se llenaba de niebla.

Definitivamente, esa no era su vida.

Era solo una experiencia.

En las calles del condado Mariposa, en California, los pobladores habían abarrotado el supermercado y las pequeñas tiendas de conveniencia.

Sean Grace Kim apenas había logrado conseguir un par de cosas que sabía que hacían falta en casa antes de que los locales del centro cerraran, mientras preguntaba en cada uno por su hermano.

Le habían dado la vuelta a toda la ciudad y no había ni un solo rastro de Taylor en ningún lugar. Sean Grace nunca fue alguien que demostrara sus preocupaciones, pero no podía pasar por alto la ausencia de Taylor. Ni siquiera podía sonreír y, como cosa rara, había perdido todo el apetito.

Quizás un inocente Sean Grace no estaba listo para buscar a Taylor con desesperación; y un culpable Sean Grace nunca pudo asimilar ver a su hermanito dentro de una caja de madera. Ese sentimiento lo abrumó, aunque no lo hubiera vivido.

Ahora se encontraba cansado, en el asiento del copiloto en la camioneta del padre de April Moon, mientras él conducía hacia el último lugar que les hacía falta revisar.

—¿Crees que Dakho nos está mintiendo? —soltó Sean Grace de pronto. April no le respondió de inmediato.

—¿Crees que él le hizo daño?

—Tal vez. Creo que Taylor no es esa clase de chico. No lo sé.

—¿Qué clase de chico? —inquirió.

—El que se marcha sin dejar una explicación —resopló frustrado—. Y tengo miedo de que algo malo le haya sucedido.

—Piensas que fueron ellos, ¿cierto?

Lo miró compungido.

—Quiero creer en Dakho, pero no puedo.

—Vamos, respira un poco. Lo vamos a encontrar. —Bajó un poco la velocidad mientras cruzaban hacia la avenida principal. Volteó hacia él por un segundo—. Mírame. Todo estará bien. ¿sí, Gracie?

¿Qué clase de influencia ejercía en él? Una muy leve pero perpetua sensación de seguridad. Sean Grace asintió; suspiró con fuerza antes de tirar hacia atrás su cuerpo en el asiento. Quizás se estaba precipitando y todo saldría bien.

Volteó a verlo y batalló un poco para cambiar de tema en un intento de despejar su mente.

—Hablando de otra cosa… ¿Sabes?, hice cuentas el otro día y —dijo con duda Sean Grace— de San Francisco a Nueva York son casi dos días de viaje en auto.

April no quitó la vista del camino.

—Son dos extremos del país, no me sorprende.

—Sí, supuse que vernos en primavera para tu cumpleaños sería muy difícil —dijo Sean Grace, y April apretó con fuerza el volante—. Por eso pensé que podríamos ir a Pasadena en enero, dos de enero, por el…

—Déjame adivinar —interrumpió—: ¿el desfile de las rosas?

Aproximadamente, cuatro horas de distancia y muchas flores en todo el lugar. April comenzaba a sentirse mareado y no quería que eso lo afectara.

—Creí que podría ser bonito para los dos —dijo con algo de pena—, ya sabes...

Sean Grace se pasó la mano por el cuello, hacía mucho frío y parecía que la capa de hielo era cada vez más gruesa en las calles por el deslizar de los neumáticos, además de lo rápido que los vidrios del auto se empañaron.

April no pudo evitar rodar los ojos y negar con la cabeza.

—Sean Grace —le dijo mirándolo serio—, deja de coquetear conmigo, ¿quieres? Gracias.

—No estoy coqueteando contigo.

—Entonces no me invites a salir, tarado —se burló de él.

—Salir es lo que los amigos hacen. ¿O no?

—Oye, somos amigos, pero yo necesito tiempo, ¿está bien? Parece muy fácil todo con esto de la «alegría» de las fiestas, pero tú todavía me gustas. No es como si de un día para otro eso mágicamente vaya a cambiar. Y yo necesito olvidarte, voy a hacerlo.

—Lo sé... —Apartó la vista un poco culpable—. Pero quiero ayudar. Sé que puedo.

—Escucha, grandote. —Suspiró y apago el motor frente al hospital—. Te diré algo que mi abuelo me dijo una vez, y que recién entendí hace un par de días.

—¿Qué cosa?

—Ser amigo de tu ex es como tener una manzana de mascota. No le hace daño a nadie, pero no tiene sentido. Tarde o temprano vas a querer morderla.

Se observaron un segundo, antes de que ambos comenzaran a reír a grandes carcajadas por lo ridículamente coherente que era eso.

—Somos más maduros que eso, no me jodas. Igual, no me molestan las mordidas.

—¿No?

—Solo estoy bromeando. Cállate, deja de exhibirnos.

—Está bien, tú eres maduro, pero yo no —dijo casi por impulso, como si no fuera él quien hablaba. Pero luego agitó confundido la cabeza—. Por eso necesito alejarme.

—Eso significa que vas a ignorarme en enero, ¿cierto?

—Sí, lo siento.

—Solo para aclarar las cosas, no soy tu ex —dijo, y carraspeó con la garganta.

—¿No? —se burló—. Digo, claro, claro, solo somos amigos con derechos.

—Sí —Sean Grace respondió casi por inercia. Luego reaccionó—: ¡No! Tampoco. No me refería a eso.

—Grace, si me dices que duermes abrazado con todos tus amigos me voy a decepcionar mucho de ti.

—¡Pero en tu habitación hace mucho frío y...! —Resopló acorralado—. Bien, tú ganas, soy tu ex, pero no le digas eso a nadie.

—Será un placer, señor macho cabrío —dijo victorioso, colocándose su gorro para cubrirse las orejas—. El «nosotros» no existe.

—*Nosotros* jamás pasó —secundó Sean Grace.

Ambos se aseguraron correctamente las bufandas y guantes antes de abrir las puertas del auto. Sean Grace incluso tuvo que dejar allí sus anteojos porque el aire era tan intenso que en cuestión de minutos le nublaba por completo la visión.

La entrada del hospital se sentía lúgubre, sobre todo por la forma en que la puerta estaba casi atascada por la escarcha.

Ambos temblaron. No precisamente por la helada, sino por la forma en que el sonido del reloj del universo contra el condado comenzó a ir más rápido, y los violinistas maliciosos que le daban música a su historia se acomodaron con sus instrumentos para presenciar la desgracia.

Porque este ya no era un capricho de violín, era más bien un réquiem, uno que batía las ventanas y los techos al compás de la tormenta, anunciando el caos total. Y con clase, como una elegía a su historia.

Apenas entraron al hospital, a Sean Grace se le revolvió el estómago. Al dar un paso, el dolor lo caló de golpe desde la rodilla hasta la nariz, como si se hubiese estrellado.

—Oh, mierda —masculló cuando se tropezó e intentó agarrarse de April para no caer.

—¿Grace? ¿Qué sucede? —murmuró confundido. Trastabillando, lo ayudó a sentarse en una de las sillas de espera de la entrada en el hospital.

—Es mi pierna, me duele demasiado —respondió, quejándose con los ojos cerrados.

—Debe ser un calambre —le dijo April, desconcertado—. Quítate el zapato y pon el pie en el suelo, el frío debería ayudar.

—Maldición… No hay tiempo, tengo que buscar a Taylor.

—No —dijo April, de pronto serio cuando al tocarle el hombro volvió a marearse, incluso comenzó a sentirse incómodo cerca de él—. Quédate aquí, yo iré a buscarlo.

April ni siquiera le dio chance a responder; se dio la vuelta y lo dejó solo. Avanzando hacia la recepción, divagó un poco. Tenían que regresar antes de que la tormenta empeorara y pensó por un segundo en que debía volver a arreglar su equipaje antes de enlistarse.

—Buenas tardes —saludó a la recepcionista—, quisiera saber si un amigo está aquí, lleva desaparecido varias horas.

—Claro. ¿Tienes su nombre o una descripción? —le preguntó, pero no obtuvo respuesta.

Augustus Moon se había quedado estático.

Alto. ¿Por qué quería regresar a empacar? Él iría a la universidad hasta junio. ¿Cierto? No, sí, no. ¿Ejército? ¿Qué fotos? No había ninguna moña negra en la entrada. ¿Por qué de pronto estaba tan enojado? Agitó varias veces la cabeza.

—Yo… Su nombre es Taylor, uhm… es un chico alto, trigueño, de cabello castaño ondulado, usa anteojos y tendría que haber ingresado después de Navidad.

Ella asintió, algo preocupada por su voz gélida y su extraña actitud. Se movió a buscar entres sus carpetas, pero no encontró el nombre del chico.

—No lo veo en el registro de urgencias —indicó—. Pero han ingresado varios chicos en las últimas horas, posiblemente sea uno de ellos.

—Gracias —dijo apenas antes de alejarse del escritorio.

Se sentía pesado, como aturdido, así que comenzó a vagar por los pasillos para intentar encontrar a Taylor en alguno; pero en su lugar, se topó con un gran bache en el camino.

Llegó al área de consulta externa, donde había varias personas en cubículos separados por cortinas de tela. Avanzó y luego retrocedió un poco. Entonces, se acercó a la cortina para ver con claridad sin poder escuchar muy bien lo que decían. Él no entendía cómo; y ella, ajena a su presencia, respondió la pregunta que el médico le hizo.

—Cumpliré cinco meses la próxima semana —informó mientras el doctor veía su expediente.

—Los mareos no son tan comunes en este punto del embarazo, lo mejor será que se haga unas pruebas y que descanse un par de días.

Ella negó, preocupada; se había desmayado en medio de la carretera semanas atrás. Fue muy afortunada de que la conductora del taxi lo notara, la llevara al hospital y la ayudara a contactar a sus tutores. Sin embargo, desde entonces sentía como si el mundo entero se le viniera encima.

No solo por los cambios físicos y sus preocupaciones; tampoco podía dormir, soñaba que la golpeaban hasta sangrar y vomitaba sin descanso.

Lee SunHee se sentía tan culpable, todo lo que podía hacer era abrazarse y llorar hasta que el cansancio la venciera. Su bebé estaba bien en esta historia, pero, originalmente, el primer golpe lo recibió cuando llegó a Corea y no entró en el vestido de novia. Después, todo se volvió negro. Ella nunca conoció a su hijo porque este no resistió la crueldad.

Nunca lo sabría, solo quería irse, eso era lo correcto, necesitaba hacerlo; pero ahora tenía que esperar para conseguir un nuevo boleto. Era diciembre, y casi todos los vuelos estaban saturados de personas por ser el mes de las fiestas.

—No tengo mucho tiempo. Tengo que viajar antes de Año Nuevo.

El médico cerró el expediente y la miro con severidad.

—Señorita, lo mejor sería que no viaje. Con permiso —dijo retirándose del pequeño cubículo.

Haru lo vio salir y quiso apresurarse para alejarse también, pero no tuvo éxito. Ella alcanzó a reconocerlo.

—¿Haru? —le dijo algo tosca.

Él volteó a verla, sin poder articular bien, incrédulo.

—Sunny..., creí que te habías ido —la llamó con cariño, pero sentía una clase de aversión por ella.

Su amiga... ¿Era su amiga?

—Hubo un accidente en la carretera, perdí mi vuelo. Estoy varada aquí.

Él no quería ser indiscreto, pero su vientre era muy notorio ahora. Lucía evidentemente grande.

¿Amigos? Sí. ¿Rivales? No del todo, pero él le tuvo tantos celos en silencio que chocaron con sus buenos deseos. Y ella comenzó a ensañarse con lo que sabía, algo que no era normal.

Haru abrió la boca como si fuera a hablar, pero alcanzó a ver a la distancia al adolorido Sean Grace que se movía por el pasillo cojeando y preguntando en cada habitación por su hermano.

Ni siquiera lo pensó y la empujó ligeramente haciéndola regresar al cubículo. Entonces, él entró también y cerró la cortina por completo para ocultarlos a ambos.

Estaba mareado, pero que el hijo de SunHee quedara expuesto ponía en riesgo a su otro hijo. Antes de que ella le reclamara, colocó un dedo en su propia boca y dijo en voz baja:

—Sean está aquí. No puede verte así.

Era lógico; pero contrario a eso, ella se burló.

Así como la actitud de Han Dakho cambió en cada línea y tiempo, las conciencias de los demás comenzaron a perder los estribos. Desde tiempos inmemoriales, se había advertido ya que la locura era contagiosa.

—Debe ser difícil para ti... —le dijo SunHee con una ceja alzada y una expresión seria que su yo joven no debería tener—. Pensar en el hijo de Sean Grace, ¿cierto?

Haru retrocedió. No tenía ningún sentido.

—¿Sunny?

—Digo, considerando lo obsesionado que has estado con él por años.

Para este punto, el conocimiento de qué es una paradoja debería estar claro: una contradicción lógica. Las líneas se contradecían y, peor, estaban chocando entre ellas.

—No digas tonterías. —Notó que algo estaba realmente mal, y ninguna de las variables podía hacer nada para frenarlo mientras el tiempo siguiera avanzando—. Fue hace mucho tiempo, ahora solo intento ayudarte.

—¿Ayudarme? —bufó—. Nadie puede ayudarme. Fue muy conveniente que te pidiera guardar silencio, ¿no? Tal vez no lo hiciste porque fueras mi amigo, sino porque no te convenía.

—¿Cómo puedes decir eso de mí? No tienes ni idea de lo peligroso que es que se sepa. Dakho es… —Se quedó callado. ¿Valía la pena decir la verdad?

El recelo quizás estaba destinado a existir entre ellos. Quería golpearla. Quería que llorara.

—No mientas. Yo tengo una vida lejos que no incluye a Sean Grace, y sé que es hipócrita de mi parte; pero, amigo, en el fondo, ambos sabemos que lo hiciste para mantenerlo cerca de ti. ¿O no, chico poemas?

La línea original… Él los había observado en silencio en esa línea. Porque mientras se escabulló a la habitación de Taylor, él también notó todo lo que ellos vivieron juntos. Y no era justo que ella tuviera a la mejor versión de Sean Grace sin ningún problema.

¿Por qué de pronto sabía todo eso? Él mismo acababa de burlarse de Sean en el auto. ¿Por qué de pronto sentía tanta impotencia y envidia? ¿Y Taylor? Pensar en buscarlo lo llenaba de pena, como si fuera su culpa.

Haru frunció el ceño y se acercó peligrosamente a ella. La miró con desprecio. Él era una bomba de tiempo.

—Sí, lo quería cerca de mí. ¿Y eso qué? —la retó—. Ambos sabemos que yo lo merezco más que tú. Que se ríe más conmigo y que tenemos mejores recuerdos juntos. ¿Mejor química le dicen?

—Y, aun así, no te eligió. Nunca podría. ¿O me equivoco?

Sus acusaciones lo afectaron, la miró con enojo y la tomó del hombro; la ira lo quemaba por dentro. Un gran cambio en la ecuación, empujándolo a ser lo que era: un manipulador de primera.

—Eso no impidió que me besara o que pensara en mí. —Se burló en su cara—. Estaba tan desconsolado por tu culpa, y, aun así, parecía más confundido que triste. Y regresó a mí, como siempre.

Su pecho tembló porque no recordaba del todo su redención y un beso dulce en el baile; el recuerdo desenfrenado de sus labios sangrando mientras se besaban en el baño del restaurante lo aturdió un poco.

—Eres mi reemplazo, no me sorprende.

—¿Soy qué? Yo estuve aquí mucho antes de que aparecieras. —Sonrió perversamente—. ¡Míranos! Cabello negro, piel blanca, misma estatura —se jactó—. ¿No te parece curioso? Creo que él tiene un tipo. Quizás el reemplazo aquí eres tú.

Sabía que no era cierto, que Sean Grace genuinamente la amaba, pero eso era lo de menos. *Ganar a toda costa.* Le apretó el hombro tanto que le dolió.

—Suéltame, enfermo —ordenó.

—Somos un enfermo y una mentirosa. Así que creo que es un empate. ¿O no?

—No me interesa competir contigo. Solo quiero largarme de aquí —gruñó alzando el hombro para que la soltara.

—También quiero que te vayas. Voy a salir y lo sacaré del hospital para que puedas hacerlo. ¿Tenemos un trato?

Ella podía ser fría por los gajes de la vida, pero él siempre había sido naturalmente cruel. Se contuvo de noquearla.

—Trato.

Augustus Moon asintió y asomó la cabeza solo un poco por el cubículo. Sean Grace se había quedado charlando con unas enfermeras. Salió, cerró correctamente las cortinas y avanzó hacia él. Le sonrió amablemente y Sean Grace se estremeció al verlo, de pronto algo asediado.

—¿Alguna novedad? —dijo cuando se paró a su lado.

—No, de hecho, las señoritas conocen a los bomberos de la estación, ellos son amigos de Taylor, así que podrán ayudarnos a buscar.

—¡Es genial! —Miró por la ventana y dudó un poco—. Grace, deberíamos regresar, la tormenta…

Tenía razón, pronto sería demasiado peligroso estar en las calles; pero la idea de Taylor vagando por ellas lo afligía demasiado. Asintió, y Augustus Moon volteó a ver en dirección al cubículo por unos instantes. Volvió a sonreírle. Mientras caminaban juntos hasta la salida, de regreso al auto, parecía que la incomodidad entre ellos crecía a cada paso.

¿Que si había una línea de tiempo donde se amaban? Probablemente sí, aunque sería muy difícil de decir considerando que en la línea original nunca volvieron a hablarse desde la última vez que April pisó el condado Mariposa. Pero, como en todas las líneas producto de la fractura, esta era inestable y peligrosa. Todas las acciones se sincronizaban con la caída de Dakho al lago y los sucesos en cadena condenaban un millón de líneas más.

El momento en que salieron del hospital fue exactamente el mismo cuando el radio en casa de los Moon se encendió: «*… Se pronostica que las temperaturas descenderán por la noche. Aconsejamos a toda la población prevenir, almacenar comida y no salir de casa durante la tormenta…*».

La anciana Moon se persignó después de escuchar al locutor y se acomodó su suéter y los guantes antes de disponerse a salir al jardín para cubrir sus plantas mientras aún era posible. Comenzó protegiendo su huerto, pero cuando se acercó a la cerca se topó con alguien que la observó con pesar. Se sobresaltó un poco y luego sonrió aliviada.

—Oh, hijo. ¿Qué haces aquí afuera? —le dijo al niño de cabello castaño que caminó lentamente hacia ella.

La mujer estaba senil, ni siquiera había puesto atención a su nieto preocupado por su amigo desaparecido.

—Señora… Buenas tardes —dijo Taylor sin dejar de verla—. Yo… venía a buscar algo. ¿Está Haru en casa?

—Él salió hace rato. —La anciana dudó debido a la extraña actitud del chico—. Puedes esperarlo adentro, si quieres.

—No…, de hecho, me gustaría hablar con usted antes. —Su voz sonaba tétrica.

—¿Conmigo? No sé nada sobre sus cosas, él es muy especial con sus pertenencias.

—Pues… en realidad, quería saber algo más personal. Es sobre su hija. Mejor dicho, su *nuera.*

—¿Cómo es que tú…?

—Nunca entendí eso de por qué lo llamaban así, pero ahora tiene sentido. Su madre se llamaba Haruka, ¿verdad?

Ella tuvo un momento de lucidez en el que su nombre se mencionó. Había rescatado a una hermosa niña, la crio como a su propia hija. Nunca estuvo de acuerdo con la relación entre ella y su hijo, pero nunca superaría todo lo que vieron por sus experimentos.

—La madre de April, ella nos dejó hace mucho tiempo.

—¿Aún guardan sus cosas aquí?

—¿Por qué te interesa?

—Solo curiosidad… por lo sentimental.

—Ella dijo que alguien vendría por sus cosas algún día —musitó confundida cuando lo tuvo muy cerca—. Pero no, no deberías ser tú.

—Lo sé, pero… —Taylor negó con la cabeza—. Me parece que hubo un cambio de planes.

Taylor tenía bata blanca, y su cabello permanecía peinado hacia atrás mientras la veía con ambas manos juntas. Sí, él también estaba loco.

—Aléjate, vete de mi casa —le dijo seria.

—Señora, solo estamos conversando.

—¡No! ¡Vete!

—Esto ya es difícil, no lo empeore.

—Todo este tiempo… —Ella lo miró con desconcierto—. No están aquí, lo que sea que busques está muy lejos de aquí. Además, es peligroso, mi esposo lo sabía y yo también.

—Su hijo también lo sabe, ¿cierto?

—Él nunca le creyó, y las escondió para que dejara de tener esas ideas dementes. Luego ella se… —Se quedó callada porque su memoria volvió a traicionarla. Taylor tragó pesadamente y se compadeció de la pobre anciana.

—Señora, no le he dado su abrazo de Navidad, ahora que lo pienso —Taylor extendió sus brazos dando un paso lento y la rodeó.

—¿Qué sucede? —dijo ella apenas.

—Perdón… —le susurró Taylor al oído cuando se vio en la necesidad de recibir su cuerpo adormecido. Le habían lanzado un dardo, uno pequeño, inofensivo, solo para mantenerla fuera del camino por un rato.

Detrás del afamado huerto de la familia Moon, apareció Lee Jaewon, seguido de varios elementos de la fuerza militar.

—Dejen a la señora en el sofá —dijo sin siquiera inmutarse.

Taylor no era malo, solo estaba desesperado, como todos los demás.

—Promete que ella no saldrá herida —pidió consternado mientras veía cómo se la llevaban.

—No te preocupes, niño. Ella estará bien. —El miedo en sus ojos era algo que no podían darse el lujo de tener—. ¿No me digas que estás arrepintiéndote?

Taylor tragó saliva. Él quería ser un científico. ¿O no? Bueno, lo había logrado. Así que se colocó la misma máscara que los demás.

—Jamás —dijo con seguridad.

Lee Jaewon asintió complacido con la seguridad del chico. Era momento de hacer que todo fluyera.

—¡Señores! —gritó llamando la atención—. Hora de catear esta casa —ordenó al resto de su equipo, con firmeza, como solo un verdadero desalmado lo haría—. Buscamos unas cartas. ¿De acuerdo?

El Lee Jaewon de la segunda línea era todo lo que no fue en las otras: decidido, calculador y poderoso. Estaba mal, sí, pero nada se interpondría entre ellos y la posibilidad de arreglar el destino. Traicionar a un lunático como el profesor Kim no era ningún problema, tampoco encadenarlo a la sala del laboratorio. Taylor y Jaewon hacían un equipo de temer.

La casa de los Moon se vio invadida. Habían comenzado a buscar meticulosamente en ella, dándole vuelta a los cajones de la cocina y a cada armario. Esa familia tenía demasiados secretos; desde el embarazo de su hija adolescente por causa de su hijo hasta el hecho de que sabían que viajar en el tiempo era casi posible.

El ruido de las botas en las escaleras de madera resonaba mientras los militares subían a inspeccionar la parte de arriba. A otra versión de Taylor le habría gustado tanto romperle las ventanas y la nariz a Augustus por haber sido deshonesto y haberlo usado de la peor forma, pero esta se conflictuaba entre lo mal que estaba eso y lo bien que se sentía.

Todos tenían algo oscuro en el interior. Los humanos se complacen de dañar almas inocentes, y Taylor cada vez tenía menos miedo de bailar sobre la orilla del acantilado de su cordura.

Ese poder lo hacía sentirse casi drogado cuando todos lo obedecían, mientras buscaban en el lugar. Incluso, al mover un librero para buscar, el marco de una foto cayó, haciendo que se partiera el vidrio.

Taylor se fijó en la fotografía detrás del cristal roto; era de su amigo de pequeño junto a su padre y un gran árbol partido a la mitad. Cuando unió los puntos, abrió más los ojos.

—¡Alto! —gritó llamando la atención de todos—. Deténganse.

—¿Qué te pasa? —dijo Jaewon, acercándose molesto.

—Esto está mal, no están aquí. No pueden estar aquí. Es posible que ni siquiera existan, pero de hacerlo, créeme que no estarían aquí.

—Al punto, Kim.

Los padres de Haru eran hermanastros. Era probable que el marido de Haruka también supiera más de lo que debería y se quedara callado. «Si fuera un tipo ocultando cosas de mi familia en este pueblo. ¿Dónde lo haría?», pensó Taylor.

—Están en el bosque —dijo convencido a Jaewon—. En el aserradero.

Ya no eran solo un par de violines, era toda la maldita orquesta la que acompañó a los infractores del tiempo cuando se movieron de regreso a sus vehículos para dirigirse al bosque.

Los segundos estaban contados; ese minuto en que encendieron los motores fue el mismo minuto que retrasó a Sean Grace y April en el semáforo, y fue suficiente para que no se cruzaran.

Cuando llegaron a su calle, lo primero que llamó su atención fue ver la puerta de la casa de los Moon abierta y un montón de marcas de neumáticos en la nieve. Extrañados y con un creciente sentimiento de angustia, entraron en la casa para ver a la señora Moon desmayada en la sala. Augustus Moon temblaba: todas sus cosas estaban revueltas, como si la tormenta sucediera dentro de su hogar. Sean Grace lo retuvo en sus brazos y cargó a la señora, aún inconsciente, hasta su casa.

—No te quedes acá, April. Cierra todo y vayamos a mi casa. Ya no es seguro —le dijo a su amigo, que no terminaba de asimilar lo ocurrido.

Pero la situación dentro de la casa Kim no era mejor. Dakho se había descompensado, deliraba y vomitaba, ante las miradas preocupadas de los señores Kim. Taylor no aparecía, ladrones habían irrumpido en la casa de sus vecinos y su huésped parecía a punto de un colapso mental.

La señora Kim llevó a la abuela de Haru al piso de arriba, con su esposo, y los dos chicos se quedaron abajo en la cocina. Sean Grace no sabía cómo sentirse; ni siquiera estaba preocupado por Dakho, que descansaba, noqueado por las náuseas, solo sentía rabia y una creciente e inexplicable carga de conciencia.

Al igual que su madre, que poco a poco se dejó caer en un fuerte sentimiento de impotencia y culpa. En esta línea no había ocurrido nada de eso, pero sentía una infinita culpa por haber rechazado a su hijo, por no haberlo podido salvar antes, cuando comenzaba a sentirse mal, y por el desprecio con el que lo había tratado durante semanas.

El reloj corría, y cada vez era más difícil predecir el siguiente cambio. Más cuando el equipo militar, por órdenes de Taylor, forzó la persiana del antiguo aserradero para entrar.

Taylor había hecho una parada en la escuela antes de llegar allí, pues debía tomar su preciada libreta de su escondite secreto. Además, necesitaba mucho papel y un mapa.

Así que luego de tomar su libreta del interior del piano, se dispuso a realizar un par de ajustes mientras los demás buscaban. Esa bodega era completamente metálica, pero él necesitaba más piezas y también mucho vidrio. Vio cómo tiraron la puerta de la vieja oficina y comenzaron a revolver las cosas.

Observó la cama en el fondo. Pensó que era extraño, pero se le hizo familiar, aunque nunca había dormido allí. Agitó la cabeza y se enfocó en su trabajo, incluso si el frío intentaba desconcentrarlo. Uno de los agentes se detuvo al encontrar, entre los cajones del escritorio, una caja atada con cuerdas.

Augustus Moon nunca supo qué eran. Él jamás aprendió a leer el idioma en que estaban escritas, y las guardó, simplemente porque le gustaba su nombre en esa caligrafía.

Jaewon se acercó a verla y abrió la caja, desesperado, para dejar caer el contenido sobre su escritorio; lleno de éxtasis y supremacía cuando abrió la primera y supo que él tenía razón. Las tomó todas y salió. Encontró a Taylor en el suelo mirando el mapa fijamente.

—Oye, Kim —le dijo, dejando caer las cartas cerca de él—. ¿Tu cerebro aún funciona?

—He tenido al equipo trabajando como locos dos días. ¿Tú qué crees?

—Cumplí con mi parte del trato. ¿Qué sigue?

—Encajar las piezas. —Se acomodó los anteojos—. Necesito abrir otro vórtice.

—Pero el lago…

—Olvida el lago, no es confiable. No podemos arriesgarnos a darle más relevancia a algo que nunca pudimos controlar. Lo raro es que nadie más haya caído en él. Incluso he llegado a pensar que, quizás, alguien más lo usa. En todo caso —volteó a ver a un confundido Jaewon—, no usaré algo que no puedo manipular. Porque no me interesa viajar en el tiempo, Lee. Voy a saltar entre las líneas temporales.

Por cada cable que conectaba correctamente, las realidades se acercaban más y más, hasta casi mezclarse para que fuera posible pasar de una a otra. Bueno, si es que aún no estaban mezcladas ya.

—Para eso, y creo que lo entiendes, necesito más energía. —Se acomodó los anteojos—. Las nuevas torres eléctricas que han construido en el condado nos servirán. Fíjate.

Extendió el mapa sobre la superficie de la mesa y señaló dos puntos en extremo.

—Esas torres están aquí, las bobinas que hicieron ustedes están del otro lado, en el lago, y el estabilizador en mi casa está en el otro extremo —explicó Taylor.

Al hacer tres puntos en los respectivos lugares y unirlos se pudo ver un triángulo.

—Estamos en el medio… —dijo Lee impactado.

—Incluso si fallan, los pararrayos de emergencia que tengo en la piscina de la escuela ayudarán. Tenemos media hora antes de que la temperatura baje más. Quiero que vayan y las enciendan. Tendremos un rayo y lo voy a guardar.

—Eso no es posible. No hay rayos en la nieve porque el aire es frío.

—Son molinos defectuosos. Energía eólica monstruo. Cuando haya aire caliente a media tormenta, ¿qué crees que pasará?

Lee Jaewon se inquietó al verlo respirar agitado. Botaba todo su conocimiento y daba pautas a un equipo federal de científicos superdotados como si nada. Y así tan fácilmente iba a hacer un vórtice a escala.

—Todo esto por un chico… —dijo como juzgándolo.

—No es solo un chico. Es el único comienzo que conozco.

No tenían tiempo, el lago era exactamente lo que Taylor dijo que sería: agua helada con trozos de hielo tan enormes como una casa flotando mientras se congelaba por completo. Cualquiera creería que ellos intentarían lanzarse al lago. Pero Taylor no tenía planeado repetir los errores de sus antecesores, se negaba a ser igual. Se trataba de reformular, de reinventar.

Taylor era el nuevo creador.

El equipo de soldadores se movió velozmente. Se encargaron de unir las piezas de metal para formar una especie de puerta en el centro de la bodega.

Sabía cómo generar el vórtice y cómo contenerlo; un agujero de gusano era una gran teoría para viajar en el tiempo, sí, pero era inútil si solo podía usarse en un sentido. Todo este tiempo pensó que podía no solo redirigir la energía, sino también reusarla para concentrarla.

Sin siquiera pedirlo, Jaewon se tomó la libertad de darle las carpetas que el profesor Kim usó para su investigación; y con su propia libreta, que ya no le importaba exhibir en la mano, Taylor Kim se sentó en el piso de la bodega. Todos trabajaban bajo sus órdenes. Abrían carta por carta mientras se dedicaba a unir las tres teorías.

Haruka creía que podría jugar con el hiperespacio y la gravedad, Anzu había contemplado cómo crear una brecha en el espacio-tiempo y Taylor sabía cómo controlar la energía para lograrlo.

Por meses sintió que le faltaban partes, pero ahora tenía tantas respuestas que comenzó a sudar cuando encontró otra alternativa.

El contador seguía corriendo. Puso todo su empeño en traducir los apuntes en esos viejos papeles. Se suponía que cada vez tenían menos tiempo, los segundos se desvanecían por cada voltio que se elevaba; y pronto habrían perdido otro día más. Sudaba, pese al frío, y su carga mental se hacía más pesada. Sentía que sus minutos volaban.

A diferencia de aquellos que, atrapados en la casa de los Kim por la tormenta, respiraban un aire casi tóxico. Mientras el señor de la casa caminaba inquieto en la cocina haciendo llamadas para intentar conseguir más información sobre el paradero de Taylor, Dakho estaba adolorido, no solo físicamente, sino también emocionalmente.

Se había despertado hacía poco, era casi medianoche y el viento azotaba las ventanas tanto que estas crujían. En la sala, Sean Grace fumando como si no importara y Haru no miraba con molestia.

Los militares se movían por la ciudad encendiendo todas las torres y la respiración de Dakho se pausó por poco y su saliva se volvió difícil de tragar.

En simultáneo, porque todas esas partículas coexisten en el mismo instante. Se sentó en el sillón, abatido. Otro mareo. Había dejado de recordar su vida ejemplar por un segundo; intentaba aferrarse a la imagen de Taylor, pero sin él allí, los tormentos, las palizas, las manos que lo tocaban, todo, todo lo malo de su existencia se sintió real de nuevo.

Los cambios eran cada vez más incontrolables; ya no había un guion, y por cada pieza que los científicos armaban correctamente las líneas parecían poco a poco reafirmarse en una sola. Como un puñado de hebras de un largo cabello trenzado.

Sean Grace estaba en el sillón del centro; al voltear a su izquierda podía ver a Dakho y lo encontraba culpable de que su hermano no estuviera, pero al voltear a la derecha, veía a Moon y lo encontraba igual de culpable.

No sabía qué sucedía, pero comenzó a temblar.

—¿Podrías apagar eso? —le dijo Dakho a Sean Grace refiriéndose a su cigarrillo.

—¿Por qué? —repuso con una ceja alzada—. ¿Te molesta que fume en tu casa? Ah, no. Espera, es mi casa, no tuya.

—No me vengas con esa mierda; las ventanas están selladas, el humo va a jodernos a todos. —Dakho entrecerró los ojos porque este Sean Grace no le agradaba del todo, pero intentó ser racional y dejar de pensar en cosas que no estaba seguro de que existieran.

Sean Grace gruñó y dejó caer la colilla del cigarro, y la pisó sin importarle manchar la alfombra. Estaba frustrado y no podía pensar con claridad, veía a Dakho y quería odiarlo, quería golpearlo por arrebatarle cada cosa que fue importante para él, pero a la vez quería decirle que él también estaba muy asustado de que hubiesen lastimado a Taylor.

Augustus Moon los observó atento y con sus conocimientos limitados sobre los cambios en el tiempo lo entendió; se quedó callado cuando la presión en su pecho fue más grande que la del resto.

Todos estaban jodidos, pero no lo suficiente.

Las fuerzas del destino actúan como la gravedad, haciendo que entre más pesada fuera la consciencia del infractor, más rápida la caída. Ninguno de los tres había cedido del todo aún hasta que ahí, Moon hizo algo que no debía.

No les dio importancia a las peleas de los otros dos; en lugar de intervenir, subió a la habitación del hermano menor cuando creyó que nadie lo veía y abrió la puerta sin pensarlo mucho, observando todo con cautela y un poco de alevosía.

Se sentó en la cama y se observó las manos por mucho tiempo, notando las cicatrices de las espinas del rosal que nadie curó.

Taylor…, él lo rescató. Tal vez. No lo sabía, solo se le ocurrió de pronto.

Pensó en que sería muy fácil y entretenido enseñarle cosas al inocente Kim para ponerlo en contra de su hermano. Pensó que ver desesperado a Sean Grace gritándose con sus padres por su culpa sin tener que mover un solo dedo era satisfactorio. Su colapso fue tan grande que de un instante a otro estaba seguro de que, sin camisa, Taylor y Sean se veían igual de espaldas.

—¿Qué haces aquí? —dijo Sean Grace desde la puerta, causando que se sobresaltara un poco.

—Yo… —divagó inquieto—. Nada. Solo recordaba cosas.

—No tienes derecho a estar aquí, fuera de la habitación de mi hermano —le ordenó.

—Oh, ¿ahora ya no soy bienvenido? —dijo con gracia.

—¿Qué le hiciste a Taylor? ¿Dónde está?

Augustus se puso de pie y se acercó a él.

—¿Yo? ¿Qué se supone que tengo que ver yo en esto? —Pasó a su lado para salir de la habitación, pero Sean Grace lo siguió por el pasillo.

—¡Sé que le hiciste algo! —le gritó en las escaleras—. ¡Eres un cobarde de mierda, Moon!

Si había una línea en la que se amaban profundamente, también había otra en la que se odiaban a muerte. Y el causante de todo, Han Dakho, apenas pudo ponerse de pie cuando los vio pelear al bajar. Moon llegó al primer nivel de la casa y volteó a verlo, alzando los brazos.

—¿Un cobarde, yo? ¡¿Por qué no te dices eso a ti mismo, Gracie?! Si Taylor huyó fue tu culpa. ¡Tú lo dejaste solo!

—¡No es cierto!

Dakho parpadeó confundido.

—¿Chicos? —les dijo. Sean Grace apenas pudo bajar las escaleras por el dolor que tanto en él como en Dakho persistía—. ¿Qué sucede?

Ninguno de los dos le prestó atención. El aire azotó con tanta fuerza, y las aspas de las torres de energía se movieron exactamente de la forma en la que Taylor esperaba.

Finnian Taylor, con toda su cordura sobre la mesa, ordenó que le consiguieran un traje de caucho para poder disponerse a comprobar sus teorías. Había entendido que no existía un futuro ni un pasado, solo un presente sobre el que toda la existencia se movía. Comenzó a vestirse con este mientras Jaewon se colocaba su máscara protectora y ajustaba los controles. Tenían gente en cada punto de trabajo y nada podía salir mal, aunque no tuvieran mucha preparación.

Por eso, cuando Taylor logró conectar su nueva creación a la energía de las torres y la de la ciudad, las luces de toda California parpadearon. Quizás por la tormenta causando estragos, por sus experimentos o por Dakho respirando agitado sin entender por qué de pronto los mejores amigos se odiaban de nuevo.

—No me vengas con esas mierdas, Moon. Arreglemos esto como hombres, ven, golpéame, pelea por una vez en tu vida.

—¡Ja! ¿Ahora quieres pelear? No me hagas reír. ¿Acaso me darás otro beso después? —Sean Grace se acercó a él y lo empujó; al hacerlo, sus recuerdos rozaron ligeramente la primera línea.

—Yo no soy un homosexual de mierda.

—¿Qué hay de Taylor? Oooh, él es tan inocente.

—Te juro que si le pusiste un dedo encima a mi hermano, te voy a matar.

—¿Y qué si fue así?

Han Dakho, el inestable, frunció el ceño cuando lo escuchó burlarse. Él no sabía toda la historia, pero se llenó de rabia al escucharlo insinuar algo así.

—¿Que hiciste qué cosa? —preguntó acercándose a ellos, pero nadie le respondió—. Augustus, ¿qué le hiciste a Taylor?

El ambiente se sintió pesado. La ira de dos hombres que amaban con intensidad al chico ausente recayó sobre el tercero, que en esa línea era inocente, pero en las demás era un verdugo.

—Nada que tú no hayas hecho —le dijo a Dakho. Augustus estaba como poseído—. Taylor haría lo que sea por un poco de afecto, ¿o no, Dakho?

—No..., él no es como tú —dijo Dakho. Quiso acercarse para golpearlo, pero Sean Grace lo detuvo.

Ninguno de los dos podía moverse muy rápido, estaban igual de adoloridos. Y Augustus se divirtió por sus miradas perdidas.

—No metas a Dakho en esto. ¿No te bastó con humillar a mi hermano, con repartir esas fotografías por toda la escuela? ¿Con tocarlo?! Él iba a irse. ¡Le jodiste la vida!

Dakho siempre quiso saber en qué momento fue que la vida de Taylor entró en decadencia, y al estar en medio de ambos, lo descubrió.

—Eso es, defiéndelo —le espetó a Sean Grace—. O mejor aún, pregúntale a Dakho por qué SunHee no quiso estar contigo. ¡Vamos, Han! Dile a Sean Grace que hiciste muchas cosas para separarlos, que le rompiste la ventana al auto y que trataste de ponerla en su contra.

La realidad estaba colapsando, y Dakho titubeó sin saber qué decir o cómo actuar. Sabía que esto no era del todo real, ya no recordaba, pero aun así su pulso se aceleró.

—¿Dakho? —murmuró Sean Grace.

El susodicho intentó buscar otra salida. Taylor se lo dijo muchas veces; él había aprendido a manejar sus recuerdos lúcidos para que no lo enloquecieran, pero los otros dos, no. Nunca estuvieron en contacto con sus otras versiones tanto como él.

—No lo escuches —dijo Dakho retrocediendo—, las líneas lo están afectando, quiere confundirnos.

—¿Líneas? ¿De qué estás hablando? —Sean Grace no sabía qué pensar, parte de su memoria estaba sumida en una profunda depresión.

—Ah, sí, ese detalle. Han viene del futuro —soltó Moon de golpe—. ¿Por qué crees que están siguiéndonos? Es su culpa.

—¡No lo escuches, Sean! ¡Es peligroso!

El padre de los chicos salió de la cocina y los observó a todos, incrédulo.

—¿Qué le hiciste a mi hijo? —preguntó mirando a Dakho.

—Se llevaron a Taylor por su culpa, él lo involucró en eso y nos arrastró a todos —dijo Moon—. Ni siquiera debería estar aquí.

—Tú tampoco —le respondió Sean Grace.

—Señor —dijo al padre de los chicos—, ¿alguna vez le conté de la vez que Sean Grace casi me dejó morir en la calle? —Volteó a ver a Dakho—. O quizás deberíamos hablar de que el estudiante de intercambio no es quien dice ser.

—¡No lo escuchen! —repitió Dakho—. Nos hará colapsar.

—Dakho, dinos qué es lo que hay en el lago. Estás aquí fingiendo que esta es tu vida cuando no te detuviste a pensar ni por un segundo en la forma en la que esto está destruyendo a Taylor. ¡Vamos, hazlo! —gritó con tanta fuerza que parecía estar dolido—. ¡Hazlo!

Parte de él estaba preocupado por su amigo, otra parte quería venganza y una muy pequeña le decía que parara, que estaba dañando todo; pero su boca se movía sola.

—¡Moon Haru! —exclamó una voz desde arriba haciendo que todos voltearan a ver hacia las escaleras—. ¡Basta ya!

—¿Abuela? —murmuró al verla tan seria y erguida como nunca en años.

La señora Moon bajó lentamente las escaleras mientras todos la veían.

—Está pasando, lo va a lograr —dijo—. No lo han entendido aún. Todos estamos atrapados.

El mayor de todos avanzó hacia ella.

—Señora… —intentó hablar, pero no tuvo oportunidad; los ojos fijos de ella se clavaron en él.

—Eres un mal padre, Kim… —Avanzó sin vacilar—. Tu esposa y tú. A ustedes no les importó el chico, así como a mí no me importó ella hasta que ya no estuvo.

—Abuela, por favor, ¿qué sucede? —preguntó Augustus.

La lástima con que observó a su nieto fue contundente.

—Tú te irás, tienes que irte. Antes fue tu culpa y si se repite también lo será —respondió sin dejar de verlo, para después parpadear abruptamente—. Lo que enloqueció a tu madre va a enloquecerlo a él también.

—¿A quién? —dijo Sean, quien empezaba a creer en la palabra de los desquiciados.

—Me alegra mucho lo de tu pierna, hijo. Pero no durará.

—¡¿Enloquecer a quién?! —repitió, el silencio después de su voz fue desgarrador.

Pero ella hablaba calmada, y su voz fue ambigua cuando dijo:

—El chico Kim tiene que lograrlo o nunca lo entenderá.

Sean Grace pensó que, a lo mejor, todos sus sueños y los secretos del pasado tenían más relación de la que él creyó. Incluso el Sean Grace adulto que se desmayó fuera de la estación de Policía por un momento soñó haber vivido esto. Los recuerdos que le quemaban ya no eran los únicos. Al lado de esos recuerdos tan amargos, había otros que sabían a algodón de azúcar, y algunos agrios como un habanero. Era un vidrio que se quebraba en miles.

Era igual para todos en esa habitación; incluso para los que estaban más allá de esa casa. Ya sea Lee SunHee, que había salido aturdida del hospital, recibiendo una cálida bienvenida de sus padres que aparecieron de sorpresa en casa de sus tutores; o Kim Anzu, encerrado bajo llave o los habitantes del condado Mariposa, quienes sentían haber vivido muchas historias en una.

Cada paso de Han Dakho en ese pueblo y cada beso que plantó en las mejillas de Finnian Taylor Kim a escondidas desencadenaron cientos de otras situaciones en las que todos estaban involucrados.

Todo el condado era una gran mariposa, cuyas alas se batían al compás de los habitantes y del clima, tan cambiante como sus deseos.

Esa señora senil y delicada parecía tener todas las respuestas. O quizás solo algunas. Ella siempre creyó que sería Sean Grace, pero este fue débil; Taylor, por otra parte, tenía un espíritu tan aventurero, tan puro y una desbordante inteligencia que cuando ella los vio jugar en el otoño desde la ventana de su casa supo que se había equivocado.

Incluso en la primera línea, en donde la ciencia y los descubrimientos nunca llegaron a manos de los Kim, ella siempre supo que Taylor era peculiar.

Había millones de líneas, pero todas volvían a unirse justo allí. O bueno, pronto lo harían.

—Señora, por favor, no siga —le dijo Dakho e intentó detenerla, pero ella solo le sonrió con pena. Ya había visto a la chica vagar por la ciudad, y lo sabía todo, todo.

—Tu hermano y tú... —sentenció—. Ya no deberían estar aquí.

Dakho retrocedió, asustado. Taylor sabría exactamente qué hacer, pensó, pero Taylor no estaba allí, y lo único que podía hacer era contener sus lágrimas de desconcierto.

No entendió lo que quiso decirle, al menos no en ese instante. Y la parte humana de Augustus Moon deseó contar la verdad, pero no lo hizo, porque en el fondo sabía que, si se encontraban, uno de los dos moriría.

Las luces comenzaron a parpadear intermitentes causando el revuelo de todos. Dakho alzó la vista e intentó controlar su respiración. Tembló, parecía que iba a desmayarse.

Estaba muy lejos de saberlo, pero un par de kilómetros más allá del bosque, Taylor, quien alguna vez fue un chico idealista que lo único que quiso fue que sus experimentos no fracasaran, se quedó de pie frente a su nueva creación.

—¡¿Torres del este?! —dijo sin temor.

—¡Encendidas! —le respondió uno de los tantos asistentes que se había convertido a sus órdenes.

—¡¿Hélices del norte?!

—¡Todo listo! —dijo ahora Jaewon, que encendió todos los botones de los controles cuando Taylor se ajustó los guantes y respiró profundamente.

—El estabilizador... —murmuró apenas pensando en su casa, su familia y todo lo que estaba dejando atrás.

—Está en sintonía, todo está preparado, Kim.

Fue un segundo que se sintió eterno. Taylor suspiró antes de asentir y todos dentro de la bodega alzaron los interruptores para encender el vórtice. Con la mirada seria y su respiración pausada, Finnian Taylor Kim quiso pedir protección al cielo, pero había negado a Dios por años y sabía que, de existir, tampoco le agradaría mucho lo que estaba por hacer.

—¡Señores! —exclamó—. Así es como se siente hacer historia.

Todos los ayudantes abrieron la boca a la expectativa cuando la luz en el centro de la bodega resplandeció en esa puerta metálica.

Ese momento, en el que el campo eléctrico se extendió por toda la ciudad y la concentración de este empezó a intentar dividir la realidad, fue exactamente el mismo en el que todas las miradas se clavaron en Dakho y su corazón casi se detuvo. Todas las luces del pueblo parpadearon enloquecidas. Todo California sintió el piso temblar.

A Han Dakho le faltó el aire. Taylor dio un paso al frente.

En el momento en que Han Dakho colapsó, brotó de él una gran cantidad de energía que viajó al generador puesto en su casa. El voltímetro frente a Taylor marcó el nivel exacto de energía y él solo avanzó.

En el medio de la noche helada, una luz partió en dos el cielo. Un milagro: un rayo en una nevada.

Las consciencias de todos volvían a recuperar su racionalidad cuando las líneas al fin se separaron. Y el cuerpo de Taylor atravesó un dolor inexplicable frente a la mirada expectante de los científicos. Todo su cuerpo sentía desprenderse. La luz del ambiente se adhirió a él en partículas. Y tembló, porque no sabía en dónde estaba, solamente buscaba seguir avanzando. Quiso gritar, quiso volver, pero ya era tarde.

En su lugar, se dejó desvanecer por el espacio y el tiempo, y se encontró a sí mismo, en contacto con sus intereses y sus anhelos. A diferencia de Dakho, porque él sí comprendía lo que había atravesado. Pero, al igual que él, ya no tenía futuro. No lo necesitaban cuando el presente les pertenecía.

Preguntarse por una eternidad cuando se cuenta con un solo día no tiene sentido. Pero es sublime, porque ese *hoy* se convierte entonces en un *por siempre.*

Como partículas entrelazadas, ellos se amaban devotamente. Y, para desgracia del universo, estaban atados de una forma que nadie nunca entendería. Hasta el final de los tiempos, o al menos hasta que el *por siempre* se derrumbe.

De pronto, su pecho golpeó el suelo metálico. Su traje estaba humeando, antes de desmayarse sintió mucho dolor sumado a pequeñas descargas en todo el cuerpo.

Cuando despertó, se recompuso sobresaltado en la bodega vacía.

Se sacó el traje y corrió hacia el exterior. Jadeó. Le asombró ver la carretera, por fin asfaltada y, en especial, el verano en su mejor momento.

Buscó aquel aparato que había guardado en su bolsillo. Lo encendió y vio desaparecer la señal de «Sin conexión». La fecha, actualizada por el proveedor telefónico, marcaba el año 2019.

Lo había logrado.

Besó el teléfono y una voz en su cabeza le dijo: «Espérame, por favor, espérame».

La cuenta regresiva se había detenido. Al menos por hoy.

27.

CALIFORNIA, CONDADO MARIPOSA
1 DE AGOSTO DE 2019.

La vida es como un árbol, y el tiempo, la tierra que acoge sus raíces. Sin embargo, esas raíces que sostienen su existencia no son el origen. Nunca lo fueron. Pues, antes de la raíz, estuvo la semilla.

—Antes de atravesarlo cuenta hasta tres. Estará lloviendo y será difícil correr en la oscuridad —dijo ella mirándolo con dureza—. Quédate en la orilla, no lo olvides.

—¿Por qué justo ahora? —preguntó con el rostro fijo—. ¿Por qué a plena luz del día?

El tercero de ellos acomodó sus anteojos con determinación.

—Porque la oscuridad no es buena con los viejos —le respondió antes de alzar frente a él una máscara para poder completar su traje.

La naturaleza posee memoria y sabiduría, mucha más que la mayoría de los hombres.

Es tan simple de ver en los pequeños detalles, como el cambio de las estaciones, cuando las copas de los árboles se deshacen de sus hojas. Una a una. Ese espectáculo de color se trata de autoprotección. Cuando las hojas no pueden cumplir su función, el árbol simplemente se deshace de ellas.

El hermoso otoño no es más que la depuración natural de las hojas.

A lo mejor por eso a Kim Haruka le gustaba ver las hojas que caían desde la ventana de su casa mientras pensaba en lo rápido que había avanzado la vida sin ella. También le gustaba vagar por el

cementerio del condado, para limpiar un poco la tumba de sus padres, y la suya.

Quizás había muchas líneas, pero este era el inicio.

A ella le gustaba caminar con los pies descalzos por las calles; incluso si se ganaba una que otra mirada de desconcierto de los turistas que viajaban por allí. Probablemente, debería comenzar hablando sobre qué hacía en ese año, o por qué tenía el descaro de llevar flores a su propia tumba; pero era muy largo y difícil de explicar.

Así que diría que su plan salió tan bien que incluso ella misma se lo creyó.

Era alguien que pasaba desapercibido, siempre lo fue. Estudió por años, escribió cientos de cartas con instrucciones a su hermano para pedir su ayuda, sin embargo, esta nunca llegó.

Había un detalle muy importante que ninguno de los habitantes del condado Mariposa se había detenido a pensar; es más, no tendrían cómo saberlo. Pero las fechas entre las cartas no cuadraban, nunca lo hicieron.

Posiblemente, porque las únicas cosas o recuerdos reales eran los que tenían fecha. Y los demás solo eran productos del gran colapso.

Ella saltó al lago, debió morir. Creyó que moriría, ese era el plan; pero contrario a los otros condenados, su muerte no estaba escrita. Aun así, nunca la encontraron.

Estuvo allí el día de su funeral, observó de lejos a sus padres, su esposo y su hijo viendo con desdén la caja vacía luego de que no pudieran recuperar su cuerpo. Los amaba, pero no quería estar con ellos. Al menos no cuando sabía lo que eso implicaba. Ninguna persona en esa casa le creyó, todos la tacharon de demente, incluso su pequeño hijo. Y la única persona en la que podía confiar había dejado de contestarle.

Entonces huyó muchos kilómetros al sur en medio de las montañas, escondiéndose en esa vieja cabaña que construyó con esfuerzo. Como una demente, sintiendo la tierra mojada bajo la planta de sus pies y el aire puro que la mareaba por instantes.

Su vida pasó, y ella nunca creyó que el futuro que siempre buscó tocar fuera tan despiadado, tan asqueroso. Se reprochó a sí misma por las decisiones que tomó cuando ese experimento en el que puso toda su fe jamás funcionó. O al menos así fue hasta que se encontró con él.

Ella había ido al cementerio a dejarles flores a sus padres, porque desde que su hijo murió nadie más volvió a hacerlo. Bajó por la vereda y lo encontró allí, recolectando ramas para quemar. A ese hombre rubio, de mirada seria al que notó vagar por todo el bosque.

Al parecer, Lee Jaewon, en cualquiera de las líneas tenía cierta fijación por acercarse a genios incomprendidos. Porque cuando ella lo invitó a entrar a su cabaña, él aceptó gustoso y le ofreció cargar su canasta.

Estaba de más decir que el profesor Kim había envejecido mucho; estaba casi al final de sus días. Su memoria ya no era tan buena como antes, y Lee Jaewon aún lo cuidaba como si fuera su padre. Siempre tuvieron una relación compleja que nunca pudo definir. Sin embargo, eso no cambiaba el hecho de que habían intentado sobrellevar la vida por más de tres décadas después de que su experimento fracasara.

Jaewon la observó atentamente y le sonrió cuando ella lo hizo.

El Jaewon original, a diferencia de los de otras líneas, nunca se atrevió a hurgar en las cosas de su maestro ni a verlo como algo más que una deidad, mucho menos a ensuciar la imagen que tenía de él. Por eso, cuando ella comenzó a contarle cosas sobre la naturaleza y la vida, esa forma de cautivar su atención le pareció familiar.

Congeniaron muy fácilmente. Ellos dos eran muy buenos contando historias. Hablaban de cosas improbables que en el fondo ninguno de los dos se permitiría admitir que eran reales.

Haruka le dijo que le gustaría regresar en el tiempo. Y Jaewon respondió que, aunque lo intentara, jamás podrían lograrlo. Fue la curiosidad ante sus locas historias lo que la llevó ese día a salir de su vida ermitaña para regresar al pueblo.

Ambos tenían historias de su juventud, y Jaewon, en particular, recordaba fervientemente la dedicación con la que su mentor y él colocaron pieza por pieza en los parales alrededor del lago.

Nunca los quitaron, el Gobierno decidió que sería una gran forma de restaurar la electricidad de la ciudad; y, de su pequeño laboratorio en lo profundo del bosque, solo quedaba el edificio abandonado que la maleza comenzó a cubrir.

Kim Anzu no creyó que, siendo un viejo enfermo, la persona que entraría detrás de Jaewon a su casa sería otra anciana, pero la que siempre fue su niña. En la primera línea por fin se encontraban y se abrazaban tan fuerte como sus débiles cuerpos se los permitiera.

Él se disculpó por no llegar a tiempo; después de todo, en las cartas nunca acordaron evitar separarse. Ambos eran lo suficientemente inteligentes para saber que evitar su separación conduciría a una paradoja más.

En su lugar, habían acordado encontrar el punto exacto en el que ninguno de ellos tuviera que esconderse. Ya sea un pasado o presente de alguna línea que estaba por crearse, porque incluso después de tantos años, no se habían rendido.

Fue esa ambición la que causó todos los males. Oh, cuán simple habría sido ser viejos y sentarse a ver las hojas de los árboles caer en paz hasta el final de sus días. Lastimosamente, aquel deseo intenso, casi violento de superarse nunca se extinguió; porque como siempre, anhelamos cosas que no podemos tener.

Con el paso de los días, estando juntos, descubrieron la falla en su afamado experimento. Al hacerlo se vieron con una sonrisa igual de perdida, como los locos que eran, dispuestos a morir en el intento.

Y Jaewon, que era el más fuerte de los tres, aceptó la responsabilidad de atravesar la realidad simplemente porque no soportaría morir en la derrota.

Eran tres fracasados, pero juntos podían ser los dueños del mundo.

Esa tarde de agosto, Lee Jaewon condujo con los dos ancianos hacia el bosque y se dedicaron por horas a caminar por la maleza, para poder llegar a ese tétrico lugar en donde por mucho tiempo intentaron desafiar la realidad.

Anzu explicó que el experimento tenía fallas y ella le mostró el camino, le mostró el sentido. Le dijo que el lago era solo una vía, pero que de lograr contener la energía podrían abrirlo en cualquier lugar.

El plan era sencillo, hacer que Haruka joven se acercara al lago la noche que Anzu creó el vórtice, pero ella estaba muy lejos de allí, lo sabía. Porque era la misma noche en la que se ofició el funeral de su padre y, aunque vio llorar a su hijo en medio de la calle, no hizo nada. No podía, o quedaría expuesta.

Esa era la noche a la que tenían que regresar; y, de todas formas, era el punto hacia donde el lago los llevaría de lograr activarlo. Jugaron con la realidad; no habían aprendido de sus errores, olvidando que es imposible controlar al destino. Y buscaron hacerlo; pero esta vez, no hubo ningún error.

El campo electromagnético se extendió por toda la ciudad como debía hacerlo; creció; creció y creció tanto que comenzó a enloquecer a las personas a su alrededor. Ellos querían enviar a su aprendiz de regreso, pero olvidaron que el simple aleteo de una mariposa era capaz de causar un huracán. O, en este caso, no tomaron en cuenta al joven que se puso de pie en el bote en el momento exacto en el que la energía se concentró en el centro del lago.

Jaewon no pudo atravesarlo. Le quitaron su lugar.

Quizás Dakho se cayó o el lago lo atrajo hacia él; nadie nunca lo sabría. Lo único seguro era que una vez comenzado, no se detendría. Después de todo, un objeto en movimiento seguirá en movimiento hasta que una fuerza externa actúe sobre este.

La inercia de la caída.

UN DÍA CUALQUIERA, EN CUALQUIER LUGAR. QUIÉN SABE CUÁNTOS DÍAS DESPUÉS DE...

De esa semilla habían salido muchas raíces diferentes. O líneas, como quieran llamarlo, y una de esas en particular era conocida por ser tan amable y apacible que era escalofriante.

Taylor sonreía por dos motivos: el pueblo lucía hermoso en verano y había logrado cruzar al otro lado sin problemas, con las puntas del cabello un poco quemadas y marcas moradas en el cuerpo y el cuello, sí, pero todo en orden.

O bueno, también estaba ese pequeño detalle, que no era casi nada, una cosa insignificante. Es decir, solamente era que la bodega estaba vacía, ya no estaba su vórtice y no tenía cómo regresar.

Ah, sí, eso. Nada alarmante.

Maldición. ¿A quién quería engañar? Estaba muy jodido. Hiperjodido. ¡Ultrajodido! Y todo lo que le sigue.

Pasada la emoción inicial, Taylor se enojó consigo mismo por no haber traído dinero o su libreta. Tampoco sabía dónde quedaron sus anteojos, porque esto estaba resultando más difícil sin alguna de esas tres cosas.

Un sol radiante que no era del todo dañino y la brisa fresca que tocaba su rostro al suspirar eran todo lo que tenía. Pero bien, era un día hermoso para caminar lejos del borde del condado Mariposa y salir de la ciudad. Se agitó de felicidad al reconocer el enorme edificio que había sido construido en el condado, alto como una torre: aquel hotel que Dakho buscó desesperado esa noche en su cuarto.

Sí, no servía de nada pensar en que estaba atrapado. Ya estaba allí, solo le quedaba seguir avanzando. La última vez se habían tardado aproximadamente cuatro horas en ir desde el condado hasta San Francisco en auto, así que, según sus cálculos, estaba a unas cincuenta y seis horas de distancia a pie.

Ni modo. A caminar.

Taylor respiró profundamente, se fijó en la señal de curvas peligrosas a su lado y se movió a la orilla de la carretera por mucho tiempo mientras pensaba.

¿Qué debería decir? Necesitaba un plan para cuando llegara a San Francisco. Si sus cálculos no le fallaban, Dakho debía estar allí, a solo cuatro horas de distancia.

No podía simplemente aparecerse y decir: «Hola, qué tal, soy el amor de tu vida», ¿cierto?

¿Cierto?

Agitó la cabeza, eso era una estupidez.

«Vamos, Taylor. Se te fundió el cerebro», se dijo a sí mismo. «Ya sé, no me molestes», se contestó.

Volvió a agitar la cabeza. Bien, ahora estaba hablando solo.

Hacía mucho que no pasaba tanto tiempo consigo mismo, así que por alguna razón el silencio le resultó extraño. Su cabeza ya no estaba bien, eso era seguro, aunque no podía hacer mucho para arreglarlo.

Se pasó la mano por la frente para limpiarse el sudor; sentía que había caminado durante mucho tiempo, pero cuando volteó a ver se encontró la misma señal de tránsito a solo unos cuantos metros de distancia. Ah, mierda. Esto sería más difícil de lo que esperaba.

Con mucho esfuerzo logró llegar a la autopista y comenzó a extender el brazo con el pulgar alzado a los autos que pasaban con la esperanza de que alguno se detuviera. Pero todos parecían acelerar.

Lo entendía, él era un tipo raro en la carretera. Pero quería apelar a su lado amable. ¿Por qué eran así? Él llevó a un hombre desmayado a su casa y esta gente del futuro no quería darle un aventón. Qué desconsiderados, en serio.

No tenía mucho tiempo, debía evitar a toda costa estar solo en la noche. Mientras negaba, preocupado, escuchó el sonido de un claxon detrás de él. Volteó a ver y se percató de la camioneta que se orilló mientras avanzaba y aparcaba un poco más adelante.

Se acercó. El vidrio de la camioneta se bajó y reveló a una mujer mayor que parecía ser una religiosa, por la gran cruz colgando en su cuello; por eso y porque era aparentemente un auto de misioneros.

«Encantador de ancianas, no me falles ahora», pensó, y luego sonrió.

—¡Oh, hijo! ¿Estás bien? —le dijo la mujer al verlo y él puso todo su empeño en parecer triste—. ¿Qué te sucedió?

—Vine de campamento y me robaron, me golpearon un poco; ahora no tengo cómo regresar a casa. —Se pasó la mano por el cuello, que mostraba unos gruesos moretones.

—¡Pobrecito! —Ella se tapó la boca preocupada para después persignarse—. ¿Dónde vives?

—San Francisco…

Ella pareció dudarlo unos segundos, pero finalmente le quitó seguro a las puertas de la camioneta para dejarlo subir.

—Ven, hijo. Te dejaré tan cerca como pueda —le dijo con una sonrisa—. Seremos amigos de carretera.

Resultó que su nombre era Mary y que, efectivamente, era parte de una congregación cristiana en Mill Valley, que estaba muy cerca de San Francisco, por lo que no le importaría gastar unos veinte minutos más para llevarlo.

La última vez que Taylor recorrió ese camino curiosamente también se había escapado de casa, y el sol de la tarde le resultó muy cómodo; al final, seguía siendo un chico, uno muy cansado.

También fue gracioso cuando ella puso rock cristiano para intentar compaginar con él. Quizás nunca lo había experimentado, pero ella parecía ser el vivo ejemplo de lo que el proverbio decía: «Hacer el bien sin mirar a quién». Y eso le gustó mucho, era algo en lo que él sí podía creer.

Después de horas de amena charla, y de que ella le diera un par de consejos, lo dejó en la entrada de la ciudad. Aunque insistió en llevarlo hasta su casa, él se negó; ya le había quitado suficiente tiempo, además, tenía mucho que recorrer todavía. Así que cuando bajó del auto, se despidió de ella con una sonrisa, cuya memoria no debió haber arraigado a la línea temporal. Pero no importaba, finalmente había llegado.

La ciudad era muy moderna. Era exactamente como Taylor se la había imaginado. Le gustó sentir que todas esas cosas hermosas que Dakho le contaba sobre el futuro eran ciertas. Taylor sonrió genuinamente, porque en su pequeña ciudad apenas había un restaurante, y mientras él caminaba, ya se había topado con al menos cinco.

Aún no controlaba del todo su vórtice, pero tenía una vaga idea de en qué época se encontraba, y estuvo aún más seguro al ver una gran valla desde lo alto de un edificio que anunciaba fechas para el concierto de una celebridad cuyo nombre sí conocía. Se burló mentalmente al ver la foto del cantante; ahora entendía por qué Dakho lo comparaba con Mick Jagger.

Ahora sí podía darle una fecha a su aventura:

Junio, 2019.

Era verano.

Taylor pensó en la foto que tomaron de la ventana de la casa de Dakho en San Francisco por mucho tiempo, incluso llegó a pensar en pegarla en su libreta, pero un día simplemente no la encontró.

Aunque no le preocupaba no tenerla, no sería difícil llegar, Dakho ya le había mostrado el camino. Su pecho estaba lleno de ilusión y asombro mientras daba pasos firmes y esperanzados por la ciudad intentando recordar el camino de regreso a casa. Y era todo lo que quería.

Cuando llegó a la avenida, sus piernas temblaron. Se acomodó un poco el cabello y la camisa, estaba nervioso. Entonces, avanzó feliz y presuroso hacia la fachada de la casa. Estaba claro que era una mala idea, pero iba intentarlo. Tocaría la puerta y, al abrirse, deseaba que fuera su hermano quien lo recibiera. Quería contarle que estaba bien, abrazarlo, para luego explicarle todo. Decirle: «Oye, Sean, soy yo, volví».

Quería subir a la rueda de la fortuna que vio desde la ventana del auto y ver a las personas desde arriba en la playa, tan diminutas como la arena misma mientras la brisa lo golpeara.

Quería contarle a Dakho toda su historia.

Quería...

Sus pies se detuvieron casi al mismo tiempo que esa enorme sonrisa se desvaneció, sacándolo de su imaginación de golpe, como un cristal que se rompe.

Estaba frente a la casa, frente a esa ventana de la que debería ser la habitación de Dakho, pero las paredes seguían viejas, como si nunca las hubieran restaurado. Sintió que se desmayaría cuando alzó la vista, ya que en la entrada reposaba un cartel con letras grandes que decía: «En renta».

Eso era lo último que le faltaba. Abatido, se dejó caer de rodillas, colocándose las manos en los muslos para alzar la cabeza y ver el lugar vacío.

Tal vez debió prever que pasaría; pero, en el fondo, él solo era un iluso más. La foto de la ventana no se perdió; se desvaneció, quizás. Al igual que su racionalidad. Respiró profundamente. Le había costado un día llegar hasta San Francisco y no había servido de nada. ¡Había sacrificado la electricidad de su maldito pueblo! ¿Y de qué sirvió? ¡De nada!

¡Era inútil! ¡Él era inútil y esta mierda no tenía solución!

¡Desperdició tantas horas intentando arreglarlo! Desperdició su aliento diciendo incoherencias, hizo sangrar sus manos escribiendo ideas de lo que podrían lograr si tan solo llegaran a cruzar del otro lado.

¡¿Y para qué?! ¡Para no tener ni una maldita idea de dónde estaba parado! ¡Desperdició lo que le quedaba por nada!

Taylor se maldijo una y otra vez; impotente ante la adversidad, apretando la mandíbula con rabia pensando en lo que había dejado por llegar allí.

¡¿Dónde estaba Dakho?! ¿Dónde? ¡¿O cuándo?! Maldita sea.

Tragó saliva pesadamente, esto no era la mitad de lo que había esperado. Se esforzó tanto y rompió con todo lo conocido para que al final el universo se burlara de él. Comenzó a hiperventilar, quería arrancarse el cabello y los ojos; quería quitarse las uñas una por una hasta dejar de sentirse mediocre y culpable. Estuvo a punto de gritar cuando unas risas detrás de él lo sacaron de sus pensamientos. Volteó a mirar y notó a un grupo de jóvenes que charlaban amenamente a la distancia.

Reaccionó, temblando. Seguía a mitad de la calle, no podía quedarse así.

Los observó con curiosidad: tenían muchas bolsas y vasos de bebidas de colores en las manos. Su cerebro exhausto encendió una bombilla: «Si fuera un chico de su edad, iría a donde van los chicos de su edad».

Desorientado, se levantó de la acera para seguir a las personas que caminaban en la misma dirección. No tenía ni idea de dónde estaba, entró a lo que parecía ser un centro comercial, pero que a él le resultaba más como una fortaleza sacada de una ficción.

Caminó por los pasillos observando todo a su alrededor. Tenía que encontrar una jodida forma de seguir con el plan y de hacer que el sacrificio sirviera de algo. Ahora ya no era Taylor y su latente homosexualidad; ahora eran las aventuras de Taylor, el homosexual, en el futuro.

Le pareció oportuno que al menos los letreros que indican el camino hacia el baño no hubieran cambiado nada, así que los siguió. Entró al de hombres y no dudó en acercarse al grifo del lavamanos para abrirlo, pero este se accionó cuando acercó las manos.

Frunció el ceño, no podía ser que el lavamanos tuviera un maldito sensor.

Se vio en el espejo, tenía marcas moradas ahora más notorias debajo de los ojos. Aunque eso lo preocupó, no había nada que pudiera hacer más que tocarse delicadamente, ya que su piel dolía. Tomó un poco de agua y se la llevó al rostro para quitarse los restos de suciedad. También se asustó cuando el dispensador de jabón se activó solo, pero agradeció el regalo jabonoso y se lavó correctamente hasta el cuello y los codos; por último, se pasó las manos por el cabello para peinarse un poco. Cuando volvió a salir del baño, suspiró. Ahora estaba un poco mejor, como quien no tuvo un colapso a mitad de la calle.

Comenzó a avanzar por el pasillo atento a las personas y las tiendas. Algunos adultos lo miraron extrañados, y las chicas, por alguna razón, lo veían mucho, aunque él aún se sentía sucio y desaliñado.

Dijeron algo sobre que su «ovni» era muy genial, muy *vintage*, pero él no lo entendió. Divagó mentalmente por un par de minutos en los que se distrajo y se quedó quieto. No calculó la posibilidad de que Dakho ya no viviera en esa casa de un barrio conocido; un pequeño cambio y ahora tenía un estilo de vida diferente. Dakho podría estar en cualquier lugar. O año, incluso.

El tiempo se movía diferente en cada línea.

Si lograra encender el vórtice del lago, tal vez podría regresar. Pero necesitaba señal para hacerlo. Masajeó el puente de su nariz y reaccionó porque el bullicio del lugar lo aturdió un poco. Entonces, volteó a ver hacia el interior de la tienda frente a la que estaba. Parpadeó confundido.

Tal vez, contra todo pronóstico, Taylor le agradaba al universo; o solo era alguien con suerte. La tienda tenía pisos y paredes blancas, además de luces y muchas pantallas pequeñas en estantes. No exageraba al decir muchas, eran demasiadas.

Y su corazón casi se detuvo, porque él sabía exactamente qué eran.

Eran celulares. ¡Celulares!

Allí, frente al cristal, no se detuvo ni siquiera a pensarlo y entró a la tienda. Las puertas se abrieron solas, y el sonido del timbre al pasar por la entrada lo sorprendió. ¿Dónde habían quedado las campanillas de las puertas de los locales? Era muy extraño todo.

Ya llamaba lo suficiente la atención por su aspecto, pero eso era lo de menos. Había muchos celulares para escoger. Se sintió en una juguetería. Tantos estilos diferentes, y él que con un *walkman* se creía la persona más avanzada del pueblo; joder, se sintió tan viejo.

Vio un celular similar al de Dakho, cuyo exterior era de un tono más rosa. Y aunque nunca le gustó mucho el color, le pareció particularmente bonito. Intentó tomarlo, pero tenía conectado una clase de seguro en la parte de atrás, era como un imán. «Si lo quito, ¿sonará?», dedujo, pensando en que al parecer todo tenía sensores ahora.

Intentó pensar en qué hacer, pero sus ojos se iluminaron aún más cuando encontró algo hermoso ante ellos. Taylor nunca creyó que eso fuera posible. Esa cosa parecía un libro, pero el cartel decía «Computadora». Y era del mismo color que el teléfono.

Una computadora... ¡Una computadora sin cables!

Maldición, él quería esa maldita cosa rosada con botones.

Pensó que sus dotes de cleptomanía tenían que servir de algo. Aclaró la garganta mientras meditaba cómo proceder; luego se acercó a uno de los trabajadores.

—Buenas tardes... —dijo intentando sonar natural. Le dio un vistazo a la etiqueta con su nombre—. Jack, ¿podría ayudarme? Quiero comprar esta computadora.

El hombre no parecía inmutarse por su aspecto. No era el primer chico con ropa de vago que iba a ese local. Esos niños generación Z creyéndose alternativos estaban por todos lados, según él.

—Claro, sígueme —le indicó.

Taylor sabía que esto estaba mal, pero ¿quién podría culparlo? Tenía que regresar al pueblo y encontrar la forma de encender el portal y cumplir con su parte del trato. ¿De qué le servía quedarse? Dakho no estaba.

—Gracias… —Taylor asintió imitándolo hasta llegar al mostrador.

—Espera aquí, te traeré un equipo cerrado —le dijo con total tranquilidad. Lo vio tomar unas llaves para dirigirse al almacén.

Taylor se pasó las manos por el cabello y visualizó todo el plano. Salidas aproximadamente a cuatro metros de distancia una de la otra, había varios guardias y mucha gente.

Joder. Esto sería un escándalo.

El hombre regresó después de unos minutos con una caja y la colocó sobre el vidrio del mostrador.

—¿Qué tan rápida es? —preguntó antes de que el empleado la abriera.

—Tiene un gran procesador, con una buena conexión de red, funcionará sin problemas. Aunque creo que la señal se ha estado cayendo últimamente.

—Conexión… ¿Se refiere a internet?

—Sí, wifi. A tu conexión habitual.

—Y eso funciona como las ondas de radio, ¿cierto?

—¿Te refieres a la red? Uhm…, sí. Es radiación, como con todo —bromeó. Ladeó la cabeza, desconcertado; esa era una pregunta muy extraña viniendo de un chico.

Taylor abrió los ojos. Esa cosa del wifi se trataba de ondas domésticas que los aparatos podían decodificar. Aún faltaban muchos años para que fuera algo común para él. Pero ahora hasta quería robarse la idea.

—¿Podría enseñarme un modelo de color negro? —dijo tomando la caja—. Aún no me decido. —Suspiró.

—Bien, espera… —El vendedor dio la vuelta y caminó de nuevo hacia el almacén.

Al llegar a la puerta, escuchó el fuerte sonido de una de las alarmas de la mesa de exhibición de los nuevos modelos de celulares, y regresó sobre sus pasos. Otro de sus compañeros se acercó corriendo hacia el mostrador.

—¡Jack, alguien arrancó un iPhone de la mesa de exhibición! ¡Ven ya!

Bajó su vista al mostrador. La caja no estaba. La maldita caja sellada con la computadora no estaba. Y el chico tampoco.

—¡Avisen a seguridad! ¡Ese chico se llevó una computadora también! —alzó la voz saliendo de su cubículo.

Los altoparlantes de una tienda de electrónicos contigua reproducían una canción a la que Taylor no debió prestarle atención, pero la energía y el desenfreno que esta le provocó lo hizo burlarse y detenerse por un momento antes de enfrentar al destino, mientras huía como el demente que era.

Él no lo sabía, pero la canción era «Na Na Na» de My Chemical Romance. Dakho la amaba con locura. Ojalá lo hubiese sabido, así habría podido decirle que a él también le había gustado mucho.

Aunque el futuro lucía prometedor, no podía quedarse ni quería hacerlo. Jamás pensó que iba desear ir de regreso a su amado 1986 alternativo, pero era todo lo que le importaba. Y estaba corriendo, literalmente.

Taylor Kim no tenía tiempo para ponerse a pensar en si lo que hacía estaba bien o no.

Oh, por favor. Quemó una iglesia y se podía burlar de todos los científicos del mundo, así que robar una tienda no era tan raro para él. Pero por si acaso, él admitiría que no era correcto, como la mitad de las cosas que había hecho hasta el momento.

¿Le importaba? No. Ya estaba desquiciado. Bienvenidos a su monólogo.

El universo era tan sensible que Taylor probablemente debería traer un letrero aclaratorio que dijera: «Esto está mal».

«Robar computadoras está mal».

«Viajar en el tiempo está mal».

Solo en caso de que personas sin criterio y capacidad de discernimiento o análisis lo tacharan de ser un mal ejemplo, como si él tuviera alguna obligación de educarlos a todos. Así que como el loco que era, había aprendido un par de cosas y llegó a la conclusión de que todos, a su parecer, deberían tener un cartel de advertencia que dijera: «Por favor, no intentar en casa».

Un cartel que cuando lo acusaran de no ser apto y afable con sus acciones, le recordara: «Por favor, sigue a los demás, no te formes una idea propia. Haz lo que haga falta para encajar, para lucir amable. Concuerda con el rebaño, eres un borrego, al final de cuentas. Y, sobre todo, ten cuidado, tus ideales podrían no ser bien vistos por la multitud. Oh no, y no pienses en sexo, por favor, no seas un humano normal con deseos normales. Sé adorable y correcto, a la gente le gusta pensar que eres un niño pequeño e inocente, te dirán que eres indecente».

También otro que dijera: «Habla con propiedad y elocuencia, o mejor aún, ¡cállate, no digas la verdad de la asquerosa existencia! No les digas que son mediocres, aunque lo sean, porque no queremos ofender a nadie. ¿O sí? Preservemos la imagen idealizada que todos tienen de ti, que la realidad de las cosas en tu cabeza podría perturbarlos».

O, en su caso específico, rodaría los ojos: «Por favor, no viajes en el tiempo ni pongas en riesgo medio país por buscar al novio del futuro que ni siquiera te conoce. No corras y no sientas adrenalina cada vez que huyas de lo moral».

Todo es moralmente cuestionable: «No seas joven, no seas egoísta, no seas impulsivo». *«Por favor, no seas completamente humano»*.

Taylor ya había caído muy bajo, y ser un fugitivo se lo recordaba.

Él siempre fue muy serio y recatado, pero es imposible ser políticamente correcto todo el tiempo, ¿cierto? Hasta aquellos que alardean de su moral perfecta y dicen ser superiores tienen algo que se podría juzgar. Así que lancen la primera piedra, nadie les tiene miedo. Mucho menos alguien tan peculiar y tan jodido como Taylor. Bueno, sí le tenía algo de miedo a los guardias que lo perseguían.

—¡Oye, detente! —escuchó gritar detrás de él, pero no se detuvo. Siguió avanzando mientras tomaba aire por la boca.

Quizás debió haber huido solo con la computadora, pero no iba a perder la oportunidad de tener un celular que hiciera juego. Y si su teoría era correcta, con ellos podía controlar su vórtice como si de un control remoto se tratara.

Volteó para mirar, casi tropezando, y notó que eran al menos cuatro guardias, y no sabía cuánto tiempo tardarían en enviar a uno que lo interceptara por el frente. No muy lejos de ahí, en una de las tiendas, varias personas ladearon la cabeza cuando Taylor pasó dando zancadas, desesperado, y luego el grupo de seguridad corriendo detrás de él.

—¿Pero qué demonios...? —mascculló uno de los chicos que alcanzó a verlo. Ese chico que huía de los guardias era, sin duda alguna, lo más interesante que había visto en meses.

Taylor avanzó lo suficiente como para lograr salir del centro comercial, ahora estaba en el estacionamiento mientras veía a su alrededor, agitado. Ojalá los policías civiles se tomaran tan en serio su labor como esos del centro comercial; porque él definitivamente estaba perdiendo el aliento mientras intentaba perderlos.

El sol era intenso, tanto que logró enceguecer su visión cuando luchó por llegar a la acera. Estaba muy cerca, solo tenía que mezclarse entre la concurrencia de la tarde.

Corrió.

Corrió porque era todo lo que le quedaba. Era lo único que lo había hecho sobrevivir.

Llegó al área residencial; necesitaba esconderse. Se pegó a una pared de la calle, pero no esperaba que le pusieran la mano en el hombro. Abrió los ojos, exaltado, y volteó a ver esperando encontrarse a un guardia o un policía, pero no al chico despeinado que ni siquiera le habló, sino que simplemente lo tomó del brazo para arrastrarlo hacia un callejón.

—Agáchate —le dijo alarmado, jalando su camisa en un intento por hacer que se escondiera detrás de un contenedor de basura.

—¿Qué? —murmuró Taylor, y él otro rodó los ojos empujándole la cabeza hacia abajo.

—Silencio, idiota. Van a encontrarnos.

Taylor no entendía qué estaba pasando, pero él tenía razón. Así que obedeció ocultándose al lado del metálico contenedor, con el chico pelirrojo a su lado. Al parecer lo habían perdido. El chico se asomó un poco para ver cómo los guardias pasaron corriendo de largo y cruzaron en la esquina.

—¿Se fueron? —preguntó Taylor, ansioso y confundido.

El chico asintió.

—Sí. Imbéciles —se burló—, nunca saben ni qué están buscando. —Se puso de pie y le ofreció su mano a Taylor. Este la tomó para ponerse de pie.

—Gracias… —murmuró, un tanto dubitativo.

El otro alzó los hombros con ambas manos en los bolsillos de su chaqueta. Tenía pantalones ajustados rotos e iba todo de negro.

—No agradezcas; si te ficharon, los policías reales vendrán por ti. Será mejor que nos vayamos.

—¿Cómo?

El muchacho lo observó de arriba a abajo.

—No voy a juzgarte, pero ¿una computadora?, ¿en serio? —Se burló—. Discúlpame, pero o estás muy loco o eres muy tonto. La mayoría de nosotros toma cosas más pequeñas.

—¿Nosotros?

—¿No eres de aquí, cierto? —Taylor negó—. Bien, eso explica mucho. En fin, te vi en el centro comercial, y como pareces ser un ladrón novato, me vi en la obligación criminal de salvarte.

—¿Me viste?

—Sí, gran escape. Digo, estoy seguro de que te vieron todas las cámaras, pero gran escape, muy épico. —Ladeó la cabeza—. Ven, sígueme.

El chico se movió hacia las escaleras de emergencia, de esas que los edificios de San Francisco tenían en el exterior. Taylor lo siguió.

—¿Cómo llegaste tan rápido? —preguntó mientras subía.

—Tengo mis atajos, no creerás todo lo que puedes controlar desde las azoteas —respondió sin dar mayor explicación—. Ven, tenemos que ocultar eso —le dijo refiriéndose a la caja.

Subieron un par de niveles hasta llegar a una ventana abierta en uno de los últimos niveles. El chico pelirrojo se introdujo por esta, Taylor dudó en seguir avanzando, a lo que el otro lo llamó sacando solo la mano y burlándose de su desconfianza. No tuvo más remedio que entrar.

El lugar era pequeño y estaba casi vacío, pero, aun así, se veía muy desordenado.

—¿Estás seguro de que no hay nadie aquí? —dijo Taylor, temeroso.

—Bienvenido a mi hogar —le respondió después de tomar una bolsa negra de una de las esquinas—. Ten. Primera regla: no te exhibas con tu mercancía si no sabes disimular.

—Parece que sabes mucho sobre esto… —dijo, ocultando su computadora.

Él rio.

—Chico, mírame los pies —le dijo con gracia.

Taylor parpadeó confundido y bajó la vista hacia unos tenis de un blanco pulcro que parecían nuevos. Luego notó un trozo de cartón que sobresalía apenas de uno de ellos. Quizás su vista defectuosa lo traicionaba, pero los tenis aún tenían la etiqueta puesta.

—¿Acabas de robarlos?

—Sí, y gracias.

—¿Por qué me agradeces?

—Porque ya que los guardias estaban distraídos me llevé esta chaqueta también. ¿No te encanta? Está bordada.

—No puede ser…, ni siquiera te notaron.

—Tengo un don…, encontrar un error en la seguridad es mi propósito en la vida —le dijo satisfecho—. No debería alardear de eso, pero bueno. ¿Cómo te llamas, novato?

¿El niño lo llamó novato? Bien, no es que fuese tan mayor, pero él era evidentemente más joven. Taylor dudó, esto ya era suficientemente malo por sí solo como para sumarle una memoria más.

—Tyler —le dijo a secas, y el otro chico extendió un puño frente a él.

—Dominic —respondió con el mismo tono cuando chocaron sus puños.

Quizás Taylor estaba demasiado afectado, o su cerebro se había sobrecalentado, pero casi se ahoga cuando algo hizo clic en su memoria.

El *piercing*, el cabello, la forma en la que sonreía como un arlequín burlándose de todo.

Era su rival: el ex teñido. El maldito ex lo acaba de salvar.

Ay, mierda. Y sí era pelirrojo natural.

Taylor aclaró la garganta.

—Yo… tengo que irme, gracias por la ayuda.

—No seas aguafiestas, Tyler. ¿No vas a decirme por qué robas computadoras? Digo, soy tu salvador después de todo.

—No, es confidencial.

—¡Por favor! ¡Hazlo y te doy un sándwich! Mírate, parece que no has comido en días.

Dio en el clavo, pero su actitud estresó a Taylor en solo un par de segundos.

—¡Diiiiime! —le dijo, esta vez agitándolo por los hombros.

—Soy un viajero del tiempo y no sé dónde estoy. ¡¿Feliz?!

Dominic frunció el ceño, retrocediendo.

—Ah…, eres un loquito. Entiendo. Si quieres un consejo, por eso yo no compro hierba barata… Te la venden mala.

—¡No estoy drogado!

—Entonces dime la verdad.

Taylor suspiró, no se sentía bien estar del otro lado de las acusaciones.

—Me escapé de casa para estar cerca de mi novio y me perdí. ¿De acuerdo? —confesó derrotado—. Sobre la computadora…, la necesito para regresar.

—Déjame ver si entiendo: eres *gay*, ladrón, drogadicto y también fugitivo. ¡Ja! Hasta podrías ser mi mejor amigo.

—Eso no es…

—Ponte cómodo, loquito. Te traeré el sándwich que te prometí. ¡No me tardo! —dijo dejándolo solo.

Taylor se dio un golpe en la frente con la palma de la mano. ¿Por qué siempre atraía gente habladora? Detrás de él había un sillón viejo, así que se dejó caer en este, abatido. De todas formas, no era tan malo quedarse. Había anochecido, y él estaba muy lejos de la bodega.

—¿Vives aquí solo? —preguntó con curiosidad. Ya sabía mucho sobre él por lo que Dakho le había contado, pero estar cerca era diferente a verlo actuar. Se lo imaginó más enojado, y definitivamente menos hablador. Frunció el ceño y recordando pensó: «Sí, Dakho, gracias por mencionar a tu ex en nuestra cita, animal».

—No —le respondió—, de hecho, vivo con la familia del piso de abajo. —Dominic se acercó para darle un pequeño pan y un vaso con refresco. No era mucho, pero era todo lo que tenía.

—¿Y entonces este apartamento...? —Taylor los tomó y no dudó en comenzar a ingerirlos.

—Me lo *adueñé*, no es gran cosa. Cuando me trasladaron aquí, lo descubrí vacío y me tomé la libertad de convencer a todos de que estaba maldito. Ahora nadie quiere alquilarlo.

Taylor se ahogó de la risa. No se había reído en días.

—¡No es cierto!

—¡Lo juro! Por eso atranqué la puerta de la entrada; me escuchan caminar aquí arriba y piensan que son los fantasmas. ¡Uuuhh, qué miedo! —dijo temblando en burla, y dejándose caer a su lado en el sillón.

Taylor se removió un poco incómodo. No quería admitir que estaba celoso, pero el chico sí era bonito, y muy agradable, además. El sándwich sabía bien, pero ahora quería volver y golpear a Dakho por ser un infiel espaciotemporal de mierda. Agitó la cabeza, eso ni siquiera tenía sentido.

—Te daré créditos por tu ingenio —le dijo cruzado de brazos.

—¿Créditos? —Rodó los ojos—. Por favor, supera eso.

—Ya no me permiten acercarme a Madonna —respondió serio.

—¿Cómo por...?

—Su terapeuta dice que no soy bueno para ella. —El chico lo miró desconcertado—. Pero solo fue un accidente.

—Okey, dejaré de hacer preguntas. —Se quedó callado un par de segundos, pero no lo soportó—. Oye, ¿y qué pasó con tu novio?

—Se mudó —le respondió a secas.

—Espera, te hizo venir hasta aquí... ¿Y el imbécil se mudó? No, es el colmo. —Negó con la cabeza, demasiado indignado. Todo él era muy dramático—. No lo puedo creer.

—Sí..., es una larga historia. Solo quiero regresar a casa —dijo por lo bajo y dio un gran bostezo.

El chico lo observó con un poco de pena. Él había estado en muchos lugares, y realmente le hubiese gustado regresar a Nueva York con su mamá.

—¿Por qué no descansas un poco y luego vemos qué hacer?

—¿Tú quieres ayudarme? —Taylor alzó una ceja.

—Obviamente, si no, no te hubiera salvado —respondió con total tranquilidad.

Kim soltó aire pesadamente. Bueno, al menos no estaba solo en la calle.

—No entiendo cómo apareciste… —murmuró. Se acomodó en el sillón, recargándose en el respaldo por algunos segundos, cerrando sus ojos tan solo un poco cuando sintió que el cansancio lo abatía.

—Soy una gran casualidad, creo —le dijo. Y Taylor no pudo evitar entrecerrar los ojos. De verdad lo era.

El apartamento estaba oscuro al igual que el exterior; pero parpadeó, o eso pensó, y de un momento a otro todo se había llenado con la luz del sol otra vez. Volteó a ver a los lados cuando abrió los ojos de golpe y se sentó correctamente en el sofá.

El sol.

Era otro jodido día en quién-sabe-qué línea de tiempo.

—¡¿Ya amaneció?! —preguntó exaltado y tocándose el pecho para asegurarse de estar bien, enredándose con la cobija que Dominic le había colocado.

Dominic estaba sentado en el marco de la ventana, tenía otra ropa ahora y se levantó al verlo despierto.

—Sí, hace mucho. Tienes el sueño pesado, tuve que subir a ver si estabas respirando dos veces en la noche. De nada, por cierto. —Lo vio con gracia—. Estabas todo babeado.

Taylor frunció el ceño. Quizás después de todo nunca consiguió ser extremadamente sociable.

—No te hubieras molestado, en serio —dijo estirando los brazos.

—Creí que te habías desmayado, no podía dejarte.

—Gracias… —dijo apenas porque no sabía cómo reaccionar—. ¿Qué hora es?

—Casi las siete. Si quieres puedes quedarte aquí un rato, yo volveré pronto.

Taylor se restregó los ojos; oficialmente había pasado un día entero en el futuro. Y comenzaba a angustiarse.

—No puedo quedarme más..., y ya te molesté suficiente —dijo por lo bajo cuando se levantó—. Gracias por todo, pero en serio tengo que irme.

—Oye, oye. No te preocupes por mí. Relájate, ya tocaste fondo, no lo arruines más. —Taylor ladeó la cabeza, sonaba como algo que él mismo diría, y le resultó escalofriante—. Pensemos, ¿qué podemos hacer para ir de regreso a...?

—Mariposa, en las afueras de California.

—Pienso..., pienso... ¡Ya sé! Compramos un boleto de autobús y vuelves a tu casa. Yo tengo que... salir a un compromiso. ¿Te parece si me esperas y luego vamos al terminal?

Taylor lo miró con ojos suplicantes como siempre hacía cuando quería algo.

—¿Me quedaré aquí...?

—Ah... —Dominic no resistió, no había mucho que este otro Tyler pudiera hacer—. ¡Está bien! Toma tus cosas y sígueme. Vamos a ir al centro y luego a la estación de autobuses. Creo que me alcanza. Si no, podemos sacar monedas de la fuente.

—¿Has hecho eso antes?

—La idea no me enloquece, pero no puedo pedirle más dinero a mi falsa familia. Pensarán que lo uso para drogas y me enviarán de regreso con los demás.

Taylor tenía mucha inquietud, es decir, él sabía tantas cosas sobre su vida, y hacerlo le provocaba una sensación extraña. Sabía que «con los demás» se refería a los chicos del orfanato, pero aun así, le resultó raro saber el contexto de su existencia.

—¿Sí te drogas? —preguntó para aligerar el ambiente.

—No.

—Dominic... —lo llamó severo, pero no obtuvo respuesta—. Dominic Heart, ¿en serio te estás drogando?

—Ya, ya. No me regañes. Solo fue una vez... —Se quedó callado—. Oye... ¿Cómo sabes mi apellido? —le dijo reaccionando.

Taylor abrió los ojos al darse cuenta de su error.

—Tú me lo dijiste —intentó disimular—. Como sea, no está bien que hagas eso. Te hace daño, y eres muy pequeño para eso.

El chico lo miró extrañado, pero le restó importancia al no recordar la veracidad de eso.

—Lo dice el ladrón de computadoras.

—¡Es un caso extremo! Además, tienes como quince años.

—¿Cuántos tienes tú? ¿Cincuenta?

Taylor se quedó callado, técnicamente sí tendría cincuenta, o casi. Pero de nuevo, eran detalles.

—No seas grosero, estoy tratando de aconsejarte como tu mayor.

—No te ofendas, pero al menos no soy yo el que enloqueció por un chico y luego se perdió en la gran ciudad —dijo, y Taylor sintió el golpe bajo. Eso de no ser el único sabelotodo respondón no era tan divertido para él.

—Idiota.

—Perdón, me pasé. ¡Pero tú lo eres más! Ya, me callaré. Vámonos, que se me hace tarde.

Salieron apresurados. Las calles estaban concurridas, como era de esperarse. El centro de esa ciudad era muchísimo más grande que el de su pequeño condado. Caminaron por el parque, mientras la paranoia de Taylor crecía.

Iban directo a la estación, se acercaron a la pequeña caseta de información. Dominic tenía solo veinticinco dólares y si no bastaba con eso, tendrían un ajetreado día. Taylor se quedó detrás de él mientras hacían fila; sin embargo, un sonido muy particular lo golpeó de pronto. Llevó su vista en dirección a este, para encontrarse con un auto detenido en el semáforo y, en su interior, a su hermano, o al menos la versión vieja de él riendo fuertemente desde el asiento del piloto.

Comenzó a respirar con dificultad cuando las pequeñas cargas eléctricas parecieron pellizcarle la espalda. La ventana de atrás estaba a la mitad y él pudo ver el conjunto de cabellos oscuros recargados sobre esta.

Dakho.

¡Era Dakho!

Exhaló emocionado y habría saltado de la felicidad de no ser porque el semáforo cambió de color y el auto avanzó cruzando la calle.

No. No podía perderlo.

Dominic avanzó en la fila, era su turno de comprar, pero al voltear, observó la espalda del chico alejándose.

—¡Tyler! ¡Espera! —le gritó para intentar alcanzarlo.

Lo escuchó, pero no se detuvo, buscaba a la distancia la camioneta; no debía perderla de vista. Parecía que ya no tenía más fuerzas, pero era incapaz de detenerse.

Sí, había perdido la razón. No había más justificación para lo que hacía. El latir en su pecho lo hacía apresurarse para perseguir sus sueños cuando cruzó la calle esquivando un par de autos que le tocaron la bocina por imprudente y corrió por la acera buscando alcanzarlo. Los edificios disminuyeron y la camioneta se detuvo. Había árboles alrededor, pero casi todo era plano.

Sus hombros se sintieron ligeros cuando exhaló del otro lado de la calle, hasta que finalmente tuvo las agallas de cruzar, con pasos lentos y casi temerosos al verlos descender. Le costó acercarse; cuando lo hizo, se conmovió por la escena de su hermano y SunHee, cuyo cabello no creyó alguna vez ver así de corto, besándose muy felices al lado del auto. Los vio entrelazar sus manos y luego comenzar a caminar.

Y después... Contempló con ternura a un muchacho de cabello negro que bajó del vehículo; lucía tan emocionado.

Apenas podía ver bien, así que avanzó un poco más. Dakho se metió en medio de ellos, pero ninguno de los tres pareció molestarse. En su lugar, se abrazaron mientras caminaban, dejando al menor en medio.

—¿Son una familia feliz? —dijo para sí mismo sin alcanzar a comprenderlo.

Al moverse un par de metros más detrás de ellos, se dio cuenta de que se dirigían al campo de béisbol.

Nunca había escuchado a Dakho hablar sobre él. Tal vez porque en la primera línea, al conocerlo, Sean Grace intentó borrarlo del mapa a toda costa o simplemente no lo había mencionado, no estaba seguro.

Había varias personas entrando a la tribuna, y nadie le puso más atención que la que un muchacho desaliñado debería recibir.

Volteó a mirar; SunHee se veía increíble y resaltaba mucho entre la multitud. Tenía ropa cara y formal, como toda una ejecutiva importante. Pero eso no pareció impedirle colocarse la gorra del equipo, que desentonaba con ella, y gritar feliz para apoyarlos.

También la vio guardar su teléfono en su bolso para poner total atención a los chicos en el juego. Suspiró, se sintió feliz por Dakho; al menos aquí, su madre se amaba tanto que era capaz de amarlo correctamente a él también.

Se acercó a la reja, no sabía cómo actuar. Había estado pensando por días en este momento y ahora parecía ser incapaz de reaccionar; solo entrelazó sus dedos con el alambre que los dividía. Vio a su hermano, tan fuerte y fornido como siempre, ahora todo un hombre adulto; pero aun así reía estruendosamente y se veía tan animado chocando los cinco con su equipo de jóvenes reclutas. Y Dakho…, él estaba lejos del equipo, parecía nervioso. Lo observó detenidamente, este chico era un poco más llenito que el Dakho que estaba en casa, también tenía el cabello corto. Era exactamente igual a cuando lo encontró.

Apretó las manos en la malla, quería saludarlo, quería acercarse.

Quería… oír su voz.

Y así como estaba destinado, soltó en la grava la bolsa que había estado cargando para llevarse la mano al bolsillo del pantalón y sacar el teléfono de Han. Antes había intentado usar el que había robado de la tienda, pero no tenía conexión. Y su instinto le decía que era mejor mantenerlo apagado.

Se estremeció cuando desbloqueó la pantalla con sus manos temblorosas.

Taylor había pasado meses intentando cargarlo después de haberlo reparado. Y lo logró, increíblemente. Pero no podía seguir utilizándolo en ese Estado: el dibujo que simulaba ser una batería estaba en rojo y tenía un número tres al lado. Pronto se apagaría.

Dakho se tenía guardado a sí mismo porque siempre olvidaba su número. Si decidiera hacerlo, ¿funcionaría?

Tal vez… Solo tal vez podría decirle «hola».

Observó por última vez el fondo de pantalla del chico antes de presionar el ícono de llamar.

No lo dudó más, ya no lo soportaba.

Así como esos ojos no debieron verlo, esas manos no debieron conocerse. Y su piel nunca debió sentir la necesidad de ser tocada por ellas. Esa llamada nunca debió conectarse, era ilógico, pero lo hizo.

Su corazón lo traicionó, sus latidos se aceleraron en el instante en que la línea pareció abrirse.

—¿Hola? —lo escuchó decir desconcertado.

Taylor quería llorar, iba a hacerlo, Dakho se veía tan lindo. Con su uniforme limpio y sus mejillas sonrojadas por el sol. La línea se quedó en silencio por unos segundos antes de abrirse entrecortada.

Sonrió contra el teléfono. Pero de un instante a otro se aturdió.

—¡¿Eres tú?! —dijo, porque fue lo único que se le ocurrió. Apenas podía hablar, y el dolor en su cabeza se hizo presente.

—Disculpe, ¿qué? ¿Con quién desea hablar?

—¡¿Dakho?! —Taylor sintió tanta náusea que desvarió por un instante.

—¿Quién habla? —No obtuvo respuesta—. ¿Hola? ¿Hay alguien ahí?

El canto de las aves y el viento rebelde que osaba despeinarlo lo hicieron enmudecer. Era ilógico hablarle como si lo conociera, era ilógico asumir que él voltearía a verlo; más que eso, era iluso de su parte. Quizás debió comenzar diciendo algo como: «Hola, soy yo. Taylor, Finnian Taylor. Hice todo esto para estar cerca de ti. No sé cómo o por qué me encontré contigo, pero no quiero soltarte».

—¿Eres tú? —masculló con voz casi perdida, más para sí mismo que para el otro, tratando de no llorar, porque sabía que no tenía sentido, y la sensatez de la que alardeó por muchos años lo hizo reflexionar. Entendió que ese de ahí no era su Dakho. Y quizás algún día lo sería, pero justo en ese momento no lo era, no lo conocía…

Vio a Dakho alzar la cabeza mientras buscaba con la mirada, pero incluso si estaba enfrente, no se fijaba en él. No lo veía.

No sabía que lo amaba.

—Uhm..., número equivocado —respondió Dakho cortando la llamada de inmediato.

Y cuando la línea se quedó muerta, el pulso de Taylor se aceleró, su rostro se tornó rojo antes de que al apretar sus ojos sus pestañas se mojaran. «Gran plan, ¿cierto, Kim?», se burló de sí mismo. ¿Cuál era el propósito de todo esto? Quizás, simplemente, el universo odiaba a los amantes soñadores.

Retrocedió apenas, y por poco se dejó desfallecer en las gradas de la tribuna alrededor del campo. Se sentó, intentando que las personas no lo vieran llorar, fingiendo que el pecho no le dolía al respirar.

Taylor sintió sus lágrimas deslizarse hasta caer al suelo.

Dominic finalmente lo alcanzó y se acercó velozmente, pasando por la entrada de la tribuna. Al acercarse, se preocupó al verlo así de descompuesto, sollozando mientras buscaba esconder el rostro entre sus brazos.

—Oye... —lo llamó—. ¿Estás bien?

El silbato del entrenador resonó por todo el lugar dando por iniciado el partido.

—No es... —carraspeó Taylor—, no es nada.

Tal vez fue el sol, que le hizo sentir sus mejillas mojadas calientes, o la forma en la que el chico le puso la mano en la espalda cuando se sentó a su lado, lo que hizo que Taylor levantara el rostro, observando con atención a los jugadores.

—Sé que soy un tipo raro y desconocido, pero no te preocupes. Lo que haya sido, pasará. Me diste un gran susto. ¿Por qué huiste?

—Es solo... —sorbió su nariz— que creí ver a alguien.

A ese Dakho de cabello corto, sin perforaciones, pero de impresionantes destrezas, y al viejo detrás de él, que gritaba dando saltos de euforia mientras los veía a todos correr. Ese Sean Grace... Aún no entendía cómo era que ellos dos volvían a encontrarse. Ni sabía qué había sido lo que hizo a Dakho caer la primera vez, pero todos estaban felices. Pensar eso lo hizo sonreír.

—Bueno, al menos llegamos a tiempo para ver el partido —le dijo Dominic con una sonrisa—. El equipo que juega hoy es de mi escuela.

—Tienen buenas jugadas —se atrevió a decir Taylor, sin apartar la vista, para romper con el ambiente incómodo que sus lágrimas causaron.

—Llevan la delantera de la temporada, supongo que son un buen equipo —le respondió Dominic con ligereza, alzando los hombros.

—¿Supones?

—Sí, porque no sé nada de béisbol.

—¿Entonces qué haces aquí? —preguntó Taylor tratando de no sonar malicioso.

—Me gusta, aunque la mitad del tiempo no entiendo lo que pasa. —Volteó a verlo—. Oye, no me veas con tu cara juzgona.

—No te estoy juzgando; solo me hiciste recordar algo. —Taylor sonrió—. ¿Sabes? Solía ser muy bueno jugando béisbol, mi hermano me entrenaba.

—Debes saber mucho entonces.

Taylor asintió con una sonrisa de lado.

—¿Ves a ese chico de cabello negro? —le dijo—. Básicamente, su objetivo es golpear la pelota muy, muy lejos, y correr por todas las bases antes de que alguien la atrape.

—Sí, entiendo esa parte, creo. De hecho, es a lo único que le he prestado atención. Han es un gran bateador. El mejor, será el capitán del equipo el próximo año.

Taylor volteó a verlo. Sus palabras se habían vuelto más personales, y el otro pareció apenarse al hablar de más por primera vez. La superestrella era capaz de atraer miradas en cualquier línea, ¿eh?

—Han Dakho… —le dijo Taylor al notar su voz divagar—. ¿Lo conoces?

Ambos inclinaron la cabeza hacia la izquierda, y ese cabello despeinado que poseían revoloteó en la misma dirección mientras juntos veían hacia el campo, como si de un reflejo se tratara.

—Sí —contestó Dominic, de pronto evasivo. Creyó haber cometido un error al sincerarse—, bueno, algo así. Está en mi salón. Se sienta frente a mí, algunos asientos más adelante, dos creo... O quizás cuatro.

—No hablas mucho con tus compañeros, ¿o sí?

—No... Tomo cursos con ellos, pero no encajo del todo por mi edad —se limitó a decir, y Taylor pensó que, en otro tiempo, ellos dos habrían sido grandes amigos. O terminarían peleando con el otro por alguna tontería, lo cual le pareció encantador.

—¿Cuántos años tienes?

—Mi cumpleaños será pronto, así que supongamos que ya tengo dieciséis. ¿Qué hay de ti? No tuvimos oportunidad de conversar mucho anoche.

—Siguiendo con tu lógica... Tengo dieciocho —dijo con su voz profunda—. Mi cumpleaños es mañana.

—¿Mañana?

Taylor asintió al caer en cuenta de que habían pasado exactamente dos días desde que estuvo en su diciembre.

Era muy curioso que Dakho hubiera comenzado a mencionar a Dominic después de que empezaron a cambiar la historia. Por mucho tiempo creyó que había incluido a una persona aleatoria de su entorno, pero ahora tuvo más sentido para él que tal vez él apareció específicamente por su culpa, así que dedujo que Dominic nunca estuvo en la línea original.

Y tenía razón, Dominic solo existía en las líneas donde todos eran benevolentes.

Taylor nunca lo sabría, pero su afamado rival era el hijo que su mejor amigo nunca pudo conocer. Y pensó que él era el error que tanto había estado buscando.

La atención de ambos divagó cuando le tocó batear a Dakho. Dios, su esposo —que no era su esposo, pero, bueno— era increíble en cualquier línea.

—¿Te gusta, cierto? —se atrevió a decirle a Dominic, de brazos cruzados.

—¿Quién? —preguntó volviendo su vista a Taylor.

—El bateador. Estás ignorándome por su culpa.

El chico no le contestó. Su silencio le confirmó a Taylor que la lástima que le tenía era realmente válida cuando entendió su función. Taylor no sabía qué o quién detonaba la existencia de este chico. Aun así, se sintió ligeramente culpable de que estuviera atrapado como ellos.

Dakho se lo dijo, él no podía amarlo. Tal vez porque Dominic era uno de los fallos o simplemente porque Taylor había aparecido antes de que eso sucediera.

—No, solo me agrada. Parece ser una gran persona —dijo divagando un poco.

Taylor sonrió de lado mirando a Dakho jugar con esa destreza, con esa chispa que solo él tenía. Y esa sonrisa, capaz de hacer que el tiempo entero se paralizara.

Suspiró, y luego asintió con la cabeza.

—Lo es... —murmuró apenas—. Es un hombre espectacular —afirmó con total seguridad.

Dominic no pudo evitar reírse ante sus escasas palabras, ganándose una ceja alzada de Taylor.

—Oye, yo lo vi primero —le dijo Dominic dándole un pequeño empujón y una sonrisa que hizo a Taylor imitarlo.

Una parte muy pequeña de Kim hubiese querido burlarse de él sin ser malicioso, simplemente alardear de que tenía el corazón de Han para él solo; sin embargo, llegó a la conclusión de que ese no era su Dakho, al menos no aquí.

Aquel chico encantador llegó a ser suyo por el camino que recorrió y los errores que cometió.

Entonces, pensó que el orden de las cosas no era igual para todos; en especial para ellos. Porque Taylor tuvo que esperar tantos años y de regreso para conocer a Dakho; pero Dominic lo encontró primero para luego tener que esperarlo para siempre.

Sí, suspiró, y en lugar de burlarse, le sonrió profundamente sereno.

—¿Y por qué no le hablas?

Dominic bajó la cabeza y negó un poco viendo al suelo.

—¡Ja! ¿Y arriesgarme a que me rechace? Ni loco, solo míralo.

—En realidad no puedo ver mucho. —Frunció el ceño—. De hecho, necesito mis anteojos.

Ese escepticismo del muchacho se rompió cuando le fue imposible no soltar una gran carcajada en medio de la tribuna.

—¿Qué carajos, Tyler? —dijo divertido con su comentario. Taylor también rio, alzando los hombros.

—Los miopes vemos bien de cerca, no de lejos —se excusó—. Pero ese no es el punto…

El muchacho suspiró, no tenía muchos amigos. Ninguno en realidad, y el ladrón de electrónicos había conseguido agradarle, es más, se sentía demasiado familiar. Tal vez porque ambos tenían la misma ilusión, el mismo espíritu e irónicamente el mismo nombre. Después de todo, al hablar de espíritu no era necesario referirse al alma, sino a la capacidad de amar y pensar. Ambos tenían un gran corazón.

—Definitivamente, no está en mi liga —dijo al fin, resignado.

—¿No? —El chico negó—. Nunca has hablado con él. ¿Cómo estás tan seguro?

—Es alguien muy inteligente, y por lo que sé, bastante reservado.

—Eso no significa que no puedan tener muchas cosas en común.

—¿Qué podría tener yo en común con alguien como él? —Suspiró.

Sí, Taylor pensó que, aunque quería tener el corazón de Dakho en una caja de cristal, este necesitaba vivir, necesitaba enloquecer de juventud antes de entregarse a él.

Incluso si no lo hiciera, incluso si renunciara a él, Taylor sabía que todo debía seguir su ciclo.

—Le gustan los superhéroes. ¿Sabes? También teñirse el cabello de muchos colores, las perforaciones, aunque creo que aún no se anima a hacerse una, y podría decirse que es un poco metiche —le dijo con gracia.

—¿Qué? —La forma en la que a Taylor le tembló la voz hizo dudar a Dominic—. ¿Cómo sabes que…?

Taylor no les hizo caso a sus cuestionamientos y siguió:

—Le gusta el arte… Y la música; adora la música en todas sus formas. —Sonrió apenas—. Tocarla, cantarla, bailarla… ¡Descubrirla!

Ama descubrir canciones nuevas, las atesora, y las viejas, maldición, para él no son clásicos, son leyendas.

Taylor volteó en dirección a Dakho, quién por un segundo alzó la vista hacia el cielo para ver volar la pelota en esa jugada.

—Él y tú… se conocen. ¿Cierto? —se atrevió a preguntar Dominic Heart.

—Hoy no —declaró—. Probablemente tampoco mañana. Pero quizás… ayer lo fuimos todo.

El chico dudó pasando su vista de él a Dakho un par de veces sin poder entender, sacando una conclusión apresurada.

—Él es… Eso significa que acabo de quedar como un tonto frente a ti —intentó hablar, pero Taylor lo interrumpió.

—No. Significa —le dijo severo—, que si no lo haces feliz tendrás muchos problemas conmigo, jovencito.

—¿Por qué me dices esto? —Dominic estaba confundido, y tan mareado que sintió que vomitaría.

—Sé su amigo, huyan de casa y cómprale muchas flores. ¿Podrías?

—No lo entiendo. ¿Por qué yo? —Heart parpadeó, pero no obtuvo respuesta.

—¿Podrías? —repitió sin dejar de verlo.

—Yo ni siquiera me atrevo a acercarme. Lo siento, no puedo.

—¿Por qué?

—No soy alguien particularmente sociable. Él tiene una gran vida; yo no tengo mucho que ofrecer —respondió—, nada, de hecho.

Taylor se quedó callado un par de segundos en los que sintió que ellos no eran tan diferentes.

—No eres sociable, pero has estado caminando por la ciudad con un desconocido todo el día. Muy irónico, ¿no crees?

—No, no es lo mismo.

—Sí, lo es. Así que, cuando se acabe el juego, acércate a él. Tampoco tiene muchos amigos, estoy seguro de que estará feliz de verte.

—¿Y si me rechaza? —Estaba increíblemente consternado. La presión en su cabeza lo confundió, sin embargo, Tyler no le provocaba temor, más que eso, le transmitía mucha paz.

Taylor sonrió y llevó su vista a Dakho por un segundo; en un momento tan exacto que fue capaz de apreciar al chico mirando en su dirección. El nudo en su garganta se hizo muy grande. Han Dakho, como tantas veces, veía más allá de la malla desde el campo; pero esta vez no lo estaba mirando a él.

Dominic le sonrió, y Dakho también lo hizo. Al verse correspondido, se animó a levantar una mano para saludarlo.

—El temor te mantiene a salvo. Pero eso no les sirve a seres insignificantes como nosotros cuando el universo es tan grande y curioso que nunca sabes qué encontrarás. Y si no te arriesgas, nunca podrás sentir que estás vivo.

—Pues hasta el momento no he encontrado nada que valga la pena.

—Dominic —lo llamó—. Sé que es difícil de creer, pero la vida no es tan mala como parece.

Dominic abrió los ojos, sorprendido. Él creía en lo divino, y por un diminuto instante, sintió que alguien arriba lo había escuchado. Taylor se quedó callado un par de segundos en los que, por sus ojos tristes, le hubiera gustado abrazarlo.

Quizás la vida era eso. Solo un instante, ni más ni menos.

Resultaba curioso pensar que ninguno existía en la línea del otro. Aun así, era tan fácil hablar entre ellos porque, aunque el universo se opusiera, ambos compartían un lazo inefable. Uno forjado por la pureza de sus inocencias al amar, de sus deseos de descubrir el mundo y esa valentía que vivía en ellos.

—Tengo miedo de sufrir —confesó finalmente.

Taylor lo observó con resignación y una sonrisa llena de melancolía, y le dijo:

—El miedo al dolor nos limita conocer cosas que podrían ser maravillosas.

Dominic creyó en lo profundo de su corazón que el cielo quería mostrarle la gracia. Taylor suspiró. El viento que erizó la piel de su cuello le hizo pensar que faltaba mucho por entender. Pero al final, si Taylor era un ángel para todos, no le molestaría serlo para él también.

—¿Quién eres tú? —le preguntó.

—Soy tú… —se burló Taylor y guiñó un ojo—, pero más inteligente.

El partido terminó a favor de los locales, todos se pusieron de pie felices entre aplausos y alaridos.

Taylor vio a Dakho tomar su bolsa del entrenamiento, notó la forma en la que volteaba a ver hacia el chico y luego fingió una sonrisa.

—Tyler… —lo llamó Dominic—. Algún día, ¿volverás?

—No lo sé, tal vez. Si vuelvo a huir del pueblo vendré a buscarte —respondió con algo de gracia.

—Ten. —Extendió hacia él el pasaje de autobús—. Te llevará a casa.

Lo tomó; sus manos temblaron un poco cuando notó que Dominic no había mentido y realmente lo había conseguido.

—Gracias… —murmuró al notar que Dakho se acercaba—. Ahora prepárate, viene hacia acá. Adiós, niño —dijo finalmente, algo entristecido, y se alejó un par de pasos.

Y aunque él lo había provocado, hubiese deseado no estar lo suficientemente cerca para escuchar ese «Oye, yo te conozco, creo. Estás en mi clase de Inglés, ¿o no?».

Taylor se dijo a sí mismo que siguiera avanzando, que ya no le correspondía, que debería regresar a su pueblo y encontrar la forma de volver a casa. O en su defecto, comenzar de nuevo allí, en ese futuro tan cruel y frío en el que no tenía nada.

Pero no pudo, su corazón era demasiado sensible; se detuvo por un par de segundos a admirar con nostalgia a ese Dakho beisbolista, con sus calcetines altos, la gorra y esa sonrisa que le mostró al chico.

Le dolió. Le dolió más de lo que esperaba porque admitiría ser egoísta al pensar que esa sonrisa era suya, él ya se la había entregado. Le pertenecía, así que no quería que la tuviera nadie más; y le quemó saber que todos la contemplaban con admiración.

Apretó la bolsa en sus manos, estático. A su lado, pasó ese viejo de espalda ancha y expresión seria cuya presencia le dolió un poco.

Taylor, asustado, retrocedió por la cercanía del mayor, aunque verlo reprender a Dakho le resultó gracioso. Se permitió observar por unos segundos y sonreír al verlo caminar con normalidad. Él amaba tanto a su hermano, nunca lo negaría.

—No discutiré contigo, vámonos —escuchó decir a Sean Grace, y él se escandalizó al verlo darse la vuelta.

Estaba feliz de ver su rostro, y se jactó al notar que la vejez no era capaz de acechar a Sean Grace por lo joven que se veía. Sin embargo, Sean no debía verlo. Intentó huir velozmente, pero terminó chocando con él. Escuchó su voz de cerca cuando se disculpó, aunque Taylor no pudo detenerse, no era correcto.

Sabía que Sean lo buscó con la mirada, pero de todas formas siguió avanzando hasta alejarse del campo.

Y gritar.

Gritar tan fuerte y desesperadamente porque jamás lograría sacar ese dolor del pecho. Gritar por su alma desconsolada.

Esa tarde subió al moderno autobús que lo llevó de regreso a su ciudad en medio del caer de las hojas de otoño que volaron por toda la carretera que lo conducía a casa.

Esas horas que pasó mirando por la ventana le hicieron recordar el largo camino que había recorrido. La carretera era tediosa, y aunque ya no le molestaba el transporte público, se sintió muy solo en el último asiento desde el que observó por la ventana hasta que la ciudad se convirtió en una arboleda.

Ya casi no veía el sol, el final estaba tan cerca, que en el fondo agradeció al universo haberlo llevado de regreso a casa. Su corazón estaba destrozado.

Se bajó en su estación, arrastrando su computadora con él. Taylor creyó que todo había terminado; pero no había entendido lo suficiente para reconocer que el final de una historia era el inicio de otra.

Quizás por eso los humanos viven mejor en ignorancia, porque estar conscientes de todo solo conduce a experimentar una impotencia tan grande, tan llena de desolación y, a su vez, tan real, que sería capaz de enloquecer a cualquiera que tuviese una pizca de entendimiento.

Taylor Kim, al igual que Kim Haruka y Kim Anzu cometieron el mismo error: anhelar. Ya sea un futuro, un amor o la verdad.

Los hermanos abrieron el vórtice la primera vez, en el momento exacto en el que Han Dakho cayó, el punto cero era su culpa. Pero el bucle era completamente culpa de Taylor. No lo sabía, no aún.

Lo supo hasta que entró a la bodega de los Moon, de donde había salido, y se encontró con la estructura de metal desde donde podía generar el vórtice y todas sus máquinas apagadas.

Su mente le gritó que siempre estuvieron allí, pero él sabía que no era cierto.

Como ese primer agujero que hizo en la malla que rodeaba el bosque, las realidades tenían muchas aberturas que le daban la pauta a transgredirlas. ¿Dimensiones o líneas de tiempo? Muy complejo de explicar. Así que simplemente se diría: una realidad que respeta el tiempo. O bueno, Taylor ya no respetaba el tiempo.

—¡¿Por qué?! —gritó agitado, y con desesperación se pasó las manos por el cabello—. ¡Lo estoy dejando ser feliz! ¡¿Qué pasó?! ¡Lo hice bien!

Negó con la cabeza, incrédulo, ¿Qué cambió? ¿Qué fue lo que movió para hacer que el maldito efecto mariposa volviera a encerrarlo?

Pensó en Jaewon diciendo: «Una variable creada en la segunda línea hace que se repita o hará que se repita». Negó con la cabeza ante la necesidad de tener su libreta. Y sí, pensó en que la brecha de la segunda solo se hizo notoria hasta que pisaron San Francisco.

«Si el niño apareció en la segunda, eso lo convertiría en la variable; entonces, de todas, esta es la tercera línea», dedujo. Y si todo estaba destinado a ser, algo en la segunda hacía que en la tercera se empujara la variable hacia el detonante. Entonces, la verdad lo golpeó cuando su corazón comenzó a latir más rápido y su respiración se detuvo.

Dakho no cayó al lago la segunda vez hasta que se encontró con Dominic, ni la tercera, o la cuarta, o la quinta vez. Pero ¿qué hizo que el chico lo buscara en primer lugar? ¿Por qué le quemó durante todo el otoño pensar en él?

No eran celos. Era resentimiento; porque no importaba la línea: él ya lo conocía.

Por eso estaban encerrados; porque él había logrado cruzar. Y al intentar despedirse de Dakho, lo había enviado de regreso.

Las mil veces que cayó, él lo hizo caer en todas.

En conclusión: si en el niño era la variante, el detonante…

«Soy yo», murmuró Taylor. «Es mi culpa».

Negó desesperado. No se trataba de regresar, el bucle lo protegía, peor aún, lo invitaba a hacerlo. Y ese reloj que parecía haber estado detenido en su existencia comenzó a correr de nuevo con ese sonido profundo de las manecillas rompiéndole los oídos.

Abrió desesperado la caja de la computadora y se deleitó al encenderla porque el olor a nuevo y el conocimiento eran cosas que lo llenaban.

Taylor era el tipo de persona obsesiva cuya determinación terminaba por empujarlo a hacer cosas impensables; pero ya no podía parar. Estaba hecho, el bucle estaba allí y nada iba a detenerlo. Es más, él no quería detenerlo, quería encontrar la forma de quedarse en alguna de las líneas sin romper las demás.

Les quitó el polvo a los rústicos monitores en la bodega y volvió a encenderlos. Entonces, cuando todo volvió a su sitio, la bodega se llenó de luz, pero colapsó casi instantáneamente.

Segundo intento: electricidad.

Recalculó la energía, y aunque pareció que funcionaría, volvió a repetirse.

Se quitó el cabello de la frente. Aquel teléfono que había robado de la tienda ahora le sería de mucha utilidad. Al conectar la computadora, logró enlazarla con el aparato. Aún no entendía mucho esa parte, pero pronto lo haría. Maldita sea, Taylor se juró que lo haría.

Ahora los teléfonos tenían calendarios. Él tomó el nuevo para intentar fechas al azar luego de que logró unirlo con la máquina.

Ese dolor en el pecho que siempre tenía cuando las luces de la ciudad parpadeaban ya no lo asustaba. Él amaba esa parte del experimento en la que sabía que toda la energía del condado estaba siendo absorbida.

Ese viejo monitor marcó la intensidad ideal. Ahora sí, la energía estaba contenida justo como debía hacerlo.

Su traje seguía allí, y él lo entendió todo cuando volvió a ponérselo.

Atravesó de nuevo el umbral, y el dolor fue exactamente el mismo. La energía funcionó de la misma forma, y Taylor lo único que podía hacer era elogiarse mentalmente para que sus deseos de llorar no lo sofocaran.

Quizás estaba mal, quizás ya estaba demasiado corrompido, pero no había llegado tan lejos para irse con las manos vacías.

Tercer intento: dualidad.

UN DÍA CUALQUIERA, PROBABLEMENTE EN CUALQUIER LUGAR.
QUIÉN SABE CUÁNTOS DÍAS DESPUÉS DE...

Cuando volvió a caer en la bodega vacía, lo primero que hizo fue sacar el teléfono de Dakho y revisarlo para constatar que estaba casi inservible. Apretó los ojos antes de ponerse de pie. Ahora sí, estaba dispuesto a ver qué les deparaba el futuro.

Tenía que encontrar una realidad que pudiera manipular para quedarse en ella. Vio muchas cosas en su afán de intentarlo, desde estaciones hasta otras versiones de la gente que amaba en muchas otras líneas que nunca creyó que existían.

Entonces, corrió tan velozmente como sus piernas se lo permitieron. Porque él debía impedirlo pero terminaría por causar esa caída de una u otra forma. Las líneas si bien estaban fracturadas, se habían abierto muchas brechas entre ellas, que Taylor, definitivamente, usaría para atravesar.

Lo que más lo sorprendió del tercer intento fue la forma en la que todo se dio casi exactamente de la misma forma. Él volvió a correr, volvieron a darle un aventón, esta vez no lloró en la calle y fue directamente al centro comercial.

Casi idéntico, de no ser porque, aunque volvió a toparse con Dominic, no era un él, sino un ella. Y se asustó, vaya que lo hizo. Porque su aspecto había variado lo suficiente como para resultar familiar.

No, definitivamente no podía quedarse allí. No podía seguir en el futuro, si quería regresar a su línea tenía que saltar entre el pasado de esta. Así que otra vez regresó a la bodega. Estaba intentando probar la teoría de que podía ir a cualquier parte del tiempo y el espacio.

Cuarto intento: asombro.

NINGÚN DÍA, EN NINGÚN LUGAR. QUIÉN SABE CUÁNTOS DÍAS DESPUÉS DE...

Quizás fue el que menos tiempo le tomó para decidir abandonar.

Su pecho golpeó de nuevo contra el metal del suelo, pero no importó porque sus quejidos no fueron lo suficientemente fuertes como para eclipsar lo que encontró.

Había gemidos, muchos gemidos que resonaban por toda la bodega. Sonaban fuertes pero no dolorosos, sino más bien desenfrenados.

Él conocía esas voces, y no se acercaría a la puerta de la oficina. Sabía lo que iba a encontrarse. Él sabía que era Augustus y, aunque se mareó, su mente apenas pudo procesar el nombre que estaba gritando. Porque llamaba a su hermano con demasiada fuerza, como si al alejarse de él fuera a morir.

Sabía que era Sean Grace el que jadeaba y, aunque no pudo escuchar bien lo que le decía, confirmó que era peligroso estar allí porque le faltaba el aire.

Ellos dos, juntos, eran uno de los errores más grandes de todo el plano. Y eso los mataría a todos. Probablemente por eso el destino decidió que era necesario que a Moon se le deslizase una hoja de su cuaderno, esa donde estaba el poema que causó su separación.

Apenas logró regresar a la que había bautizado como tercera línea. Y le quemó tanto, como si confirmara que ellos alguna vez o en alguna línea le hicieron daño.

Cada realidad era más extraña que la anterior.

Quinto intento: fallido.

Se sentía muy débil, casi se había quedado atrapado en una de las líneas cancerígenas y tuvo que respirar para volver a intentarlo.

Se pasó las manos en el rostro porque, aunque quería moverse en el pasado de cada historia, no podía, no si corría el riesgo de encontrarse con más variantes de las piezas o consigo mismo incluso.

De no ser porque su cuerpo cada vez sentía más dolor, lo habría intentado miles de veces más. Pero en ese momento, tembloroso, tomó su teléfono e intentó cambiar la fecha de a dónde debía dirigirse.

Era como dejarse caer en el acantilado con la certeza de que caería de nuevo en la cima.

Cada vez más perdido que la anterior. Con las campanas del final resonando a cada paso que daba.

Sexto intento: desesperación.

UN DÍA CUALQUIERA, EN CUALQUIER LUGAR. QUIÉN SABE CUÁNTOS DÍAS DESPUÉS DE...

Le dolía ya el pecho de tantos choques contra el suelo, y sus labios se habían agrietado.

Se acercó de nuevo a la puerta de la bodega por centésima vez en esa fecha y ladeó la cabeza cuando se dio cuenta de que la nieve se estaba desvaneciendo. Sí, el invierno se estaba acabando. Y a diferencia del pavimento con el que se encontró en el futuro, la extensión de árboles estaba de nuevo allí; sin embargo, algo se sintió diferente.

Respiró un poco más lento y se sintió pesado. Estaba lastimado, mas no fue eso lo que lo aturdió, sino los recuerdos que tuvo de pronto al estar allí.

Volteó con miedo hacia la bodega. Estaba solo, sintió un escalofrío recorrerle la espalda, como si su camisa le fuera arrebatada. Comenzó a cuestionarse en qué línea estaba, pues sintió tanta desesperación que tuvo que tomar aire por la boca.

Así como el resto de las piezas, las memorias de Taylor también se habían movido con intenciones de mezclarse; y esta vez, mientras caminaba hacia el exterior, al arrastrar sus pies por el sendero del bosque pensó en que él no tenía la culpa.

El tiempo no se movía igual en todas las líneas; parecía ir más lento en algunas. Y en la primera, Taylor sintió como si él fuese más veloz que todo a su alrededor.

Si bien las memorias «originales» no pudieron confundirlo como a los demás, estar allí hizo que se sintieran tan reales que sus rodillas temblaron. Sí, la nieve había cesado y en las ramas de los árboles comenzaban a nacer nuevas hojas de un hermoso verde que prometía esperanza.

«Debió ser muy malo, ¿cierto?», se dijo a sí mismo. «Demasiado como para que haya elegido perderme esto».

Más allá de todas las cosas absurdas que había hecho, tal vez la más peligrosa de todas fue seguir avanzando en la realidad de la que tanto huía: la afamada primera línea.

Y allí, escuchando el canto de las aves de paso, observó todo exactamente como él lo recordaba. O al menos así fue hasta que el sabor amargo de la sangre en su boca le quemó. Quiso abrazarse a sí mismo.

Mientras más avanzaba por la vereda que lo llevaba de regreso a casa, más claros eran los recuerdos de él vagando ebrio por esos mismos lugares y de él escondido detrás del piano en el auditorio.

Comenzó a recordar que, aunque se consideraba alguien erudito y para nada fanático de seguir tendencias, consiguió cientos de revistas de moda para entender lo que… ¿Haru? Sí, para entender lo que él decía.

Recordó que intentó escribir una canción y solo consiguió muchas burlas porque su voz jamás sería lo suficientemente buena. También recordó la vergüenza que experimentó cuando él le dijo que era terrible bailando.

Finn Taylor…, esa versión de él hizo tanto para curarlo. Pero no, ese chico no estaba herido, estaba podrido por dentro.

Taylor lo siguió e hizo todo lo que estuvo en sus manos para conseguir aprobación. De sus padres, de los maestros, de su hermano, del único amor que tuvo…, de todos. Y aun así no fue suficiente. Quizás por eso se le permitía ser el protagonista de todas las otras líneas, porque no pudo serlo en la primera.

Toda esa historia graciosa, llena de situaciones hilarantes que al inicio parecía salida de esas películas que le gustaban, de clichés románticos sin fin, no eran más que un reflejo de lo que su alma anhelaba sentir. Esos bailes, esas risas, todo ese amor eran cosas que no tuvo.

Recordó las veces que Dakho lloró en su cama, a su lado, mientras él trataba de convencerlo de que esos recuerdos no eran reales, pero ahora entendía lo que era sentir el dolor al que estaba destinado.

Y lo rasgaba, verdaderamente lo hacía. Más que eso: le quemaba el alma profundamente.

Llegó a su calle y sintió los ojos muy pesados. Avanzó por la acera mirando los jardines con nostalgia, como lo habría hecho cualquier otra tarde de regreso a casa. Y deseó con tanta fuerza no ser él. Deseó tener salud, valentía y amor.

Encontrarse con otra versión de sí mismo habría sido un gran problema, y Taylor no se habría atrevido a avanzar tanto de no ser porque sabía que él ya no estaba allí.

Vio por unos segundos la casa de los Moon y se burló un poco.

Si Sean Grace se hubiera acercado y sido honesto con él desde el principio, Taylor lo habría escuchado atentamente. Y se habría apartado. Siempre creyó que había algo extraño entre ellos, y no lo supo por Moon, él nunca mencionó a Sean Grace en ningún momento.

Lo supo por su hermano, porque no era tan ajeno como todos pensaban. Él lo oyó llorar mucho y aunque quiso preguntarle, nunca tuvo el valor para hacerlo.

Ahora que estaba allí, pero con un poco más de madurez y de conocimientos sobre la vida, pensó que estuvo mal ser indiferente a ese dolor. También se sintió muy tonto porque ahora sabía que el amor no se trataba de llenar expectativas, que el amor no te aleja de tus seres queridos, el amor no te golpea, no te fuerza a nada ni se burla de ti.

El amor no te aprisiona. El amor... te cuida. Y te hace crecer.

Eso que lo cegó la primera vez no fue amor, sino la desesperación de encontrar algo que lo hiciera sentirse amado. Porque lo deseaba tanto, que cuando un similar apareció se aferró a eso y deseó con intensidad que lo fuera.

Aunque en el fondo sabía que no lo era. Aunque lo hería, y era falso.

Taylor no comprendió del todo por qué si Augustus era su amigo en la segunda línea, si tenía esa capacidad de escucharlo sin causarle algún temor, ¿por qué se atrevió a usarlo tanto en la primera?

Si él estaba tan lastimado como decía, ¿por qué se atrevió a joderlo, a gritarle que lo dejara en paz por lo irritante que era, a decirle que si no lo acompañaba a beber esa noche en la bodega dejaría de hablarle? ¿Por qué se atrevió a besar a su hermano? ¿Por qué se escabulló de su habitación para hablar con él en el pasillo cuando creía que Taylor no se daba cuenta o le tomó fotografías que luego colgó en la entrada de la escuela para que todos las vieran?

Taylor se ganó su lugar como protagonista en todas las otras líneas y Augustus Moon pagó sus pecados al no poder estar con Sean Grace en ninguna, incluso si en alguna se amaban.

Si se hubiese dejado sanar a sí mismo, Taylor lo habría cuidado tanto y tan delicadamente mientras florecía que habría vuelto a llenar de flores los campos en primavera, pero era imposible. Sabía que Sean Grace cometió errores que nunca podría reparar, que era cobarde, pero Taylor, ¿qué le había hecho? Era, realmente, el más inocente de todos.

Y por eso el destino, o quizás Dios se compadeció enviando a Dakho hasta él; porque desde el primer segundo en el que pisó el condado, Han Dakho había sido su cambio, su invierno, uno a cuyo frío viento había dejado de temerle.

Así como era, imprudente y despistado. Tan insolente que era cómico, con sus ideas extrañas sobre la vida y el universo.

Dakho era el invierno que esperó pacientemente todo su otoño para ser digno de amarlo.

No quería seguir avanzando hasta su casa; entre más cerca estaba de ella, más fuertes eran los recuerdos lúgubres.

¿Su corazón roto derramó la gota del vaso? No.

¿Su familia? Tampoco.

La sangre de su nariz que no se detuvo, sí.

Esa visita al hospital en donde se presentó solo a urgencias fue lo que lo hizo, y lo mucho que lloró cuando tuvo que quedarse por días y sus padres no atendieron el teléfono, ni siquiera lo buscaron. Sin importar lo que dijeran corrió a casa. Se tropezó en la entrada y le habló a su padre cuando entró, lo recordaba bien, también haber tomado eso que escondió en su habitación en sus manos.

Fue como si le hubiesen puesto un reloj de arena en la espalda. Y él simplemente hubiera roto el vidrio.

Recorrió las casas que le restaban, temblando; se acercó a la suya y entendió por qué les tenía tanto miedo a los francotiradores y por qué se removía incómodo con algunas de las malas bromas de Dakho.

Negó incrédulo cuando el dolor creció al estar de pie frente a su hogar. Pero no esperaba ver a su hermano sentado en el balcón con las piernas colgando. Vio claramente la herida profunda en una de ellas.

Taylor recordó haberse despedido, pero no que Sean Grace le respondiera.

Él jamás culparía a Sean por lo que le sucedió. No lo juzgaría. Su hermano era bueno, pero tenía miedo, siempre lo tuvo. Eso era todo, y se merecía al menos una pizca de perdón de su parte.

Lo vio allí, vestido con ese traje caro que había comprado para la graduación y mirando hacia el cielo como perdido.

Se veía tan vulnerable que Taylor se detuvo y lo observó con tristeza. Conocía tan bien a su hermano mayor que sabía que en ese momento se estaba reprochando a sí mismo. Quería abrazarlo mientras recordaba su enorme sonrisa al verlo con su familia, y pensó: «Nunca supe cuánto te quería, hasta que te vi ser feliz hoy».

Para que llorara en su hombro y él pudiera decirle que no era su culpa. Pero hacerlo significaba ponerlos en peligro a todos y no podía arriesgarse a eso.

El sol de la tarde comenzó a ocultarse, Taylor tenía que irse si quería terminar de arreglar su vórtice para poder regresar a su línea. El Taylor herido e inocente estaba muerto. Y él había dejado de ser ese Taylor hacía ya mucho tiempo.

Se tragó su dolor al marcharse, dándole la espalda; pero antes de hacerlo, aprovechó el fuerte viento para silbar. Sí, con ese típico silbido que era un código entre su hermano y él. Ya sea para abrirle la puerta o para buscar su ayuda. Ese que siempre significó: «Estoy aquí».

«Perdóname por lo que te hice, Sean», dijo, susurrando. «Tuve miedo de sufrir».

Sean Grace Kim se recargó contra la pared de la casa llorando cuando Finnian Taylor lo dejó solo.

Era un camino largo y sin embargo no le preocupó que la noche pareciera atraparlo.

Cuando regresó a la bodega, tomó todas sus cosas y encendió de nuevo el vórtice recalculando su trayectoria.

Había contenido la suficiente energía para seguir haciendo pruebas, pero no era seguro, no sabía cuánto tiempo más aguantaría el experimento en las otras líneas, así que se dispuso a regresar, con su computadora bajo el brazo y su celular apagado en el bolsillo. El celular de Dakho se había apagado hacía muchas horas.

Iba a intentarlo, porque al ver el vacío que había dejado en la primera línea comenzó a pensar que era el espacio que tanto estaban necesitando. Ni siquiera sintió miedo cuando hizo parpadear las luces del condado Mariposa en todas las líneas existentes a la vez.

No había nada que lo asustara ahora.

Había visto el futuro y el pasado tan de cerca que le parecieron vanos.

Respiró profundamente antes de pararse de nuevo frente al portal, apenas poniéndose la careta y el traje un poco quemados, cosa que le preocupó ligeramente, pero no vaciló.

Estaba bien, haría esto de nuevo.

Por el séptimo intento.

CALIFORNIA, CONDADO MARIPOSA
(AÚN) 2 DÍAS ANTES DE...

Su pecho golpeó contra el suelo de la bodega metálica. Soltó la computadora por el dolor y respiró agitado sin abrir los ojos mientras las pequeñas corrientes eléctricas le erizaban la piel.

Estaba demasiado cansado y su cuerpo parecía soportar cada vez menos las descargas. Sentía que su cabeza estaba caliente, y se ahogó con su propia saliva cuando el aire comenzó a faltarle.

Estaba aturdido, sí, pero eso no le impidió arrastrarse para darse la vuelta y dejar caer su espalda en el piso, observando desde allí al científico que lo miraba con miedo intentando ayudarlo.

Se quitó la careta y el otro casi lanzó un grito al ver esas grandes manchas violáceas en su cuello y debajo de los ojos.

—¿Dónde estoy? —preguntó con un quejido.

—California, 1986 —le respondió el otro acercándose a él, alarmado.

—¿Cuánto tiempo ha pasado?

—Veinte minutos.

Taylor sonrió ampliamente ante la respuesta y comenzó a reír escandalosamente. Lo había logrado. Era su línea.

Intentó ponerse de pie para terminar sentándose.

—Estuve allá dos días, Lee. ¡Dos días! ¡Lo logramos! —exclamó eufórico

—Taylor… —intentó decir en voz baja—. Escúchame, tenemos que irnos.

Pero él no lo entendió.

—Toma esa cosa, Lee. Conéctala —dijo señalando la computadora lastimada en el suelo— nos ayudará.

—Eso es una…

—Una computadora del futuro —le contestó feliz. Apenas pudo levantarse.

—Te atreviste a…

—Incluso si esto no funciona, vamos a ser millonarios —dijo Taylor con una sonrisa.

Se movió hasta los controles del vórtice ante la mirada desconcertada de Jaewon.

—¿Qué pretendes?

—El problema no es el bucle, es el punto cero. Ella tiene que estar viva.

—Taylor, por favor. Deja de hablar. No puedes.

—¿Estás dudando de mí? —Taylor se burló con una ceja alzada—. Una vez más, una vez más. Es todo lo que necesito

—Taylor, detente —le dijo Jaewon, alarmado.

Lee Jaewon frunció el ceño con desconcierto. A Taylor Kim se le había zafado el último tornillo de la cabeza.

—El bucle es mi culpa, yo lo empujé. Ahora lo entiendo, la primera vez fue un error, pero pasó una segunda, una tercera, habrá una cuarta y así infinitamente.

—¿Cómo estás tan seguro?

—Porque ya viví esto —dijo, aunque en su voz no había seguridad.

—Taylor, escúchame. Es demasiada radiación. No tenemos tiempo, tenemos que irnos.

—No me iré de aquí. Yo voy a morir, eso es un hecho; pero la tendencia con la que sucede no es la misma. No me interesa la radiación, me enfermé sin estar cerca de ella, ¿qué más da si me acerco voluntariamente?

Así como todos estaban en contacto con las demás versiones de sí mismos, Taylor no era la excepción. Y quizás ahora conocía su verdad, su adiós original; pero eso no cambiaba el hecho de que, en cada línea, ese desenlace era factible.

Era como un violín, en donde tocar la primera cuerda al aire sonaría igual que tener el meñique en cuarta posición en la segunda cuerda. Más fácil pero menos elegante.

Ya no le interesaban ni la muerte, ni la vida, ni el sol o las estrellas; Taylor quería arreglar todo lo que él destruyó por su propio egoísmo. Y entendió que alguien debió abrir el vórtice del lago en primer lugar. Se preguntaba cuándo, dónde, por qué.

El tiempo ya no importaba, tenía suficiente energía para transportarse a sí mismo a donde quisiera. Si él estaba destinado a ser el bucle, iba a serlo bien.

Lee Jaewon tembló un poco. No podía siquiera encender las palancas de nuevo. Sufrió al ver que Taylor volteaba para pararse frente al vórtice una última vez.

En su casa todos estaban peleando, las personas seguían resguardadas en sus casas. Él debía hacerlo. Ahora lo entendía. Taylor no tenía tiempo que perder, conectó él mismo la electricidad de su máquina, pero incluso al encenderla no obtuvo respuesta.

—Taylor… —murmuró Jaewon—. Ayuda.

Su voz se escapó trémula. El sonido lo hizo estremecer y, cuando volteó, vio a Kim Anzu apuntándolo en la sien con un arma. Guardó los teléfonos lentamente en el bolsillo de su pantalón y endureció su expresión.

—Vamos, Kim. —Sonrió el profesor Kim con un gesto burlón—. Hazlo, atraviesa tu hermoso vórtice. Enséñame cómo fue que te atreviste a robar mi trabajo, el maldito experimento en el que invertí décadas. ¡Te lo dije, Taylor! Están sentenciados, en el momento en el que dejes el pueblo, todos en tu casa se mueren. Y por tu culpa, ahora Jaewon también, bueno, él podría ser el primero.

—Todo lo que hizo estuvo mal. No intente culparme por sus errores. Yo fui quien lo hizo posible —lo intentó salvar Taylor.

Una sola persona era suficiente para hacer que todo se fuera al carajo. Y de quince agentes de las fuerzas especiales, con uno muerto bastó para que Kim Anzu saliera del lugar confinado en donde pasó varios días.

Los agentes desde Washington estarían allí muy pronto, y cuándo llegasen no buscarían al indefenso y pobre joven que creía poder jugar con la realidad; no, ellos irían tras los líderes del experimento. Irían detrás de Kim Anzu. A los agentes definitivamente les convenía mantener su lealtad.

Taylor no tuvo tiempo de reaccionar, aún estaba aturdido, ya que el resto de los ayudantes del laboratorio se encontraban amordazados en la oficina de la bodega, mientras los militares renegados les apuntaban y él estaba, personalmente, bastante jodido.

—Enciéndelo —le dijo el profesor con mirada dura—. ¡Qué esperas! ¡Hazlo, ya!

—¡Es peligroso, no funciona así!

—Ah, ¿no? ¿Entonces me mentiste, Jaewon? —le respondió con una risa desquiciada y un alma completamente perdida—. Recuerdo que hace un par de minutos me dijiste exactamente cómo funcionaba. Dijiste que Taylor había logrado almacenar la energía, dijiste que podría moverse a donde quisiera.

Taylor quedó petrificado. ¿Lee Jaewon lo había traicionado?

—Lastimaron a mi equipo... No tuve elección —apenas pudo contestar—. Y tu casa... Tienen rodeada tu casa.

Fácilmente, podría haber corrido de regreso al portal, huir y perderse en las líneas, pero el tiempo no se detiene. Ni para él ni para nadie. Marcharse significaba dejarlos a la deriva; significaba condenar a toda su familia, cosa que no podía permitirse.

—Incluso si lo enciendo... —dijo acercando su brazo hacia los controles y bajando la palanca para activarlo—, ¿de qué servirá?

Taylor tragó saliva, alzó sus brazos en señal de rendición, lentamente, cuando la electricidad comenzó a fallar.

—Mi hermana dio su vida por ese experimento —escupió Kim Anzu—, como para que alguien como tú crea que puede tomarse atribuciones que no le corresponden.

El arma estaba cargada y Jaewon tembló porque sabía que el profesor era capaz de jalar el gatillo.

Taylor dudó por un segundo, y una gota de sudor se deslizó por su frente. Intentó observar el plano completo, pero su visión era limitada; aun así, se esforzó por encontrar una salida.

—Si no me corresponden, ¿por qué fui yo el que hizo funcionar el experimento? —Dio un pequeño paso al frente—. ¿Por qué me obligó a enseñarle lo que había descubierto? ¿Por qué justo ahora está desesperado? El vórtice está encendido, adelante, es todo suyo.

—¡Alto! —ordenó tirando del cuerpo del rubio—. Quédate quieto o Lee se muere.

—Tantos años de trabajo juntos... ¿Realmente piensa en matarlo? Es como un hijo para usted.

—Es un traidor, ambos lo son. Él es peso muerto y tú solo un idiota insignificante que no sabe a lo que se enfrenta.

Taylor dio otro pequeño paso al frente.

—Si soy tan insignificante, ¿por qué me tiene tanto miedo?

—No te tengo miedo —respondió con una mirada vaga—. Te tengo lástima.

—Es algo mutuo. ¿No le parece, profesor? ¿Qué podría dar más asco que un desesperado como usted?

—Un iluso, y tú nunca serás más que eso.

—¿Y por qué? —dijo, altanero.

—Porque tú no sabes cuándo detenerte.

En la mente de Taylor aparecieron decenas de recuerdos. Él había sido ese que casi mató a un hombre por no flaquear en sus turbios experimentos, aquel que sacrificó hasta la última gota de su sudor para encontrar una salida. Era quien aún sin comer o dormir correctamente seguía teniendo fuerzas para correr hacia lo desconocido. Ese que no se detenía hasta entender cómo funcionaba incluso lo más sencillo de su existencia. Era ese que ahora sabía, en cualquier línea de tiempo, que se dejaría tocar por un poco de conocimiento.

Finnian Taylor era tan culpable como todos, y pese a su presunta bondad, estaba tan corrompido como el resto desde el inicio. Era ese que robó el arma de su padre a finales de noviembre para estar preparado en caso de tener que defenderse, y que en alguna línea tuvo el valor de ponérsela en la frente. Y ahora sabía que solo se detendría hasta que eso pasara.

Sí, Taylor era el mismo imbécil que no se esforzó por leer el letrero de aquella malla alrededor del bosque. Si no hubiese rescatado a Han Dakho cuando este atravesó la barrera, lo más probable es que no sobreviviera a la hipotermia, o las aguas del lago hubiesen hecho colapsar sus pulmones hasta matarlo.

Y sin él, no habría entrometidos ni amores ni bucles sin fin. Pero, como siempre, Taylor no se detuvo allí.

—Tiene razón —contestó con una pizca de resignación y luego gritó con todas sus fuerzas—: ¡No sé cuándo detenerme!

Se movió veloz, abalanzándose sobre él para empujar su codo en un intento de desarmarlo. El sonido del disparo fue casi instantáneo. Taylor lo empujó y Jaewon soltó un grito de dolor cuando sintió su cuerpo caliente. Kim Anzu había soltado el revólver, pero la sangre ya bajaba por la manga del brazo de Jaewon.

Taylor ni lo pensó. Tomó un tubo de metal del suelo de entre las piezas sobrantes para golpear a Kim Anzu, que pareció intentar buscar con la mirada el arma sobre el piso ensangrentado.

Los rumores eran ciertos, Taylor era una segunda base increíble, lo cual significaba que tenía un buen brazo para batear. Como si de un partido de béisbol se tratara, en el que el arma era la pelota y Taylor, el equipo local.

Alzó sus brazos rápidamente y le dio un golpe en el abdomen, que lo desestabilizó. Un crujido seco le hizo sentir a Kim Anzu el dolor de una costilla fracturada. Trastabilló chocando su cuerpo contra los controles, y entonces notó que el voltímetro estaba en verde. Era seguro atravesar el vórtice. Al bajar la cabeza vio su arma, y cuando Taylor intentó darle otro golpe se lanzó al piso para tomarla, esquivándolo.

El pundonor de ambos Kim había sido roto por el otro. Y ya no les interesaba tener que matarse entre ellos.

Taylor buscó darle en la cabeza, justo cuando este volvió a disparar en un intento por ponerse de pie.

—¡Vienes aquí con un arma para defenderte de un «niño»! —se burló Taylor. Kim Anzu jaló el gatillo, pero el sonido del cartucho vacío lo sorprendió—. Y ni aun así puedes lograrlo.

—Pero puedo hacer que este día se repita —dijo finalmente.

El profesor soltó el arma y retrocedió en un intento de correr hacia el vórtice, como si fuera una carrera completa. Taylor lo imitó sabiendo exactamente qué era lo que quería hacer y con los brazos alzados le dio un golpe en la espalda, haciéndolo chocar con el marco del experimento.

—¡Te hundes, profesor! —gritó Taylor. Él, el dulce y recatado joven, se acercó con intenciones de estallarle a golpes la cabeza.

—Me hundo… —dijo Kim Anzu, y aunque el chico lo golpeó, aprovechó para tomarlo de la cintura cuando perdió el equilibrio—, pero tú vienes conmigo.

Sus pies cedieron y ambos, finalmente, cayeron hacia el interior del frágil portal que habían construido a ciegas. La espalda de Kim Anzu fue la primera en atravesarlo, rompiendo la barrera de energía, y Taylor…, él cerró los ojos, sollozó sin intención de hacerlo y se dejó guiar en eso que los intelectuales llamaron espacio-tiempo.

Cuando el vórtice colapsó, el estruendo fue tan grande que el ruido ensordeció a Jaewon. Al levantarse, el polvo nublaba su vista.

Más masa era igual a más peso y por lo tanto… Maldición, Taylor lo había dicho hasta el cansancio. Y era obvio, ellos no tenían suficiente energía para hacer que dos cuerpos así de pesados atravesaran el portal al mismo tiempo.

Jaewon estaba mareado; sus pies parecían ser incapaces de pisar con firmeza cuando luchó por levantarse en medio del humo y los escombros. Sabía que estaba gritando, pero no podía escuchar sus propios gritos; en su cabeza, el estallido se quedó perenne hasta convertirse en un pitido como el de un micrófono al caer.

Apestaba a quemado, y él sabía que no podrían contener un incendio eléctrico por mucho tiempo; si se esparcía al bosque estaban jodidos, el agua no lo apagaría. Necesitaban extintores o mucha tela.

Le dolía el brazo, estaba sangrando, pero aun así hizo un gran esfuerzo por abrir la oficina para liberar de su encierro a sus asistentes y a varios militares para que lo ayudasen a contrarrestar el próximo fuego.

Todos parecían asustados, más que eso, tosían por el humo y se preguntaban qué había sucedido con el profesor al ver los escombros.

Ellos sabían qué hacer, comenzaron a moverse veloces; pero a Jaewon no le interesaba. Quería llorar, quería morir, quería no haber visto al profesor y a Taylor atravesar el vórtice al mismo tiempo.

Avanzó solo un poco, el portal se había consumido a sí mismo, y la necesidad de salir huyendo lo invadió. Sin embargo, contrario a lo que creyó, alcanzó a ver entre el humo un cuerpo cubierto de pedazos de caucho que parecía convulsionar del dolor en el suelo.

«El niño Kim…», pensó, y casi se arrastró para llegar a él.

El profesor había desaparecido, había cruzado la barrera, pero… ¿y el chico?

—¡Taylor! —dijo. Estaba demasiado consternado y estar cerca de él dolía—. ¡Taylor, abre los ojos!

Tal vez se trataba de un principio básico, pero el caucho lo había hecho literalmente rebotar en sentido contrario, o al menos esa fue la deducción de Jaewon.

Se apresuró a intentar quitarle lo que quedaba del traje; había partes que lucían derretidas, e incluso, a un costado del cuello de Taylor, parecía haber una gran quemadura. Las heridas de su piel dejaban un rojo expuesto, vivo y supurante con orillas más oscuras. Se manchó de sangre al tratar de quitarle las botas y el resto del pantalón especial para poder dejarlo en su ropa particular. La tela estaba pegada a una de sus piernas. Estaba herido, mucho.

Aun así, estiraba el brazo para alcanzar su libreta, que apenas había logrado ver en el suelo.

—Lee… —lo oyó balbucear—. Mi libreta. Hospital… elec… electri… —Se ahogó con su saliva, o quizás era su sangre—. Diles que toqué… que yo… cables. Yo, cables. A-ayuda. Jaewon, ayuda.

No podían esperar a que alguien se apareciera milagrosamente a ayudarlos. Aunque ya había amanecido, las calles permanecían cerradas, y muchos apenas comenzarían a quitar la nieve de sus entradas. Jaewon no vaciló. Se apresuró a tomar el pequeño cuaderno para luego guardarlo entre su ropa y tomó la decisión más insensata de todas mientras los demás corrían a su alrededor en medio del caos.

Con la camisa llena de sangre y el brazo adormecido, se esforzó por intentar levantar al pequeño Kim incluso si podía sentir pequeñas descargas quemarle en la espalda. Pasó con sumo cuidado uno de los brazos de Taylor por sus hombros e intentó caminar con el cuerpo del chico hasta la salida.

Él sabía que no dentro de mucho habría más militares, policías, noticieros e incluso pobladores rodando por la bodega y todo el bosque para enterarse de lo acontecido. No expondría a Taylor. Al final, Jaewon era un devoto de lo que consideraba era la verdad. Y no tenía mayor verdad que la que conocía ahora.

La vida es un depredador y los humanos, presas.

Parece algo obvio, pero todos los días, un individuo más se despoja de su capacidad de mostrar piedad. Se siente superior, como si olvidara que ser humano no solo se trata de racionalidad, sino también de personificar la bondad y ser suficientemente valientes para ver a través de otros. Buscan controlar el mundo con ira y egoísmo, pero al final la incapacidad de mostrar amor y compasión son las cosas que los destruyen.

Lee Jaewon jamás sabría que él tenía la culpa en ese futuro original en donde su corrompido yo abrió junto a aquellos dos lunáticos el vórtice del lago el primero de agosto de 2019, sin importarles el daño que podrían causar. Como si el destino los hubiese mandado a decir que se jodieran, que nunca lo lograrían. Y así fue, así era, así sería. Sin importar cuánto lo intentaran, no lo lograrían.

Jamás.

Pero en esa segunda línea, que parecía ser más resistente que las demás, Jaewon sintió la necesidad de ayudar a Taylor. Así que aprovechó el revuelo para salir e intentar cargarlo y sacarlo de la bodega.

Puso todo su empeño en salir a la carretera y alejarse del caos; tenía que evitar que el chico colapsara debido al humo y al caos. Lo intentó, realmente lo hizo, pero la nieve era muy densa. Sus piernas temblaban mientras trataba de avanzar, ayudadas por Taylor, que daba pasos cortos.

No sabía qué tan lejos estaban, y aunque Taylor no podía abrir del todo los ojos por el dolor, el sonido del vehículo de los paramédicos a la distancia parecieron campanas celestiales.

Lee Jaewon finalmente cedió cuando el dolor en su brazo herido fue tan intenso que terminó por hacerlos desfallecer a ambos sobre la nieve.

Allí, en el frío que sintió penetrar hasta el interior de sus huesos, Taylor Kim se sintió como un niño, un inocente pequeño, y cerró los ojos por un momento imaginando que dormiría una merecida siesta, con el murmullo del viento, que en medio de sus delirios sonó como una hermosa caja musical.

Deliró tanto que comenzó a pensar que a él le habría gustado ser esa bailarina de porcelana en el interior de la caja, de esas que giran al compás de la música espléndidamente; pero no lo era. Lastimosamente, estaba hecho de carne y hueso.

Cuando los bomberos alcanzaron a divisarlos, se estacionaron abruptamente; él apenas abrió los ojos solo para que un vago rayo de sol lograra enceguecerlo.

Dejó de pensar y finalmente se desmayó. Taylor estaba cansado de tenerle fe al amanecer.

Él jamás sería la hermosa bailarina con rostro de porcelana bailando sin preocupación; él era el conejo dentro de la bola de cristal: deslumbrado por la nieve, cegado por el sol. Perdido y, sobre todo, atrapado en el mismo lugar.

2 DÍAS ANTES DE...

28.

2 DE ENERO DE 1987.

La televisión en la esquina de la sala se había sintonizado en un canal que hasta hace poco no tenían en casa. Y Taylor, como el fanático de los dibujos animados que era, no pudo evitar quedar absorto en la pantalla con una gran sonrisa. Era de noche y la sala estaba iluminada tan solo por el brillo del televisor.

La situación le pareció hilarante; la película presentaba a un pequeño niño que procrastinaba su tarea durante Año Nuevo. Le había causado tanta gracia que su risa llamó la atención de su padre, quien bajaba por las escaleras.

Taylor reía mucho últimamente; no admitiría que estaba deprimido. Eso era algo que en su tiempo ni siquiera era considerado válido o real, mucho menos viniendo de un hombre adulto. Porque, sí, él era todo un adulto ahora.

Tampoco hablaría sobre cómo las expectativas de lo que creyó sería su cumpleaños dieciocho habían caído en picada. Era tan fácil como decir que sus padres le recalcaron que ya tenía edad para mudarse lo más pronto posible, que eso sería lo mejor para todos. O cómo lo acorralaron entre varios para fastidiarlo e intentó defenderse, siendo alguien alto y fuerte, aunque sí admitía que lanzarle de regreso el sobre con las fotos a Moon había sido una mala idea. Toda la escuela se enteró de su contenido.

Esa idiotez en masa no fue algo que lo sorprendiera. Él sabía que muchos solamente lo hacían para sentir que encajaban, incluso si pertenecer significaba ser cruel. Pero comenzaron a joderlo tanto que hasta su solicitud universitaria se vio afectada.

La mañana de su cumpleaños, que era el trigésimo día de diciembre, lo golpearon tanto que sus pómulos se tornaron violáceos y la sangre de su nariz manchó la nieve. Era una gran bienvenida al mundo adulto de parte de la vida para él.

Su nariz no paraba de sangrar y él era lo suficientemente inteligente para saber que eso no era normal. Hizo lo más sensato: ir al hospital del pueblo, ese que en otras líneas visitaría para cuidar de alguien más; pero esa vez iría para cuidar de sí.

Pero esto ya lo sabemos.

Sabemos también que nadie contestó el teléfono en su casa cuando la chica de admisión del hospital marcó en la entrada. Solo, entró al chequeo, donde le curaron las heridas. Pero lo que no debió pasar de un par de analgésicos se convirtió en un examen completo. Después de varios traspasos y muestras de sangre, lo internaron en una sala por lo que quedaba del año. Nadie lo visitó.

El día de su alta médica, ya pasado el Año Nuevo, entendió por la mirada preocupada del doctor que estos procedimientos no eran de rutina.

—Paciente Kim, le recomiendo reposo absoluto y volver en presencia de sus padres en los próximos días —dijo el doctor con rostro solemne, pero Taylor era demasiado inteligente para su bien; sabía que era la clase de noticias que no le daría a un adolescente golpeado y solitario tan fácilmente—. Feliz año. Por favor, agende cuanto antes la cita en recepción, estaremos esperándolo.

Parecía que aquello que le repitieron tanto esas últimas semanas, que era un «enfermo», se había vuelto realidad.

Ese primer día de enero, en la noche, arrastrándose por los pasillos del hospital, firmó su salida como quien sella su destino y se dirigió a su casa pensando que quizás era cierto que él estaba maldito.

Ahora, después de lograr regresar a casa, lo único que hizo fue sentarse en la alfombra, abrazando sus piernas contra su pecho mientras veía caricaturas. Feliz porque, aunque ese especial se hubiese estrenado hacía exactamente un año, al fin podía verlo.

—Taylor, ¿qué haces despierto aún? —le preguntó su padre. Pero el muchacho tenía la vista fija hacia el frente.

No quiero morir. A veces desearía no haber nacido en lo absoluto.

Esa risa arrastrada y lastimera que no fue capaz de contener inquietó a su padre.

—¿Aún? No vine a casa en tres días, papá. —Su voz sonaba extraña, como si su garganta herida se hubiese rasgado.

—Hemos tenido muchas cosas que hacer fuera, hijo, lo siento, yo…

Intentó acercarse, pero escuchó reír a su hijo por lo bajo.

—No lo notaron porque simplemente no estaban aquí, como siempre. Lo sé. ¿Qué tal las fiestas? Feliz Año Nuevo para ti, por cierto. No me sorprende. Dejar al enfermo y al lisiado sobrevivir por su cuenta. Ah…, clásico de ustedes.

—Escucha, no puedes solo asumir que… —Taylor lo interrumpió.

—Descuida, soy un adulto, entiendo lo que sucede. Solo me hubiera gustado que alguien contestara el teléfono cuando el hospital llamó.

—¿Hospital?

—Sí. —Le restó importancia alzando los hombros—. Pasé algún tiempo allí, pero estoy mejor.

Un escalofrío recorrió la espalda de su padre; en lugar de molestarse, se animó a sentarse en el sillón detrás de Taylor, perturbado por su estoica expresión y lo crudo de sus palabras.

—¿De nuevo en peleas? Por favor, no busques más problemas, ya tienes suficientes.

—Claro, siempre atraigo problemas —dijo riendo con fuerza e inclinando su cabeza hacia atrás. Su tono de voz era ambiguo—. Oh, espera… ¡Ya sé! ¡Quizás el problema soy yo! —Sonrió, pero sonaba tétrico—. De todas formas, me estoy muriendo, quizás el problema siempre estuvo dentro de mí.

—¿Taylor, estuviste bebiendo? ¿O de qué rayos estás hablando?

—Estoy completamente sobrio, papá —divagaba, y tenía como apnea al hablar.

—¿Entonces por qué hablas así?

Parecía que los alegres muñecos de la televisión lo acompañaban al reír todos juntos de su desgracia.

Era cómico, sí. Su padre no se atrevió a dirigirle la palabra en semanas por temor a las represalias de su madre. Y ahora resultaba que quería hablar, justo cuando ya había tomado una decisión.

—Hace un tiempo tuve una revelación divina —dijo, ladeando la cabeza—, mientras hurgaba en tus cosas, lo confieso, en los cajones de abajo.

—¿Qué? No sé de qué hablas...

—También te vi disparándole a las aves desde la ventana.

—Escucha, solo fue una vez.

—Descuida, yo también oculto cosas. Pero ese no es el punto, sino que me hizo sentir un poco de celos, ¿sabes?

—¿Celos...?

No creyó que lo diría en voz alta, pero los últimos años había pensado mucho en matarse. De formas irónicas, con burlas a sí mismo. No le importaba bromear sobre eso; era absurdo, pues nunca pasaría. Tuvo ese pensamiento como una luz intermitente en su cabeza por algún tiempo, solo que ahora esa luz se había quedado encendida.

—Sí, de la forma en la que todo terminó repentinamente para ellas. No lo sé.

—Solo estás cansado, Taylor. La gente siempre tiene pensamientos así cuando no ocupan su mente en algo productivo. —El hombre negó y se puso de pie—. No tengo cabeza para esto.

—He pasado mi vida entera con la mente ocupada, intentando serlo todo, hacerlo todo, y, créeme, eso no hace la gran diferencia.

—No pienses más en esas cosas, ve a dormir. No te hará bien seguir aquí.

—Solo quería ver mi programa en paz. No pretendía hacer de esto algo teatral; simplemente no pensé que tendríamos esta conversación.

—¿Taylor?

—Silencio, estoy viendo televisión.

Su padre no supo contestar. Lo dejó solo, a merced de sus ideas. Taylor tragó con fuerza encogiéndose por un par de minutos.

¿Por qué sería necesario justificarse? ¿Por qué contar sobre los augurios de su cuerpo? ¿Por qué mostrar más vulnerabilidad? Nada de eso servía en el mundo real.

Él no era la clase de persona que apostara mucho por sus debilidades, se negaba a aceptar que las tenía. Tampoco buscó ser sentimental. La idea de que «todo estaría mejor sin él» le parecía patética. Él no era relevante para el universo; nadie lo es, de hecho.

Aunque él no estuviera, el sol saldría sin falta en un nuevo día.

Su programa terminó exactamente a la 1:06 de la madrugada.

Exhaló con fuerza como si quisiera sacar todo eso que sentía en el pecho. Apagó la televisión y caminó con pasos ligeros hacia las escaleras, deslizando su mano extendida por el barandal con lentitud.

Bailando, consigo mismo y su cordura, en la oscuridad.

Se quedó quieto en el pasillo antes de observar la puerta blanca de la habitación contigua a la suya.

Sean era el único con el que creyó que podría ser sincero. Y pensó que a lo mejor si hablaba con él todo estaría bien, decirle que huyeran juntos, que podían lograrlo. Podría haberle dicho que él pagó con sus ahorros la cuenta del médico porque quería ver a su hermano sano de nuevo, incluso si Sean ya no lo quería. Por supuesto, su hermano mayor no lo tomaría bien, y él no se lo reprochaba. Pero hacerlo le había costado su red de seguridad. Ahora ya no tenía dinero, ofertas ni idea de cómo salvarse a sí mismo.

No pretendía seguir dañando a las personas a su alrededor.

Para alguien tan independiente como Taylor, pensar en ser una carga le hizo sentir náuseas y deseos de sentir su piel rasgarse al frotar con alambre de espigas puntiagudas sus heridas hasta que su carne se volviera en diminutos pedazos.

No quería. No debía. Pero más que eso, ya no podía.

Taylor se acercó a su puerta, sin atreverse a abrirla o siquiera a tocarla.

—Sean… —musitó, y su voz casi se perdió—, lamento haberte decepcionado.

Se dio la vuelta. Sentía el cuerpo tan ligero que hubiese sido grato flotar hasta su habitación, en donde cerró la puerta con seguro.

Nunca reparó la ventana ni la cortina, y el frío que permitieron entrar fue demasiado cruel, acorde con su alma turbulenta y con aquella camisa de delgado lino blanco que era su favorita.

Un par de días antes, cuando encontró el arma, pensó que podía usarse para asustar a los tipos que lo molestaban, pero ahora era una herramienta para algo más.

Estaba impaciente. Ya lo había intentado una vez y la idea de agonizar tampoco le fascinaba. No quería drama, despedidas incómodas o cartas trilladas en donde explicase por qué lo hizo. Él no haría de esto un estúpido evento.

No quería llorar. ¿Por qué sería necesario?

Nunca podría llenar sus expectativas de vida. Eso era todo. Estaba muy equivocado, pensaba que era malo cuando en realidad solo necesitaba amor.

En un sucio final, sacó el arma de debajo de su almohada y la colocó contra su pecho quitando el seguro, pero dudó. No se sentía correcto, su corazón no tenía la culpa. Era inaudito castigarlo por sus errores.

Contuvo sus lágrimas. Poco a poco, sujetando el arma con ambas manos, la llevó hasta su boca. El sabor metálico contra su lengua se sintió hipócrita. Sus labios besados a la fuerza y las cosas que quiso decir, pero nunca dijo, tampoco eran los culpables.

Respiró pesadamente en medio de su propio dolor.

Era su mente la que lo orillaba a esta decisión. No era ni la desilusión de un amor perdido ni el rechazo de sus padres. Tampoco el futuro que se derrumbaba.

Era él quien ya no tenía voluntad.

Era él.

Incluso si podía hacer algo para detenerlo o buscar un nuevo camino, la posibilidad de salvarse estaba en sus manos, pero era su mente, era todo el conocimiento que lo cegó. Le hubiera gustado ser capaz de buscar redención, pero no la quería. Nunca fue un vacilante, se negaba a serlo.

Entonces, se colocó el fin en la sien, y esa mano que anotó tantas fechas en su calendario fue la misma que jaló del gatillo.

Seco.

Seco y abrupto como el golpe de su cuerpo al desplomarse. Su espalda topó con la cama, manchando las sábanas al deslizarse hasta que su cuerpo terminó en la alfombra, junto al arma que quedó tirada.

La muerte es el máximo exponente de la fragilidad humana porque se supone que los humanos deberían cuidar de sí mismos, y aun así se odian y desprecian tanto su fragilidad que desean morir.

Esa madrugada en particular, poco antes, Kim Seokwoo entró a la habitación de huéspedes que había estado ocupando y se sentó en la cama consternado.

Él nunca fue partidario del favoritismo entre sus hijos. Sin embargo, no negaría que existía algo en Taylor que nunca dejó de admirar. Además de tener esa sonrisa amplia que era idéntica a la suya como un digno representante de su apellido, su hijo menor siempre tuvo la gran capacidad de ser coherente.

Por eso, al escucharlo decir cosas sin sentido, su voz caló tan profundamente en él que le dolió. Lo dejó con una irregularidad en el pecho al tragar y mucho en qué pensar al reflexionar en que Taylor nunca hablaba en vano. Él era la persona con mayor determinación que conocía.

No negaría que lo amaba mucho, a su manera, claro está.

Siguió su corazonada y cruzó el cuarto matrimonial, a pesar de los problemas con su esposa, y buscó aquel objeto en el buró junto a su cama, en el último cajón; sin embargo, se encontró con un vacío.

Las palabras en su cabeza aparecieron como el sonido de *Claro de luna*, notas fuertes y lentas, un tanto desesperanzadas, como su capacidad para reaccionar.

Se quedó helado durante unos segundos al escuchar ese sonido, tan fuerte que resonó por toda la casa. Y aunque corrió esperando solo estar algo paranoico, la puerta cerrada le hizo sentir que el tiempo se había detenido. Su esposa se despertó asustada, él apenas pudo articular sus palabras para explicarle, mientras ella sentía que se desmayaba.

No sería la única; en contraste, Sean Grace apenas comenzaba a levantarse de nuevo, llevaba un rato despierto, pero no le gustaba ponerse de pie, lo hacía sentir inútil. Era un joven, alguna vez fuerte, talentoso, cuya rodilla se había fracturado en muchas partes.

Sean Grace Kim ya no era nadie.

Se removió incómodo, como si supiera que algo estaba mal. Sintió náuseas, pero lo único que quería era seguir durmiendo. Se sentó a la orilla de su cama, buscando en la mesa de noche una de sus pastillas favoritas para dormir, pero no las encontró a su lado. Le temblaban los hombros, la camiseta que tenía era inservible para abrigarlo.

La detonación se escuchó tan cerca que se sintió como un latigazo que erizó su piel y lo hizo sobresaltarse. El sonido se quedó en el aire e hizo volar a las aves del árbol de enfrente.

Ladeó la cabeza, contemplando con extrañeza la puerta antes de decidir ponerse de pie. Salió de su habitación por primera vez en semanas cuando escuchó golpes, y fue sorprendido por la escena en el corredor.

Sus padres parecían desesperados. Sean no alcanzaba a entender qué sucedía. O, bueno, Sean desearía nunca haberlo entendido.

—¡Taylor! —gritó su padre—. ¡Abre la puerta ya! ¡Taylor, abre la maldita puerta! —Golpeaba la madera de esta e intentaba girar el pomo sin conseguir resultados.

—¡Taylor! Por favor, ¡sal ya! —rogaba su madre, y Sean Grace pasó su vista de él a ella sin entender la situación.

—Llama a los bomberos —dijo severo—, busca la llave. No lo sé. ¡Voy a tirar esa jodida puerta! —El padre se pasó las manos por la cabeza, frustrado, antes de moverse a su habitación apenas dándole importancia a Sean Grace de pie en el pasillo.

Sin poder caminar bien, Sean Grace se sostuvo del barandal para intentar llegar hasta la habitación de su hermano.

—¿Mamá...? —dijo confundido al verla llorar golpeando la puerta—. Mamá, ¿qué sucede? —Ella no contestó, y eso lo hizo desesperar—. Mamá, ¡¿qué sucede?!

—Tu hermano... —Tragó saliva a la fuerza, no pudo seguir hablando, pero Sean supo qué era eso que ella fue incapaz de pronunciar.

Sean Grace sintió los jugos gástricos de su estómago quemarlo por dentro. Taylor no, él no.

Trastabillando llegó a la puerta, se pudo mantener de pie con dificultad para golpear esa madera con tanta fuerza que creyó que sus brazos se romperían.

Él lo escuchó, tenía la certeza de que había sucedido ya, pero se negó a creerlo.

—¡Taylor! —lo llamó desesperado. Su rostro se volvió rojo e incluso las venas de su cuello y su frente se marcaron—. ¡Podemos arreglarlo! ¡Puedo ayudarte! ¡Lo juro! —Su voz tembló—. Te lo juro. Taylor, soy yo. Ábreme la puerta.

Su madre estaba llorando y su padre regresó por el pasillo con el manojo de llaves para quitar seguro a la puerta que separaba a Sean Grace de la única persona en el mundo que amaba sin ningún pretexto.

Cuando la puerta se abrió y Sean Grace Kim finalmente pudo entrar, contempló con horror la escena que más temía. En las cortinas, sobre la alfombra, la sangre por todos lados.

Más que eso, vio a su hermanito con los ojos abiertos, con parte del cráneo expuesto y su cabello castaño manchado de carmín oscuro, y brotando de él un fluido rojo vivo, pintoresco en contraste con su piel.

Su madre, presa del pánico, gritó horrorizada. Su padre, a quien difícilmente se le veía ser emocional, se movió veloz hasta el teléfono de su habitación; esto no era verdad, los paramédicos llegarían pronto, todo estaría bien.

Y Sean Grace, el insensato, el impulsivo Sean Grace Kim, intentó correr hacia el interior de la habitación, tropezando, casi dejándose caer en el suelo para llegar hasta su hermano sin importarle mancharse las manos de sangre.

Se arrastró y atrajo el cuerpo hacia él. Y lo abrazó con pesar colocando la cabeza del chico sobre su regazo, como cuando eran pequeños, para verlo detenidamente.

—Taylor, todo estará bien —dijo en su desesperación—. Aguanta un poco. Eres fuerte. Prometo que seré buen hermano, lo juro, te estuve esperando para comer pastel por tu cumpleaños. No me dejes, por favor. Lamento todo. Te necesito aquí, vamos, tú puedes. —Su voz apenas se escuchó por la angustia—. Por favor, no podré seguir sin ti.

Finnian Taylor Kim, la persona más seria, reservada e inteligente del pueblo, estaba echado con la boca abierta, como si hubiese querido decir algo que finalmente se calló.

Idealizamos tanto la realidad buscando desenlaces imposibles que olvidamos que a veces supera a la ficción. No quería tener un diagnóstico. No quería enfrentarlo. Taylor se negaba a ser un *enfermo*, en todo el sentido de la palabra.

Habiendo tantas variables para escoger, tomó la más humana, quizás la más asquerosamente predecible, pero aquella motivada por su inteligencia. Podrían decir que no tuvo razones suficientes, que es cliché o que es barato. Pero la simplicidad a veces es más importante que las expectativas.

Los humanos, en su mayoría, crecen sin esperanza, como máquinas, sujetos a cumplir objetivos incluso si eso significa perder la razón. Después de todo, una máquina no debe tener entendimiento propio, solo debe ser capaz de cumplir con lo que se le ordena. Ser eficientemente desdichado. Algunos logran vivir en paz con eso, porque es así como «debe ser». Otros, como Taylor, simplemente no pueden, aunque estén conscientes de que es lo más sensato.

Para la familia Kim, todo pareció ir más rápido a partir del momento en el que su escepticismo les fue arrebatado, desde las luces de las patrullas de la Policía en el exterior de la casa reflejadas por las ventanas, hasta los paramédicos intentando levantar a Sean, quien, preso del pánico, se negaba a soltar el cuerpo de su hermano.

Taylor tenía la certeza de que la vida era hermosa, sí; pero también era cruel y cruda. Ese contraste le era tan claro que los momentos de felicidad que había tenido en los últimos meses de pronto no eran suficientes como para hacerlo desear seguir vivo.

Subestimamos las emociones de los hombres y creemos que basta con ser inteligente para ser feliz o que basta con ser exitoso para no agonizar a cada respiración.

Siempre tomó ser inteligente como sinónimo de ser feliz. Al reconocer que había una disputa entre el saber y el sentir, concluyó que el entendimiento es una condena.

Valía mucho más para él sobresalir; tanto que terminó subestimando sus propias emociones. Pensó que buscar el éxito lo hacía diferente, de alguna forma, pero aspirar a brillar era un defecto divino.

Quizás dentro de cada humano existe algo oscuro. Un lúgubre pensamiento que los lleva a pensar en llegar al final repentinamente. Es imposible negar que el peso acumulado de la frustración, en algún momento logra romper el alma de cualquiera. Y que los pedazos son capaces de rasgar la voluntad humana, lentamente.

Al final, la realidad está gastada, y aun así es todo lo que queda.

Las personas en el vecindario salieron de sus casas mientras murmuraban con horror, viendo el cuerpo cubierto que se llevaron y al chico ensangrentado, en estado de *shock*, al que obligaron a subir a la ambulancia.

Enero nunca se vio tan vacío para Sean Grace.

El sol ya no lo acogía; lo último que creyó vivir fue tener que vestir, en el funeral de Taylor, ese traje caro que no pudo usar para el baile debido a su accidente, y que, de los dos trajes que había comprado, el otro lo portaría su hermanito dentro del féretro. Era irónico: el suyo no le quedaba bien, pero se ajustaba perfectamente a Taylor.

Su madre estaba desconsolada; sus alaridos eran tan fuertes, tan llenos de culpa y de impotencia, que quebraron el corazón de todos en el camposanto. Se escondía en los brazos de su esposo, que negaba con la cabeza igual de dolido.

Sean Grace, cuya expresión estaba completamente fija, solo miraba hacia el frente sin soltar una sola lágrima, pensando en que sería buena idea pintar flores en su lápida para que siempre luciera hermosa. Y aun cuando le dolía demasiado apoyar la pierna, se mantuvo de pie durante toda la ceremonia; su espalda, erguida; la cabeza en alto mientras sus padres lloraban.

No lloraría porque sabía que Taylor no habría querido eso.

No lloraría porque le parecía hipócrita.

Sean Grace se reprochaba haber estado a su lado todo el tiempo y no detenerse ni por un segundo a pensar en alguien además de sí mismo. Porque no le importó su sufrimiento, le dio tan poco valor al hecho de que la vida de su hermano se desmoronaba, y no se perdonaría el haberlo hecho.

Se repitió a sí mismo una y mil veces que lo dejó caer. Pero en realidad, Sean Grace también estaba sangrando. Era muy difícil salir de sus batallas internas para luchar con las de alguien más.

No existen culpables en los deslices de la mente. Son batallas personales en las que solamente se puede sobrevivir y no subestimar otras luchas que acumulan memorias para no morir.

El tiempo que pasaba con Taylor, en especial, era su mejor recuerdo. Era la fila fuera del *arcade* en la madrugada para ser los primeros en jugar con la nueva máquina del centro. Todas las tardes, perdidos en las hojas secas, las novias de Sean Grace que quisieron ganarse a Taylor con regalos pero que nunca lo lograron, y esas constantes quejas cada vez que Sean lo molestaba.

Su amor era…, eran las peleas de sus padres. Era Sean tapándole los oídos a su hermano para que no escuchara los insultos, y así luego poder decirle que subieran a jugar al ático, que sería más divertido esconderse. Y, en especial, ese chocolate que alguna vez no se comió porque con sus monedas solo le alcanzaba para comprar uno, que cada día eligió darle a Taylor.

Siempre tuvo un complejo de guardián muy grande, no lo negaría.

Para un pequeño Taylor era triste que sus padres no estuvieran en casa, él siempre fue diferente, incomprendido; pero Sean…, él sabía que sus padres pasaban tanto tiempo afuera porque si no trabajaban así de duro no habría nada para cenar. Y elegía callar para no ser un estorbo. Ambos crecieron así, con la ferviente necesidad de dar todo para no ser una carga, de ser los mejores para dejar de ser nadie.

Su familia nunca fue perfecta, y esa estabilidad que en sus veintes gozaba apareció solo hasta años después cuando sus padres finalmente maduraron o cuando ellos aprendieron a percibir solo lo bueno.

Mucho antes de eso, Sean se esforzó por crecer muy rápido; quizás por eso se llenó de miedo y odio, porque desde muy joven tuvo que ver la crudeza de la vida.

Pero Taylor…, él era su niño. Y no pudo cuidarlo.

Sean Grace amaba el béisbol, el sol y a su hermanito. Ahora no tenía ninguna de esas cosas.

Si tan solo se hubiera quedado esa noche en el bosque, su hermano estaría con él; pero no lo hizo, y Taylor ya no estaba.

Los Kim regresaron a casa la tarde del tres de enero con un integrante menos en su familia.

Sus padres apenas se hablaron cuando ambos se acomodaron frente a frente en la mesa de la cocina. Y Sean Grace, caminando apenas, regresó a su habitación.

En lugar de ir hacia su cama, se dirigió a la ventana, la cual abrió para sentarse en el balcón por primera vez en mucho tiempo, observando con tristeza las primeras hojas verdes en las ramas de los árboles cuando el invierno comenzaba a marcharse.

Con ese rayo de sol, que por primera vez en algún tiempo le calentó el rostro como intentando abrazarlo, recargó su cabeza en el marco de la ventana y juntó sus párpados en medio de una respiración que quiso poder contener por siempre.

El aire hizo volar las hojas con fuerza, y Sean Grace no pudo evitar sentir que sonaba como aquel silbido que compartía con su hermano.

Solo entonces, Sean Grace Kim, el insensible, sintió una lágrima quemarle la mejilla.

Se cubrió el rostro con ambas manos; no podía resistirlo más. Finalmente, comenzó a llorar desesperado, ahogándose con sus propios sollozos, sofocado con el peso de lo que no hizo y presionando sus mejillas hasta que su piel se tornó roja.

Quizás debería haber sido un poco más directo, decirle que él también sufría; pero ahora Taylor ya no estaba y nada cambiaría eso. Y le molestaba pensarlo, irse era la cosa más egoísta que su hermano le había hecho, cerraba los ojos y lo veía muerto, jamás olvidaría eso. Lo dejó solo. Estaba enojado con un difunto, aunque era estúpido estarlo.

Se había librado de esta existencia de mierda dejándole todo ese peso moral a las personas a su alrededor. Sean sabía que era completamente tonto pensarlo así, pero estaba adolorido, se sentía desamparado.

Se nace para sufrir, y se sufre porque es inevitable.

Incluso ahora seguían teniendo diferencias entre ellos. Taylor era de los que se van. Elegir la muerte requiere de tener nervios de acero para unirse a lo desconocido, es el desapego absoluto.

Sean, en cambio, era de los que se quedan, los que padecen la angustia de la ausencia cada día, cada vez un poco más. Jamás admitiría lo mucho que deseaba poder olvidarlo y seguir con su vida sin tener que detenerse de pronto a pensar en su hermano y preguntarse: «¿Dónde estás?».

Quizás los humanos son irrelevantes para el universo, tan vasto y extenso; pero para otros humanos igual de insignificantes, el calor y la compañía de otros lo es todo.

La vida no es mala, es incomprendida. Y elegir entre irse o quedarse es la valentía en su máxima expresión.

Sean Grace nunca flaquearía para seguirlo. Pero no pudo evitar sentir que…

—Ojalá hubiera sido yo.

CALIFORNIA, CONDADO MARIPOSA
1 DÍA ANTES DE…

Cuando Han Dakho abrió los ojos por segunda vez en ese día, se encontró con que el techo del ático tenía moho. Era algo en lo que nunca se habría fijado de no ser porque era lo único que podía ver.

Se encontraba inmovilizado en el suelo con los pies juntos. Una cuerda lo mantenía sujeto de las muñecas al viejo librero en el ático. El sonido de las campanas colgadas en el balcón martillaba con dolor en sus tímpanos.

La primera vez que había despertado ese día, la poca luz que se filtraba por la ventana le indicó que la noche se acercaba. Él apenas estaba consciente de en qué línea se encontraba.

Estaba mareado y le dolía el estómago como si tuviera una gran úlcera por dentro. En primer lugar, intentaba recordar cómo había terminado encerrado en el ático, pero sus recuerdos no comenzaban cuando abría los ojos. Tras colapsar, su mente había mezclado todo su presente con su ayer.

Ese día por la mañana, cuando había despertado la primera vez, apenas comenzaba a tomar consciencia de la situación. Quiso levantarse a pesar del dolor, pero al hacerlo, por alguna razón, se vio a sí mismo con un elegante traje.

El sonido del cuarteto de cuerdas siempre le gustó mucho. Era limpio, sofisticado y algo triste, al igual que los delirios que se habían convertido en su compañía constante.

Sus respiraciones eran tan pausadas que, en sincronía con los latidos de su corazón, las escuchaba reverberar a través de su cuerpo adolorido como si estuviera rodeado de eco.

La música hacía vibrar su pecho. Estaba muy nervioso. Nunca creyó que su madre se casaría de nuevo. Mientras caminaba por el hotel donde se celebraba la ceremonia sentía cómo las piernas le temblaban. Había estado mordiéndose las uñas; no sabía cómo debía actuar frente a los otros padrinos. Es decir, todos eran amigos de Sean Grace, le llevaban muchos años y él casi no hablaba inglés.

Más allá de sus nervios, Dakho no coordinaba bien sus movimientos. Era un trance, estaba delirando en sus recuerdos, pero no podía evitar sentirlo tan real.

Abrió los ojos nuevamente, incómodo, apenas pudiendo discernir en dónde estaba. No había nadie para decirle el día ni cuántas horas habían pasado como en desmayos anteriores. Pero al menos había logrado despertar. El sabor metálico en su boca acompañaba el fuerte calambre que recorría sus extremidades.

No, él no estaba en el hotel de la boda de su madre, sino en una casa que necesitaba pintura, en las afueras de una vieja California de 1986. Observó a su alrededor al darse cuenta de que, en realidad, se encontraba en la habitación de Sean Grace y que tenía el cabello pegado a la frente bajo un paño húmedo.

Se escuchaban ambulancias a lo lejos, pero lo que más llamó su atención fueron las voces que venían del pasillo.

—Sé que estás molesto, pero convertir esto en un alboroto no hará que Taylor regrese. —Escuchó decir a través de la puerta entreabierta. Apenas discernía entre las voces—. No llamarás a la Policía por un disparate.

—¿Y qué esperas que haga? —Oh, era la voz de un hombre adulto—. ¿Que me quede tranquilo con un impostor dentro de la casa? ¿Acaso te consta quién es en realidad?

—Hace dos días estabas feliz de que estuviera aquí.

—Hace dos días tu hermano estaba bien y no teníamos miedo de encontrarlo muerto —respondió molesto—. Sean, hace dos días ese tipo no era sospechoso por su desaparición. ¿Cómo estás tan seguro de que tu hermano no está enterrado en el jardín justo ahora?

—Papá, es solo un chico. No es malo, jamás haría algo para dañar a Taylor, lo sé.

—Sean Grace, ¿dónde está tu sentido común? Realmente esperaba más de ti.

—Esto no es sobre mí.

—No creas que no sé lo que sucedió contigo, pero debiste haber superado ya esas etapas. Entiendo que por eso quieras encubrir las malas actitudes de tu hermano, pero no es correcto. ¡Mira a qué nos ha llevado!

—¡¿Vas a joderme con eso mientras Taylor está desaparecido?! ¡Eres un padre terrible! —Sean Grace no terminó de hablar. La mano de su padre se estampó contra su mejilla con tal fuerza que resonó por el pasillo.

—No te atrevas a decir nada —lo reprendió—. Ustedes dos me dan asco. Al parecer, no crie a un degenerado, sino a dos.

Sean Grace volvió la vista hacia él, cansado e impotente.

—No estoy encubriendo nada, simplemente estoy actuando como cualquier persona razonable.

—¿Razonable? ¿Algo de esto te parece razonable?

—Papá —le dijo con firmeza—, no echaré a la calle a una persona herida, mucho menos en plena nevada, por una tontería de un resentido con demasiada imaginación.

—No sé qué sucede, no te obligaré a decírmelo, pero no lo quiero aquí. Desde que llegó todo ha sido problemas, y ahora tu hermano está quién sabe dónde por su culpa.

Hubo silencio. Sean Grace no respondió de inmediato; él, que conocía a medias tantas líneas, seguía siendo incapaz de culpar del todo a Dakho.

—Está bien —dijo con pesar—; pero deja que pase la tormenta. Yo me encargo de hacer que se vaya.

—¡Seokwoo, baja ya! ¡De prisa! —Se escuchó desde el primer piso de la casa. Antes de marcharse, vio a Sean Grace por encima del hombro.

Dakho escuchó los pasos por las escaleras y supo que ambos habían bajado porque el pasillo volvió a quedarse en silencio. Se sentó en la cama, confundido, fijándose en la ventana antes de colocarse los primeros zapatos que encontró. Había dejado de nevar.

¿Cuánto tiempo había transcurrido? No lo sabía, lo último que recordaba era haberse desmayado en frente de todos cuando las líneas empezaban a colapsar. No recordaba nada más. Dakho decidió levantarse, no tenía sus muletas y sin el yeso era difícil avanzar. Adolorido, apretaba los ojos al moverse y sus piernas ardían mientras intentaba bajar por las escaleras.

Todas las líneas parecían haber regresado a su lugar, dejando a la familia con migraña y unos latentes deseos de ahorcarse entre ellos como efecto colateral.

Se asomó al primer piso, la escena de los tres Kim frente al televisor hizo que su respiración se agitara. Bajó un par de escalones más y alcanzó a ver las noticias de última hora, no del noticiero local, sino de una cadena nacional.

No habían tenido electricidad por horas y finalmente podían tener noción de lo que pasaba afuera.

«En este momento, los ojos de todo el país se encuentran sobre el condado Mariposa, una pequeña comunidad en el Estado de California, luego de que en horas de la madrugada de ayer se registrara una gran explosión que

comenzó un incendio dentro de una bodega ubicada en las inmediaciones del bosque que rodea el lugar…».

El teléfono había sonado, pero estaban tan inmersos en las imágenes de los policías corriendo por el bosque que no le prestaron atención, a excepción de Sean Grace, que se movió para contestar.

Han Dakho ya no sabía qué era real ni en qué línea estaba. Por eso pensaba de manera desordenada, y sus recuerdos iban de atrás hacia delante, en sentido contrario.

Avanzó un poco más y su ansiedad aumentaba porque sabía que esto tenía que ver con él. Las manos le sudaban y no era capaz de saber si era una alucinación más. Tragó saliva pesadamente, sobre todo cuando vio a Haru acercarse a ellos desde la cocina, angustiado. Sí, querían matarse y aun así estaban encerrados todos juntos.

«… Se registraron múltiples heridos que fueron atendidos por los cuerpos de socorro y trasladados hacia el hospital local. Dicha explosión causó una falla eléctrica que duró horas para las regiones del límite, pero que se mantiene hasta este momento en el centro del condado. Debido a las bajas temperaturas que azotan al sector, los habitantes de esta región están siendo evacuados hacia áreas aledañas del Estado para resguardarse del peligro que representa la falta de electricidad en sus hogares durante la tormenta».

Era demasiado para procesar, las imágenes se movían rápido. Las personas estaban intentando salir del pueblo mientras los paramédicos hablaban a los entrevistadores para contar lo difícil que era trasladar a los heridos debido a las calles cerradas por la nieve.

Se le aceleró el pulso. Sin proponérselo, comenzó a respirar más rápido, lo que causó que la luz de la sala parpadeara y la señal de la televisión se volviera irregular por unos segundos mientras se mostraban varias tomas del pueblo.

Semáforos estropeados era igual a accidentes viales, gente utilizando la oscuridad para saquear tiendas en el centro, el pánico por la escasez de alimentos, la Policía antimotines en las calles y la milicia en la entrada de la ciudad. Un completo descontrol.

Vio la fecha en el televisor. ¿Veintinueve? No. ¿Había pasado más de un día inconsciente? Porque era demasiado para un solo día. Todo era simplemente caos.

«*... Estamos en vivo desde el lugar de los hechos, en donde se atribuyó la explosión a un colapso de la planta eléctrica durante la tormenta; sin embargo, oficiales del ejército se encuentran en estos momentos peritando la zona luego de que se catalogara presuntamente como un acto terrorista. Las autoridades aún no han dado declaraciones sobre el caso...*».

Tenían cintas amarillas enredadas en los árboles y los camarógrafos luchaban por intentar acercarse mientras uniformados les impedían el paso.

—No puede ser... —murmuró Haru.

Era el bosque. Era su bodega en el aserradero.

Sin embargo, no fue eso lo que lo impactó, sino las imágenes de las personas identificadas por los paramédicos. Entre ellas, vio a un hombre rubio con un rostro conocido. Era una sombra que los seguía. La señal se perdía por momentos, apenas se distinguía a los militares evadiendo la cámara y muchos mirones alrededor eran alejados por la Policía.

Dakho sabía que esto estaba sucediendo por él. Taylor nunca quiso contarle exactamente qué era lo que hacía cada vez que desaparecía, pero una falla en un experimento que lo dejara más de un día inconsciente debió de ser una tan grande como para causar esa magnitud de daño.

Su corazón latía demasiado rápido, como un motor cuyas revoluciones comenzaron a subir.

Él no quería esto. Solo quería tener una vida feliz en medio del bosque, le gustaba la vida de un joven en el pasado con el pintoresco pueblo como locación.

Dakho no quería esto. No a los habitantes asustados que buscaban refugio, porque si el frío empeoraba, la falta de electricidad podría matarlos. Solo quería ser feliz como los demás.

Las fotografías de los identificados seguían apareciendo y ninguna era de Taylor. Entonces, temió porque la única explicación lógica fuera que estaba muerto y él se negaba a aceptar eso, faltaban días.

No, no podía. Y no lo haría, este experimento había arruinado lo único bueno que le pasó en la vida. Terminó de bajar las escaleras, se mareó tanto que el aire le faltó. Tuvo que apoyarse en la pared para avanzar, pero se tapó los oídos porque sintió que su cabeza estallaría.

Sean Grace alzó la cabeza, exaltado, y negaba con los ojos abiertos sujetando el teléfono.

—¡Encontraron a Taylor! —gritó y la televisión falló—. Está herido.

Respirar. Las cargas eléctricas en la respiración de Dakho aumentaron en cada exhalación.

—Oh, mi dios… —musitó Dakho.

El estabilizador del techo se había fundido tras el colapso y ahora era incapaz de regular la electricidad de su cuerpo. Él era nocivo y no lo sabía, pero los otros lo tenían claro.

Haru frunció el ceño al mismo tiempo que la televisión parpadeó enloquecida, al igual que la luz de la sala. Había pasado el suficiente tiempo cerca de él como para saber lo que sucedería: una sobrecarga. Entonces, notó la presencia de Dakho y, al verlo trastabillar por llegar al sofá, se aproximó velozmente hacia los señores Kim.

—¡Cuidado! —gritó Haru sin pensarlo, antes de empujarlos hacia un costado.

La pantalla de la televisión se rompió de golpe en medio de un estallido que repercutió en las bombillas y ventanas de la casa, haciendo que cientos de pequeños vidrios volaran sobre sus cabezas. Sean Grace, con el teléfono en mano, se quedó con la espalda pegada a la pared. Por su mejilla corría un hilo de sangre causado por una esquirla de vidrio. Todos vieron desconcertados al *impostor*.

—¿Qué eres tú? —murmuró el padre de los chicos con una mueca de desprecio.

Sean Grace temió y tragó saliva. Su padre tenía razón. Pero a Dakho no le importaban las acusaciones, se veía perdido, sudaba y no podía hablar correctamente. Se sostuvo del respaldo del sofá con ambas manos y comenzó a desvariar, antes de volver a desmayarse. Lo que sea que Taylor hubiese hecho había roto a su querido chico experimento.

—No lo toquen. —dijo Haru ante la mirada consternada de todos—. ¿Me creen ahora?

Nadie contestó. Haru sabía que Dakho podría matarlos y los demás parecieron estar de acuerdo con ello. Así, terminaron envolviéndolo en la alfombra de la sala para moverlo.

La única razón por la que no terminó en la calle fue porque Sean Grace se opuso, y cargarlo hasta el ático fue la única salida que encontró mientras pensaban qué hacer con él.

Al final, abrir la boca podía joderlos a todos.

Sí. Ahora podía recordarlo un poco mejor. No estaba del todo inconsciente cuando Sean Grace dejó caer su cuerpo en el suelo del ático, pero estaba tan débil que no pudo hacer nada para impedirlo. Se había colocado guantes de látex para tocarlo. Le temía. Dakho, por su parte, ni siquiera tenía noción de su espacio porque, aunque sabía que estaba en el suelo y escuchaba las campanas del balcón sonar, no dejaba de oír a la distancia a los músicos nupciales que él mismo eligió para la boda de su madre.

La música se hacía más fuerte y la presión de la cuerda que Sean Grace usó para atarlo se sintió igual que la corbata contra su cuello cuando terminó de vestirse para la ceremonia. Había suspirado antes de caminar hacia la habitación del novio.

Es decir, él sabía que no debería estar rondando por el hotel, pero quería tener una charla seria con Sean Grace antes de la boda. Quería ser condescendiente y decirle que estaba feliz por toda la alegría que le había causado a su madre, o algo así. Dakho no era malo; en su defecto, era muy ingenuo y por un momento pensó que tener una familia no sonaba tan mal. Quiso tener una conversación sincera, de esas sentimentales que no admitiría eran muy propias de él. Pero, al acercarse a la puerta, la voz del gran Sean Grace Kim, que se mostraba tan amable con él, resonaba mientras se burlaba de la situación. Hablaba con sus padrinos de boda diciendo que había sido una pérdida de tiempo buscar internados todo el año para el desviado problema que venía atado al amor de su vida porque ella se había negado a separarse del chico.

Hacía algún tiempo había dejado de recordar con tanta fidelidad que Sean Grace solía decir que, cuando él era joven, a los maricas se los ataba a un poste para alinearlos con el bate y que ahora él tenía que lidiar con un problema de esos.

Todas las emociones de Dakho estaban mezcladas, tanto como sus memorias en las líneas, y él pensó que el amable entrenador no podía ser capaz de tener tales prejuicios sobre él.

Alto, no. Sean Grace no era su entrenador, era el jefe de una compañía, ¿cierto?

No. ¿Era su capitán del equipo? ¿El hermano de Taylor? ¿Qué tal el esposo de su madre? ¿En dónde estaba? No lo sabía. ¿Por qué si era su amigo le amarraba las manos mientras le pedía perdón?

La mente de Han Dakho era como un péndulo, balanceándose de un recuerdo a otro. Si bien los demás habían regresado a ser racionales a la línea que les correspondía, Dakho no pertenecía a ese lugar. Su mente quería regresarlo a su línea, pero las limitaciones físicas y espaciales se lo impedían.

Ni siquiera tocó la puerta, giró sobre sus pasos hasta buscar regresar a la habitación de la novia, tirando las flores del pasillo y tratando de no llorar.

Se tambaleó mientras corría de regreso. Agitó la cabeza mirándose los mocasines y se cubrió las orejas con las manos porque empezó a escuchar campanas. Volvió a marearse, y al tocarse el lóbulo recordó que le habían hecho quitarse la argolla de la oreja para la ceremonia por orden de Sean Grace, y eso le molestó mucho.

El odio siempre viene de la desilusión, y ese instante en el que pensó que podían ser felices se evaporó. Realmente, no se detuvo a pensar en su madre. Y egoísta o no, estaba harto. Ese Sean Grace original, en medio de su ignorancia, pensó que alejar a Dakho de las multitudes lo salvaría de vivir lo mismo que su hermano. Pero nunca supo expresarlo, y aunque Dakho creía saberlo todo, no siempre entendía bien las palabras en aquel nuevo idioma.

Entró a la habitación de la novia y se dejó caer en el sofá de la habitación, pero al hacerlo se dio cuenta de que en realidad estaba en el suelo del ático de los Kim.

Entonces, Han Dakho abrió los ojos por segunda vez en ese día y se quedó un largo rato mirando el moho del techo al recordar lo que había pasado horas antes, seguro de que ahora todos lo verían como un fenómeno que debía permanecer oculto.

Esto se le había salido de las manos, sí, pero nunca buscó herir a nadie. Sin embargo, ahora no podía detenerse a pensar en los demás. Sabía que lo mejor sería ir al hospital para encontrar a Taylor y era todo lo que le importaba, así que intentó empujar con los pies una pared mientras buscaba tirar abajo el librero que lo mantenía cautivo.

Finalmente, y después de muchos golpes, este cedió y se inclinó a un lado, haciendo que, al caer, la soga que lo sujetaba se saliera del paral. Cuando pudo se llevó las manos hasta la boca, en un intento por desatarse, mordiendo un extremo de la soga. Comenzó a jalarla. Odiaba la sensación de la cuerda contra sus dientes, pero fue lo único que le quedó tras liberar sus manos, entonces se apresuró a desatar sus pies.

Se precipitó por llegar a la puerta del ático, pero se sintió consternado al notar que estaba cerrada por fuera. No podía pararse correctamente; la empujó con fuerza para quebrar el seguro, pero fue inútil. La puerta no cedió.

Dakho intentó buscar entre las cosas del ático algo para iluminar el lugar porque a cada segundo se hacía más difícil ver, pero los paneles se habían fundido y la única linterna que encontró no tenía baterías.

Entonces pensó: ¿qué haría un lunático en esa situación? Y así, la única ventana lució prometedora. Se asomó, estaba bastante alto y su pierna no servía. Dadas las circunstancias, no le quedó más que tomar esa misma soga que lo mantuvo cautivo y atarla a una viga de madera en el techo para sujetarse. Intentó abrirla, pero la ventana estaba sellada.

Dakho rebuscó entre los libros uno que fuera lo suficientemente pesado como para romper el vidrio.

¿Realmente pensaban que podían encerrarlo? Por favor, si en algo era experto era en fugas.

En la parte de abajo de la casa, Haru se debatía mentalmente en si era prudente seguir ahí. Se había puesto a recoger los vidrios de la casa en un intento por ordenar el alboroto que Dakho había causado. Sean Grace bajó por las escaleras con un martillo y algunos clavos que dejó en la mesa del comedor.

—Mierda —dijo negando con la cabeza al ver el montón de vidrios en una esquina. Tenía puestos sus anteojos y un gorro—. ¿Dónde están todos?

—Se fueron, necesitan autorización para poder examinar a Taylor —explicó Haru—. Me pidieron que me quedara en caso de que necesitaras ayuda con él.

—¿Hace cuánto se fueron?

—Unos quince minutos, dijeron que saldrían a la carretera para tomar un taxi, aunque con este clima dudo mucho que encuentren uno.

—Tengo que alcanzarlos —le dijo sin siquiera voltear a verlo—. La puerta del ático está bloqueada por fuera, no habrá problema.

—¿Clavaste la puerta? —preguntó, pero era obvio, así que Sean Grace no contestó.

—Escucha, no importa lo que pase —pidió a Haru—, no lo dejes salir. ¿De acuerdo?

—¿De qué servirá encerrarlo? Tenemos que entregarlo con la gente del Gobierno. No lo sé, los militares o algo.

—¿Y según tú, esa es una mejor opción? ¿Eh? No, ya basta, ya has tenido demasiadas «buenas ideas».

—Sabes que eso es lo que debemos hacer.

—¿No era tu amigo? ¿Ahora quieres delatarlo?

—Lo es, pero no es seguro para nadie que él esté aquí —dijo, e hizo dudar a Sean Grace.

Ya no había verdades ocultas entre ellos, ambos eran muy similares por dentro, y tal vez por eso, a pesar de todo, se entendían.

—No podemos. Eso pondría en mayor riesgo a mi hermano. Y no solo a él, a todos. ¿Quieres terminar encerrado de nuevo?

—Tenemos un arma expansiva mortal allá arriba. ¿Entonces qué sugieres, Grace? ¿Que juguemos al ajedrez con él? No está en nuestras posibilidades controlar al experimento.

Sean Grace volteó a verlo. Se paró con firmeza y rompió uno de los cristales del suelo con el pie.

—Sugiero que te mantengas al margen —le dijo con expresión seria—. No quería decirlo frente a mis padres: puedes quedarte aquí por respeto a tu abuela, pero esto ya no te incumbe. No sé cómo controlarlo, pero algo se me ocurrirá.

—No me jodas con eso. Olvida lo que pasó la noche del apagón. Nada de eso es real, lo único que importa es que…

—Los dos sabemos que es real —lo interrumpió—. No aquí, pero en algún lugar… —dijo frunciendo el ceño—, todo fue nuestra culpa. Y no será así de nuevo.

—En este momento tenemos problemas más graves.

—No —se acercó un poco—, no «tenemos». Nosotros no tenemos nada que hacer juntos. Si quieres ser útil vigila a Dakho, pero, si no, vete. ¿Querías librarte de la mierda de mi familia? Bien, hazlo.

—¿Quieres ser bueno con él ahora? ¿Después de todo lo que causó? ¡Él es un peligro! Y estará mejor lejos de aquí con personas que sepan…

—¡Esas personas van a matarlo! ¡Eres iluso al pensar que no nos matarán también! —gritó, pero estaba muy cansado, no admitiría que lo decía porque Dakho era su amigo—. Escucha, me interesa una mierda todo este asunto del viajero en el tiempo y los recuerdos de la dimensión X o lo que sea. Lo quiero lejos, sí, pero no por eso voy a joderle la existencia a todos. Yo no soy tú.

—¿Qué?

—Me jodiste a mí y a Taylor. ¿Crees que mis padres están tranquilos después de lo que dijiste? Tu maldita boca terminó de jodernos.

—¡Pues perdón por no saber reaccionar cuando mi cerebro se convierte en agua! Pero no soy yo el que hizo que Taylor terminara en cuidados intensivos. Te crees muy sensato, pero la realidad es que solo estás asustado de hacer lo correcto, como siempre.

Sean Grace lo empujó.

—Escúchame bien porque solo lo diré una vez más. —Avanzó para encararlo, diciendo—: Nosotros no vamos a entregar a Dakho, ni a la prensa ni al ejército. ¿Entendido?

April Augustus Moon frunció el ceño. Parecía que Sean Grace se había encariñado con Dakho y eso afectaba su sentido común.

—Oh, me sorprende lo sentimental que te has vuelto.

—Al menos yo acepto la mierda que soy. No como tú, que aparentas ser bueno con todos cuando lo cierto es que sacrificarías a quien sea si con eso obtuvieras una mínima oportunidad para salvarte. Lo harías incluso solo para satisfacerte.

—Nosotros no somos tan diferentes, Grace.

Sean Grace suspiró en respuesta, sin poder contradecirlo del todo. Tomó su chaqueta del perchero antes de caminar hacia la puerta.

—Mi hermano me necesita —dijo, algo cansado, quitándose los anteojos para dejarlos en la mesa de la entrada—. Solo no lo dejes salir.

Haru lo vio marcharse. Se sentía profundamente ofendido, la única salida era entregar al chico. Pero, claro, como siempre, no lo escuchaban. Tener a Dakho en la casa era un problema; luego de que escuchó el ruido de un montón de cosas al caer que venía del ático, confirmó que Dakho sería un problema en cualquier lugar.

El ruido volvió a repetirse, ahora acompañado del crujir de la madera y un vidrio que se rompió. April sonrió al acercarse a las escaleras. Este era el preludio de su fuga.

Haru subió lentamente las escaleras solo para ver con una sonrisa la tabla clavada que sellaba totalmente la puerta.

—No lo intentes —dijo Haru en el pasillo.

—¿Haru? ¡Estoy atrapado! ¡Haru, ayúdame! —gritó Dakho sosteniendo un libro en la mano—. ¿Cuánto tiempo estuve...?

—Lo suficiente.

—¡Puedo explicarlo! Por favor, ¡ayuda! Sácame de aquí.

—No puedo —le respondió apenado, mirando hacia el techo—. Estarás mejor así.

—¡Alguien, por favor!

—No hay nadie más aquí, se fueron. —Se quedó callado un par de segundos—. Se fueron porque eres peligroso.

Se escuchó otro golpe, Haru avanzó un poco; a través de las ranuras de las tablas podía ver a Dakho moverse por el ático.

—¡Déjame salir! ¡Yo no hice nada! Prometo que no sucederá otra vez.

—No mientas. No sabes cómo controlarlo. Tú nunca supiste cómo controlar tus impulsos.

—No soy un monstruo —dijo casi con deseos de llorar—. ¡Haru! ¡Déjame salir! —gritó desesperado, pero ya no obtuvo respuesta.

Haru se dio la vuelta y lo dejó hablando solo.

Al ver que se marchaba, Dakho regresó hacia la ventana y lanzó un libro que terminó de quebrarla. Quitó los pedazos que quedaron en el marco y, sujetándose de la cuerda, comenzó a salir por el reducido espacio.

Se le rasgó un poco la chaqueta. La que llevaba ahora ni siquiera era suya; aquella chaqueta de mezclilla que había traído con él del futuro se había perdido hacía mucho tiempo. Se deslizó poco a poco por el costado de la casa, pero sus pies se deslizaron al intentar impulsarse desde la fachada de la casa; soltó la cuerda y terminó cayendo entre la nieve, arrastrando consigo las luces de Navidad colgadas en el borde del techo.

Dakho sabía que su madre iba a regañarlo por jugar en la nieve tan tarde, aunque no recordaba tanta nieve en Seúl. Se levantó al percatarse de que estaba en otro vecindario y se quitó de encima los adornos en los que se había enredado.

Haru escuchó el estruendo y se asomó a la ventana de la cocina, desde donde pudo observar a Dakho en el exterior, batallando por levantarse.

Quiso correr hacia él para detenerlo, pero el frío que le recorrió la espalda lo hizo quedarse quieto. ¿Por qué tendría que detenerlo? No era propio de él seguir las palabras de los demás. Frunció el ceño mientras veía a Dakho quejarse sobre la nieve. Se vio las manos, se había hecho varios cortes al intentar recoger los pedazos de cristal que habían quedado regados por la sala. Se apresuró al quitarlos solo para que nadie fuera a lastimarse con ellos. Gracias a ello, los señores Kim y su abuela estaban bien, pero, como siempre, era él quien había salido herido. Esa clase de actos casi involuntarios de su parte eran los que se reprochaba una y otra vez. Al final, ¿de qué servía ser bueno con todos si nadie era bueno con él? Pero estaba tan acostumbrado a que nada de lo que hacía fuera recíproco que nunca se lo cuestionó.

Vio tambalear por la acera a Dakho hasta que su espalda desapareció de su campo de visión. El último rayo de sol terminó por llevarse su falsa bondad.

—Por tu culpa ya no sé quién soy —murmuró Haru.

Sean Grace se infartaría cuando supiera que Dakho había escapado. Aunque, en defensa de Haru, lo que le pidió fue que no lo dejara salir, no que evitara que se fuera. Y él jamás abrió la puerta del ático, lo que, según él, lo eximía de toda responsabilidad.

Romeo y Julieta era la historia más famosa de Shakespeare, él la citaba mucho; pero a criterio de Haru, *Hamlet* siempre fue mejor, y se ajustaba más a lo que sentía en ese momento en el que se debatía en ser o no ser... un desertor.

No pretendía morir por Dakho. Esperó un par de minutos y luego salió corriendo hasta su casa. Entró apurado, esquivando los pedazos de la vitrina de su padre y los sillones volteados.

Nadie valía la pena como para quedarse. Su abuela era una vieja senil que se acordaba de él solo cuando era hora de la cena, y su padre, casi lo mismo, solo que él le arrojaba un par de billetes cada vez que aparecía de turista en su vida. Subió a su habitación y tomó un bolso de tela que usaba para viajar antes de comenzar a buscar su ropa por el suelo; toda su habitación estaba hecha un desastre al igual que el resto de su casa.

Buscó con la vista su libro predilecto, que era una antigua Biblia, en un rincón y se movió hasta ella para tomarla y romperle la pasta, entonces pudo sacar el dinero que había ocultado por años, porque desde niño siempre pensó en largarse algún día.

Guardó el dinero en su bolso, junto con un poco de ropa y un cuaderno de trabajo para no volverse loco, y tomó una gran bocanada de aire al sujetar el tirante con fuerza. Se estaba quedando sin tiempo; en cuanto vieran su apellido en el título de propiedad de la bodega vendrían a buscarlos, no había forma de esconderse en el pueblo.

Las líneas en su cabeza se habían separado, y aunque estaba lúcido, consciente de su realidad, ahora que sabía que esas líneas existían tenía un problema: no le gustaba sentirse ignorante.

Bajó rápidamente por las escaleras y se encontró con su padre en la entrada de la casa. Y aunque quiso conseguir algo de él, al confrontarlo no obtuvo nada más que una mirada consternada y llena de falsa preocupación.

—Viajar en el tiempo... ¿Te suena familiar? —le dijo, pero su padre se quedó callado.

Lo que pasara con su familia lo tenía sin cuidado. Pero lo habían subestimado toda su vida, y eso sí era un grave error. En especial cuando lo único que consiguió fue que su padre confirmara lo que ya sabía escudándose detrás de un vago:

—Queríamos protegerte de ser igual que ella.

Es más, estaba cansado de considerarlo su padre, le dio la espalda para salir, no sin antes respirar profundamente y pensar que no había una sola persona en el mundo que le importase menos que él.

April Moon tenía una sola misión en esa línea de tiempo como cada una de las piezas. Él debía dejar su casa y su familia para que todo volviera a repetirse, aunque no sabía que sus acciones estaban escritas. En su futuro en esta línea, buscaría refugio lejos, muy lejos, en una Nueva York que lo ocultaría por algún tiempo.

Su instinto de supervivencia era lo que terminaba de cerrar la historia.

Comenzó a correr por la acera en un intento por salir a la carretera. Varias patrullas pasaron frente a él en dirección a su casa; volteó apenas para verlas aparcar en su jardín. Entonces, entendió lo que debía hacer para ganar más tiempo.

Tomó una moneda de su bolsillo y se acercó a un teléfono público esperando que funcionara. La insertó en la ranura antes de marcar el número; para cuando contestaron, ya se había convencido de que era lo mejor, al menos para él.

—Estación de Policía, diga.

—La explosión va a repetirse en el centro del condado —dijo con voz dura—. Tenemos explosivos en todo el lugar. —Y luego colgó.

Si Sean Grace no quería escucharlo, era tiempo de que tomara responsabilidad por sus palabras. Él quería irse, y qué mejor que desviar toda la atención a un lugar lejano a su ruta. ¿Qué mejor que enviarlos al epicentro? Un lugar que un Dakho confundido seguramente atravesaba en ese momento.

Si lo atrapaban por hacer colapsar la ciudad no sería su culpa, ¿cierto?

Para salir bien librado solo necesitaba dos cosas: saber lo suficiente del futuro y un autobús de salida del condado. Por suerte, ambos estaban de camino al hospital.

Ser o no ser… un desertor. Quizás ese siempre fue su destino.

La fila de autos detenidos en la carretera seguía por kilómetros desde la entrada de la ciudad. Todas las rutas estaban congestionadas y era tanta la aglomeración en las calles, que muchos eligieron caminar para llegar al condado vecino antes de que volviera a nevar.

En el centro de la ciudad, la situación no era favorable para nadie. Mucho menos para Dakho, que caminaba mareado chocando con las personas.

Era su primer día de escuela, y su madre le dijo que si se sentía nervioso contara a los niños a su alrededor para calmarse; pero no servía de mucho si las multitudes siempre le resultaban abrumadoras. Así que solo tenía que ser amable con los demás y respirar.

Su madre lo recogería pronto y todo estaría bien. Aunque claro, considerando que tropezaba con las personas que corrían afligidas por el centro en plena evacuación del condado, no le sería fácil llegar.

«No, no, no, Dakho. No estás en la escuela», se dijo a sí mismo. «California, estás en California».

No podía dejar que sus recuerdos lo consumieran o todo terminaría de joderse. La multitud de personas que se movía alborotada por las calles corría en sentido contrario a él. La Policía comenzó a acordonar el área y él logró, con dificultad, llegar al hospital.

Dakho entró temblando por la entrada principal, abrazándose a sí mismo y arrastrando la pierna al avanzar. Había muchas más personas de las que se imaginó. El piso parecía mojado por la escarcha; buscó con la vista, preocupado, hasta que pudo ver un cartel que señalaba el camino hacia Urgencias.

Ya no quería hablar con nadie porque eso lo confundiría más, así que caminó buscando por los pasillos sin saber en realidad qué puerta tocar.

El hospital era el único lugar con su propia fuente de energía; aun así, las luces parpadearon por su presencia. Sean Grace, que caminaba de un lado a otro en el pasillo de la sala de espera, alzó la vista ante el titilar sobre su cabeza.

Apenas había alcanzado a sus padres y, aunque estaba adolorido, no podía darse el lujo de descansar. Avanzó un poco más y reconoció a Dakho, quien caminaba agitado hacia la unidad de cuidados intensivos.

Volteó a ver a sus padres y se apresuró a interceptarlo antes de que llegara hasta ellos. En cuanto logró acercarse a él, lo tomó del brazo para hacerlo retroceder. Esa pequeña descarga eléctrica que sintió al tocarlo hizo dudar a Sean.

—No deberías estar aquí —le dijo—. Ni siquiera lo intentes, no vas a verlo.

—¿Tú también, Sean Grace? Por favor. Necesito saber cómo está —suplicó. Dakho estaba pálido y con los labios agrietados—. Es lo único que pido.

Sean Grace le dio una mirada llena de resignación, y decidió cumplir con su capricho.

—Está muy herido. Aún no tiene horario de visitas y lo trasladarán en un par de horas de cuidados intensivos. Mi madre tiene toda la información.

—Entonces hablaré con ella —dijo Dakho intentando avanzar, pero Sean Grace lo detuvo de nuevo. Quería correr a esa puerta, pero la voluntad que siempre lo hacía seguir se rompía a cada palabra.

—Ya te dije lo que querías. Ahora vete. Mis padres te odian, y yo ya tuve muchos problemas intentando mantenerte con vida.

—No se trata de ellos o nosotros, se trata de Taylor. ¡Quiero saber que está bien!

—¿Acaso no me escuchas? —Parpadeó varias veces—. Él no está bien —dijo molesto, su voz preocupada hizo callar a Dakho—. Tiene quemaduras graves, no respira correctamente y apenas despertó hace poco.

—¡Necesito verlo!

—¡Él no está bien, Dakho! ¡Entiéndelo de una buena vez! —gritó y lo empujó sin intención de hacerlo. Su espalda golpeó contra la pared y su expresión dolida hizo sentir culpable a Sean Grace.

—¡¿Y me pides que me vaya?! —respondió indignado. Las luces parpadearon.

Sean Grace apretó los ojos; los dos iban a odiarlo, pero eso era lo de menos.

—No hagas una maldita escena, Dakho —dijo con voz leve—, respira o harás que todo en el hospital falle. Las cosas raras de tu cuerpo van a lastimarlo todavía más.

—¿Cómo sabes que...?

—Recuerdo bien lo que pasó en la piscina, me dolía estar cerca de ti. O como el día en que yo veía el partido y los fusibles de toda la casa se fundieron. Maldición. —Se pasó la mano por el cabello, frustrado; estaba tan cansado—. Sé que eres tú, la maldita televisión explotó y fue por ti.

—Sí, es mi culpa. Lo sé, y lo siento, pero no lo hice a propósito. Lo que sucede es que... —Sean Grace lo calló.

—Escucha —dijo con el ceño fruncido—, no quiero explicaciones. No me interesa. Te dejé encerrado por una razón, pero, ya que estás aquí, significa que puedes arreglártelas tú solo.

—Sean Grace... —intentó decir.

—Dakho, lárgate de aquí. Ya tenemos suficientes problemas como para que causes más. No sé qué eres, pero eres peligroso.

Peligroso. No, otra vez esa palabra no.

—No puedes solo pedirme que haga eso, si me dejaras explicarte…

—No quiero, tuviste suficiente tiempo. Los dos, de hecho, y ninguno se dignó a decirme la verdad. Sé que piensan que soy un «tonto», pero, como siempre, este tonto va a encargarse de que no haya más heridos.

—Yo tampoco sé lo que sucedió. Taylor me ocultó muchas cosas, yo…

—Ya dije que no me interesa —interrumpió y se cruzó de brazos—. En cuanto mi hermano despierte lo pondrán en custodia policial como si fuera un criminal. Dakho, esto no es un juego. Para ustedes fue muy fácil vivir en su pequeña burbuja de felicidad y aventuras, pero ¿qué hay de los demás? El padre de April está en la comisaría dando declaraciones, ¿sabes? ¡¿Qué hay del daño que causaron?! Esto se termina aquí. Piensa con la cabeza por un segundo. No me arriesgaré a que causes un apagón en el hospital y lo mates.

—No pasará, lo juro.

—¿Tu padre nunca te enseñó que no debes jurar en vano, Han?

—Nunca quise que nadie saliera herido.

—Lo sé —suplicó serio, con esa voluntad que lo caracterizaba—, pero eso no cambia nada. Por ti, él hace cosas que no debería hacer. Te quiero lejos de él. Hazte un favor y desaparece.

—No me pidas que lo abandone —dijo. Sean Grace suspiró, no podía seguir siendo así de blando—. ¿Qué pasará cuando me busque y no esté?

—Le diré que no tuviste elección, ¿sí? Sé que se molestará conmigo, sé que va a odiarme, pero le diré que peleaste y sufriste por su ausencia, le diré que lo quieres. Pero, por favor, solo vete.

—Sabes que no puedo dejarlo. Tienes que entenderme. Él es… —su voz se quebró—, él es el amor de mi vida.

Sean Grace se quedó callado algunos segundos en los que le pidió perdón desde el fondo de su alma. Lo sabía. Atesoraba todas las sonrisas que su hermano mostró por amor, pero nadie nunca tiene ni suficiente vida ni suficiente amor.

—Tú podrás conseguir otro amor —dijo con pena antes de negar con la cabeza—, pero yo nunca podría conseguir otro hermano.

—No puedes sacarme de su vida como si fuera nadie...

—Ya lo hice. Ahora márchate o soy capaz de entregarte con los militares. —Le dio la espalda y comenzó a alejarse—. Incluso si con eso me jodo yo también... —musitó más para sí mismo que para el chico.

—Yo lo amo —murmuró Dakho—. Solo quería estar cerca de él.

Sean Grace sintió en los hombros el peso de hacer lo correcto.

—Oye —lo llamó, volteando solo un poco para verlo de reojo y, antes de seguir avanzando por el pasillo, agregó—: Gracias por quererlo.

La espalda de Sean Grace alejándose se confundió con sus recuerdos. Sí, Sean Grace siempre pensaba que sus jugadas eran mejores que las suyas, incluso cuando iban perdiendo por muchas anotaciones en el marcador, hacía sentir a Dakho como si no fuera parte del equipo. Fue jadeando tras de él atravesando el campo. Podía escuchar a la multitud gritándole para que bateara, pero el capitán quería que abandonara el juego. Lo quería en la banca a toda costa.

Corrió hacia el montículo en un intento por alcanzar al equipo, pero cuando dobló la esquina, siguiendo su espalda, no encontró a nadie. No estaba en el campo; seguía en el pasillo del hospital.

Y frente a esa puerta que daba hacia Cuidados Intensivos ahora había dos agentes de la Policía impidiendo el paso.

Retrocedió apenas los vio y se pegó a la pared, agitado. Buscó a Sean Grace con la vista, sin éxito. Estaba como al inicio. Vio sus pies: tenía puestos los tenis de Sean Grace como aquel primero de agosto cuando Taylor lo ayudó a ocultarse en su cuarto. Se negó a reconocer que, de alguna forma, siempre lo había ayudado. En verdad, no lo culpaba por querer proteger a Taylor. Al menos era sincero al actuar, agradecía eso del Sean Grace joven, porque era directo y no tenía que ser condescendiente con él. Pero era evidente lo mucho que se parecía al *Shon Greis* del futuro; nunca cambiaría, porque ambos siempre intentaban decirle qué hacer.

Trastabilló buscando a la familia Kim por el vestíbulo; no los encontró en la cafetería. Lo único que le quedaba pensar era que habían salido. Se sostuvo con ambas manos en el respaldo de una silla en la sala de espera.

Bueno, para ser justo con *Shon Greis,* él nunca le reprochó las dos o tres veces que tuvo que llevarlo al hospital, incluso aunque había sido su culpa terminar en la Sala de Urgencias. No era el caso de su padre biológico, que no le perdonaba haber tenido que pasar Nochebuena esperando la atención de un médico ese día de invierno en Seúl. Dakho sentía tanta culpa que pensó en que debía disculparse después de que le curasen el tobillo.

Caminó hacia la salida. Se chocó con una enfermera y parpadeó confundido. Cierto, Dakho ya no tenía doce años y no era Navidad.

Eso no era real aquí, pero ¿acaso él sabía que lo era? No encontraba diferencia entre esta y sus otras millones de vidas más. Se tocó el labio y sintió la perforación de su *piercing.* Había descubierto la única manera de saber en qué línea se encontraba: solo en la segunda línea se había perforado el labio.

Pero, claro, no era su culpa. Esos esquíes no eran del tamaño adecuado para su altura, era obvio que iba a lastimarse, pero no fue capaz de mencionarlo porque le gustaba la emoción de su padre. Por eso, cuando salió a la nieve, hizo un gran esfuerzo por mantenerse estable. Aunque la Policía, que acordonaba el centro del condado Mariposa, le hizo caer en cuenta de que había sucedido algo muy malo en la ciudad…

En California.

«Dakho, estás en California», se repetía a sí mismo.

Caminó un par de metros más viendo a los antimotines calmar a las personas. Ya estaba oscuro y era difícil distinguir al fondo de las calles. Quiso alejarse de la multitud, pero se sentía atrapado. Al dar un paso hacia atrás, su hombro chocó con otra persona.

—Quítate de aquí, vago —le dijo el hombre, pero no fue lo despectivo de sus acciones lo que lo hizo voltear a ver, sino el hecho de que le habló en coreano.

—¿Qué…? —murmuró. Sus mejillas se sintieron calientes.

Dakho se quedó quieto apenas lo reconoció. Caminaba al lado de una mujer muy parecida a su madre. «¿Qué hacen mis abuelos aquí?», pensó aturdido. Los vio de pie junto a él, mucho más jóvenes de lo que recordaba. A lo mejor estaba alucinando, pero, a juzgar por sus abrigos y rostros serios, ellos sí estaban con él en la California de 1986, no como el resto de sus desvaríos.

—No molestes al chico... —dijo ella y pasaron de Dakho como si no fuera nadie—. Busquemos a la niña, no perdamos más el tiempo aquí.

Dakho dio un par de pasos atrás y tambaleó.

—¡Yugyeom, date prisa! —gritó la mujer a un hombre que avanzaba algo demorado.

Se acercó a ellos un chico de la misma edad de Dakho. Lo reconoció al instante y sintió su estómago revolverse; se parecía tanto a él de joven que le hubiese gustado no volver a verse en el espejo jamás. «¿Qué hace mi padre aquí?», pensó.

Comenzó a ahogarse; sabía que pasaría de nuevo. Se sentó en la banqueta de la acera, aunque estuviera mojada, intentando no hacer cortocircuito. Respiró, no quería que lo golpearan por no arreglar su habitación. Ver a su padre le hizo sentir temor. Le iba a tirar el plato de arroz al piso, le repetiría que no valía para nada aunque se hubiese esforzado en prepararle la cena.

No quería seguir escuchando a sus padres discutir. Se levantó de la mesa, cansado, evitando los granos de comida esparcidos a sus pies. Siempre había sido un niño maduro capaz de cumplir los caprichos de sus padres, pero nunca lo suficiente como para tener ideas propias o pensar por sí mismo. Era aún un niño ingenuo ante los ojos de los adultos que nunca supieron controlar sus emociones, y ahora que había crecido, por su culpa, él tampoco podía. Mucho menos podía controlar el pánico de las personas que corrían a su alrededor cuando estuvo seguro de que haría explotar todo.

Aun así, colgó su delantal, ignorando los reproches, y caminó hacia su madre. Ella lo llamaba, estar a su lado era lo único que lo hacía sentir seguro.

Respiró aturdido sin darse cuenta de que alguien frente a él le estaba hablando.

«Dakho..., hijo. Levántate, se hace tarde. Dakho, arriba. Dakho...».

Abrió los ojos con dificultad volviendo a sí mismo, con los ojos llorosos. Estabilizándose, por suerte o bendición.

—¡Dakho! ¡¿Dakho, qué te sucede?! —le gritó la voz joven de su madre—. ¡Están cerrando el centro, levántate ya!

—Mamá… —dijo apenas al verla. Sintió náuseas cuando la imagen física de la chica no encajó con aquella que se mostraba en su mente.

—Dakho, levántate. —Miraba a ambos lados, paranoica. Le extendió la mano, y Dakho dudó si tocarla, pero al hacerlo se sintió cuerdo de nuevo ante el sonido de las sirenas de las patrullas a su alrededor.

«Este perímetro se encuentra bajo amenaza, tenemos que desalojar», se escuchaba decir a la Policía. Pasaban mil cosas en su interior y mil más a su alrededor, pero, después de todo, lo único que le quedaba era respirar.

Finalmente, Dakho la tomó de la mano, usando su agarre como un pequeño impulso para ponerse de pie. Entonces, todo se oscureció nuevamente. Ella lo arrastró hasta una pequeña tienda de conveniencia. Parecía un refugio: sobre los anaqueles, la luz tenue de las velas le daba un aura de tienda de campaña improvisada.

En cuanto entraron, otras dos personas mayores se apresuraron a cerrar la persiana por dentro completamente.

—¿Qué lugar es este? —le preguntó a SunHee.

—Es la tienda de mis tutores. Las personas intentaron saquear todo, tuvimos que quedarnos aquí.

—¿Saliste por mí?

—Sí —dijo en tono serio—. No podía dejarte solo en medio de la revuelta.

—Lamento las molestias —se disculpó por impulso.

—Descuida, hijo. Será mejor que esperes aquí, la locura es contagiosa —le respondió el dueño del local, interrumpiendo la conversación con mirada dura.

El anciano se asomó entre las persianas de la ventana, mientras sostenía un palo con clavos en la mano. Dakho agradeció en voz baja y fue apenas capaz de llevar su vista de regreso a su SunHee.

Ella suspiraba, agobiada, colocándose la mano en la cintura. La redondez de su vientre lo tomó por sorpresa. Verla así, con su ropa holgada y el cabello atado, le dolió un poco. Tenía tantos meses de embarazo como el tiempo que Dakho llevaba ahí. Quizás un poco menos; pero, de cualquier forma, las fechas coincidían como para hacerlo entender que el padre no había sido Han Yugyeom, sino Sean Grace.

—Creí que te habías ido hace meses —consiguió decir Dakho.

—Perdí mi vuelo y es... uhm... una larga historia. Es mejor que omitamos esa parte —dijo con un quejido sosteniendo su vientre.

—¿Qué te pasó en el ojo? —preguntó Dakho observando el moretón que se extendía hasta su pómulo.

Ella desvió la mirada.

—Mis padres vinieron por mí y me dieron un gran «saludo» frente a mi «novio» —le contó alzando las cejas.

—¿Tu padre te hizo eso? —cuestionó, indignado.

—Sí... Me ocultaba aquí hasta que se calmen. Pero la revuelta comenzó y no pude regresar al hotel.

—Ese cobarde —murmuró Dakho, sintiendo náuseas cuando entendió lo que sucedería. Al fin entendía toda su mierda familiar.

SunHee sudaba y se presionaba el vientre constantemente. Esas bromas que sus abuelos hicieron por años tuvieron sentido cuando la vio adolorida. Tarde o temprano perdería al niño.

—Lo decepcioné, es entendible —dijo, pero su incomodidad era notoria.

—Eso no le da derecho.

—Lo sé, pero, aun así, duele. No debí fallarle —contestó ella. Y Dakho jamás creyó que alguien más sería capaz de sentirse igual que él.

Después del divorcio su abuelo dejó de hablarles; a él no le afectó, le daba igual lo que un viejo avaro pensara, pero a su madre sí. En ese entonces era muy joven como para entenderlo. Pero ahora sabía que su madre siempre lo había entendido. Odiaba su apellido, odiaba pensar en tener que cumplir con condiciones para merecer amor. Y no quería depender de nadie más, no necesitaba a otra persona que pudiera abandonarlo.

Ser un pequeño dispuesto a asistir las necesidades emocionales de sus inmaduros padres solo genera otro adulto miserable, como él mismo solía ser.

Los niños felices no entienden lo que es descubrir el amor por primera vez. No entenderían por qué alguien anhelaría la aprobación de un padre despreciable.

—Él es un… —intentó decir, pero ella volteó el rostro.

—Sé cómo son las cosas y no me molesta, soy capaz de asumir la responsabilidad. —Se abrazó a sí misma—. Pero incluso yo sé que todo tiene un sentido lógico. Y hacer más grande el problema es innecesario. No necesito su opinión; necesito ayuda.

—Oye… —buscó su mirada—, te has metido en un gran lío. —Se burló, recargándose un poco en una vitrina cuando su cuerpo se sintió tan pesado como para mantenerse en pie sin ayuda. Él hablaba genuinamente. SunHee tenía todo un futuro infame escrito, pero no le temía—. Piensa que algún día podrás reírte de esto. Cuando lo logres, cuéntamelo todo, ¿sí?

—¿Por qué siempre eres tan dulce conmigo? —preguntó, volteando ligeramente para verlo. Dakho sonrió.

—¿Por qué no serlo? Incluso en el fin de los tiempos… Al mundo le hacen falta más hombres encantadores.

—Sonará sentimental, pero estoy agradecida de haber chocado contigo ese día.

—Tú y yo tenemos la mala costumbre de encontrarnos, ¿no te parece?

—No creo que sea costumbre. Tal vez sea suerte —dijo ella.

—Sí, tengo suerte de que seas mi… —se quedó callado por un pequeño instante— amiga.

Han Dakho no era indiferente hacia la vida. Por lo contrario, era demasiado sensible, incluso sin proponérselo.

Acababa de descubrir un secreto que su madre jamás le había contado, y que tal vez nunca haría. Le quemó el pecho pensar en cómo hubiese sido una vida con un hermano. Entendió de repente el afán de ella por casarse tan joven y los insultos que le escuchaba recibir de sus abuelos. Era demasiado para asimilar. No podía simplemente decirle que algo malo le sucedería, no lo sabía a ciencia cierta, tampoco era tan cruel para pensar en preguntar en el futuro.

Dakho le pidió muchas veces un hermano a su madre cuando era muy pequeño, pero ella siempre se quedaba callada, y, después de tanto tiempo, al fin comprendía esos silencios. Ahora, siquiera por un momento, lo tenía. Le sonrió en medio de la oscuridad y atesoró ese sentimiento en secreto.

Sí, siempre quiso un hermanito para que lo siguiera. Pero un hermano mayor al cual seguir, aunque no podría tenerlo, le hizo muchísima ilusión.

Sintió un gran ardor en el estómago y se quejó; parecía subirle por la garganta.

—¿Dakho? —dijo, y lo miró con preocupación.

—Estoy bien, estoy bien —titubeó—, solo estoy un poco mareado.

—¿Eso te pasa seguido?

—Últimamente sí, mucho. Creo que no sé en qué mundo estoy —dijo con gracia, aunque era verdad.

La tutora de SunHee les ofreció café. También un pastelito medio aplastado de la tienda. Dakho sabía que era un error y de todas formas aceptó el vaso, porque no había comido o bebido nada en mucho tiempo. Se mareó de nuevo y pensó en esa cafetería a la que les gustaba ir de noche en Seúl. El lugar siempre estaba casi vacío por la hora, por lo que podían ordenar sin ningún problema.

Lo único que le faltaba para sentir habitual ese momento era abrazar a SunHee por la espalda y avergonzarla frente al cajero como buen hijo con demasiada energía, pero no podía. Era irónico pensar que pasaban las noches frías juntos, aun si no tenían café especiado en elegantes tazas, sino un poco de café en vasos de poliestireno de la cafetera que quizás era más agua con color.

Ella tuvo errores, nadie nunca los justificaría; sin embargo, la complejidad de lo que significa la paternidad es algo para lo que ningún humano está preparado. Y ella, en especial, no se sentía preparada. No solo se trata de instinto, sino también de reconocer que cada acción afecta a nuestro alrededor. Siendo padre existe esa barrera que se rompe, y se deja de ser humano para ser padre; y aunque es lo correcto, no significa que sea justo. SunHee asintió y se jactó un poco en su mente. Tenía fiebre y sentía que deliraba; lentamente, se sentó sobre una de las cajas de productos de la tienda.

—Al menos me entiendes, estos días me los paso con náuseas. Además, cuando mis padres me vieron «así», casi les da un paro. Te lo juro, quisiera enterrarme viva.

—Bienvenida al club de los fenómenos, siempre estamos mareados y amamos ocultarnos de nuestros padres.

—No bromees con eso, Dakho —le dijo sonriendo de lado—, estoy hablando en serio.

—No me culpes —murmuró—. No tuve y no tendré a mi amiga por mucho tiempo, déjame atesorar este momento en el que puedo molestarte.

—Olvidaba que eres un tonto.

—¿Ahora ya no soy dulce?

—No, eres molesto.

—Lo soy. Y a mucha honra. —Dakho alzó su vaso para hacer un brindis, pero al levantar el brazo se compungió de dolor en el torso.

El frío los azotó. Se quedaron callados un momento en el que se observaron fijamente como si supieran que se amaban de la forma más pura. Dakho se animó a extender su brazo para poder acariciar el de ella, en un toque suave que la hizo dudar, y más cuando él le sonrió; Dakho se parecía a su padre, pero esa sonrisa, su sonrisa, era una que ella veía todos los días frente al espejo.

—¿Por qué estás aquí? —preguntó SunHee cuando la barrera entre ellos se hizo menos real.

—No lo sé. Creo que me estoy rindiendo —le dijo mirando hacia la ventana.

—Rendirse no es de valientes, Dakho.

A veces renunciar significa voluntad. ¿Qué clase de sacrificio debía hacer? Todo lo que quería era ser bueno. Y aunque tenía una casa a la que regresar en San Francisco, supo que había construido un hogar con las personas que conoció en ese pueblo.

Dakho quería ser un héroe, y aún no lo sabía.

Se sintió culpable por nunca volver a su año, y la idea de dejarla lo rompió un poco; pero ella estaría bien con Sean Grace, y Dakho se sentía parte de ese tiempo. Así que tomó la decisión de quedarse.

—Me tengo que ir —le dijo cuando se dio cuenta de la hora al ver el reloj del local. Se puso de pie y le dio un gran trago a su café—. Tengo algo que hacer.

—¡Espera! ¿A dónde vas? Es peligroso salir.

—No puedo dejar que todo se termine tan fácil. Necesito intentarlo, es mi última carrera.

La vida siempre fue un gran partido de béisbol. La multitud le gritaba; Dakho había fallado un par de tiros, pero no perdería la final.

—¿Es por él, cierto? —Ella lo conocía tan bien que cada vez que había seguridad en su garganta era el apellido Kim lo que tenía en mente.

—Mañana es su cumpleaños y no creo que me dejen verlo, pero eso no me detuvo antes —contestó con orgullo—. El dolor nunca me ha hecho menos soñador.

La anciana tutora extendió una bolsa de papel hacia él.

—Chico, llévate eso —le dijo, señalando el pequeño postre en sus manos.

Dakho aceptó y lo guardó en su abrigo, agradeciendo con una pequeña reverencia. Estaba convencido de que, incluso en el fin del mundo, la bondad era real.

Se atrevió a dejarle un beso en la frente a SunHee.

—Ven a buscarme si tienes problemas —murmuró ella, y lo tomó del borde de la chaqueta por impulso, como si no quisiera dejarlo irse. Algo dentro de ella le decía que no lo dejara salir en la nieve, pero no podía detenerlo.

—Te veré… —dijo, y sonrió a medias sabiendo que después de ese día ella lo vería recién dentro de unos largos quince años, pero que él jamás la vería de nuevo—, te veré más tarde.

Caminó hacia la persiana que habían abierto un poco; aún cojeaba al moverse.

—Adiós, Dakho.

Los vellos de su cuerpo se erizaron; apenas volteó para verla devolverle la sonrisa. El centro era difícil de atravesar, pero no lo asustaba. Ni el devenir ni los estragos de su mente. Como todo humano, él era capaz de avanzar incluso en la adversidad.

Cuando estuvo afuera del local, las luces rojas y azules de las patrullas lo cegaron un poco.

—Adiós, mamá —dijo, y se despidió con los labios curvos, tirando del borde de su chaqueta.

Cuando Haru entró al hospital, se cercioró de evadir cualquier rostro conocido. Y eso incluía a su familia, a los Kim y a la Policía misma. A diferencia de Taylor, él difícilmente se jactaba de su inteligencia, y eso le había dado ventaja para actuar por su cuenta.

Se acercó a la recepción y carraspeó con la garganta cuando preguntó por la sombra que lo seguía.

—¿Alguna noticia de... —vaciló esperando no equivocarse— Lee Jaewon?

Contrario a lo que creyó, sí obtuvo una respuesta.

—El horario de visitas se redujo una hora por la evacuación. ¿Eres familiar suyo? —Él asintió y la mujer lo observó no muy conforme—. Identifícate; es probable que le den de alta. Será mejor que lo esperes de una vez.

Le extendieron un formulario en blanco, el cual llenó en todos los recuadros con datos al azar con total naturalidad y tomándose la molestia de leer toda la descripción del hombre, el disparo que recibió en el hombro y en dónde lo encontraron.

Devolvió el formulario, zapateando inquieto para que se apresurara. La dependiente apenas lo leyó; era evidente que solo quería desocupar otra camilla.

—Pasillo dos a la derecha, tercera puerta. Intenta no hacer ruido para no molestar a los demás pacientes.

Haru avanzó durante un par de minutos hasta que se quedó frente al lugar indicado. Se asomó por la puerta de la habitación, al fin podía verlo con claridad.

Tenía el brazo y parte del pecho vendados, y el inmovilizador en su hombro cumplía su función bastante bien al limitar sus movimientos; intentaba tomar la comida en el buró junto a él, pero le fue imposible alcanzar la charola.

—Lunático de los secuestros —dijo, no lo delataría diciendo su nombre real—, es un gusto verte. —El otro alzó la vista de inmediato—. ¿Cómo te sientes?

—¿Qué quieres? —respondió a la defensiva.

—Vine a terminar con esto.

—¿Vienes a matarme? Hazlo. Me estarías haciendo un favor.

—No me gustaría tener que hacerlo, pero no tengo opción —dijo Haru acercándose lentamente. Su voz seria y su semblante duro alarmaron a Lee Jaewon. Él lo notó y no pudo evitar burlarse—: Oye, oye, descuida. Solo bromeaba, no ganaría nada con hacerlo.

—¿Entonces qué haces aquí?

—Solo quería tener una conversación tranquila. Respuestas. Ya sabes…, de por qué hay un montón de policías queriendo interrogar a mi familia.

Sus acciones eran lentas, se acercó al buró junto a la camilla para tomar la naranja de la charola después de haberlo visto batallar para alcanzarla; luego comenzó a pelarla para que al otro no se le dificultara comer. Luego quitó el plástico que cubría la sopa.

—¿Por qué haces esto? —Lee Jaewon parpadeó incrédulo cuando el otro le acercó la charola a las piernas y se sentó en la orilla.

—No debería, eres un idiota que me colgó de cabeza y me golpeó.

—¿Pero…?

Haru suspiró; ladeó la cabeza divagando mientras lo observaba.

—Te tendré consideración basándome en que salvaste a mi amigo.

—Kim… —dijo preocupado cuando reaccionó—, ¿dónde está Kim? El chico. Él… y la-la, la electricidad. Estaba muy mal. Se estaba muriendo. Kim estaba muriendo.

Haru aprovechó para robarle un trozo de su naranja sin darle importancia a que no le pertenecía.

—Tranquilo. Taylor está bien..., bueno, algo así. Estuvo inconsciente casi dos días, pero despertó y según lo que sé, responde bien al antibiótico.

—¿Yo lo salvé? —dijo, negando con la cabeza—. Pe-ero no pude hacer nada.

—Te encontraron en la nieve abrazado a él. Bueno, nunca dijeron que hubieses sido tú, pero para mí es obvio. Y eso es suficiente.

—Pensé que él... —resopló con fuerza. Parecía un poco menos agobiado.

—Todos lo pensamos, créeme. Pero no, así que cambia esa cara de culpa, él estará bien... Eso espero.

—Se nota que son grandes amigos —se atrevió a decir.

—No, en realidad no me sorprendería que me odie.

—Pero acabas de decir que...

—Lo estimo, pero digamos que tenemos «historia». —No estaba perdido, sino sereno. Ahora se sentía muy cómodo con sus decisiones—. Lo expuse frente a toda su familia y aunque no recuerdo bien esa parte, ahora es probable que esté en muchos problemas por mí.

—¿Por qué tanta sinceridad? —Al fracaso de científico loco le resultó curioso el tono de su voz.

—Oh, vamos. No actúes como si no lo supieras. No es como si reservarme algo cambie mucho el hecho de que sabes demasiado sobre todos nosotros. Nos seguiste por meses. La telenovela de nuestra vida debió ser muy entretenida para ti, estoy poniéndote al día.

Lee Jaewon intentó objetar, pero fue inútil. Augustus Moon lo había visto decenas de veces por todo el pueblo. Incluso sabía que le había sacado muchas fotografías. ¿Con qué propósito? No estaba seguro.

—Solo hacía mi trabajo. —Desvió la vista a la sopa—. Nunca pretendí involucrarme con el chico Kim y su familia.

—Dejaste salir a Sean Grace y luego salvaste a Taylor. Para ser alguien ajeno, eres demasiado solidario. Pero no vine aquí a juzgarte, solo quiero entender qué pasó.

—¿Ahora eres periodista? —dijo Lee Jaewon, a la defensiva.

—Guionista, de hecho. Otra clase de escritor; más depresivo, menos metiche, pero tienes toda mi atención. ¿Qué es lo que hay en el lago?

Lee Jaewon pareció dudar; sin embargo, no tenía opciones sabiendo que estaba en muchos problemas.

—Mi equipo y yo intentamos abrir una brecha espacio-temporal. Queríamos una ventaja sobre el resto de la humanidad. No, no una, miles. Y creo que lo logramos, no en el lago, eso fue solo un medio. Lo que abrimos en el aserradero está más allá de lo que puedo asimilar.

—Pero ¿cómo es posible siquiera que funcione? —preguntó Haru y le hizo dudar si seguir hablando.

—¿Taylor no te lo dijo? —Haru negó—. Se alimenta del lago, de la central eléctrica de la ciudad y de... —Se quedó callado, algo encajó en su cabeza.

—De Dakho, ¿cierto? —dijo Haru, directo, sin dejar de verlo—. Por eso Taylor usaba su energía para hacerlo moverse dentro de sus recuerdos.

—¿Qué? —Jaewon pareció confundido, Kim había omitido ese detalle.

Haru pensó en esa vez dentro de la piscina y en cómo Dakho colapsó. El campo electromagnético a su alrededor era algo que lo había estado intrigando, tanto que incluso tuvo que pintar con sus acuarelas un aura morada sobre la foto que le tomó para darse una idea de cómo funcionaba. Él no era el mismo tipo de genio que sus antepasados, lo suyo siempre fue más abstracto.

—Taylor intentó manipular la realidad de Dakho. Usaba su estrés para hacerlo controlar sus memorias. Pero yo creo que no cambió nada, sino que lo mezcló todo. ¿No es así?

Lee Jaewon pareció meditarlo, era una gran paradoja, y en este punto comenzaba a dudar de qué cosas eran reales o de dónde estaba el inicio real. De cualquier forma, parecía que Taylor también lo usó.

—No es así de simple, ese es el problema; Dakho y el lago tienen el mismo poder. Él tiene la ventaja de ser consciente, pero sigue siendo igual de inestable, le hará daño a todo lo que esté a su alrededor.

—¿Dices que Taylor nunca supo lo que hacía?

—Lo descubrió en el camino. Por eso lo estaba aislando. Él sabía que esto pasaría.

—Por amor de Dios. Por eso desapareció y la electricidad se cortó después de que entraran a mi casa sin importarles una mierda la tormenta. —«Malditos soberbios»—. ¿Qué fue lo que hicieron?

—No lo sé, pero ahora está dividido en muchos pedazos que no sé cómo unir. —Abrió los ojos—. Unir…

Lee Jaewon alzó las cejas cuando entendió lo que Taylor hacía. Quizás no era tanto por quedarse con Dakho, sino por mantenerlo a salvo. No sólo a él, sino a todos.

Si no sabía en qué línea estaba o cuál era real, romper el bucle sería mortal para todos. Y al irse lo descubrió. Por eso comenzó a decir cosas sin sentido. Por eso quería intentarlo otra vez.

—Él sabe cómo termina… —volvió a hablar Jaewon.

—¿Qué cosa?

—Esta línea.

Ambos se miraron preocupados y un amargo sabor los invadió. ¿Cuántas veces habían vivido esto ya? No lo sabían.

Había una tercera línea en donde, después de que su amigo de intercambio se accidentara, Augustus Moon se marchaba a la universidad para no tener que lidiar con los estragos de la familia Kim, una vida donde dejaría su carrera a medias para terminar de sastre en alguna parte de Nueva York.

En la primera línea, Serenity Heart vería en el noticiero el homenaje a los caídos, ahogada en llanto, sin saber que junto a la lápida de su esposo estaba la de Augustus Moon, quien era por coincidencia el padre de su hijo, en cualquier otra línea en la que Augustus desertara.

Porque, aunque terminaba enlistándose, siempre que huyera estarían atrapados.

Huir siempre salvaba su vida. Lo haría en este momento, y también en el futuro de esa segunda línea cuando terminara vagando por las calles hasta encontrarse con ella. Se enamorarían de nuevo, una y las veces que se repitiera.

Nunca supo que tuvo un hijo. Quizás por haberse guardado el secreto de SunHee, el destino lo jodió también. Aun así, Augustus venció a la muerte en silencio y por cuenta propia. Pero era su victoria lo que terminaba por condenarlos.

—Esta línea… —dijo Haru.

—Acércate, chico —pidió Lee Jaewon, y el otro miró con desconcierto—, acércate y busca bajo mi almohada.

Haru dudó cuando, con los ojos entrecerrados, extendió su mano para acercarla a la espalda del otro. La deslizó detrás de esta, y al hacerlo sintió algo sólido.

Tomó el cuaderno y lo sacó, observándolo con extrañeza.

—¿Por qué tienes esto tú? —preguntó incrédulo al tener la libreta de Taylor en sus manos.

—No puedo seguir. La teoría de Kim… tienes que destruirla. Esa libreta tiene más información de la que me gustaría admitir. Lo creas o no, un solo error y todo se irá a la mierda. Taylor es testigo de eso.

—Han rodeado por completo el bosque. Lo que sea que esté pasando es malo, mucho —dijo Haru poniéndose de pie con la libreta en la mano—. Yo me largo antes de que cierren el pueblo, y tú deberías hacer lo mismo.

—No puedo. Teníamos un trato con el Gobierno, y este no incluía un escándalo a nivel nacional. Vendrán a buscarme, también a ti. Nos tienen identificados a todos.

—Para cuando te encuentren, yo ya estaré muy lejos de aquí.

—Aunque huyas, tarde o temprano te alcanzarán.

—Hasta entonces —se despidió tomando sus cosas—, pero al menos no moriré por un poder que no me pertenece.

Lee Jaewon lo observó caminar hacia la salida, él entendía lo que sucedería. Y no hizo nada para detenerlo.

—Estamos atrapados de todas formas —murmuró cuando se quedó solo.

Cada uno era una arista diferente que unía a los diferentes vértices de su historia, complementándose en perfecta armonía.

Por eso, el momento en el que Augustus Moon salió del hospital esquivando a las personas en la entrada y se colocó la capucha, coincidió con Dakho, que simultáneamente se movía de regreso al hospital, con los pies mojados de tanto cojear en la nieve.

Él no sabía del grupo de vehículos militares que atravesaron la entrada del pueblo con la intención de buscar los vestigios de la investigación. Augustus Moon, en su lugar, lo supo porque él ya caminaba cerca del límite del condado hacia la estación de autobuses, mezclándose con las personas, cuando vio pasar la gran caravana de autos blindados.

Dakho entró por la otra ala y, ahora más cuerdo, buscó por las habitaciones, con cuidado de no toparse con nadie de la familia Kim por los pasillos, y tal vez lo habría hecho, de no ser porque en ese momento Sean Grace Kim se veía al espejo en el baño tras lavarse el rostro. Sus padres seguían intentando esclarecerle a la Policía que ni ellos ni los Moon tenían algo que ver con el incendio.

Era casi medianoche y las enfermeras les habían dicho que podrían entrar a ver a Taylor hasta la próxima hora hábil del siguiente día. Pero a Sean Grace la espera iba a matarlo, resoplaba con el rostro mojado en un intento por mantener su sensatez; tenía miedo de que sus impulsos hundieran a Taylor.

El instante en que Sean Grace volvió a mojarse el rostro para que nadie notara que había llorado fue el mismo en que SunHee se desmayó a causa del dolor en el suelo de la tienda. A su vez, este coincidió con Augustus, que corrió hacia la fila para subir al último autobús que salía del pueblo. Y, sobre todo, con el momento en que Dakho encontró la habitación de Taylor, donde este dormía apaciblemente.

Todos se movían en simultáneo, en sincronía, como dos manos sobre un piano.

Dakho entró a la habitación, y vio que Taylor estaba solo en ella. Tenía varios cables conectados a su cuerpo y a lo que parecía ser un monitor de movimientos cardíacos.

Caminó hasta él lentamente cerrando la puerta tras su espalda. Dakho jaló una pequeña silla que estaba recargada en la pared y la acercó para quedarse junto a la cama, observándolo.

Taylor tenía los ojos cerrados. Su cuello estaba lleno de gasas que protegían sus quemaduras a lo largo de su hombro, hasta esconderse en el borde de la bata. Supuso que también cubrían sus piernas. Y su hermoso rostro ahora dejaba a relucir marcas moradas que iban desde sus ojos hasta los pómulos, terminando en sus labios agrietados.

No tenía mucho tiempo antes de que alguien regresara.

—Oye, soy yo —le dijo en voz baja—. Estoy aquí. Tus padres no me dejaron verte, por eso tuve que esperar hasta ahora. Si me ven aquí llamarán a la Policía, creo. Y Sean Grace… —se pasó la mano por el cuello—, él también me odia. Digamos que ya no soy bienvenido en tu casa; pero estoy aquí, es lo que importa.

La habitación estaba en silencio, no faltaba mucho para la medianoche y esa área del hospital no era la más concurrida de todas; su voz, incluso en murmullos, parecía alta. Dakho llevó una mano al cabello de Taylor, que ahora se encontraba encrespado, opaco y quemado.

Entonces, colocó ambos codos sobre el borde de la cama para sostener su frente e inclinó la cabeza, abatido.

¿Esto era lo que había al final? El ritmo cardíaco de Taylor parecía ser como una canción de cuna en medio del silencio. Una tonada tenue, adecuada a la noche.

—¿Por qué están enojados contigo? —musitó Taylor, apenas, sin abrir los ojos.

Dakho levantó la cabeza, sobresaltado, con los ojos abiertos llenos de asombro.

—¿Estás despierto?

—No, genio. Estoy hablando dormido —murmuró. No podía reírse, le dolía el tórax, aun así, esbozó una pequeña sonrisa cuando volteó a verlo.

—Búrlate todo lo que quieras, Taylor —dijo con temblorosa voz—. Tus insultos me alegran la existencia.

—Si yo no me burlo de ti, ¿quién lo hará? Es un —se quejó apretando los ojos—, un trabajo de tiempo completo.

A Dakho le hubiese gustado actuar como si nada hubiera pasado. Sin embargo, los estragos que la realidad causaron en él eran imposibles de esconder.

—¿Dónde estabas? —se animó a preguntar.

—Yo pregunté —tosió— primero. ¿Qué sucede con mis padres?

—Ellos piensan que te hice algo malo. Saben que es mi culpa que estés aquí.

La voz de Dakho sonaba lastimera, pero a Taylor le hizo gracia.

—No es tu culpa que esté aquí. Soy un adulto, puedo asumir la responsabilidad de mis actos.

—No es eso; ellos saben que nosotros…

—¿Que somos los hombres más derechos del mundo? —se burló—. De todas formas, se iban a enterar, ¿cierto? Al menos esta vez no estuve presente.

—¿A qué te refieres con «esta vez»?

No le contestó de inmediato, le costaba tomar aire. Se esforzó sobremanera para poder hablar sin hacer pausas.

—He pasado por eso antes —explicó Taylor—, y ahora no me molesta. No tengo motivos para ocultarlo. No me importa que lo sepan todos. Da igual lo que piensen. Es real ahora, y eso me basta.

—Te afectaron a ti también, ¿cierto? Los recuerdos.

—Son detalles —dijo en medio de un gran suspiro—. ¿Quién diría que es tan doloroso pensar en lo que pudo ser, no? Incluso si la respuesta no es buena.

—¿Qué pretendes, Taylor? No puedes solo esperar a que…

—Oye, Dakho —lo interrumpió—. ¿Sabías que casi no hay mariposas en invierno? Tienen que emigrar si no quieren congelarse, porque se mueren con el frío.

—¿A qué viene eso?

—Quiero contarte la historia. —Juntó sus labios en una línea recta, vacilando en si debía hablar—. La que estuvimos buscando por meses. Y no sé por dónde comenzar, porque no creo que tenga un solo comienzo. Tal vez puedo decir que mi hermano estaba más jodido de lo que pensaba. Él es una constante.

—No hablemos de tu hermano. Es lo de menos pensar en él.

—Ese fue mi error. Yo fui por ti y no a buscar el inicio. Pero ahora lo entiendo. —Se ahogó un poco—. Si no prestas atención a los detalles, nunca entenderás la historia completa.

—No tienes que seguir haciendo esto.

—Volví para esto, así que repite conmigo, Dakho, había una vez…

Docilidad… La docilidad para alguien como él era devoción pura.

—Había una vez… —Tragó saliva con dificultad y ladeó la cabeza recomponiéndose un poco sobre la silla.

—Había una vez un viejo. De todos nosotros, mi hermano es el único que llegó a ser viejo y maduro en todas las líneas que conozco. ¿Sabes en qué lo convierte eso? —Aclaró su garganta—. En el protagonista.

—No creo que la vida funcione así —respondió muy a su pesar.

—¿Y qué tal si lo hace? Es un asco ser un personaje secundario de la historia principal. Por eso nuestra vida fue una mierda.

—No somos secundarios, Taylor.

—Aquí no, pero lo fuimos. —Era tan lento para hablar que parecía que escogía sus palabras cuidadosamente; más que eso, le dolía mucho el pecho al respirar—. ¿Nunca te dijeron en clase de Literatura que las acciones del secundario complementan al principal? Lo hacen ser quien es, le dan un propósito sin recibir nada.

—No te esfuerces mucho pensando. No importa.

—Me importa a mí. —Apretó los ojos—. Porque he visto el pasado, el futuro, y sé que el principal no era yo.

—Lo que haya pasado en otras líneas ya no existe.

—No, Dakho. Cada línea es independiente de la otra, incluso si están relacionadas. Por eso nos equivocamos, porque no modificamos nada, creamos muchas nuevas.

—Pero eso significa que…, ¿la línea original está intacta?

—Eso creo, todo lo que ha pasado o pasará, sucede justo ahora, en diferentes líneas. Y en todas, estoy en el hospital.

—Es un retraso en nuestro plan, ya tendremos tiempo para enmendarlo.

—Hay cosas que no ves. Es gracioso porque yo estaba muerto desde que esto comenzó, y tú también. Nadie sobrevive al ahogarse en el lago. Siempre ha sido así. Así que si el tiempo no se detiene es probable que te dieran por muerto, y si la primera línea es para dañar al protagonista, en este caso Sean, tendría sentido que eso pasara.

Cuando sus palabras parecieron más directas que delirantes, Dakho frunció el ceño.

—En serio quiero golpearte por ser así de descuidado. ¿Qué estabas pensando? Desaparecer y luego esto.

—No fue mi mejor plan —se burló—, pero salió bien.

—¿Qué? No digas —dijo con la mirada cansada—. ¿Dónde estabas? —volvió a preguntar, un poco molesto—. ¿Qué hiciste?

—Fui al futuro —soltó casi con orgullo—. Tantas veces que no lo creerías.

—Lograste que… ¿Lograste que funcionara?

—Sí —dijo a secas. No podía abrir bien los ojos, pero eso no impedía que sonriera, quizás feliz, quizás perdido—. Fui a buscarte a San Francisco. En junio, te vi jugando béisbol. Eras la clase de «niño bien» de la que te hubieras burlado, ¿sabes?

A Dakho le dolió la cabeza de golpe porque había un millón de junios y no sabía a cuál se refería. Y su yo original había llegado a esa ciudad en julio.

—¿Tú me viste?

—Sí, y a tu familia. Sean Grace y tú se ven muy tiernos juntos cuando no quieren ahorcarse el uno al otro. Tu madre también parecía más feliz. Todo esto y ellos aún siguen juntos. Muy irónico, ¿no?

—¿Por qué? —preguntó, pero Taylor lo evadió.

—También vi a Dominic, por cierto —contó—. Me lo imaginaba más bajito. Quisiera poder reprocharte porque se supone que yo debería ser tu único novio genial, pero él es un buen chico. Te daré créditos por eso.

—Estás así, y aun así tienes energías para celarme. —Le parecía todo tan inverosímil que apenas podía opinar—. Pensé que lo odiabas.

—No lo odio y… es algo lindo, creo. —Sonrió de lado abriendo un poco los ojos para voltear completamente su cabeza hacia él.

—Ahora voy a ponerme celoso yo…

—¿Por él o por mí? —dijo por impulso, acusador sin despegar su vista del chico.

Dakho negó con la cabeza porque no le sorprendían sus reclamos.

—Por ti, obviamente.

—Eso me tranquiliza. Tú sí eres mi Dakho, no el suyo.

—¿Eso qué significa?

Decirle: «Una parte de ti no estaba lista para elegirme aún» no era buena idea. Decirle: «Porque hacerte elegir entre los dos sería condenarme a estar sin ti» era peor.

—Es una larga historia que no planeo explicar.

—No es justo que sepas todo y yo, nada.

—Descuida, no hace falta hablar de más. Pronto todo estará mejor —se quejó cuando sintió el reflujo quemarle el esófago—. Lo arreglaré.

—¿Estás diciéndome que lo harás de nuevo? ¿Qué pasa contigo?

—Es por ti, por nosotros.

—¿Piensas que decir que hiciste esto por mí lo hace mejor? —Dakho parpadeó incrédulo, casi horrorizado.

—Son solo gajes del oficio, Dakho. No te escandalices.

—¿Cómo puedes decirme eso? Taylor, ¡estás mal!

La luz parpadeó y Dakho supo que tenía que tranquilizarse.

—Gritarle al herido no ayuda a validar tu punto.

—Lo siento —carraspeó con la garganta—. Intentarlo es un acto suicida. Vi las noticias, Taylor. El lugar está destruido.

—Creo que superé mis propios límites de destrucción, bien por eso.

—¡¿Cómo es que estás tan tranquilo?! —Dakho se puso de pie sin intención de gritarle, pero alzando la voz de todos modos.

—Mi mente no es buena aceptando el fracaso. Esa es la desventaja de ser como yo. Nunca será suficiente, ni el tiempo, ni la atención, ni los logros. Siempre querrás más.

—¿Y qué sigue? ¡Este no es momento para reflexionar sobre la vida!

El monitor marcó que el pulso cardíaco de Taylor se aceleraba cuando perdió finalmente los estribos.

—¿Sabes cuál es el maldito problema? —dijo incluso si todo su cuerpo se acongojaba del dolor—. Intenté dejarte ser feliz, pero no funcionó. ¿Está bien? Porque fui, y me encontré con una línea, un futuro en donde tu familia te amaba, en donde había un chico dulce esperando por ti, un lugar en el que podías ser alguien. Y elegí dejarte allí, pero nos encerré a todos.

—¿Cómo es posible?

—Porque esta mierda debería haber acabado cuando te partiste la pierna, porque Sean Grace y tu madre debieron tener una vida separados, pero no fue así. No es así de simple. Y aunque cambie la historia, yo o alguna otra versión de mí te va a empujar a caer de nuevo.

Dakho negó con la cabeza. Efectivamente, una vez más había llevado a alguien al límite. Tenía la maldición de enloquecer a todos.

—¿Otra versión de ti?

—¿Nunca te preguntaste cómo llegaste aquí la segunda vez? Huiste de casa, era de noche y yo recién había llegado a San Francisco. Estaba oculto en el apartamento de Dominic cuando él escuchó gritos en el callejón, y le dije que te ayudara. Luego él bajó y apareció para salvarte. La primera vez fue tu culpa, pero en todas las demás él hizo que pelearas con Sean Grace, y fue por mí.

—Lo que recordé cuando estábamos en San Francisco... —Negó con la cabeza—. Eso no es...

No lo sabía; cualquiera de sus vidas era ajena a él, excepto esta. Incluso la que solía ser la primera ya no se sentía como la más importante. Al final, ¿qué parte de todo esto era real? Quizás solo los ojos de Taylor rompiéndole un poco el pecho.

—Dakho, escúchame, no puedo cambiar el origen porque eso nos dañaría a ti y a mí; pero puedo controlar el bucle, mantenerlo intacto para que yo pueda llegar a ti antes que los demás. Y huir a donde sea que queramos hacerlo, antes de que todo lo malo suceda, como una vía de emergencia en la carretera. —Habló con tanta fuerza que hizo que sus heridas dolieran, así que se compungió sobre su cama cerrando los ojos—. Solo piénsalo: tú y yo, en alguna línea donde nadie se interese por buscarnos.

—Taylor... —murmuró acercándole una mano al rostro—. No hables más, te hace daño.

—Solo necesito intentarlo una vez más. Una vez, y lo lograremos.

Dakho suspiró. No quería que gastara sus energías en eso.

—Taylor, ya no me explicaste lo de las mariposas... —le dijo con una mirada apagada—. ¿Las mariposas emigran? ¿Es lo que querías decir, quieres que me vaya?

—Tienes que prestarme atención, Dakho. Debemos...

—No venía a pelear contigo, solo quería estar cerca de ti... —confesó.

—Sabes dónde está el dinero. Si te vas esta noche, estarás a salvo en Boston en un par de días y podrás esperarme hasta que vuelva.

—Estás más loco que de costumbre si esperas que me vaya. ¿Estás seguro de que tu cabeza no está rota?

—Lo que sea que se haya roto en mi hoy, no es importante. Tengo todo el tiempo del mundo para arreglarlo, y lo haré, no ahora, pero mañana... Mañana parece ser un buen día para comenzar.

—Mañana... —murmuró Dakho mirando la bolsa en la mesa de noche—. No puedo irme esta noche. Sabes qué día es mañana, ¿cierto?

—No sé ni qué día es hoy, Dakho.

—Es el día veintinueve, las once en punto. Es por eso que vine. Tengo el honor de informarte que estás exactamente a una hora de cumplir dieciocho años.

La habitación tenía una luz tenue que salía de la pequeña bombilla cerca de la entrada. Los ojos de Taylor habían superado el encandilamiento y ahora podría abrirlos correctamente.

—Error. Yo nací a las seis de la mañana, seis con un minuto. Así que aún faltan siete horas para que tenga dieciocho.

—30 de diciembre de 1968, a las 6:01 a. m. —Entrecerró los ojos—. Si me das tu lugar de nacimiento será información valiosa que me servirá más tarde.

—No empezarás con tus cosas —tosió— raras del Zodiaco de nuevo, ¿verdad?

—No. —Contuvo una sonrisa—. No es necesario, todos sabemos que Virgo se lleva bien con Capricornio.

—Oh, dios. Yo no creo en esas cosas.

—No seas un cumpleañero amargado, Taylor. —Tragó saliva pesadamente—. Mira, hasta te traje un pastel.

—¿Un qué?

—Un pastelito, como tú. Aunque justo ahora tú ahora eres uno quemado.

—Gracioso… —Dakho lo sacó feliz de la bolsa y se levantó para que él pudiera verlo sin tener que moverse.

—¡Ta-da! —exclamó Dakho, y luego recordó que estaba de incógnito en la habitación—. Ta-da —repitió susurrando cuando se animó a sentarse en la orilla de la cama.

—¿Viniste a cantarme?

—Sí, aunque no tengo una vela.

—El fuego y yo no nos llevamos bien de todas formas.

—Entonces, asunto resuelto. —Aclaró su garganta antes de comenzar a cantar—. Feliz… feliz cumpleaños a ti… —dijo quedito, como si fuera un secreto entre ambos—. Feliz cumpleaños a ti… Feliz cumpleaños… —El secreto más hermoso de todos—. Feliz cumpleaños…, pequeño Kim, feliz cumpleaños…

—Dakho…—interrumpió de pronto—, yo me disparé —dijo sin flaquear cuando lo vio dejar de aplaudir lentamente.

—A ti… —terminó de decir. Su expresión se llenó de horror y sus ojos profundos temblaron.

—En la cabeza. Yo sé cómo termina esa línea. —Volteó hacia otro lado—. Y las demás.

La forma en la que hablaba asustó a Dakho. Este era su Taylor, pero sus labios dudaban, en sus ojos no había luz, ya no estaba cuerdo.

—No digas… —Taylor lo interrumpió con la mirada cansada—. Nada de eso es necesario. No ahora. Tú mismo lo dijiste, algún día lo arreglaremos, pero hoy tienes que descansar.

—Dakho, ¿por qué siempre te asusta la verdad?

—Me asusta tu voz.

Dakho se pasó las manos por el cabello y Taylor suspiró.

—Lo siento, es solo que —se burló un poco de sí mismo— hice muchas cosas para volver aquí, tenía que decírtelo.

—Y yo vine aquí para ser el primero en felicitarte por tu cumpleaños.

—No puedes evitar el tema por siempre.

—Lo sé. Pero puedo hacerlo esta noche —le dijo poniéndose de pie.

—No puedo ser del todo optimista cuando estoy más quemado que el pastel, lo siento.

—Oye, no uses mis bromas. Para ser el nuevo protagonista, eres muy testarudo. —Le pasó la mano por el cabello con lentitud—. Es más, si tuvieras un programa de televisión, se llamaría *Taylor, que nunca cierra la boca.*

—Sería un gran *show* —se burló—, podrías verme mañana a la misma hora.

Dakho tragó saliva, se fijó en el rincón de la habitación, mientras recordaba las palabras de su madre.

—Tengo una idea —dijo, y caminó hacia la televisión de la habitación con intenciones de empujarla. Aunque esta era grande, estaba en un mueble con rueditas, por lo que no le costó mucho moverla para que quedara un poco más cerca de Taylor. Luego la encendió y rogó al cielo que el cable funcionase en el hospital porque de otra forma quedaría como un tonto.

—¿Qué intentas, Dakho?

—Nada, quiero tener un momento de paz.

—No creo que el hospital sea el lugar más pacífico del mundo en este momento.

—Por eso nos vendría bien ver un poco de televisión, ¿no crees?

—Es una hermosa forma de decir que me calle.

—Estaría muy agradecido si dejaras de pensar tanto por un rato.

Parecía que el universo sabía que sus intenciones eran buenas, así que logró sintonizar uno de esos canales de repetidora, en donde toda la lista de especiales de las fiestas pasaba una y otra vez.

—¿Por qué te empeñas en hacer esto?

—Tú y yo teníamos una cita pendiente, Taylor. Nunca fuimos al cine, ¿recuerdas? Así que, o sigues hablando sobre tus teorías del tiempo como siempre o fingimos que estamos allí. Tú eliges.

—Pero…

—Taylor, deja de pensar.

—No —tosió—, no puedo.

—Por mí. —Sabía que no debía, pero lo dijo—: Por favor. Ya no pienses más, por mí.

Dakho no quería que siguiera hablando, lo amaba lo suficiente como para al fin cuestionarse si su presencia le hacía bien al chico. Y no pudo contestarse que sí.

—De acuerdo —dijo Taylor, y supo que todos tenían razón.

¿Era un poco imprudente quedarse ahí por más tiempo? Sí. E igual de imprudente fue apagar la luz y desear que nadie intentara entrar.

Dakho dejó el único canal que funcionaba en la televisión y se acercó para sentarse de nuevo en la orilla de la cama, la cual no era muy grande, pero en donde se recostó a medias contra los cojines de respaldo, con cuidado de no lastimar a Taylor o tirar de los tubos de intravenosa que tenía.

—Me gusta esa película —murmuró Taylor—. Salió el año pasado, la televisión no funcionaba y estuve esperando todo este año para verla.

—¿Te gustan las caricaturas? —dijo Dakho cuando lo vio reír.

—Ese niño, Charlie Brown, en especial, me resulta muy gracioso.

Si toda su historia estaba hecha basada en escenas cursis, a Dakho no le molestaba agregar una más a la lista. Pues, según su limitado conocimiento del amor joven, ahora le correspondía colocar el brazo por encima de los hombros de su cita y tomar un poco de su comida antes de robarle un beso.

Aunque, claro, dadas las circunstancias, no podía hacer presión en el cuerpo de Taylor o robarle la merienda de cumpleaños, que ni siquiera podía comer por ahora.

Dakho no esperaba sentir a Taylor recargar su cabeza en él. Y su alma no fue lo suficientemente fuerte para no hacerlo respirar más lento cuando su mirada se tornó seria.

—Taylor, ¿podrías prometerme que no lo intentarás de nuevo?

—¿Intentar qué cosa?

—Fingir demencia no sirve si ya eres un demente.

—Dakho, necesito que te vayas —le dijo, seguro de lo que tenía que hacer—. Espérame en Boston y te alcanzaré cuando esto acabe.

—Lo haré, tú sanarás y te veré en abril. Pero tienes que prometerme que te quedarás lejos de todo ese caos.

—Dakho, no funciona así.

—Dilo.

Aun cuando no quería ser dócil, Finnian Taylor, el incomprendido, se lamentó al ser incapaz de hablar en contra de los deseos de Dakho.

—Lo prometo —exhaló con tal seguridad que cualquiera que lo oyera admiraría lo sensato que era.

Excepto Dakho, cuyos ojos se llenaron de desesperación al saber que mentía. Después de mentirle a todos, finalmente le había mentido a él. Y lo supo, no solo por su voz o la quieta expresión que ya sabía que formaban parte de su juego, sino por sus dedos cruzados, que quiso ocultar entre la sábana.

Justo en ese momento, la película se vio interrumpida por la nota de última hora del noticiero. Ese dilema moral que siempre lo acompañaba se volvió menos confuso cuando la línea entre lo correcto y sus deseos pareció inexistente.

—Sé que mientes —le dijo de manera directa, pero Taylor ni siquiera lo vio.

—Silencio, estoy viendo televisión.

La luz es dulce para los perdidos, quienes encuentran redención en los rayos de sol que alumbran su camino.

Trágico saber que el amanecer estaba demasiado lejos de él.

—No, no lo harás —declaró con dureza cuando su corazón se rompió en millones de partes.

00:00

30 DE DICIEMBRE DE 1986.

LA HORA DE LA HAMARTIA.

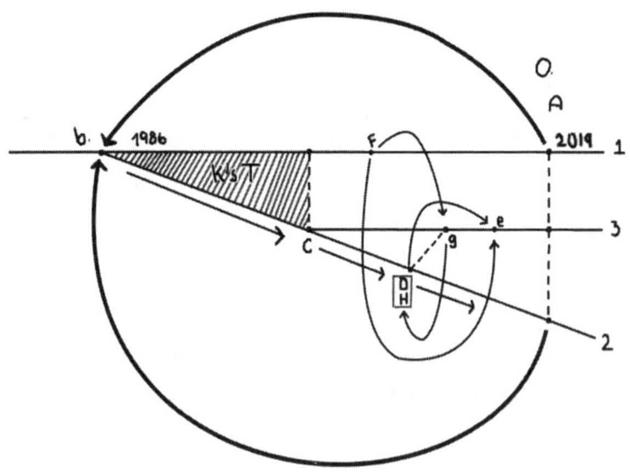

29.

El cuento de Sabiduría y su precioso conocimiento

En algún lugar, nadie sabe dónde, quién sabe cuántos días después de la creación del universo, aconteció un lamentable incidente, tan complejo como absurdo, cuya historia no tiene sentido más allá del que algún demente pudiera darle.

Muy profundo, en un denso bosque de cristal, se encontraba un ser de luz con largos mantos, tan blancos como su cabello, que no sería ni un dios ni un humano; más bien, era una clase de espíritu, cuya única función era vagar por la Tierra contemplando hasta el más mínimo detalle de la existencia.

Tardó millones de años en descubrir quién era, pues la esencia de sí mismo se obtenía solo tras mucho tiempo de meditación.

Su nombre era Sabiduría.

Por siglos, su deleite fue reflexionar sobre cómo funcionaba el universo. Sin embargo, no negaría que se sintió solo por mucho tiempo, y fue así por largas vidas hasta que los humanos aparecieron en la Tierra. Fue entonces cuando encontró un nuevo propósito al poder mostrarles una guía.

Sabiduría les enseñó a discernir; comenzó a regocijarse en los sentimientos de los hombres justos y a danzar fascinado en el amor que descubrió que los humanos sentían por otros. Le gustaba observarlos y se complacía de aquellos a los que otros hombres llamaban «sabios».

En una buena tarde, en la que salió a caminar, se topó con la grata sorpresa de que no era el único ser que habitaba entre ellos.

Lo encontró en la antigüedad; ahí, sentado en una piedra, balanceando sus piernas mientras escuchaba a un maestro hablar, respondiendo a las preguntas con emoción en su voz acompañada de una enorme sonrisa, incluso si nadie, además de Sabiduría, podía notarlo.

Parecía que brillaba. Sus ropas estaban tejidas con hilos de oro, justo como el color de los rizos que adornaban su cabeza.

Conocimiento, se llamaba. Y Sabiduría pensó que era un nombre precioso, tan adecuado para alguien como él.

Ese ser, que resultó tan similar a él, le trenzó su blanco cabello y le contó miles de secretos, narrando para él historias sobre las galaxias, detalles de lo profundo del mar y un sinfín de cuentos sobre cada uno de los granos de sal.

Conocimiento tenía la hermosa capacidad de recitar, sin una sola de sus palabras fallar. Siempre supo que había otros seres iguales a él, con el mismo propósito de instruir a los humanos, pero simplemente no se esforzó en buscarlos. Es decir, él, a diferencia de los demás, lo sabía todo desde el inicio.

Todo.

Sin embargo, al tener un poder tan prematuro, siempre le faltó temple, un poco de paciencia quizás; esa paciencia que encontró en el sabio que atento lo escuchó. Ese que en otoño le dio la voluntad para estudiar las hojas secas y cuya mirada era tan cálida que lo hizo tener el deseo de poder enseñarle todo el universo.

Ese amor, que por mucho tiempo observaron en los humanos, apareció a su alrededor, en las flores violetas que nacieron al prometerse permanecer juntos eternamente.

Conocimiento lo dejó dormir en su pecho y le recitó al oído la poesía de la que había dotado a los hombres, y en todos los idiomas del mundo, durante las mil primaveras en que se amaron.

Oh…, con cuánta intensidad se amaron.

Era inútil intentar negarlo cuando parecía que fueron creados el uno para el otro.

Juntos, llenaron la Tierra de nobles eruditos. De conocedores tan justos, que eran diestros al hablar e intachables al actuar. Del lecho de su amor nacieron los genios. Unos seres de mente brillante, capaces de hacer del mundo un lugar mejor.

Cada uno dotado por Conocimiento con inteligencia y talentos únicos, con Sabiduría de su lado para llenarlos de gracia; pero ambos, en medio de su gozo al ver a la humanidad progresar, olvidaron un detalle importante: los hombres son necios por naturaleza.

Dejaron de ser pacientes, comenzaron a hablar sin sentido y a desesperar con el fracaso, sin darle importancia a discernir en sus acciones.

Conocimiento no entendió los motivos, e incluso, aunque lo sabía todo, erró al darles más y más entendimiento del que eran capaces de comprender. Sus habilidades les dieron la capacidad de dañar, de construir armas, de iniciar guerras.

Sabiduría perdió los estribos. Impropiamente se molestó por el atrevimiento de los humanos; insensatos y crueles humanos que usaban a su preciado Conocimiento para dañarse unos a otros.

Entonces, ese lazo que los unía se soltó. Uno quería persuadirlos, el otro ya no estaba dispuesto a hacerlo.

Conocimiento quería enseñarles el camino de regreso, incluso si eso significaba sufrir. Sabiduría solo quería que nada lo dañara.

Siempre debió existir un equilibrio entre ambos; pero mientras Conocimiento les dio todo, Sabiduría los abandonó.

Anhelaba más conocimiento, al igual que los humanos. Lo quería todo y lo quería solo para él mismo, porque sin proponérselo comenzó a perder la razón. Quizás por eso Sabiduría no reflexionó sobre sus acciones, como todo sabio debía hacerlo, y se encandiló con la belleza de esas enseñanzas que, declaró, la humanidad no se merecía más.

Así que se llevó consigo a Conocimiento para ocultarlo en el bosque de cristal donde les gustaba descansar; este lo siguió sin dudar, sujetando con fuerza su mano, pues creyó que Sabiduría nunca haría algo insensato, pero descubrió que estaba equivocado.

Ya no era el mismo.

Lo supo cuando intentó encerrarlo en lo más profundo del bosque para que nadie pudiera alcanzarlo. Decía incoherencias y gritaba eufórico que él, su preciado Conocimiento, era solo suyo. Suyo y de nadie más.

Sabiduría ya no lo amaba; estaba obsesionado con él, al igual que los hombres, que perdían la cabeza en su búsqueda de la verdad cuando esos saberes equivalían al poder.

Y Conocimiento, como buen sabelotodo, pensó que la definición de la existencia de su amado estaba mal, pues había dejado de ser un sabio.

Sabiduría no tenía una pizca de razón en sí. Pero demencia..., oh, era todo un demente. Demasiada verdad lo había enloquecido. Y quizás ese era el final de todo aquel que busca poseer el conocimiento.

Locura.

Su nombre sería Locura.

Así lo nombró, y dejó de tenerle miedo; en su lugar, Conocimiento le sonrió, pues sabía que era mejor ser condescendiente con los desquiciados. Luego podría sentarse a su lado, como había prometido.

Sabiduría solía ser muy parecido a Conocimiento, pero Locura era su total opuesto. Era maniático e irracional, y, aun así, él lo amaba profundamente.

Ambos se sentaron ocultos, muy lejos del alcance de los hombres y con los ojos cerrados para no ver lo que estos hicieron con los regalos que les habían otorgado.

Algunas veces, cuando Conocimiento se aburre de estar en silencio, aprovecha los ojos cerrados de Locura y se acerca a algún humano para susurrarle bellas ideas; a veces un verso de amor a los poetas, o besar a algún bebé dotándolo de destrezas con las que pueda ser capaz de enseñar a los otros un nuevo mundo de saberes.

Con cautela, y esperando no ser descubierto por el otro. Sin excederse para no enloquecer a los ilustres, pues demasiado conocimiento siempre atrae a Locura. Pero era inevitable, a donde sea que fuese, irían de la mano.

Quizás por eso los sabios son escasos, y todos los genios están un poco locos.

CALIFORNIA, CONDADO MARIPOSA 0 DÍAS ANTES DE...

El frío aire que recorría toda la habitación pareció intimidarse ante sus cuerpos juntos.

Había una extraña sensación de quietud en esa habitación de hospital, en la que la respiración de Taylor y el sonido de sus pulsos cardíacos eran lo único que se escuchaba.

Dakho se puso de pie y miró con una sonrisa al chico que descansaba, cuyo cabello castaño reposaba revuelto sobre la almohada.

Han Dakho no estaba orgulloso de la decisión que había tomado; a pesar de que no solía ser un hombre que sus amantes encontraran al amanecer, se había acostumbrado a despertar con Taylor a su lado; le gustaba abrir los ojos y darse cuenta de que, aún dormido, Taylor lo abrazaba inconscientemente. Recordaba bien ese pequeño quejido cuando se movía entre las sábanas y le decía que no lo dejara. Incluso en sus desvaríos, cada vez que volvía en sí mismo, Taylor estaba ahí, esperando por él.

Quizás por eso aquellas noches en que despertó solo después de la Navidad se habían quedado tan marcadas en su mente.

Sí, él las recordaba muy bien.

Fueron tantas noches que tal vez se trató de un castigo.

Dakho nunca intentó irse. Nunca aceptó que era vulnerable, pero no negaría que se quedó solo porque le gustaba sentir que lo amaban.

Él nunca creyó que volvería a hacer esto. Al menos no a Taylor. Por eso dejó la televisión encendida cuando caminó hacia la salida, arreglándose con pesar la chaqueta. Y cerró la puerta detrás de su espalda cuando abandonó aquel lugar.

Esa madrugada en específico, cuando Finnian Taylor abrió los ojos, se encontró solo.

Se removió incómodo entre las sábanas cuando comenzó a asimilar bien lo que había sucedido. Y maldijo en voz baja por haberse quedado dormido.

En el buró, junto a su cama, se encontraban todavía el pequeño pastel ligeramente mordido y el betún aplastado.

No le sorprendió su soledad, de hecho, lo llenó de mucha calma.

Conocía el gran desenlace, o al menos el de la mayoría de las líneas. Era imposible conocerlos todos si ni siquiera sabía cuántas realidades más había creado.

En muchas de esas líneas jamás volvía. Quizás era así como debía ser; sin embargo, en la segunda había cometido el error de regresar. Si no lo hacía, se evitaría un final desastroso. Lo sabía.

Era su destino morir o desaparecer. Estaba consciente de eso, y lo enloquecía.

Lo más probable era que, en un par de horas, lo rodearían. Y, cuando no entregara la información que tenía, iban a matarlo. Fácilmente podría despojarse de todo su conocimiento, pero, al final, ¿de qué le serviría a la humanidad saber lo que había descubierto?

Si él, que tenía el don de la empatía, se había corrompido por querer controlar el tiempo, ¿qué podría esperar de los demás?

Taylor preferiría morir antes que venderse. Ya había pasado por eso antes y sabía que, de todas formas, eso terminaría por matarlo. Y siempre le gustó mucho la idea de morir a su manera.

Estaba herido, probablemente enfermo, y aunque ya no le interesaba, una parte de él se encontraba profundamente dolida. Estaba atado de manos. Se sentó en su camilla sabiendo que esa historia estaba a punto de cerrarse para que el ciclo volviera a repetirse.

El reloj en la pared marcaba las tres de la mañana, quizás un poco más. Sonrió mirando hacia la puerta cerrada. La ausencia de Dakho lo hacía sentir paz.

Había fallado en su propósito original, no había logrado llevarlo de regreso, pero eso era lo de menos. Además, Dakho no quería irse. Y él no tenía voluntad para obligarlo a hacerlo.

Todo se acababa, incluso su tiempo; pero sabía que su Dakho estaría bien.

Suspiró como si supiera que en ese momento Han Dakho se encontraba atravesando la entrada de la escuela, esquivando a las personas que se refugiaron allí de la tormenta.

El albergue más grande para aquellos que no habían logrado salir del pueblo era justamente ese, y aunque Dakho mantenía ese gran sentimiento de dolor dentro de su pecho, se atrevió a acercarse a los rescatistas, ofreciendo su ayuda.

Por eso, pese a que debía irse, se permitió ayudar a sacar varias colchonetas del almacén para que los niños que estaban cansados durmieran un poco en el gimnasio, y se incluyó a sí mismo en la mesa para apoyar sirviendo unos cuantos tazones de sopa para los menesterosos.

Y es que su presencia tenía otro propósito, pero se vio en la obligación de ayudar a las personas. Después de todo, había sido su culpa que se encontraran en esa situación.

Él siempre fue el tipo de persona que encontraba fortaleza en la bondad. Ser sensible era su gran superpoder. Después de apoyar a varios necesitados, se acercó a su destino inicial. Caminó por esos corredores por los que alguna vez siguió a Taylor, entre personas que lo veían como si supieran lo infinitamente triste que estaba. Llegó al casillero de Taylor deseando no haberse equivocado. La pierna le dolía y estaba seguro de que no aguantaría caminar de regreso a casa.

Giró el seguro, repitiendo su combinación como las muchas veces que vio a Taylor hacerlo. Nunca intentó abrirlo antes. Taylor era consciente de que sabía la clave, pero no fue hasta este momento, cuando tuvo su autorización, que decidió hacerlo.

A Taylor siempre le pareció más seguro guardar cosas en la escuela que en su propia casa; quizás porque era paranoico, o simplemente porque sabía cosas, jamás lo entendió.

Encontró su billetera llena de efectivo. La revisó, el anuncio de la casa seguía ahí. A decir verdad, no le sorprendía que hubiese varios sobres sellados detrás de los libros que Taylor ni siquiera leía. Palpó estos, y sí, era dinero.

Volteó a ver sobre sus hombros para asegurarse de que nadie lo siguiera y ocultó al menos tres de esos sobres en su chaqueta. Como ya habían hecho el pago inicial, no tenía sentido para Dakho que Taylor le hubiese dejado tanto efectivo, era lo que restaba de sus ahorros. También estaba su gorro, sus guantes, un mapa...

De repente, lo entendió: Taylor siempre había pensado mandarlo lejos. Sentir que lo tenía todo tan calculado le causó náuseas.

De todas formas, no había más por hacer. Era momento de emigrar. Negó con la cabeza alejando esos pensamientos, se colocó sus implementos y le dio un vistazo por última vez a la foto de ambos en el supermercado que estaba pegada en el fondo del casillero.

Nunca se detuvo a pensar en dónde habían terminado todas esas fotografías que tomaron en Halloween; pero ahora lo sabía. Taylor siempre dijo no seguir modas, y aun así decoró con fotos el fondo de su casillero —como todos los demás chicos de la escuela— cuando tuvo unas para hacerlo.

El gran final de la afamada segunda línea comenzó cuando Dakho arrancó esas fotografías para llevárselas antes de cerrar la puerta y dirigirse a la salida.

La ciudad lucía desolada. Era peligroso salir, pero apartarse del destino no era algo que el universo tomara con gracia. Dakho observó a las personas que hacían grupo, mientras el alcalde intentaba coordinar la llegada de más autobuses para la evaluación.

Suspiró y salió en busca de la carretera. Se movía por inercia, aún poco seguro de la línea escrita. Para él, el ayer existía solo como un recordatorio de lo que ya no se tiene.

No muy lejos de ese lugar, se cerraron las puertas del último autobús que salía del pueblo a las cuatro en punto de la mañana.

Augustus Moon se sentó casi al fondo, al lado de una mujer con su hijo en brazos, a quienes sonrió. Dejó su maleta sobre sus piernas. El rugir del motor encendido anunció que era hora de despedirse del condado.

Ya no nevaba, pero el asfalto seguía mojado. El autobús avanzaba a pasos lentos. Haru suspiró y se abrazó a sí mismo pensando en todo lo que dejaba atrás mientras intentaba convencerse de que irse era lo más viable si quería sobrevivir. Entonces, recordó el objeto que presionaba contra su pecho.

Si bien sabía que tener demasiado conocimiento era peligroso, empezaba a pensar si observarlo todo y aun así callar era igual de malo. La libreta de Taylor estaba a su completa disposición, y aunque era una mala idea, la verdad lo llamaba a gritos. Aunque, ¿cuál verdad? Su única certeza era que deseaba acabar con la incertidumbre.

Las primeras hojas estaban llenas de datos tontos que él había visto antes y una que otra descripción que logró apenas digerir.

Muchos dibujos de líneas y números que no parecían tener relación entre ellos. Había tantas cosas, pero, sin duda, la que más le llamó la atención fue su propio nombre.

O bueno, algo así:

«*Curvar el tiempo a través de la gravedad*».

«*Kim secuestró a su propio sobrino. Eso me da tiempo*».

«*¿Qué tanto sabe su familia sobre sus investigaciones? ¿Lo sabe? ¿Lo está ocultando?*».

No esperaba ser parte de la investigación. Taylor siempre tuvo esa manía de anotar las cosas que no entendía, como dejándose preguntas cuyas respuestas no anotaba porque se reservaba ese conocimiento solo para sí mismo.

Kim.

¿Qué Kim? ¿Cuál de todos?

No era ninguno de los hermanos con los que creció.

«*El profesor le pidió a Lee fotos de...* [illegible] *¿Haru lo sospecha o lo sabe?*».

No se alcanzaba a distinguir el resto de la oración, pero más abajo sus dudas se resolverían:

«*Moon Haruka es... ¿Kim Haruka? ¿Es ese su nombre real?*».

Haru dejó de respirar por un segundo.

Tenía más familia. Lo confirmó y no supo cómo sentirse realmente, pues parecía ser que, de alguna forma, él también era un Kim.

«*Se necesitan más personas para abrir el vórtice. Si yo morí, significa que alguien más abrió la entrada al lago en el futuro*».

—¿Mamá? —dijo suavemente, y sintió un dolor punzante en la cabeza.

«La muerte de Haruka no cuadra con las fechas de las cartas».

«Encontrar a Haruka en el futuro antes de que ellos lo hagan».

Ese «inicio» que Lee mencionó era el punto al que Taylor estaba buscando llegar, y así sería en cada línea.

La realidad en la que estaban atrapados era un plano con un punto en el centro, pero este no era solo el inicio, también era el final.

Taylor era la única persona que entendía cómo funcionaban las líneas. El problema era que ya no estaba en sus cabales; se había corrompido. Cometió un solo error en todos sus experimentos. Y se condenó a fallar al ceder ante esa ilusa idea de poseer lo que no le pertenece.

Jamás debió ir a San Francisco a buscar a Dakho. Cada vez que lo hizo, los condenó a todos. Y el final llegó en el mismo momento en el que las líneas se hicieron más y más distantes entre ellas.

Haru cerró la libreta y Dakho se quedó de pie en la orilla de la carretera diciéndole «adiós» a su amado condado Mariposa. Tal vez, solo tal vez, se había enamorado de ese pequeño pueblo también. De las estaciones, de sus calles y su gente. Lamentaba tener que marcharse. Dio un paso al frente y, al intentar avanzar, sintió como si una fuerte red lo arrastrara.

El ciclo se cerraba en este momento. Dakho comenzó a ahogarse en medio de la calle, la electricidad que de él emanaba apareció en el radar, avisando de su presencia a los agentes que buscaban por todo el pueblo.

Los postes de alumbrado público comenzaron a fallar. Las personas que aún estaban en el pueblo se cubrieron las cabezas cuando las luces de los locales del centro lanzaron chispas y amenazaron con explotar todas a su vez.

El caos aparecía en el momento exacto para que el despliegue militar en la entrada del condado levantara el retén en la carretera, justo a tiempo para obviar el autobús donde Augustus Moon se encontraba, dejando que este se marchara a su nuevo destino en Nueva York, como había sucedido en todas las otras líneas producto de la gran fractura.

La energía que emanaba de Dakho terminó de hacer colapsar la red del pueblo, causando que este se desmayara entre las verduras amontonadas del camión. Pero el conductor no advirtió la presencia del polizón y arrancó el motor.

Taylor, al ver la televisión apagarse por sí sola en su habitación, confirmó que Dakho ya se encontraba lejos. Se había marchado.

Incluso si los militares revisaban el lugar hasta el cansancio, no encontrarían a Dakho. Se había movido en sentido opuesto.

Cuando el conductor lo descubrió, lo dejó subirse con él en la cabina de adelante, haciéndole un par de preguntas sobre sus ojos llorosos y la situación del pueblo. Lo llevó tan cerca de Boston como pudo. Dakho se quedó en Nebraska, consiguió otro aventón hasta Chicago y de ahí a Ohio, donde al final convenció a un taxista para que lo llevase hasta Massachusetts.

Llegó a Boston, un par de días después, en medio del hielo que comenzaba a abandonar enero. Buscó asilo en esa casa y siguió al pie de la letra las instrucciones de Taylor. Esperó y esperó por un Taylor que nunca regresó. Lo aguardó esperanzado por años hasta que se hizo viejo.

En esa línea, Taylor no falló en su predicción. Los agentes llegaron al hospital alrededor de las cinco de la mañana para ajustar cuentas con él.

Siempre supo que sucedería, por eso no lo quería cerca; pero ya no tenía más que explicar. Taylor conocía lo que era estar rodeado e indefenso en más de un sentido y, en especial, sabía lo que era tener un fusil en la frente.

Vaya que lo sabía muy bien.

Por eso los demás Taylor de otras líneas, a diferencia del de la segunda, desaparecían, y a sus ausencias les llamaban «muerte». Quizás este era el motivo por el cual el Sean Grace viejo no hablaba sobre eso, pues el joven escuchó el mismo disparo en todas las líneas existentes, al mismo tiempo.

Nunca supo con certeza si había impactado contra su hermano o alguien más. Siempre se mantuvo fiel a la idea de que Taylor no era el tipo de persona que se marcha sin decir una palabra.

Ese Sean Grace de la segunda línea se juró a sí mismo que nada había sucedido; se aferró a esa idea de que su hermanito estaba en algún lugar, desesperado por convencerse, cuando su yo joven fue inmovilizado por los militares contra una pared del baño del hospital.

Le preguntaron por Taylor en cada línea existente, y nunca supo qué responderles. Así que terminó inconsciente en el piso, con mucha sangre a su alrededor todas las veces que se repitió. Lo cual era extraño, pues, al despertar en Urgencias, siempre obtuvo la misma noticia. Su hermano simplemente no había resistido más y había acabado con todo.

Incluso si él sabía que algo no cuadraba, nunca se atrevió a hablarlo.

Nunca superó su depresión, al menos no hasta que la historia volvía a comenzar. Porque se encontró a SunHee en un bar, a veces en una feria o en el campo de béisbol. Siempre volvían a encontrarse.

Nunca habló con su hijastro de lo que pasó con su hermano. De todas formas, la conversación que detonó esa confesión, sin su pierna herida, ya no existía. Tampoco se animó a preguntarle al muchacho o a su madre si lo habían nombrado Dakho en honor a alguien en especial.

Quizás siempre estuvieron atrapados en el desconcierto.

Al amanecer de aquel día, todos en el pueblo siguieron con su vida sin entender qué había causado tanto caos en el pueblo. Las calles y el centro se habilitaron de nuevo, obviando los hechos ilógicos y fantásticos que habían sucedido en ese pequeño condado.

En esa, y en el millón de líneas que desafortunadamente aparecieron.

Era el final.

Esa segunda línea que parecía ser justa para todos había finalizado.

Debió hacerlo.

Lo hubiese hecho de no ser porque esa ruleta de desgracias dejó de girar de pronto.

No por sí sola, sino por Dakho, quien, apretando la mandíbula, tomó la decisión de detenerla.

Dakho, con un pie en la carretera, dispuesto a decir adiós, volteó a ver.

Al hacerlo, alcanzó a ver a la distancia las pequeñas marcas de aerosol de las letras que él mismo había pintado en la alcaldía:

NINGÚN FUTURO
ES REAL SI DECIDO
QUEDARME EN
EL PRESENTE.

Lo entendió.

Y a diferencia de otras versiones de sí mismo, se metió la mano en la chaqueta para sacar de ella esas fotografías tontas que tomó esa noche de Halloween en que lo sintió suyo. Entre estas estaba esa tonta foto de Taylor cubriéndose el rostro, con los labios manchados de mostaza, que coronó como su favorita. La tomó, y mientras la observaba notó que coincidía con el fondo, con esa misma banca en donde la había tomado.

Elegir quedarse en el presente.

Dakho, todavía de pie frente a la carretera, alzó la vista para ver ese pequeño camión que era su salida del condado Mariposa.

Los postes de alumbrado público comenzaron a fallar. Las personas que aún estaban en el pueblo se cubrieron las cabezas cuando las luces de los locales del centro lanzaron chispas y amenazaron con explotar todas a su vez.

Fue un segundo de incertidumbre.

Y Han Dakho, cuya alma había vivido más que la de cualquier otro, decidió que no quería hacer esto. Se negó a seguir la ruta. Él quería creer en un final en el que era capaz de ser esa fuerza externa que detuviera todo el sufrimiento.

Sí, eso le pareció digno.

Tomó aire profundamente y reguló su respiración después de abrazar esas sensaciones que vivían en él. Se mantuvo estable, sin causar algún colapso o alertar al enemigo.

Si Taylor tenía razón, él siempre había sido lo suficientemente capaz de controlar sus impulsos. Él nunca se equivocaba cuando se trataba de Dakho. Exhaló con fuerza cuando, en lugar de apagarse repentinamente, la luz de su televisor solo parpadeó unos instantes antes de restablecerse por completo.

Dakho no quería sentir esa eterna ausencia a la que había nacido condenado, incluso en la primera línea, en donde su vida no tenía nada de especial. Esa voluntad, que era su esencia personal, evitó el gran colapso de energía al tiempo que retrocedió arrastrando su pierna mala sobre la nieve derretida.

Y en ese mismo momento en que Dakho volvía sobre sus pasos, Haru sintió inquietud al escuchar los murmullos de la gente cuando el autobús frente a él se detuvo.

La separación.

Haru comenzó a sudar, sentía escozor en todo el cuello, la comezón se extendía por su nuca hasta alojarse en su espalda, acompañada de náuseas cuando su sentido de alerta se encendió.

La separación estaba cerca.

—¿Qué sucede? —preguntó otro pasajero a su acompañante, quien se levantó un poco para ver.

—Es un retén, parece que están revisando los autobuses. Debe de ser parte del protocolo de evacuación.

Haru alzó la cabeza. Se levantó de su asiento al igual que el resto de los pasajeros inquietos. Estaba escrito que debían dejarlo irse; sin embargo, sin Dakho colapsado los soldados jamás dejaron la carretera. Y lo que los militares buscaban estaba claro: a sus chicos fugitivos. Se trataba de una maldita requisa.

—No me jodas… —murmuró Haru, dándose cuenta de que aún sostenía la mayor evidencia en su contra: la libreta de Taylor.

Cuando Dakho empujó la primera ficha del dominó de la historia, las demás comenzaron a caer. Sin importar lo que todos dijeran, y las cosas que pudieron haber sucedido, cada decisión era única. El honor no existe si olvidas quién eres. Era cierto que Haru dejaría ese pueblo alguna vez, pero ese no era el día.

Por eso, cuando su autobús se detuvo, no dudó ni por un segundo en levantarse.

Augustus Moon tomó su bolsa y se guardó la libreta de Kim dentro de la chaqueta mientras avanzaba empujando a otros pasajeros para tratar de bajar.

No podía ocultar que estaba roto, pero podía tomar sus pedazos y unirlos de nuevo.

Tenía miedo, claro. Bajó resbalándose por el hielo. Aunque debía ser el verdugo, cuando Dakho se negó a seguir, Augustus Moon dejó de ser cruel, incluso con toda la historia en su contra.

Y la orquesta que los acompañó cambió su ritmo. Había dejado de ser la sonata que anunció el inicio. Tampoco era más aquel capricho de violín que los llenó de adrenalina.

Antes de que finalizara como un réquiem, se había convertido en un vals.

Y el universo, como el buen bailarín que era, tomó de la mano al destino para una última pieza, haciéndolo girar en sentido contrario.

La orquesta no tocaría sola; necesitaba un director. Y Dakho se sabía de memoria el último compás.

Así que mientras Augustus corría de regreso a su hogar, Han Dakho lo imitaba, buscando desesperado volver al hospital.

Entró impetuosamente por la puerta grande, corriendo pasillo tras pasillo, por primera vez en miles de escenarios casi imposibles de contar, y sintió como si su corazón latiera más despacio a través del sudor de sus manos.

Dakho ya había entendido que no estaba solo.

Tenía a Sean Grace.

Por alguna razón, ellos dos siempre se terminaban encontrando, como si cada partícula del universo supiera que eran iguales. Eran dos seres que, aunque no tenían un lazo sanguíneo, se admiraban mutuamente en secreto. Los unía una acción: necesitaban aprender a perdonarse a sí mismos.

Resulta irónico pensar en la simplicidad de lo que pudo hacer de haberlo aceptado; pero el caos que experimentaron al conocerse fue aún más hermoso.

Para Dakho, Sean Grace fue el hombro para llorar que nunca tuvo, y, para su padrastro, el compañero de aventuras que perdió. Porque solo en lo más alto del cielo se sabría lo mucho que Sean Grace había deseado haber visto madurar a su hermano, y las noches en las que el pequeño Dakho rezó para que su padre lo amara.

Así que lo buscó en los corredores, en cada habitación del hospital, e incluso en la sala de espera, y temió que se hubiese marchado, hasta que abrió abruptamente la puerta del baño y lo encontró ahí, a ese fuerte Sean Grace que lloraba con ambas manos sobre el lavabo.

Dakho se quedó quieto, Sean se sobresaltó al verlo y no dudó, pero pensar en los detalles más insignificantes de lo que habían vivido lo hizo sonreír.

Ninguno de los dos estaba hecho para la soledad, e incluso así, la sobrellevaron con dignidad hasta el último momento.

Inhaló tan profundamente, tan necesitado, como si fuese su última respiración. Y solo entonces, cuando se encontró listo para dejar todo atrás, abrazó la idea de un futuro sin él.

—¡Sean Grace! —gritó respirando eufórico. Antes de que este pudiese responder, Dakho se había movido hacia él para empujarlo, gritando tan fuerte que su rostro se tornó rojo—. ¡Te odio, Sean Grace!

—¿Han? —dijo al pararse firmemente con el ceño fruncido cuando su repentina presencia lo abrumó.

Lo tomó de los hombros para sacudirlo cuando sintió que estaba por colapsar; incluso si lo estaba insultando, verlo era tan doloroso que su alma no fue capaz de ponerse a la defensiva.

—Juro que no hay nadie a quien deteste más que a ti. ¿Me escuchas? —siguió diciendo el muchacho—. Eres la persona más despreciable que he conocido en mi vida entera. —Tomó aire por la boca—. ¡Eres terco, te crees el centro del universo y eres un imbécil! Sean Grace Kim, ¡te odio!

«Vamos... Grítame».

—¿Qué? —Sean Grace retrocedió, perplejo, hablando en voz baja.

«*Di algo más*».

—Te odio, te odio, te odio. ¡Te odio! ¡Tú no te mereces esto! —gritó Dakho con tal fuerza, como si quisiera forzar que esas palabras atrapadas en su esófago salieran.

«*Soy fuerte, sabré sufrir*».

—Necesito que me digas qué sucede, ¿estás herido? —Sean intentó sostenerlo, angustiado por su estado—. ¿Te hicieron daño?

«*Hazme saber que también me odias, por favor, convénceme*».

—Sean... Necesito ayuda —gimió sin poder moverse—. Aquí adentro, me duele mucho...

«*Pero no me compadezcas...*».

—¡Dakho! Dakho, necesito que me digas qué sucedió.

Incluso si lo quería lejos, Sean Grace no quería que sufriera.

«*Porque no podré soportarlo*».

—Ya no puedo... —murmuró Dakho. Sean negó con la cabeza. El chico temblaba, parecía que se desmoronaba frente a él. Estaba débil, y Sean Grace temió que su energía lo hubiese lastimado.

«*No te atrevas a abrazarme*».

—¡Dakho! ¡Reacciona! —Las piernas de Han Dakho se doblegaron un poco y Sean Grace tuvo que abrazarlo contra su pecho—. ¡Reacciona!

«*Te lo suplico...*».

—¿Qué pasa conmigo? —masculló Dakho—. ¿Por qué no puedo odiarte? —dijo en voz baja contra su hombro—. Incluso si lo grito, sé..., sé que no es verdad.

«*Ódiame como yo debería odiarte*».

—Estás sudando mucho. Mírame. —Sean intentó moverse, pero él se aferró más a su torso—. Mírame, Dakho. ¿Dakho?

Dakho siempre fue demasiado bueno. Y lo sería hasta el final. Apretó los ojos con resignación cuando ya no resistió más.

—¿Por qué me juzgaron tanto? —preguntó estrechando sus brazos para no separarse de su padrastro—. Sean, dime. Yo solo necesitaba un poco de atención. ¿Era necesario ser así de crueles?

—Respiró pausadamente—. Me hicieron quedar como el malo. Todos sufren. ¿Por qué me juzgaron por sufrir también?

Sean Grace parpadeó desconcertado, no lograba asimilar del todo la situación.

—Estás delirando. Tienes mucha fiebre.

—Querían que me quedara en silencio, cuando ellos serían incapaces de hacerlo estando en mi posición. Son todos unos grandísimos hipócritas.

—¿Qué haces aquí todavía, Dakho? Creí haberte dicho que te…

—Fue mi error —interrumpió, sin siquiera tomar aire para hablar—. Nunca quise arruinar tu vida, solo quería tener una para mí. Fui un tonto, sí, y te pido perdón por todo. —Su voz hizo que Sean Grace temiera—. Vine a disculparme por las cosas que hice, por los problemas que causé. Todo, todo lo malo que hay en mí. Nunca quise ser malo, pero creo que no siempre se obtiene lo que se desea. Me han llamado impulsivo y arrogante demasiadas veces, pero no más. ¿Acaso ustedes nunca desearon desesperadamente cambiar su vida alguna vez?

—¡Dakho! —Lo agitó—. Calma, por favor, ¡tienes que reaccionar!

—Para el mundo entero siempre fui un egoísta de mierda. Y es verdad, pues por años yo mismo fui la única persona a la que le interesaba mi dolor.

—No, no pienses en eso… —musitó Sean. Sintió un gran escalofrío recorrerle el cuello cuando las lágrimas del chico mojaron su hombro.

—No soy el único egoísta. Acéptenlo. Todos lo somos —declaró con la mirada fija.

Ese cántaro de vidrio en el que su humanidad reposaba, finalmente se rompió.

La historia de los científicos creyéndose los dueños del mundo era una; los hermanos locos por amor era otra.

Oh…, pero la historia del insensato Han Dakho era muy diferente y ajena a esas dos.

Por mucho tiempo buscó un origen, el cual siempre estuvo frente a él. El detonante de su historia era la adversidad que le precedió. Tenía que encerrarlos.

—Oye, mírame. —Sean Grace tragó saliva, asustado. Creía que el chico se desmayaría—. Respira. Hazlo conmigo, Dakho. Inhala —dijo antes de empezar a inflar sus pulmones— y exhala. —Terminó al soltar el aire cuando se animó a tocarle el cabello, y en la más pura de sus acciones le murmuró—: Si no me dices qué sucede, no puedo ayudarte.

—Eres la única forma en la que serán felices. Los amo tanto —dijo apenas—, tanto como te odio a ti. Pero ya no quiero ser miserable, Sean.

—No serás miserable, no pienses que eso pasará, pensar demasiado te hace daño.

—No me importa si se acaba el mundo, si ustedes estarán a salvo —murmuró contra su hombro—. Taylor lo dijo, no conozco el origen, pero puedo separar la historia. Mi historia.

—¿El origen de qué? —cuestionó desesperado. Sus ojos se llenaron de lágrimas ante el desconcierto.

—Hay un detonante para todo y ella es el mío. Si están lejos, aunque vuelva a suceder, ella estará a salvo y tú también. Todos. Y Taylor... —Se quedó sin voz por un segundo—. Él podrá tener por primera vez la vida que se merece.

—Dakho, no lo entiendo. ¡¿De qué demonios hablas?! —le dijo, ya harto—. ¡Pensé que ya estabas a kilómetros de aquí!

Dakho se tragó el nudo en su garganta y casi sollozando luchó por pararse correctamente, extendiendo los brazos para apoyar sus manos en el pecho de Sean Grace y alejarlo.

Dakho siempre admiró a los héroes.

Esos en los que nadie creía, aquellos que nunca se tuvieron más que a sí mismos para sobrevivir y aun así estaban dispuestos a compartir esa gota de felicidad que les tomó toda una vida encontrar con los otros.

El niño que Han Dakho había sido, ese que se llamaba a sí mismo iluso por siempre sentir que tenía un propósito más grande en el universo, lo descubrió cuando su alma tembló con un poder que antes no conocía.

Dakho no necesitaba intentar ser un héroe.

Ya lo era.

—SunHee está embarazada —soltó finalmente. Su estómago le quemó tanto que sintió que moriría.

—¿Qué? —respondió Sean Grace, impactado—. ¿Por qué dices eso?

—Yo mismo lo vi —musitó.

—¿Cómo? —dijo, casi ahogándose—. ¿Cómo sabes esto? —Pero Han Dakho no le respondió de inmediato, y eso lo desesperó—. ¡¿Han?! ¡¿Por qué me mientes así?!

Sean Grace comenzó a alterarse, pero al notar que Dakho se encogía y escondía sus manos temblorosas no supo cómo reaccionar. ¿Por qué le decía algo como eso en un momento así?

—Sean, sé que ella te ama. Ella sigue acá, debes ir a verla.

—No…, ella… —De repente, las decenas de veces en las que ella pareció intentar decirle algo lo golpearon como gritándole «ciego»—. ¿Cómo es posible que sepas…? Ella y yo… Nosotros…

—Según mis cálculos podría nacer en marzo, quizás en abril —le dijo con gracia, manteniendo su ironía incluso en medio del dolor abdominal que lo invadió.

—No puede ser, ella dijo que… —Sean Grace se pasó las manos por la cabeza, confundido, mientras pensaba en fechas, lugares, luces, globos de colores… Eso solo lo confundió más—. Dices que está acá, ¿en dónde? ¿Y cómo sabes eso? ¿Por qué ahora?

—Está en la tienda de conveniencia cerca de la gasolinera, con sus tutores. —Dakho bajó la mirada—. Esta es mi buena acción del día. Ve a ayudarla, Sean. Si haces lo correcto, todo lo que yo causé quedará atrás.

Sean aún titubeaba, confundido.

—No, no entiendo —reprochó con la voz entrecortada—. ¡¿Cómo estás tan seguro de eso?!

—¡No dudes! —le dijo con una mirada seria y segura que ocultaba su tristeza—. Ella está muy mal: lo sé, la he visto. Sus padres se la llevarán y, si no vas tras ella, el hijo de ustedes dos morirá. La vas a condenar a treinta años de sufrimiento, ¡escucha! Será un infierno, hasta para mí.

Sean Grace se tomaba el cabello y daba vueltas, intentando encontrar el sentido a lo que Dakho le estaba diciendo.

—¡¿Cómo sabes todo eso?! —gritó desesperado.

—Ya no importa.

—¡Claro que importa!

—¡No! Lo que importa es que SunHee estará obligada a abortar, se casará con un imbécil, y terminará sin herencia y sin familia, lejos de la persona que ama. ¡Lejos de ti, Sean Grace Kim! Y tú eres el único que puede salvarla ahora.

Las largas pestañas de Sean Grace, que estaban mojadas, denotaron aún más su triste mirada.

—¿Y aun así ella pretendía irse sin decírmelo? —Las lágrimas bajaban por su rostro.

—Tú tenías un sueño, ella no quería quitártelo.

—Dakho —murmuró dejando caer sus brazos y rompiendo por completo la compostura del otro—, ella es mi sueño.

La siguiente pieza se había caído, y un alma completamente rota era todo lo que a Dakho le quedaba.

—¿Y entonces qué haces aquí? —le reprochó—. Yo la amo, pero salvarla está en ti. Estoy dándoles mi lugar, así que, corre. Tu sueño está a solo diez minutos de distancia.

—¿Tu lugar...? —cuestionó Sean Grace mientras lo veía desconcertado.

—Sí, mi lugar —dijo con orgullo—. La he amado durante toda mi vida. Cada día, todos los días, un poco más. Incluso cuando apareciste, yo siempre fui el hombre que más la amó.

—Tú... —murmuró cuando comenzó a entender.

—Pero eso no es suficiente. Se supone que debo ser valiente y seguir; pero, Sean, para mí, despedirme es lo más heroico que podría hacer hoy.

—Entonces, es verdad... —le dijo, observándolo de pies a cabeza.

—Sean...

—Vienes del futuro, ¿eh? —afirmó estremeciéndose. Dakho le quitó la vista cuando el otro dio un paso al frente—. ¿Quién eres? ¿Quién eres en realidad?

—No puedo decírtelo. Sé que lo harás bien. Serás un gran padre. Confío en ti, eso es todo.

—¿Entonces por qué me ayudas? ¿Por qué actúas como si me conocieras más de lo que quieres admitir? ¿Por qué...? —le dijo cuando Dakho se atrevió a alzar la cabeza—. ¿Por qué si se supone que me odias tanto?

Desde muy joven, Dakho aprendió a aparentar que no tenía sentimientos, pero tal habilidad había desaparecido desde el momento en que pisó ese condado. Así que le regaló una pequeña sonrisa a Sean, agradecido con él por mostrarle paciencia en el camino.

—Porque... —Perdió la voz por un momento en el que se tragó su orgullo—. Ojalá nunca hubieras aparecido, desearía que nunca me hubieras llevado a pescar. —Dakho se paró con firmeza, ahora tenía total claridad de cada línea en su memoria—. ¿Sabes? Yo no debí salvarte la pierna, y tú no debiste escucharme ni tampoco pasar tiempo conmigo. No tenías que cambiar ni ser bueno. Tenías que odiarme, y yo a ti. Eso era todo.

—Dakho, nosotros...

—No debimos desayunar juntos. ¿Me oyes? En la misma cafetería, en nuestra mesa, en donde conversamos tanto, tantas veces. Y aunque nunca entendiste mis problemas ni yo los tuyos, me pediste el mismo tazón de avena y manzana cada maldito domingo desde que te conocí. ¿Lo entiendes? —Sorbió su nariz, limpiándose el pómulo con fuerza. Su rostro se tornó rojo—. Nosotros jamás debimos jugar juntos.

—¿Por qué es tan malo?

—Porque, Sean... —Sus ojos le quemaron antes de seguir—. Nunca creí que me gustaría tanto ser tu amigo.

Su detestable padrastro, ese con el que nunca congenió, era, definitivamente, uno de los mejores amigos que alguna vez tuvo.

—¿Quién eres? —volvió a preguntar Sean Grace.

—No vale la pena decirlo, no seré nadie al amanecer.

Dakho lo miró con seriedad antes de darse la vuelta e intentar caminar con dificultad; pero Sean lo tomó del brazo, haciendo que volteara a verlo. El mayor de los Kim, el que creyó que jamás sería su amigo, se había ganado su respeto, aun con todos sus errores y debilidades. Dakho negó con la cabeza antes de alzarla hacia el techo para evitar llorar.

—Si no puedes decirme quién eres —le pidió—, entonces dime, ¿quién soy? Yo acepto la responsabilidad de saberlo.

Justo ahí, por un momento, Dakho vio a ese Sean adulto del que siempre quiso librarse. El destino era tan perverso que lo hizo quererlo.

—Eres el padre que me hubiera gustado tener. —Sonrió genuinamente—. Pero no eres mi padre, eres el suyo.

Sean Grace lo soltó lentamente como si tratara de asimilar correctamente toda la información. Dakho era muy parecido a él y pensó que no le habría molestado que le jodiera la vida por siempre.

—Me tengo que ir —le dijo, sin dejar de mirarlo cuando su pecho se estremeció.

Sean Grace Kim tomó la decisión de creer en él, incluso si sonaba como un completo disparate. Se arriesgó cuando en el intento de comprobar la veracidad de las palabras del muchacho, pasó a su lado para correr fuera del baño, dejándolo solo.

Han Dakho se desestabilizó como si todo a su alrededor se derrumbase, y se recargó contra la pared del baño para deslizarse lentamente ahogado en sus sollozos.

Las cosas en sus bolsillos se arrugaron cuando se abrazó a sí mismo. Las lágrimas que derramó no eran de tristeza, sino de profundo arrepentimiento por las cosas que no hizo y las personas que lastimó.

Lamentaba no haber sido un buen hijo, y eso lo rasgó profundamente.

Ese compás estaba lleno de silencios.

—Felicidades, chicos —musitó viendo hacia la puerta—. Tendrán el hijo que se merecen.

Las costillas de Dakho parecieron estrechas, como si su caja torácica de pronto fuese tan pequeña que la presión de sus huesos sería capaz de hacer explotar su corazón.

Sean Grace no se detuvo a pensarlo, corrió hacia el área de Emergencias y buscó auxilio con la mirada, pues creía ciegamente en la palabra de Dakho.

—¡Necesito ayuda! ¡Alguien por favor! —dijo llamando la atención de uno de los paramédicos de turno—. ¡Ayuda! —Quizás estaba a punto de quedar como un completo lunático, pero al menos podía intentarlo—. ¡Es mi novia! ¡Está embarazada y está muy mal! Está en la estación, a unas calles de aquí. ¡Por favor, ayúdeme!

Era insólito, no solo la forma en la que se apiadaron de él, sino también la euforia con la que se olvidó de todas sus desgracias por un momento.

La tormenta comenzaba a disiparse, y aunque estaba oscuro, Sean Grace se atrevió a salir en busca de la verdad. Pues a Sean Grace no le importó que la Policía estuviera evacuando mientras él corría en contra de la gente seguido de la ayuda, ni a Dakho, las clases de piano que de pronto olvidó.

Entre más cerca se encontraba Sean Grace de SunHee, una memoria de Dakho desaparecía.

Un centímetro más. Un segundo menos.

Los pasos de Sean Grace sobre la nieve se sintieron como cortes en el vientre de un Dakho que yacía adolorido en el baño, resignado.

No era lo más sencillo o sensato, pero, sin duda, era lo más noble que alguna vez hizo.

Cuando Sean Grace llegó a la tienda tocó la entrada desesperadamente; esta estaba con las persianas abajo, pero él tenía fe, demasiada como para ir en contra de la lógica.

Por eso los golpes en la ventana de la tienda fueron equivalentes a la cantidad de lágrimas que Dakho dejó caer al suelo mientras sentía que sus entrañas se rasgaban.

La puerta de la tienda se abrió inmediatamente, y los dos ancianos angustiados le agradecieron a su Dios cuando la ayuda llegó.

Sin electricidad y sin manera alguna de conseguir ayuda, todo lo que les quedó fue esperar a que ella mejorara.

No sabían cómo, o por qué, pero estaban agradecidos.

Quizás después de tanto tiempo de convivir con su ángel, Dakho se había convertido en uno también.

Sean Grace entró detrás de ellos para contemplar a la mujer de sus sueños, sudando, con los ojos entreabiertos y con un gran vientre que solo le provocó un llanto que era más de alegría que de miedo.

Era verdad. Él decía la verdad.

—¿Sean Grace? —dijo SunHee. Él se acercó a ella y pudo ver la sorpresa en sus ojos; mas no le importó.

—Descuida, ya estoy aquí —le susurró al oído—. Todo estará bien.

Ese beso que le dejó en la frente fue el mismo que hizo que Han Dakho cediera al desmayarse.

Era justo y necesario. Dando vueltas y vueltas, sin parar.

El tiempo no se detiene. Nadie es inmune a sus estragos.

El momento exacto en el que Sean Grace Kim entró por el área de Emergencias al hospital seguido de su novia y los paramédicos coincidió con el momento en que Augustus Moon cruzó la entrada principal del mismo recinto. Pero no llegaron a cruzarse.

Su madre estaba viva, aparentemente, ¿pero eso qué cambiaba? Nada. Nada cuando toda la realidad se derrumbaba. Augustus Moon no entendía la mitad de las cosas en esa libreta, pero tenía la vaga noción de cómo funcionaban.

Así que se apresuró en atravesar la sala de espera. Vio en esta a los padres de Taylor hablando con un policía y se escondió, pues sabía que era muy probable que lo buscaran a él. Nunca se llevó bien con la Policía desde que uno de ellos intentó golpearlo por el labial de una tienda, que en realidad nunca se robó.

Patético, sí.

Daba igual, nada tenía sentido y todo seguía dando vueltas. Estaba en él, al menos, tratar de arreglarlo.

Taylor había unido muchas cosas; algo abría el vórtice en el futuro. ¿Pero quién o quiénes? Exacto, las únicas personas lo suficientemente locas para intentarlo.

Se sentía como un tonto, pues debió haber persuadido a Lee horas atrás.

Necesitaba ponerle un alto a esta locura. Necesitaba ayuda. Necesitaba...

Augustus se apresuró a entrar de nuevo en la habitación del chico de cabello rubio, pero al hacerlo, solo constató que estaba vacía.

Quizás el Jaewon de todas las líneas se escondía donde se construyó un refugio y se encontraba con la Haruka anciana en cada una de ellas. Incluso sin Anzu en las demás, Lee Jaewon sabía cómo iniciar el bucle, solo con ella. Tal vez el profesor ya estaba muerto o, a lo mejor, se había marchado a lo profundo de la montaña para esconderse. Era difícil saberlo si su destino se había vuelto igual de incierto que el de los demás.

Oh, pero claro que Haru no lo sabía. Y de todas formas, ya no tenía tiempo, cada segundo contaba y los militares estarían en el hospital pronto. Si los rodeaban estarían perdidos. No tenía idea, pero pensó en lo mismo que Taylor: buscar el punto cero.

Buscó al dueño de la libreta sin saber que era demasiado tarde para ser diferente. Su redención solo era posible porque las líneas temporales se alejaban entre sí. Se precipitó a llegar a la habitación de Taylor, y al entrar lo encontró sentado en la cama.

—¡Taylor! —lo llamó, acercándose—. ¡Estás despierto!

Su intervención pareció interrumpir algo, pero Taylor aun así sonrió feliz de verlo.

—Ven acá, quiero golpearte —lo saludó Taylor, lleno de tubos y vendas—. Tu otro yo me la debe.

—Tendremos tiempo para eso después —indicó, exaltado—. El pueblo colapsa.

—Lo sé —le respondió con total naturalidad.

—¡Los militares quieren matarnos!

—Sí, eso también.

—¿Cómo que lo sabes?

—Es obvio; además, he visto las noticias.

—¿Y cuál es el plan? —le preguntó, ansioso.

—¿Plan? —bufó con una ceja alzada.

—Por favor, dime que tienes un plan. Tú siempre lo tienes, ¿cierto?

Taylor estaba resignado. Aun así, en el juego de ajedrez que marcaba las líneas temporales, la pieza que lo representaba cayó con la simple acción de ver a Augustus soltar su maleta en el suelo. Aunque el engranaje girara en sentido contrario, el tema era que Taylor tenía un tornillo suelto.

Volteó a ver hacia la mesa junto a su cama, en donde reposaba el pastelito medio derretido. Entonces, el foco en su cabeza se encendió. Frunció el ceño al encontrar su salida. Si otras versiones de sí mismo la tuvieron, esta podría ser la suya.

—Tengo uno, pero es muy arriesgado —le dijo—. Creo que puedo arreglar el vórtice. Es peligroso, pero tienes que buscar a mi hermano. Tráelo y les diré qué hacer. Si lo encendemos todo volverá a comenzar.

—Él no querrá hablar conmigo, ya no hay tiempo para...

Taylor solo necesitaba tiempo. Y ya que lo tenía, la idea suicida de intentarlo apareció de nuevo en su cabeza.

—Haru, los necesito —le dijo con determinación—. No podré hacerlo solo.

—Bien —aceptó—. Haremos lo que haga falta.

Augustus Moon era completamente manipulador, sí, pero jamás sería tan inteligente como el Finnian Taylor desquiciado.

¿Debería sentirse culpable por engañar a su amigo? No, esto no era un engaño, sino más bien un honor. El excelentísimo rey Kim le otorgaba al arlequín de la corte el honor de ser la distracción. De todas formas, si se quedaba iban a dispararle.

Taylor no tenía ni la computadora ni el teléfono, probablemente fueran evidencias justo en ese momento. Maldición, no tenía ni una puta herramienta para intentar arreglar algo. Así que no tendría más remedio que hacerlo a la antigua. Resopló con fuerza.

Augustus Moon, acatando el pedido de Taylor, salió corriendo de la habitación.

Haru ni siquiera se cuestionaba el motivo de su repentino cambio, creía que era su decisión porque era incapaz de verse a sí mismo como una pieza más; pero lo cierto era que todos representaban pequeñas partículas colisionando para crear algo más grande.

Ser o no ser recordado.

Ser memorable era algo que Augustus siempre deseó. Y nunca estuvo en él ser un gran protagonista; sin embargo, era aquel que a través de sus pasos unía las demás historias.

Ese Augustus Moon, en específico, era una gran casualidad. Infinitamente humano, volátil y herido como los demás a su alrededor. Por eso, y aunque sabía que era un traidor, se movió esperanzado buscando a Sean Grace, rogándole al cielo que este no fuera a rechazarlo, que creyera en su palabra. Aquello que lo motivó a seguir sus pasos durante tantos años nunca se fue; y lo poco que en él quedaba lo ayudaba a ponerse de pie.

A veces, orgullo; otras, dolor. Nadie obtiene el perdón sin entregar algo a cambio.

El siguiente compás inició con una nota fuerte, cuando reconoció —resonando por todo el pasillo— la voz de ese al que buscaba.

—¡April! —le gritó, causándole dudas.

No. Sean Grace jamás volvería a rechazarlo porque su creador lo había escuchado.

—¿Grace? —dijo desconcertado cuando volteó a ver y se encontró con el chico de pelo castaño que corría hacia él. Como si el tiempo se detuviera en un instante donde todo era justo como debía serlo.

Haru jamás buscó a los Kim, ellos lo encontraron a él. En especial, Sean Grace, cuya sonrisa lo hizo dudar. Debía detestarlo, pero el gran defecto de Sean Grace era que siempre buscaba cosas buenas en los demás, incluso donde no parecía haberlas.

Nunca creyó que volvería a hablarle, mucho menos para anunciarle con gesto extasiado:

—¡Voy a ser papá! ¡April, voy a ser papá!

La respiración de Haru se volvió tan fuerte que aturdió sus sentidos.

La verdad es un arma de dos filos.

Alguien como él siempre lo entendió; sin embargo, en el segundo exacto en el que Sean Grace lo alcanzó y rompió con el espacio entre ellos rodeándolo con sus brazos, toda su templanza se consumió.

—¿Qué? —negó desconcertado. Siempre fue más bajo que él, por eso el rostro le quedó contra su pecho—. ¿Cómo sabes que...?

—SunHee está embarazada, está aquí. ¡Está aquí! —respondió con esa mirada resplandeciente que por mucho tiempo no había brillado—. ¿Puedes creerlo? ¡Yo! ¡Yo tendré un hijo! ¡Un bebé! ¡Yo! ¡April, yo tendré un hijo!

Apenas pudo posar sus manos en el torso de Sean Grace para corresponderle el abrazo que lo había tomado por sorpresa. Más que eso, lo había golpeado la realidad. Porque siempre lo supo, pero nunca creyó que tendría que asimilarlo.

Jamás esperó tener que escucharlo salir de los labios de Sean Grace.

Su egoísmo le gritó que era un inútil, una parte de él se había esforzado por ayudar a que la historia siguiera su rumbo para mantenerlo a su lado, aunque sea como su amigo, y había fallado, pero su corazón, donde su yo dulce y compasivo se encontraba encadenado, pidió auxilio para hacerle saber que no soportaría suplicar más por un amor que no era suyo.

La expiación de sus pecados se presentó frente a él, abrazándolo cuando dejó de ser un culpable. Y Sean Grace, quien siempre se sintió pequeño ante la vida, por primera vez desde que se conocían sintió que podía ser valiente.

Aun así, se separó un poco de él, a la expectativa, como un niño emocionado que corre a contarle a su mejor amigo sobre el gran obsequio que recibió.

Moon divagó ligeramente y se obligó a sí mismo a buscar valentía en sus entrañas para abrir la boca. Su corazón latió demasiado rápido y no supo si llorar era prudente, pero comenzó a hacerlo sin proponérselo.

—Te dije que no tardarías en multiplicarte —le dijo sonriendo, aunque sus ojos estaban cristalizados. Sean volvió a abrazarlo sin poder creerlo todavía.

Quizás estaba mal guardarle tanto sentimiento a April, pero su vida estaba por cambiar completamente y eso lo llenaba de emoción más que de miedo.

¿Y qué si era sentimental? Siempre lo fue, solo que ahora ya no lo asustaba demostrarlo. Pues parecía ser que el cielo al fin mostraba misericordia a alguien como él.

—Es un niño —murmuró contra él sin siquiera pensarlo. Augustus se quedó callado cuando el aliento del otro le apuñaló el alma—. Hablé con los doctores. Mi niño nacerá en abril.

—Espero estar aquí para entonces, así podré darle la bienvenida al club.

—¿Al club?

—De los que nacimos en primavera —declaró con gracia pese a su voz dolida—. Si me lo permites, yo, agosto, le daré la bienvenida al pequeño tú, el nuevo abril.

Sean Grace abrió los ojos cuando recordó lo que eso significaba, porque nunca fue bueno para las cosas pasajeras.

Y esas historias llenas de flores, del sol que alguna vez gozaron, siempre fueron tan hermosas que fueron capaces de calentar su alma. Porque esa bondad, que en ambos vivía, nunca la aprendieron de casa, sino que la cultivaron juntos. *Anhelando. Sufriendo. Creciendo.*

—Mi abril... —murmuró Sean Grace con tenue voz cuando lo entendió, respirando el olor de su cabello sin proponérselo— en agosto...

—Primavera en otoño —le respondió April abrazándolo con fuerza, conmovido al escuchar que el corazón de Sean sí se aceleraba.

—No creí que lo recordaras.

—No pude olvidarlo —admitió April, y se quedó callado cuando tembló, antes de decir—: Jamás entendí lo que significaba.

—April —le dijo con una sonrisa—, significa que siempre lo fuiste. Siempre fuiste lo que busqué.

—También tú —confesó—. Pero ninguno encontró lo que esperaba.

Sean Grace asintió repetidamente, llevando una mano hasta la parte de la cabeza del otro para pasarla con suavidad por su cabello, y su voz se deslizó solemne.

—Gracias —murmuró Sean Grace.

April tembló en medio de su redención. Su aliento lograba estremecer su pecho.

—¿Por qué? —dijo apenas.

—Por quedarte.

En un abril que nunca existió, juntos, siempre fueron la gracia de la primavera en otoño.

Jamás negarían que le debían muchas cosas buenas al otro. Porque sin proponérselo hacía mucho tiempo ya habían renunciado a ese «y si...» en el que alguna vez les gustó pensar cuando estaban tristes.

Aunque nunca lo diría en voz alta, Sean Grace sí pensó en volar lejos, tan lejos que nadie pudiera encontrarlos. Y esconderse en una casa entre los árboles en donde pudieran ser solo del otro. Con nombres de niños y muchas flores.

Mas ya no necesitaba buscar en el horizonte porque frente a él tenía un nuevo camino, el cual eligió con determinación. Uno que lo llenaba de devoción, pasión y fe.

Y así como lo amó a él, la amaba a ella, y amaría a su pequeño. Con toda el alma, cada uno a su manera; pero con tal intensidad que sabía podía hacer durar ese amor lo que la vida le permitiera estar.

No le quedaba más que agradecerle por acompañarlo al crecer y aceptar que él era una parte de su corazón.

Pues todo lo que alguna vez amamos se vuelve parte de nosotros. Sin importar lo que provoque, esa marca que queda eternamente, buena o mala, se convierte en una fracción del alma.

Finalmente, la última cadena de dureza que los mantuvo prisioneros se esfumó, en medio de las mil cosas que sucedían a su alrededor e ignorando a las patrullas en el exterior o el bullicio del hospital. Se sentían tan ligeros que incluso el aire que respiraban consiguió marearlos.

—Voy a ser el padrino, ¿cierto? —bromeó April, deleitándose por última vez entre sus brazos, con el perfume impregnado en su ropa.

—Uhm..., creo que revisaremos otras opciones —le respondió, burlándose con una amplia sonrisa.

April Augustus Moon, el reivindicado, se limpió la lágrima de su mejilla cuando un gran choque de memorias irrumpió en su mente.

Agitó la cabeza y se separó de él.

—Espera, no es momento para ser sentimentales, Grace. Debemos irnos. Busca a tu familia y diles que se oculten.

—¿Por qué?

—Sé que lo sabes a medias, pero es peligroso para todos estar expuestos. Taylor nos necesita.

—Oye, oye, relájate. No podemos irnos. Taylor está muy débil aún, solo ten paciencia, ¿sí? Ya pasará la tormenta.

—¿Qué? —dijo extrañado—. No es por la tormenta. Nos están buscando, juntos somos un blanco demasiado grande.

—¿De qué estás hablando?

—Yo iré por Dakho, pero no podemos dejar que se lleven a Taylor. Tenemos que ayudarlo a reparar el...

—¡Alto! —exclamó tomándolo de los hombros completamente confundido por su comportamiento—. No estoy entendiendo nada.

—Te lo explicaré más tarde. —Buscó con la mirada—. ¿Dónde está Dakho? Tengo que hablar con él. Venía hasta el hospital...

—¿Quién?

—¿Dónde está Dakho? —dijo separándose de Sean Grace por completo. Sus rodillas temblaron.

—No sé de qué estás hablando.

—¡Dakho! —le respondió, frustrado—. ¡Cabello negro, ojos grandes, debería estar aquí! ¿Cómo es que no lo sabes? Dakho, tu amigo.

Quizás era irónico su radical cambio, pero de eso se trataba, un completo giro en la dirección opuesta. Era la primera vez que esto sucedía, y quizás, la última.

—¿Quién es Dakho? —preguntó Sean con el ceño fruncido.

—No... —murmuró el otro—. Si tú lo sabes, si ella se queda, quiere decir que él... Él lo hizo. Maldición, no, Grace. Lo hizo.

—No sé qué sucede contigo. —No pudo seguir hablando, una mano tocó la espalda de Sean Grace y lo hizo voltear a ver.

Sean tenía muchas cosas que hablar con su familia, pero no esperaba tener que lidiar con más problemas justo en ese momento.

—Tu hermano no está —le dijo su madre, quien intervino angustiada, ante la mirada aterrorizada de Augustus.

—¡¿Cómo que Taylor no está?! —gritó Sean tan molesto como impactado.

—El enfermero de turno no lo encontró cuando fue a revisarlo.

—No es verdad —interrumpió April—, yo mismo hablé con él hace unos cinco minutos.

—¿Dónde está papá? —preguntó Sean Grace a su madre.

—Está buscándolo en el hospital. No está.

Cuando fueron hasta la habitación de Taylor, la cortina estaba abierta, la ventana corrida y no había rastro del chico en ese lugar.

—¡¿Cómo desaparece un herido de gravedad?! —dijo Sean, frustrado, al encontrar la habitación vacía.

Haru se acercó a la ventana y su pie arrastró sobre el piso su maleta vacía.

«Tiene mi ropa», pensó.

Tragó en seco, pero fue aún más grande su sorpresa al ver la gran caravana de autos que tenían rodeado el edificio.

—Nos encontraron —dijo temeroso.

En las afueras, el convoy militar aparcó en el centro, y los dirigentes de lo que solía ser la supuestamente ultrasecreta operación «Mariposa» bajaron de los autos.

Pero nadie le prestó atención al chico con la bufanda que le cubría la mitad del rostro, mezclado entre la gente que caminaba al son del pánico colectivo.

Después de todo, Taylor siempre fue un buen camaleón.

Era graciosa la forma en la que se le veían los tobillos, pues sus piernas eran evidentemente más largas que el pantalón que estaba usando, igual que su sacola.

Un, dos, tres.

Un, dos, tres.

Esa muerte de la que tanto huía se estaba acercando a él.

O quizás él a ella.

No era relevante, Taylor había perdido la última gota de razón en sí mismo. Quizás, al igual que otros genios, el incesante deseo de alcanzar la gloria lo consumió.

Y no le importó irse. No estuvo ahí antes, y no estarlo ahora no lo perturbaba lo suficiente. A diferencia de su hermano Sean Grace, quien incluso con toda una nueva vida por delante se negó a creer en un futuro sin él.

Los Kim, madre e hijo, comenzaron a discutir angustiados entre ellos, y el más ajeno, April, alzó la vista al notar que las luces titilaban más en el pasillo de afuera que en la habitación.

Se apresuró a avanzar de regreso al marco de la puerta solo para constatar que en sala de espera la televisión había enloquecido. Vio sobre sus hombros; en contraste, las luces de la entrada se mantenían estáticas.

Retrocedió un poco porque al acercarse a ese pasillo se dio cuenta de que el parpadeo se hacía más fuerte.

«Dakho», pensó.

Sin darse cuenta comenzó a correr siguiendo los signos de destrucción hasta que llegó a lo que creyó era el origen; había vidrio en el suelo, y al tocar el metal de la puerta recibió un pequeño toque eléctrico.

—¡¿Dakho?! —dijo cuando entró al baño. Estaba a oscuras, los focos habían explotado, lo supo al aplastar con su pie los pedazos.

—Haru… —murmuró apenas, horrorizando al otro. La nariz de Dakho sangraba al igual que sus oídos.

—¡¿Qué fue lo que hiciste?!

—Finalmente, cambié la historia.

—Sean Grace y SunHee…

—Final feliz, ¿eh? —se jactó orgulloso, casi perdido.

—¡No, imbécil! ¡¿Sabes lo que pasará cuando ella se quede?!

—Todos lo sabemos —se burló Dakho—. Es un reinicio a la fuerza.

—No tienes ni idea de lo que… Nos tienen rodeados, Dakho. Sean Grace ni siquiera sabe quién eres.

—Entonces, funciona. Es lo que importa.

—Ese no es el problema; levántate, tenemos que salir de aquí.

—Descuida, no es necesario huir, solo espera un poco. —Dakho jadeó del dolor—. Un poco de tiempo y todo quedará como un mal sueño; bueno, si es que queda algo.

Han Dakho, que hacía un esfuerzo extraordinario al hablar, alzó la vista para ver con desconcierto al hombre frente a él.

—Dakho, Taylor no está.

—¿Cómo? —gimoteó con los dientes apretados, con un dolor punzante en su pecho.

—¡Pensé que estaría contigo!

—Pues no —espetó, negando con la cabeza—. Él no tenía que irse. Solo yo.

—No puedo creer que los dos estén pensando en lo mismo.

—¿Acaso no te das cuenta de lo que hice por él? —Sonrió con sorna—. No, Taylor no puede estar haciéndome esto. Me llamó a mí impaciente y no pudo ni esperar a que me muriera.

—Escapó; está loco, quiere intentar arreglar el vórtice.

—¿Por qué lo dices? —Dakho abrió los ojos, intentando asimilar todo.

Luchó por pararse aun con las piernas débiles, y trató de limpiarse la sangre del rostro cuando quedaron frente a frente; la luz comenzaba a colarse por las ventanas.

Pronto llegaría el amanecer. Y una nueva línea habría comenzado.

Augustus no sabía si era un error o una ventaja, pero ya no estaba seguro de cómo encajaba en todo esto. Las luces comenzaban a aturdir sus sentidos y ya ni siquiera recordaba por qué había tanto alboroto en el pueblo.

—Tengo esto —dijo, sacando la libreta de Taylor de su chaqueta para extenderla frente a Dakho.

—¿Por qué tienes tú su libreta? ¿Cómo?

—Me la dio la sombra —respondió agitando la cabeza, confundido—, es decir, el tipo que lo ayudaba. Dijo que Taylor abrió un vórtice al futuro, pero que no supo controlarlo y por eso colapsó. Eso fue lo que causó la explosión en el aserradero.

—¿Dónde está él? Ese sujeto, ¿dónde está?

—No lo sé, se fue antes de que yo llegara. Dijo que lo intentaron muchas veces, que abrieron varios portales.

—Taylor realmente lo logró —dijo Dakho—. No creo que quedarse haya sido parte de su plan, él fue a buscarme, y si lo hizo es porque quería quedarse allí. Él solo vino a despedirse.

—Se irá de nuevo. O bueno, eso intenta, por eso quiere arreglar…

—No puede —interrumpió—. No sabe cómo, él me lo dijo. Si lo que dices es real —masculló adolorido—, no puede arreglarlo, y él lo sabe.

—¿Entonces de qué serviría irse? ¡Pensé que quería arreglar esto!

—Quiere saltar de línea, no arreglar esta.

—No es lógico. Si su experimento ya no funciona, ¿cómo planea volverlo a intentar? —cuestionó Haru, haciendo a Dakho divagar entre sus recuerdos.

Esos recuerdos llenos de inocente amor inconscientemente también poseían mucha información solapada saliendo de los labios de Taylor, que, sonriendo apenado y con la luz reflejada en sus anteojos, se atrevió a confesar mucho antes.

«Correría kilómetros por la carretera… hasta ser capaz de dejar de llorar».

—Es la única forma —dijo Dakho en voz baja antes de mirarlo, asustado—. El lago, va hacia el lago.

—¡Es imposible! El bosque está repleto de militares. No podrá ni siquiera acercarse.

Dakho parpadeó dolido cuando sus palabras lo golpearon.

—No me jodas…, el mirador.

—¿Qué?

«Soy un controlador de primera. Y es mi muerte, tengo derecho a elegir sobre ella, ¿o no?».

—¡Se va a lanzar del acantilado! —gritó Dakho.

Cada día a su lado, y los detalles que aprendió de él. Han Dakho no sabía si alguna vez fue a la escuela, ni tampoco los nombres de sus primos, si es que tenía algunos.

Sentía que moría, pero no era momento, no podía darse el lujo de agonizar.

—Taylor perdió la cabeza. Está convencido de lo que tiene que hacer, no le importa morir.

—Pero no lo hará —dijo Dakho, firmemente—. Porque voy a alcanzarlo.

Ambos se quedaron callados cuando sintieron como si sus diferencias jamás hubieran existido. Estas, al evaporarse, dejaron su amistad sobrevivir por el poco tiempo que el menor tenía.

Resarcir el daño era todo lo que les quedaba.

—Dakho, antes de que te vayas, necesito que sepas que lo siento. Lo siento por todo lo que fui capaz de hacer.

—No tengo nada que perdonarte.

—No te dejaré ir, no así. —Augustus Moon, el redimido, suspiró y abrió la llave del grifo ante la mirada atenta del otro, y solo después de mojarse las manos, se acercó a Dakho para limpiarle el rostro.

—Lleva ayuda al mirador, yo solo voy a ganar tiempo, ¿de acuerdo? Tengo que encerrarlos.

—Pero... —intentó objetar viendo cómo Dakho abría la libreta y colocaba dentro de esta las fotos restantes antes de cerrarla de nuevo.

Cuando alzó la vista se encontró con los ojos culpables de Haru, que le hicieron recordar a alguien que no se merecía todo el dolor que atravesaría. Y que quizás no era real en la primera línea, pero sí quien le hizo compañía alguna vez.

—Dominic... —masculló—. Esto es personal, Haru, tienes que hacer algo por mí. —No iba a salvar solo a uno, quería salvarlos a todos. Incluso si no sabía lo que provocaba—. Augustus, escúchame, tengo un amigo en Nueva York, tienes que ayudarlo. Nueva York, a inicios de los 2000, se llama Dominic Heart y está solo. No quiero dejarlo solo. Él me necesita, pero no voy a estar.

—No planeo irme de aquí, no pronto.

—En treinta años, es probable que me esté esperando. O bueno... —Racionalizar su inexistencia le dolió un poco—. Se habrá quedado solo.

—No estoy seguro de poder recordarlo. ¿Por qué yo?

—Es solo que... —Dakho divagó mientras veía su rostro, como si descubriera algo que siempre estuvo frente a él—, tú me recuerdas mucho a él.

Dakho apenas sentía las piernas, y estaba seguro de que no era saliva lo que había en su boca, sino sangre. Así que, sin importarle el dolor, irguió su espalda cuando la voz de Augustus Moon lo detuvo por un instante.

—Sabes que acercarte al lago te matará, ¿cierto, Dakho? —escuchó detrás de él. Entonces, volteó a verlo sobre su hombro para mostrarle una sonrisa de lado.

—Nadie puede dañar un recuerdo que ya no existe —respondió, como burlándose de la vida.

En aquella memorable ocasión, Han Dakho se movió hacia la puerta para intentar salir, con la libreta en mano y su estómago rígido, que se sentía como una bolsa llena de sangre presionando su abdomen por dentro.

Entonces corrió.

Corrió incluso si le dolían las piernas, tanto como para hacerlo gemir. Corrió mientras sentía que sus huesos eran menos fuertes, como si estos dejaran de existir y su piel se hiciera más blanda poco a poco.

No había nada ni nadie más grande que la devoción que sentía por Taylor, y era esa misma fuerza la que lo impulsaba a seguir corriendo.

Para el momento en el que los agentes militares entraron al hospital buscando a los responsables de destruir los perfectos planes del Gobierno, ni Lee Jaewon ni Finnian Taylor se encontraban. Mucho menos, aquel catalogado como un peligroso experimento.

Dakho avanzaba a zancadas por la parte de atrás del pueblo, por ese camino a casa que tomó en secreto junto a Kim tantas tardes. Su ruta predilecta, en la que nadie supo de su amor, y nadie pudo molestarlos cuando caminaron tomados de las manos.

Ahora, incluso con los árboles desnudos y el sudor que empapaba su espalda, Dakho ya no estaba seguro del motivo de su presencia en ese pueblo.

Hubiese sido gratamente ficcional simplemente evaporarse, y ya, contar que se desvanecía con brillos en el aire; pero no, eso era insuficiente.

Sería una burla, un completo deshonor darle una inexistencia tan básica.

Se trataba de su vida entera, la cual estaba hecha de pequeños instantes, de los vellos de su cuerpo erizándose al menor roce y de todos sus defectos, por eso sangraba por dentro.

Cada cicatriz y cada arruga en su piel, las cosas que lo hicieron hablar como poeta y besar como un niño se perdían poco a poco.

Olvidó que había comprado muchos libros antiguos solo porque le gustaba el color de las hojas. Y que tenía toda una colección de piedras que en su momento le parecieron hermosas.

¿Dónde estaba el Dakho que amaba las estampillas postales? ¿Quién lo había destruido? ¿Quién se llevó esas ansias de vivir que tenía? ¿Cómo fue que se convirtió en ese ser impulsivo, con poco autocontrol, del que todos se aprovechaban por ser demasiado estúpido?

Olvidó sus hazañas y la contraseña de su computadora, también los rostros de los vecinos que a veces lo invitaban a pasar el rato con ellos.

Ya no recordaba haber escuchado a su madre pedir dinero prestado para comprarle un pastel cuando era muy pequeño, olvidó haber contado las monedas en su alcancía para decirle que no se preocupara, que él podía pagarlo, y lo mucho que amó el muñeco de felpa que le dieron de obsequio ese año.

Olvidó que la escuchó llorar todas las noches durante diecisiete años seguidos al lado de su habitación.

Olvidó que siempre se sintió insuficiente.

Olvidó que su infancia le dolía.

Quizás porque ya no tenía motivos para sentir dolor, o porque ya no tenía salvación. De todas formas, no importaba.

Ni Han. Ni Dakho. Pronto sería solo una experiencia.

Por cada centímetro que Sean Grace se acercaba a SunHee, Han Dakho perdía un segundo de su pasado; sí, como si sus culpas fueran borradas, pero llevándose también sus vivencias, sus anhelos y eso que siempre llamó amor.

El amor que sentía por cada persona que lo hizo feliz alguna vez.

Ya no era una cuestión de qué era real y qué no, sino de…

¿Quién soy?, ¿quién fui?, ¿quién quise llegar a ser?

Eso a lo que los humanos llaman «vida» no es más que el conjunto de experiencias que se acumulan a cada instante. Limitar vivir a la facultad de respirar se queda obscenamente corto para todo lo que ese respirar conlleva.

Ya que no solo se trata de eso, sino de experimentar en propia piel el sol, caminar con los zapatos mojados después de un mal día de lluvia y ni siquiera ser capaz de explicar esa sensación que hace que la respiración se vuelva irregular cuando alguien que amamos sonríe.

La presión que los jóvenes tienen por vivir su mejor momento solo hace más miserable su estadía en la Tierra. Se los ataca con el hecho de que se es joven una vez, olvidando que ser joven se trata de sufrir y buscar un sentido más profundo en los detalles más simples.

Ser ordinario no fue desperdiciar el tiempo.

Ser un simple chico con miles de aspiraciones siempre fue suficiente para Dakho, pues descubrir momentos hermosos en vidas que no son perfectas es la verdadera dicha de todo joven.

Dakho lo entendió porque, aunque el fuerte viento chocaba con su rostro, él solo lo sentía como si de una leve brisa se tratara, como si toda su vida hubiese sido solo un lapso.

Y aquel lapso en el que los señores Kim regañaban a su hijo mayor por decirles la verdad de golpe, fue el mismo en el que Augustus Moon llegó al ala de Emergencias para decirle a Sean que sabía dónde estaba su hermano.

Sean Grace les juró a sus padres que regresaría para explicarles todo, pero que no lo haría sin Taylor, y suplicó que no dejaran sola a su futura esposa en ningún momento.

Solo un par de segundos fue lo que separó a Sean dirigiéndose a la carretera para conseguir un auto, y de Augustus Moon detrás de él siendo sometido por varios soldados que tenían su nombre y apellido como principal culpable.

Pero Sean Grace Kim no debía detenerse; si volteaba igual que Dakho, todo habría sido en vano.

De manera que Dakho avanzó como si quisiera ganarle al alba, como si fuera consciente de Finnian Taylor de pie entre los árboles del bosque, contemplando el borde del abismo a escasos centímetros de él.

A lo mejor se había obsesionado con lo que creyó sería su felicidad. Se negaba a admitir que era igual o más necio que los otros.

Finnian Taylor nació demasiado antes para su sociedad, creció como un ser obsesivo cuyos padres no hicieron más que alimentar ese pensamiento en él, en el que si no era capaz de alcanzar la perfección, estaba obligado al menos a rasgarla.

Nunca fue feliz estudiando. Jamás fue reservado, más bien, le arrancaron la lengua desde muy joven para enseñarle a asentir con la cabeza.

Sí, en el mejor de los casos enloqueció de felicidad cuando descubrió que el libre albedrío sí existía; pero no era como lo imaginó.

Ya había cruzado la línea entre libertad y libertinaje, mas no estaba seguro de querer retroceder.

Todos morirían. Mañana, quizás hoy, algún día. Y aunque estaba loco, también estaba tranquilo, pues su vida no había sido la más fácil, pero ya no estaba inconforme con ella. Porque todo lo que hizo fue a su manera. Desvariando de ebrio en la madrugada y gritando como un desquiciado mientras las canciones que amaba sonaban.

Ni más ni menos, en el fondo, consiguió todo lo que quería: una vida que valdría la pena repetir.

Por eso no le asustaba morir en el intento, así que comenzó a caminar hacia el final de sus días sobre esa línea. Pero olvidó que no estaba solo, su alma estaba entrelazada.

—¡Taylor! —le gritaron cuando se decidió a lanzarse del acantilado.

—¿Dakho? —murmuró este y se detuvo, volteando a ver y descubriendo al chico acercándose a distancia, temblando y con el cabello detrás de sus orejas.

Dakho apenas podía moverse, estaba muy mareado. No recordaba la fecha de su cumpleaños ni sabía los motivos por los que tenía una pequeña cicatriz en su mejilla.

En el principio todo pareció tan cómico que no se imaginaron que terminaría así, con ambos siento asediados por el frío. Sin cordura; pero, más importante, sin arrepentimiento alguno.

—¡Taylor, espera! —volvió a llamar. Dakho finalmente llegó hasta el mirador, Taylor le dio la espalda al acantilado y todo lo que pudo hacer fue tragar cuando se acercó.

—¡¿Por qué estás aquí?! —le reprochó Taylor, lleno de rabia—. ¡Te dije que te fueras!

—O somos sinceros, o ambos mentimos —dijo dando un pequeño paso—. No hay punto medio en eso, cielo.

—¿Es que no lo entiendes? —negó mirando las manchas oscuras y secas de sangre en algunas partes de su cuello—. Dakho, esto no funciona así.

—Lo sé, lo sé. Pero creí que no debías irte... sin esto. —Dakho extendió la mano con el pequeño cuaderno.

—¿Cómo conseguiste eso? —preguntó angustiado—. Estoy tratando de protegerte. ¡No tienes ni idea de lo peligrosa que es esa libreta!

—No hay nada de qué temer. Es como la historia de la caja, ¿recuerdas? No me hará daño si no la abro. Por eso vine a dártela —declaró poniéndola en el suelo y luego alzando las manos en son de paz.

Han Dakho no era estúpido. Según Taylor, era más bien masoquista.

—Dakho, tenías que irte. Solo tenías que alejarte —le dijo abatido.

—Podría haberme ido ayer o hacerlo mañana. Si de todas formas te irás, ¿de qué serviría?

—Dakho, van a matarme. ¿De acuerdo? Aquí, y en todas las demás líneas, si no me marcho justo ahora.

—Yo perdí ese recuerdo, Kim, quizás jamás suceda. ¿No lo has pensado? —Probablemente, Taylor era el culpable de su terquedad al nunca decirle las cosas completas. Al final, su afán de protegerlo lo aisló de la verdad.

—¿Sabes? —le dijo con gracia—. Es curioso cómo un solo detalle cambia toda la historia. Tú no recuerdas lo que eras cuando llegaste aquí, pero yo lo recuerdo todo. La pierna de mi hermano —confesó—, dijiste que le tenías tanta lástima que te acercaste a ayudarlo, porque estaban en el bosque y él no pudo armar la tienda. Por eso él terminó diciéndote que yo estaba muerto.

—Yo no… —Se quedó mudo. Estaba desapareciendo, y de todos los recuerdos que tuvo sobre ese día, ya no quedaba ninguno para argumentar lo contrario.

—No lo olvidaste porque no haya sucedido, sino porque él nunca te lo dijo.

—¿Por eso quieres irte? ¿Para que todo siga igual? —murmuró, a lo que Taylor asintió.

—Dakho, si no lo intento, nosotros jamás nos conoceremos. Y prefiero un par de meses feliz que desperdiciar toda una vida.

Definitivamente, Dakho tenía razón, Taylor estaba obsesionado; pero aun sabiendo lo mucho que lo amaba, se negó a condenarlo de esa forma.

—¿Qué tan malo sería si no? —dijo logrando alterar la paciencia de Taylor.

—¡Cállate! ¡Solo tenías que esperar! —le gritó, pero él no hizo más que sonreír.

Taylor le reprochó ser impulsivo hasta el último instante. Sin embargo, Dakho estaba más cuerdo de lo que alguna vez había estado.

—Te esperaría toda mi vida, pero ambos sabemos que no volverás.

Han Dakho ya no sabía de qué color era la sábana de su cama ni su número de celular. Apenas recordaba los rostros de sus padres, tampoco sabía si los tuvo. Y todo lo que deseaba era un poco más de tiempo a su favor.

De lo único que tenía certeza era de que su amor por él era demasiado grande, a tal punto que su estómago le dolía porque se consumía por dentro. Era una lucha en la que el amanecer y él eran los únicos contendientes.

—Uno de los dos tiene que irse, Dakho —sostuvo Taylor, muy a su pesar.

—Sé que no puedo detenerte. —Dakho avanzó un par de pasos, arrastrando su pierna en la nieve—. Por eso quiero que te quedes conmigo un poco más, al menos hasta que salga el sol.

—¿Por qué debería hacerlo?

—Por el mismo motivo por el que llegaste hasta aquí. —Dio otro paso al frente y sintió toda su espalda temblar; el dolor era cada vez más fuerte mientras más se acercaba al inicio.

—Alto, Dakho. ¡Atrás! ¡Dakho, quédate donde estás! ¡El lago te hará daño!

—Lo sé… —dijo sin flaquear, aun si sus rodillas se volvían polvo—. Pero no me importa. Saltarás de todas formas, ¿o me equivoco?

—¡Basta, no te atrevas a dar un paso más o podría matarte!

—Entonces, toma mi mano y acércate un poco a mí. —Dakho extendió su brazo hacia él cuando el frío viento los despeinó—. Un minuto es todo lo que necesito para despedirme, pero no lo haré si no te tengo cerca.

—¿Y qué pasará después? —dijo temeroso, porque, aunque carecía de razón, aún tenía un alma.

—Me iré. Te esperaré, porque si todo sale bien, irás a buscarme, ¿cierto?

—Sí, lo haré.

—Y todo será justo como debe serlo.

Han Dakho le sonrió sin ser capaz de decirle que ya no recordaba cómo era vivir en Seúl. Y es que Dakho tenía esa gran sonrisa en su rostro mientras su mente se volvía ligera.

Se arrastró un poco hacia el frente, y al apretar los ojos, adolorido, Taylor no tuvo más remedio que avanzar hacia él, tomando su mano extendida para entrelazar sus dedos inmediatamente.

—¿Por qué dices eso? —le preguntó cuando notó sus ojos cristalizados, dolidos, entendiendo a medias sus intenciones.

—Si te lo digo, pensarás que te dejé ir porque no te amo. Y ya no tengo tiempo para eso. Necesito que lo sepas.

—¿Dakho?

—Taylor, te busqué toda una vida, y solo necesité un par de días para amarte.

Taylor exhaló con sorpresa porque nunca fue sensible, y jamás creyó que existiría alguien capaz de amarlo. Un valiente sin miedo de decirlo.

Entonces, Dakho aprovechó para tirar de su mano atrayéndolo hacia él.

Fue así como lo tuvo contra su pecho y soltó su mano solo para pasar un brazo alrededor de su cintura, sin dejar de mirarlo cuando descubrió que no había más dolor en su alma. Quizás porque ya no tenía una.

Ciento cincuenta y dos días era todo lo que tenían. Exactamente, trece millones, ciento treinta y dos mil ochocientos segundos juntos.

13 132 800.

Cada uno más puro que el anterior.

Han Dakho llevó su otra mano hasta la cabeza de Taylor para enredar sus dedos en las hebras de su cabello mientras se llenaba de valor al ser él todo lo que veía, deslizando su mano por su cuello hasta dejarla en su espalda, para que con la mano en su cintura pudiera dirigirlo correctamente.

¿Acaso no era gracioso no llegar nunca a ninguna parte? ¿Acaso no fue sublime haber apostado tanto?

Siendo honestos, siempre supieron lo perdidos que estaban, y no les importó, pues descubrieron que al besarse hacían a cientos de chispas volar. Lejos, tan lejos en la inmensidad de las noches que les pertenecieron. Incluso si no debieron hacerlo, perder les resultó mucho más digno que ganar.

Era tonto decirlo, así que Dakho lo sujetó dulcemente, antes de dar un paso adelante... y luego uno atrás, moviendo sus hombros en sintonía mientras oía al viento silbar.

No quería lástima ni más miedo. Dakho solo quería estar a su lado hasta que se le agotara el tiempo.

—¿Estás… bailando? —le dijo Taylor, y comenzó a llorar al escucharlo tararear. Porque pese a toda su inteligencia, no entendía lo que trataba de hacer.

—Estamos bailando, mi querido Kim —respondió Dakho.

¿Cuál era todo el trasfondo de esto? Taylor no pudo entenderlo. Más que eso, ya no quería.

—De todas las cosas que pudiste hacer, ¿realmente elegiste esta? —cuestionó como si supiera la verdad, sujetándose a él por el inmenso fervor que le tenía a sus grandes ojos.

—Solo abrázame. Así sabrás que estuvimos entrelazados desde el primer instante.

—Para mi mala suerte, así será, hasta el último instante.

Ya no pudo negarse. Jamás se cansaría de decir que ese rebelde sin causa que le acarició la espalda era, soberanamente, el hombre más perfecto del universo.

—Finnian Taylor —lo llamó—, ¿me concederías esta pieza?

Y él no pudo hacer más que asentir esbozando una sonrisa; deseaba encogerse en su pecho.

—Con todo el gusto del mundo.

Estaban locos.

Al final, la locura se había apoderado de ambos.

Sin embargo, incluso en medio de sus delirios, se sonrieron envueltos en un secreto que era solo suyo y del otoño en que se amaron.

Perdidos, quizás condenados, pero profundamente devotos, al sentir que eran capaces de bailar aun sin música, en lo más alto del acantilado, como riéndose de la decencia con algo tan dulce como su amor.

Han Dakho tenía una pierna lisiada que le impedía pararse correctamente, y Finnian Taylor sentía que su piel quemada se rasgaba al moverse; pero era de tal tamaño su locura, que les causó gracia el dolor cuando Dakho hizo girar a Taylor sobre sus pies.

¿Dakho estaba perdiendo el juicio o ganando tiempo?

Solamente lo sabría el cielo de esa madrugada, que pasó de ser oscuro a teñirse de un cálido rosa y cobijó a esos dos dementes que se amaban.

Taylor divagó en sus ojos, con la mano colocada en el pecho del muchacho, mientras Dakho lo observó por un segundo en el que deseó ser digno de contemplar esos labios eternamente.

Él se lo dijo, los cambios en su subconsciente dejarían de suceder cuando ya no hubiese nada más que cambiar; por eso se sintió ligero, y ese vacío en su pecho en lugar de asustarlo le provocó tanta paz que sería imposible explicar. Era una utópica calma.

Taylor suspiró cuando lo tomaron fuertemente en brazos, inclinando su cuerpo hacia atrás, como bailando vals. Han Dakho lo vio desde arriba y se reprochó a sí mismo esa lágrima que, al escaparse, mojó la mejilla de Taylor.

Era tiempo.

Del frágil mundo y de sus destellos no sabría nada.

Era tiempo de irse, pero no de volver a su lugar. Pues ya no tenía uno que no fuera la mente del chico que enloqueció.

Así que lo sostuvo con delicadeza y Taylor cerró los ojos en el momento en el que creyó que lo besaría, pero su voz lo desconcertó.

—No olvides lo que me prometiste —le dijo Dakho antes de acercar su rostro para dejarle una suave caricia en sus labios.

Un beso donde dejó todo lo que solía ser. Su humanidad, su voluntad, su amor.

Un beso que decía lo mucho que quería pasar los siglos descubriendo los secretos en sus muslos tersos, y confesar que era adicto a la fragancia de su piel.

Sus besos siempre dijeron que no quería dejarlo. En contra de sus propios deseos, lo soltó.

La espalda de Taylor chocó con el suelo repentinamente, haciéndolo abrir los ojos, asustado. Se removió entre la poca escarcha, adolorido, en un intento por recomponerse, y vio a Dakho correr hacia el lado opuesto del bosque, hasta el borde del acantilado.

Aunque luchó por alcanzarlo, apenas pudo levantarse para contemplar el momento exacto en el que los pies del muchacho giraron sobre la orilla, en cámara lenta, con una sonrisa que era suya porque ya nunca podría pertenecer a nadie más.

Han Dakho se dejó caer.

Y sintió que volaba majestuosamente libre, con los brazos extendidos y viendo hacia el cielo mientras dejaba de sentir su propia carne. Cada poro de su piel fue desvaneciéndose, llevándose consigo la devoción que experimentaba cuando lo acariciaba.

El sol se elevó sobre él en contraste con su descenso porque su adiós traía consigo un nuevo amanecer, un hermoso comienzo.

Una onda expansiva de luz brotó del lago y se extendió por todo el pueblo cuando Dakho impactó con el hielo del agua para quedar sumergido en ella de nuevo.

Había olvidado todo porque una parte de sí mismo siempre lo deseó.

El único recuerdo al que se aferró fue ese momento en donde la felicidad de Taylor, su Kim, resplandeció más que las luces del club, mientras bailaba ebrio de vida, cantando a todo pulmón como si fuese la última noche.

Su amor no se limitaba a decir que era suyo, jamás le perteneció; pero esas memorias y esas noches... oh, estaban escritas con su alma.

Para mala suerte de los malvados, el egoísta Han Dakho llegó a ser el más sabio de todos, pues lo amó sin poseerlo, dejándolo ser lo que era.

Eufórico, genuino, libre.

Su amor por él era tan puro que atesoró cada segundo de verlo ser libre.

Quizás hoy ya no eran nada, pero ayer serían, por siempre, dos locos inexpertos, bailando las canciones de moda una y otra vez hasta que el amanecer llegara.

Exactamente, a las seis con un minuto de la mañana.

Tal vez el lago lo jaló hacia él, o Dakho saltó del acantilado. Nadie nunca lo sabría. Sin embargo, no sintió dolor o angustia, pues la paz se adueñó por completo de su organismo cuando su mente pareció quedar completamente en blanco.

Ya no estaba. No estuvo. Ni estaría.

Han Dakho ya no era nada más que un sentimiento puro, cuyo nombre nunca sería mencionado.

Las luces en todo el mundo parpadearon por un instante, en sincronía con la desesperación de Taylor que, completamente aturdido por la energía, se arrastró, mareado, hacia el final del acantilado.

Finnian Taylor gritó tan fuerte que su voz se perdió, quedándose de rodillas en el borde cuando los primeros rayos de sol lo cegaron.

Intentó inclinarse para ver hacia abajo, pero al hacerlo, solo constató que el lago se había congelado por completo, y esa capa de hielo lucía intacta.

Tembló. Le dolieron los pulmones de tanto gritar, y las lágrimas que soltó derritieron poco a poco su escepticismo, pues su dolor era tal que parecía que le habían perforado la cabeza.

Pensó que así debía sentirse morir. Sollozaba desesperado porque, aunque quería levantarse, ya no sabía por qué estaba en ese lugar.

La realidad lo golpeó en medio de su llanto.

Era el instante después de la crisis del cambio.

Entonces, se quedó allí, desorientado mientras temblaba. Solo, sintiéndose desamparado. La luz lo encandiló y él no tenía un motivo lógico por el cual seguir mirando hacia abajo.

Levantó la cabeza y se encontró con el sol que se elevaba detrás de las montañas, y pensó que nunca había estado en el mirador al amanecer.

Así que se sentó en ese mismo lugar en donde descubrió el amor, y se pasó las manos por el cuello sin alcanzar a comprender qué le había sucedido. ¿Por qué estaba tan lastimado? ¿Por qué estaba solo en medio del frío? Estaba mal, debería ir al hospital.

No tenía memorias fijas, solamente una profunda nostalgia que se quedó en su mente sin razón alguna, y que lo llenó de deseos de tocar la nieve.

Ni siquiera podía concentrarse en las cosas a su alrededor, por lo que no le dio importancia al sonido de un motor apagándose y luego el de unos pasos.

—¡Taylor! —gritaron detrás de él—. Alto, ¡Taylor! ¡No lo hagas! —Reconoció la voz asustada de Sean, persuadiéndolo de saltar.

Sean Grace se movió veloz esperando haber llegado a tiempo, pero sin saber mucho realmente. ¿A tiempo para qué? Todo lo que sabía era que no perdería de nuevo a alguien que amaba.

Pero contrario a lo que esperaba, se encontró con la espalda de Taylor erguida y sus piernas colgando del borde del acantilado mientras contemplaba la llegada de un nuevo día.

—¿Dónde? —murmuró Taylor, estático, casi perdido.

Su hermano llegó hasta él y se dejó caer de rodillas en el suelo para abrazarlo por los hombros. Sean Grace Kim comenzó a llorar. ¿Qué lo motivó a seguir a su hermano? No estaba seguro, pero se alegró infinitamente al encontrarlo a salvo, incluso si al tocarlo se mareaba y un toque eléctrico lo recorría.

—¡Taylor, no tienes ni idea de lo preocupados que estábamos por ti! ¡Te buscamos por todo el hospital!

—Hospital... —Taylor pensó que tenía sentido, le dolía el cuerpo y sus manos estaban heridas. El hospital tenía sentido.

—¡Eres un tonto! ¡¿Qué pretendes estando aquí?! —le dijo Sean Grace, apretando los ojos sin soltarlo.

—Yo... —Taylor volteó a ver a su hermano con los ojos llenos de lágrimas que fluían cual torrente sin represalia alguna—. No lo sé.

La luz del sol, que emergió detrás de las montañas, los llenó de una añoranza por la vida que nunca pensaron sentir, mientras sus ojos resplandecieron ante el incierto futuro que los abrazó.

Había dejado de nevar; la tormenta se había llevado consigo aquel oscuro clima. Sean Grace alzó la vista hacia el cielo cuando su alma se removió en medio de una exhalación en donde ya no había miedo de la vida que tenía por delante.

—Sean, mira... —le dijo Taylor—. Se acabó el invierno.

—¿Por qué lo dices? —Estando así, inclinó el rostro cuando escuchó la leve risa de su hermano, volteó a verlo y se encontró con un Taylor sonriente, en blanco, que había dejado de llorar.

—Las mariposas regresaron —le dijo, extendiendo la palma de su mano, en la que una delicada mariposa de colores se había posado.

Sí, el sol había salido sin falta otro día más. Incluso si *él* ya no estaba en ese lugar.

—Es tu cumpleaños —aseguró Sean Grace cuando el cielo lo perdonó—, me parece que vinieron a saludarte.

El aleteo de cientos de mariposas, que parecía ser más un canto de alegría que una sonata, se mezcló entre el silencio de la mañana, como intentando anunciarle a la humanidad la redención que se le otorgaba.

O, quizás, su vuelo simplemente anunciaba el cambio de estación; pero a los hermanos Kim, era poco lo que les importaba. En especial a Taylor, quien suspiró en profunda paz.

—Nunca noté que las mariposas giran al volar. Lucen tan hermosas, como si estuvieran bailando vals —dijo Taylor. El revoloteo sobre su piel le causó cosquillas.

Taylor alzó la mano para dejar marcharse a la pequeña mariposa, y la observó volar con total admiración cuando se marchó.

—¿Qué haces aquí? —le preguntó Sean Grace.

—Estoy esperando...

—¿Qué cosa?

—El amanecer, supongo. Este debe ser el lugar —dijo con voz leve, sintiendo un gran frío que de pronto caló no solo en su pecho, sino también en el de los demás.

—¿Por qué harías algo así? —Sean Grace pudo notar la melancolía en su mirar. Así que se sentó a su lado, viendo desde arriba las pocas hojas que comenzaban a aparecer en algunos de los árboles desnudos que rodeaban el lago.

Ni Finnian Taylor Kim ni ningún otro habitante del condado lo supo. Todos se quedaron en sus lugares, desconcertados, incluso los agentes militares que olvidaron el propósito de su presencia allí cuando la electricidad regresó a todo el pueblo.

Sin tener idea de que aquel viajero en el tiempo, que por algún azar terminó varado en su pequeño pueblo, se había sacrificado cuando las líneas paralelas crearon otra que se sintió como una sola.

Taylor no pudo explicarlo. Creía que alguna vez lo supo todo, pero ahora ya no conocía nada más allá de lo que sentía.

—Me dijo que me quedara en la orilla —confesó, con las hebras de su cabello resplandeciendo por el sol. Cuando la brisa fresca lo golpeó en el rostro, Taylor se recargó en el hombro de Sean al pensar que se desmayaría.

—¿Quién? —le preguntó su hermano, abrazándolo y atrayendo su cuerpo hacia él.

Quiso responderle, pero ya no lo sabía. Y ahí, bajo el nuevo amanecer, negó convencido de que estaba enloqueciendo, pues no había forma de explicarlo. Antes de perder la consciencia, con su nuevo futuro incierto, suspiró a sabiendas de que había encontrado un nuevo inicio.

—Creo que… un loco —murmuró con los ojos entrecerrados—. Un loco que amé.

Un nuevo inicio en el final.

CALIFORNIA, CONDADO MARIPOSA
30 DE DICIEMBRE DE 1986.
EL DÍA QUE LAS MARIPOSAS REGRESARON.

EPÍLOGO

1 DE AGOSTO DE 2019

El tiempo es justo. Se compadece de los pacientes volviendo sabios a los hombres, y premia complacido la perseverancia.

«1... 2... 3...».

«En vivo».

—¡Buenos días a la afición! San Francisco amanece en una hermosa mañana soleada y todo apunta a que tendremos un programa fantástico.

—¡Hola a todo el mundo! Yo soy Rick y este es mi compañero John. Bienvenidos a una edición más de su programa estelar de jueves. ¿Qué me cuentas?

—Gracias, hoy tenemos mucho que conversar —dijo, asintiendo con la cabeza—. Desde la tensión tras la final de la Champions League en junio pasado hasta consejos para los nuevos golfistas. Creo que es momento de desempolvar mi palo.

—Oye, no frente al público.

—El palo de golf, Rick.

—En ese caso, tendrás que quedarte hasta el final del programa. Pero antes, como es costumbre, daremos inicio con nuestra sección de entrevistas. Estuve esperando este día por meses, les confieso que estoy muy emocionado.

—Oh, señor. ¡La gran sorpresa!

—Así es. Hoy, en nuestra amada sección, «El Salón de la Fama», tenemos a...

—¡Una sensación de los noventa, damas y caballeros! Nada más y nada menos que el jardinero central de los Gigantes de San Francisco: ¡Kim, la leyenda!

Los reflectores y la cámara enfocaron al hombre de pelo castaño, ahora un poco más platinado, quien entró por un lado del set. Varios fanáticos aplaudieron felices de ver a su jugador favorito de regreso, aunque caminara ayudado de un bastón.

—Gracias, gracias. Es todo un honor para mí estar aquí —dijo con una gran sonrisa.

—Sean, Sean —intervino el primer entrevistador—. Mi hijo y yo buscamos por años tu tarjeta de béisbol, somos grandes fanáticos tuyos. Bueno, mi esposa también lo es, pero solo de tus comerciales de ropa.

—Pues se comienza desde abajo, Rick —le dijo intentando no reír, ante los chillidos de algunas fanáticas.

—Eso es lo increíble de tu historia. Dinos, ¿qué se siente ser un icono para una generación completa? ¡Ser una verdadera leyenda entre leyendas para San Francisco!

—Increíble. Lo digo en serio, completamente fuera de lo esperado.

—Muchos estuvimos ahí cuando hiciste tu carrera más emblemática. Yo tenía unos quince años y recuerdo haber llamado a mi primo de Cincinnati para presumirle —agregó el segundo.

—Jamás pensé que lograríamos un título como ese. A decir verdad, el equipo sufrió mucho ese año, fue todo un milagro.

—Déjame hablar un poco de tu trayectoria —dijo Rick cuando apareció una foto de Sean Grace Kim joven con su primer uniforme—. Tú, un joven prodigio del béisbol, es descubierto en una tienda departamental y llamado para ser un jugador de reserva que luego terminó dándole a los Gigantes la entrada a la serie mundial, que no tenían desde el 54, para ser campeones.

—A decir verdad, ya era un poco viejo cuando entré al equipo —confesó alzándose de hombros con algo de gracia—. Muchos jugadores son reclutados desde antes de los dieciocho y, bueno, yo ya tenía responsabilidades y muchas deudas. No imaginé que algo así sucedería.

En las pantallas del estudio seguían apareciendo fotos y videos de las mejores jugadas de Sean Grace Kim.

Una nueva realidad. Sean Grace no había optado por esa beca universitaria en San Francisco. Es más, apenas se había graduado de la preparatoria.

Cuando 1987 llegó, lo último que le importaba era irse del pueblo para perseguir su sueño. Tenía un hijo hermoso que amaba ver así de regordete y deseaba con todo su corazón que su esposa continuara estudiando. Ellos eran su nuevo sueño. Tuvo decenas de empleos de todo tipo, nada glamorosos, pero ponían el pan en la mesa: de cocinero, de taxista, de vendedor de cualquier cosa. Mientras hacía doble turno en una tienda deportiva, un hombre lo reconoció.

Sean Grace no lo recordaba, pero él había sido parte del equipo reclutador cuando estaba en la escuela. Le dejó su tarjeta en caso de que quisiera cambiar de trabajo, porque en el campo siempre necesitaban asistentes. Parecía improbable, pero, solo tal vez, Sean Grace había encontrado la oportunidad que necesitaba tanto.

—Eso es lo que te coloca entre el altar de las leyendas, amigo —dijo John—. Un récord impresionante y una historia de vida. Incluso después del incidente del invierno de hace un par de años.

Tuvo buenas épocas, pero la realidad era que estaba retirado. Una noche nevada, después de haber alcanzado el punto cúspide de su carrera, los frenos del auto de Sean Grace Kim habían fallado en la carretera, haciéndolo protagonista de un aparatoso accidente.

En San Francisco, él era una estrella local. Miles de fanáticos lloraron y hubo prensa por todo el hospital.

—Fue una temporada dura, lo admito. Pero, como siempre digo, toda crisis genera un cambio.

—Lo vimos en tu libro, el cual está teniendo mucho éxito como inspiración para los jóvenes deportistas de la actualidad.

—Es bueno saberlo. Algunas personas criticaron mucho el enfoque positivo de mi libro. Creo que querían leer algo que se alejara de lo real, y pude dárselos; pero lo cierto es que la vida va más allá de eso, se trata de esfuerzo y dedicación.

—En lo personal, me gustó mucho esa parte en donde hablaste de los sueños, te lo juro, hasta me hizo querer volver a dedicarme al baile.

—Yo llamé a mi madre —confesó John con una risa, alzando una mano—. Y lloré agradeciéndole haberme llevado a ese primer partido de baloncesto porque a partir de ese momento mi vida se encaminó.

—No creo ser un gran escritor, pero si conseguí ayudar a alguien, creo que valió la pena. Pasaba por un periodo muy duro de mi vida cuando lo escribí. Acababa de perder a alguien muy importante para mi familia y tenía ciertos conflictos con mi hijo. No temo decir que atravesaba una fuerte depresión.

—Sin duda este es un tópico del que no se habla a menudo, menos en hombres. Estoy seguro de que todos en el público te agradecemos haberlo visibilizado, ¿cierto?

Sean Grace era toda una personalidad del deporte, no solo muy talentoso, sino también se destacaba por su sensibilidad para con los demás. Siempre fue su sello distintivo. Los conductores del programa se sintieron felices cuando las personas comenzaron a aplaudir a Sean Grace desde detrás de bambalinas y en las gradas.

—¡Pero no estamos solo para rememorar el pasado! —intervino John cambiando de tema—. Sean, nos dijo un pajarito que hay buenas nuevas…

—Así es, John. La verdad es que…

Las luces titilaron, acompañadas del sonido de un redoble de tambores. Cuando este se detuvo, hubo un gran silencio.

—Decidí salir de mi retiro y acepté el puesto de entrenador de la franquicia.

Los aplausos estallaron y los entrevistadores se vieron mutuamente, sin poder contener su emoción. ¡La leyenda estaba de regreso!

Sean Grace había sido un gran capitán y, seguramente, sería un entrenador de primera. Entre aplausos y felicitaciones, la sección acabó dando paso a comerciales.

«*¡Fuera del aire!*».

Después de la entrevista, Sean Grace subió a su auto junto a su asistente, quien le pasó sus anteojos para que revisara la agenda diaria. No tendría más prensa, pero debía resolver unos asuntos personales; esa tarde lo esperaba un largo viaje hacia el condado Mariposa. Según le había dicho su esposa, el comprador ya se encontraba en el lugar y había que hacer algunos ajustes, sobre todo de limpieza, antes de entregarle las llaves.

Porque, así es, aquella casa, tan antigua y ya deshabitada desde hacía algunos años, merecía pasar a manos de alguien que la devolviera a su vieja gloria. Le invirtió algún dinero y ya estaba lista para venderse a buen precio. Claro, si es que aceleraba lo suficiente como para llegar a tiempo y encontrarse con su comprador.

El otoño pronto comenzaría y el cartel de «Bienvenidos al condado Mariposa» le trajo una sensación de nostalgia, y el aire puro lo mareó un poco.

Llegó casi al mediodía. La nostalgia lo invadió cuando aparcó su gran camioneta en el mismo espacio donde solía estar la chatarra con ruedas que usaba de joven. Había cambiado tanto desde la última vez que estuvo allí. Tenía pavimento en nuevas zonas, y el sector montañoso se convirtió en punto turístico. El gran hotel que se veía desde todo el condado era una atracción principal de los turistas. Y, como era costumbre, entró por la puerta trasera porque nunca arreglaron el picaporte. Aunque probablemente debería hacerlo antes de venderla.

Caminó desde el garaje hasta llegar a la cocina; al entrar, encontró a su esposa intentando bajar unas cajas.

—¿Crees que la estufa aún funciona? —dijo, asustando con su presencia a la otra.

—¡Sean! —Volteó a verlo con una mano en su pecho—. ¿Por qué entras en silencio? Vas a matarme de un infarto.

Él sonrió.

—Lo siento, es la costumbre de entrar a escondidas. —Se acercó a saludarla con un beso—. ¿Cómo está todo por aquí?

—Todo en orden, los carpinteros terminaron de arreglar las ventanas y puertas hace un rato, solo me falta sacar un poco de basura del ático.

Sean Grace alzó una ceja.

—¿Por basura te refieres a mis cosas viejas? —dijo ofendido.

—Sí —le respondió encantada de fastidiarlo.

—Bien, señorita pretenciosa, me iré a sacarlas yo mismo antes de que atentes contra mis tesoros.

Ella solo se burló. Siempre molestaba a Sean Grace con que pronto se volvería un viejo acumulador, y él la molestaba con que era una engreída, porque fastidiarse era una de las muchas formas en las que se decían que se querían.

Sean Grace se dispuso a subir, pensando en que seguro habría unas cuantas cosas que podía donar a la caridad, y dio un vistazo a su vieja habitación ahora recién pintada antes de suspirar con nostalgia. Vaya que habían pasado muchos años.

Subió por la escotilla hasta el ático. No era la mejor posición para su rodilla adolorida.

Sí, el lugar estaba tan feo como lo recordaba.

Sonrió y comenzó a mover las cajas donde estaban los objetos restantes de la remodelación, así como algunas cosas viejas que dejó allí antes de mudarse a San Francisco, como trofeos, pósteres y peluches.

Había juguetes de su hijo cuando era bebé, y también estaba su cuna. Pensó que esos objetos definitivamente irían a la caja de donaciones junto con la ropa clásica que Sean Grace guardó. Los adornos de Navidad y las cosas de peluquería de su madre también irían a donación. Le pareció impresionante la cantidad de cosas y de basura que habían almacenado allí por años.

Se encontró con una estantería de caoba pura, y le gustó. Solía ser de su padre, y, la verdad, combinaría perfectamente con su oficina. Intentó moverla, y al hacerlo, empujó por accidente un par de cajas de donde cayeron libros y unas telas, seguidas de un crujido. Se acomodó los anteojos esperando no haber roto nada. Pero, en cambio, lo que sintió fue una gran presión en el pecho cuando se encontró con una maqueta del sistema solar, polvorienta y aplastada por los libros. Se acercó y tomó los pedazos. Un escalofrío lo recorrió al leer, en la parte de abajo, las siglas de su hermano: «Kim, F. T. 6.º grado».

Alzó la vista, por primera vez se fijó en esas cajas del fondo, esas que no tuvo la valentía de tocar en dieciocho años. Se arrodilló frente a ellas y comenzó a abrirlas.

Primero fueron sus padres, primero ella, luego él.

Su hermano tenía cáncer desde muy joven, el cual logró sobrellevar bastante bien por mucho tiempo. Y eso fue muy duro para Sean Grace, que todo el tiempo necesitó de su hermanito para enfrentar la vida.

Abrió la primera caja y se encontró con varios carteles de cantantes antiguos. También casetes que alguna vez decoraron el cuarto de Taylor, y que él mismo ayudó a colgar. Había muchos libros, desde infantiles hasta tomos de enciclopedias; estaban los ensayos de los que copiaba cuando estaba en preparatoria. Y aquel cuadro que enmarcaba uno de los tantos títulos universitarios de Taylor.

Sean Grace tenía la foto de la graduación de su hermano en su computadora. Había sido muy difícil pasarla a digital, pero era un gran recuerdo.

Pensó que todos esos libros le vendrían bien a alguna institución pública. Así que comenzó a escogerlos, separando los que iba a quedarse porque siempre le gustaron y los que aportarían algo a la comunidad. Pero, entre tantos, hubo uno que le llamó la atención y cuya presencia lo hizo temblar.

Tomó la pequeña libreta, con su pasta de cuero empolvada, y la limpió un poco.

La última vez que la vio fue en el hospital, en una de esas bolsas que le dan a la familia de los difuntos con sus pertenencias.

Recordaba que su hermano no dejaba esa libreta ni por un momento. En medio de su dolor, lo único que Sean Grace pudo hacer fue lanzarla con el resto de sus cosas. Le dolía porque ni siquiera lo dejaron despedirse de él. Ni enterrarlo.

Sean Grace formó una familia y tuvo mucho éxito después de las dificultades. Su hermano Taylor, por otro lado, obtuvo decenas de títulos y reconocimientos por las investigaciones que hizo para la universidad de Boston y su trabajo como profesor en la de California. Salió en los periódicos, era una eminencia. En su cuenta de banco tenía más dinero del que podría necesitar. De hecho, Taylor apoyó económicamente a su hijo, como su padrino, y siempre se aseguró de que no les faltara nada. Sin embargo, nunca se casó, no tuvo hijos, y cada verano regresaba al condado. Después de la muerte de sus padres, no volvió a irse. Se dedicó a su carrera por años, y todo lo que hacía era estudiar, beber y leer.

Por eso, aunque Sean Grace vivía lejos, siempre regresó a esa casa por dos cosas: por alcohol y la sabiduría de su hermano.

Todos decían que Taylor estaba loco, incluso él mismo lo decía. Contaba historias extrañas, y hacía preguntas retóricas que lo hacían cuestionarse todo. Pero también tenía un doctorado en Física, y Sean Grace nunca se atrevió a tacharlo de desquiciado.

Abrió la libreta y frunció el ceño; no entendía lo que significaba la anotación en tinta roja que había en la pasta de la libreta:

Querido Taylor:
Es probable que no entiendas lo que sucede, a mí me tomó treinta años hacerlo. No dudo de que esto sea una mala idea, porque creará otros tú y otros yo. Somos un fallo en el universo, y siempre lo seremos porque así lo decidimos. Miles de nosotros elegimos este camino, que, aunque ahora sientas que duele, es necesario. De otra forma, no habría valido la pena.
Esto es demasiado arriesgado. Me conozco lo suficiente para saber que buscarás un camino más fácil, pero no lo hay. Deberás averiguarlo por ti mismo como lo hice yo en mi pasado, que es tu futuro. Mi libreta estaba vacía, así que tuve que robar esta de..., bueno, ya lo verás.
No es la primera vez que sucede, por eso regresé a buscarme, para que sea la última.
No puedo darte lo que sé, porque entonces nada ocurriría como debe hacerlo. Pero tengo la certeza de que con esto harás de mí un mejor tú. Eres más de lo que crees, pequeño, lo logramos, y somos la persona más inteligente del mundo.

Querido yo, te doy lo que perdimos, para que entiendas que no estás solo.

Con amor, el futuro viejo tú.

Sean Grace se debatía mentalmente tratando de saber si había enloquecido o si quizás esto tendría algún sentido, así que pasó a la primera página:

~~Finnian Taylor, diecisiete. Futuro científico y Nobel de Física. Bombero, poeta y barbero.~~

Finnian Taylor, diecisiete. Último año de preparatoria.

Las primeras hojas tenían muchas anotaciones de cosas sin sentido. Taylor se había saltado el segundo año de prepa, así que esa libreta tenía cosas como su horario, y detalles como a quién no debía hablarle, quién vendía droga dentro del salón, una lista de lugares que había incendiado, qué comida de la cafetería era decente, entre otros.

Le pareció demasiado tierna la idea de que su hermano hubiera escrito cosas así. Es decir, el Taylor que él recordaba era un hombre adulto, alto, fornido, de expresión seria; nada comparado con ese adolescente que escribía.

Sean esperaba cualquier cosa realmente inverosímil sobre las investigaciones de su hermano, pero no lo que leyó después de eso, donde comenzaban las letras casi a mitad del cuaderno, y tuvo que girar la libreta para leerlo.

Finnian Taylor y su latente homosexualidad:

Su sonrisa es bonita.

Sean Grace sonrió sin proponérselo, profundamente enternecido por la caligrafía de su hermano:

Su expresión cambia cuando habla de mí.
~~A veces pienso que está coqueteando conmigo.~~
¿Podría ser que se siente atraído a mí?
Me besaron, pero yo no sé besar. Nota: recabar técnicas de ejecución. (Preguntarle a Sean Grace como ÚLTIMO recurso, solamente).
Me siento atraído hacia un «él».
Bitácora personal: Soy más idiota de lo que creí.
Me gustaría saber si él piensa lo mismo... de mí.
Lo que dicen del sexo es cierto...
No me importaría volver a fingir que no sé nada de mitología para que me lo explique con su acento y al oído, por favor.
Cita oficial: exitosa. Buscar otros lugares que sean interesantes para salir.
Si resulta que no es viajero del tiempo, ya solo me tocaría buscar la forma de justificar a mi novio el drogadicto.
Tengo un problemita con lo mucho que me gusta que me tapen la boca.
La mejor maldita noche de mi vida.
Estoy enamorado de un «él».
No, no de un «él». De él, específicamente.
Sí, estoy enamorado de él.

Sean conocía a su hermano de toda una vida y jamás imaginó que él pensara cosas como esa. Lo que sí confirmaba era que Taylor era tan blando en su interior como siempre creyó.

Abrió unas páginas al azar y se topó con un nombre que nunca había oído encerrado en un círculo, pero que le hizo sentir inmensos deseos de vomitar.

Han Dakho y la electricidad:

Me he encontrado a una persona en los alrededores de la comunidad del condado Mariposa, California. Dicho sujeto afirma que proviene del año 2019.

Sujeto de prueba, nombre identificado: Han Dakho.

Abro espacio a hipótesis y a la posibilidad de que no esté en sus cinco sentidos debido al consumo de alguna droga o estupefaciente.

Sean Grace parpadeó confundido y cambió de página. Era muy notorio que le habían arrancado varias hojas, faltaban cosas. Así que se enfocó en lo que estaba escrito a continuación:

Después de ciento cincuenta y dos días de arduo trabajo, puedo escribir el marco central de la hipótesis que acuña mi bitácora.

Un cuerpo a través de dos bocas de densidad podría moverse más lento en el espacio-tiempo, utilizando para ello un canal de electricidad y estática a fin de preservarse con vida. En el sujeto de prueba, dicha electricidad se vio adherida a sus ondas cerebrales para mantener un flujo de energía constante entre su cerebro y su cuerpo.

Un agujero de gusano, con densidad suficiente, es capaz de contener y transportar objetos de un punto a otro en eso que llamamos espacio-tiempo.

Esta teoría queda comprobada, pero con una validez de utilización nula, ya que, al tratarse de un agujero creado artificialmente, el ente viajante solo podría regresar hasta su punto de origen. Es decir, este agujero se creó el primer día de agosto de mil novecientos ochenta y seis; y aunque pasaron más de treinta años, cuando el sujeto se introdujo en él, regresó exactamente al momento en el que se creó. Queda así descartada la posibilidad de controlar por este medio los viajes en el tiempo.

Tembló. La tinta era diferente, era igual a la que habían usado en la pasta.

P. d. 1: Hora de teorizar. No seas holgazán, Kim, comienza desde aquí. ;)
P. d. 1.5: Tengo que ir al gimnasio por tu culpa, deja los waffles, YA.

Era mucho que asimilar, estaba tan absorto en su lectura que no notó a la persona que entró en silencio al ático y lo vio arrodillado entre el montón de cajas.

—¿Papá? —lo llamó una voz detrás de él.

—Jessie… —murmuró. Sean Grace volteó a verlo, sorprendido y bastante confundido—. ¿Cómo es que estás aquí?

El hombre soltó una pequeña risa.

—Hola a ti también —le dijo acercándose. Pero al hacerlo, notó extrañeza en su rostro.

Jessie Kim, su hijo, era en muchos aspectos parecido a él. Al verlo, recordó a su yo de un par de años atrás. Tenía ese cabello castaño y una sonrisa grande como todos los hombres de su familia.

Alguna vez fue muy pequeño; creyeron que no iba a salvarse, pero lo hizo.

Pasó semanas en la incubadora; Sean Grace y SunHee, quienes aún no dejaban de ser muy jóvenes, estaban muriendo del cansancio, entre el trabajo, el poco dinero y la ilusión de estudiar. Afortunadamente, su hermano Taylor era muy apegado a la fragilidad y tenía más instinto paternal del que todos creyeron.

Taylor se quedó cuidando al pequeño días enteros sin descansar. Después de todo, él estaba enfermo, y visitar el hospital le parecía menos deprimente cuando se trataba de su pequeño Jessie. Lo amaba como a su propio hijo, era su sangre.

—Jessie, hijo. Creí que no vendrías aquí de nuevo. —Sean se puso de pie.

—Dame un poco de crédito, ¿sí? Tenía pensado sorprenderte antes, pero, ya sabes, cambio de planes.

—¿Sorprenderme?

Jessie sonrió y sacó su teléfono para buscar entre sus contactos a su padre como no lo había hecho en años. Y este lo miró con curiosidad cuando sintió su propio teléfono vibrar. Sean alzó la ceja cuando la línea se abrió.

—Señor Kim —dijo sin dejar de sonreír—, quiero comprar la casa. Me dijeron que está disponible.

El hombre asintió mirando con rostro afable a su hijo y bajando su teléfono cuando el otro lo hizo.

—¿Entonces tú eres el misterioso comprador?

—Perdón por venir antes, temía que solo enviaras a alguien a entregarla.

—Estoy sorprendido —confesó.

—Siempre me gustó esta casa. Cuando supe que la tenías en venta y que tú y mamá estarían por la ciudad, comencé a buscar espacios para abrir otro restaurante, no lo sé, trasladarme aquí para poder comprarla. Así que... ¡Sorpresa! Estaremos a unas cuantas horas de ustedes.

—Pensé que estabas molesto conmigo.

—Sé que comprar la casa es una terrible excusa para venir a disculparme, mamá me regañó por eso; pero de todas formas quería hacerlo.

—¿Sí? —Sean Grace lo observó con una ceja alzada.

—Estoy viejo, papá —le respondió con expresión divertida—. Y entiendo que elegí un camino totalmente opuesto a lo que querías.

—Solo quería que no tuvieras que pasar por las mismas dificultades que yo.

Cada historia es el inicio de otra nueva. Sean Grace Kim tenía una historia sobre cómo su hijo de dieciséis años se fugó de la casa junto con su novia y se casó en secreto.

—Soy feliz —le dijo—. Amo a mi esposa y a mis hijos, tengo un gran negocio. Sé que si te hubiera escuchado todo habría sido más fácil. Así que ya puedes decirme: «Te lo dije». Pero, papá, no esperaré otros quince años a que no estés para decirte que lo siento.

Sean Grace guardó la libreta dentro de la chaqueta, antes de acercarse a abrazarlo.

La nostalgia de esa casa y las memorias que había en ella le llenaron el corazón. Porque las paredes tenían escrita una gran historia de amor en ellas. Pero el amor iba más allá de caricias y besos a escondidas.

El amor es bienestar.

Por eso, el amor para Sean Grace Kim era eso que sintió cuando la chica de sus sueños se enfrentó a sus padres para quedarse a su lado, y su hermano siendo un gran tío cuando le enseñó a su hijo a andar en bicicleta. Era Taylor ayudando a Jessie con su tarea de matemáticas en la cocina con las canciones infantiles del festival escolar al que asistió con orgullo, las tardes de café y pasteles en el jardín con sus padres cuando estaban con vida. Con el vestido de novia de su esposa y su cabello brillante.

Ese amor estaba ahí; en esas calles, en la gente a su alrededor, en las hojas que caían de los árboles, en su hogar.

—¿Qué haces aquí arriba? —se atrevió a preguntar Jessie.

Sean Grace negó con la cabeza, aclarando su garganta.

—Limpiaba un poco el ático y encontré cosas que había olvidado que estaban aquí.

Jessie sonrió nostálgico, él entendía la razón de la tristeza de su padre. La ausencia de su tío Taylor fue difícil para todos en la familia.

En especial para él mismo y su padre.

—Yo también lo extraño —dijo cabizbajo.

Su tío fue su mejor amigo desde que tuvo memoria. Y también era la persona a la que más admiraba en el mundo entero. Recordaba que los dos veían el mismo programa infantil en la televisión, se compraban ropa que combinara y que era Taylor quien firmaba como su padre cada vez que reprobaba en la escuela para que Sean Grace no lo castigara.

Taylor nunca lo admitió, pero adoraba a los bebés. Y amó tanto a su sobrino que le tomaba la mano cuando se dormía en su regazo, como si una parte de él tuviera miedo de perder a la única persona que amaba inocentemente.

Incluso cuando Jessie se fugó de casa, él fue quien lo encubrió; hasta fue padrino de su boda. A lo mejor debió ser el tío responsable, pero no dudó en darles la llave y la escritura de una vieja casa a la que él nunca se mudó.

Ahora, esa casa en Boston por fin acunaría a su hijo mayor, Jacob, para que estudie en la universidad. Con quince años y una perforación en la nariz recién hecha, el adolescente era todo un misterio para su padre, y a Sean Grace le causaba mucha gracia ver cómo los papeles se habían invertido con los años, no le quedaba más que burlarse de su hijo e invitarlo, como buen abuelo, a comer pudín.

Su hija menor, la pequeña Brigitte, últimamente no comía carne y hacía poco le había presentado a su novia.

Los tiempos cambiaban.

Jessie y Sean Grace bajaron del ático hacia el primer piso, mientras charlaban tranquilos. A Jessie no dejaba de sorprenderlo verlo tan compresivo con él. Era la prueba de que ambos habían madurado. Volteó hacia la ventana y vio a Jacob en el jardín, con los brazos alzados, intentando encontrar buena recepción para su celular. Suspiró, ojalá ellos pudieran tener una mejor relación.

Así que se acercó al balcón y alzó la voz.

—Oye, Jacob. Ven acá, ayuda al abuelo con las cajas —le dijo Jessie.

Detrás de Jacob, Brigitte intentaba obtener la atención de su hermano mayor, sin éxito. Se rio internamente, ya que, según el viejo Sean Grace, «los mejores Kim siempre venían en pares». Al notar el gesto inconforme del muchacho, suspiró.

—Déjalo, hijo. Parece que está ocupado.

Restándole importancia, tomó una caja con libros para bajar por las escaleras hacia el primer nivel. Se sentía inquieto y en su estómago corría un escalofrío que no parecía ser solamente hambre. Algo dejó de sentirse bien para él, aunque no supo identificar qué era, más allá de su mente divagando.

En el primer piso de la casa, el ambiente estaba lleno de alegría. Le sonrió a su nuera y le dio un pequeño saludo. Después, salió por la puerta principal llevando los libros al auto.

Batalló por intentar abrir el baúl sin bajar la caja, tambaleó un poco, supuso que todos sus libros terminarían en el suelo cuando esta se le resbaló; pero no esperaba sentir apoyo tras su espalda.

Volteó ligeramente y se encontró con un chico pelirrojo bien peinado que le sonrió sosteniendo la caja.

—Señor, ¿necesita ayuda? —se ofreció el muchacho, mientras hacía un esfuerzo por ayudarlo a abrir la puerta trasera de la camioneta.

—Agradezco la intención. —Lo observó; su aspecto era pulcro y su suéter celeste lucía impecable—. Pero no quiero molestar.

—No es molestia, en serio, es un placer ayudar —le sonrió, extendiendo la mano—. No sabía que la casa tendría nuevos huéspedes.

Sean Grace estaba por presentarse, le resultó muy educado, fue entonces cuando se escuchó un quejido y el sonido de muchas cosas cayendo.

Ambos voltearon hacia la acera para encontrarse con varias cajas sobre un cuerpo adolorido. Y una niña detrás de este que estalló en risas antes de gritar:

—¡Papá! ¡Jacob se cayó en el jardín!

Tanto el muchacho como Sean Grace se movieron para ayudar al chico, cuyas piernas lo habían traicionado y ahora yacía debajo del montón de cosas.

—La abuela me dijo que tengo que ser amable contigo —explicó, compungido tras haber resbalado, cuando Sean Grace se acercó—, así que vine a ayudarte con tus cosas y disculparme por órdenes de ella y papá.

—Descuida, Jacob, ya te conseguí un reemplazo —lo retó, sonriéndole por defecto al observarlo desde arriba.

Si Jessie era el karma de Sean Grace, entonces su hijo debía estar pagando algo grande, porque Jacob y su hermana sí que eran problemáticos. El chico pelirrojo se arrodilló en la grama para quitarle el libro que tenía sobre la cara. Se burló un poco antes de preguntarle:

—¿Te encuentras bien?

—Sí, sí, tengo pasión por rodar en la grama —respondió sentándose correctamente. Notó un pequeño raspón en su codo.

—Entonces, ¿te quedarás ahí o quieres ayuda para levantarte?

—No hace falta —bufó, buscando alejarse del otro cuando se puso de pie.

—¿Siempre eres así de gruñón?

—¿Siempre eres así de metiche?

—Sí, gracias por notarlo —se mofó rodando los ojos—. Es mi profesión.

Sean Grace Kim siempre creyó que había cosas que los humanos como él no entendían. Frunció el ceño cuando un sabor a hiel lo invadió. Sintió que conocía al pelirrojo.

—¿Vives cerca? —se atrevió a preguntarle Sean Grace mientras lo observaba burlarse de su nieto.

—Sí, soy el vecino loco de las plantas, vivo a unas dos casas de aquí, casi al final de la calle.

—¿Cómo te llamas? —dijo el ahora mayor entre todos los Kim, pero el chico no le respondió de inmediato.

El pecho empezó a dolerle, sentía que había estado ignorando algo por mucho tiempo. La forma como el chico cerraba los ojos al sonreír le recordó eso que según él nunca había sucedido. Y lo confirmó, pues el universo se vio cómplice de reunirlo con sus recuerdos cuando volvió a ver a su gran amigo después de mucho tiempo.

—¡Dominic! —llamaron del otro lado de la acera—. Te envié de compras hace horas. ¿Por qué tardaste tanto? Estaba muy preocupado por ti.

Volteó a ver a los otros dos.

—Como ya escuchó… Soy Dominic. —El chico se pasó la mano por el cuello, apenado—. Él es mi papá —dijo algo avergonzado de que lo regañasen en público.

Después de los años en los que creyó que nunca crecería, Augustus Moon finalmente se veía como todo un adulto. Tenía puestos sus guantes de jardinería y una bandana que sostenía su cabello hacia atrás.

Se acercó a ellos, pero se detuvo impactado cuando reconoció a Sean Grace recargado sobre la camioneta detrás de su hijo y el muchacho que los acompañaba.

—Papá, lo siento —volvió a hablar—. Me entretuve hablando con los nuevos vecinos y...

—No son nuevos vecinos, hijo —dijo Augustus cuando Sean Grace le guiñó el ojo—. Son un antiguo dolor de cabeza.

Los chicos no entendieron la forma tan cómplice en la que ese apretón de manos terminó en un abrazo, como si los dos señores se conocieran de toda la vida. Siendo tan joven, Sean Grace le dolió tanto a April, y ahora, ya no era más que un recuerdo.

—También es bueno verte —lo saludó Sean Grace.

Habían pasado tantos años que incluso con sus errores ninguno de los dos guardaba rencor. Así que estar tan cerca era como sentirse jóvenes de nuevo.

Dominic carraspeó con la garganta atrayendo la mirada de los mayores.

—Contexto, por favor —pidió Jacob sin entender la situación.

—Esto es raro para mí. Así que me veo en la necesidad de sacarnos de aquí —bromeó, luego tomó del brazo a Jacob—. Entonces, «Jake», ¿qué te parece si te curo eso? —le susurró—. Y ellos dos que sigan en lo suyo, ¿de acuerdo?

—Yo ni te conozco.

—Eso se arregla fácilmente. Ven —le dijo, arrugando la nariz antes de volver a ver a los mayores—. Ya regresamos.

Dominic buscó la aprobación de su padre con la vista antes de jalar del brazo al otro.

—¿Se acaban de robar a mi nieto? —dijo Sean Grace, confundido—. ¿Debería preocuparme?

—Descuida, le gusta hacer sentir bienvenidos a todos, lo devolverá en un rato. —April ladeó la cabeza y recargó su espalda en la camioneta, quedándose junto a él mientras veían a los chicos caminar a un par de metros de distancia—. O quizás no. Si le agrada, no va a soltarlo jamás.

Sean Grace Kim alzó su vista un poco a la derecha hacia donde se podía ver el gran árbol rodeado de flores.

—Puedo preguntar... ¿Por qué tu hijo es tan alto y pelirrojo?

—Es natural, por si esa es tu duda —respondió riendo Augustus.

—Es más alto que tú. ¿Se parece a su madre, cierto?

—Es idéntico.

Sean Grace sonrió, su amigo parecía muy tranquilo y ninguno de los dos tenía tiempo para guardar rencores. No se hablaban desde la secundaria. Lo suyo jamás había sucedido.

—¿Y dónde está? Necesito ponerme celoso —dijo feliz.

Él contestó con una sonrisa, pero sus palabras no concordaron con esta.

—Ella nos dejó cuando mi hijo era pequeño. —Incluso si tuvo que dejar ir a su esposa, su pequeño no tan pequeño le hacía recordarla todos los días.

—Oh, lo siento. No quise incomodar.

—No importa, adoro hablar sobre ella. Se llamaba Serenity, nunca nos casamos, de hecho, yo estaba buscando una costurera que me ayudara en mi taller y ella apareció. Era terrible cosiendo y mató mis crisantemos, pero también era muy encantadora.

April sonrió. Después de conocer la gracia, se encuentra la serenidad.

—Creí que estabas en el ejército. Cuando te fuiste...

—Lo sé, le mentí a mi familia para buscar mi «gran sueño» —dijo, mofándose de sí mismo—, pero terminé tirando la universidad y haciéndola de sastre.

—¿Y ahora qué haces?

—Tengo una marca de ropa, ha crecido mucho en estos años. La tienda principal está en Nueva York y, si todo va bien, me extenderé al extranjero. Pero es muchísimo trabajo.

—¿Y por eso estás aquí plantando petunias? —se burló de su ropa de jardinería.

—De hecho, sí; estaba tan cansado de la ciudad que decidí darme un respiro regresando aquí. Pensé que a mi hijo y a mí nos serviría.

—Sabes, estoy buscando un diseñador para los uniformes conmemorativos del equipo. ¿Conoces uno? —Sean Grace tenía los brazos cruzados, y alzó una ceja viéndolo de lado.

—Cállate, abuelo Kim. Te vi en televisión esta mañana, pensé en llamarte, pero ahora que te veo, me ofendería si no me dieras ese trabajo a mí.

April le dio un pequeño empujón; pero al hacerlo, algo dentro de la memoria de Sean Grace se quebró con esa sensación de ya haber pasado por esto antes.

—Es gracioso, ¿no lo crees? Nunca imaginé que «el abuelo Kim» sería yo.

—Necesito que me dejes por escrito un permiso para bailar sobre tu tumba cuando te mueras. ¿Podrías?

Sean Grace sonrió aliviado. Seguían siendo los mismos, solo que ahora con tantos años, que los daños de la existencia ya no podían asustarlos. Su vida corrió libre y desenfrenada, rápido para pasar inadvertida ante las mil estaciones que se esfumaron.

—Oye, sabía que pasaría algo importante hoy. Y no me equivoqué —le dijo feliz a April.

—¿En serio? ¿Qué cosa?

—Toda mi familia está en mi casa. Trae a tu hijo. —Sonrió ampliamente—. ¿Por qué no vienen a cenar?

Sí, después de tantos años corriendo sintió que su vida se detuvo un instante cuando se encontró en paz con todos los que amaba.

Su amigo de toda la vida lo ayudó a recoger las cosas que se habían quedado en el jardín de enfrente. Eso lo llenó mucho, al verlo saludar feliz a su esposa, y ese apretón de manos que le dio a Jessie cuando este salió con las demás cosas a ayudarlo.

Terminaron pidiendo pizza. Comieron en la sala mientras se burlaban de lo viejos que se veían todos y del hecho de que se le había quebrado la pantalla al celular de uno de los, ahora, más jóvenes de todos los Kim.

Por primera vez en muchos años, esa casa se llenó de risas, de un calor que Sean Grace anheló sentir cuando era niño, y en el que puso total fe para seguir creciendo, para llegar a ser ese hombre respetable y amado que siempre quiso ser. Supo que lo había logrado cuando todos lo escucharon contar sus historias con admiración, como si fuese el más sabio del lugar.

Sean Grace Kim, a gusto con la vida, le agradeció al cielo la nueva familia que ahora tenía; sin embargo, no pudo dejar de sentir un poco de nostalgia por la antigua.

Su nieto se parecía tanto a él físicamente, que sabía que en un par de años sería de su altura y sonreiría como él. Tal vez caminaría los mismos senderos que él y descubriría el mundo de la misma forma que Sean lo hizo. Sí, era viejo, pero un viejo muy afortunado.

Y le dolió que, aunque tenía todo eso, el tiempo que estuvo lejos de los suyos lo seguía culpando.

Cuando la noche llegó, todos se despidieron; Jessie y su familia se estaban quedando en el mejor hotel de la ciudad. La casa estaba casi vacía, por lo que lo más prudente era irse hasta que pudieran coordinar correctamente la mudanza.

—Papá —lo llamó Jessie—, ¿vienes? Te estamos esperando para ir al hotel.

—No, no, los alcanzo en un rato —dijo Sean Grace—. Necesito un momento solo.

Su hijo entendió, y con total amabilidad, le extendió su chaqueta a su madre antes de invitarla a subir al auto con ellos.

Sean Grace los vio marcharse, y se quedó en el pórtico de la casa en completa soledad. Eso le había estado molestando el día entero, y sabía que el ruido en su cabeza no se detendría hasta que decidiera callarlo, o en su defecto, escucharlo.

Así que eligió lo segundo.

Era una noche particularmente cálida, de las últimas del verano. Se sentó en la entrada y sacó del bolsillo interior de su chaqueta la libreta que le había causado tal conflicto.

No pudo despedirse de su hermano. El hospital no quiso ayudarlo. Le dolía cada día de enero haberlo dejado solo en esa casa. Incluso siendo un adulto, él se reprochó no haber atendido a su hermano cuando comenzó a empeorar; pero Taylor nunca quiso irse a San Francisco con él. Siempre dijo que no tenía voluntad para hacerlo.

Entonces, abrió la libreta de nuevo porque anhelaba sentirse cerca de él, aunque fuera por unos instantes.

31 de enero de 1987.

Salí del hospital hace un mes; los doctores dicen que mejoraré, mi intento suicida los alertó a tiempo. Tengo medicinas.

Sean Grace encontró esto en la nieve, se supone que es mi diario, así que intentaré retomarlo porque según él esto es «terapéutico».

—Siempre fuiste mejor para esto de escribir, ¿o no, Finn? —dijo por lo bajo. Sean Grace sonrió pasando a la siguiente página, pues continuaba.

Descubrí que mi hermano será padre. ¡Seré tío! Las cosas han estado un poco extrañas; su novia vive en mi casa ahora.

Los bebés son tan frágiles y suaves; mi sobrino duerme todo el día en el sofá y yo no puedo dejar de observarlo. Mi hermano tiene que trabajar, y su esposa estudia por las tardes. ¿El niñero del bebé? Exacto, yo. Lo sé, dejaron al pirómano a cargo del inocente angelito, terrible elección.

Para ser honesto, Sean Grace estaba feliz con el recuerdo inocente de su hermano hasta que las letras lo hicieron marearse.

¿Tengo mucha imaginación o estoy pasando por alto algo importante? No entiendo por qué escribí todo eso, se supone que mi cabeza está bien.

Finnian Taylor, a sus dieciocho años, se dobló las mangas de la camisa hasta los codos con determinación cuando subió a ese ático y se sentó en el viejo colchón con las piernas cruzadas y su libreta para entender qué le había sucedido, por qué había escrito las primeras páginas. Si el propósito de esa dedicatoria en la pasta era estimular su curiosidad, lo había cumplido satisfactoriamente.

Después de una gran crisis, aconteció que esa frágil realidad en la que vivían siguió su cauce cual río, como debía hacerlo, en una línea a la que un viejo Taylor decidió llamar vulgarmente «línea cero». Porque, aunque la desesperanza que sentía lo hizo encerrarse en su habitación el dos de enero para terminar con su vida, su familia estaba en paz, y, finalmente, Taylor se quedó.

Su hermano, sano, estuvo con él y se quedó a su lado. La primera vez que Taylor experimentó la vida fue inmensamente amado por todos. Taylor fue feliz con los suyos, salió con un par de chicas mientras crecía, asistió con dignidad a sus tratamientos y era respetado por los políticos.

La primera vez que vivió, se despertó todos los días para ver en el espejo las marcas en su piel que la edad hizo aparecer, como si necesitara una respuesta por esa ausencia que no podía evitar sentir. Así comenzó a plantearse la teoría de que su vida era producto de un error en otra cosa.

Finnian Taylor se negó a renunciar. Se volvió viejo solo, y pensó que el reservado chico que alguna vez fue era la única persona responsable de su vida.

Ese espacio en su alma era el *déjà vu* de su juventud.

Sean Grace nunca entendió lo que hacía hasta ese momento en el que con la libreta en la mano las líneas parecieron tocarse entre ellas de nuevo.

Hoy fui al lago, es el lugar que dicen mis apuntes pasados, pero no ha sucedido nada extraño. Volveré mañana, es un buen lugar para estudiar.

Sean Grace vio a su hermano salir de casa todos los días desde que ese enero comenzó. Jamás cuestionó los motivos o indagó su paradero. Y su corazón se conmovió cuando la realidad se volvió menos densa en esa utópica línea temporal.

Taylor, el estudiante que salió en los periódicos nacionales por graduarse con el puntaje máximo, el aspirante a fisicomatemático era el mismo que se sentó a la orilla del lago cada mañana sin falta con la esperanza de encontrar algo que cambiara su vida. Corría entonces hacia la escuela en medio de la primavera que lo acogió cuando las violetas del pueblo llenaron de belleza los senderos, hasta el día en que se marchó.

1 de agosto de 1987. 

Vine a visitar a mis padres desde Boston. Me tomé un día libre de la universidad para venir a pensar aquí, al lago. Sueño cosas extrañas, espero que sean ideas, así podré ser rico, o toda una estrella.

Tu nombre está por todos mis apuntes. No sé quién eres, pero pareces importante. ¿Seré esquizofrénico o eres mi consciencia? El doctor se molestó conmigo porque le pregunté por milésima vez si era posible que tuviera amnesia, y me dijo que no, de nuevo.

Como sea, si resulta que le puse nombre a mi propio diario, voy a golpearme por ser tan ridículo.

La universidad es una mierda, ¿quién diría que odiaría tanto estudiar? Detesto los dormitorios, y el maldito frío va a matarme, por eso prefiero quedarme en el área común del edificio, hay un teléfono ahí.

A Sean Grace se le cristalizaron los ojos; el primer año de universidad su hermano llamó sin falta cada noche para no cenar solo.

1 de agosto de 1988.

Son mis primeras vacaciones. Volví a casa. Jessie sabe pronunciar mi nombre; es gracioso. Estoy enseñándole a sumar, espero que no sea demasiado pronto.

Lo más satisfactorio de mi día fue verlo decir que soy su héroe porque Sean se veía muy ofendido. Amo mucho al enano ese, es mi estrella.

Vine aquí a buscar inspiración, todos esperan grandes cosas de mí, y yo solo quiero comer crema batida.

Tragó saliva, y el frío caló en sus rodillas mientras sentía como si todo a su alrededor se detuviera, incluso las copas de los árboles dejaron de moverse por el viento.

1 de agosto de 1989.

Yo de nuevo.

Estoy en el lago, no ha sucedido nada, pero está bien, me gusta relajarme. No quería estar en casa estas vacaciones.

Me gusta venir aquí a ver las estrellas.

Las personas de la facultad están encantadas conmigo, también asisto a todos mis tratamientos. Parece que podría llegar a graduarme de la universidad mucho antes de lo que creí. Le enseñé un par de teorías a alguien importante, creo que me ven con cara de posible dinero, ni siquiera me he graduado y creo que ya tengo trabajo. Y sí, soy el raro de los viajes en el tiempo del salón. Nadie me cree.

Escribiré tu nombre todos los días hasta entender de dónde saliste.

Han Dakho, Han Dakho, Han Dakho...

Él, ellos... ¿Por qué comenzó a dolerle el pecho?

1 de agosto de 1991.

Hace mucho que no escribo, pero necesitaba contarle a alguien que hoy estoy un poco triste. Mi hermano y su familia se mudan a otra ciudad. Hoy regresé y ya no estaban. Mi hermano consiguió una oportunidad de estar en la banca para el equipo de los Gigantes de San Francisco. Mi sobrino me ha enviado una postal desde su nuevo hogar, se ve feliz, sus padres se casaron (al fin), fui a la boda, y por alguna razón pensé que me gustaría casarme.

—¿Y por qué no lo hiciste? —mascullÓ, y sus hombros se tensaron.

1 de agosto de 1992.

Compré unas cortinas celestes para mi dormitorio y se burlaron de mí porque tenían nubes y estrellas bordadas, pero pienso que son lindas.

Me ofrecieron una exoneración de examen final. Creo que significa que ese título ya es mío. Volveré a casa, creo, aún no estoy taaan sano; pero estoy mejor. Estado: me siento optimista.

Ahora que soy un profesional, me dejaré la barba.

Los años en los que no estuvo, las veces que lo vio en Navidad, Sean Grace se ahogó en sus propias ideas, sujetándose la cabeza con fuerza mientras sentía que le martillaban el cerebro con violencia, acompañado de un escozor en su cuello.

1 de agosto de 1993.

Hace unas semanas pasó algo raro. A la universidad llegaron unos videos de la creación de supernovas y sentí que vomitaría cuando uno de mis compañeros de trabajo bromeó con que eran «superestrellas».

Estrellas...

Una superestrella.

Mierda.

Taylor cumplió veinticinco que se convirtieron en veintiséis. Veintiséis que se convertirían en treinta. Sus padres murieron, y ese año, cuando regresó, se quedó solo en la casa.

1 de agosto de 1994.

Sean Grace quiere que me vaya con él a San Francisco, tiene miedo de que tenga una recaída. Como si no hubiese vivido con esto tantos años ya. No, al final no era solo anemia.

Pero no importa, ¿miedo a morir? Nunca.

Querida muerte, quizás algún día salga contigo; por ahora solo somos amigos.

Taylor cambió su bicicleta por un auto, se cortó el cabello, le dio forma a su barba y comenzó a interesarse en los crucigramas del periódico, porque, aunque él no quisiera, la vida seguía avanzando.

Luchaba a cada segundo, con cada fibra de su cuerpo, incluso si le dolía en la raíz del cabello y entre los dientes.

Ese momento de epifanía que lo golpeó fue inexplicable, cuando, en la mesa del comedor de su casa, logró que su experimento funcionara. Taylor entendió que jamás volvería a tener dieciocho, pero «él» siempre los tendría.

1 de agosto de 1994.

Ojalá no lo hubiera entendido, ahora no puedo dejar el pueblo. No quiero hacerlo. No puedo irme sin saber dónde estás.

Sean Grace respiraba por la boca sin darse cuenta. Le ardían las manos. Entre más avanzaba, las páginas se veían menos prolijas y la letra se volvía desordenada.

Como si lo hubiese escrito con prisa. Ya no tenía fechas, estaba revuelto, lucía desquiciado.

El tiempo es relativo; viajar al pasado y cambiar el curso de las cosas no representaría un cambio real, sino la separación de los hechos.

Esto que siento no es mío, no aquí. En algún lugar, pero ¿dónde?

Jessie vino a visitarme. Espero que no te molestes, pero le he regalado tu ramillete a él, lo colocó en su mochila. Parece que ha comenzado a actuar como adolescente.

¿Dónde estás? Te necesito.
Los cigarrillos saben a ti.

Vi una película nueva y una escena me recordó a nosotros. Eso debe ser tu culpa.

Un doctorado en Física no te sirve para una mierda.
Necesito dinero. Mucho dinero.
Dijeron que podía trabajar en los laboratorios de la universidad mientras lograba restablecer mi salud, al menos por este año.
Seré profesor aquí en California durante uno o dos años mientras consiga que alguien financie mi investigación. Así que llámenme «profesor Kim».

Justo como dijiste, las bandas de chicos comenzaron a volverse populares. Escuché una canción nueva en la radio, pero creo que ya la conocía. Eso debe ser tu culpa, otra vez.

No necesito un agujero de gusano para intentar; concentrar energía es mucho más seguro y probable.

Me topé a Lee Jaewon en el supermercado el otro día, se asustó un poco al verme. Creo que él sabe quién soy. No pude animarme a preguntarle sobre lo que pasó. De todas formas, no estoy seguro de que haya sido real.

No estoy loco.

Tengo la teoría de que mi vida es toda una maldita paradoja del abuelo.

He invertido en esto los últimos catorce años, aunque me dijiste que no debía intentarlo, pero necesito hacerlo.

No estoy loco, en serio.

Siempre supe que mi hermano sería un jugador famoso.

El señor Moon falleció hace poco. Su casa quedó desocupada, y Augustus nunca devolvió mis llamadas. Creo que olvidó que alguna vez fuimos amigos.

No estoy loco; los demás, sí. Ellos no lo entienden, no pueden.

Azúcar, sal, azúcar, sal, azúcar, sal, azúcar, sal, azúcar, sal, azúcar, sal, azúcar, sal, azúcar, sal, azúcar, sal, azúcar, sal, azúcar, sal, azúcar, pimienta, sal, azúcar, sal, azúcar, sal, azúcar, sal, azúcar, sal, azúcar, sal, azúcar, sal, azúcar, sal, azúcar, sal, azúcar, sal, azúcar, sal, azúcar, sal, azúcar, sal.

$E_f = h \cdot f = 4{,}63\ 10^{-34}$

$J \cdot s\ 1{,}5 \cdot 10^{15}\ s^{-1} = 9{,}95 \cdot 10^{-19}$

No quiero ir al hospital, sé lo que van a decirme.

$P = P_{95}$

Jessie me dio la sorpresa de que seré abuelo. Y sí, me atribuyo el derecho de llamarme así porque yo también ayudé a criar a ese mocoso irresponsable. En fin, no me sorprende, después de todo es el clon de mi hermano. Pero sé que no llegaré a ver a su hijo, ya no tengo tiempo.

Cada vez entiendo menos por qué hago esto, he llegado al punto de pensar que solamente estás en mi imaginación.

$V = 1500\ KHz = 1{,}5 \cdot 10^{6}\ Hz$

Las gallinas no vuelan porque son inútiles.

Demente, demente.

$E_{ce} = e \cdot V_{fr} = 1{,}6 \cdot 10^{-19}\ C \cdot 0{,}7 \quad V = 1{,}12 \cdot 10^{-19}\ J$

$V_{fr} = 2v$

$E_{ce} = e \cdot V_{fr} = 1{,}6 \cdot 10^{-19}$

1 de agosto de 2001.

Debería estar en el hospital, pero hoy es el día. Estaré cerca del lago para poner en práctica mi investigación. No puedes destruir la realidad; en su defecto, solamente lograrás separarla.

Y de existir otra realidad, o una brecha en el espacio-tiempo, sería posible viajar a cualquier punto en el plano del universo conocido habitable.

Sean Grace comenzó a temblar y sudar; pensó que pronto se desmayaría. Las náuseas fueron tan fuertes que sintió un dolor en el esófago.

Esos sueños..., esas alucinaciones..., ¿todo eso realmente sucedió?

Durante mucho tiempo pensó que las historias de su hermano eran falsas, pero ahora no sabía cuál de todos sus sueños era real.

Sean sintió un dolor intenso en la pierna derecha; creyó haber estudiado Finanzas por alguna razón y haber sido un hermano molesto espiando a su hermanito para controlarlo a él y a su cita.

Se puso de pie rápidamente, corrió hacia su auto mientras la noche llegaba y su respiración se volvía irregular, como la de aquel que lucha por no ahogarse en el mar.

Esa unión que lo ataba a buscar un propósito más grande le dio el impulso para encender el motor y avanzar hacia ese futuro que ya nunca tendría.

Entendió por qué existió aquel misterio en el lago tanto tiempo, pero lo petrificó entender la desesperación de su hermano al escribir eso, ya que después de lo que leyó, las palabras resonaban en su cabeza mientras conducía.

> Mi papel en esta no va más allá de la reproducción e interpretación de distintos escenarios en los que se podrían o no dar las condiciones necesarias para validarla. Ahora bien, mi investigación va más específicamente de la interacción con el objeto de estudio, en la que, además, me incluí a mí mismo como sujeto de prueba.

Sean Grace Kim avanzó a toda velocidad por el condado Mariposa. El error en su cabeza se mostró con total claridad; pensó en que le gustaría acampar, pero de no lograrlo se iría al hotel, un hotel grande y de lujo a diez minutos del lago.

Pero no pensó en su hijo, pensó en un sinvergüenza que se dormía en el tráfico con los audífonos puestos para ignorarlo.

Se estacionó en las afueras de la reserva natural como lo hizo en las otras líneas, apenas apagando el auto para bajar veloz antes de correr, incluso si se le hacía difícil hacerlo entre los árboles del sendero que lo llevaba de regreso al inicio.

Un estúpido chaleco salvavidas lo llenó de enojo, y se reprendió a sí mismo por decir cosas tan insensibles a alguien así de sentimental. Un adolescente. Uno inmaduro y tonto que le recordaba a su propia juventud.

Llegó hasta la orilla del lago y contempló el cristal líquido completamente estático, pasándose las manos por el cabello, tan frustrado como incrédulo, lo cual era abrumador, pues había tantos destinos, y en todos él elegiría ir ahí.

En ese lugar, en ese día exacto y a esa hora en específico.

Era irónico que los Kim mantuvieran la misma idea de proteger, observar y pensar, pero todo era inútil si eran incapaces de sentir. Con los pies descalzos de Kim Haruka sintiendo la grama, con los ojos de Kim Anzu posándose en el borde del lago y con la mente siempre presente de Finnian Taylor Kim, todos se encontraron al lugar donde perderían para siempre una parte de sí mismos.

Avanzando por el bosque, Sean Grace era el único Kim que faltaba. Y su presagio se cumplió cuando finalmente llegó al lago y se sentó al borde de una piedra.

Finnian Taylor Kim había dedicado cada minuto de su juventud a imaginar qué pasaría si existiera una alternativa diferente.

En su enero de 1987, cuando él despertó, le dijeron que había intentado matarse, que su hermano había derribado la puerta y le había quitado el arma. Por eso su libreta estaba vacía.

Había tenido la oportunidad de vivir toda una vida, pero al ser esta producto de la segunda, siempre sintió que algo le faltaba. De manera que se vio en la necesidad de encontrar la forma en la que todo encajaba.

Investigó toda una vida hasta probarse a sí mismo que no estaba loco. Y a lo mejor debió quedarse con esa idea.

Los años de su adultez los usó para probarse a sí mismo que la realidad, tal como la conocía, no era el límite. Logró abrir el espacio-tiempo siguiendo aquella voz en su cabeza que nunca se equivocaba. Y, al hacerlo, se introdujo en tiempos y espacios de su misma historia, buscándose incansablemente a sí mismo. En muchas líneas temporales cuidó de su yo joven. Apagó incendios y se dejó sellos postales para hacer sus falsificaciones más creíbles.

Se envió libros y dulces, y reemplazaba las cosas que sabía que le había robado a Sean Grace. A lo mejor por eso este nunca se dio cuenta de que le faltaban.

No sabía que estaba en la primera línea, pero de todas formas vio esas fotografías pegadas en la puerta de la escuela y las arrancó para no verlas.

Era el dueño del descubrimiento más importante del siglo, aunque estaba enfermo, y sabía que debía volver para mostrarle al mundo lo que había logrado; pero, en una de tantas líneas, se quedó inmóvil bajo la lluvia al ver que cargaba sobre su espalda a un hombre que no recordaba, pero que súbitamente le hizo entender todo su altruismo.

En esa línea conoció a Dakho, y se dio cuenta de la gran paradoja que su inexistencia había causado. Porque, claro, él evitó su aparición; pero al no haber nadie que la evitara, nada cambiaba. Por eso, cayó en cuenta de que incluso su propia vida era producto de una falla. El problema: no la podía romper.

Él vivía en una línea de tiempo que se creó en el momento en que Dakho no estuvo para caer en el lago.

Gracias a sus años de madurez, eligió cuidar aquella falla en lugar de intentar destruirla. A lo mejor ese era el precio de estar vivo: estar consciente de que tenía sentimientos por alguien que no era del todo real. Dakho lo encerró para salvarlo.

Y aunque él sabía que no debía, se quedó ahí, en esa línea, por mucho tiempo, mientras las estaciones cambiaban casi al mismo tiempo que sus recuerdos. Taylor siempre se condenaba porque era el único que hacía sentir a Dakho real.

Llamó a la Policía porque era más seguro que terminaran en prisión que en el bosque; y les cerró la puerta del ático en Halloween para que nadie entrara. También apagaba la estufa cuando Taylor de la segunda línea cocinaba. Incluso fue él quien inscribió a Dakho en la escuela, porque su joven yo siempre creyó que sus faxes eran muy convincentes, pero en realidad nunca lo fueron.

Aprendió a disfrutar la vida porque se dio cuenta de lo que era vivir cada noche como si fuera la última a su lado.

Caminó por las calles congeladas de Boston y se acercó a esa tienda, que resultó ser una discoteca clandestina, en donde le sonrió al hombre de la entrada antes de quitar de su camino aquella tela que fungía como cortina. Sus pies se movieron sigilosos entre las personas que cantaban y reían. Estaba de más decir que a nadie le importó su presencia, ni debía hacerlo. Así que cuando las luces bajaron, en contraste con la música que resonó por todo el lugar, sintió que su corazón se encogía.

Y esa sensación, que por muchos años no supo si llamar locura o nostalgia, le inundó el pecho en el mismo instante en el que aquel chico apenado de cabello castaño revuelto que fue, se aferró al borde de su chaqueta mientras todos lo animaban a subir al escenario.

Finnian Taylor siempre fue (y probablemente sería) la persona más inteligente de todo el plano temporal. Fue así como entendió la forma en la que funcionaba esa parte del universo que era solo suya.

Había un millón de líneas o, en su defecto, trece millones de líneas más. Cada una igual de posible que la otra, pero separadas paralelamente. Y lo confirmó cuando terminó de cerrar el ciclo.

Porque Dakho tenía razón: había logrado separar la historia; pero una vez comenzada esta, nada la detendría, pues todo era circunstancial. Aquí, ahora, allá, siempre, nunca, alguna vez: todo existe en el mismo momento. Los dientes que se muestran al sonreír son los mismos que se aprietan con rabia y que muerden los propios labios ante el miedo, o que se deleitan en morder los ajenos cuando se ama.

Al estar en ese lugar, con las luces brillando tanto que lo encandilaban, lo supo con certeza. Taylor cumplió treinta y dos, pero Dakho siempre tendría dieciocho.

Y era tan hermoso como había esperado. Se paró junto a él en el bar, y este ni siquiera lo notó; ya no era el joven que le encantaba. Se burló de la mano de Dakho robándose su trago de la mesa sin dejar de ver al frente, donde su joven otro yo había comenzado a cantar.

Le fascinó verlo acercarse al escenario, y cuando lo vio tocar su mano para hacerlo subir, atesoró esa sensación de que no estaba solo.

Un alma como la suya no necesitaba a alguien para envejecer, sino un amor que trascendiera cada partícula existente.

No un mundo ni un universo: todos ellos.

Para Finnian Taylor, el amor estaba en atreverse a hacer cosas que jamás creyó posibles y en desafiar hasta lo más absurdo por aquellos que consideró suyos.

Era correr por la ciudad tomándose de las manos y maldecir todo eso que pudiera dañar al otro. Era devoción, emoción e increíble inocencia. Soñar en un mundo en el que alguien era capaz de amarlo con la misma intensidad con la que él podía amar.

Al final, los amores eternos no son aquellos que se prometen entre las sábanas, sino esos instantes de felicidad que se transmiten de alma en alma, reproduciéndose una y otra vez, eternamente.

Al verlos, su corazón se estremeció como si tuviera el pecho de Dakho contra el suyo. Tenía puesta una corona de plástico, sonreía, los alaridos del público se hicieron presentes, y él, como el impaciente que era, no pudo controlar su boca cuando abrió la brecha entre todas las líneas de nuevo. Con algo tan inocente como gritar:

—*¡¿Qué esperas, niño?! ¡Bésalo!*

Esa pequeña fisura que ocasionó le hizo darse cuenta de que nada nunca en realidad desaparecería como tal, sino que coexistiría con las demás posibilidades. Supo que podría existir un espacio en el que jamás regresaron a California luego de esa noche. Burlándose de la lógica hasta quedarse al lado del otro en el sol y con una juventud que apenas comenzaba.

Y aunque Dakho no estuviera con él, lo veía en las mariposas y lo abrazaba en las canciones de moda. Podía sentirlo a su lado cuando conducía al atardecer y cuando era valiente, como si él le hubiese dado la capacidad de nunca dudar de sí mismo. Siempre lo sentía en la sonrisa de las personas que amaba y en las hojas del otoño. Era la esperanza que le decía que los chicos incomprendidos también podían ser extraordinarios. Era el viento sobre su cuello, y aquel sabor ambiguo de él que parecía aún presente en su saliva.

Era un hogar. Tal vez, un propósito para vivir.

Era ese motivo por el cual despertar, incluso si le temía al futuro. Aprendió a vivir por sí mismo para ser capaz de compartir toda esa ilusión y esperanza con los demás.

Finnian Taylor supo lo que era crecer, madurar, envejecer, y nada lo enorgullecía más que eso. Esperó muchos años y su vida se repitió muchas veces, pero siempre lo encontraba para aprender que podía ser feliz en medio de la adversidad.

Él era el Taylor de una línea completamente nueva y ajena, donde Dakho no existió, y por eso pudo regresar a la separación de la segunda línea y quedarse de pie en el mirador a la espera de que eso que tanto lo atormentaba sucediera. Ya que este era el punto en donde su realidad comenzaba. Y el viejo Taylor osó robar la libreta de su otro yo de entre la nieve del mirador, para que su joven versión encontrara el camino de regreso a casa. Y la dejó en la nieve de la entrada para que al volver del hospital Sean Grace la recogiera.

Paradoja tras paradoja, a lo mejor era cierto: estaba maldito.

Sin miedo, saltó a una realidad diferente cada vez, hasta encontrar una forma en la que dos fenómenos pudieran estar juntos sin que nada los separara. Ni el tiempo, ni el espacio, ni el dolor, ni la sociedad. En un invierno que pronto llegaría y sería capaz de opacarlo todo.

Sin embargo, las demás líneas debían seguir su curso. Era imposible lograrlo sin condenar a los demás. ¿Y quién mejor que Taylor Kim para cuidarlas?

Por eso se marchó y dejó todo como estaba para seguir la historia desde lejos. Pero esto causó un colapso todavía más grande, al hacer que cada Finnian Taylor del universo regresara todos los primeros de agosto a ese lago con la esperanza de que Dakho volviera.

Y Sean Grace Kim, quien ahora se encontraba justamente en el lago, apenas entendiendo la situación, comenzó a llorar.

¿Qué era real y qué no? ¿Cuántos de él había? No tenía una respuesta. Él no entendía toda esa absurda historia escrita en esas hojas, sus recuerdos se estaban mezclando.

Sacó valor de lo profundo de sus entrañas para abrir por última vez esa libreta:

Ahora que regresé a mi hogar, he dado de baja mi investigación para evitar que sea reproducida por alguien perverso; por eso me veo en la obligación de destruirla, pues me niego rotundamente a que sea usada con fines dañinos.

He de confesar que no hay nada más puro que lo que conocí en 1986. Pero el universo ya tiene suficiente de nosotros, y sí, soy egoísta porque voy a esconder todo para que sea solo nuestro en cada línea, incluso si eso me mata. Porque, entre miles, hay una sola que necesito cuidar, por la que elijo detenerme.

Es probable que muera pronto, o, a lo mejor, que solo me haya quedado a vivir en algún lugar donde te encuentres tan viejo como yo; pero hasta entonces no lo diré porque no quiero que me busquen, no quiero que me encuentren.

Por eso desde hoy estoy muerto.

El tiempo es relativo, sí, pero total y completamente necesario para entender la vida, pues resulta invaluable cuando se disfruta cada segundo.

Observé, me hice mil preguntas y escribí cien hipótesis más.

He experimentado extrañarte todos los días, y mis conclusiones son más claras de lo que pensé.

Yo, Finnian Taylor, tengo la teoría de que te amo, porque...

—Dakho, yo sí me acuerdo de ti.

Sean Grace apenas pudo pronunciar las últimas palabras cuando sus ojos se llenaron de lágrimas.

Y gritó tanto, tan fuerte, que su estómago le dolió como si la realidad se rompiera con furia en su interior. Porque amaba su vida, pero darse cuenta de que alguien más se la había obsequiado le quemó el alma.

Las historias en las que el nombre de Han Dakho estaba plasmado no eran coincidencia. Todos esos escritos de amor imposible no eran más que el desesperado intento del alma de Taylor para llegar de regreso a él. El bucle se rompió y él jamás debió existir, o a lo mejor, jamás debieron conocerse; pero esa esencia estaba ligada al alma de Taylor por siempre, como se lo había prometido.

Quizás Dakho cayó al lago o el lago lo jaló hacia él. Nadie nunca lo sabría, pero su sacrificio le dio la oportunidad de que su alma descansara inmersa en la felicidad que causó en los demás.

Les dio un propósito hermoso a todos, incluso a su Taylor, quien lo buscaría sin descanso hasta encontrarlo, de agosto hasta abril, en enero y en todas las estaciones del año.

Eso a lo que llamamos amor o destino no es más que la voluntad de sentir cada instante de la vida como si no volviera a repetirse.

Porque al final, era cierto, nada es real.

—Oye, Kim, nunca pensé verte así de viejo —dijo una voz que se burlaba de él con algo de alevosía—. Pareces incluso más viejo que yo.

Sean Grace se sobresaltó, volteando hacia los árboles para encontrarse con un hombre que caminaba hacia él seguido de dos ancianos.

—¿Quiénes son ustedes? —dijo poniéndose de pie, a la defensiva—. ¿Qué es lo que quieren?

—¿No me recuerdas, Sean? La última vez que hablamos, yo no tenía nombre y tú estabas amarrado a una silla.

Sean Grace Kim estaba mareado pero consciente de lo que sucedía. Si todo eso de la dimensión desconocida y los viajes en el tiempo era real, el lunático que lo había encerrado, también lo era. Y sus recuerdos mezclados le dieron la pauta para responder:

—¿Cómo es que no has cambiado nada? Deberías ser…

—¿Viejo? —intervino el anciano junto a él—. Mírame, estoy viejo.

El profesor no había cambiado en treinta años. Se había quedado varado en el tiempo aquel día en que, peleando con Taylor, había logrado saltar. No estaba solo, lo acompañaban su versión del futuro y su hermana, los ancianos que lo habían rescatado.

—Te haré la misma pregunta que te hice hace más de treinta años —volvió a hablar el profesor joven—: ¿dónde está?

Sean Grace frunció el ceño.

—Yo contestaré exactamente lo mismo —dijo, irguiendo su espalda—. No lo sé.

—Tu hermano no tiene ni idea de lo que hizo —le gritó la mujer mayor que estaba con ellos—. Él debería volver, la historia tiene que comenzar de nuevo.

—¿Por qué justamente hoy? —cuestionó Sean Grace, retrocediendo un poco.

Era escalofriante, pues él no creía en los muertos, pero la madre de April estaba frente a él. Bueno, una versión muy anciana de ella.

—Nuestras otras versiones lo intentarán. Este es el inicio. Y esta línea no será la excepción. ¿Dónde está tu hermano? —le preguntó.

—Mi hermano falleció hace dieciocho años —respondió con total firmeza cuando se vio acorralado.

—¡Mientes! —vociferó ella—. La libreta, dámela, y nadie saldrá herido.

—La segunda línea. Tenemos que volver, tenemos que evitar que nuestro tiempo se desperdicie. Esta línea *feliz* es igual de inestable que las demás —dijo Anzu, el viejo.

—Estamos condenados. Ninguno de nosotros tiene salvación. Ningún Kim, en ninguna línea, en ningún lugar. Tú y tu familia no son diferentes, tenemos que volver a empezar —añadió Anzu, el joven.

Sean no lo sabía, pero estaba de regreso en el punto cero. Sin embargo, para mala suerte de los otros Kim, él era infinitamente leal a su hermano.

—No —dijo serio—. Nos jodemos todos porque esto se acaba de inmediato. Nadie volverá a viajar. —De repente, las palabras de Dakho aparecieron en su cabeza—: Estamos atrapados de todas formas, y eso jamás cambiará.

—¡¿Pretendes quedarte aquí?! ¡Nada de esto es real! ¡¿A qué has venido entonces?!

Kim siempre fue un apellido común. Haruka y Anzu se corrompieron de conocimiento en el intento de ser dioses, pero, a diferencia de ellos, Sean Grace y Taylor habían aceptado su humanidad, eligiendo ser los guardianes.

Sean Grace sonrió de lado pensando en la primera vez que hizo esto.

«¿Es seguro estar aquí?», habían sido sus palabras. Taylor no le había prestado atención esa vez, y treinta años después, tenía una respuesta clara.

—No —murmuró—, jamás debimos entrar aquí —se burló en voz alta desconcertando a los otros.

Taylor lo había dicho, y Sean Grace, el abuelo, supo lo que debía hacer. Jamás podrían controlar el tiempo, pero sí preservarlo. Así que nadie debía entrar a esa nueva línea, y en especial, nadie debía salir.

Entonces, sonrió complacido, cumpliendo su función.

Sin vacilar, tiró la libreta al interior del lago, para que sus conocimientos quedaran lejos de cualquier persona, hasta del mismo Taylor. Y, así, terminó de separar las líneas definitivamente ante los ojos de los viejos hermanos Kim, cuyo único propósito se destruyó junto con la libreta de esa línea, y los conocimientos que les hacían falta para alcanzar sus egoístas e insensatos objetivos fuera de esta.

Todos sintieron un mareo intenso que los hizo desvariar. Se desmayaron en la grava en el momento justo en que la línea cero se fundió en una sola: el inicio y el ahora.

El final.

Se sellaron las líneas para siempre, evitando que Taylor saltara entre ellas una vez más. Cada quien donde correspondía, en una gran caja de Schrödinger llena de mariposas.

Incluso el cuerpo de aquel chico de cabello negro que fue encontrado por los guardabosques que lucharon por sacarlo del lago, en su respectiva línea, en su año y con esa imperfecta familia que corrió a la orilla para reconocerlo, cuando la línea original siguió su curso.

Si aquel desliz entre las líneas jamás sucedió, nadie sabría de la existencia de las otras líneas después de separarse. La única verdad que quedó fue la de Taylor Kim, quien, incluso sin conocerlo, buscaría por siempre a Han Dakho, un héroe perdido en el tiempo que nunca existió.

Todo coexiste; todo sucede en simultáneo. Desde el dolor hasta la gloria. Ningún humano tiene la certeza del camino frente a él, pero lo recorre con dignidad mientras las estaciones pasan y se descubre a sí mismo.

El presente se desperdicia entre anhelos y arrepentimientos. La juventud que no regresa se pierde entre la desesperanza de preguntarse: ¿alguna vez seré libre?

¿Qué cambiará mañana? Nada. Nada mientras siga el mismo camino.

En el universo, la materia no se crea ni se destruye. Y ningún futuro es real en el presente, ya que vivir es experimentar una existencia que se actualiza a cada segundo.

Existir.

Yo existo, pero ¿por qué estoy viviendo?

El tiempo es relativo, completamente imaginario ante los ojos de los soberbios y frágil como una dulce ilusión.

11 902 DÍAS DESPUÉS DE...
CALIFORNIA. CONDADO MARIPOSA
00.

AGRADECIMIENTOS

La primera vez que escribí agradecimientos para esta historia fue hace dos años. Los subí en la última parte del manuscrito que solía tener colgado en mi perfil de Wattpad, para los lectores que acompañaron la historia mientras estuvo en emisión. Ese día me despedí de ellos y de la historia como cerrando ese capítulo en mi vida. Por supuesto, no estaba preparado para todo lo que pasaría después. Hoy puedo agradecer a los nuevos lectores, a los antiguos que aún me acompañan, a los amigos que creyeron en mí incluso si dudaba y a mis editores, mis guías en esta nueva etapa como escritor.

El proceso de publicación en físico de este libro logró tocar fibras muy sensibles dentro de mí. Tengo recuerdos específicos que asocio a diálogos o canciones de la historia. Leerla de nuevo me hizo revivir días y momentos que creía haber olvidado.

Este libro, al principio, no era más que un montón de escenas demasiado convenientes y burlas a programas antiguos. No tenía mucho sentido y en definitiva no ganaría un Nobel. Era simple, me causaba gracia. Me gustó tanto que le escribí personajes y entre ellos comenzaron a tener conversaciones tontas que me alegraban el día. Los escribí de mi edad para que fueran mis amigos. Y para agradecerles su compañía les construí casas, narrando habitación por habitación las cosas que les gustarían. Les hice un pueblo lleno de lugares para visitar y un bosque para que jugaran entre los árboles como yo no podía hacerlo. Decoré cada escena con colores que me hacían sentir feliz y le puse música para que bailaran abrazados.

Creo que le di una parte de mí a cada uno. Eso les dio un pasado del que no podían huir y un futuro incierto al que se aferraban esperanzados. Sin darme cuenta tenían su propia historia, su propia familia. Los escribí con muchos sueños y me quedé a su lado por un largo tiempo para escribir que los cumplían. Les di vida en un intento de conseguir una para mí.

Un día me di cuenta de que las cosas que escribía sobre ellos me sanaban. Y pensé que, si lo hacían conmigo, podían hacerlo con los demás. Así que compartí esta historia, y justo como pensé, muchos tenían los mismos sueños y amaban bailar las mismas canciones que mis personajes adoraban. Que yo adoraba.

He de admitir que me acostumbré a esta historia. Le puse tanto empeño, que el día que escribí la última palabra del libro sentí que me había quedado vacío. Ahora que lo he visto llegar más lejos de lo que hubiera imaginado, sé que aún queda mucho por recorrer.

Han pasado muchas cosas desde la última vez que escribí agradecimientos para esta historia.

Mi familia aún no lo entiende, pero al menos ya no tengo que esconderme para escribir. Mis personajes jamás crecieron, pero yo sí. La parte de mí que les dediqué es la misma que hoy me falta. Y así será siempre porque este libro es una parte de mi vida que decidí compartir con ustedes. Confieso que algunos de estos párrafos corresponden a un texto que hice cuestionándome si había ganado algo al exponer mi lugar seguro con tantas personas; pero ya no me preocupa, he sido testigo del amor que, así como yo, le tienen a esta historia.

La teoría de Kim es un excelente consejero, mi gran amigo y mi primer amor.

Este libro me ha dado la oportunidad de conocer personas increíbles por las que agradezco todos los días. Siempre fui alguien solitario, pero la compañía que encontré en ustedes es lo más puro y auténtico que alguna vez experimenté. Leer es una forma de estar juntos a la distancia, y gracias a ustedes, desde el momento en que comencé esta historia, no volví a estar solo de nuevo.

Cuando cumplí dieciocho me costaba encontrar razones para vivir; en realidad, no apostaba mucho por mi salud mental. Ahora tengo veintidós, y aunque hay altibajos, sé que valió la pena quedarme. A pesar de todo, digan lo que digan sobre él, este libro me mantuvo con vida. Y les ruego, les suplico:

Manténganse con vida.